BASTEI LÜBBE
TASCHENBUCH

Weitere Titel der Autorin:

Das Erbe der Töchter
Eine letzte Spur
Emilys Sehnsucht
Ein verzauberter Sommer
Julias Geheimnis
Rückkehr nach Mandalay

Über die Autorin:

Juliet Hall ist Britin. Sie unterrichtet Schreiben und organisiert Literatur- und Musikfestivals in ihrer Heimatstadt an der Küste von West Dorset. Zu ihren liebsten Reisezielen gehört Italien, wohin sie die Leser mit ihren Romanen *Das Erbe der Töchter*, *Eine letzte Spur* und *Ein verzauberter Sommer* führte. Nach Ausflügen durch viele wunderbare Städte Europas in *Emilys Sehnsucht* und *Julias Geheimnis* und ins exotische Burma (Myanmar) mit *Rückkehr nach Mandalay* bringt sie uns nun ins sinnliche Marrakesch.

Juliet Hall

Das Leuchten des Safrans

Roman

Aus dem Englischen von
Barbara Röhl

BASTEI
LÜBBE
TASCHENBUCH

BASTEI LÜBBE TASCHENBUCH
Band 17415

Dieser Titel ist auch als E-Book erschienen.

Vollständige Taschenbuchausgabe

Deutsche Erstausgabe

Translated from the English: »The Saffron Trail«
First published in the United Kingdom by Quercus Books, London
under the pseudonym of »Rosanna Ley«

Textredaktion: Birgit Volk, Bonn
Titelillustration: © getty-images/Cultura Travel/Adie Bush;
© shutterstock/bloodsugar; © shutterstock/Vibrant Image Studio;
© shutterstock/Olga Drozdova; © shutterstock/vainillaychile
Umschlaggestaltung: Kirstin Osenau
Satz: two-up, Düsseldorf
Gesetzt aus der Caslon
Druck und Verarbeitung: CPI books GmbH, Leck – Germany
Printed in Germany
ISBN 978-3-404-17415-7

1 3 5 7 6 4 2

Sie finden uns im Internet unter www.luebbe.de
Bitte beachten Sie auch: www.lesejury.de

Für Luke und Agata

Es war einmal eine junge Frau, die liebte Safran. Sie liebte seine Geheimnisse, das Mysterium, das ihn umgab. Sie liebte es, dass er im November blühte, wenn die meisten Pflanzen welkten. Sie liebte das Auf- und Abwogen von weichem Violett und Grün auf dem Feld, und sie liebte die Blütenblätter, die so zart wie Schmetterlingsflügel waren. Sie liebte die Eile, mit der sie geerntet wurden, das Ziehen der dunkelroten Fäden, die kostbar wie Gold waren, in halbdunklen Räumen, wo unter dem Gemurmel und dem leisen Gesang der Frauen der Berg von Fäden immer höher wurde. Sie liebte den Duft des trocknenden Safrans, seinen bitteren, verblüffenden Geruch. Sie liebte die Art, wie er einem Teller Nahrung etwas Besonderes verlieh und das Herz mit Sonnenschein füllte. Aber am allermeisten liebte sie seinen Hauch von Magie.

Prolog

Sie ließ den abendlichen Dunst der Stadt hinter sich und erklomm den Hügel. Es war einer dieser langen Tage im Spätfrühling, die früher so viel Hoffnung verheißen hatten, damals, als der Sommer noch etwas war, auf das man sich freute, und nicht etwas, wovor man sich fürchtete. Aber wenigstens ging endlich die Sonne unter, und sie würde einen Teil des Wegs im Dunklen zurücklegen. Das machte nichts. Sie kannte diesen Weg seit langer, langer Zeit; er war ihr so lieb und vertraut wie ein alter Liebhaber, an dem man immer noch hängt. Sie konnte ihn fühlen und wusste genau, wohin sie treten musste.

»Pass auf dich auf.« Tania hatte die Hand gehoben, um ihr zum Abschied zu winken. »Bist du dir sicher, dass ich dir kein Taxi rufen soll?«

Sie schüttelte den Kopf. »Ich laufe lieber.« Gehen bedeutete nachdenken, und das hatte sie in letzter Zeit viel getan. Heute Abend hatte sie außerdem ein paar Gläser Wein getrunken, und das tat sie inzwischen nicht mehr allzu oft. Vielleicht hatte sie zu viel gesagt. Sie hatte sich daran gewöhnt, ihre Meinung für sich zu behalten, und es sah ihr gar nicht ähnlich, so offen über ihre Probleme zu sprechen. Sie schnitt sich selbst eine Grimasse.

Die Klippe war nicht leicht zu erklettern. Sie blieb stehen, um wieder zu Atem zu kommen. Unter ihr glitzerte im Schein der letzten Sonnenstrahlen ein kleiner Makrelenschwarm, der durch die Wellen sprang. Sie sah die glitschigen Rücken der Fische aufleuchten. Sie sah zu, wie die Sonne sank und in den Horizont eintauchte. Ihre Schatten verdunkelten das Wasser. Sie beschloss, sich Zeit für ihren Heimweg zu nehmen.

Über den Zauntritt kletterte sie auf die Weide. Vergangenes Jahr hatte sie hier eine Gruppe Grundschulkinder auf einem Ausflug getroffen. Sie hatten Brombeeren gepflückt, und ihre Finger waren voll roter und blauer Flecken gewesen. Ihre Lehrerin hatte ihnen mit einem Lächeln auf dem Gesicht von Insekten und Vögeln erzählt. Herzerfrischend war das gewesen. Am liebsten hätte sie der Lehrerin dazu gratuliert, dass sie diese Kinder zurück zur Natur geführt hatte, dass sie sie zu einer solchen Liebe zum Ländlichen ermunterte in einer Welt, in der die Menschen die meiste Zeit drinnen verbrachten, fest im Griff moderner Technologie.

Pah, was für ein Unsinn! Sie war dabei, sich zu einer mürrischen alten Frau zu entwickeln. Vielleicht war sie ja schon eine. Aber alles veränderte sich. Und jetzt das … Sie erschauerte, obwohl es nicht kalt war.

Sie passierte die stachlige, dichte Brombeerhecke, und ihre Gedanken wanderten zurück. Für gewöhnlich war es das Beste, das zu unterbinden. Was getan worden war, konnte man nicht rückgängig machen. Es hatte eine Zeit gegeben, da hatte sie sich vorgestellt, es würde anders kommen. Aber andererseits galt das wahrscheinlich für jeden Menschen. Jeder konnte an ein »damals« zurückdenken. *Hätte ich dies anders gemacht oder das* … Das hätte den Lauf der Dinge verändert, vielleicht für immer. Aber das würde nicht passieren, weil dieses Spiel so nicht funktionierte. Es hatte keinen Sinn.

Sie hatte die Endgültigkeit erkannt, die darin lag, die Safranzwiebeln nicht wieder auszupflanzen. Nell hatte es ebenfalls gewusst. Sie hatte es in den Augen ihrer Tochter gelesen. Sie war sich nicht einmal sicher, warum sie es so offensichtlich gemacht hatte. Schließlich hätte sie einfach das Feld lassen können, wie es war. Aber es war das vierte Jahr. Es war wie ein Zwang. So hatte sie getan, was sie immer tat. Sollte Nell daraus machen, was sie wollte. Sie hatte ihrer Tochter ein Zeichen gegeben; mehr würde sie einstweilen nicht tun. Nell musste lernen, es zu entziffern.

Sie erreichte das Ende der Weide und stieg über den zweiten Zauntritt. Der Tag neigte sich seinem Ende zu; bald würde der letzte Vorhang fallen. Die Sonne war untergegangen, am Himmel mischte sich das Rot mit Grau, und alle Umrisse, die sie so gut kannte – von Klippenrand und Hecken, von hölzernen Gattern und Trockensteinmauern –, verschwammen im Zwielicht zu undeutlichen Schatten. Die Vögel flogen nicht mehr und hatten das Zwitschern eingestellt. Und die Landschaft, die sie umgab, die Landschaft von Roseland, Cornwall, die sie liebte, machte sich bereit für die Stille der Nacht, in der das Rascheln eines Wesens im Unterholz, das Rauschen des Meeres und die Brandung die einzigen Geräusche waren, die zu hören waren.

Von allen war Nell die Einzige, die an allem unschuldig war. An was auch immer. Und wenn *sie* die Wahrheit nicht zu wissen brauchte, dann brauchte Nell es auch nicht. Was spielte es schließlich für eine Rolle, wer zu wem gehörte und wer was getan hatte? Jedes Kind kam ohne Schuld auf die Welt.

Der Weg hier war schmal und verlief nah am Rand der Klippe. Unten in einer winzigen Felsenbucht plätscherte das Wasser, spritzte auf die Kiesel des Strandes und auf die Felsen und zog sich mit der Ebbe in die dunkle Weite des Ozeans zurück, hin zum sanften Schein des abnehmenden Mondes. Fast hätte sie den Atem angehalten. Konnte es einen schöneren Anblick geben?

Als du herausgefunden hast, dass du schwanger warst, dachte sie unwillkürlich, *hätte es das herrlichste Gefühl der Welt sein müssen.* Sie legte die Hände auf ihren Bauch, als könne sie so jenes Gefühl wieder wachrufen, das sie vor über dreißig Jahren gefühlt hatte, als sie mit Nell schwanger gewesen war. *Herrlich* … Herrlich waren die Dinge in einer idealen Welt. Sie sah aufs Meer hinaus. Ideal war ihre Welt nicht einmal damals gewesen.

Seufzend ging sie weiter. Und heute? Um sie herum breitete sich die Dunkelheit über das Gras, die Bäume und das Unterholz aus, über das Meer und die Felsen und Steine unter ihr. Die Wahrheit war immer eine Bürde gewesen – selbst der Teil davon, den sie kannte. Denn sie wusste nicht alles. Aber das gab niemandem das Recht, jemand anderen damit zu belasten, und das hatte sie auch jetzt nicht vor. Das war nicht ihre Art. Nell hatte etwas Besseres verdient. Sie hatte bei Nell nicht immer alles richtig gemacht. Sie hatte zu sehr versucht, Nell zu schützen – das erkannte sie jetzt. Schlussendlich musste man sein Kind loslassen, ganz gleich, welche Sorgen man sich um es machte. Und das war alles, was sie heute für Nell tun konnte.

Ohne den Weg noch erkennen zu können, ging sie weiter. Sie wusste auf dem vertrauten Pfad genau, wo sie sich befand. Nach einer Weile verbreiterte sich der Weg, und sie spürte aus der Entfernung die Straße mehr, als dass sie sie sah. Ein schwaches Licht aus einem der Cottages wies ihr den Weg. *Einen* Weg. Das Leben war voller Wahlmöglichkeiten. Jetzt war es nicht mehr weit. Und ja …

Angezogen von dem aufgewühlten Wasser, dem Schimmern des Mondes und dem Zischen und Klatschen der Brandung auf dem Strand unter ihr, trat sie näher an den Rand der Klippe heran. Sie konnte es sehen und spüren. Jetzt war es wirklich nicht mehr weit.

1. Kapitel

Fünf Monate später

Sie hatte wieder von ihr geträumt. Und nicht nur von ihr. In den Sekunden kurz vor dem Aufwachen, in diesen kurzen Momenten, in denen man nicht weiß, wo man ist oder sogar wer man ist, in diesen Sekunden, in denen ein Traum völlig real erscheinen kann, hatte Nell das Safranfeld gesehen. Die Krokusblüten hatten sich gerade erst geöffnet. Es war diese kostbare Zeit des kurzen Innehaltens vor der Ernte, in denen die Felder unter dem eisblauen Oktoberhimmel aussahen, als wäre eine malvenfarbene Tagesdecke sanft über die Erde gezogen worden. Es beherrschte ihr Traumbild und schien ihre Welt zu erfüllen, wie es es immer getan hatte: violetter Safran.

Doch bevor sie die Vision einfangen, bevor sie sie festhalten konnte, hörte sie das Rascheln, mit dem Vorhänge zurückgezogen wurden. Es war Morgen. Es war Ende Oktober. Aber hier gab es keinen Safran. Hier war nur ihr Mann Callum, der die Vorhänge geöffnet hatte und nun mit einem Tablett vor ihrem Bett stand. Das Grinsen auf seinem Gesicht wirkte gezwungen, vielleicht weil er es so lange nicht mehr gezeigt hatte.

Nell war angespannt. Sie wusste nicht, ob es an ihrem Traum lag, an Callum oder an dem Kummer, der ihr Leben immer noch wie eine dunkle Wolke verdüsterte. Ihre Mutter war vor fünf Monaten gestorben, als sie eines Abends um Mitternacht herum allein an den Klippen entlangspaziert war. Sie war nicht mehr da, und der Safran auch nicht. Und Nell fand ihren Weg nicht mehr.

»Aufwachen, du Schlafmütze.«

Nell öffnete die Augen noch ein bisschen weiter und versuchte, ihn beruhigend anzulächeln. *Mir geht's gut, wirklich.* Das tat sie in letzter Zeit oft. Doch die Wahrheit war, dass es ihr nicht gut ging. Und ihrer Beziehung auch nicht.

»Tata! Frühstück im Bett für das Geburtstagskind!« Sein dunkles Haar war noch vom Schlaf zerzaust; und sie sah deutlich den Bartschatten an seinem Kinn. Er gab sich so große Mühe, so zu tun, als ob alles in Ordnung sei.

»Danke.« Ihr Geburtstag. Sie hätte ihn fast vergessen. Heute wurde sie vierunddreißig. Es war ihr erster Geburtstag als verheiratete Frau – und ihr erster Geburtstag seit dem Tod ihrer Mutter, die sie über alles geliebt hatte. Sie konnte den Gedanken nicht ertragen.

Also setzte Nell sich auf und stopfte sich ein Kissen in den Rücken. »Du verwöhnst mich. Wie schön!« Die Worte schienen im Zimmer widerzuhallen. Nell fragte sich, ob sie in Callums Ohren genauso wenig überzeugend klangen wie in ihren. Aber sie hatte nicht das Herz, bei dem Spiel, das er offensichtlich spielen wollte, nicht mitzumachen. Er gab sich so große Mühe. Auf dem Holztablett standen ein Becher Tee, ein Teller mit einem Croissant, einem dicken Klecks Aprikosenmarmelade und einem Buttermesser und eine Herbstanemone in einer schmalen Vase. Daneben lag ein dicker cremeweißer Umschlag. Nell fühlte eine leichte Beklemmung in sich aufsteigen.

»Herzlichen Glückwunsch zum Geburtstag, Nell.« Vorsichtig stellte Callum ihr das Tablett auf den Schoß – fast als wäre sie krank, dachte sie unwillkürlich. Dann beugte er sich über sie, um sie sanft auf die Wange zu küssen.

Sie fragte sich, wann sie aufgehört hatten, einander auf den Mund zu küssen. Bevor ihre Mutter gestorben war oder danach? Und war das wirklich wichtig? Er roch nach Pfefferminzzahnpasta und Herbstlaub. »Na, hast du was Schönes geträumt?« Er strich ihr das Haar aus der Stirn, und Nell schloss eine Sekunde lang die Augen und dachte an eine andere, weichere Hand.

»Glaub schon.« Sie beschloss, ihm nichts von dem Safran zu erzählen.

Seit dem Tod ihrer Mutter hatten sie es beide schwer gehabt. *Warum?*, dachte sie wie schon so oft, seit es passiert war. *Warum hatte es so passieren müssen?* Und was genau war passiert? Sie hatte keine Ahnung. Ihre Mutter war mitten in der Nacht allein über den Klippenpfad gegangen. Und dann? Nell wusste nichts über die Umstände ihres Todes – ein weiterer Punkt auf der langen Liste der Dinge, die sie nicht wusste, Dinge, von denen ihre Mutter in ihrer unendlichen Weisheit beschlossen hatte, sie ihr nicht zu erzählen.

Nell bemerkte, dass sie die Fäuste geballt und die Schultern bis zu den Ohren hochgezogen hatte. Sie gab sich Mühe, ihre Muskeln zu entspannen. Es war schlimm genug gewesen, vieles nicht zu wissen, als ihre Mutter noch lebte. Aber wenigstens hatte Nell da noch gehofft, dass ihre Mutter ihr eines Tages davon erzählen würde. Doch nun, wo sie nicht mehr lebte, würde Nell es nie erfahren. Und in diesen furchtbaren Abgrund der Trauer mischte sich der Zorn auf ihre Mutter, den sie deswegen empfand.

Callum hatte sein Bestes getan, um sie zu unterstützen. Er hatte sie in den Armen gehalten, wenn sie weinte – sie konnte kaum glauben, dass sie so viele Tränen hatte –, er hatte ihr zugehört, wenn sie von den guten Zeiten erzählte. Er hatte ihr Haar gestreichelt, ihre Hand gehalten, ihr über die Stirn gestrichen, ihr die Schultern massiert, hatte alles getan, was er konnte. In dem grässlichen bürokratischen Nachspiel des Todes hatte er so viele Angelegenheiten geregelt, wie es ihm nur erlaubt war, während Nell versuchte, alles zu verstehen.

Im März hatte sie ihn geheiratet. Da hatte ihre Mutter noch gelebt. Ende Mai war ihre Mutter gestorben, und Mitte Oktober war sie sich nicht einmal mehr sicher, ob sie und Callum zu Weihnachten noch verheiratet sein würden. Was passierte hier? Er war doch angeblich ihr Mann, und doch schien ihre Mutter die Achse gewesen zu sein, um die sich Nells Welt drehte. Ohne sie lief alles aus dem Ruder, einschließlich ihrer Ehe mit Callum.

»Trink doch deinen Tee«, sagte Callum ziemlich schroff. »Bevor er kalt wird.«

»Tut mir leid.« Nell holte tief Luft. Sie musste sich mehr Mühe geben, das war alles. Sie konnte ihre Ehe nicht kampflos aufgeben.

Denn Callum war es immer wert gewesen, um ihn zu kämpfen, oder? In Callums wohlgeordneter Welt, die Lichtjahre entfernt von dem ungeordneten Planeten lag, auf dem Nell aufgewachsen war, gab es immer eine richtige Art, etwas zu tun. Man lernte ein Mädchen kennen und ging mit ihm aus, um etwas zu trinken. Dieser Teil war einfach gewesen. Nell war Callum gleich sympathisch gewesen, als sie ihn in dem Café gesehen hatte, in dem sie mittags Sandwiches und Baguettes belegte und abends hektisch nach der Pfeife von Johnson tanzte, dem Boss und Chefkoch. Dem einzigen Koch. Sie hatte den hochgewachsenen Mann mit den warmen, haselnussbraunen Augen, der wirkte, als halte er sich gern an der frischen Luft auf, kennenlernen wollen. In Callums Welt führte das, falls es gut lief, zu einem Abendessen. Es war gut gelaufen, und sie hatten zusammen gegessen. Anschließend stand Kino auf dem Programm – eine romantische Komödie, bei der er mehr als sie gelacht hatte. Es folgten ein Konzert im örtlichen Kunstzentrum – eine lokale Band, die sich darauf verstand, alle auf die Tanzfläche zu locken – und schließlich ein Klippenspaziergang von St. Mawes nach St. Just, verbunden mit einem Mittagessen in einem Pub. Irgendwann würde das alles zu Sex führen. Nell hatte sich allerdings schon fast einen Monat mit Callum getroffen, bis das Thema zur Sprache gebracht wurde –

durch Nell, die ihn mehr oder weniger fragte, was an ihr nicht stimme.

Callum hatte gelächelt – ein umwerfendes Lächeln, das zugleich Stärke und Ruhe ausstrahlte – und gesagt: »Ich wollte, dass wir uns Zeit lassen.« Das hatte sie schön gefunden und in gewissem Maße auch erfrischend, denn Nell hatte bis dahin eher erlebt, dass Männer nach nur ein paar Verabredungen das volle Programm erwarteten. Doch als er sich vorbeugte, um sie zu küssen – sie saßen in einer überfüllten Bar in Truro – und sie seine ganze Kraft spürte, als hätte er den Intensitätsregler plötzlich um ein paar Stufen hochgestellt, hatte sie gedacht: *Ich brauche keine Zeit mehr*. Danach hatte auch er nicht mehr Zeit gebraucht. In dieser Nacht hatte er sie in seiner Einzimmerwohnung am Fluss geliebt, zärtlich, aber mit zunehmender Leidenschaft, die sie unwiderstehlich mitzog.

Weiter war Nell mit Männern eigentlich nie gekommen. Manchmal blies sie die Sache ab, manchmal er; manchmal war sie einfach im Sande verlaufen oder nie richtig in Gang gekommen. Aber bei Callum war das nicht so. Sie verbrachten immer mehr Zeit gemeinsam. Beide wanderten und radelten gern und liebten es, draußen zu sein, ob bei Regen oder Sonnenschein. Nell kochte gern, und Callum genoss es, das Ergebnis zu kosten. Ihre Leidenschaft wuchs, und aus Verliebtsein wurde Liebe. Der nächste Schritt bestand für Callum darin, die Entscheidung zu treffen, ihr Leben zu teilen. Zusammenzuziehen, zu heiraten.

»Ich weiß nicht«, hatte sie an dem Tag gesagt, an dem er vorgeschlagen hatte, sie sollten zusammenziehen. Sie saßen bei ihrem Lieblingsitaliener, aßen Pasta und tranken Rotwein, und wie üblich war es Callum gelungen, einen Fensterplatz zu reservieren. Da waren sie seit zwei Jahren zusammen.

»Was weißt du nicht?« Er beobachtete sie genau; das spürte sie. »Ob du bereit dazu bist? Ob du mich liebst?«

»Ich liebe dich.« Sie legte die Hand auf seine. Wenigstens dessen war sie sich sicher.

»Liegt es daran, dass du deine Mutter nicht verlassen willst?«, fragte er.

Sie hätte es nicht so ausgedrückt. Vielleicht hätte sie gesagt, dass sie ihre Mutter nicht sich selbst überlassen wollte, dass sie Zeit bräuchte, um ihre Mutter an die Vorstellung zu gewöhnen, dass sie nicht wusste, wie ihre Mutter reagieren würde. Oder alles zusammen. »Nicht unbedingt«, wich sie aus.

»Jeder verlässt irgendwann seine Eltern«, hatte Callum vollkommen vernünftig argumentiert. »So funktioniert es nun mal.«

Das wusste Nell. Die Wörter »ungesund« und »unnatürlich« schwebten zwischen ihnen in der Luft. Noch waren sie ungesagt, aber in Zukunft würde sie vielleicht jemand aussprechen, daher wollte sie, dass er verstand. Es ging nicht nur darum, dass sie auf eine Anzahlung für ein eigenes Haus sparte. Die Frage war auch nicht, wie gut sie sich verstanden. Das taten sie ja meistens. Die üblichen Konventionen hatten in ihrer Familie nie gegolten. Aber ihre Familie hatte nur aus ihrer Mutter bestanden; so war es immer schon gewesen. Deshalb fühlte Nell sich für sie verantwortlich. Trotz allem. »Du hast recht«, sagte sie.

»Aber du bist dir nicht sicher, ob sie ohne dich auskommen würde?«, hakte er nach.

»So ähnlich.« Die Wahrheit war, dass ihre Mutter bestens dazu in der Lage war. Aber sie waren immer ein Team gewesen. Sie beide gegen die Welt – zumindest hatte ihre Mutter es immer so aussehen lassen. Und bis zu einem gewissen Punkt stimmte es auch. Aber warum hatte ihre Mutter sich dann immer geweigert, über die Vergangenheit zu reden? Darüber, wo Nell herkam? Darüber, wer sie wirklich war? In einem Team schwieg man nicht so verstockt, wenn eines der Mitglieder etwas so unbedingt wissen wollte.

»Liegt es daran, dass du Angst hast?« Callums Miene war weicher geworden. »Ich sorge für dich, Nell, du brauchst dir keine Gedanken zu machen.«

Sie war doch kein Kind mehr … Einen kurzen Moment lang sah sie an ihm vorbei durch das Fenster auf die Straße. Es hatte geregnet, und das Straßenpflaster glänzte vor Nässe. Draußen standen ein paar junge Männer herum, die rauchten, lachten und Dosenbier tranken. »Vielleicht sollte ich zuerst einmal versuchen, allein zu leben.« Dass sie es laut ausgesprochen hatte, wurde ihr jedoch erst klar, als sie seine verletzte Miene sah.

»Du bist dir nicht sicher, was uns angeht?«, fragte er und schob seinen Teller weg, obwohl er seine Pasta nicht einmal aufgegessen hatte – etwas, was für Callum beinahe etwas Unerhörtes war.

»Das habe ich nicht gesagt.« Sie hatte ein schlechtes Gewissen. »Ich finde nur, wir sollten ein wenig warten«, sagte sie. »Wir sind noch jung.«

»Nun gut.« Er rieb sich auf seine unnachahmliche Weise das Kinn und runzelte die Stirn. »Aber irgendwann wirst du sie verlassen müssen, weißt du.«

Nell wusste es.

»Willst du ihn denn nicht aufmachen?« Callum ging auf seine Seite des Bettes, und obwohl er schon angezogen war – Jeans und ein rot-grau kariertes Hemd –, streckte er sich wieder auf dem Bett aus und griff nach seinem Tee, der auf dem Nachttisch stand. Sie trank grünen Tee mit Jasmin. Seiner war Clipper Gold – stark und gut.

Nell sah ihm an, dass er aufgeregt war. Sie spürte, wie ihre Beklommenheit wuchs.

»Hast du heute etwas vor?«, fragte sie, um Zeit zu schinden. Sie trank von ihrem Tee, brach ein Stück von dem noch warmen, blättrigen Croissant ab und strich Aprikosenmarmelade darauf.

»Natürlich nicht«, sagte er. »Heute ist doch dein Geburtstag. Außerdem ist Sonntag. Du kannst dir aussuchen, was wir machen.«

Hmmm. Nell wäre allerdings jede Wette eingegangen, dass er schon entschieden hatte, was sie sich wünschen sollte. Sie zog die weiße Anemone aus der Vase und atmete den zarten, wintrigen Duft ein. Heute Morgen hatte sie den Duft des Safrans nicht richtig wahrnehmen können, obwohl sie ihn so gut kannte. Der Geruch der zarten Blüten, die feuerrote Stempelfäden bargen, war faszinierend und doch fast unmöglich zu definieren: eine Mischung aus Feuer, Honig und frischem Heu. Konnte man im Traum riechen? Nell war sich nicht sicher. Wenn sie wollte, konnte sie jederzeit ein Glas aus dem Vorratsschrank in der Küche unten aufschrauben und an den roten Safranfäden darin riechen. Sie konnte den schwer zu fassenden, exotischen Dufthauch marokkanischer Gewürzmärkte und persischer Paläste genießen, aber nicht den Duft der Blumen – dazu waren Safranblüten viel zu vergänglich.

Sie war mit dem Safran aufgewachsen. Sie pflückten jede Blume, wenn sie bereit war, sammelten ihre Ernte in hölzernen Gartenkörben und trugen sie nach drinnen. Nell und ihre Mutter und meist noch eine oder zwei Freundinnen saßen dann um den alten, zerschrammten Bauerntisch und zupften den Safran. Sie schlugen die Blätter jeder einzelnen, noch nicht aufgegangenen Blüte zurück, als wären sie eine Auster, die eine Perle barg, und zupften behutsam und geschickt die rubinroten Narben aus der Mitte, bis ihre Finger an der einen Hand schiefrig blaugrau vom Öffnen der Blüte waren und die an der anderen ockerfarben vom Herausziehen der Narben. Nach und nach begrub der Berg leerer Blüten den Tisch unter sich, während das kleine Häufchen der kostbaren Fäden nur langsam wuchs.

Einfach war diese Arbeit nicht. Die Blütenstempel waren

empfindlich; man musste sie herauslösen, ohne das gelbe Staubgefäß zu öffnen, weil das die ganze Charge entwerten würde. Lavendelfarbene Blütenblätter klebten an ihren Fingerspitzen, Narbenfäden brachen, ihre Augen brannten. Und das Safranhäufchen wuchs immer so langsam. Aber das heimelige Licht, die Kameradschaft zwischen den Frauen, der scharfe Duft des Safrans, der zu Beginn wie Honig roch, bevor er dann ein tieferes, moschusartiges, viel stärkeres Aroma entwickelte – all das war Belohnung genug. Das hatte Nell schon als Kind festgestellt.

Die Fäden wurden portionsweise auf dem Herd getrocknet. Nells Mutter benutzte dazu ein Backblech. Die Safranfäden mussten schnell trocknen, bevor sie schimmelten und verdarben. Also wachte Nells Mutter ängstlich über sie wie eine Henne über ihre Küken und breitete sie sanft mit den Fingern aus, bis sie vollständig trocken und fertig zum Einlagern waren. Ihr bitterer Heugeruch zog von der Küche aus durch den Rest des Hauses und setzte sich in ihrer Kleidung fest, und auf Sesseln, Handtüchern oder Kissen tauchten matte, pudrig gelbe Flecken auf. Der Safran zog seine Spur durch ihr Leben. Und wenn die Ernte vorbei war, sammelte Nells Mutter die übrig gebliebenen, flüchtigen Reste der violetten Blumen in ihrem Weidenkorb und stellte ein Kistchen davon in den Wäscheschrank, wo sie während der Wintermonate als »Erinnerungspotpourri« dienten, wie sie es nannte. Und wirklich, sie erinnerten einen an den Safran. Als könnte man ihn je vergessen.

Nell war mit dem Safranfeld vor dem Haus auf der Roseland-Halbinsel in Cornwall aufgewachsen. Vom Fenster ihres Zimmers aus konnte sie es sehen. Dem Turnus des Fruchtwechsels folgend, sorgte ihre Mutter alle vier Jahre dafür, dass die Zwiebeln ausgegraben und an einer anderen Stelle wieder eingesetzt wurden. So konnte das Land wieder gedüngt werden, und die Tochterzwiebeln, die sich an die Oberfläche gedrängt hatten, konnten zum Wiedereinpflanzen abgenommen werden. So wurde Safran angebaut. Nell hatte den Safran immer vor Augen; vermutlich hatte ihre Mutter es so gewollt. Sie beobachtete die zarte Saat von dem Moment an, in dem die ersten papierdünnen, weißen, dreieckigen Hüllen, die die Blattspitzen schützten, durch den Boden stießen und ein kleines Büschel bildeten, in dessen Mitte sich die noch geschlossene Blütenknospe befand. Nach und nach wuchsen die Blätter. Wenn das Wetter gut war, konnte sich eine Knospe über Nacht in eine voll entwickelte Blüte verwandeln. Und dann kam irgendwann der herrliche Augenblick, wenn die Temperatur perfekt war, die Blüten sich endlich entfalteten und die langen Fäden herabhingen und bereit zum Pflücken waren.

Ihre Familie baute seit Generationen Safran an; das hatte ihre Mutter ihr oft erzählt. »Wir müssen arbeiten, damit unsere Tradition überlebt.« Diesen Satz hatte sie ziemlich heftig hervorgestoßen, und in ihren dunklen Augen – sie waren beinahe indigoblau – hatte dabei die gleiche Leidenschaft geglüht wie in ihren Worten. Wenn ihre Mutter Safrankuchen gebacken hatte, war ihr dunkles Haar meist überstäubt von Mehl gewesen, weil sie es sich bei der Arbeit mit den mehligen Händen immer wieder aus dem Gesicht gestrichen hatte. Der Tradition entsprechend benutzte ihre Mutter den gesamten Safranaufguss, statt ihn zu sieben, um das beste Aroma zu erzielen. Später gab sie Korinthen, Zitronat, Orangeat, Muskat und Zimt dazu. Er braucht keinen Schnickschnack, pflegte ihre Mutter zu sagen. Einfach eine Scheibe goldener Sonnenschein und ein wenig Sahne. Diese duftende gelbe Krume. Dieser schwer zu definierende Safrangeschmack. Himmlisch. Schon bei dem Gedanken lief Nell das Wasser im Mund zusammen.

»Du auch, Nell. Es ist dein Erbe.« Dann drehte sie sich mit einer schwungvollen Bewegung um, um weitere Zutaten aus der

Speisekammer zu holen, und das Haar fiel ihr über den schlanken Rücken, und der bunt gemusterte Rock schwang mit. »Auch du musst sie lebendig halten.«

Dieses Erbe war eine furchtbare Verantwortung, dachte Nell, während sie ihren Tee trank. Ihre Mutter hätte nicht sterben sollen, nicht so plötzlich – und ganz bestimmt nicht auf diese Art. Es hatte Nell völlig unvorbereitet getroffen. Sie nahm den dicken, cremeweißen Umschlag vom Tablett. »Ist das mein Geschenk – oder eine Karte?«, versuchte sie zu witzeln.

Callum zog eine Augenbraue hoch. »Du musst ihn nur aufmachen und nachsehen.«

Sie wusste, es würde beides sein. Nell hatte eine Weile gebraucht, um ihren Mann zu verstehen und die Art, wie er sein Leben genauso in Ordnung hielt wie die Gärten anderer Menschen. Er war Landschaftsgärtner und -architekt und arbeitete auf die altmodische Weise. Nichts liebte er mehr, als an seinem Reißbrett auf Papier einen Garten zu entwerfen; mit Lineal, Bleistift und einem tiefen Stirnrunzeln, das sie ihm am liebsten weggestrichen hätte. Später setzte er seinen Entwurf dann mit Rasen, Stein aus der Gegend, Pflaster, Bodenbelag und Pflanzen um. Und obwohl Nell sich manchmal wünschte, er würde spontan seine Meinung ändern, seine Pläne würden im Chaos untergehen oder etwas würde sich anders entwickeln, als er erwartet hatte, war sie sich bewusst, dass es wahrscheinlich genau dieser Ordnungssinn gewesen war, der sie überhaupt erst zu ihm hingezogen hatte. Callum war das Fleisch gewordene Gegenteil ihrer Mutter.

Nell drehte den Umschlag in ihrer Hand. Callum hatte sein Bestes getan, um sie in ihrer Trauer und in ihrem Zorn zu unterstützen. Aber er hatte auch deutlich gemacht, dass sie nun langsam wieder nach vorn blicken sollte. Doch wie konnte man nach vorn blicken, wenn etwas in einem gestorben war?

»Wir müssen das blöde Haus verkaufen«, hatte er vor zwei

Monaten zu ihr gesagt, als sie in an einem sonnigen Nachmittag in ihrem winzigen Garten hinter dem Haus saßen.

»Blöd?« Nell hatte das Wort nicht gefallen. Sie war dort aufgewachsen und hatte den größten Teil ihres Lebens dort verbracht. Sie wusste nicht, ob sie es ertragen würde, wenn es jemand anderem gehörte.

»Es ist jetzt drei Monate her.« Er war von der Bank aufgestanden und lief im Garten auf und ab, als säße er in der Falle. »Es steht bloß da und tut nichts. Du musst dich der Erkenntnis stellen. Sie kommt nicht wieder, oder, Nell?«

Nell spürte, wie die Tränen in ihr aufstiegen. Auch nach drei Monaten waren sie nie weit entfernt. »Nein«, sagte sie leise. »Sie kommt nicht zurück.«

»Und wir könnten das Geld gebrauchen.«

Nell hoffte, dass sie ihn nicht richtig verstanden hatte. Aber natürlich hatte sie das.

Er kam wieder zu ihr und setzte sich neben sie auf die Bank. »Wir könnten uns etwas Größeres kaufen. Ich könnte etwas Geld ins Geschäft stecken. Wir könnten sogar die Eröffnung eines eigenen Restaurants für dich planen. Das willst du doch, oder? Wollen wir das nicht beide?«

Nell sagte nichts. Ein Gefühl, das sie nicht identifizieren konnte, schnürte ihr die Kehle zu. In diesem Moment hätte sie nicht sagen können, was sie wollte.

»Es ist Zeit, Nell.« Er legte den Arm um sie.

Am liebsten hätte sie den Kopf an seine Schulter gelegt. Nichts wünschte sie sich mehr. Sie wollte die Augen schließen und einfach alles ihm überlassen. »Ich weiß nicht.« Sie hatte das Gefühl, das Gespräch darüber, ob sie zusammenziehen sollten, erneut zu führen. Aber dieses Mal schien sie nicht die Kraft zu haben, für das einzustehen, was sie wirklich wollte. Dabei war es ihr Erbe. Das Haus. Der Safran.

»Du bist nicht deine Mutter«, sagte er. »Du willst dich doch nicht um einen Bauernhof kümmern? Ich will das nicht. Ich kann das nicht. Du willst doch nicht, dass das dein Leben wird?«

Aber das war es. »Nein.« Unglücklich schüttelte Nell den Kopf. Aber … Ihre Mutter hatte unermüdlich auf dem Land gearbeitet. Manchmal hatte sie Hilfskräfte eingestellt, wenn sie es sich leisten konnte. Und es hatte Männer gegeben – oft war ein Mann monatelang bei ihnen geblieben und hatte für eine warme Mahlzeit und ein Bett für sie gearbeitet. Diese Männer waren nie geblieben. Im Herbst, wenn die Äpfel, Birnen und Pflaumen gepflückt waren und das Strauchobst abgeerntet war, wenn Nells Mutter Marmelade kochte, Obst einmachte und sich auf die Wintermonate vorbereitete, dann waren sie fortgegangen. Manchmal vor der Safranernte, manchmal danach. Als Kind hatte Nell nie gewusst, warum. An einem Tag waren sie da und am nächsten fort. Es war nie von Bedeutung. Ihre Mutter lächelte und sang immer noch, und sie waren immer noch zu zweit, so wie es immer gewesen war.

Aber jetzt war es nicht mehr so. Callum hatte recht. Es waren nur fünf Morgen Land und ein Farmhaus; so musste sie es sehen. Der Ziegenbock, den sie gehabt hatten, war bereits an eine Familie aus dem Dorf verkauft, die fand, eine Ziege als Haustier sei eine witzige Idee. Die Leute kamen aus London, was wussten sie schon? Und die Hühner – verkauft an eine Bauersfrau aus der Nachbarschaft, die ein Stück weiter die Straße hinunter wohnte. Und der Safran.

»Dieser Ort, dieses Haus, das Land … Das war Mums Welt«, versuchte sie zu erklären. Und meine Welt, dachte sie. Als Kind war es jahrelang alles gewesen, was sie gekannt hatte. Ihre Mutter hatte sie von Dingen in der Außenwelt ferngehalten, von denen sie glaubte, sie könnten sie verletzen. Eingesperrt, dachte Nell und fühlt sich sofort schuldig. Oder beschützt. Es war ein schmaler Grat. Sie hatte jedoch nie erfahren, warum ihre Mutter sie so unbedingt hatte beschützen wollen, was ihr zugestoßen war, dass sie die Welt für so schlecht hielt. Ihre Mutter hatte es ihr nie erzählt.

»Ich weiß«, sagte er. »Ich verstehe deine Gefühle, und ich weiß, wie schwer es dir fällt.« Aber während er sprach, schien er sich von ihr zu entfernen, das spürte sie. »Überlass es mir.« Plötzlich erkannte sie seinen Ton. Es war derselbe Ton, den er bei Kunden anschlug, wenn er begann, ihren Garten zu planen. »Ich übernehme die ganze Organisation. Sie brauchen keinen Finger zu rühren.«

Nell schlitzte den Umschlag mit dem Daumen auf. Sie hatten das Farmhaus noch nicht verkauft, das war die Hauptsache. Es stand zum Verkauf, aber noch gehörte es ihr.

Sie zog die Karte hervor. Sie zeigte ein Strichmännchen, das vor einer Strichfrau kniete und ihr ein Herz entgegenstreckte. Das Strichmännchen hatte dunkles Haar und haselnussbraune Augen wie Callum und die Strichfrau üppige blonde Locken und blaue Augen wie Nell. Sie fragte sich, wie viele Kartenläden er durchkämmt hatte, um sie zu finden. Am liebsten wäre sie in Tränen ausgebrochen – schon wieder.

»Callum, ich weiß, dass es …« *Zwischen uns in letzter Zeit nicht so gut gelaufen ist*, wollte sie sagen. Denn plötzlich wollte sie sich die Wahrheit darüber eingestehen, dass sie seit dem Tod ihrer Mutter nicht mehr auf derselben Wellenlänge funkten. Und sie wollte, dass er es ebenfalls tat.

Doch er gebot ihr Einhalt und unterbrach sie mit einem Kopfschütteln. »Nicht, Nell. Nicht heute.«

Sie zögerte.

Ein kleiner Umschlag fiel aus der Karte. Ihr Geschenk. Nell las die Worte auf der Karte: »Alles Gute zum Geburtstag für meine liebste Küchenchefin«. Sie durfte wirklich nicht wieder weinen. Sie reckte sich und küsste ihn auf die warme, stopplige Wange. Wenn nicht heute, dachte sie, wann dann?

»Und?« Callum wartete gespannt.

Nell hatte beinahe Angst, den Umschlag zu öffnen. Was, wenn es ihr nicht gefiel? Was, wenn er etwas vollkommen Falsches ausgesucht hatte? Es war schon schlimm genug, zum ersten Mal ohne ihre Mutter Geburtstag zu feiern: niemand, der in der Küche laut sang, mit Töpfen und Pfannen klapperte, während er Geburtstagspfannkuchen backte, in Gummistiefeln herumstapfte, weil er gerade draußen die Hühner gefüttert hatte, mit einer Henne sprach, die sich ins Haus verlaufen hatte, oder mit dem Ziegenbock, der auf dem Hof angebunden war. *Alles Gute zum Geburtstag, meine Nelly!* Das tiefe Lachen ihrer Mutter. *Mein Sonnenstrahl.* Ihre Mutter hatte sie Nell genannt, weil das im Altenglischen »Licht«, »Sonnenstrahl« bedeutete. Sie war nach dem Safran benannt.

Nell schniefte.

»Komm schon, Nell.« Callum drückte ihre Schulter.

»Schon gut.« Sie musste wirklich damit aufhören. Verdammt sollte dieser Traum sein. Sie öffnete den Umschlag. Ein Flugticket. Hin- und Rückflug. Sie runzelte die Stirn. Nach Marrakesch. »Warum …?«

»Und?«, fragte Callum noch einmal.

Nell bemerkte, dass noch ein Stück Papier in dem Umschlag steckte. Eine Art Kreditkartenquittung. Sie nahm es heraus. Für einen Kochkurs, las sie. Im Riad Lazuli. In Marrakesch. Ein fünftägiger Kurs in marokkanischer Kochkunst.

»Was ist das?«, fragte sie, obwohl sie es natürlich wusste. Callum hatte ihr einen marokkanischen Kochkurs in einem Riad in Marrakesch geschenkt. Was sie meinte, war – warum? Und wie in aller Welt konnten sie sich das leisten?

»Gefällt es dir nicht?« Callums entschlossenes Grinsen verrutschte. »Ich dachte, es wäre das perfekte Geschenk. Du hast gesagt, du hättest noch Urlaub. Ich habe mich mit dem Café abgesprochen.« In seinen haselnussbraunen Augen stand immer noch ein hoffnungsvoller Ausdruck. »Ich dachte, es wäre eine Investition in deine Zukunft. In unsere Zukunft. Du hast immer davon gesprochen, dass du mehr über ...« Er verstummte.

»... die marokkanische Küche lernen wolltest. Ja, das habe ich. Und ja, das möchte ich.« Nell holte tief Luft. »Das ist ein wunderbares Geschenk.« So gesehen war es ungefähr das einzige Geschenk, das er ihr hätte machen können.

Seine Miene hellte sich sichtlich auf. »Sicher?« Er nahm ihre Hand. »Dann willst du fliegen? Du freust dich?«

»Natürlich möchte ich.« Er sollte nicht wissen, dass Nell sich seit dem Tod ihrer Mutter verletzlicher fühlte, als sie es je für möglich gehalten hatte. Er brauchte nicht zu wissen, dass es ihr schwerfiel, morgens aufzustehen und zur Arbeit zu gehen, dass es ihr sogar schwerfiel, zu ihrem Mann nach Hause zu kommen, ohne die Stimme ihrer Mutter zu hören. Ständig starben Mütter. Die Menschen trauerten, und sie kamen darüber hinweg. So war das Leben – und der Tod. Sie lungerten nicht sinnlos herum und dachten an Hühner, Frauen in Gummistiefeln und den schwer zu beschreibenden Duft von Safran. Sie lebten ihr Leben weiter; und wenn sich darin plötzlich ein Abgrund auftat, dann wichen sie ihm aus und stürzten nicht hinein. Sie behielten nicht die in ihr lila Lieblingstuch geschlagenen Tarotkarten ihrer Mutter und legten sie nicht täglich, um Anhaltspunkte dafür zu finden, was sie tun und wie sie weitermachen sollten. Sie lächelten, schoben die Erinnerungen beiseite und lebten weiter. Callum ahnte nichts davon, denn sie hatte ihm nicht erzählt, wie schlimm es war. Aber wie er empfand, hatte er deutlich zum Ausdruck gebracht: Er fand, es sei Zeit, dass sie zumindest versuchte, darüber hinwegzukommen.

Nell war sich nicht sicher, was am Beängstigendsten war – der Kochkurs oder die Unterbringung in einem Riad in Marrakesch. »War das nicht schrecklich teuer?«, fragte sie.

Er grinste. »Der Flug war ein Schnäppchen. Der Kochkurs – na ja, es war noch ein Platz frei, und sie hatten den Preis stark gesenkt, um ihn loszuwerden. Last minute sozusagen. Es ist auch keiner dieser schicken Riads. Mehr einer für … ähem … Rucksacktouristen.«

Rucksacktouristen. Sie nickte. Der Name Riad Lazuli klang allerdings nicht danach. »Dann kommst du nicht mit?«, fragte sie Callum.

Er sah sie an, doch dann wanderte sein Blick an ihr vorbei, in den Garten. Sie konnte erkennen, dass er an anderer Leute Gärten dachte. »Ich habe zu viel zu tun«, sagte er. Einen Moment lang klang er anders, ausweichend. Dann wandte er sich ihr wieder zu, streckte die Hand aus und zerzauste ihr die Locken. Das hatte er schon länger nicht mehr getan. »Das ist für dich, Nell. Nur für dich.«

»Großartig.« In Nells Ohren klang das Wort betrübt, aber Callum schien es nicht zu bemerken. Sie registrierte das Datum auf dem Ticket und rang die Panik nieder. Sie würde in drei Tagen fliegen. »Danke, Callum.«

»Also …« Callum wirkte immer noch besorgt.

Nell wurde klar, dass sie ihm davon in ihrer Beziehung bisher zu viel zugemutet hatte – Sorgen. Sie setzte ihr bestes Lächeln auf, das sie jederzeit herbeizaubern konnte. Woher sollte er wissen, was sie empfand? Sie konnte es ihm unmöglich erzählen. »Es ist perfekt«, sagte sie.

2. Kapitel

»Und was hat er dir geschenkt?«

Nell blickte zu Sharon hinüber. »Zwei Krabbenbaguettes«, sagte sie. »Einen Kochkurs. In Marrakesch.«

»Oooh. Sehr nett.« Sharon schnappte sich die Baguettes und tänzelte zu einem Tisch in der Ecke.

Nell wischte sich die Hände an der Schürze ab und wandte sich der nächsten Bestellung zu. Gebackene Bohnen auf Toast. Aha. So etwas hatte sie sich nicht vorgestellt, als sie ihre Ausbildung als Köchin am Cornwall College begonnen hatte. Als sie die Ausbildung endlich abgeschlossen hatte, hatte man ihr erzählt, nun stünde ihr der Weg in Spitzenbetriebe offen; sie könne sich nun hocharbeiten und schließlich Küchenchefin werden. Sie blickte sich in dem Raum mit den Resopaltischen und den Plastikstühlen um. Das hier war wohl kaum ein Spitzenbetrieb. Qualifikation war gut und schön. Aber man musste auch einen Job finden.

»Es ist doch nett, oder?«, fragte sie, als Sharon wieder an der Durchreiche zur Küche auftauchte. Sie dachte an Callums ausweichenden Blick. »Ist es ein gutes Zeichen, wenn dein Ehemann dir ein Geschenk macht, das erfordert, dass man fünf Tage ohne ihn verreist?«

Sharon lachte. »Bei deinem Callum ja.«

»Und wieso das?« Nell nahm ein paar Scheiben Brot und ließ sie in den Toaster in Gastronomiegröße fallen. Wenn sie ihr eigenes Restaurant hätte, würden gebackene Bohnen auf Toast auf keinen Fall auf der Speisekarte stehen.

»Weil er dich offensichtlich anbetet.« Sharon stemmte die

Hände in die Hüften. »Du hast keine Ahnung, was für ein Glück du hast.«

Darüber dachte Nell nach. Das stimmte nicht, entschied sie. Sie wusste sehr wohl, dass sie Glück hatte, Callum zu haben. Sie konnte sich nicht vorstellen, wie sie ohne ihn auf den Tod ihrer Mutter reagiert hätte. Aber es waren auch so schrecklich viele Dinge passiert, von denen Sharon nichts wusste. Außerdem war Sharon unheilbar romantisch.

»So ein wunderschönes Geschenk.« Sharon hatte sich jetzt warmgeredet. »Stell dir vor, Marokko: glühende Hitze, herrliche Märkte, in einem Luxus-Riad herumliegen …«

»Ich werde nicht herumliegen. Ich werde arbeiten. Kochen – schon vergessen? Es ist kein Luxus-Riad, sondern eher etwas für Rucksacktouristen. Und es ist Ende Oktober. So heiß wird es wahrscheinlich gar nicht sein.«

Sharon tat ihre Einwände leichthin ab. Sie warf einen Blick über die Schulter, um sich zu vergewissern, dass die Gäste noch versorgt waren. »Du wirst jede Menge Freizeit haben«, versicherte sie Nell. »Das wird der pure Himmel. Ich wünschte, ich könnte mitkommen.« Sie nickte einem Gast zu, kritzelte etwas auf ihren Notizblock und sauste mit der Rechnung davon.

»Ich auch«, murmelte Nell. Sie rückte das Haarband zurück, mit dem sie die Locken aus dem Gesicht hielt. Darauf balancierte die weiße Mütze, auf der Johnson bestand.

Die Tür schwang auf, und Johnson kam mit großen Schritten herein, als hätten ihre Gedanken ihn herbeigerufen. »Immer noch Mittagsgeschäft?« Er warf einen Blick auf seine Armbanduhr und schüttelte beim Anblick der gebackenen Bohnen betrübt den Kopf. »Wie viele Reservierungen haben wir für heute Abend, Nell?«

Er erwartete, dass sie solche Fakten immer sofort parat hatte, und runzelte die Stirn, als sie sich vorbeugte, um im Reservierungsbuch nachzusehen. »Einen Tisch für vier um sieben und zwei Tische für zwei um acht«, erklärte sie. Nicht übel für einen Dienstagabend außerhalb der Saison.

»Wie symmetrisch.« Johnson öffnete den Kühlschrank und musterte mit zusammengekniffenen Augen den Inhalt. »Hoffen wir, dass sie alle eines der Specials bestellen.«

Sharon brachte ein paar Teller herein, sah Johnson und verdrehte die Augen.

Sie hatte zwar gerade noch mit Sharon über Callum gescherzt, weil das die Art der beiden war, den Tag zu überstehen, aber jetzt ertappte Nell sich wieder bei dem Gedanken, ob die Beziehung zwischen ihr und Callum das hier überstehen würde – was immer »das hier« sein mochte. Ihre Trauer, vermutete sie. Sein Bedürfnis, sie solle sie hinter sich lassen.

Sie hatten angefangen zu streiten – Diskussionen, die dazu führten, dass er sich das dunkle Haar raufte und in seinen Gartenstiefeln nach draußen stampfte, um noch mehr Zweige von ihrer eigensinnigen Fichte zu schneiden oder den Hof hinter dem Haus zu fegen. Streitgespräche, nach denen Nell sich selbst ein wenig wie eine eigensinnige Fichte vorkam. Sie hatten seit Wochen nicht miteinander geschlafen. Nell hatte keine Lust, nachzurechnen, seit wie vielen Wochen. Callum arbeitete länger und Nell ebenfalls, und ihre Arbeitszeiten waren nicht immer identisch. Er hatte begonnen, sie mit einem Blick anzusehen, den sie nur verzweifelt nennen konnte. Er hatte sie gebeten, zum Arzt zu gehen, und sie hatte sich geweigert; Kummer war ein Prozess, und sie brauchte keine Glückspillen. Er hatte begonnen, sie überhöflich zu behandeln. Und er war so beflissen. Um Himmels willen, er hatte ihr Frühstück ans Bett gebracht. Er hatte darauf bestanden, dass sie das Farmhaus endlich zum Verkauf anboten. Und jetzt schickte er sie weg.

»Ich warte nur darauf, dass der Richtige für *mich* hier hereinspaziert.« Sharon ließ ihren geübten Kellnerinnenblick über die Gäste des an der Uferpromenade gelegenen Cafés schweifen. Nell folgte ihrem Blick und schmunzelte. Zwei Biker, die sich verfahren haben mussten, ein Paar mittleren Alters, das Cappuccino trank – eine Übertreibung, da Johnson's Café gar keine Espressomaschine besaß –, und ein grauhaariger Wanderer, dessen Ziel wahrscheinlich die Roseland-Halbinsel war.

Sharon spielte natürlich darauf an, wie Nell Callum kennengelernt hatte. An einem kalten Tag zu Beginn des Frühlings war er hereingekommen, hatte Tee und ein getoastetes Sandwich mit Käse und Zwiebeln bestellt und sie durch die breite Klappe, die die Küche vom Gastraum trennte, angestarrt. Eine Viertelstunde später starrte er sie immer noch an. Johnson hatte immer behauptet, eine große Durchreiche, durch die ihre Gäste sehen konnten, was in der Küche vorging, flöße Vertrauen ein. Nell befürchtete, dass Vertrauen nicht alles war, was sie auslöste. Am nächsten Tag war Callum wieder da, und am Tag darauf ging er zufällig vorbei, als ihre Mittagsschicht zu Ende war.

»Ich erinnere mich an Sie«, sagte er, als würden sie sich schon lange kennen. »Würden Sie einen Kaffee mit mir trinken?«

Nell war eigentlich nicht auf der Suche nach einem Freund. Auf der Roseland-Halbinsel kannte sie schon die meisten Leute, und der Rest waren Fremde – Touristen. Sie hatte an der Kochschule Männer kennengelernt und ihren Teil an Verabredungen absolviert. Und sie war immer davon ausgegangen, dass eines Tages jemand Besonderes kommen würde. Aber bis jetzt war das nicht passiert. Bis dahin hatte sie das Café und das Leben mit ihrer Mutter in dem Farmhaus, das nur eine Meile entfernt lag. Sie hatte Freundinnen wie Lucy, die mit ihr zusammen am Cornwall College studiert hatte und jetzt in Truro lebte und arbeitete, und neuere Freundinnen wie Sharon. Aber vor allem hatte sie ihre Mutter.

Sie wusste gleich, dass Callum anders war, vielleicht sogar etwas Besonderes. Er erzählte ihr, dass er gerade einen Garten gestaltete. Terrassen anlegen. Pflanzen auswählen. Schönes erschaffen. Der Garten gehörte zu einem der großen Häuser westlich von St. Mawes, deren Gärten zum Meer hinunter verliefen. Nell hörte die Leidenschaft in seiner Stimme, mit der er über seine Vision für diesen Garten sprach, und stellte zu ihrer Verblüffung fest, dass sie sich etwas von dieser Leidenschaft für ihre eigene Person wünschte. Callum war wie ein frischer Wind. Er stellte die richtigen Fragen und sah sie auf eine gewisse Art an, auf eine gute Art. Aber das, rief sie sich ins Gedächtnis, war damals gewesen.

Nach ihrer Schicht verließ Nell das Café und fuhr mit dem Rad zurück zum Farmhaus. Mit gesenktem Kopf und gegen den Wind sauste sie über die vertrauten Landstraßen, vorbei an Bäumen, deren Laub gelb geworden war, und kurzen, breiten Hecken, in denen die verfaulenden Reste von Brombeeren hingen. Heute war einer dieser frischen Oktobertage, an denen der Winter plötzlich kurz bevorzustehen scheint. In der dumpfen Herbstluft lag mit einem Mal eine spürbare Kälte, die sie ihre Fleecejacke bis unters Kinn zuknöpfen ließ. Nach Hause zu Callum ging es eine weitere Meile quer über die Halbinsel, aber sie hatte sich angewöhnt, unterwegs hier anzuhalten, obwohl es eigentlich nicht am Weg lag. Es war eine schlechte Angewohnheit, sagte sie sich, stieg vom Rad, schnappte sich ihre Tasche aus dem Lenkerkorb und schloss mit ihrem Schlüssel die zerkratzte Haustür auf. Bald würde es das Farmhaus nicht mehr geben – jedenfalls nicht für Nell. Das »ZU VERKAUFEN«-Schild, das an den Zaun genagelt war, wirkte auf Nell wie ein Tadel.

Sie schob mit dem Fuß ein paar knittrige braune Blätter beiseite, zog die Tür auf, trat auf die kalten Bodenfliesen der Küche und lauschte. Nichts. Was hatte sie auch erwartet? Die Stimme ihrer Mutter? »Hallo«, flüsterte sie. Die vollkommene Stille des Hauses war undurchdringlich wie Nebel über dem Meer.

Entschlossen summte sie vor sich hin, um sie zu brechen, ließ den alten Teekessel vollllaufen und griff nach den Kräutertee-Beuteln, die in einer alten Brühwürfeldose aufbewahrt wurden. Sie sagte sich, dass sie nur noch keine rechte Lust hatte, nach Hause zu fahren.

Als das Wasser gekocht hatte, goss sie sich einen Tee namens »Harmonie« auf, stellte den Becher auf den alten Bauerntisch und griff nach den Tarotkarten ihrer Mutter, die, in das violette Seidentuch gewickelt, seit jeher in einem Fach in der Anrichte aus Kiefernholz gelegen hatten. Stirnrunzelnd dachte Nell an ihre Frage und mischte die Karten dann langsam. Sie betraf Callum, ihre Reise nach Marokko und vielleicht ihre Mutter. Würde ihre Ehe ihre Trauer überleben? War sie stark genug, das zu schaffen? War sie in der Lage, einen Kochkurs in Marrakesch als Investition in ihre gemeinsame Zukunft zu betrachten?

Ihre Mutter hatte immer großen Wert auf schmückendes Beiwerk gelegt. Sie pflegte eine Kerze anzuzünden und eine Duftlampe – für gewöhnlich mit Lavendel, aber manchmal auch mit Rosenöl oder Patschuli. Sie dämpfte das Licht – sie legte die Karten immer abends –, zog weite, bequeme Kleidung an, ihren Kaftan oder einen Schlafanzug, und legte manchmal leise meditative Musik auf. Nell tat nichts davon. Sie konzentrierte sich einfach und legte die Karten ohne ein besonderes Muster aus. Sie bat die Karten nicht, sie an die Vergangenheit zu erinnern oder ihr die Zukunft vorherzusagen. Sie wollte nur die Stimme ihrer Mutter hören.

Sie zog eine Karte und blinzelte: die Sonne. Dies schien eine gute Karte für eine Reise zu sein. Und andere Verbindungen waren ebenfalls offensichtlich. Die Wärme Marokkos, die tiefgelbe

Farbe des Safrans, die aus den blutroten Fäden entsprang, und natürlich ihr eigener Name. Nell war entschlossen, die Dinge positiv zu sehen. Die Sonne stellte eine Ermunterung dar, die Schatten hinter sich zu lassen. Aber andererseits begleitete einen der eigene Schatten immer, oder? Sie lauschte, aber die Stimme ihrer Mutter schien schwächer zu werden, und Nell geriet in Panik. Was, wenn sie sie irgendwann nicht mehr hören konnte?

Erleichtert registrierte sie die nächste Karte, die Hohepriesterin. Das war ihre Mutter. Die geheimnisvolle Frau. Die Hohepriesterin verkörperte die weibliche Kraft und hütete alle Geheimnisse. Ihre Mutter war der Mensch gewesen, den Nell auf der ganzen Welt am besten kannte. Und doch: Wer war sie wirklich gewesen? Wie gut hatte Nell über sie Bescheid gewusst? Über ihr Leben? Über ihre Vergangenheit? Sogar über ihren Tod? Sie wusste, was für ein Mensch ihre Mutter nach ihrer Geburt gewesen war. Zumindest von dem Punkt an, an dem ihre Erinnerung begann, konnte sie das sagen. Aber wer war sie vorher gewesen? Wer war die junge Frau gewesen, die Nell zur Welt gebracht hatte? Und wer war Nells Vater?

Sie ließ die Karten liegen und ging zur Kommode, um aus der Schublade das einzige Fotoalbum herauszunehmen, das ihre Mutter besessen hatte. Auf gewisse Art war es oft ihre Mutter gewesen, die sie zum Handeln gezwungen hatte, nachdem sie von zu Hause weggegangen und mit Callum zusammengezogen war. Eines Abends, als sie nicht mit ihm verabredet war, hatten sie zusammengesessen, und Nell hatte das Fotoalbum hervorgeholt. Das tat sie nicht oft – ihre Mutter hatte es nie besonders gemocht –, aber etwas, das Callum am vorherigen Abend zu ihr gesagt hatte, hing ihr noch nach, und sie war entschlossen, den Dingen auf den Grund zu gehen.

»Falls wir heiraten«, hatte er gesagt, ihre Hand genommen und ihren Daumen gestreichelt, »ich meine, wenn wir heiraten …«

Sie hatte gelacht, weil er sie bis jetzt noch nicht einmal gefragt hatte. »Ja?«

»Wer würde dich dann zum Altar führen? Deine Mum?«

»Glaube schon, ja.« Und seitdem hatte sie darüber nachgedacht. Es war ja nicht so, dass sie nicht wollte, dass ihre Mutter sie zum Altar führte. Sie hatte nur einfach keine andere Wahl.

Viele Fotos zeigten ihre Mutter als Kind. Auf den alten Schnappschüssen in Schwarz-Weiß wirkte sie einnehmend und hübsch. Einige waren in den umliegenden Feldern oder im Garten aufgenommen, eines am Strand, und eines, Nells Lieblingsfoto, zeigte sie, wie sie vor dem lilafarbenen Safranfeld stand, lachend, als sei sie durch den starken Safranduft vor Freude wie berauscht.

Und dann …

»Was hast du denn auf einmal?« Ihre Mutter war an ihr vorbeigerauscht und hatte dabei Teller und Besteck vom Tisch eingesammelt. »Nostalgische Anwandlungen?«

»Nein. Ich wollte nur …« Sie blätterte die Seiten um. Sie wusste schon, was sie sehen würde. Nämlich nichts. Es war, als hätte ihre Mutter einfach aufgehört zu existieren. Es gab Kinderbilder von Nell – nicht viele –, die wahrscheinlich jemand anderes aufgenommen hatte, denn sie konnte sich nicht erinnern, ihre Mutter je hinter der Kamera gesehen zu haben. Vielleicht einer der Freunde ihrer Mutter, die kamen und eine Weile bei ihnen blieben, oder eine ihrer Freundinnen aus dem Dorf.

»Wer war er?«, fragte sie.

»Er?« Ihre Mutter wandte ihr den Rücken zu und spülte. Nein, sie wusch nicht nur ab. Sie hatte beide Wasserhähne voll aufgedreht und spritzte Spülmittel hinein, als hinge ihr Leben davon ab. Sie konnte furchtbar stur sein.

»Mein Vater.«

Sie gab keine Antwort. Nell hörte nur, wie das Wasser in die Schüssel donnerte.

»Mum?«

»Ich weiß es nicht.«

Das Wasser spritzte auf den Boden. Nell sprang auf, rannte zu ihr, griff an ihr vorbei und drehte die Hähne ab. Ihre Mutter umklammerte den Rand des Spülbeckens und starrte vor sich hin.

»Weißt du es nicht, oder willst du es mir nicht sagen?«

»Beides.« Endlich sah ihre Mutter sie an. »Ich kann mich nicht damit beschäftigen, Nell. Nicht mehr. Das habe ich dir doch schon gesagt.«

»Aber ich muss es wissen.« Nell zwang sich, nicht nachzugeben. Sie hatte etwas Schlimmes erlebt, so viel war klar. Etwas, das sie verletzt hatte, etwas, das sie dazu brachte, Nell beschützen zu wollen, sie von allem fernzuhalten, worüber sie keine Kontrolle hatte – die Außenwelt. Und das Letzte, was Nell wollte, war, ihrer Mutter zusätzlichen Schmerz zuzufügen. Aber hatte sie es nicht verdient, die Wahrheit zu erfahren? Nells Mutter hatte immer mit etwas hinter dem Berg gehalten. Und was immer es war, es fehlte auf den Seiten dieses Albums.

»Es tut mir leid. Aber ich kann nicht.« Ihre Mutter nahm den Spüllappen und wusch weiter ab.

Nell hätte am liebsten geschrien. Aber was hätte das genützt? »Warum nicht?«, stieß sie hervor. Aber es war sinnlos. Sie kannte die Antwort schon.

»Es tut zu weh.«

»Das tut mir leid, Mum, aber …«

»Und du brauchst es nicht zu wissen.« Sie fuhr herum. »Wer hat dich großgezogen? Wer hat dich versorgt? Wer würde alles für dich geben? Alles.« Nell sah, dass sie zitterte.

»Darum geht es nicht.« Warum begriff sie das denn nicht? Es

kam nicht darauf an, wer was tat oder wer der bessere Mensch war. Dies war kein Konkurrenzkampf, und sie würde nie aufhören, ihre Mutter zu lieben, aber sie musste es wissen, verdammt. Es ging um ihre Abstammung, ihre Herkunft, ihr Erbe.

»Du kannst nicht ständig auf etwas herumhacken, über das du nichts weißt. Du musst in der Gegenwart leben, Nell, nicht in der Vergangenheit. Und du musst in die Zukunft sehen. Das ist der einzige Weg.« Aber gleichzeitig schüttelte ihre Mutter den Kopf und begann zu weinen. Nell fühlte sich schlecht, so wie immer, und ging hinaus.

Als sie eine Stunde später zurückkam, legte ihre Mutter die Tarotkarten und wirkte wieder gelassen und beherrscht.

»Ich ziehe mit Callum zusammen«, erklärte Nell ihr. Sie würde sich nicht mehr mit der Vergangenheit beschäftigen, sondern tun, was ihre Mutter vorschlug. Von jetzt an würde sie in die Zukunft blicken.

Ihre Mutter zuckte kaum mit der Wimper. »Du musst tun, was du tun willst, Schatz«, hatte sie gesagt.

Aber man konnte einfach nichts daran ändern, was oder wer man war, und so saß Nell wieder hier mit dem Fotoalbum und gab sich den Erinnerungen hin. Sie blätterte die Seiten um und stieß auf das Foto ihrer Großeltern, die sie nie kennengelernt hatte. Sie betrachtete den Vater ihrer Mutter, einen großen, ernsten Mann mit einem gezwirbelten Schnurrbart. Neben ihm stand, blond und hübsch, Patricia, die Mutter ihrer Mutter. Beide waren früh gestorben, ihr Großvater bald nach dem Krieg und ihre Großmutter kurz vor Nells Geburt. Das musste ihre Mutter schwer getroffen haben; heute verstand Nell das. Erst seit dem Tod ihrer Mutter hatte sie deren tiefe Sensibilität ganz verstehen können, hatte die Möglichkeit akzeptiert, dass sie, wie Nell selbst, manchmal nicht weitergewusst hatte, nicht gewusst hatte, was sie tun sollte.

Nell seufzte. In der Tat, ihre Mutter war eine geheimnisvolle Frau. Callum hatte ihr – und zwar mehr als einmal – erklärt, was ihr Problem war. »Du hast ihren Tod nicht akzeptiert. Du kannst dich nicht damit abfinden, dass sie nicht mehr da ist.« Und so wie sie jetzt hier saß und einen Stapel Tarotkarten und ein leeres Fotoalbum betrachtete, vermutete Nell, dass das stimmen könnte. Sie war immer davon ausgegangen, dass ihre Mutter ihr eines Tages einfach alles erzählen würde, was sie wissen wollte. Aber sie hatte nicht so viel Zeit gehabt, wie sie dachte. Außer, sie hatte in der Nacht, in der sie gestorben war, genau gewusst, was sie tat. Was, wenn sie mit Absicht von der Klippe gesprungen war? Was dann?

Callum war hocherfreut darüber gewesen, dass Nell zu ihm ziehen wollte, und hatte sofort begonnen, Pläne zu schmieden. Er hatte erklärt, dass sie so schnell in seine Einzimmerwohnung einziehen könne, wie sie wolle. Aber Nell hatte etwas Geld gespart, sodass sie nach etwas Gemeinsamem suchen konnten, vielleicht nach einem kleinen Reihenhaus. Und sie würden heiraten. Oder?

»Fragst du mich gerade?« Nell rang gedanklich noch mit der neuerlichen Weigerung ihrer Mutter, ihr zu erzählen, was sie wissen wollte. »Ist das ein Antrag?«

»Ja!« Und dann war er mitten in der Bar, vor allen Leuten, vor ihr auf die Knie gegangen. Sie hatte gelacht und ihn wieder hochgezogen. »Dann sieh lieber zu, dass du mir einen Ring besorgst«, hatte sie gesagt.

Nells Mutter hatte angesichts des Ganzen zuversichtlich gewirkt. Sie schien Callum zu mögen und nahm all ihre Pläne ohne Einwände hin. Sie hatte etwas Geld für Nell beiseitegelegt, das sie ihnen jetzt als Zuschuss zu ihrer Hochzeit gab. Callums Eltern, die vor einigen Jahren nach Herefordshire gezogen waren, trugen ebenfalls dazu bei, und Nell und Callum heirateten im

Frühling, in dem Jahr, nachdem sie ihr erstes gemeinsames Haus gekauft hatten.

Kurz darauf lud Nells Mutter die beiden eines Abends zum Essen ein.

»Ich verkaufe einen Teil des Landes«, hatte sie erklärt, als sie und Nell nach dem Essen den Tisch abräumten. Mutter und Tochter hatten darauf bestanden, dass Callum im Wohnzimmer die Füße hochlegte, denn er hatte auf der Arbeit einen harten Tag gehabt, und insgeheim wollten sie beide auch miteinander allein sein.

»Warum?« Mit dem Geschirrtuch in der Hand fuhr Nell herum und starrte ihre Mutter an. Sie *war* das Land.

»Es wird mir zu viel.« Ihre Blicke trafen sich.

Stimmte das? Nell wusste, dass es harte Arbeit war. Der Rücken ihrer Mutter war schon länger ein bisschen krumm vom Pflanzen. »Ich helfe dir.«

»Dazu hast du gar keine Zeit«, sagte ihre Mutter und eilte mit einem Stapel Teller auf dem Arm geschäftig zum Schrank.

»Aber …« Ihre Mutter konnte Hilfskräfte einstellen. Das hatte sie bisher immer getan.

Sie hatte recht. Nell hatte nicht die Zeit dafür. Aber es konnte trotzdem nicht wahr sein. Ihre unbezwingbare Mutter musste doch in der Lage sein, mit dem Land fertigzuwerden – das hatte sie immer geschafft. Worum ging es hier also? Redete sie von dem Safranfeld? Der Safran stellte doch angeblich Nells Erbe dar. Ihre Mutter versuchte doch nicht, sie auf irgendeine Art zu bestrafen?

Vielleich war ihre Mutter doch nicht so unbezwingbar gewesen, wie Nell gedacht hatte.

Sie hatte einen Teil des Landes verkauft. Im letzten Jahr nach der Ernte hatte sie alle Safranzwiebeln ausgraben lassen, damit sie im Juni wieder eingepflanzt werden konnten, denn dies war das vierte Jahr. Aber dieses Jahr hatte sie zum ersten Mal kein neues Safranfeld angelegt. Draußen wuchsen keine kräftigen, starken Safransprossen. Es gab kein Wachstum, kein neues Leben, keine Bienen, die beim Nektarsammeln auf den Blüten einschliefen. Ihre Mutter hatte ihr die Bienen gezeigt, als sie ein Kind war: Sie schob sie sanft mit der Fingerspitze hinunter, sodass sie langsam aufwachten und davonflogen. Nell hatte gedacht, der Safran würde ewig blühen. Aber dieses Jahr blühte er nicht. Weil ihre Mutter gewusst hatte, dass niemand da sein würde, um ihn zu ernten? Weil es niemanden gab, der das Erbe lebendig hielt?

Nell wandte ihre Aufmerksamkeit erneut den Tarotkarten zu. Wenn sie nach Marokko fuhr, konnte sie mehr über dieses geheimnisvolle Gewürz herausfinden, das ihrer Mutter so viel bedeutet hatte. Und vielleicht würde dabei auch ein Teil der mysteriösen Vergangenheit ihrer Mutter, der Hohepriesterin, enthüllt. »Soll ich fahren?«, flüsterte sie. Als sie die nächste Karte umdrehte, war es die Fünf der Kelche, und endlich hörte sie die Stimme ihrer Mutter. *Lass deine Trauer los, nimm die Veränderung an.* Auf der Karte waren drei der Kelche umgestürzt, aber zwei standen noch. Ying und Yang. Verlust ist Bereicherung. Plötzlich wusste Nell, dass sie diese Reise antreten musste.

3. Kapitel

Amy bereitete den Hauptraum der Galerie für die nächste Ausstellung vor. Sie trug den Titel »Ein Augenblick, ein Wetter«, und die Werke stammten von einem Künstler aus der Gegend. Auf einmal wurde sie sich bewusst, dass jemand direkt hinter ihr stand. Und es war nicht Duncan.

»Oh.« Wie war der denn hereingekommen? Sie drehte sich zu dem unbekannten Mann um und sagte: »Tut mir leid, wir haben geschlossen.«

Dann wandte sie sich erneut dem Bild zu. Es war mehr Grafik als Gemälde und aus einer Art Wetterkarte entstanden, in der die Windgeschwindigkeit und andere meteorologische Daten über einen Monat hinweg täglich und stündlich aufgezeichnet worden waren. Oder so. Amy war keine Künstlerin, sondern Fotografin. Ihr gefiel der Gedanke, dass sie mit echten Objekten zu tun hatte, nicht mit eingebildeten. Und obwohl sie Kunst zu schätzen wusste und in dieser Galerie in Lyme Regis arbeitete, die lokale Künstler unterstützte – und Gott sei Dank auch lokale Fotografen –, konnte sie sich des Gefühls nicht erwehren, dass manche Künstler ein wenig unter …

»Dieser Künstler leidet unter Selbstüberschätzung, oder?«

Wieder drehte sie sich um. Der Geruch hatte ihr verraten, dass er nicht weggegangen war. Er roch nicht unangenehm, nicht überkandidelt, nur nach Leder und etwas, das ihr wie ein schwacher Grapefruchtduft vorkam. Seife vielleicht. Er war groß, und da Amy auf Strümpfen einen Meter achtzig maß, war das etwas, was ihr bei einem Mann grundsätzlich als Erstes auffiel. Sein Haar war fast schwarz und stand stachlig ab, was, wie sie vermutete, eher einer Laune der Natur als Haargel geschuldet war. Er runzelte die Stirn und hatte den Kopf zur Seite geneigt. Wie ein Vogel, dachte sie. Kein niedlicher Vogel. Eher ein Raubvogel.

»Manchmal«, sagte sie, »ist es das Beste, seine Meinung für sich zu behalten.«

Fragend zog er eine Augenbraue hoch. Seine Hände steckten in den Taschen seiner Jeans. Er wirkte sehr entspannt.

Sein Alter war schwer einzuschätzen. Ende dreißig, entschied sie. »Ich glaube, ich sagte es Ihnen schon: Die Galerie ist geschlossen.«

»Glauben Sie das wirklich?« Statt sich kleinlaut zu verdrücken – sie musste zugeben, dass er nicht wirkte wie jemand, der sich kleinlaut davonschleicht –, schlenderte er in Ruhe weiter zum nächsten Bild.

Es war dem letzten sehr ähnlich. Amy fragte sich, ob ihr der empfindsame Blick eines Künstlers fehlte. »Dass wir geschlossen haben?« Sie stemmte die Hände in die Hüften und machte ein strenges Gesicht. »Ja. Wie Sie sehen können, baue ich nur auf. Die Ausstellung wird erst morgen früh eröffnet. Um zehn.«

»Dass wir unsere Meinung für uns behalten sollten.« Er klang sehr ernst. »Glauben Sie das?«

Natürlich nicht. Amy hatte schon oft Ärger bekommen, weil sie ihre Gedanken laut ausgesprochen hatte. Von ihren Eltern, die sich vermutlich ein Kind erhofft hatten, das man sah, aber nicht hörte, damit sie nicht von der allumfassenden Aufgabe abgelenkt wurden, die es bedeutete, ein inzwischen enorm beliebtes Hotel in Lyme aufzubauen. Von gleichermaßen enttäuschten Lehrern in der Schule, die gehofft hatten, sie würde Anzeichen für den Wunsch nach einer akademischen Laufbahn zeigen – was nicht passiert war. Und natürlich von Duncan, ihrem Chef, Beinahe-Freund und Beinahe-Liebhaber. Konnte man einen Beinahe-Liebhaber haben? Offensichtlich ja. Amy seufzte. Wahrscheinlich würde sie wegen Duncan etwas unternehmen müssen.

»Wer sind Sie?«, fragte sie.

»Jake Tarrant.« Er schenkte ihr ein kurzes Lächeln. Grübchen. Ein schiefer Zahn auf der rechten Seite. Der Mann war nicht unattraktiv und sich dessen zweifellos wohlbewusst. Das gab ihm aber nicht das Recht, hier hereinzumarschieren, als gehöre ihm die Galerie.

Müsste sie seinen Namen kennen? Jake. Jake Tarrant. War er ein hiesiger Künstler? Saß er im Stadtrat? Er trat auf, als hätte er jedes Recht, hier zu sein.

»Und wie kann ich Ihnen behilflich sein?« Amy beschloss, auf Nummer sicher zu gehen. Wenn er hier sein durfte, war er vielleicht wichtig – für die Galerie und ihre Zukunft. Beides war etwas, das Amy, ganz abgesehen von ihrer eigenen Arbeit, durchaus am Herzen lag.

»Ah, Jake. Da sind Sie ja.« Duncan schlenderte herein. Er trug seine übliche Galerie-Uniform aus schwarzer Hose, blauem Hemd und marineblauem Blazer. Sein blondes Haar wurde langsam schütter, und seine täglichen Besuche im Fitnessstudio hatten ihn nicht ganz vor einem kleinen Bäuchlein bewahren können, aber abgesehen davon, hatte er immer noch dieses gewisse Etwas – diese glatte, selbstbewusste Art, mit der Duncan im Allgemeinen bekam, was er wollte.

Duncan kannte Jake also. Amy versuchte, den Blick ihres Chefs einzufangen, doch er wich ihr aus. Das sagte schon eine Menge. Duncan war von Natur aus verschlossen. Er ließ sich keine unnötigen Informationen entlocken. Sein Prinzip war, dass andere nur zu erfahren brauchten, was sie unbedingt wissen mussten. Wenn Amy also etwas nicht wissen sollte (was er tat, mit wem er zusammen war, ob und welche Pläne er für die Zukunft hatte oder was ihn antrieb), dann würde sie es nie erfahren. Aber sie hatte das Gefühl, dass sie unbedingt herausfinden sollte, um was es hier ging. Auch sie hatte eine Uniform für die Galerie – enge, nach unten zulaufende schwarze Hosen oder Maxirock, weiße Hemdbluse, auf Figur geschnittenes Jackett. Aber sie lockerte den allzu adretten Eindruck mit ein paar ausgewählten, großen Schmuckstücken auf – heute mit einem großen Kupferarmreif mit Einlegearbeiten aus Türkis und zwei perfekten Kugeln aus geflecktem Türkis als Ohrstecker. Amy blickte von Duncan zu Jake. Duncan hatte also mit dem Besucher gerechnet. Sie wartete.

»Ja, hier bin ich.« Jake Tarrant trat vor, und die beiden schüttelten sich die Hände. Sie taten das ganz freundlich, aber Duncan wirkte dabei ein wenig defensiver als der andere. Das signalisierte Amy »Stadtrat«, aber Jakes ausgeblichene Jeans und die schon ein wenig abgewetzte Lederjacke machten »Künstler« trotzdem wahrscheinlicher. Außerdem war der Kragen seiner Jacke hochgeschlagen.

»Ja, dann …« Amy richtete den Blick auf Duncan. Als sie in der Galerie angefangen hatte, hatten diese babyblauen Augen ihr geschmeichelt und sie verführt. *Ich liebe Ihre Arbeit*, hatte er gehaucht. *Sie ist so frisch, so dynamisch. Ich könnte Ihnen natürlich ab und zu eine Ausstellung anbieten, das wäre mir eine Freude* … Und wie sich herausstellte, konnte er ihr noch mehr anbieten. Drinks nach der Arbeit, gelegentlich ein Essen bei Kerzenschein, Empfänge und Previews, Zugang zu einer Welt voller Künstler und Fotografen, die ihr das Gefühl gab, dazuzugehören. Und die Gegenleistung? Er war sehr überzeugend. Duncan war nie verheiratet gewesen und hatte trotzdem immer eine glamouröse Frau im Arm – was bewies, dass Duncans Verführungskünste überragend waren. Er war so gut darin, ihr das Gefühl zu geben, etwas Besonderes zu sein.

Dabei war das zwischen ihnen in Wirklichkeit überhaupt nichts Besonderes, rief Amy sich ins Gedächtnis. Es war einfach, aber war es richtig? Sie erhoben keinen Anspruch aufeinander oder die Zeit des anderen. Ihre Beziehung führte nirgendwohin. Sie konnte nicht so tun, als wäre sie verliebt in ihn, und gab sich auch nicht der Illusion hin, dass er verliebt in sie wäre. Amy liebte die Fotografie, und in der Vergangenheit hatte ihr schon mehr als ein Mann gesagt, dass sie zu stark sei, zu eigensinnig und zu schwierig. Duncan hatte das allerdings nicht getan, und vielleicht konnte sie sich deswegen nicht recht überwinden, Schluss mit ihm zu machen.

Was den Besucher anging … Hätte Duncan ihr als seiner »rechten Hand«, wie er sie manchmal ärgerlicherweise nannte, nicht erzählen sollen, wer er war, und sie nicht raten lassen?

»Jake, das ist Amy Hamilton. Meine rechte Hand.« Duncan lächelte selbstgefällig.

»Hi, Amy.« Jake streckte einen Arm aus, und Amy spürte, wie sich seine Hand um ihre schloss. Seine Berührung war warm, trocken und kurz. Grapefruit, dachte sie noch einmal.

»Hi.« Fragend sah sie Duncan an. *Sag's mir schon, du Bastard. Lass mich nicht so dumm dastehen.*

»Jake ist Eventmanager«, erklärte Duncan.

»Aha.« Das Marokko-Projekt, dachte sie. Ihr Magen zog sich zusammen. Im Jahr 2013 wurde der achthundertste Jahrestag der Aufnahme diplomatischer Beziehungen zwischen Großbritannien und Marokko begangen; ja, 1213 hatte der gute alte König John von England die erste diplomatische Mission nach Marokko entsandt, was heute als Beginn der fruchtbaren Beziehungen zwischen den beiden Ländern betrachtet wurde. In Großbritannien lebten 25 000 Marokkaner, die beiden Länder hatten eine lange gemeinsame Geschichte, und die Briten unterstützten den Reformkurs in Marokko. Daher hatte die Galerie beschlossen, ein Festival auszurichten, bei dem sich alles um Marokko drehte. Das hatte wiederum dazu geführt, dass sie einen

Zuschuss aus der staatlichen Lotterie erhalten hatten. Seitdem hatte Duncan so ein unsympathisches Glitzern in den Augen: mehr Geld, hochtrabendere Ambitionen. Amy konnte nicht umhin, es zu bemerken.

»Jake ist hier, um einige Ideen zu diskutieren.« Duncan warf einen Blick auf seine Armbanduhr. »Lassen Sie uns doch in mein Büro gehen, Jake.«

Amy runzelte die Stirn. *Und ich?*, fragte sie Duncan tonlos, als Jake sich umdrehte. Sogar für sie selbst klang das ein wenig bockig. Aber das Marokko-Projekt war ihr Baby. Ursprünglich war es ihre Idee gewesen, in der Galerie eine Kunst- und Fotoausstellung zu organisieren, um die marokkanische Kultur zu feiern, vielleicht mit einem oder zwei Workshops. Was ging da also vor?

»Könntest du uns einen Tee bringen, Amy?«

Sie starrte ihn wütend an, aber Duncan zwinkerte ihr nur zu. *Dem würde sie etwas erzählen.* »Und anschließend könntest du dich vielleicht zu uns setzen.«

Im Büro stellte Amy das Tablett mit Tee und Plätzchen auf Duncans Schreibtisch und nahm dann Platz, in unbehaglicher Nähe zu Jake Tarrant, weil es keinen anderen Stuhl gab. Er hatte ein Notizbuch auf dem Schoß und kritzelte etwas hinein. Toll. Offensichtlich hatten die beiden schon ohne sie angefangen.

»Jake hat mir gerade ein paar erste Ideen vorgestellt«, sagte Duncan glatt.

»Ach?« Amy lächelte ihn strahlend an. »Worum ging es dabei, Jake?«

»Eine Filmvorführung vielleicht.« Er zuckte mit den Schultern. »Marokko ist ein großes Filmland. Dort findet jedes Jahr im Dezember ein internationales Filmfestival statt. Wahrscheinlich wissen Sie das. Ich hatte an Programmkino gedacht. Es gibt zum Beispiel *Tausendundeine Hand* von dem marokkanischen

Filmemacher Souheil Ben-Barka. Oder *Marock* unter der Regie von Laïla Marrakchi. Der ist kontrovers – und politisch.«

»Und dann noch *Marrakesch*«, schlug Amy vor.

»J… Ja.« Er blickte auf – vielleicht um festzustellen, ob sie scherzte. Das tat sie nicht. »Wir könnten auch eine Kochvorführung veranstalten oder einen Info-Point zum Thema ›Reisen nach Marokko‹ einrichten – Wandern im Atlasgebirge und all das. Und eine Kunstausstellung.«

»Mit marokkanischen Künstlern?«

»Ja. Oder Künstler mit marokkanischem Einfluss.«

»Hmmm.« Er schien zu wissen, wovon er redete. Und in seiner Stimme, die brummig, aber nett klang, lag großer Enthusiasmus. Aber Amy gab sich unbeeindruckt. Hatte Duncan ihm überhaupt von ihrer Fotoausstellung erzählt?

»Musik …« Jake Tarrants Stift zog in seinem Notizbuch Kringel.

Fasziniert sah Amy zu. »Musik?«, wiederholte sie.

»Marokkanischer Hip-Hop, Sufi-Musik, Gnawa … Ich habe da ein paar Kontakte.«

Daran zweifelte Amy nicht.

»Eine Woche mit Veranstaltungen, sagten Sie?« Jake richtete die Frage an Duncan.

»Zehn Tage. Zwei Wochenenden.« Duncan fing Amys Blick auf.

»Wir hatten bereits eine Fotoausstellung geplant, die verlängert werden könnte.«

»Fotoausstellung? Klingt gut. Haben Sie schon einmal an marokkanische Straßenfotografie gedacht?« Jake wirkte interessiert.

»Ich fliege nach Marrakesch«, erklärte Amy. »Also, ja.« Sie reichte ihm seinen Tee. »Milch? Zucker?«

»Extra für diesen Event?« Jake schien verblüfft zu sein. Er nahm Milch, aber keinen Zucker.

Vielleicht, dachte Amy, war ihm das Wort »Engagement« nicht so vertraut.

»Amy ist eine begabte Fotografin«, schaltete sich Duncan ein. »Da wir Fördergelder haben, dachten wir, das wäre eine großartige Gelegenheit, ein paar frische und originelle Architekturaufnahmen zu machen. Und Straßenbilder, klar. Die Farben, die Kultur.« Er machte eine weit ausholende Handbewegung. »Die Landschaft dort ist fantastisch.«

»Die Fotoausstellung sollte ursprünglich den Hintergrund für das Projekt darstellen«, erklärte Amy leicht pikiert. Sie reichte Duncan seinen Tee. Als es noch *mein* Projekt war, setzte sie lautlos hinzu.

»Gute Idee.« Jake nickte. »Die Ausstellung als Dreh- und Angelpunkt. Das gefällt mir. Auf den Fotos könnten Bilder aller Themenbereiche zu sehen sein, die wir einbeziehen.«

»Themenbereiche?« So wie er es sagte, klang es wie eine Werbebroschüre für ein College. Und was meinte er mit »wir«?

»Marokkanische Küche«, sagte er. »Film, Kunst. Weberei.«

»Weberei?«

»Die nordafrikanischen Teppiche haben eine faszinierende Geschichte.« Jake trank einen großen Schluck von seinem Tee. Alles, was er tat, wirkte raumgreifend, jede Bewegung, jede Geste. Amy war Duncans Büro noch nie so klein vorgekommen. »Die Muster sind so etwas wie eine eigene Sprache. Sie bestehen aus Berbersymbolen und -motiven und erzählen Geschichten.«

Duncan nickte mit Kennermiene. Amy hatte eine Vision von sich selbst in einem Souk in Marrakesch, wo sie Teppiche fotografierte, während überall um sie herum Markthändler ihr mit ihren Geschichten zusetzten, damit sie bei ihnen kaufte. Sie blinzelte das Bild weg.

»Jake hat einen Weberei-Workshop vorgeschlagen«, sagte Duncan. »Eine brillante Idee, findest du nicht, Amy?«

»Brillant«, wiederholte sie.

»Und *zellige* für die Kinder«, fügte Jake hinzu.

»*Zellige*?«

»Die Kunst der Mosaiken und Fliesen.« Er sagte das sehr ernst und sah sie dabei mit festem Blick an. Warum hatte Amy trotzdem den Eindruck, dass er irgendwo tief im Inneren über sie lachte?

»Dann haben Sie so etwas schon einmal gemacht? So ein Marokko-Event?« Amy schlug die Beine wieder übereinander und wischte sich eine imaginäre Fluse von ihren schwarzen, geschnürten Knöchelstiefeln. Sie wusste, dass sie schon viel besser auf das Projekt vorbereitet sein sollte. Sie hatte auch schon seit Wochen vor, sich genauer einzulesen, aber ihre Großtante Lillian hatte nach ihrem Sturz mehr Betreuung gebraucht; ihre Mutter hatte sie gebeten, an der Rezeption auszuhelfen, als jemand krank war, und ihre Freundin Francine hatte eine Babysitterin gebraucht. Und dann war da auch noch Duncan … So hatte sie ein paar Bücher gekauft und vorgehabt, sich im Flugzeug über marokkanisches Design zu informieren. Das war Vorbereitung auf den letzten Drücker, aber Amy war jemand, der gern alles in letzter Minute erledigte. Sie liebte Termine, denn sie ließen das Adrenalin schießen.

»Ich habe ziemlich viel Zeit dort verbracht.« Er zuckte mit den Schultern. »Ein paar Freundschaften geschlossen, wissen Sie …«

»Jake hat in der ersten Jahreshälfte eine ähnliche Reihe von Events in London ausgerichtet«, sagte Duncan. »So bin ich auf seinen Namen gestoßen.«

Und wie kommt es, dachte Amy, dass du nicht auf die Idee gekommen bist, diese Information mit mir zu teilen? Aber sie nickte. »Was für ein Glück wir haben, so fachmännischen Rat zu bekommen«, sagte sie.

»Freut mich, dass du das findest, Amy.« Duncan schob ein paar Papiere auf seinem Schreibtisch hin und her. »Ich möchte nämlich, dass du bei diesem Projekt mit Jake zusammenarbeitest.«

Amy schluckte. »Dann beraten Sie uns nicht nur?«

»Die Sache muss tiefer gehen, nicht nur an der Oberfläche kratzen«, erklärte Duncan.

»Wie bitte?«

»Wir wollen alle Sinne ansprechen. Das ist viel zu viel für dich allein, Amy«, sagte er. »Es geht nicht nur um Ideen und Erfahrung, sondern auch um Etats und Recherchen. Verhandlungen mit Zulieferern. Das ist unsere Chance, einer breiteren Öffentlichkeit bekannt zu werden. Publicity, Amy. Ich möchte, dass das eine große Sache wird. Und wie du weißt, habe ich selbst zu viel zu tun.«

Wieder fiel Amy dieses Glitzern auf. Vielleicht war es ja immer schon da gewesen und er versteckte es sonst. Oder sie hatte sich nicht die Mühe gemacht, genau genug hinzuschauen. Besonderen Menschen zollte man Respekt; man schätzte ihren Rat und schickte sie nicht nur zum Teekochen. »Gut«, sagte sie, obwohl es das nicht war. Sie wusste, dass Duncan alle Hände voll zu tun hatte, da er die Gesamtverantwortung für alle Veranstaltungen und Ausstellungen der Galerie trug; aber das war bisher auch kein Problem gewesen. Amy hatte sich darauf gefreut, dieses Projekt allein zu betreuen. Es war eine Herausforderung, ja, insbesondere da die Finanzierung jetzt hereingekommen war, aber sie fühlte sich vollkommen in der Lage dazu. Und sie wollte ganz bestimmt nicht mit diesem Mann zusammenarbeiten – der ganz offensichtlich alles wusste oder sich das zumindest einbildete. Wie hatte Duncan ihn hinzuziehen können, ohne ihr etwas zu sagen? Wie konnte er die Kontrolle über ihr ganzes Projekt einem Eventmanager übertragen?

In diesem Moment sah Jake Tarrant sie an. Seine Augen hatten die Farbe von Rooibostee – ohne Milch. Er wusste es, verdammt sollte er sein. Er wusste, dass Duncan sie übergangen hatte, und bedauerte sie, was noch schlimmer war.

»Ich freue mich darauf, mit Ihnen zusammenzuarbeiten«, sagte er. Es klang aufrichtig. »Wo kommen Sie in Marrakesch unter?«

»In der Medina. In einem Haus, das Riad Lazuli heißt.«

»Dort findet ein Kochkurs statt«, warf Duncan ein.

»Sie machen auch einen Kochkurs?«

»Nein.« Bei dieser Vorstellung würde ihre Mutter sich vor Lachen ausschütten, dachte Amy. »Eine hiesige Autorin schreibt ein Buch über marokkanische Küche«, erklärte sie. »Ich habe Verbindung zu ihr und ihrem Herausgeber aufgenommen, und sie möchten gern, dass ich die Fotos mache. Ich hatte gehofft, das mit unserem Projekt verbinden zu können.«

»Außerdem könnte Amy ein paar anständige Tajines auftreiben und sie mitbringen, wenn wir Glück haben«, sagte Duncan und lachte über seinen eigenen Witz. Amy ignorierte ihn.

»Wann fliegen Sie?«, fragte Jake.

»Übermorgen.«

»Dann könnten wir beide uns vielleicht morgen unterhalten, bevor ich nach Bristol zurückfahre«, sagte er. »Wir müssen noch entscheiden, was für Bilder wir brauchen.«

»Natürlich.« Amy stand auf.

»Braves Mädchen.« Duncan erhob sich ebenfalls, streckte die Hand aus und drückte ihr etwas zu vertraulich die Schulter.

Falls er glaubte, dass sie es damit gut sein ließ, hatte er sich geirrt. Sie hatte ihm noch allerhand zu sagen – aber sie würde damit warten, bis sie allein waren. Und was Jake Tarrant anging … Als sie den Raum verließ, drehte sie sich noch einmal zu ihm um. Der Blick in seinen teefarbenen Augen war neugierig – und nachdenklich. Und sie wusste, was ihm sonst noch aufgefallen war.

4. Kapitel

Amy beschloss, bei ihrer Großtante Lillian vorbeizuschauen. Sie war zu unruhig, um direkt nach Hause zu gehen, in ihre Wohnung, die hinter dem Hotel ihrer Eltern lag und eine perfekte Aussicht auf »The Cobb« bot, Lymes geschwungene Hafenmauer, die sich wie ein schützender Arm um die Stadt legte. Tante Lillian hatte den Ausbau der Wohnung bezahlt, und im Grundbuch waren beide – Amy und Lillian – als Eigentümerinnen eingetragen. Amy zahlte die Hypothek; ihre Tante hatte die Anzahlung geleistet. Ohne sie hätte Amy das nicht geschafft.

Sie näherte sich der alten Stadtmühle, die bis 1926 in Betrieb gewesen war, in neuerer Zeit restauriert worden war und heute ein Café und Ateliers beherbergte. Einige der Künstler hatten schon in der Galerie ausgestellt. Was Amy an Lyme am besten gefiel, war das städtische Engagement für die Künste, egal, ob Malerei, Fotografie oder Theater. Sie lief vorbei an der Mühle, dem Mühlrad und dem Mühlgraben bis zu der Fußgängerbrücke, die zu ihrer Linken über den Fluss führte, den Wasserlauf, der das Mühlrad drehte. Sie roch den unverkennbaren, herbstlichen Duft der saftigen Pflanzen, die an den Ufern wuchsen und zum Teil noch blühten. Und sie hörte das Glucksen des Wassers, das das Mühlrad drehte.

Ihre Großtante war vor zwei Wochen auf der Straße vor ihrem Cottage gestürzt, und als Amy ihre zittrige Stimme am Telefon gehört hatte, hatte sie sofort einen Krankenwagen gerufen, der sie zur Untersuchung ins Krankenhaus brachte. Tante Lillian hatte unter energischem Protest zwei Tage lang Untersuchungen über sich ergehen lassen und war dann entlassen worden. Amy hatte sie aus dem Krankenhaus abgeholt und sie seitdem gut im Auge behalten. Doch es ging ihr gut. Für ihre fünfundachtzig Jahre war sie noch rüstig, auch wenn ihre Augen nicht mehr so gut waren wie früher. Leider hatte man ihr erklärt, dass die Star-Operation, auf die sie so gehofft hatte, wenig Sinn hätte. Die Untersuchungen hatten gezeigt, dass sie unter altersbedingter Makuladegeneration litt, was bedeutete, dass ihre Sehkraft langsam und stetig, aber unaufhaltsam nachlassen würde. Amy musste schimpfen, damit sie ihren Stock öfter benutzte. Sie machte sich Sorgen um sie und wollte nicht, dass sie noch einmal stürzte.

Amy ging an dem »The Lynch« genannten Flussabschnitt entlang, vorbei am Aussätzigenbrunnen und zur Gosling-Brücke. An die gegenüberliegende Wand hatte jemand – anscheinend Banksy – einen Origami-Reiher mit einem Goldfisch im Schnabel gesprüht. Ein wertvolles Kunstwerk oder einfach Graffiti? Darüber war unter den Einwohnern von Lyme das letzte Wort noch nicht gesprochen. Sie bog nach rechts ab. Ihre Tante Lillian wohnte in einem gepflegten georgianischen Cottage mit einem Reetdach.

Energisch betätigte Amy den Türklopfer aus Messing. Tante Lillian war ihre langjährige Verbündete und hatte ihr in Teenagerzeiten bei den Kämpfen mit ihren Eltern über Kleidung, Ausgehzeiten und Freunde beigestanden. Sie war ihre Trösterin, wenn ihre Eltern nicht verfügbar waren, was oft der Fall war, und die größte Bewunderin ihrer Arbeit. Ihre Tante Lillian war wie von Zauberhand aus Amerika aufgetaucht wie eine gute Fee, als Amy zehn war. Sie war nach dem Tod ihres Mannes herübergekommen, um ihre Schwester zu pflegen, Amys Großmutter Mary. Mary war älter als Lillian gewesen und konnte sich nicht mehr selbst versorgen; sie hatte sogar davon gesprochen, in ein Heim gehen zu wollen. Aber davon wollte Tante Lillian nichts wissen. Sie zog, ohne lange zu überlegen, in das Haus von Amys Großmutter und pflegte ihre Schwester bis zu deren Tod. Und das war noch nicht alles, was Tante Lillian getan hatte. Sie hatte auch Amys Familie gerettet.

Amy spähte durch das Fenster und klopfte noch einmal an die Tür. Das war keine Übertreibung. Ihre Tante hatte Mary gepflegt, sie hatte ihre Eltern, Celia und Ralph, unterstützt, als es zwischen den beiden kriselte, und sie hatte ihnen geholfen, indem sie damals ordentlich in das Hotel investiert hatte, das zu der Zeit kaum mehr gewesen war als eine heruntergekommene Frühstückspension und in finanziellen Schwierigkeiten steckte. Amy war ihr dafür zutiefst dankbar. Ihre Eltern dagegen schienen nicht einmal dafür Zeit zu haben.

»Sie sind eben sehr beschäftigt«, pflegte ihre Tante zu deren Verteidigung vorzubringen. Aber manchmal fragte sich Amy, ob das wirklich alles war. Oder gab es einen anderen Grund dafür, dass ihre Mutter nicht anerkennen wollte, was Tante Lillian für sie getan hatte?

»Magst du Tante Lillian nicht?«, hatte sie ihre Mutter einmal gefragt. »Hat sie etwas getan, weshalb du böse auf sie bist?«

Celia Hamilton hatte mit den Schultern gezuckt. »Wer weiß schon, was wirklich passiert ist? Deine Großmutter war nicht immer einfach. Und die Macht von Schuldgefühlen sollte man nicht unterschätzen.«

Warum sollte Tante Lillian ein schlechtes Gewissen haben? Und inwiefern war das eine Antwort auf Amys Frage? Sie hatte keine Ahnung, und ihre Mutter war wie üblich viel zu beschäftigt für weitere Erklärungen gewesen. Amy wusste nur, dass Tante Lillian ihr zu ihrem elften Geburtstag ihre allererste Kamera geschenkt hatte. Und nicht nur das, Tante Lillian hatte sie auch sieben Jahre später unterstützt, als Amy ihrer Mutter erklärt hatte, dass sie Fotografie studieren wolle.

»Was willst du denn mit Fotografie?«, hatte Amys Mutter gefragt.

»Ich könnte für eine Zeitung arbeiten, für eine Zeitschrift oder …«

»Freiberuflich tätig sein«, hatte Tante Lillian sich eingeschaltet. Sie wandte sich an Celia. »Warum nicht? So unmöglich ist das nicht. Alles ist möglich, wenn Amy es nur wirklich will …«

Endlich öffnete Tante Lillian die Tür.

Ihre winzige, weißhaarige Großtante strahlte. »Amy. Wie schön, dich zu sehen.«

»Wie geht's dir, Tante Lil?« Amy musterte das Gesicht ihrer Tante auf Anzeichen von Müdigkeit. Ihre Augen waren ein wenig angeschwollen, aber abgesehen davon sah sie gut aus.

»Mir geht es bestens. Komm herein. Ich habe gerade Tee gekocht. Würdest du zu einem getoasteten Teekuchen Nein sagen?«

Amy lachte. »Ich glaube nicht. Es kommt aber natürlich darauf an, was er von mir verlangt.« Sie beugte sich vor, um ihre Tante auf die Wange zu küssen, und streifte dabei mit dem Gesicht ihr feines Haar.

Mittlerweile ging sie ziemlich gebeugt, und sie war so mager, dass ihre Knochen fast durch die dünne Haut zu stechen schienen. Aber in ihren blauen Augen blitzte immer noch der wundervolle Humor, der Amy in seinen Bann geschlagen hatte, seit ihre Tante nach Lyme Regis gekommen war. Sie hatte ihren amerikanischen Akzent geliebt, ihren weichen, fragenden, melodischen Tonfall, ihr überschäumendes Lachen und die Kleider, die sie trug. Aber am allermeisten hatte sie die Aufmerksamkeit genossen, die Tante Lillian ihr schenkte. Großtante Lillian hatte ihr Süßigkeiten und Comics gekauft und bald darauf Nagellack und Kajal. Sie hatte sie schamlos verwöhnt. Sie hatte sie ermuntert, nach der Schule in dem Cottage vorbeizukommen, das sie nach Marys Tod gekauft hatte. Sie wollte wissen, wie sie ihren Tag verbracht hatte, welche Bücher sie las, welche Fächer sie mochte und wer ihre Freundinnen waren. Aber sie fragte nie auf diese neugierige, erwachsene Art, die immer gleich in Missbilligung umschlagen kann. Sie fragte, als wären sie Freundinnen, als interessiere sie das wirklich. Von Anfang an nahm Amy den Schatten von Trauer wahr, der ihre Tante umgab, aber sie bemerkte auch, dass sie ihn verscheuchen konnte, zumindest eine Weile. Und so versuchte Amy es und verbrachte so viel Zeit bei ihrer Großtante Lillian, wie sie konnte.

»Warum bist du hierher zurückgekommen, wo du doch in Amerika hättest bleiben können?«, hatte Amy sie mehr als einmal gefragt, wenn sie gemütlich zusammensaßen. Denn als Kind und Teenager schien Amerika für Amy entschieden der beste Ort zu sein, an dem man leben konnte.

»Lyme Regis ist immer noch meine Heimat«, hatte ihre Tante gesagt, obwohl Amy wusste, dass Tante Lillian und ihre Großmutter Mary als Kinder mit ihren Eltern in Bridport gelebt hatten, ungefähr zehn Meilen weiter östlich. »Weißt du, Amy, wenn man lange irgendwo wohnt, heißt das nicht unbedingt, dass man dort heimisch wird.«

»Aber du musst dort doch Freunde gefunden haben. Bestimmt ist es dir schwergefallen, von dort wegzugehen.« Amy dachte an Einkaufszentren, coole Hamburger-Restaurants und Bilder von der Skyline von New York City, die sie gesehen hatte.

Doch ihre Tante hatte den Kopf geschüttelt. »In Amerika gibt es nichts mehr für mich.«

Amys Mutter hatte ihr oft genug gesagt, dass sie ihrer Tante nicht so viele Fragen stellen solle. »Sie hat viel durchgemacht«, pflegte sie zu sagen, und dabei schürzte sie immer in ihrer hektischen Art die Lippen. »Sie hat einen großen Verlust erlitten. Was immer du tust, sprich sie nicht darauf an.«

»Bist du traurig, weil dein Mann gestorben ist?«, hatte Amy ihre Tante trotzdem bei nächster Gelegenheit gefragt. Wie konnte sie einem solchen Geheimnis widerstehen? Sie wusste, dass er Ted geheißen hatte, aber ihre Tante schien keine Bilder von ihm zu haben. Warum nicht? Was war zwischen ihnen vorgefallen?

Ihre Tante schüttelte den Kopf. »Nein, bin ich nicht«, erklärte sie. »Zumindest …« Und dann hatte sie ganz traurig ausgesehen und hatte sich mit einem Schniefen abgewandt. Und Amy hatte ein schlechtes Gewissen gehabt, weil sie doch gefragt hatte.

»Das geht dich nichts an, Amy«, hatte ihre Mutter gesagt, als sie stattdessen versuchte, mit ihr weiter über das Thema zu sprechen. »Ehrlich, Amy, warum kannst du nie etwas auf sich beruhen lassen?« Und dann hatte sie Amy aus dem Weg gescheucht, weil sie Zimmer putzen, Betten machen und Speck für das Frühstück einkaufen musste.

Warum konnte sie nichts auf sich beruhen lassen? Darüber dachte Amy an diesem Abend nach; seitdem hatte sie sogar oft darüber nachgegrübelt. Wahrscheinlich weil sie neugierig war. Weil ihr eine Tür vor der Nase zugeschlagen worden war und sie den Drang verspürte, sie zu öffnen. Weil es sich anfühlte, als sei es ungelöst, als sei es nicht beendet. Selbst als Kind hatte Amy immer einen Abschluss finden müssen.

Amy folgte ihrer Tante in das Wohnzimmer, dessen Fenster auf die Straße hinausgingen. Es wirkte einladend, und dank des gasbetriebenen Kaminofens, den sie vor ein paar Jahren hatte einbauen lassen, herrschte eine wohlige Wärme. Damals war Tante Lillian endlich zu dem Schluss gekommen, dass sie zu alt war, um mit offenem Feuer umzugehen. Innerlich hatte Amy einen Seufzer der Erleichterung getan, weil eine weitere Gefahr gebannt war. Die Möbel ihrer Tante waren altmodisch, aber behaglich: ein mit einem geblümten Chintz bezogenes

Sofa, zwei Sessel mit dunkelroten Kissen, eine Anrichte, auf der einige gerahmte Fotos und eine Obstschale standen (die Postkarte, die dahinter steckte, war kaum zu sehen), ein Sofatisch, auf dem zwei Stickdeckchen und die Zeitung von heute lagen, daneben ein Vergrößerungsglas, und ein Esstisch, der sich unter einer Teekanne, Sandwiches und einem Teller mit Tee- und Obstkuchen förmlich bog. Es sah aus, als erwarte sie zwanzig Personen zum Tee.

»Man weiß nie, oder, Liebes? Ich hole dir schnell einen Teller und eine Tasse.« Sie ging in die Küche.

Wie so oft inspizierte Amy die Fotos auf der Anrichte. Sie nahm das zur Hand, auf dem Lillian und Mary als junge Frauen zu sehen waren und rechts und links von ihrer Mutter standen. Man hatte Amy erzählt, dass es während des Krieges aufgenommen worden sei. Daher trug die Mutter die Uniform des freiwilligen Kriegshilfsdienstes. Ihre Großmutter Mary war auf jeden Fall damals die glamourösere der beiden Schwestern gewesen. Sie stellte das Foto behutsam zurück und nahm ein anderes zur Hand. Es zeigte ihre Eltern, Cecilia und Ralph, mit der zehnjährigen Amy und ihrer Großmutter Mary, so hager und blass, wie sie gewesen war, als Lillian vor über zwanzig Jahren aus den Staaten zurückgekehrt war. Auch verschiedene Bilder von Amy standen auf der Anrichte. Sie sah sich in der Schule und auf der Hafenmauer, wo sie hochaufgerichtet und reglos dastand und aufs Meer hinaussah wie die Geliebte des französischen Leutnants. Amy lächelte immer, wenn sie dieses Foto ansah. Ein anderes zeigte, wie sie vor ihrer ersten Ausstellung in der Galerie stand und versuchte, nicht ganz so stolz auszusehen, wie sie sich fühlte. Auf einem anderen Bild war ein Familientreffen im Hotel aus Anlass von Lillians achtzigstem Geburtstag festgehalten, auf einem weiteren die Goldhochzeit von Amys Eltern. Und da war natürlich das Foto von Glenn.

Mittlerweile wusste Amy über Glenn Bescheid. Sie wusste, dass er – und nicht Tante Lillians Mann Ted – in Wahrheit der große Verlust war, der das Strahlen aus den Augen ihrer Tante vertrieb und sie in eine Aura von Trauer hüllte wie in einen Umhang. Die ganze Geschichte kannte sie nicht – ihre Tante sprach nicht gern darüber –, aber sie wusste genug. Amy betrachtete das Foto in dem Silberrahmen. Auf diesem Foto war er ungefähr sechzehn und sah aus wie die pure Verkörperung jugendlicher Unschuld. Sein blondes, zu einer Ponyfrisur geschnittenes Haar berührte den Kragen seines Jeanshemds, und er sah ein wenig besorgt aus, obwohl er lächelte. Der Fotograf hatte einen intimen und verräterischen Moment eingefangen. Amy stellte das Foto wieder auf die Anrichte und berührte mit der Fingerspitze eine Ecke der Ansichtskarte. Sie hätte Glenn zu gern kennengelernt.

Ihre Tante Lillian kam zurück ins Zimmer getreten und hatte Teller und Teetassen in der Hand. »Komm, Amy, Liebes. Lass ihn. Ich gieße dir Tee ein.«

Amy nahm ihr das Geschirr ab. »Fragst du dich manchmal, was aus ihm geworden ist, Tante Lil? Wo er jetzt wohl sein mag?« Das tat sie bestimmt. Natürlich, etwas anderes war gar nicht möglich. Aber ihre Tante wollte ja nicht darüber reden. *Warum kannst du nie etwas auf sich beruhen lassen?* Amy setzte sich an den Tisch.

»Jeden Tag.« Tante Lillian warf ihr einen traurigen Blick zu. »Obwohl es nichts nützt, wohlgemerkt.«

Jeden Tag ... »Aber was ist, wenn er wieder nach Hause kommt?« Insgeheim hatte Amy sich diese Frage oft gestellt, jetzt konnte sie sie ebenso gut auch aussprechen. Menschen taten das doch, oder? Sogar nach vielen Jahren. Sie kehrten zu ihren Wurzeln zurück wie der verlorene Sohn, zurück an den Ort, an dem alles begonnen hatte. Es war genau wie ihre Tante einmal gesagt hatte: Ganz gleich, wie lange man irgendwo lebte, es ersetzte einem doch nicht die Heimat.

»Nach Hause?« Lillian sah sich im Wohnzimmer um.

Vor dem Fenster hingen Gardinen, aber Amy gefiel es gut, dass man die Leute vorbeigehen sehen konnte; geschäftig zog das Leben in Lyme an ihnen vorüber, und niemand ahnte, dass er beobachtet wurde. Vielleicht, dachte sie, war sie deswegen Fotografin geworden: weil sie in die Leben anderer Menschen hineinsehen wollte. Vielleicht war sie auch Fotografin geworden, weil sie eine Voyeurin war; weil sie so *gern* in anderer Leute Leben hineinspähte. Das tat sie hoffentlich nicht auf eine negative Art. Es lag nur wieder an ihrer Neugierde.

»Vielleicht kehrt er zurück nach Amerika«, sagte Amy. »Auf der Suche nach seinem alten Zuhause, nach eurem Haus.«

»Die Nachbarn wissen, wo sie mich finden. Ich habe meine Adresse bei ihnen hinterlassen.«

Amy nahm sich einen Teekuchen. Sie strich Butter darauf und biss hinein. Der Kuchen hatte eine geradezu tröstliche Wirkung; das war genau das, was sie nach der Enthüllung dieses Nachmittags und nach Jake Tarrant gebraucht hatte. Nachdem er fort gewesen war, war sie auf Duncan losgegangen und hatte ihm vorgeworfen, sie übergangen zu haben.

»Amy, Amy, meine liebe Amy«, hatte er gesagt. »Siehst du denn nicht, dass ich an dich denke?«

»Wirklich?« Sie stand an der Tür. Sie wusste nicht, ob es sie noch interessierte.

»Ich möchte nicht, dass du dich übernimmst.« Er runzelte die Stirn. »Ich schütze dich, verstehst du das nicht?«

Amy öffnete die Tür. »Indem du mir den Stand der Dinge verschweigst«, sagte sie leise und war sich plötzlich nicht mehr sicher, ob sie noch über das Marokko-Projekt sprach oder über etwas Persönlicheres.

»Reg dich nicht auf.« Er trat einen Schritt auf sie zu. Jeden Moment würde sie in seinen Armen liegen und ihre Entschlossenheit, den Raum zu verlassen, würde schwinden. Ihr wurde klar, dass es nicht funktionierte, Beruf und Romantik zu mischen. Wobei man das, was sie mit Duncan hatte, kaum noch romantisch nennen konnte. Es hatte vielleicht romantisch begonnen, war mit der Zeit aber in Bequemlichkeit abgeglitten. Sie waren füreinander da – wegen der Ausstellungsmöglichkeit, zum Teekochen, zum Sex. Wo war da schon der Unterschied?

Amy verbannte Duncan aus ihren Gedanken. »Du glaubst nicht, dass Glenn je wieder zu dir zurückkehrt, oder?« Amy wollte ihre Tante nicht aufregen, aber es beschäftigte sie.

»Nein. Dazu ist es viel zu spät, mein Liebes.«

Aber warum war es zu spät? Amy begriff das nicht. Sie konnte sich nicht vorstellen, warum er nicht zu jemandem wie ihrer Tante Lillian zurückgekehrt war. Sie war doch noch dazu seine Mutter. Sie hätte es gern herausgefunden. Und mehr als alles andere hätte sie gern etwas getan, um ihre Großtante glücklich zu machen. Alles. Sie hatte so viel für Amy, für sie alle, getan. Da hatte sie es verdient, etwas zurückzubekommen. »Es ist nie zu spät«, sagte sie und biss noch einmal von ihrem Teekuchen ab.

»Das kommt darauf an.« Ihre Tante trank ihren Tee. Sie wirkte nachdenklich.

»Worauf?«

»Darauf, ob das meine Strafe ist oder nicht. Manchmal frage ich mich, ob das der Grund dafür ist, dass er mir genommen wurde.« Sie sprach, als rede sie mit sich selbst; als hätte sie vergessen, dass sich Amy im Zimmer befand.

»Strafe?« Was in aller Welt meinte sie? Warum sollte sie für etwas bestraft werden?

Ihre Tante blickte auf. »Es muss einen Grund dafür geben,

dass er nie zurückgekommen ist«, erklärte sie. »Aber es ist natürlich nicht nur das. Da ist ja auch noch alles andere.« Sie wandte den Blick ab und starrte in das flackernde Gasfeuer.

Was sie wohl dort sah? Die Vergangenheit? Und was war »alles andere«? Nun war Amys Neugier wirklich geweckt. Sie war so daran gewöhnt, dass diese Tür verschlossen blieb … Aber jetzt wollte ihre Tante anscheinend reden. »Warum solltest du bestraft werden, Tante Lil?« Amy dachte daran, was ihre Mutter über Schuldgefühle und Verrat gesagt hatte. Was hatte Tante Lillian getan?

»Weil ich mich ziemlich schlecht benommen habe, Amy.« Sie unterbrach sich. Sie blickte immer ins Feuer, und ihre alten, von Arthritis gezeichneten Finger arbeiteten in ihrem Schoß. »Niemand kann sich schlecht benehmen und erwarten, ungestraft davonzukommen.« Sie seufzte. »Bei uns herrscht immer noch Recht und Ordnung. In dieser Hinsicht hatte Ted recht. Irgendwann holt es uns alle ein.«

»Du? Schlecht benommen?« Amy fiel auf, dass dies noch ein Thema war, das immer tabu gewesen war: Ted, der Mann ihrer Tante. »Was für ein Unsinn.«

»Oh, aber es stimmt. Deswegen musste ich nach Dorset zurückkehren, verstehst du. Um Wiedergutmachung zu leisten. Mary gegenüber. Für alles.«

Amy starrte sie an. Je mehr sie erfuhr, umso verzwickter schien die Sache zu werden. Und doch passte diese neue Enthüllung zu dem, was Amys Mutter einmal zu ihr gesagt hatte. Was hatte ihre Großmutter Mary damit zu tun? Amy hatte ihrer Großmutter nie so nahegestanden wie Tante Lillian. Amys Leben lang war ihre Großmutter nie gesund gewesen, und sie hatte auch nie besonders zufrieden gewirkt. Sie pflegte zu klagen – über alles. Vermutlich mochten Kinder ältere Leute nicht gern, wenn sie so waren, Großmutter hin oder her.

»Habt ihr euch als Kinder nicht gut verstanden?«, fragte sie. »Wahrscheinlich wart ihr sehr unterschiedlich, oder?«

Ihre Tante stieß dieses leise, glucksende Lachen aus, das die Zeit noch weiter zurückzudrehen schien. Eine Sekunde lang kam sie Amy vor wie dieses junge Mädchen aus den 1930er-Jahren. »Wir haben uns nicht besonders gut verstanden, das stimmt«, sagte sie. »Und ja, wir waren sehr unterschiedlich.«

»Ich habe mir immer eine Schwester gewünscht.« Oder einen Bruder, dachte Amy. Jedenfalls hatte sie nie ein Einzelkind sein wollen. Verwöhnt worden war sie nicht, jedenfalls nicht, bis ihre Großtante aufgetaucht war. Eher hatte es zu viele Tage gegeben, an denen sie nichts zu tun und niemanden zum Spielen hatte.

»Mary war vier Jahre älter als ich«, sagte Lillian. Ihre weißen, von Altersflecken überzogenen Hände zitterten, und sie faltete sie. »Das war in vielerlei Hinsicht ein großer Abstand. Wahrscheinlich hatte sie sich daran gewöhnt, die Einzige zu sein, bis ich geboren wurde. Und dann sollte sie ständig auf mich aufpassen. Aber dazu hatte sie nicht immer Lust.« Sie lächelte. »Mary war nicht der Typ dazu.«

Amy schmunzelte. »Aber ich wette, sie hatte dich lieb.«

»Das weiß ich nicht.« Die Stimme ihrer Tante klang wehmütig.

War sie deswegen zurückgekehrt?. Um zu versuchen, nach all diesen Jahren die Liebe ihrer Schwester zu gewinnen? »Sie muss dich geliebt haben.« Amy klang sehr sicher. Sie war überzeugt davon, dass sie einen kleinen Bruder oder eine kleine Schwester über alles geliebt hätte, falls ihre Eltern je die Zeit gefunden hätten, ihr ein Geschwisterchen zu schenken.

»Zu unserer Zeit hat man nicht so viel von Liebe gesprochen.« Sie seufzte. »Jedenfalls nicht auf diese Art. Sie hat ihr Leben gelebt und ich meins. Sie war hübsch, beliebt, charmant. Ich war …«

»Was warst du?« In Amys Augen war Lillian immer die charmantere der beiden Schwestern gewesen. Aber vielleicht tat sie ihrer Großmutter ja unrecht; vielleicht hatte das Leben sie ja bitter enttäuscht und sie hatte gute Gründe gehabt, sich zu beklagen.

»Ich war wahrscheinlich eine furchtbare kleine Nervensäge.« Lillian schüttelte den Kopf. »Und manches ändert sich eben nie.«

»Aber warum musstest du bei Mary etwas gutmachen? Es war nicht deine Schuld, dass sie nicht gern auf dich aufgepasst hat«, sagte Amy. Jetzt würde ihre Tante jeden Moment in die Gegenwart zurückkehren und die Tür zuschlagen. Amy warf einen Blick zur Anrichte, auf die Postkarte. »Was hast du denn so Schreckliches getan?«

Einen Moment lang gab ihre Tante keine Antwort, und ihr Kopf sank nach vorn; fast, als wäre sie eingenickt. Doch dann hob sie ihn wieder und sah Amy an. Es war ein offener Blick. »Ich habe meine Schwester sehr unglücklich gemacht«, erklärte sie. »Das war grausam von mir, unehrlich sogar. Ich war egoistisch. Ich war jung. Aber ich hätte es trotzdem besser wissen müssen.«

»Aber was …?«

Lillian schüttelte ihr weißes Haupt, als wolle sie die Erinnerung verscheuchen. »Das ist alles Vergangenheit«, sagte sie entschlossen, »und ich muss mich allein damit auseinandersetzen. Noch Tee, Amy, Liebes? Ein Stück Kuchen?«

Amy schüttelte den Kopf. »Nein danke.«

»Wie sind wir bloß darauf gekommen?« Tante Lillian neigte den Kopf zur Seite und sah Amy fragend an.

Amy wurde klar, dass es nun genug war. »Ich weiß nicht, Tante Lil.« Sie streckte den Arm aus, um ihre Hand zu nehmen. Aber sie wusste es. Glenn, dachte sie. Und ihr kleiner Plan. »Ich räume hier noch auf, und dann bin ich weg«, erklärte sie und drückte die Hand ihrer Tante.

Als Amy wieder aus der Küche kam, saß ihre Tante in ihrem Lieblingssessel und war schon fast eingeschlafen. Jetzt, dachte Amy. Sie trat an die Anrichte und nahm die Ansichtskarte. Würde ihre Tante ihr Fehlen bemerken? Wahrscheinlich. Ihre Sehkraft wurde schwächer, doch sie besaß die Instinkte einer Katze. Trotzdem steckte Amy die Karte ins vordere Fach ihrer Lederhandtasche.

»Ich sollte besser gehen«, sagte sie leise. Was immer ihre Tante getan haben mochte, sie verdiente keine Strafe. Sie war ein guter, freundlicher Mensch. Sie verdiente es, glücklich zu sein. Amy hätte ihr so gern für all das, was sie für ihre Familie getan hatte, etwas zurückgegeben. Und ob etwas klappte, wusste man nicht, solange man es nicht versuchte. Jede Information würde nützlich sein. Amy war sowieso dorthin unterwegs, da konnte sie sich wenigstens umsehen und ein bisschen herumfragen.

»Wir sehen uns nicht mehr, bevor ich nach Marokko fliege, Tante Lil«, sagte sie. »Du passt auf dich auf, ja?«

Falls ihr auffiel, dass die Karte fehlte, würde sie wissen, wo sie geblieben war.

»Ja, Amy«, murmelte sie. »Du auch, mein Liebes.«

Amy beugte sich vor, um ihre Tante auf den Scheitel zu küssen. Sie wusste, dass die Postkarte eine marokkanische Briefmarke trug. Sonst gab es keine Hinweise, woher sie gekommen war. »Mach dir keine Sorgen«, flüsterte sie. »Ich komme wieder.«

Ihre Großtante nickte. »Ich weiß, Amy«, sagte sie.

5. Kapitel

Essaouira 1973

Glenn saß vor seinem provisorischen Zelt im hellen Sand und sah zu, wie die Wogen des Atlantiks an den Strand donnerten. Es war eine gute Stelle zum Surfen – aber Surfen war nun wirklich nicht sein Ding. Aber was war sein Ding? Nun ja, das hatte er noch nicht herausgefunden. Er nahm ein Stück Brot und aß es zusammen mit einer Handvoll kleiner, süßer Datteln. In der Ferne zockelte ein einsames Kamel gemächlich am Ufer entlang. Glenn befand sich in Essaouira, Westmarokko, und so langsam langweilte ihn das Unterwegssein gewaltig.

Zuerst, nachdem er Amerika verlassen hatte und nach Europa geflogen war, war es ein tolles Abenteuer gewesen. Er hatte versucht, nicht daran zu denken, warum er hier war, was zu Hause passiert war und was vielleicht geschehen würde, nachdem er nun fort war. Stattdessen konzentrierte er sich auf die Reise. 1969 war er aufgebrochen. Er tat das, wovon Jugendliche überall auf der Welt träumten. Er sah die Welt und blieb, wo immer er wollte. Er hatte ein paar echt coole Leute getroffen. Herrgott, das war etwas ganz anderes als Vietnam.

Er war mit der Icelandic Airlines nach Luxemburg geflogen und dann ein wenig in Europa herumgereist. Von Amsterdam aus war es kein Problem, mit dem Bus bis nach Istanbul zu fahren. Beförderungsmittel waren billig, es gab jede Menge anderer junger Leute, die diese Reise machten, und man fand alle Informationen, die man brauchte, in der Untergrundpresse. Er fühlte sich nicht als Tourist, obwohl er wahrscheinlich doch einer war.

Er liebte es, fremde Sprachen zu hören, neue Orte zu sehen, andere Kulturen zu erleben und jeden Morgen in einer anderen Stadt aufzuwachen. Es war eine wahre Befreiung. Selbst die vertrautesten Dinge wirkten in anderen Ländern fremd und interessant. Es war, als sähe er sie zum allerersten Mal. Reisen: Man musste verrückt sein, wenn man es nicht liebte.

In dem berühmten Pudding Shop in Istanbul fand er eine Mitfahrgelegenheit nach Pakistan, und von dort aus ging es mit dem Zug für wenig Geld bis hoch nach Kathmandu und Goa. Kathmandu war super. Dort gab es sogar eine Straße, die Jhhonchen Tole, die nach denen, die sich auf ihr bewegten, Freak Street genannt wurde. Aber nicht nur ein Haufen Hippie-Aussteiger machte diese Reise. In den frühen Siebzigerjahren nutzten andere, Overlanders genannt, die offenen Grenzen und besseren Straßen und reisten mit dem Fahrrad oder Truck durch die Welt. Wer hätte es ihnen verübeln wollen, dass sie einen Blick auf eine exotischere Landschaft erhaschen wollten? Das Wetter war warm, und alles andere war cool. Und Vietnam ... In Nepal oder Indien konnte man das leicht vergessen.

Den Sommer hatte er in den nepalesischen Bergen verbracht, wo Haschischshops legal waren und die beste Qualität leicht erhältlich war. Im Winter fuhr er nach Goa, wo er am Strand kampierte. Er ließ sich treiben. Das Leben in einem Dunstschleier aus Hitze und Haschisch war so leicht, und am Ende verließ er Goa nur, weil er irgendwo Geld verdienen musste. Einige der anderen Hippies und Freaks erhielten regelmäßig Unterstützung. Ihre Familien schickten ihnen über eine Bank Geld, für sie war das kein Problem. Aber Glenn konnte ein solches Risiko nicht eingehen. Er bewahrte sein Geld in einem Lederbeutel auf, den er in Afghanistan gekauft hatte und der an seinem Gürtel hing. Hier, direkt auf der Haut, war der sicherste Ort dafür. Für seine eigene Sicherheit war es außerdem wichtig, dass niemand wusste, wo er sich gerade aufhielt oder wohin er unterwegs war.

Aber man konnte sich nicht ewig durch Indien und Nepal treiben lassen. Glenn trampte nach Spanien, fand einen Job und arbeitete den ganzen Sommer 1973 in einer Strandbar in Torremolinos. Die Szene war gut. Ein endloser Strand im Schutz von Bergen, eine tolle Mischung aus Deutschen, Schweden, Engländern und Amerikanern und jede Menge schöne Mädchen … Aber alle guten Dinge haben einmal ein Ende. Anfang Oktober verlor er seinen Job und folgte erneut der Sonne. Das Umherziehen war für Glenn keine Sucht, es war nur so, dass es so für ihn einfacher war. Er tat sich mit ein paar Leuten zusammen, die unterwegs nach Marokko waren. Sie nahmen die Fähre und fuhren zuerst nach Casablanca und dann nach Marrakesch. In Marrakesch tobte das Leben: Souks und Gewürze, Farben und Lärm. Es war eine lustige, verrückte Zeit. Nach drei Wochen hatte Glenn genug und fuhr ans Meer.

Sein erster Blick aus dem Bus fiel auf den flachen, mondsichelförmigen Sandstrand. Nach einem kurzen Sprung ins Meer – wie hätte er nach dieser langen, staubigen Fahrt widerstehen können? – war er zum Hafen gegangen. Er aß an den Gemeinschaftstischen vor den Fischbuden, wo man einfach auf das zeigte, was man wollte, zusah, wie es zubereitet wurde, und es dann mit den Fingern verzehrte. Essaouira war luftig, weiß und hell. Am azurblauen Himmel kreisten Möwen und warteten nur darauf, herabzuschießen und alles zu schnappen, was zu Boden fiel. Nur der Ruf des Muezzins ließ ihr Kreischen verstummen.

Ein Künstler saß da, ein junger Deutscher mit langem, zottigem, blondem Haar, der die Fischerboote mit Kohle skizzierte und die Umrisse dann mit stahlblauer Wasserfarbe ausmalte. Glenn plauderte eine Weile mit ihm. »Das scheint ein guter Ort hier zu sein«, sagte er. »Wie lange bist du schon hier?«

Der Deutsche zuckte nur mit den Schultern. »Ein paar Monate«, antwortete er. »Yeah, es ist cool. Jimi Hendrix war mal hier. 1969.«

»Ist das wahr?«

»Klar. Hendrix ist Gott, Mann. Du solltest Diabat besuchen, an der Küste. Das ist eine magische Einöde.«

Dann wandte der Mann seine Aufmerksamkeit wieder seiner Malerei zu, und Glenn lief durch die kopfsteingepflasterten Gassen der blau-weißen Medina und sah sich in den vielen Musikläden um, wo die Männer Dreadlocks und die Mädchen Sandalen und lange, fließende Kleider trugen. Es herrschte eine warme, entspannte Stimmung, und niemand schien es eilig zu haben. Das gefiel Glenn. In den Bogengängen unterhalb der Skala de la Ville, einem mit Kanonen bestandenen Wall entlang der Klippen im Norden, fertigten Künstler Schnitzarbeiten aus marokkanischem *thuya*-Holz an. Die Häuser waren weiß getüncht und hatten blau gestrichene Fensterläden und Türen in Nuancen von Ultramarin, Indigo und Himmelblau; alles war blau wie das Meer und der Himmel. Auf dem Platz schliefen streunende Katzen in der Sonne, zerlumpte Kinder spielten Fangen, und Männer standen in ihren *babouche*-Schlappen in Türen, rauchten und tranken grünen Tee à la menthe.

Er erkundete die Souks. Die Düfte der Basare – Minze, Gewürze, das Leder der braunen Gürtel und Pantoffeln – und die leuchtenden Farben von Tagesdecken und Teppichen erfüllten seine Sinne. Er stieß auf den Gewürzmarkt, wo schüchterne Berberfrauen das verkauften, was sie *siwark* nannten, eine Baumrinde, die sie gebrauchten, um sich die Lippen rot zu färben. Er schlenderte weiter in die Gegend, die Mellah genannt wurde, ein stilles Labyrinth aus verfallenen Häusern, malerisch und anziehend. Er fragte sich, was aus der einstigen jüdischen Bevölkerung geworden war. Wo waren all die Menschen geblieben?

An diesem Abend hörte er zum ersten Mal Gnawa-Musik. Eine Gruppe in bunten Gewändern trat auf dem Moulay-Hassan-Platz auf. So hieß der Hauptplatz der Stadt, der in der Nähe des Wassers lag. Bald erfuhr er, welche wichtige Rolle Gnawa-Musik in der marokkanischen Kultur spielte. Sie wurde auf traditionellen Instrumenten gespielt: Basstrommeln, eiserne Kastagnetten, Tamburine und das, was er als die lautenähnliche *gimbri* aus den Musikläden wiedererkannte. Diese Musik war Essaouiras hypnotischer Pulsschlag, seine lebendige Geschichte. Männer lauschten und wiegten sich dazu. In sittsames Schwarz gekleidete Frauen stießen mit der Hand vor dem Mund wildes Geheul aus, und ihre schwarzen Augen glühten.

Am nächsten Tag erzählte ihm ein Typ aus einem der Musikläden in der Medina mehr über die Musik. Die hypnotisierenden Rhythmen und Gesänge stammten von Sklaven, die aus dem subsaharischen Afrika nach Marokko verschleppt worden waren. »Das hier ist das Rasseln der Ketten«, sagte er und ließ die eisernen Kastagnetten klappern. Glenn lief es dabei kalt über den Rücken. Er konnte den Kummer, den Schmerz der Sklaven beinahe spüren. Es gab mehr als eine Art von Sklaverei. Wenn man diese Musik hörte, schienen einem die Rhythmen bis in die Seele zu dringen.

Diese Stadt war nicht hektisch wie Marrakesch. In Essaouira fühlte sich Glenn nicht unsicher und hatte nicht den Eindruck, als wolle ihn jeder ausnehmen. Essaouira beruhigte einen eher, als einen zu verblüffen. Er beschloss zu bleiben.

An seinem fünften Tag traf er Howard. Sie kampierten beide am Strand, aber Glenn hatte langsam die Nase voll davon. Es war Herbst, und die Nächte wurden kalt. Das hier war nicht Goa. Es war Zeit, sich eine festere Unterkunft zu suchen.

Glenn war zu einem Zelt gegangen, das weniger als fünfzehn

Meter entfernt von seinem eigenen stand. »'ne Ahnung, wo man hier pennen kann, Mann?«, hatte er Howard gefragt und ihm eine Kippe angeboten. Dabei konnte Howard das eigentlich gar nicht wissen, oder warum sonst hauste er hier am Strand?

Howard nahm die Zigarette und musterte sie kurz, als rechne er damit, dass sie sich auf magische Weise in einen Joint verwandeln würde. »Komisch«, meinte er. »Genau das habe ich mich auch schon gefragt.«

Angesichts der sinkenden Nachttemperaturen fand Glenn das nicht besonders komisch. »Und?« Er wartete.

»Ich hab vielleicht was in Aussicht.« Sogar damals schon hatte Howard misstrauisch ausgesehen. Seine hellen Augen zogen sich zusammen, als er hinüber zu den Hügeln blickte, über denen langsam die Morgensonne aufging.

»Ja?« Glenn riss ein Streichholz an und schützte die Flamme mit der hohlen Hand vor der Brise, die vom Atlantik herwehte.

Howard beugte sich vor, um die Zigarette anzuzünden und einen tiefen Zug zu nehmen. Er trug eine rot-gelb gestreifte Kappe, unter der strähniges blondes Haar hervorschaute, eine Jacke aus grober Wolle und Jeans. Seine Haut war gebräunt und wettergegerbt, und er war älter, als Glenn zuerst gedacht hatte. »Ich kenne da einen Typen.« Er sah zu Glenn auf und musterte ihn von oben bis unten, von seinem verschlissenen Outback-Hut über sein gebatiktes T-Shirt und die abgeschnittenen Jeans bis zu den nackten Füßen. Seine Desert Boots waren noch eine Weile tragbar, aber seine Turnschuhe waren auf der Strecke geblieben. Daher trug er Flipflops, sooft er konnte. »Bist du Amerikaner?«

»Yeah«, antwortete Glenn, der sich manchmal wünschte, er könnte dieses Amerikanischsein abschütteln, das so eng mit allem, was falschgelaufen war, verbunden zu sein schien. »Du bist aus Australien, stimmt's?«

»Riiichtig, Kleiner.« Howard zog an der Zigarette. »Dieser

Typ, den ich kenne, ist Kanadier. Verrückter Kerl.« Er lachte. »Aber er hat da was gehört. Er ist seit Wochen hier. Steht total auf diese Gnawa-Musik, weißt du?«

Glenn nickte. Jeden Abend wehte der Seewind sie herüber, und ihr Rhythmus war ein Puls, der so stark wie Ebbe und Flut war. Haschisch-Musik, dachte er.

»Also, irgendein Musiker hat da gewohnt, aber der zieht weiter. Drei Zimmer. Hast du Knete?«

»Ein bisschen.« Glenn war vorsichtig. Seine Mutter war großzügig gewesen. Nur Gott wusste, wie es ihr gelungen war, so viel zur Seite zu schaffen, ohne dass sein Vater es gemerkt hatte. Außerdem hatte er unterwegs gearbeitet, wo immer er konnte. Aber das Leben kostete Geld, und so war er mittlerweile ziemlich pleite. Abgesehen davon war es auf der Straße am besten, niemandem zu verraten, dass man Kohle hatte. Das Letzte, was er brauchte, war, dass jemand mitten in der Nacht sein Zeug durchwühlte.

Howard zuckte mit den Schultern. »Ich sag dir später Bescheid.« Dann schlenderte er in Richtung Meer davon.

Glenn sah ihm nach. Howard zog sich bis auf die Unterhose aus, nahm seine Kappe ab, ging ins seichte Wasser und spritzte es sich über Körper, Gesicht und Haar. Als er wieder herauskam, sah er aus wie ein begossener Pudel. »Haste in Vietnam gedient?«, rief er zu Glenn herüber.

Glenn schüttelte den Kopf.

»Drückeberger?« Glenn fiel sein höhnischer Ton auf. Was hatte er für ein Problem?

»Kriegsgegner«, verbesserte er ihn. »Pazifist.« Er hielt beide Hände in die Höhe. »Kein Streit, ja?« Endlich war der Vietnamkrieg vorüber. Im Januar dieses Jahres hatte Nixon einem Waffenstillstand zugestimmt. Er war vorbei, aber die Erblast der Schuld drückte weiter – jedenfalls, was Glenn betraf.

»Kriegsgegner.« Howard nickte. Er musterte ihn abschätzig, und Glenn stellte sich seinen inneren Konflikt vor. Was die Oberhand gewann, hing wahrscheinlich davon ab, wie dringend er Geld brauchte. »Ich sag dir Bescheid, wenn es frei wird, Mann.«

»Klar.« Erneut sah Glenn auf die Wellen hinaus. Wenn es nicht klappte, würde sich schon etwas anderes ergeben.

Aber an diesem Abend kam Howard mit einem anderen Typ vorbei. »Das ist Gizmo«, sagte er.

Gizmo? Was zum Teufel war das denn für ein Name? »Glenn. Hi.« Er hob die Hand. »Schön, dich kennenzulernen.«

Gizmo war klein und stämmig. Er trug abgewetzte Jeans und eine Wolljacke wie Howard, die wie ein totes Tier stank. Um seine dunklen Dreadlocks hatte er eine blaue Bandana gebunden, seine Pupillen wirkten selbst im Dunkeln erweitert, und in seinem Gesicht stand ein Dauergrinsen. »Willste mit in den Riad ziehen, Mann?«

»In den Riad?«

»Ist ziemlich heruntergekommen«, erklärte Gizmo. »Aber immerhin eine Unterkunft, verstehste?«

»Wem gehört das Haus?«, fragte Glenn.

»Irgendeinem reichen alten Franzosen. Angeblich kommt er nicht wieder.«

Glenn nickte. »Klingt cool.«

Gizmo sah Howard an. Schon damals war er ihm sklavisch ergeben.

»Willste es sehen?«, fragte Howard. Glenn sagte Ja, und damit fing alles an.

6. Kapitel

Im Riad Lazuli in Marrakesch wurde die Gruppe mit süßem Pfefferminztee begrüßt, der aus beträchtlicher Höhe aus einer Teekanne in dekorative Gläser eingeschenkt wurde. Dies geschah, um den Tee der Luft auszusetzen, vermutete Nell. Sie sah sich in dem halb dunklen Salon um. Himmelblau verputzte Wände, in geometrischen Mustern verlegte Kacheln in Königsblau und Elfenbeinweiß, schimmernde marineblaue Vorhänge, die sie an die Farbe von Lapislazuli erinnerten, mit dicken Kissen in Malven- und Lavendeltönen ausgelegte Sitznischen, in der Mitte ein kleines, von einer maurischen Laterne beleuchtetes Becken, an einer Seite eine große Küche … Sie spürte eine angenehme Wärme. Die mit goldfarbenen Beschlägen verzierten Holztüren hatten Riegel und komplizierte Schließmechanismen, und die cremeweißen Bodenfliesen waren glatt wie Seide. Das war genau die Oase, die sie brauchte. Und es war auf keinen Fall ein Backpacker-Hotel. Callum hatte einen Glücksgriff getan. Endlich begann sie, sich zu entspannen.

Callum hatte sie zum Flughafen gefahren. Er schien entschlossen zu sein, eine fröhliche Stimmung auszustrahlen, und hatte ihr versichert, dass sie sich großartig amüsieren werde, während Nells Magen bereits angefangen hatte zu rebellieren. In der Abflughalle entwischte sie rasch zur Toilette, um die Notfalltropfen zu nehmen. Ihre Freundin Lucy hatte sie ihr bei ihrem letzten Treffen empfohlen, als Nell ihr einen Teil ihrer Sorgen anvertraut hatte. Als sie wieder herauskam, umarmte sie Callum kurz ganz fest. Warum hatte sie das Gefühl, sie sagten einander Lebewohl? Warum hatte sie das starke Gefühl, ihn zu verlieren?

Sanft legte er ihr die Hände auf die Schultern. »Du schaffst das schon, Nell.«

»Ja.« Sie hob ihm ihr Gesicht entgegen, damit er sie küsste.

»Du kannst das.« Fest küsste er sie auf die Lippen. »Du kannst das wirklich, weißt du.«

Sie fragte sich, ob er überhaupt begriff, wie schwer es für sie immer noch war.

»Ja.« Er hatte ja recht, sie musste etwas tun, damit sich alles änderte. »Dann mach's gut.« Sie würde es tun, und sie würde es auch genießen.

Nachdem sie auf dem Flughafen unweit von Marrakesch gelandet waren, meldete sie sich bei dem Fahrer mit dem Schild, auf dem »Riad Lazuli« stand, der sie ohne weitere Umstände in seinem Taxi in die uralte Medina mit ihren rosafarbenen Mauern fuhr. Die Stadtmauern von Marrakesch waren beeindruckend. Sie waren mindestens zehn Meter hoch und schienen endlos zu sein. In regelmäßigen Abständen gab es immer wieder Türme und Tore.

»Riad Lazuli, es ist in der Mitte der Medina«, erklärte ihr der Fahrer in gebrochenem Französisch, das sie kaum verstehen konnte. »Für den nächsten Teil der Reise ist ein Handkarren nötig.«

»Verstehe.« Nell verstand es nicht, aber sie war fasziniert.

Sie stiegen aus dem Wagen, und er mietete bei einem Mann, der in der Nähe stand, einen Karren, hievte ihren Koffer darauf und brach in halsbrecherischem Tempo auf. Nell folgte ihm im Laufschritt, damit sie ihn nicht verlor. Wie in aller Welt sollte sie sich hier orientieren? Die Farben, der Lärm und das Chaos waren überwältigend. Die Straßen waren vollgestopft mit Menschen in bunten Kleidern, mit Marktständen voller Schuhe, Gemüse und Gewürze, mit Mopeds und Eseln; und irgendwie schlängelten sie sich alle durch das Gewimmel. So etwas hatte sie noch nie erlebt.

Glücklicherweise bogen sie nach ein paar Minuten in eine ruhigere, schmalere Straße ab und dann in eine weitere. Bald liefen sie über das unebene, schadhafte Pflaster einer engen, schmutzigen Gasse, in der sich zu beiden Seiten hohe rosafarbene Mauern erhoben. Der Karren holperte und polterte dahin. Der Mann murmelte etwas Unverständliches und drehte sich um, um sich zu vergewissern, ob sie noch da war. Das war sie. Auf keinen Fall würde sie diesen Mann aus den Augen lassen. Einige Kinder kickten einen Fußball durch die Gasse, und ihr Geschrei zerschnitt die Stille. Nell konzentrierte sich auf ihre Atmung. Es war, als hätte sie eine Welt betreten, in der Zeit nicht existierte. Sie eilte weiter. Sie war sich nicht ganz sicher, ob sie die hohen rosa Mauern nach dem Gewühl, Lärm und grellen Licht auf den Straßen vorher beengend oder erholsam fand. Die nicht enden wollenden Wände aus Rosa und Braun hätten sie eigentlich erdrücken müssen, aber die Mauern wirkten sicher, undurchdringlich und irgendwie beruhigend.

Und endlich … »Riad Lazuli«, verkündete der Taxifahrer.

Sie standen vor einer unauffälligen Tür, auf der weder ein Name noch eine Hausnummer standen. Es gab allerdings einen Türklopfer in Form einer beringten Hand der Fatima. Der Taxifahrer hob ihn an und ließ ihn fallen.

Ein Mann in einer weiten, rot-weiß gestreiften Tunika und Pumphosen öffnete die Tür. »Ich bin Ahmed. Ich freue mich, Sie kennenzulernen«, sagte er. Er nahm dem Taxifahrer den Koffer ab und winkte sie herein. »Kommen Sie herein, kommen Sie bitte herein.« Leise erklärte er ihr, wie viel Trinkgeld sie dem Mann geben solle, und Nell wühlte in ihrer Handtasche nach dem Geld.

Sie sah sich um und unterschrieb das Anmeldeformular. Sie befand sich in einem Salon mit blauen Wänden, der atemberaubend eingerichtet war. Doch bevor sie ihre Umgebung vollständig aufnehmen konnte, erklärte Ahmed, dass er sie jetzt auf ihr Zimmer führen würde.

Sie folgte ihm über eine Steintreppe, die in einer Spirale um den Innenhof, das Zentrum des Gebäudes, herumlief, und in ein kleines Zimmer mit hoher, verschnörkelter Decke, einem gemusterten marokkanischen Teppich auf dem Boden und einem sehr großen, schmiedeeisernen Bett führte. Außerdem gab es auch noch einen niedrigen, sechseckigen Tisch und einen mitternachtsblauen Diwan, der mit violetten Kissen, die vor Goldstickereien glitzerten, beladen war.

»Wir möchten, dass Sie es bequem haben«, erklärte er ihr. Er öffnete eine Tür auf der gegenüberliegenden Seite des Raumes und wies in ein kleines Bad. »Nun müssen Sie aber gleich herunterkommen und zusammen mit den anderen Tee trinken.«

Herrje. Nell packte ihren Koffer aus, kämmte sich das Haar und zog ihren Lippenstift nach. Zu mehr hatte sie keine Zeit. Sie schaffte es ja kaum, zu Atem zu kommen.

Und nun war sie hier, zusammen mit den anderen und trank Tee. Die Menschen, die um sie herumsaßen, waren vermutlich auch Mitglieder ihrer Gruppe. Der Pfefferminztee – *thé marocain*, grüner Tee mit Minze – war viel zu süß, wirkte aber beruhigend.

»Sind Sie Engländerin?«, fragte die Frau mittleren Alters auf dem Platz neben ihr. Sie war spindeldürr und hatte lange, spinnenhafte Arme.

»Ja.«

»Das dachte ich mir.«

Kurz fragte sich Nell, was sie verraten hatte. Ihr krauses blondes Haar? Dass sie so verloren aussah? Die Art, wie sie die Beine übereinanderschlug?

»Und was machen Sie beruflich?«

»Ich arbeite in einem Café.«

»Aha, ein Profi.« Die Frau sah sie bewundernd an.

»Aber ich habe nicht viel Ahnung von der marokkanischen Küche«, fügte Nell hinzu. »Ich habe noch nie mit einer Tajine gekocht.«

Die Frau beugte sich zu ihr herüber. »Ich kann überhaupt nicht kochen«, gestand sie.

»Oh.« Was machte sie dann hier? Nell war enttäuscht. Sie hatte sich eine Gruppe gleichgesinnter Feinschmecker vorgestellt, die alle Informationen und Kochtipps austauschten. Sie überlegte, was für einen Spaß sie haben könnte, wenn Lucy oder sogar Sharon mit ihr hier wären. Aber das waren sie nicht. Nell war ganz auf sich allein gestellt.

»Und wie kam es, dass Sie sich so fürs Kochen interessieren? Wenn die Frage nicht zu persönlich ist.« Die Frau war wirklich beharrlich.

Nell nahm sich vor, sich beim nächsten Mal neben jemand anderen zu setzen. Sie nippte an ihrem Tee. »Meine Mutter hat mich dazu ermuntert«, erklärte sie mit einer Stimme, von der sie hoffte, dass sie signalisierte, dass das Thema damit abgeschlossen war. *Nicht jetzt* … Doch unwillkürlich stieg vor ihrem inneren Auge das Bild der Küche im Farmhaus auf, in der ihre Mutter am Herd stand und in einem Topf rührte, und eine jüngere Nell stand auf einem Schemel an dem großen alten Tisch und half, den Teig für Ingwerplätzchen auszurollen und Kokosmakronen auf ein Backblech zu setzen. Ihre Mutter ermunterte sie auch zum Probieren; denn das Abschmecken war ja das Wichtigste am Kochen überhaupt. Abschmecken und entsprechend nachwürzen.

»Was meinst du, Schatz?«, fragte ihre Mutter zum Beispiel mit leichtem Stirnrunzeln. »Sollten wir mehr Kokos drantun? Mehr Gewürz?«

Während ihre Mutter eine gute, aber spontane Köchin war,

nahm Nell alles peinlich genau. Nicht lange, und sie kochte ganze Abendessen, und als sie zwölf oder dreizehn war, passte sie die Rezepte ihren eigenen Vorstellungen an. *Wäre es nicht besser, wenn wir hier weniger Tomaten und ein bisschen mehr Brühe nehmen? Mit einem bisschen Chili wäre das viel interessanter, meinst du nicht auch? Warum nicht Rosmarin an die Kartoffeln geben, Mum?*

Mit einiger Mühe kehrte sie in die Gegenwart zurück. Es passierte etwas.

Ahmed räusperte sich und stellte ihnen Hassan, den Küchenchef, vor, der Französisch sprach, und ihre Übersetzerin und Kursleiterin Marion, die sowohl Englisch als auch Italienisch beherrschte. Sie würde auch morgen früh mit ihnen in die Souks gehen, erklärte Ahmed, wo sie einige wichtige arabische Wörter lernen und die Zutaten für eine Tajine kaufen würden.

Behutsam, aber selbstbewusst übernahm Marion das Ruder. »Tajine heißt auch das Gefäß, in dem die Marokkaner dieses Gericht kochen«, sagte sie. Sie nahm einen Topf von dem Tisch neben ihr. »Sie ist ideal für langsames Garen«, erklärte sie. »Dampf steigt auf, kondensiert im Inneren dieses konischen Deckels hier und tropft dann wieder auf das Gericht, damit es nicht austrocknet. Der Griff auf dem Deckel hat ebenfalls eine Funktion. Einerseits kann man ihn mit einer Hand anheben, damit man mit der anderen rühren kann, andererseits dient er auch als Ablage für den Löffel.« Sie machte es vor. »In Tajines kann man auch Brot aufbewahren, und der untere Teil kann zum Servieren von Obst benutzt werden.«

»Und wenn man keine Tajine in seiner Küche hat?«, meldete sich die Spinnenfrau zu Wort.

»Ein guter Bräter kann ein Ersatz sein.« Marions Miene verriet allerdings, dass es tatsächlich nur ein schlechter Ersatz sein würde. »In den nächsten Tagen werden wir einige typische marokkanische Lebensmittel und Gewürze kennenlernen, wie

Safran aus Taliouine, Oliven und Minze aus Meknes. Zitrusfrüchte aus Fez«, sagte sie. »Und wir werden über die Geschichte der marokkanischen Küche sprechen.« Durch ihre dicke Brille musterte sie ihr Publikum. »Ein solcher Kurs ist perfekt dazu geeignet, ein Land hautnah zu erleben. Lokale Nahrungsmittel können viel über eine Gesellschaft und ihre Traditionen verraten. Und wie könnte man Reiseerinnerungen besser wachrufen als dadurch, dass man ein typisches Gericht kocht und die gleichen köstlichen Düfte wiedererweckt, die durch die Märkte und Restaurants wehten, die Sie besucht haben?«

Allerdings, was konnte es Besseres geben? Nell sah sich in der Gruppe um. Sie bestand aus fünfzehn Männern und Frauen unterschiedlichen Alters und verschiedener Nationalität, wie Nell aus dem Stimmengewirr geschlossen hatte, das während des Tees im Salon geherrscht hatte. Abgesehen von der Spinnenfrau, waren da zwei deutsche Frauen, vielleicht in ihren Dreißigern und eindeutig ein Paar, ein junger Mann in den Zwanzigern, der skandinavisch aussah, ein älterer Mann, ein Ehepaar – Briten – und eine Reihe alleinstehender Frauen, von denen eine eine Kamera bei sich hatte. Sie war groß und mit ihrem knabenhaften guten Aussehen eine auffällige Erscheinung. Sie lehnte sich zurück und beobachtete die Szene mit einem kleinen Lächeln, das ihre Lippen umspielte.

»Marokko – und speziell Marrakesch – sind ein perfektes Ziel für Kochkurse«, fuhr Marion fort. »Dank ihrer unterschiedlichen Ursprünge bietet die Landesküche eine große Vielfalt an Gerichten.« Sie schob eine graue Locke zurück, die sich aus ihrem Chignon gelöst hatte. »Und jedes Gericht hat eine lange Geschichte.«

»Was werden wir kochen?«, fragte eine der deutschen Frauen.

»Tajines, Couscous, Pastillas …«

»Pastillas?«, fragte die Partnerin der Deutschen.

»Das ist ein traditionelles arabisches Gericht aus Andalusien. Eine ziemlich komplizierte Pastete aus Taubenküken, Huhn oder Fisch. Traditionell wird sie zu besonderen Anlässen als Vorspeise gereicht.« Marion hielt kurz inne. »Wir werden auch Brot backen – und Briouats, ein dreieckiges oder rundes gefülltes Gebäck.« Sie warf dem Koch, der in der Küche war und nur von Zeit zu Zeit auftauchte, um lächelnd zu nicken oder mit seinem furchteinflößenden Messer zu wedeln, einen Blick zu. »Abgesehen von einer Reihe klassischer Gerichte wie die typische Tajine mit Huhn, Zitronen und Oliven, werden wir andere Rezepte ausprobieren, die sonst wahrscheinlich nur Marokkaner kennen. Zum Beispiel die *tajine makfoul* mit karamellisierten Tomaten und Zwiebeln oder die Tanjia Marrakchia.« Mittlerweile hatte sie sich richtig in Schwung geredet. »Dann die Harira-Suppe, die während des Ramadan oft mit Datteln serviert wird, und Zaalouk, ein köstlicher marokkanischer Salat mit Auberginen und Tomaten. Und nicht zu vergessen natürlich die berühmte B'stilla, eine Taubenpastete mit Kräutern, Gewürzen, Zitronen und Mandeln. Und dazu noch eine beträchtliche Anzahl Desserts.«

Herrje. Nell hatte keine Ahnung, ob sie ihren Hungergefühlen nachgeben oder sofort gehen sollte. Wie in aller Welt sollten sie in fünf Tagen lernen, all das zu kochen?

Ihre Kursleiterin und Übersetzerin hielt inne, um Luft zu holen. »Traditionell werden marokkanische Rezepte von der Mutter an die Tochter weitergegeben«, erklärte sie ihnen. »Die marokkanische Küche ist im Wesentlichen eine Familientradition, was erklärt, wie diese Gerichte über ganze Zeitalter hinweg ihren authentischen Charakter bewahrt haben.«

Mutter und Tochter … Nell lehnte sich zurück. Sie hatten so viel miteinander geteilt, und doch gab es so vieles, was ihre Mutter ihr nie erzählt hatte. Warum hatte sie das Land verkaufen wollen? Was hatte sie ihr verheimlicht? Und wie genau war sie in jener furchtbaren Nacht auf der Klippe zu Tode gekommen?

»Zahlreiche Einflüsse auf die Küche lassen sich nachverfolgen«, fuhr Marion fort. »Es gibt einen arabischen Ursprung, der bis zu den Abbasiden zurückreicht, Spuren der Mauren in den süßen und sauren Noten der Tajines, Berbertraditionen im Couscous und jüdische und sogar indische Einflüsse in den unzähligen Gewürzen wie Kumin, Zimt und Ingwer. Es ist das Erbe vieler Völker, sozusagen eine Vermählung von Einflüssen und Geschmäckern.«

Die Frau mit der Kamera, die ungefähr in Nells Alter war, stand in einer einzigen fließenden Bewegung auf, legte das Auge an den Sucher und machte ein paar Bilder von Marion, während sie sprach.

Marion blinzelte und rückte das Tuch um ihren mageren Hals zurecht. »Darf ich Ihnen unsere Fotografin vorstellen?« Sie zuckte mit den Schultern auf eine Art, die anzudeuten schien, es wäre ihr lieber, es wäre keine dabei. »Sie macht Fotos für eine Marokko-Ausstellung, die in England stattfinden wird. Und es geht auch um ein Kochbuch, glaube ich?«

»Ja.« Die junge Frau lächelte. Sie hatte ein nettes Lächeln, dachte Nell. Vielleicht würde sie sich als Gleichgesinnte erweisen. Niemand sonst, vielleicht mit der Ausnahme des jungen Skandinaviers, sah aus, als käme er als Kandidat dafür infrage.

»Wenn Sie also Glück haben, sehen Sie Ihre Tajine vielleicht in einem Buch wieder.« Marion quittierte ihren eigenen Scherz mit einem bellenden Lachen.

»Aber wenn Sie lieber nicht dabei sein wollen, ist das auch gut.« Die junge Frau meldete sich mit klarer, selbstbewusster Stimme zu Wort. »Sagen Sie mir nur Bescheid. Ich werde für alle Fälle sowieso alle um Erlaubnis bitten.«

»Wir haben in unserer großen Küche fünfzehn großzügig bemessene Arbeitsplätze.« Mit einer Kopfbewegung wies Marion auf den fraglichen Raum, woraufhin der Koch auftauchte, nickte, grinste und vielsagend die dunklen Augenbrauen hochzog. »Wo immer es möglich ist, werden wir aber auch traditionelle Garmethoden und Geräte einsetzen. Zum Beispiel werden wir über einem Holzfeuer kochen.« Sie sah sich unter der Gruppe um, die ein allgemeines, zustimmendes Murmeln hören ließ. »Das soll uns daran erinnern, wie in Marokko vor vielen Jahrzehnten gekocht wurde und wie man es, weitab der großen Städte wie Marrakesch, in entlegenen Gebieten immer noch tut.« Sie bleckte die Zähne zu einem breiten Lächeln. »Wir sind zuversichtlich, dass Sie, wenn Sie diesen Riad in fünf Tagen verlassen, begriffen haben, dass Couscous nicht etwas aus einer Tüte ist, das man in zehn Minuten zubereitet.«

Nell hörte ein Handy klingeln. Sie setzte diese Miene auf, die besagte: »Warum schalten die Leute ihr Handy nicht aus?«, bis ihr plötzlich klar wurde, dass es ihr eigenes war. »Tut mir schrecklich leid.« Einen Moment lang wusste sie nicht einmal mehr, wie man es ausschaltete, daher zog sie sich stattdessen durch die schimmernden blauen Vorhänge in den Hof zurück, um den Anruf anzunehmen. Es war Callum.

»Hallo.« Sie verzichtete darauf, ihm Vorwürfe zu machen, weil er sie anrief. Er brauchte nicht zu wissen, dass sie sich gerade blamiert hatte, weil ihr Handy geklingelt hatte.

»Und? Wie läuft es?« Dafür, dass seine Frau weit fort war, klang er ziemlich fröhlich, dachte sie düster.

»Ganz gut. Gekocht haben wir noch nichts.«

»Na, du bist ja bestimmt auch gerade erst angekommen.«

»Hmmm.« Wenn sie momentan miteinander redeten, lag immer eine Spannung darin; das spürte sie. Entweder versuchten sie, höflich zu sein, oder sie standen kurz vor einem Streit. Dabei war es früher so einfach gewesen. Obwohl es für Anfang November noch warm war, erschauerte sie in der lauen Abendluft. Um sie herum blühten in Terrakottatöpfen noch Oleander und Bougainvillea, und von einem Spalier mit Winterjasmin wehte ein betörender Duft zu ihr herüber. Es war schon ziemlich dunkel, und die Mauern des Riads ragten hoch über ihr auf. Im Sommer lebte man bestimmt hier draußen, dachte sie. Der Hof war das Herz des Gebäudes. Es gab zwar ein Zeltdach als Sonnenschutz, trotzdem war er noch halb offen, und sie sah einen leuchtenden Mond und die Sterne, die vollkommen klar am Abendhimmel standen.

»Hör mal, Nell.«

»Ja?« Plötzlich beschlich sie eine ungute Vorahnung.

»Vorhin hat der Makler angerufen.«

»Ach?« Nell wollte nicht an das Farmhaus denken, nicht jetzt. Sie hatte gehofft, ein paar Tage für sich zu haben; ohne die Sorgen von zu Hause.

»Er hat einen Käufer gefunden.«

»Wirklich?« Nell runzelte die Stirn. Gegen Callums Rat hatte sie darauf bestanden, den vollen Preis dafür zu verlangen; sie hatte nicht die Absicht, es für weniger als seinen tatsächlichen Wert herzugeben. Eigentlich war sie sich immer noch nicht sicher, ob sie sich überhaupt davon trennen konnte. Daher war das jetzt eine Überraschung. Und noch verblüffender war das Timing. Dass ein Käufer ausgerechnet auftauchte, während sie in Marokko war, das kam ihr ein wenig, nun ja, eigenartig vor.

»Ist das nicht toll?« Bildete sie sich das ein, oder klang Callum ein wenig beunruhigt?

»Hmmm, ja, vielleicht«, sagte sie ausweichend. Unwillkürlich fiel ihr sein seltsamer Blick vor ein paar Tagen ein, und sie erinnerte sich daran, wie sie sich am Flughafen gefühlt hatte: fast, als wolle er sie aus dem Weg schaffen …

»Vielleicht?«

Sie umfasste ihr Handy fester. Sie bemerkte, dass ihre Handfläche feucht war. »Wie viel hat er angeboten?« Angebote konnte man immer zurückweisen. So etwas kam ständig vor.

»Den vollen Preis.« Callum klang sehr zufrieden. Beinahe selbstzufrieden. Sie hasste das. Aber warum sollte er sich auch nicht freuen? Wenn man etwas zum Verkauf anbietet, will man es in der Regel auch verkaufen.

»Ich bin mir nicht sicher«, sagte sie. Sie spähte in den Raum zurück. Zu ihrer Erleichterung hatte Marion nicht auf sie gewartet und betete immer noch die Geschichte der marokkanischen Küche herunter. Sie konnte es sich später von einem der anderen erzählen lassen. Worüber sie wirklich etwas hören wollte, war die Geschichte des Safrans. Woher kam er? Wie war er nach Cornwall gekommen? Welche mysteriöse Eigenschaft machte ihn zu so etwas Besonderem? Callum war ihr Mann, und sie liebte ihn immer noch – oder? Warum hatte sie dann das Gefühl, dass er sich in fremde Dinge einmischte?

»Was meinst du damit, dass du dir nicht sicher bist?« Sein Ton schlug um.

»Ich würde ihn gern zuerst kennenlernen.«

Sie hörte, wie er seufzte. »Das ist kein Vorstellungsgespräch, Nell.«

»Ich weiß. Aber ich will ihn trotzdem treffen.« Innerlich stellte sie sich quer. Sie würde sich nicht dazu drängen lassen. Sie erwartete nicht, dass Callum das verstand. Aber sie konnte unmöglich zulassen, dass das Farmhaus an jemanden verkauft wurde, den sie nicht einmal kannte.

»Und was in aller Welt soll ich sagen?« Nun klang er ziemlich ärgerlich. Ja, Pech gehabt, dachte Nell. Soll er doch.

»Ich bin in fünf Tagen wieder da. Sag, dass wir darüber nachdenken müssen.« Sie achtete darauf, mit fester Stimme zu sprechen. Was immer da vorging – falls etwas im Gang war –, er sollte wissen, dass sie meinte, was sie sagte.

»Aber, Nell … Wenn du mich nur lassen …«

»Bitte.«

»Es ist der volle Preis.«

»Ich weiß.«

»Der Käufer könnte einen Rückzieher machen.«

»Auch das ist mir klar.« In die Gruppe drinnen kam Bewegung, und sie roch Essen, den verführerischen Duft der Zitronen und Oliven und des Hühnchens, von dem vorhin die Rede gewesen war. »Hör mal, ich muss los.« Sie wollte nicht, dass sie ohne sie mit dem Essen anfingen. Und sie wollte dieses Gespräch nicht führen. Nicht jetzt.

»Na gut. Ich versuche, ihn zu vertrösten.«

»Schön. Mach's gut.« Nell schaltete ihr Telefon aus. Ein Käufer für das Farmhaus, das Farmhaus ihrer Mutter. Schon. Und Callum war entschlossen, es zu verkaufen … Aber sie wollte nicht darüber nachdenken, noch nicht. Sie wollte auch nicht über Callum nachdenken oder über das, was zwischen ihnen passierte.

Als sie wieder im Riad Lazuli war, warf Marion ihr einen Blick zu und stieß ein tadelnd klingendes »Ah« aus.

Nell fing den amüsierten Blick der Fotografin auf. Sie sah nett aus. Vielleicht würde sie später versuchen, mit ihr ins Gespräch zu kommen und mehr über diese Marokko-Veranstaltung herauszufinden, die Marion erwähnt hatte. Jetzt stand aber erst einmal das Abendessen auf dem Tisch. Eine Hähnchentajine mit Zitronen und grünen Oliven dampfte in ihrem kegelförmigen Topf. Nell konnte es kaum abwarten, sie zu probieren.

7. Kapitel

Amy war begeistert von Marrakesch. Es war so bunt, so pulsierend, so lebendig. Es fiel ihr schwer, ihre Kamera auch nur eine Sekunde aus der Hand zu legen, und sie wusste nicht, wohin sie ihren Blick zuerst wenden sollte – es gab so viel zu sehen.

Nachdem sie am Morgen das köstliche Frühstück beendet hatten, das aus Crêpes und Honig, Eiern, frischen Feigen und Joghurt bestand, hatte Marion sie gut informiert, aber mit einer zweifelhaften Frisur in das Gewirr aus Obst-, Gemüse- und Fleischmärkten geführt. Sie wollten hier Zutaten für das heutige Gericht kaufen. An den Ständen häuften sich Wassermelonen, Paprikaschoten, rote Zwiebeln, die aussahen, als seien sie gerade erst aus der Erde gezogen worden, Zucchini mit den kompletten Blüten und süß duftende Orangen. Getrocknete Aprikosen leuchteten wie kleine Sonnen. In Käfigen stolzierten lebende Hühner herum; ein Standbesitzer schnitt Koteletts aus einem frischen Lammkarree. In Marrakesch schien es für alles einen Platz zu geben – von den Lederhandwerkern im *Souk des Sacochiers,* die Taschen aus Tierhäuten oder Schablonen für *babouches* herstellten, bis zu den Herstellern von schmiedeeisernen Gegenständen im *Souk el Haddadine*. An all dem waren sie einfach vorbeigestürmt, Marion voran wie eine Pfadfinderleiterin und unter dem Klicken von Amys Kamera.

Marion zeigte auf die Lebensmittel an den Straßenständen. Dick lag der Duft nach Kreuzkümmel und Knoblauch in der Luft und mischte sich mit dem Duft frittierten Gebäcks. »Hier haben wir *bissara*, eine Suppe aus dicken Bohnen.« Sie zeigte auf einen bauchigen Tontopf mit einer dicken, gelblichen Flüssigkeit, der über einem Becken mit Holzkohle simmerte. »Und *briouats.*« Die Gruppe nickte sachverständig.

»Sehen Sie den Eselwagen da?«, fügte Marion hinzu, als ein mit Minzblättern beladener Karren vorbeifuhr. »In Marokko hält man die alten Traditionen noch hoch und hält es nicht für nötig, etwas daran zu ändern.«

Amy fragte sich, aus welchem Grund Marion ursprünglich nach Marokko gekommen und warum sie geblieben war. Hatte sie sich vielleicht auf dem Djemaa-el-Fna-Platz in einen marokkanischen Akrobaten verliebt? Sie musterte ihre Anführerin, die weiterdrängte. Wahrscheinlich nicht. Vermutlich war es so, dass Marokko einem einfach unter die Haut ging.

Später, als ihnen von dem Feilschen, dem Geschrei, dem Scheppern von Karrenrädern auf dem Kopfsteinpflaster und dem Brüllen der Esel der Kopf dröhnte und ihre Körbe voll mit frischem Gemüse waren, waren sie Marion zurück zum Riad gefolgt. Alle schienen von den Eindrücken überwältigt zu sein. Nur Amy hatte die Gruppe verlassen und war erneut aufgebrochen, um noch mehr Eindrücke von dem Leben auf Marrakeschs Straßen einzufangen.

Die Stadt war wirklich überwältigend. Sie ergriff einen, warf einen in ihr geschäftiges Zentrum, und man hatte fast das Gefühl, in dem anstürmenden Stimmen- und Menschengewirr zu ertrinken, in dem klagenden Gebetsruf des Muezzins, in der reinen Intensität der Farben und Gerüche von Gewürzen, Minze, Moschus und Rose. Es gab einfach so viel von allem. Amy stellte sich ihre Porträts als lebensgroße Standbilder vor, die das Zentrum ihrer Ausstellung bildeten. Marokkos Menschen und um sie herum ihr Essen, ihre Architektur, ihre Flora und Fauna, ihre Kultur.

Sie hatte darauf gebrannt, den engen Grenzen der Gruppe zu entkommen, und jetzt war sie endlich frei. Sie machte ein paar Actionfotos von den zerlumpten Kindern, die mit verfilztem Haar und frechem Grinsen in dem rosafarbenen Gassenlabyrinth der Medina Fußball spielten, und warf ihnen dafür ein paar Münzen zu, winkte aber ab, als sie anboten, sie zum Platz, zum Riad, zu den Gärten zu führen … Zurück in den Souks fing sie unter den Männern, die es sich auf Matten und Stühlen aus Rohrgeflecht bequem gemacht hatten, mit der Kamera einen alten Mann mit faltigem, ledrigem Gesicht und einem weißen Methusalembart ein, der seine Füße in einem Eimer Wasser kühlte. Sie ergatterte sogar ein paar Aufnahmen von einer Gruppe Frauen, deren Arme mit Hennamustern bemalt waren. Marokkanische Frauen waren in der Regel schüchtern und wehrten sich dagegen, fotografiert zu werden, im Unterschied zu den Männern, die grinsten, winkten und ihr Bestes taten, um aufs Bild zu kommen. Frauen hielten stattdessen die Hände vors Gesicht, schüttelten den Kopf und wandten sich ab. Und das musste Amy natürlich respektieren.

Sie schoss atemberaubende Nahaufnahmen von den zu hohen Kegeln aufgehäuften Gewürzen – Gelbwurz, Paprika, Kreuzkümmel und Ingwer –, bei denen vermutlich ständig nachgebessert werden musste, damit sie so perfekt aussahen. Sie fotografierte auch gebündelte Zimtstangen, Berge von Sternanis und duftende getrocknete Rosenblüten, Muskat und Süßholzwurzeln, Emailleschüsseln mit eingelegten Oliven, Gläser mit Mentholkristallen, die angeblich gegen Allergien halfen, Blöcke aus stark duftendem Ambra und weißem Moschus und Berge aus grünem Pfefferminztee. Amy persönlich hätte jetzt eher einen Becher Rooibostee gebrauchen können. Aber Tatsache war, dass Marrakesch vor Sinnlichkeit geradezu explodierte. Sie experimentierte mit den Mustern, die die Reihen auf Reihen aus Läufern, Teppichen, Überwürfen und Tagesdecken bildeten, die wie Fahnen auf Leinen außerhalb der Marktstände hingen. Die

Farben, die Architektur, der Sonnenschein und die Gerüche … Sogar im November. Es schien niemals aufzuhören. Doch Amy arbeitete nicht die Liste ab, die Jake Tarrant ihr gegeben hatte. Sie folgte ihrem kreativen Instinkt.

Sie hatten sich in dem Café in der Stadtmühle getroffen, um über ihre Reise zu sprechen, und er hatte genauso entspannt gewirkt wie am Tag zuvor, was sie ziemlich irritierend fand. Er hatte die langen, in Jeans steckenden Beine ausgestreckt und sich zurückgelehnt. Coole Stiefel, dachte sie. Gestreifte Socken. Heute wirkte er so, als hätte er das Sagen.

»Die Frage ist, ob wir uns einig sind.« Er zog das Notizbuch, in dem er gestern einige Punkte festgehalten hatte, aus seiner abgewetzten Aktentasche und wedelte damit in der Luft herum.

»Ach ja?« Amy zog ihren Kaffee näher zu sich heran, um ihn seiner Reichweite zu entziehen.

Er legte das Notizbuch auf den Tisch. »Ein Marokko-Event besteht nicht nur aus Fotos vom Atlasgebirge und ein paar Koch-Workshops.«

»Selbstverständlich nicht.« Amy war pikiert. Hatte er etwa gedacht, dass sie das glaubte?

»Sie muss tiefer gehen.« Er beugte sich vor, und der leidenschaftliche Unterton in seiner Stimme verblüffte sie. »In Marokkos Kultur hat ein echter Umschwung stattgefunden, verstehen Sie, Amy? Man sieht uns Engländer dort heutzutage in einem neuen Licht. Soweit es die Menschen dort angeht, ist jetzt die englische Sprache *la vraie langue du progrès,* die wahre Sprache des Fortschritts.«

Amy quittierte seine Aussage mit einer hochgezogenen Augenbraue. »Das ist doch nur eine neue Ausrede für die Briten, damit Sie keine Fremdsprachen lernen müssen«, bemerkte sie.

»Vielleicht«, räumte er mit einem schiefen Lächeln ein. Er hatte Grübchen.

»Aber die Briten interessieren sich auch zunehmend für die marokkanische Kultur«, betonte sie. »Die Sympathie ist gegenseitig.«

»Ja.« Er nickte begeistert. »Zwischen den beiden Ländern entstehen zurzeit alle möglichen Verbindungen auf Kultur- und Geschäftsebene.«

»Wirklich?« Amy trank ihren Kaffee. Er war stark und mild, so wie sie ihn mochte.

»Das wird die Verbundenheit zwischen ihnen zwangsläufig stärken.«

»Da haben Sie sicher recht.«

»Was wir also suchen …«

Amy dachte darüber nach, wonach sie Ausschau hielt. Sie suchte nach dem Charakter eines Orts, danach, was die Menschen dort antrieb. Soweit sie es beurteilen konnte, entschieden die strengen religiösen Bräuche darüber, wie die marokkanische Gesellschaft funktionierte. Amy dachte an die Unterdrückung der Frauen. Entscheidend war auch die Geschichte, die für die Vielfalt der Menschen verantwortlich war. Bestimmend waren aber auch die Hitze und die Landschaft. Von ihnen hing ab, was in einem Land wuchs und was dort produziert wurde. Marokko war ein Ort voller Sonnenschein und doch voller Dunkelheit. Unterdrückung bedeutete, dass die Korruption florierte, dass Menschen überwacht wurden, dass …

»Hören Sie mir eigentlich zu, Amy?« Er fuhr sich mit der Hand durchs Haar, sodass es in allen Richtungen in die Höhe stand. Amy grinste belustigt. Doch dann bemerkte sie plötzlich, dass von ihm eine Spur Traurigkeit ausging.

»Selbstverständlich«, sagte sie wieder. »Wir wollen keine langweiligen Touristenschnappschüsse. Einverstanden. Ich fahre einfach hin und sehe, was sich bietet.«

Er runzelte die Stirn. »Vielleicht wäre ein wenig Planung aber doch nützlich. Wie ich schon sagte, habe ich eine Liste angelegt, um Sie zu unterstützen.« Er zog ein eng bedrucktes Blatt Papier aus der Ledermappe und reichte es ihr.

Sie warf einen kurzen Blick darauf und steckte es in ihre Handtasche. »Danke. Ich sehe sie mir später an.« Eigentlich sollte es nicht so abfällig klingen. Es war schließlich nicht so, dass sie ihren Job nicht ernst genommen hätte. Ganz im Gegenteil. Aber sie wollte sich nicht auf bestimmte geografische Gegebenheiten oder Ideen beschränken lassen. Sie hatte nicht vor, Jake Tarrants fotografischem Wegweiser zu folgen. Sie wollte umherstreifen. Sie wollte sich verlaufen. Sie wollte die Häuser der Menschen betreten und einen Blick auf das echte Marokko erhaschen, sehen, wie sie wirklich lebten.

»Wir müssen hier eng zusammenarbeiten, Amy.« Er beugte sich wieder vor und sah sie aufmerksam an. Ein wenig zu aufmerksam. Unter der Lederjacke trug er ein blaues Baumwollhemd und einen dünnen Pulli. Sie ertappte sich dabei, wie sie seine Hände betrachtete, die fast nie zur Ruhe kamen. Er trug keinen Ehering.

»Schön.« Sie trank ihren Kaffee aus und stand auf. Sie hätte ihm sagen können, dass er ihr vertrauen solle, dass sie nicht dumm war, dass sie wusste, was sie tat. Aber warum sollte sie das tun?

»Ich weiß, Sie hatten nicht damit gerechnet, dass plötzlich ein Eventmanager auftaucht …«

»Das ist wirklich kein Problem«, erklärte sie.

Er schien noch etwas anderes sagen zu wollen, wechselte dann jedoch das Thema. »Während Sie in Marokko sind, werde ich die Filmvorführungen und die Workshops organisieren, über die wir gesprochen haben.«

»Okay.« Und ich, dachte sie, fahre nach Marokko, um zu sehen, wie es wirklich ist. Es spielte keine Rolle, dass er wahrscheinlich ein netter, sehr engagierter Mann war; es spielte keine Rolle, dass es offensichtlich etwas gab, weswegen er traurig war. Sie hatte nicht vor, sich von ihm diktieren zu lassen, welche Fotos sie machen sollte. Das war nicht ihre Art zu fotografieren. Sie arbeitete lieber allein.

Sie machte gerade mit Zoom ein paar Bilder der Störche, die auf den Türmen und Bastionen der Ruinen des El-Badi-Palastes nisteten. Der breite Fächer ihrer schwarzen Schwanzfedern bildete einen perfekten Kontrast zu Brust und Rücken, die weiß waren, und die spitzen orangefarbenen Schnäbel hoben sich von den zerfallenden rosafarbenen Mauern ab. Plötzlich sah sie eine Frau aus dem Kochkurs im Riad Lazuli. Jemand führte sie über den Platz. Amy runzelte die Stirn. Der schlacksige Junge, der bei ihr war, sah harmlos aus, aber sie war oft genug vor den Schwindlern von Marrakesch gewarnt worden, um auf der Hut zu sein. Amy hatte den Eindruck, dass sie umso wahrscheinlicher Hintergedanken hegten, je unschuldiger sie aussahen.

Sie eilte über den Platz und trat den beiden in den Weg. Die Frau mit dem Wuschelkopf und dem sympathischen Lächeln war ihr schon aufgefallen. Sie erinnerte Amy an jemanden, aber ihr fiel nicht ein, an wen. Sie wirkte lebhaft und doch zugleich irgendwie bedrückt. Ihre Augen leuchteten auf, aber dann verschattete sich ihr Blick wieder, und da war wieder diese Traurigkeit. Amy hätte sie gern fotografiert, aber bis jetzt hatte sie noch nicht einmal Gelegenheit gehabt, mit ihr zu sprechen, und heute hatte sie noch so viel anderes vor.

»Hey!«

Sie blieben stehen, und der Junge zeigte der Frau die Störche. Amy hatte gehört, dass sie als gutes Omen galten. Jeder mochte sie. Pflichtschuldig nickte die Frau und machte ein Foto. Sie wirkte wie ein Lamm, das zur Schlachtbank geführt wird.

»Hey!« Amy rief lauter.

»Oh, hi.« Die Frau drehte sich um. Sie schien erfreut zu sein, Amy zu sehen. »Es tut mir leid, aber ich erinnere mich nicht an Ihren Namen.«

»Amy.« Sie streckte die Hand aus.

»Nell.« Sie lächelte. »Ich bin … ähem … Das ist Kamil. Er zeigt mir das Mellah-Viertel.«

»Ach?« Amy musterte den Jungen mit dem dunkelbraunen Haarschopf aus der Nähe. Er machte einen verlegenen Eindruck und sah keineswegs so aus, als freue er sich ebenfalls, sie zu sehen, was ihre Theorie bestätigte. Er hatte vermutlich geglaubt, heute sei sein Glückstag. »Warum?«

»Dort gibt es die besten Gewürze und die fairsten Preise«, sagte Nell. Wie gutgläubig sie war, dachte Amy.

»Wirklich?« Amy verschränkte die Arme und sah den Jungen an.

»Ja, natürlich«, gab er empört zurück. »Sie müssen kommen und sehen.«

»Kamil wohnt mit seiner Familie dort«, erklärte Nell. »Er muss jetzt nach Hause – zum Abendessen. Sie essen immer zusammen.«

»Kommen Sie«, sagte er.

Oh, oh, dachte Amy. »Es muss schwer sein, hier in Marokko genug zum Leben zu verdienen«, meinte sie im Plauderton, während sie zu dritt weitergingen. »Aber wenigstens gibt es die Touristen.«

»Oh.« Nell sah sie an. »Sie meinen …?« Nervös warf sie ihrem Führer, der jetzt einen oder zwei Schritte vor ihnen ging, einen Blick zu.

Er drehte sich um. »Ich zeige Ihnen besten Ort zum Einkaufen«, sagte er. »Faire Preise.«

»Hier nicht Touristen-Marrakesch«, flüsterte Amy Nell hinter vorgehaltener Hand zu. Den ganzen Tag hatte sie gehört, wie zahllose Händler genau das zu den Touristen sagten.

Nell schaute zweifelnd drein.

Er warf einen Blick über die Schulter. »Hier nicht Touristen-Marrakesch.«

Nell wandte sich Amy zu. »Bin ich eine dumme Gans?« Sie blieb stehen und sah erschrocken aus.

»Nein.« Amy hakte sie unter. Offensichtlich brauchte sie jemanden, der auf sie aufpasste. »Dann los, zeig es uns«, sagte sie zu Kamil, der wartend ein Stück weiter stand. »Es ist in Ordnung, seien Sie nur auf der Hut«, bemerkte sie zu Nell.

Sie folgten Kamil durch eine schmale Öffnung in der verfallenen Stadtmauer, durch die es in die Mellah ging, das jüdische Viertel. Sie kamen auf eine geschäftige Straße, die allen, die sie bis jetzt gesehen hatten, bemerkenswert ähnelte. Plötzlich blieb der Junge wie zufällig vor einem Laden stehen. »Alle Preise sind gleich, Sie sehen.« Er deutete auf die Gewürzpyramiden. »So weiß man, dass sie fair sind.«

Ein Mann tauchte aus dem Laden auf, und Kamil schüttelte ihm die Hand. »Ich kenne ihn nicht«, erklärte Kamil Amy und Nell. »Aber ich sehe, er ist ehrlicher Mann. Vielleicht der ehrlichste von Marrakesch.«

An seiner Technik muss er aber noch feilen, dachte Amy. Sie wechselte einen Blick mit Nell.

Der Händler wirkte angemessen bescheiden. »Ich zeige Ihnen viele Dinge«, verhieß er.

»Jetzt wird er uns jeden Moment Tee anbieten«, flüsterte Amy.

»Kommen herein, kommen herein, ich mache Foto, ich mache Tee …«

Eine Viertelstunde später kamen sie kichernd wieder heraus. Er hatte ihnen Tee gekocht, und er war köstlich gewesen – kein Pfefferminztee, sondern etwas Üppigeres, Süßeres mit Vanille und Rose. Er hatte ihnen alles angeboten, was es in dem Laden gab, von Kurkumapulver bis Arganöl, alles zu den besten Preisen, und er hatte erfolglos versucht, die stresslösende Wirkung eines nach Moschus duftenden Stücks Massageseife auf Nells Nacken und Schultern zu demonstrieren.

»In unserem Land lassen wir unsere Schultern vielleicht unbedeckt«, hatte Amy ihn getadelt. »Aber das heißt nicht, dass wir sie von Fremden anfassen lassen.«

Aber sie waren nur um ein paar Euros ärmer entwischt und jetzt stolze Besitzerinnen einiger Fenchelstängel – Berber-Zahnstocher –, einer Hornhautreibe aus Terrakotta – Berber-Körperpeeling – und einem Tontopf mit etwas, das mit Wasser vermischt ein tiefrotes Pigment abgab – Berber-Lippenstift. Gleiches Recht für alle, dachte Amy. Der Ladenbesitzer war offensichtlich nicht glücklich, da er nicht genug Beute gemacht hatte, um mit seinem jungen Komplizen zu teilen; aber es war höchste Zeit, dass sie merkten, dass sie besser an den Touristen verdienen würden, wenn sie aufhören würden, sie ständig auszunehmen.

»Wie kommt's, dass Sie nicht im Riad sind?«, fragte Amy Nell, als sie endlich den Weg aus dem Labyrinth der Mellah gefunden hatten. »Ich dachte, Sie wollten nach dem Souk alle dorthin zurück, um zu kochen.«

»Haben wir auch«, sagte Nell. »Wir haben ein paar Stunden mit Hassan in der Küche verbracht und dann freibekommen, um auf Erkundungstour zu gehen.« Erschrocken sah sie auf ihre Armbanduhr. »Und ich hätte vor fünf Minuten zurück sein sollen.«

»Kein Problem. Hier ist schon der Platz.« Amy führte sie die schmale Straßen zur nächsten Ecke – ein Weg, den sie sich vorher eingeprägt hatte. Drei Eigenschaften hatte sie von ihrem Vater geerbt: seine Größe, sein räumliches Sehvermögen und seinen Orientierungssinn. Alles drei brauchte man in Marrakesch.

Nell folgte ihr. »Woher wussten Sie, dass das ein Trick war?«

Amy zuckte mit den Schultern. »Das machen die Leute hier eben so.«

»Alle?«

»Die meisten.« Sie lachte. »Aber denken Sie daran: Sie haben nicht viel, und sie denken, dass wir alle unermesslich reich sind.«

Nell wirkte enttäuscht. Sie war offensichtlich eine Romantikerin. »Schauen Sie«, sagte Amy. »Das ist eine großartige Stadt. Bunt, lebendig, voller Atmosphäre. Fantastische Architektur. Leckeres Essen.«

Nell nickte.

»Aber es ist am besten, so herumzulaufen.« Sie machte es vor, hielt Kamera und Handtasche fest an die Brust gepresst, sah weder nach rechts oder links und ging schnell und zielbewusst.

Nell lachte, wie Amy gehofft hatte. Sie hatte ein nettes Lachen. Die Traurigkeit stand ihr nicht. Amy fragte sich, was passiert war. Eine gescheiterte Liebesbeziehung? Eine berufliche Enttäuschung? Was immer es war, Amy spürte unwillkürlich den Drang, sie aufzuheitern.

»Erzählen Sie mir von der Veranstaltung, die Sie organisieren. Wo soll sie stattfinden?«, fragte Nell.

»In Lyme Regis.« Amy erzählte ihr von dem geplanten Event. Aber sie erwähnte Jake Tarrant nicht. Die Liste, die er ihr gegeben hatte, brannte ihr ein Loch in die Jackentasche. Bis jetzt hatte sie sie noch nicht einmal angeschaut. Aber sie hatte über den Mann nachgedacht. Interessant, unkonventionell, ein wenig besserwisserisch. Sie war sich nicht sicher, ob sie ihn mochte, aber eine Wirkung hatte er auf jeden Fall auf sie ausgeübt. »Und Sie?«, fragte sie.

»Also, ich bin zum Kochen hier.«

»Sehen Sie das Antiquitätengeschäft da hinten? Das ist ihr Orientierungspunkt.« Amy zeigte die Gasse hinunter. »Die erste links, die zweite rechts und dann die dritte Tür auf der linken Straßenseite. Ist das alles?«

»Ist was alles?«

»Sind Sie nur wegen des Kochens hier?« Amy war sich sicher, dass da noch etwas war.

Nell blieb so abrupt stehen, dass Amy fast gegen sie stieß. »Nein. Mein Mann hat mir den Kurs zum Geburtstag geschenkt. Er dachte, er würde mir beim Vergessen helfen.«

»Vergessen?«

Nell ging wieder weiter, wenn auch langsamer jetzt. Die hohen, lachsrosa Mauern in den staubigen Gassen der Medina, die sie umgaben, schienen auf sie zuzukommen und ließen keinen Sonnenstrahl durch.

Sie drehte sich zu ihr um. »Meine Mutter ist gestorben«, erklärte sie. »Ganz plötzlich. Ich meine, sie war nicht krank oder so etwas. Sie ist einfach …«

»Oh, das tut mir so leid.« Amy streckte eine Hand aus und legte sie Nell auf die Schultern. »Ich wollte nicht neugierig sein. Ich rede immer viel zu viel, ohne vorher nachzudenken. Das sagen jedenfalls alle.«

Nell schüttelte den Kopf. »Ist schon okay«, sagte sie. »Nein, offensichtlich ist es das nicht, aber …« Sie drückte die Schultern durch. »Das Kochen hilft mir beim Vergessen, zumindest eine Weile.«

»Das ist gut, aber …«

»Da sind wir«, erklärte Nell in munterem Tonfall, der Amy nicht überzeugte. Sie hatte ein schlechtes Gewissen. Aber Nell hatte recht, sie waren da. Sie standen vor der kleinen Holztür zum Riad. Nell hob die Hand der Fatima und ließ sie fallen. Kurz darauf öffnete Ahmed die Tür, und sie gingen hinein. »Guten Tag«, sagte er. »Möchten Sie Tee?«

Nell und Amy wechselten ein Lächeln.

»Vielleicht später«, sagte Nell. »Danke, Amy.« Dann drückte sie Amy schnell den Arm und eilte zu den anderen.

Amy hatte eine Idee. Sie zog die Postkarte aus ihrer Handtasche. Das Bild auf der Vorderseite zeigte eine alte Tür in einem bogenförmigen Rahmen, die blau gestrichen war. Die Farbe blätterte ab, und darunter kam braunes Holz zum Vorschein. Über dem Bogen war in die rosafarbenen Bausteine ein Emblem eingehauen: eine Blüte mit acht Blütenblättern und zwei symmetrischen Zweigen, die sich darunter ineinander verschlangen. Die Steinmauern rechts und links der Tür waren alt und verfallen. Die Tür stand einen Spaltbreit offen, sodass abgetretene, uralte schwarz-weiße Bodenfliesen zu erkennen waren. Auf der Rückseite der Karte fand sich kein Hinweis darauf, wo das Foto aufgenommen worden war, nur die hingekritzelte Handschrift – und die marokkanische Briefmarke.

»Ahmed«, sagte sie. »Wissen Sie, wo das ist?« Gestern Abend hatte sie schon Marion gefragt und zuvor schon den Taxifahrer, der sie vom Flughafen hergefahren hatte. Keiner der beiden hatte ihr helfen können. Und Amy hatte heute bei ihrer Erkundung der Stadt auch nichts dergleichen gesehen.

Er runzelte die Stirn. »Ich glaube nicht, dass das Bild in Marrakesch aufgenommen wurde«, meinte er schließlich.

Das hatte Amy schon vermutet. Es wäre auch wirklich zu unwahrscheinlich, dass sie sich für ihren Besuch dieselbe Stadt ausgesucht hatte wie Glenn. »Haben Sie eine Ahnung, wo das sein könnte?«

Er schüttelte den Kopf. »Tut mir leid, nein.«

»Fez? Casablanca?«

Ahmed zuckte mit den Schultern. »Es tut mir leid. Ich weiß es nicht.« Er sah sie aus seinen ernsten dunklen Augen an. »Aber ich bin mir sicher, dass Sie finden werden, was Sie suchen«, sagte er. »*Insha' Allah.*«

»*Insha' Allah?*«

»Wenn Gott will«, erklärte er. »Es ist vermessen zu glauben, dass einem das Schicksal alles ermöglicht. Das Schicksal hat nicht die Macht und auch der Mensch nicht. Gott ist das Wesen, das entscheidet.«

»Das klingt für mich sehr bequem«, murmelte Amy. Sie steckte die Karte wieder in die Tasche.

»Das ist es.« Er warf ihr ein unerwartetes Grinsen zu. »Sie müssen sich natürlich an alle gesellschaftlichen Regeln halten. Aber wenn es Ihnen nicht gelingt …« Er zuckte mit den Schultern.

» … es ist nicht unbedingt Ihre Schuld«, beendete Amy den Satz für ihn.

»Genau. Es gibt sozusagen …« Er runzelte die Stirn. »Wie sagen Sie das?«

»Eine Ausstiegsklausel?«

»Ja.« Sie wechselten einen verschwörerischen Blick und ein leises Lachen.

»Ist es okay, wenn ich ein paar Bilder im Riad mache, wenn niemand in der Nähe ist?«, fragte Amy.

»Sicher.« Er nickte zustimmend mit dem Kopf.

Ob Gott wollte oder nicht, Amy würde ihre Suche nicht aufgeben. Um ihrer Tante willen würde sie es weiter versuchen. Wer nicht wagt und so weiter. Ihre Mutter dachte allerdings anders darüber.

»Es ist doch sinnlos, das mitzunehmen«, hatte sie gesagt, als Amy ihr am Abend vor ihrer Abreise die Karte gezeigt hatte. »Selbst wenn du herausfindest, wo das ist, wird er vermutlich nicht mehr da sein, oder?«

»Vielleicht doch.«

Ihre Mutter umarmte sie kurz, wie sie es immer tat. Offensichtlich war es Zeit zu gehen. »Sei doch realistisch, Liebes. Die Karte ist vor über dreißig Jahren abgeschickt worden. Er wollte nicht nach Hause, und er wollte nicht gefunden werden. Was, glaubst du, kannst du tun, was ein Privatdetektiv nicht konnte?«

Amy zuckte mit den Schultern. Sie hatte keine Ahnung – noch nicht. Ihre Tante war verzweifelt gewesen, als sie ein privates Detektivbüro engagiert hatte, um ihren einzigen Sohn aufzuspüren. Aber wer hätte ihr das verübeln können? »Vielleicht hilft die persönliche Verbindung?«

Ihre Mutter öffnete die Haustür. Amy war vorbeigekommen, um sich zu verabschieden, und hatte sie beim Brüten über ihren Geschäftsbüchern angetroffen, obwohl es fast neun Uhr abends war. Wann würde sie es endlich langsamer angehen lassen? Wann würde sie endlich genug getan haben?

»Ich bin in einer Woche wieder da, Mum«, sagte sie. Sie hätte gern mehr gesagt, oft wollte sie mehr sagen, aber sie würde es nicht tun.

Ihre Mutter nickte. »Pass auf dich auf, Schatz. Du bist lieb, und ich weiß, dass du nur helfen willst. Aber du musst dich den Tatsachen stellen, verstehst du. Er ist weitergezogen – auf die eine oder andere Art.«

»Tot, meinst du?« Amy blieb in der Tür stehen. Sie war froh, dass ihre Tante das nicht hören konnte.

»Möglich wäre es doch, oder?«

»Oder er hat das Gefühl, dass er nicht nach Hause zurückkehren kann, weil ...«, sagte Amy und wartete darauf, dass ihre Mutter ihren Satz fortsetzte.

»Weshalb auch immer.« Aus dieser Richtung war offensichtlich keine Hilfe zu erwarten.

»Weißt du, warum Tante Lillian Schuldgefühle hat?« Vielleicht war es ja ein Familiengeheimnis. Aber wenn es eines war, war es dann nicht Zeit, Amy einzuweihen?

»Ich habe eine Ahnung.« Ihre Mutter schüttelte den Kopf. »Aber ich weiß es nicht mit Sicherheit.«

»Und wirst du es mir sagen?« *Warum kannst du nie etwas auf sich beruhen lassen?*

Sie schüttelte den Kopf. »Es gibt nichts zu erzählen. Sie liebt dich über alles. Ich möchte das alles nicht wieder aufrühren. Selbst wenn …«

Selbst wenn?

» … wenn er noch am Leben ist, will er nicht gefunden werden. Und er könnte wirklich überall sein.«

»Trotzdem muss ich es versuchen, Mum.« Amy durfte eines nicht vergessen: Wenn ihre Großtante nicht gewesen wäre, würde sie überhaupt nicht nach Marokko reisen, jedenfalls nicht mit einer Kamera über der Schulter.

Amy machte im Inneren des Riads ein paar Aufnahmen. Sie fotografierte die verschwiegenen lapislazuliblauen Nischen, die vom bunten Licht maurischer Lampen erhellt wurden, die Schmuckfliesen und den *zouak* – das bunt bemalte Holz der Paneele und Möbel. Dabei konzentrierte sie sich teils auf diese Arbeit, teils drifteten ihre Gedanken in Überlegungen darüber ab, warum sie überhaupt begonnen hatte zu fotografieren. Sie hatte Dinge einfangen wollen, ihren Anblick in einem bestimmten Licht oder zu bestimmten Tageszeiten. Es faszinierte sie, wie Gegenstände, Orte oder Menschen sich je nachdem veränderten, ob sie sich im Licht oder im Schatten befanden. Fotografie war ein Ausdruck, eine Art, die Welt zu berühren – ihre Art: mit dem Geist, den Augen, dem Herzen.

Sie hatte Fotos von Räumen gesehen, die vom Boden bis zur Decke mit *Zouac*-Täfelungen ausgeschmückt waren. Das sah atemberaubend aus. Hier im Riad Lazuli war das Dekor allerdings weitaus schlichter. Sie konzentrierte sich auf das Licht der maurischen Laternen, das auf dem eisblauen, mit Rosenblättern bestreuten Wasserbecken schimmerte. Hinter dem Becken war die Wand mit indigoblauen und cremeweißen Fliesen gekachelt, und darüber war sie mit verblasstem lila *tadelakt* verputzt, diesem körnigen, auf Gips aufgebrachten Putz, den die Marokkaner bevorzugten und über den sie auf der Reise hierher im Flugzeug etwas gelesen hatte. Er ähnelte italienischem *stucco* und war eine Art Mischung aus Sand und Kalk. Der Putz wurde mit einem groben Stein und schwarzer Seife poliert, bevor man ihn bemalte. Dieser hier war alt und inzwischen geädert wie Marmor. Amy sah sich die Fliesen genauer an. Warum war ihr Design immer geometrisch? Stellte die Kunst der Keramik und des Webens eine Flucht vor dem echten Leben dar? Ging es darum, die Aufmerksamkeit von der physischen Welt weg und auf pure Form, auf Ordnung zu lenken? Sie hatte bereits verstanden, dass es einer der Grundsätze der marokkanischen Architektur war, ein Gefühl von Frieden hervorzurufen, einen sicheren Hafen gegen das Chaos draußen zu schaffen. Und hier, im Riad Lazuli, funktionierte das wirklich.

Schon lange bevor sie das Fach an der Kingston University studierte, hatte Amy gewusst, dass es über Fotografie viel zu lernen gab. Doch erst während ihres Studiums hatte sie erkannt, welche Macht ein Fotograf besaß. Man konnte nicht nur aus visuellen Szenen Versionen der Realität erschaffen, sondern sie auch für immer festhalten. Man konnte sie einsetzen, um zu überreden, zu beeinflussen oder eine Botschaft auszusenden. Was für ein machtvolles Werkzeug eine Kamera doch war! Noch lange nachdem die meisten Menschen alles vergessen hatten, konnte das Foto eines Ereignisses noch kleinste Einzelheiten in Erinnerung rufen. Ein Fotograf konnte ein Gefühl noch nach vielen Jahrzehnten wiedererwecken. Sie interessierte sich nicht für digitale Bearbeitung. Für sie würde das, was real existierte, immer faszinierender sein. Aber sie interessierte sich für Geschichten und für Atmosphäre. Und in Marokko war beides zu finden.

Amy setzte den Objektivdeckel wieder auf ihre Kamera und steckte sie weg.

Alles ist möglich. Das hatte ihre Tante zu ihrer Mutter gesagt, als Amy zum ersten Mal erklärt hatte, sie wolle Fotografin werden. Dieser Satz war das Mantra, das Amy sich zu eigen gemacht hatte. Vielleicht könnte sie einen Hinweis darauf finden, was aus Glenn geworden war. Alles war möglich.

Amy zog Jakes Liste aus der Tasche und überflog sie. Gehen Sie hierhin, tun Sie das, machen Sie diese Aufnahmen ... Das sollte *ihr* Projekt sein, *ihre* Ausstellung. Sie knüllte das Papier zusammen und warf es in einen Papierkorb, der hinter der Rezeptionstheke stand. Jake Tarrant konnte sie mal. Sie war diejenige, die hier war. Und sie musste sich ihre kreative Unabhängigkeit bewahren. Auch was Duncan dachte, war ihr ziemlich egal. Er hätte mit ihr sprechen sollen, bevor er diesen Eventmanager hinzugezogen hatte. Sie würde sich an ihren eigenen, spontaneren Plan halten und sich den möglichen Konsequenzen stellen.

8. Kapitel

Paris 1974

Der Deal war über die Bühne gebracht, und dabei war eine ordentliche Menge Pastis geflossen. Morgen fuhren sie zurück nach Essaouira und in den Riad La Vieille Rose. Glenn war gegen diese Fahrt gewesen – Herrgott, Howard und er hatten bis tief in die Nacht diskutiert. Es war zu früh. Es war ein Präzedenzfall. Das wollte er nicht. Aber schließlich hatte er sich geschlagen geben müssen. Wo sollten sie sonst das Geld hernehmen?

»Was willste denn machen, Mann?«, hatte Howard gefragt und höhnisch den Mund verzogen. »Nach Hause fahren?«

Glenn hatte ihm nichts erzählt, aber es schien, als wisse er Bescheid.

Glenn ließ Gizmo schlafend am Seineufer zurück. Neben ihm saß ein alter Mann und angelte. Sein uraltes Fahrrad mit dem Weidenkorb, der darauf wartete, seinen Fang aufzunehmen, lehnte hinter ihm an einem Baum. Abgesehen von ihm und Giz saßen nur ein paar Studenten am Ufer herum und plauderten. Gizmo würde nichts passieren. Das hier war schließlich Paris. Ein wenig heruntergekommen, aber die Stadt der Boheme, ein Ort zum Leben und Leben lassen. Glenn hätte sich vorstellen können, hierzubleiben, wenn er das nötige Geld gehabt hätte. Paris war teuer. Aber die Stadt war ihnen verdammt nützlich gewesen, weil sie ihnen das nötige Geld verschafft hatte. Howard hatte recht gehabt. Sie fielen nicht auf. Sie waren Freaks, Hippies, Reisende. Viele Menschen belegten sie noch mit anderen Namen. Aber im Allgemeinen ließ man sie in Ruhe.

Glenn brannte darauf, auf Entdeckungstour zu gehen. Er bog vom Fluss ab und erreichte bald die schmale Rue Mouffetard, eine lebhafte, geschäftige, kopfsteingepflasterte Straße, gesäumt von hohen Gebäuden mit geschlossenen Fensterläden. Bei einigen blätterte die Fassade, und sie wirkten ein wenig heruntergekommen, aber hier lebten, wie es aussah, die echten Pariser, die geschäftig ihren Angelegenheiten nachgingen. Hügelabwärts herrschte reges Markttreiben, Verkäufer schrien, lachten und wedelten mit ihrem Obst und Gemüse in der Luft herum, um sich gegenseitig die Kundschaft streitig zu machen. Berge von frischem Obst schimmerten üppig, in flachen Eiskübeln wurden Fisch und Meeresfrüchte feilgeboten, und die bunten, frischen Blumen waren noch feucht vom Tau. Glenn schlenderte von einem Stand zum anderen. Der süßliche, scharfe Duft von Hummern und Krabben mischte sich mit dem feinen Blumenduft und dem Geruch nach knusprigem Brot und reifem, weichem französischen Käse. Er kaufte sich ein Baguette und einen Brie und aß davon, während er weiterging.

Er passierte einen jungen Mann in einem offenen, bestickten Hemd und ausgewaschenen Bluejeans, der in einem Hauseingang saß und auf seiner Gitarre spielte: ein Straßenmusiker. In dem zerschlissenen Strohhut vor ihm lagen ein paar Francs und viele Centimes. Es gab einen Metzger und an der Ecke die unvermeidliche *boulangerie*. Was für ein tolles Viertel! Es fühlte sich so echt an. Das Viertel lag fast im Zentrum des Paris der 1970er-Jahre, aber es hatte sich in den bemalten Fassaden, von denen sich die Farbe in Blasen ablöste, in den altmodischen dekorativen Ladenauslagen aus Mahagoni und Gold, den hohen Türen und Oberlichtern, dem Stuck der Fassaden, den uralten geprägten Straßenschildern und Laternen eine historische, rustikale Atmosphäre bewahrt.

Glenn erreichte den kleinen Platz am Ende der Straße. Er aß

den letzten Bissen seines Baguettes auf, wischte sich Mund und Finger an der dünnen Papierserviette ab, in die es eingewickelt gewesen war, und betrat einen Buchladen. Er konnte Buchläden nie widerstehen, und dieser war so ganz anders als die Buchläden zu Hause in den USA. Die Regale reichten fast bis zu der hohen, staubigen Stuckdecke, und ihre Fächer waren niedrig. Ob es auch englischsprachige Bücher gab? Plötzlich sehnte Glenn sich danach, Gedichte zu lesen und in einem der Bücher zu blättern, die er in Wisconsin studiert hatte. Er dachte an sein Exemplar von Salingers *Fänger im Roggen*, das er vor ein paar Jahren in einem Zimmer in der Türkei vergessen hatte. Das schien alles so lange her zu sein, zu lange. Plötzlich wurde ihm klar, dass er Heimweh hatte, und er fühlte einen kleinen Stich. Herrgott!

In der Fremdsprachenabteilung stand völlig versunken ein Mädchen. Sie war weder groß noch klein, aber sie war schlank und trug indigoblaue Jeans, eine dünne, lilafarbene Baumwollbluse und eine lange Kette aus kleinen roten Glasperlen. Das lange Haar fiel ihr über die Schultern auf den Rücken hinunter. Was Glenn jedoch wie angewurzelt stehen bleiben ließ, war die Aura von Stille, die sie umgab. Vielleicht lag es daran, dass sie so in ihre Lektüre vertieft war. Was mochte sie lesen? Plötzlich wollte er das unbedingt wissen.

Glenn trat einen Schritt näher heran, doch sie reagierte nicht. Er warf einen Blick in die Regale. Da standen einige Bücher mit englischer Lyrik; er sah einen schmalen Band mit Gedichten der Romantiker und einen von Alfred Tennyson. Yeats. Ah, Yeats. Er nahm das Buch aus dem Regal und blätterte es durch, doch die vertrauten Worte nahmen ihn nur halb gefangen, weil er ihren Duft wahrnehmen konnte. Rose und Vanille. Sie roch wie *thé royale*. Er lächelte. »Entschuldigen Sie. *Pardonnez-moi?*«

Sie blickte auf. Ihre Augen hatten eine perfekte Mandelform und waren dunkel wie Schokolade. Ihr Mund war ein wenig zu breit. Ihre Haut hatte einen leicht olivfarbenen Schimmer. Sie sah wie eine Französin aus. Aber sie stand in der englischen Abteilung, oder?

»*Oui?*« Ihre Aussprache klang auch französisch. Sie lächelte nicht, aber sie machte auch keinen unfreundlichen Eindruck.

Glenn nahm sich zusammen. Er hatte schon vor langer Zeit jede Hemmung überwunden, Menschen anzusprechen, die er nicht kannte. Wenn man allein reiste, tat man das eben. Und sie war hübsch, sehr hübsch. »Sprechen Sie Englisch?«, fragte er. »Ich hatte mich bloß gefragt, was Sie lesen«, fügte er hinzu.

»*Pourquoi?*« Warum? Sie neigte den Kopf leicht zur Seite.

Okay, sie war eindeutig Französin, aber sie sprach auch gut Englisch. Das musste sie, sonst hätte sie ihn nicht verstanden, oder? »Warum? Weil Sie so …« Er suchte nach dem richtigen Wort. » … hingerissen aussahen.«

»So wirkt sie auf mich.«

»Sie?«

»Emily Dickinson.« Sie reichte ihm das Buch. »*There's a Certain Slant of Light*« war das Gedicht, das sie gelesen hatte. »Kennen Sie ihre Gedichte?«

»Klar. « Also war sie Engländerin, sprach aber fließend Französisch. Glenn stellte fest, dass er sie beeindrucken wollte. »›Vorahnung ist dieser lange Schatten auf dem Rasen/Andeutung, dass die Sonne sinkt …‹«, zitierte er ein anderes Gedicht von Dickinson.

»›Die Warnung an das erschreckte Gras/dass Dunkelheit schon winkt‹.« Sie seufzte. »Das ist wunderschön.«

Und du auch, dachte er unwillkürlich. *Und du auch.* »Leben Sie hier?«, fragte er. »In Paris?« Dickinson hatte es genau getroffen. Vorahnung war ein Schatten, in der Tat. Man konnte sie nicht greifen, aber sie existierte ganz sicher.

»Irgendwie schon«, sagte sie. »Es ist eine lange Geschichte.«

»Ich habe Zeit.« Er grinste und hoffte, dass trotz der Probleme und Abenteuer der Straße von seinem alten amerikanischen Charme noch etwas übrig war. In Marokko hatte er ihn nicht oft gebraucht. Dort waren alle Mädchen, die sich nicht aus religiösen Gründen versteckten, schon mit einem anderen Typen zusammen.

Sie lachte und strich sich das Haar ordentlich hinters Ohr zurück. »Was ist mit Ihnen? Leben Sie hier?«

»Nö. Ich bin nur auf der Durchreise.« Die Macht der Gewohnheit sorgte dafür, dass er sich umsah, um sicherzugehen, dass niemand zuhörte. Das war albern, denn wer sollte sie mitten in Paris in einem alten, verstaubten Buchladen belauschen? »Im Moment lebe ich in Marokko«, erklärte er. »An der Westküste.«

»Ah.« Ihre Augen leuchteten. »Die Hippie-Straße. Der Marrakesch-Express.«

»Hmmm.« Er zuckte mit den Schultern. »Die Szene ist cool.«

Sie nickte. »Ich bin seit drei Wochen in Paris.«

»Sie sprechen sehr gut Französisch.« *Yeah, Glenn, ungefähr drei Wörter.*

»Mein Vater war Franzose. Meine Eltern haben früher hier gelebt. Vor dem Krieg. Dann ist er Soldat geworden, und *Maman* wurde unter den abstoßendsten Bedingungen interniert, bis die Behörden herausfanden, dass sie schwanger war, und sie freigelassen haben. Sie ist dann zurück nach England gegangen.« Sie lachte. »Warum erzähle ich Ihnen das alles eigentlich?«

»Weil Sie freundlich sind? Weil zwischen uns sofort eine Verbindung war?« Er streckte die Hand aus. »Ich bin Glenn.« Er zog eine Augenbraue hoch. *»Because of a slant of light that's a bit like the shadow of presentiment?«* Gott, war er gut. Er hatte es immer noch drauf. Absolut.

Sie zögerte und lächelte dann wieder. »Bethany. Aber du musst mir nicht diesen ganzen Quatsch erzählen.«

Aha. »Tut mir leid«, sagte er. »Ich konnte einfach nicht widerstehen.«

»Ist schon okay. Es freut mich, dass du sie auch magst.«

»Und? Kaufst du das Buch?« Behutsam schlug er es zu.

Sie sah plötzlich traurig aus. »Heute nicht.«

»Dann könnte ich vielleicht ... äh ...?«

»Oh nein.« Sie nahm ihm das Buch ab und stellte es wieder ins Regal. »Wirklich. Ich ...«

»Ich bestehe darauf.« Er nahm das Buch wieder aus dem Regal und ging zur Ladentheke, wo der Besitzer in einem alten Korbstuhl vor sich hindöste. »*Monsieur. S'il vous plaît?*«

Der Alte starrte ihn finster an, schlug den abgegriffenen Buchdeckel auf und zeigte auf den Preis, der mit Bleistift auf die Innenseite geschrieben war.

Elender alter Knacker. Glenn zog einen Fünffrancschein hervor. »Lass uns zur Feier des Tages einen Kaffee trinken gehen«, sagte er zu Bethany und gab ihr das Buch.

»Okay. Danke.« Als sie den Laden verließen, musterte sie ihn neugierig. Er schätzte, dass er fünfzehn Zentimeter größer war als sie. Wenn sie vor ihm stand und den Kopf leicht beugte, könnte er sie problemlos auf den Scheitel küssen. »Du bist ein ungewöhnlicher Typ, Glenn, oder?«

»Das will ich doch hoffen.« So etwas hatte er noch nie getan. Die Aktion war ziemlich spontan gewesen und wohl auch ziemlich persönlich. Aber zum Teufel, er hatte ihr das Buch schenken wollen, und jetzt wollte er sie nicht gehen lassen. Jedenfalls nicht, bevor er ein wenig mehr über sie herausgefunden hatte. Zum Beispiel, was sie in Paris machte und wohin sie als Nächstes wollte. Heim nach England? Na, hoffentlich nicht.

Wie sich herausstellte, war Bethany mit einer Freundin namens Suzi nach Paris gekommen. Suzi hatte sie nach zwei Wochen sitzen lassen, nachdem sie sich heftig in einen Franzosen namens Claude verliebt hatte und der sie zu einem Abenteuer nach Marseille entführt hatte. Als sie bei diesem Teil der Geschichte angelangt war, verdrehte Bethany die Augen, und Glenn fragte sich, ob sie zynisch war. Vielleicht zu zynisch für die Liebe? Nicht, dass Liebe zur Debatte stand, aber mit ihr zu schlafen ganz bestimmt. Sie würde weich und warm sein, da war er sicher. Und ihre Gedanken waren auch ziemlich interessant.

Bethany hatte fast kein Geld mehr und hatte einen Job als Spülerin in einem schmierigen Café angenommen, weiter oben an der La Mouff, wie sie dieses Viertel nannte, in der Nähe des Pantheons. Sie hasste den Job, und der Besitzer versuchte ständig, sie zu begrapschen, wenn niemand in der Nähe war. »Schätze, ich werde wohl nach Hause fahren müssen«, sagte sie und sah niedergeschlagen aus.

»Aber du willst nicht?« Er fragte sich, was zu Hause auf sie wartete. Ein strenger Vater? Eine jammernde Mutter? Vielleicht eine Heimatstadt, in der sie erstickte. »Verstehst du dich nicht mit deinen Leuten?«

»Ach, Mum ist okay.« Sie spielte mit ihrem Teelöffel. »Die Leute finden sie schrecklich interessant. Aber der Ort, in dem ich wohne – das ist ein Kaff. Es ist überhaupt nichts los, und alle sind so konventionell, verstehst du?«

Glenn nickte. Er verstand. In der ganzen westlichen Welt sagten Kids das Gleiche. Sie alle wollten den engen Grenzen ihres Zuhauses entrinnen, eine Ahnung davon bekommen, wie es woanders war, und ein Leben als Freigeist führen.

Sie seufzte. »Und außerdem … Wer geht schon nur drei Wochen lang auf Reisen? Das ist so peinlich. Ich hatte gehofft, bis Thailand zu kommen, nach Indien. Nach … na ja … irgendwohin. Nicht bloß nach Frankreich.« Verzweifelt blickte sie sich um.

»Meditierst du?«, fragte er sie. Die Frage war nicht abwegig. Seit die Beatles es getan hatten, wollten jede Menge Kids in den mystischen Osten und sich in Indien einem Guru anschließen. Außerdem war da dieses Gefühl von Stille um sie herum, das ihn zuerst angezogen hatte. Er vermutete, dass sie so etwas wie ein Freigeist war.

Aber sie wirkte verblüfft. »Ja. Aber deswegen will ich nicht nach Indien. Ich will einfach reisen, etwas von der Welt sehen. Unterwegs sein, verstehst du? Na ja, alle machen es, oder? Du doch auch. Und dabei bist du Amerikaner.«

Glenn fand, dass dies nicht der richtige Zeitpunkt war, um ihr seine Geschichte zu erzählen und ihr zu sagen, warum er sein Zuhause und sein Land verlassen hatte und warum er nicht zurückkonnte. Er hatte ein schlechtes Gewissen gegenüber seiner Mutter. Hatte das Gefühl, sie im Stich gelassen zu haben. Wenn ihr etwas zugestoßen war, würde er sich das nie verzeihen, aber er wusste, dass es für ihre Sicherheit am besten war, wenn er sich fernhielt und ihr nicht einmal schrieb. Wenigstens hätte dann sein Alter keinen Grund, sie zu bestrafen.

Sie saßen im Le Vieux Chêne – der alten Eiche, die auch als Wahrzeichen auf die Fassade gemalt war. Es war, wie Bethany ihm erzählt hatte, die älteste Bar von Paris und einer der Orte, an dem sich im neunzehnten Jahrhundert Revolutionäre zu treffen pflegten, bis es ein paar Jahrzehnte später in ein Tanzlokal verwandelt worden war. Es fiel Glenn leichter, die Geschichte über die Revolutionäre zu glauben als die über das Tanzlokal. Die Bar war voll von Kids, die in seinem Alter oder jünger waren, Studenten und Touristen. Sie tranken Kaffee und Rotwein, rauchten, lachten und unterhielten sich angeregt. In der Luft lag der Überschwang der Jugend. Sie irrte sich: Nicht alle taten es. Aber die meisten hätten es am liebsten getan.

»Warst du schon in Indien?«, fragte sie ihn.

»Klar.«

»Wow! Und wie war es?«

»Ziemlich cool.« Allerdings konnte er nicht behaupten, dass es spirituell erhellend gewesen war.

Sie hatte einen sehnsüchtigen Blick in den Augen. »Paris sollte nur der Ausgangspunkt sein. Du hast so ein Glück.«

»Und du willst nicht allein reisen?«

»Vielleicht bin ich dazu nicht mutig genug.«

Schon jetzt hatte Glenn das merkwürdige Gefühl, sie beschützen zu müssen. »Bei Mädchen ist das etwas anderes«, pflichtete er ihr bei. Besonders bei Mädchen ohne Geld. Für die konnte es gefährlich werden, und daran mochte er gar nicht denken.

»Yeah, das stimmt.«

»Du könntest mit mir nach Essaouira kommen«, sagte er beiläufig. Jetzt wäre es nicht mehr gefährlich. Sie waren den ganzen Stoff los und hatten genug Kohle, um sogar Howard glücklich zu machen.

Er konnte förmlich sehen, wie es in ihr arbeitete, dass sie versuchte, die Lage einzuschätzen. Zum Beispiel, ob sie ihm trauen konnte. Schließlich wusste sie überhaupt nichts über ihn. »Was meinst du damit?«, fragte sie schließlich.

»Rein als Freunde.« Wem machte er eigentlich etwas vor? »Da hättest du wenigstens die Chance, Marokko zu sehen. Und unterwegs Spanien.« Es war nicht ungewöhnlich, dass man sich mit anderen Reisenden zusammentat. Die Leute machten das ständig. Es war keine große Sache. *Ja, Glenn, vergiss das nicht. Es ist keine große Sache.*

»Wow!« Sie legte die Hände um ihre Kaffeetasse und schien sich entschieden zu haben. »Echt? Wow.«

»Es ist nichts Besonderes.« Glenn versuchte, bescheiden auszusehen. »Wir wohnen in einer kleinen Kommune, so versuchen wir jedenfalls es zu betreiben.« Beziehungsweise Howard, dachte er unwillkürlich. Man musste schon sagen, dass der Typ ein Kontrollfreak war.

»Habt ihr denn ein Zimmer frei?«

»Äh, nein.« Er musste ehrlich zu ihr sein. »Aber du könntest bei mir unterkommen. Vorübergehend jedenfalls. Und …«

Sie beugte sich vor und küsste ihn sanft auf die Lippen. »Das ist cool«, sagte sie.

»Ehrlich?«

»Es kommt, wie es kommt. Ich mag dich gern. Das ist ein guter Anfang.«

Ja, es war ein guter Anfang. Glenn gefiel, wie dieser Kuss sich anfühlte. Er mochte es, sie nah bei sich zu spüren und ihren Duft einzuatmen. Er warf einen Blick auf seine Armbanduhr. »Mist«, sagte er. »Wir sollten lieber Gizmo suchen.« Es war vier Stunden her, seit er ihn am Seineufer zurückgelassen hatte.

Bethany starrte ihn an. »Wer zum Teufel ist Gizmo?«, fragte sie.

»Also …« Er schob seinen Stuhl zurück, sodass er über den Boden kratzte. Gizmo zu beschreiben war nicht einfach. »Er wohnt auch in dem Riad in Essaouira. Er gehört auch zur Kommune.« Er warf ein paar Francs auf den Tisch.

»Klar.« Bethany schlang sich ihre Patchworktasche über die Schulter. »Aber, Glenn …«

»Ja?« Sie verließen das Café; er ging voran. Er hoffte, Giz würde keine Szene machen, wenn er mit Bethany ankam. Er konnte es sich schon vorstellen. *Warum willste alles komplizieren, Mann? Sie ist nur 'n Mädchen. Du weißt überhaupt nichts von ihr.* Aber Glenn wusste schon alles, worauf es ankam. Instinkt vielleicht. Oder Vorahnung. Er wusste, dass das mit Bethany gut werden würde.

»Wenn ihr in Marokko lebt, was macht ihr dann eigentlich in Paris?«

9. Kapitel

Am nächsten Tag verbrachten sie den größten Teil des Vormittags damit, unter Hassans wachsamem Blick ein Couscous mit Butternut-Kürbis und Safran und einen *Zaalouk*-Dipp aus Auberginen und Tomaten zu kochen. Marion flatterte durch ihre Reihen wie ein Vogel, machte hier eine Bemerkung über die Zubereitung oder brachte da einen historischen Hinweis an. Dann war Zeit für eine Fragerunde.

Nell hatte auf ihre Chance gewartet. Es hatte sie mit einem warmen Gefühl erfüllt, Safranfäden zu reiben und aus ihnen einen Aufguss herzustellen. Der vertraute würzige und doch süße Duft hatte sie einmal mehr zurück in das Farmhaus in Roseland versetzt. Ihre Mutter war immer der Meinung gewesen, dass Safran genau wie Wein den Geschmack des Bodens aufnahm, in dem er wuchs, und Nell war sich sicher, dass ihr Safran honigähnlicher und sanfter duftete als die Variante, mit der sie hier kochten. Aber sie waren beide etwas Besonderes.

»Warum bauen wir ihn an, Mum?«, hatte Nell sie einmal gefragt. Niemand anderes schien das zu tun, obwohl die Bäckereien in der Gegend alle Safranteilchen verkauften.

»Deine Großmutter hat das schon getan«, erklärte sie. »Und davor ihre Großmutter. Wir tun es, solange wir denken können. Vor langer Zeit bauten die meisten Leute hier in der Gegend ein wenig Safran an, aber dann haben fast alle damit aufgehört, jedenfalls eine Zeit lang.«

»Weil die Arbeit so schwer war?«

Ihre Mutter lächelte. »Sehr wahrscheinlich. Moden ändern sich, und die Leute wollten unseren Safran nicht mehr.«

Nell fand das schwer zu glauben.

»Billigere und einfachere Alternativen kamen auf.« Ihre Mutter warf ihr einen vielsagenden Blick zu.

Nell wusste, was sie von schnelleren, einfacheren Alternativen hielt. *Bau es frisch an, bereite es aus frischen Zutaten zu, mach es dir nicht zu leicht …*

»Aber das hat unsere Familie nicht davon abgehalten, weiter Safran anzubauen.« Sie sah aus, als sei sie stolz darauf. »Manchmal muss man einfach dem, woran man glaubt, treu bleiben.« Ihre Augen waren feucht geworden. Woran sie wohl geglaubt hatte? Nell meinte es zu wissen. Sie glaubte an die Liebe und an Familientradition. Sie glaubte an den Tarot und an das Schicksal. Sie glaubte an die Natur und die Landschaft. Und ganz bestimmt glaubte sie an die Kraft und die Macht des Safrans. Aber was war da sonst noch? Was war in der Vergangenheit passiert? Was hatte sie für immer in sich verschlossen, um nie wieder daran zu glauben?

»Und unsere Familie hat ihn immer hier angebaut?«, fragte Nell sie. »Sie hat immer hier gelebt?«

»Soweit ich weiß«, sagte sie. Der Safran war Nells Vermächtnis. *Bleib dem treu, woran du glaubst.* Auch Nell glaubte an den Safran. Deswegen war es ja auch so schwer zu akzeptieren, dass bald das Haus und das Land, das kleine Safranfeld, nicht mehr ihrer Familie gehören würden. Dann bekam Callum, was er wollte. *Den vollen Preis …* Es kam ihr fast wie eine Verschwörung vor: Nell aus dem Weg schaffen und das Haus dann verkaufen, und zwar schnell. *Dann muss sie sich damit abfinden.* Aber trotz aller Probleme, die sie hatten, das würde Callum ihr doch nicht antun, oder?

Gestern Abend hatte sie die Tarotkarten zurate gezogen. Die Legung war von der Mondkarte beherrscht worden. Der Mond war eine schwierige Karte. Nell hatte das Bild angestarrt und sich ganz darauf konzentriert. Das Licht des Mondes war schwach, und der Teich am unteren Rand der Karte stand für das Unbewusste. Für sie symbolisierte das Unsicherheit, und es bedeutete, dass sie ihren Instinkten trauen musste. Etwas könnte verborgen sein, noch nicht ans Licht gekommen sein. Noch waren nicht alle Tatsachen enthüllt. Sie musste also vorsichtig sein und durfte keine übereilten Entscheidungen treffen. Denn wenn man die Mondkarte zog, konnte das eine Warnung sein.

Sie hob die Hand und holte tief Luft. »Ich wollte Sie nach dem Safran fragen«, sagte sie. Das hier schien eine gute Gelegenheit zu sein. Ihre Mutter hatte nur Safran im Kopf gehabt, jedenfalls jedes Jahr im Oktober und November, also in der Zeit, in der der Safran blühte, geerntet und getrocknet wurde. Und oft auch während der Wintermonate, wenn sie mit einer Prise Safran einem Reispilaw oder einem Hähncheneintopf auf gewisse Weise ein bisschen Sonnenschein aus dem vergangenen Sommer hinzufügte. Nur ein paar zarte Fäden waren nötig, um aus einer gewöhnlichen Mahlzeit etwas ganz Außerordentliches zu machen. Also konnte der Safran Nell doch sicher etwas über ihre Mutter verraten. *Was war das Schlimme, das passiert war? Warum konntest du mir nie sagen, was ich wissen wollte? Warum hast du das gemacht …?*

»Ja?«

»Können Sie uns mehr über die Geschichte des Safrans erzählen? Wie es kommt, dass er in Marokko wächst? Und in welchen Gerichten verwendet man ihn hier?« Nell wusste, dass er vom sechzehnten bis Anfang des siebzehnten Jahrhunderts häufig Teil englischer Rezepte gewesen war, dass er in Großbritannien von »neuartigen« Zutaten wie Vanille, Kakao und Rohrzucker verdrängt worden war und viele Menschen ihn dann nicht mehr angebaut hatten. Noch später waren künstliche Lebensmittelfarben billiger und einfacher einzusetzen gewesen als Safran, und die Entdeckung synthetischer Farben hatte ihn als Färbemittel überflüssig gemacht. *Bleib dem treu, woran du glaubst* ... Aber mittlerweile war die Zeit doch reif dafür, dass er in England ein Revival erlebte, oder?

»Das sind ja gleich zwei Fragen«, stellte Marion fest.

»Sagen Sie uns einfach das, was Sie wissen«, sagte Nell. Sie war sich sicher, nicht enttäuscht zu werden. Was Lebensmittel anging, war Marion ein wandelndes Lexikon.

Marion strahlte. »Viele glauben, Safran stamme ursprünglich aus dem Orient«, begann sie. »Nun, es stimmt jedenfalls, dass der Anbau lange vor Christi Geburt in Kleinasien schon weit verbreitet war. Aber tatsächlich wuchs er zuerst auf Kreta. Und wenn ich es recht weiß, stammt eine der ersten historischen Erwähnungen hinsichtlich des Gebrauchs von Safran aus dem alten Ägypten, wo hochgestellte Persönlichkeiten wie Kleopatra ihn als aromatische und verführerische Essenz einsetzten.« Sie hüstelte ein wenig verlegen.

Nell unterdrückte ein Kichern. Safran als Aphrodisiakum? Davon hatte ihre Mutter ihr nichts erzählt.

»Im klassischen Griechenland war er als Farbe und wahrscheinlich wegen seiner heilenden Eigenschaften beliebt«, fuhr Marion fort. »Und die Berber aus Marokko, die ihn auch zum Kochen benutzten, brachten den Safran während der muslimischen Eroberung im achten Jahrhundert nach Spanien. Sie sehen also, dass er auch in diesem Land eine lange Geschichte hat.«

Die hat er auch in England, dachte Nell. Der Safran war wirklich ganz schön herumgekommen.

»Das Wort ›Safran‹ stammt von dem arabischen Wort *zafaran* ab, das ›gelb‹ bedeutet«, erklärte Marion. »*Zafran*, wie er hier in Marokko heißt, ist ein zentraler Bestandteil der Küche hier. Es ist der Geschmack, weshalb er so geliebt wird. Aber auch die Farbe ist von Bedeutung.« Sie sah sich um, um sich zu vergewissern, dass ihr noch alle zuhörten. »Er kann in einer Tajine verwendet werden, in Reis, in Couscous, wie wir heute gesehen haben, oder in Saucen und Suppen.« Sie hob die Arme, als wolle sie dem Himmel für das Gewürz danken. »Safran als Zutat besitzt eine Aura von Exotik, Sinnlichkeit und Schönheit.« Noch einmal blickte sie sich unter ihrem Publikum um. »Wir werden wieder damit kochen. Er ist eine besondere Zutat und auch wertvoll, daher sind viele Imitationen im Umlauf.« Sie tippte sich an die Nase und zwinkerte ihnen zu. »Hüten Sie sich in den Souks davor. Nicht jeder *zafran* ist echter *zafran*.«

»Ist er nicht teurer als Gold?«, warf eine der deutschen Frauen ein.

»Ja, wenn man nach dem Gewicht geht, schon.«

»Und wo wird er angebaut?«

»Hier In Marokko gibt es eigene Safranfarmen.«

Nells Interesse war geweckt. »Wo sind die zu finden? Sie hatten Taliouine erwähnt, nicht wahr?«

»Ja. Die berühmtesten sind die von Taliouine, in den Ausläufern des Sirwa-Massivs. Aber andere liegen auch näher an Marrakesch. Es ist möglich, von Marrakesch aus einen Tagesausflug zu unternehmen«, erklärte Marion. »Viele tun das.«

Möglich … Es war Anfang November. Es war also denkbar, dass der Safran jetzt gerade, während sie miteinander sprachen, geerntet wurde. Die Ernte dauerte in der Regel ein paar Wochen. Die Gelegenheit war zu gut, um sie sich entgehen zu lassen. Aber zu diesem Kurs gehörten keine Ausflüge zu Safranfarmen, und sie hatten auch nicht genug Zeit. Verlockend war es. Aber wie sollte sie einen Besuch auf einer Safranfarm einschieben?

»Mit dem Safran verbunden ist auch eine Sage aus der griechischen Mythologie«, sagte Marion. Sie wandte sich Nell zu. »Wenn Sie sich für das Gewürz interessieren, kennen Sie sie vielleicht schon, meine Liebe.«

Nell schüttelte den Kopf. »Nein.« Ihre Mutter hatte ihr nie von einer griechischen Sage erzählt. Aber sie konnte es kaum erwarten, sie zu hören.

»Der Sage nach stellte ein schöner junger Mann, Crocus, in den Wäldern um Athen der Nymphe Smilax nach, nachdem er sie auf einer Lichtung mit ihren Freundinnen hatte tanzen sehen.« Marion lächelte. »Er vernachlässigte seine Freunde und seine Familie, denn er war verzaubert von ihr.«

Sie warteten darauf, dass sie weitersprach. Nell fragte sich, ob Marion jemals von jemandem verzaubert gewesen war. Irgendwie konnte sie sich das nicht vorstellen; dafür schien sie viel zu praktisch veranlagt zu sein.

»Zuerst schmeichelten Smilax seine Avancen, doch nur allzu bald wurde sie seiner überdrüssig. Crocus fuhr fort, ihr nachzustellen; sie widersetzte sich. Sie sehnte sich danach, frei zu sein und mit ihren Freundinnen zu tanzen, zu lachen und zu schwimmen.« Marion seufzte, als sehne sie sich insgeheim ebenfalls danach. »Schließlich hatte sie die Nase so voll von ihm, dass sie einen Zauber tat und den armen Jungen in einen Safran-Krokus verwandelte. Er wurde zu einer kleinen violetten Blume mit einem Herzen aus goldenem Feuer. Es heißt, die leuchtend orangefarbenen Stempelfäden bewahrten das Leuchten einer unsterblichen, unerwiderten Leidenschaft.«

Für einen kurzen Moment herrschte andächtiges Schweigen im Raum. Dann sagte jemand: »Du meine Güte!« Ein anderer lachte, und ein Dritter begann zu klatschen. »Was für eine schöne Geschichte. Sie sind ein wandelndes Geschichtsbuch, Marion.«

Marion lachte und errötete bis unter die Haarwurzeln.

Nell dachte an die Männer, die früher bei ihnen im Cottage gewohnt hatten. Keiner von ihnen war lange geblieben, aber jeder einzelne schien von Nells Mutter verzaubert zu sein, von ihren Tarotkarten, von ihrer unbekümmerten Art und ihrem Humor.

Jeder einzelne blieb und arbeitete als Gegenleistung für Essen und Unterkunft auf der Farm mit, und jedes Jahr im Herbst waren sie alle wieder verschwunden. Mein Gott, dachte sie, ihre Mutter war Smilax!

»Du bist also verheiratet«, sagte Amy.

Sie saßen im Hamam und reinigten ihre Körper im Dampf, genau wie die Frauen, die in dieser Stadt lebten: nicht ein paar Minuten unter der Dusche mit ein paar Klecksen Gel, sondern auf eine Art, die die Poren bis in die Tiefe reinigte. Um richtig sauber zu werden, musste man anscheinend alles ausschwitzen. Für die normale Morgenwäsche gab es allerdings öffentliche Waschhäuser, die immer noch genutzt wurden. Das hier war also eher ein Ritual. Amy hatte die Idee gehabt.

»Wir müssen es ausprobieren«, hatte sie nach dem Mittagessen gesagt, als Nell überlegt hatte, ob sie auf der Sonnenterrasse auf dem Dach des Riads mit einem Buch faulenzen sollte. Dort war es sonnig, windgeschützt und für die Jahreszeit erstaunlich warm. »Wenn wir dieses Land richtig kennenlernen wollen, dann müssen wir es bis auf die Haut an uns heranlassen – im wörtlichen Sinne.«

Nell erinnerte sich, dass Marion etwas Ähnliches über das Essen gesagt hatte, und so hatte sie sich zögernd bereit erklärt, mitzukommen. Es wäre ein authentisches Erlebnis, und in der Sonne ein Buch lesen, das konnte sie auch an einem anderen Tag.

»Ja, ich bin verheiratet.« Sogar in ihren eigenen Ohren klangen die Worte nicht überzeugend. Nell dachte an Callum und fragte sich, ob er sie noch liebte. Liebte sie ihn noch? Es gab so vieles, was sie nicht mehr wusste. Aber sie wusste, dass sie diese Traurigkeit in ihrem Leben nicht akzeptieren konnte, dieses Chaos, das momentan in ihrem Kopf herrschte. Er kannte sie nicht wirklich. Der Gedanke schlich sich durch Hitze, Feuchtigkeit und Dampf in ihren Kopf. Sie waren verheiratet, aber er wusste nicht wirklich, was in ihr vorging.

»Findest du es dann nicht schwierig, du selbst zu bleiben?« Amys Stimme drang in dem Wasserdampf nur gedämpft an ihr Ohr. Sie wetteiferte mit dem Rauschen laufenden Wassers, dem Klappern von Eimern – denn jede musste nicht nur Seife, sondern auch einen Eimer heißes und einen Eimer kaltes Wasser mit ins Bad nehmen – und dem Gemurmel der anderen Frauen im Hamam, die sich in melodischem Arabisch unterhielten.

»Ich selbst?« Nell spürte, wie sie sich zu entspannen begann. Etwas anderes war kaum möglich hier drinnen. Sie fragte sich, ob sie hier sogar in der Lage wäre, sich selbst zu verlieren. Einfach alles loslassen …

»Fällt es dir nicht schwer, deine eigene Identität zu wahren, wenn ständig jemand um dich ist? Du weißt schon, dein eigenes Ding machen – das Kochen und alles.«

Nell wusste genau, was Amy meinte. Einen Moment lang schloss sie die Augen und genoss das zutiefst sinnliche Erlebnis, das der Hamambesuch bedeutete. Hier wurde ihr Innerstes berührt. »Manchmal habe ich das Gefühl, es gibt so viele Teile von mir«, sagte sie. Sie schlug die Augen wieder auf. Etwas in diesem Hamam brachte sie dazu, mehr zu reden, als sie es sonst getan hätte. Vielleicht lag es an dieser herrlichen Hitze oder daran, dass sie förmlich spüren konnte, wie der Schmutz der Stadt von ihrer Haut ran. Es war eine intime Situation, nackt mit einer Frau, die man kaum kannte, in einem dampferfüllten Raum zu sitzen, ganz zu schweigen von all den anderen Frauen, die sie noch weniger kannte. Es gewährte ihr ungewohnte Einblicke, obwohl sie oberflächlich betrachtet in dem schwachen Licht und dem heißen Nebel sehr wenig sah. Vielleicht wurde sie hier viel mehr los als den Schmutz aus den Poren ihrer Haut.

»Da ist der Teil, der leidenschaftlich gern kocht«, fuhr sie fort. »Und der Teil, der noch in das Farmhaus gehört, in dem ich großgeworden bin, allein mit meiner Mutter …« Ihre Stimme zitterte, aber sie sprach weiter. »Und dann ist da das Stück, das mit Callum verheiratet ist.«

»Du sagst also, ihm gehört nur ein Teil von dir?«

»Irgendwie schon.« Nell wusste nicht genau, wie sie das erklären sollte. Und sie hatte auch keine Ahnung, wie groß dieser Teil war. Früher hatte sie gedacht, er sei groß. Aber er schien immer kleiner zu werden. »Manchmal habe ich das Gefühl, ein geheimes Ich zu haben«, sagte sie.

Amy nickte, als würde sie das verstehen. Sie hatte den Kopf in den Nacken gelegt und die Augen geschlossen. Ihr kurzes dunkles Haar klebte ihr feucht an der Kopfhaut, und ihr Gesicht glänzte vor Schweiß. »Spielt das, was du mit Callum hast, eine wichtige Rolle?«, fragte sie. »Ist es genug?«

Nell beschloss, ehrlich zu sein. »Früher habe ich das gedacht«, erklärte sie. »Jetzt … bin ich mir nicht so sicher.« Sie dachte daran, wie lange es her war, seit sie und Callum miteinander geschlafen hatten. Das hatte sie niemandem erzählt, nicht einmal Lucy. Es war nicht richtig, sie wusste, dass es nicht richtig war, und sie wollte nicht, dass Lucy ihr das sagte. Und es war auch nicht richtig, dass Callum und sie nicht einmal darüber geredet hatten. Begehrte er sie noch? Begehrte sie ihn? Sie betrachtete die Wände des Hamams, die wie glatter Beton aussahen. Auch sie schwitzten und glitzerten vor Wassertropfen; das Licht fiel nur durch die quadratischen grünen Glasplatten in der Decke in den Raum. Callum war immer noch ein attraktiver Mann. Und sie war immer noch eine Frau. Aber seit dem Tod ihrer Mutter hatte sie davon einfach nichts mehr gespürt. Was war mit ihr passiert? Hatte ihre Trauer sie empfindungslos gemacht?

»Hmmm.« Amy reckte ihren hochgewachsenen, schlanken

Körper und gähnte hingebungsvoll. »Wahrscheinlich bin ich deswegen nicht verheiratet.«

»Bist du nie in Versuchung gewesen?« Amy war eine auffällige Erscheinung. Nicht hübsch – dazu waren ihre Züge zu kräftig, ihre Nase ein wenig zu lang, ihre Stirn zu breit. Aber ihre hohen Wangenknochen und intelligenten Augen verliehen ihr Klasse und Selbstbewusstsein, und um ihren Mund lag ein humorvoller Zug. Nell hatte sich nicht getäuscht. Amy war eine Seelenverwandte. Sie hatte Glück: ein marokkanischer Kochkurs und eine neue Freundin. Auch sie räkelte sich und überließ sich dem heißen, feuchten Dunst. Sie hatte das Gefühl zu schweben. Das war eine ganz andere Welt als die Sauna im Fitnessstudio.

Amy hatte auch darauf bestanden, dass sie sich beide massieren ließen. Eine sehr üppige Frau hatte ihre Gelenke kräftig zum Knacken gebracht. Nach einem heftigen Peeling mit einem rauen Tuch hatten sie einander dann mit Wasser abgespritzt, und nun absolvierten sie ihre letzte Runde im Dampfraum. Schon jetzt fühlte sich ihre gereinigte Haut seidenweich an, trotzdem stand ihnen noch ein Guss eiskaltes Wasser bevor, auf den sich Nell nicht gerade freute.

»Nein, eigentlich nicht. Wahrscheinlich verscheuche ich die Männer.« Amy lachte, aber Nell entging der verletzliche Unterton ihrer Worte nicht. »Ich bin groß, und ich bin eigensinnig.« Sie schlug die Augen auf. »Hey, du glaubst doch auch nicht, dass beides zusammenpasst, oder?«

Nell lachte mit ihr. »Nein. Du bist stark. Ich wünschte, ich hätte nur die Hälfte davon. Seit Mum gestorben ist …« Nell verstummte. Trotz der Hitze des Hamams und der Befreiung, die es bedeutete, sich einmal auszusprechen, kannten sie sich dazu nicht gut genug – noch nicht.

Amy streckte den Arm aus und drückte Nells Hand. Ihre Hand war warm und die Berührung beruhigend. »Du kommst schon wieder auf die Beine«, sagte sie. »Du musst dir Zeit zum Trauern lassen. Um ohne sie neu anzufangen – als deine eigene Frau.«

»Hmmm.« Amy kannte die Einzelheiten nicht, und trotzdem schien sie sie zu verstehen. Ihre eigene Frau. Bis jetzt hatte Nell das noch nicht geschafft, und sie hatte keine klare Vorstellung davon, wo sie beginnen sollte.

10. Kapitel

Jake hatte ihr aufgegeben, die Saadier-Gräber zu besuchen, um sich die Architektur und die Mosaiken anzusehen, aber am nächsten Tag war es so klar und sonnig, dass Amy beschloss, stattdessen den Majorelle-Garten zu besuchen, den der französische Künstler Jacques Majorelle in den 1920er- und 1930er-Jahren entworfen hatte. Es war ein starkes, befriedigendes Gefühl, von dem Pfad abzuweichen, den er ihr vorgezeichnet hatte. Vielleicht war das ihr Problem – sie war schon immer eine Rebellin gewesen.

Sie hatte gerade den Weg betreten und einen hohen, majestätischen Bambus bestaunt, der sich sanft in der leichten Brise wiegte, als ihr Handy klingelte. Die Nummer kannte sie nicht. Sie setzte sich kurz auf eine Bank und nahm den Anruf an. Vor ihr erstreckte sich der mit polierten Kacheln ausgelegte Weg wie eine Verheißung. Der Bambus stand üppig und elegant Spalier, und der Himmel, der darüber zu sehen war, war von einem klaren herbstlichen Blau.

»Hallo, Amy?«

Diese tiefe Stimme erkannte sie. Sie fragte sich, ob sie ihn vielleicht heraufbeschworen hatte, indem sie an ihn dachte. Wenn, dann sollte sie damit aufhören. »Woher haben Sie meine Nummer?« Wenn sie ihn nicht besonders gut leiden konnte, lag es daran, dass er sich in ihre Arbeit einmischte? Oder hatte das einen anderen Grund?

»Von Duncan. Ist das ein Problem? Können Sie reden?« Seine Stimme hatte zunächst herzlich geklungen, doch hatte sich sein Ton verändert. Sie befürchtete, dass sie nicht besonders freundlich geklungen hatte.

»Tut mir leid«, sagte sie. »Sie haben mich nur überrumpelt, nichts weiter. Wie läuft es denn bei Ihnen?«

»Großartig. Später am Vormittag treffe ich mich mit einem dieser Künstler, von denen ich Ihnen erzählt habe. Und den Koch-Workshop habe ich schon vorbereitet.« Sie hörte die Begeisterung in seiner Stimme. Jedenfalls hatte er das Projekt umgehend in Angriff genommen. Das würde Duncan freuen.

»Das klingt gut.«

»Und wie läuft es bei Ihnen?«

»Prima, prima.« Mit einem Mal konnte Amy sich an keinen einzigen Punkt von der Liste erinnern, die er ihr gegeben hatte – abgesehen von den Saadier-Gräbern. Vielleicht hätte sie sie nicht wegwerfen sollen. »Ich bin im Majorelle-Garten. Er ist überwältigend.«

»Gut.« Er klang nicht allzu beeindruckt. Vielleicht hielt er ihn für zu touristisch.

»Und ich habe gestern Unmengen von Straßenszenen fotografiert. Die Stadt ist erstaunlich.«

»Ja. Mir hat sie auch sehr gefallen.«

»Sie waren schon in Marrakesch?« Aber natürlich war er schon einmal in Marrakesch. Er hatte ja erzählt, dass er längere Zeit in Marokko verbracht hatte. Da hatte er natürlich auch Marrakesch besucht.

»Allerdings.« Er lachte. »Deswegen wusste ich ja, welche Sehenswürdigkeiten ich Ihnen ans Herz legen wollte.«

»Aha.« Amy fragte sich, ob sie voreilige Schlüsse über ihn gezogen hatte. Hatte er einfach seinen Sachverstand angeboten und versucht, behilflich zu sein?

»Und ich hatte noch eine andere Idee.« Sie sah ihn vor sich, wie er auf und ab ging und mit den Händen durch sein widerspenstiges Haar fuhr oder sich auf seinem Bürostuhl zurücklehnte und die Beine ausstreckte. Vielleicht machte er sich auch in seiner geschwungenen Schrift Notizen in seinem verdammten Heft.

»In welcher Hinsicht?«

»Bezüglich der Musik.«

»Ach ja?« Sie erinnerte sich, dass er bei ihrer ersten Begegnung davon gesprochen hatte.

»Ich wäre für Gnawa. Diese Musik wird auch Trancemusik genannt und ist da drüben eine Riesensache. Eine Stadt ist dafür besonders bekannt.«

»Trancemusik?« Sie fand das nicht so überzeugend.

»Ich dachte, Sie könnten hinfahren, zuhören, mit ein paar Musikern reden und schauen, ob einige davon bereit wären, für den Event herüberzukommen.«

Seine Begeisterung wirkte ansteckend. Langsam wurde Amy klar, wie groß Jake diesen Event aufziehen wollte.

Und er war noch nicht fertig. »Vielleicht haben die Leute ja sogar einen Kontakt in Großbritannien. Was meinen Sie?«

Zumindest fragte er sie nach ihrer Meinung. Amy konnte sich einen Auftritt am Hafen vorstellen oder in einem der Pubs von Lyme. Vielleicht wäre auch das Marinetheater interessiert. Einen weiteren Veranstaltungsort hinzuzunehmen wäre kein Problem. »Das klingt nach einer guten Idee.« Was sie ihm allerdings nicht erzählen konnte, war, dass sie auch noch Zeit für ihr eigenes, privates Vorhaben finden musste. »Wie heißt die Stadt?«

»Essaouira.«

»Ich habe schon einmal davon gehört.« Sie runzelte die Stirn. »Wo genau liegt die Stadt?«

»An der Westküste. Jimi Hendrix war mal dort. Es ist ein Badeort der etwas anderen Art.«

»Das klingt ein bisschen touristisch«, sagte Amy spitz. Das Letzte, was sie vorhatte, war, einen Abstecher in eine Küstenstadt mit großen Hotels und ohne Atmosphäre zu machen, bloß um sich irgendwelche Trancemusik anzuhören. Außerdem würde das viel zu viel von der wenigen Zeit kosten, die ihr noch blieb. »Können Sie sich nicht ein paar Gruppen auf Youtube anhören und ihnen eine Mail schicken?«

»Ich finde, es wäre besser, selbst hinzufahren.« Jake klang, als wolle er sich durchsetzen. »Sie könnten doch einen kleinen Abstecher machen, oder?«

»Ich habe nur noch ein paar Tage Zeit.« Und die wollte sie nicht in einem Badeort verschwenden. »Lieber würde ich ein, zwei Tage in Fez verbringen«, sagte sie. »Oder in Casablanca.« Diese Städte schienen ihr eher Orte zu sein, die Leute wie Glenn anzogen. Und vom Standpunkt des Projekts aus waren sie auch viel interessanter; jedenfalls sah sie als Fotografin es so.

Sie hörte ihn seufzen. »Amy …«

»Ich muss Schluss machen.«

»Warten Sie noch einen Moment, Amy.«

»Tut mir leid. Wiederhören.« Sie beendete den Anruf. Essaouira? Egal, was er sich einbildete, sie hatte nicht vor, nach seiner Pfeife zu tanzen. Wenn er unbedingt dorthin wollte, sollte er selbst fahren.

Amy schlenderte weiter den Weg entlang, zwischen hohen Palmen hindurch, vorbei an Pflanzgefäßen, die in leuchtendem Kobaltblau und pudrigem Gelb bemalt waren und in denen Kakteen wuchsen, und vorbei an honigduftendem Jasmin, der die Mosaik-Springbrunnen säumte, über schmale blaue Gitterbrücken und unter hölzernen Pergolas hindurch, an denen knallpinke Bougainvillea und lange Ranken wilden Weins wuchsen. An einem See, auf dem Seerosen schwammen, blieb sie stehen und machte ein paar Aufnahmen vom Spiel der Sonne und der Wolken auf dem Wasser. Es war das Ende der Blütezeit, aber dieser Garten war immer noch ein tropisches Paradies. Noch nie hatte sie so prächtige, lebendige Farbteppiche gesehen.

Es gab eine Kunstausstellung und ein Café; alle Gebäude waren im maurischen Stil errichtet und in einem kräftigen Blau gestrichen. Amy betrat eines davon und entdeckte einige alte Poster von Yves-Saint-Laurent-Kollektionen aus den 1970er-Jahren, Als zentrales Element fand sich dort das Wort »Love«, um das sich Schlangen, Herzen und weibliche Gestalten schlangen. *Love* … Ob Glenn ein Blumenkind gewesen war? War er deswegen nie nach Hause gekommen? Ab 1980 hatte der Garten Yves Saint Laurent gehört, und nach seinem Tod war, wie sie gelesen hatte, seine Asche hier verstreut worden. Es war ein schöner Ort dafür. Amy machte so viele Bilder … Wenn sie so weitermachte, würde die Auswahl für ihre Ausstellung eine fast unmögliche Aufgabe werden.

Das viele Blau im Garten erinnerte Amy an die verblasste blaue Tür auf der Postkarte, und sie zog sie aus der Handtasche, um sie sich noch einmal anzusehen. Deswegen war der Ort so geheimnisvoll. Blau schien Marokkos Nationalfarbe zu sein. Die Farbe war überall. Das Gleiche galt für die Blume, die in den Türsturz eingehauen war. Sie hatte hier in Marrakesch viele ähnliche Reliefs gesehen, allerdings nicht nur mit Blumen, sondern auch mit Tieren und seltsamen runenähnlichen Zeichen. Die uralte Tür, das symbolhafte Steinrelief und der verfallende Stein, der so sehr an eine vergangene Zeit erinnerte, ergaben zusammen ein so ungewöhnliches Bild, und doch hätte es überall sein können.

Sie dachte an den Tag, an dem ihr Großtante Lillian zum ersten Mal von Glenn erzählt hatte. Amy hatte das Foto im Wohnzimmer ihrer Tante in die Hand genommen. »Wer ist das?«, hatte sie gefragt.

»Mein Sohn.«

»Du hast einen Sohn?« Die zehnjährige Amy überlegte, wie er wohl mit ihr verwandt war. War er ihr Cousin? Großcousin?

Onkel? Er müsste der Cousin ihrer Mutter sein, dachte sie. »Das wusste ich nicht. Wo ist er jetzt?«

Ihre Tante hatte aus dem Fenster ihres Cottages in Lyme gesehen, als ob sie hoffte, dass er gleich die Straße entlanggeschlendert käme. »Ich habe keine Ahnung«, erklärte sie.

Amy hatte die Stirn gerunzelt. Angesichts der Traurigkeit ihrer Tante fühlte sie sich so hilflos. Aber wie konnte sie nicht wissen, wo der eigene Sohn steckte?

»Er ist mit einundzwanzig von zu Hause weggegangen«, erklärte ihre Tante. »Aus sehr vielen Gründen.«

Amy fragte sich, welche das waren. »Was ist denn passiert?«

»Er ist nie zurückgekommen.«

Amy hatte sie verständnislos angestarrt. Sie konnte verstehen, dass er weggegangen war. Aber warum war er nie zurückgekommen?

»Er ist viel gereist«, sagte ihre Tante. »Schreiben konnte er mir nicht. Dafür gab es Gründe, die ich dir jetzt nicht erklären kann, mein Liebes. Aber einmal hat er mir doch geschrieben. Er hat mir diese Postkarte geschickt.« Tante Lil hatte sie Amy gezeigt.

»Ist sie aus einem anderen Land?«, hatte sie leise gefragt.

»Ja.« Ihre Tante hatte die Karte umgedreht und Amy die Briefmarke gezeigt. »Sie ist aus Marokko.«

Amy hatte die Handschrift studiert, als könne sie ihr Aufschluss geben. Sie war groß und unregelmäßig. Aber sie hatte keine Ahnung, wo Marokko lag.

Liebe Mom, stand darauf. *Will dir nur kurz mitteilen, dass es mir gut geht. Hoffe, dich irgendwann wiederzusehen. Alles Liebe.* Und dann sein hingekritzelter Name. *Glenn.*

Und jetzt? Würde Glenn – falls er denn noch lebte – je auf die Idee kommen, dass seine Mutter zurück nach England gegangen war, um ihre Schwester zu pflegen? Und war es wirklich möglich, dass sie Mary gegenüber grausam gewesen war? Was hatte sie getan? Sie war so eine sanfte Seele, so großzügig und freundlich. Amy konnte es sich nicht vorstellen.

Sie trank gerade einen Kaffee und überlegte, zum Mittagessen in den Riad zurückzukehren, als ihr Handy erneut klingelte. Konnte er sie denn keine fünf Minuten in Ruhe lassen? Sie lächelte. Sie würde es sich nicht anders überlegen. Sie mochte ja für den Mann arbeiten, aber die Reiseroute war ihre Sache.

Der Blick auf das Display sagte ihr jedoch, dass es Duncan war. »Hallo, Liebling, wie läuft es?«, säuselte er. Duncan, der alte Schmeichler, dachte sie unwillkürlich

»Wahrscheinlich hat er dich gebeten, mich anzurufen.«

»Er?«

»Jake Tarrant.« Schon der Klang seines Namens war eine Bedrohung für ihre innere Ruhe.

»Nein, wieso? Ist etwas passiert?«

»Nein.« Abgesehen davon, dass Jake ihr ihren Job nicht zutraute, abgesehen davon, dass Duncan sie nicht zurate zog; abgesehen davon, dass sie von jetzt an alles richtig machen musste, weil sie Jakes Anweisungen ignorierte und tat, was sie für richtig hielt.

»Ich habe nur angerufen, um zu hören, wo du bist«, erklärte Duncan. »Hör mal, Amy, ich weiß, ich hätte dir von Jake erzählen sollen …«

»Hättest du, ja.« Amy spürte, wie sich ihre Schultern verspannten. Diese Handygespräche machten die ganze Entspannung zunichte, die sie nach dem Hamam gestern Nachmittag empfunden hatte. Sie hatte sich so gut gefühlt. Sogar die abschließende Dusche mit eiskaltem Wasser hatte belebend gewirkt.

»Aber ich wusste, dass es dir nicht gefallen würde.«

»Trotzdem«, sagte sie.

»Trotzdem. Du und ich, Amy …«

Du und ich … In Wahrheit gab es kein »du und ich«. Sie war für ihn nur eine Zerstreuung. Er wollte nur ein bisschen Spaß und Freundschaft, nichts weiter. Und er war für sie eine Ablenkung; eine Art, sich selbst vorzumachen, dass sie ihr Leben unter Kontrolle hatte, dass alles gut lief. Wozu brauchte man schon einen Mann in seinem Leben, wenn man eine Karriere hatte, die man mit Leidenschaft verfolgte? Wer brauchte jemanden, der daherkam, die Kontrolle übernahm und Forderungen stellte, sodass am Ende gar die eigene Identität bedroht war? Amy hatte nicht vor, sich in die Falle locken zu lassen oder das zu verlieren, was sie zu dem machte, was und wer sie war. Sie dachte an das Gespräch mit Nell. Bei ihr funktionierte es offensichtlich nicht, oder?

»Wir haben eine besondere Beziehung«, fuhr er fort. »Das ist mir wichtig.«

»Die Galerie aber auch«, sagte Amy.

»Ja natürlich, die Galerie auch.« Sie hörte, wie sein Ton umschlug.

»Keine Sorge, Duncan«, sagte sie. »Ich will auch das Beste für die Galerie. Wenn ich gewusst hätte, dass du den Event so groß aufziehen willst, hätte ich Verständnis dafür gehabt, dass du einen Eventmanager beauftragen willst.«

»Wirklich?«

»Natürlich.« *Aber du hättest es mir sagen sollen.* Sie konnte nicht glauben, dass er das nicht begriff.

»Braves Mädchen. Jetzt fühle ich mich schon viel besser.«

Wenn er noch einmal »braves Mädchen« zu ihr sagte, würde sie schreien, dachte Amy. Hier und jetzt, in dieser friedlichen Umgebung aus tropischem Grün und Kobaltblau würde sie einfach den Mund öffnen und alles herauslassen. Laut. »Aber wegen unserer speziellen Beziehung …«

»Ja?«

Duncan hatte ihr nie etwas versprochen. Er hatte sie nie in dem Glauben gewiegt, dass daraus mehr werden könnte. Hatte sie sich mehr gewünscht? Vielleicht hatte sie das zu Anfang geglaubt – angeblich wollten Frauen doch immer mehr. Aber die Wahrheit war, dass sie sich zu Duncan hingezogen gefühlt hatte, weil er war, wie er war – glatt, sexy, von sich selbst besessen und zu sehr von seiner Arbeit eingenommen, um sie kontrollieren zu wollen. Zu selbstsüchtig, um zu lieben. Er war nie ein Mann für eine Beziehung gewesen, und das wusste sie. Duncan war sicher keine Bedrohung für ihren inneren Frieden. Sie hatte geglaubt, er sei genau das, was sie wollte. Aber sie hatte sich geirrt. Sie wollte mehr. »Von jetzt an möchte ich, dass wir unseren Umgang auf das Offizielle beschränken.«

»Das Offizielle?« Er wirkte verwirrt.

»Ich arbeite für dich, Duncan, und ich arbeite mit dir zusammen. Noch.« Über Letzteres sollte er einmal nachdenken. »Aber in Zukunft möchte ich gern bei allem, was mich betrifft, hinzugezogen werden, und ich würde es zu schätzen wissen, wenn du mich ab sofort eher als Angestellte behandelst, als …« Ihr fehlten die Worte. »Als alles andere.«

»Oh. Du meinst …?«

»Genau das«, sagte sie. Sie hätte es überhaupt nicht so weit kommen lassen dürfen. Francine hatte das auch gesagt. Sie war die Einzige, der Amy davon erzählt hatte. Francine war die einzige Freundin, bei der sie sich sicher war, dass sie sie nicht verurteilen würde. Dass er ihr das mit Jake vorenthalten hatte, war der Tropfen gewesen, der das Fass zum Überlaufen brachte. Das und der Ausdruck in Jake Tarrants Augen, die die Farbe von Rooibostee hatten.

Ein kurzes Schweigen. »Vielleicht sollten wir darüber reden, wenn du zurück bist, Amy, meine Süße«, sagte er. »Du klingst aufgeregt.«

»Ich bin nicht aufgeregt«, beharrte sie, obwohl sie es war, zumindest ein wenig.

»Aber warum? Keiner von uns hat jemand anderen. Wir tun niemandem weh.«

Und wenn sie die Sache weiterlaufen ließ, würde es auch nie jemand anderen geben. Das war kein Problem. Was aber ein Problem war, war, dass sie sich wegen Duncan unehrlich fühlte, so als sei sie sich selbst nicht treu. Diese Erkenntnis hatte sie Nell und dem Hamam zu verdanken. Nell hatte so offen über ihre Gefühle, über den Tod ihrer Mutter und über ihren Mann gesprochen. Nell hatte Probleme, aber wenigstens tat sie nicht so, als ob. »Ich möchte nicht weiter darüber reden«, erklärte sie mit ihrer festesten Stimme. »Leb wohl, Duncan.«

Amy ließ ihren Blick über den Garten und den plätschernden Brunnen schweifen. Sie hatte das Gefühl, als sei ihr eine Last von den Schultern genommen worden. Es war ein gutes Gefühl. Freiheit.

11. Kapitel

Lillian nahm den X53 nach Bridport. Es war ein kalter Tag, und sie musste an der Bushaltestelle am Uhrturm warten, wo ein scharfer Wind einen so heftig erfassen konnte, dass man Angst hatte, er würde einen aufs Meer hinausreißen. Aber Lillian hatte sich eine windgeschützte Stelle gesucht, und außerdem war sie dick eingepackt.

Als sie damals nach Dorset zurückgekehrt war, war sie mehrmals nach Bridport gefahren. Es war schließlich ihre Heimatstadt. Als sie aus Amerika nach England zurückkam, hatte sie fest vorgehabt, sich wieder dort niederzulassen. Doch als sie gesehen hatte, wie schlecht es Mary ging, als ihr richtig klar geworden war, wie es in Lyme um Marys Familie stand – ihre Familie –, da hatte sie beschlossen, lieber in der Nähe zu bleiben.

Lillian sah den Bus kommen. Sie zog ihre Handschuhe aus und steckte sie in ihre Handtasche. Dann nahm sie ihre Monatskarte aus der Handtasche und hielt sie bereit. Die Handschuhe aus weichem braunen Leder waren ein Geschenk von Amy, das sie nicht verlieren wollte. Nach Marys Tod hatte sie nur noch wenig Grund gehabt, wieder dorthin zu ziehen. Bridport hatte einen großen Supermarkt, aber wozu brauchte sie den? Es gab auch einen gut besuchten Antik- und Vintagemarkt – aber sie war selbst antik genug, sodass sie gut darauf verzichten konnte. Und da war noch ihre Geschichte. *Die* brauchte sie – manchmal.

Lillian nahm ihren Platz in der Warteschlange ein und kletterte in den Bus. Sie achtete darauf, sich gut an der Stange festzuhalten. Seit ihrem Sturz war sie vorsichtiger geworden. Da sie so schlecht sah, war das auch nötig. Sie hatte sich ihre Unabhängigkeit so schwer erkämpft, dass sie sie jetzt nicht verlieren wollte. Sie zeigte dem Busfahrer ihre Karte und trauerte kurz den Zeiten nach, in denen es noch Schaffner gegeben hatte, die die Wendeltreppe hinauf- und herunterklapperten und Zeit für ein fröhliches Gespräch hatten, während sie einem das Ticket entwerteten. Nach oben, beschloss sie, holte tief Luft und ging die erste Stufe an. Die Aussicht war die Kletterpartie wert.

Sie fand einen Platz auf den vorderen Sitzen. Lillian setzte sich, stellte die Handtasche auf ihren Schoß und wartete darauf, dass der Bus den Hügel hinauffuhr. Sie liebte auch Lyme Regis. Durch das Fenster betrachtete sie die Landschaft, die sich endlich mit dem Winter abfand. Die Bäume hatten ihr Laub fast ganz abgeworfen, das Unterholz war licht geworden, und Blumen waren praktisch keine mehr zu sehen. In den Hecken waren noch Reste von Brombeeren zu erkennen, aber sie waren größtenteils verfault oder von Vögeln gefressen worden. Ein paar leuchtende Stechpalmenbeeren waren noch übrig, und hier und da entdeckte sie sogar rotes Leimkraut. Aber es war eine Winterlandschaft, und bis zum Frühling dauerte es noch mehrere lange Monate, dachte Lillian und erschauerte leicht.

Früher einmal hatte sie Tagebuch geführt. Sie hatte damit nach der Kriegserklärung begonnen, obwohl sie da noch ein Kind war. Sie verstand allerdings mehr, als die anderen glaubten. Sie begriff, dass es notwendig war, Aufzeichnungen zu machen, etwas Bleibenderes zu schaffen, während die Welt brüchiger wurde, unsicherer und angsteinflößender. Aber die Welt war auch aufregender geworden – besonders, als die GIs nach Bridport kamen.

Bei diesem Gedanken kicherte sie. Sie machte daraus ein Husten, als sie sah, dass die Frau auf der anderen Seite des Gangs ihr einen missbilligenden Blick zuwarf. Nur niemanden auf die Idee kommen lassen, dass sie Selbstgespräche führte oder vor sich hinkicherte – Gott bewahre. Bei dem Gedanken musste sie schon wieder kichern, doch es gelang ihr, es zu unterdrücken. Sie hatte das Tagebuch geführt, bis die Truppen die Stadt verlassen hatten, und kaum einen Tag ausgelassen. Und dann hatte sie stattdessen begonnen, ihm zu schreiben, und das Tagebuch nicht mehr gebraucht. Sie hatte es schon vor langer Zeit verbrannt, noch bevor sie nach Amerika gegangen war; es war Teil ihrer Kindheit, ihres alten Lebens. Wenn sie eine Frau war, hatte sie gedacht, würde sie es nicht mehr brauchen.

In Dorset hatten sie Glück gehabt; alle sagten das. Sie erlebten keine ernsthaften Luftangriffe und kaum Bombardierungen, obwohl Vater darauf bestand, dass sie sich im Garten hinter dem Haus mit Hilfe der Pfadfinder einen eigenen Bunker gruben. Wenn die Sirenen heulten, mussten sie manchmal dorthin rennen, ganz gleich, ob das Essen auf dem Tisch stand. Lillian hasste die kalten Wellblechwände, aber ihr Vater erklärte, das sei ihr Rettungsanker und wenn nötig könnten sie darin auch schlafen, was sie aber niemals mussten.

Lillian hatte einmal deutsche Bomber gesehen. Eines Sonntags, als sie und ihr Vater die West-Allington-Brücke überquerten, waren zwei vom Meer aus herangeflogen, so tief, dass sie die Hakenkreuze erkennen konnte. Einer hatte seine Last über der East Street abgeladen und dort eine Häuserreihe zerstört. Nie würde sie das Jaulen der Sirenen vergessen, das donnernde Einschlagen der Bomben, das Klirren von Glas. Vater zog sie zu Boden, und dort verharrten sie nach der Explosion lange Sekunden. Sie zitterten, alle beide. Jemand behauptete, die »Jerries« hätten Gundrys Fischereibedarf treffen wollen, ein anderer meinte, den Bahnhof. Aber was sie erwischten, waren Häuser. Und Menschen. Ganz normale Menschen. Lillian seufzte. Nach dem Bombeneinschlag füllte sich der Krater, den er zurückgelassen hatte, mit Wasser, und Lillian sah Jungen mit Gläsern und Netzen, die Kaulquappen fingen. Trotz allem musste sie lächeln.

Das Essen war bei ihnen nicht so knapp wie bei vielen; jedenfalls behauptete Mutter das ständig. Bridport war eine ländliche Stadt, daher war sie von Bauernhöfen umgeben. Die Farmer bauten Feldfrüchte an und hielten Tiere. Lillians Familie hatte einen Garten, der groß genug war, um dort Gemüse zu ziehen und sogar noch den Nachbarn davon abzugeben. Was sie hatten, wurde untereinander geteilt. »Graben für den Sieg«, hieß es, und das brauchte man ihnen nicht zweimal zu sagen. Sie bauten Kartoffeln an, Stangenbohnen, Zuckererbsen, violetten Brokkoli, rote Beete, Kohl und Zwiebeln. Sie hielten Hühner wegen der Eier, und wenn die Hühner nicht mehr legten, gaben sie immer noch ein schönes Sonntagsessen ab. Lillians Mutter verstand sich gut darauf, das Wenige, was sie hatten, zu strecken. In Beaminster gab es eine Molkerei. Und Kaninchen konnte man überall fangen. Vor der West Bay wurden Makrelen und Meeraale gefischt. »Verhungern werden wir nicht«, erklärte ihre Mutter. »Macht euch keine Sorgen.«

Sie mussten sich an die Verdunklungsvorschriften halten. Wer gegen die Regeln verstieß, musste mit einer Geldbuße rechnen. Lillian fand die verdunkelten Häuser und Orte düster und deprimierend. Aber es gab auch Wohltätigkeitsveranstaltungen und Varietés, die von den Blackout Brighteners und anderen organisiert wurden. Zu Hause spielten sie oft Karten oder saßen mit ihrem Kakao um das Radio, um Musik und Komödien wie *It's That Man Again* mit Tommy Handley zu hören. Das war Lillians Lieblingssendung.

»Geschrieben, um die Moral zu stärken«, meinte Vater. Wahrscheinlich hatte er recht. Doch es gab auch ernstere Themen. Ihr Vater wollte, dass sie sich abends alle regelmäßig die Nachrichten anhörten und manchmal eine Rede von Winston Churchill oder eine Ansprache der Königin an die Frauen Großbritanniens, die ermuntert wurden, ihren Beitrag zu den Kriegsanstrengungen zu leisten. Und das taten sie.

Lillians Mutter war Mitglied des Women's Institute – der Frauenvereinigung – und arbeitete für den freiwilligen Kriegshilfsdienst. Sie verteilte Broschüren und Notrationen und kümmerte sich um alte Menschen oder Verletzte. Anders als die meisten Männer in Bridport, die in der Seilerei arbeiteten oder Fischernetze herstellten, war Lillians Vater Ingenieur in einer Fabrik außerhalb der Stadt, die Flugzeuge baute und wartete. Trotzdem musste er bis zu achtundvierzig Stunden im Monat Dienst als Feuerwächter tun. Er war wegen seines Berufs nicht eingezogen worden und weil er schon zweiundvierzig war. Und dann war da noch Mary. Mit achtzehn war sie 1943 gerade noch zu jung, um dienstverpflichtet zu werden. Sie arbeitete in derselben Fabrik wie ihr Vater und half, Flugzeugteile herzustellen.

Lillian erinnerte sich an den Tag, an dem die GIs in die Stadt marschiert waren. Wie könnte sie das je vergessen? Sie stand auf dem Bucky-Doo-Platz, und sie zogen direkt an ihr vorbei auf das White Lion und das Haus gegenüber zu, wo sie einquartiert werden sollten. Gegenüber vom Pub, ein Palmers-Bier immer in Reichweite, hatte sie damals unwillkürlich gedacht. Es war November 1943, und die GIs waren gekommen, um im nächsten Juni am D-Day an der Invasion teilzunehmen. Das wusste Lillian zu diesem Zeitpunkt noch nicht, und wahrscheinlich ahnten die Soldaten selbst auch nichts davon. Sie mussten sich gefragt haben, was in aller Welt sie hier an diesem gottverlassenen Ort sollten, wo es feucht und kalt war, wo alles rationiert war und die Kinder ihnen nachliefen, »Hallo, Yank« schrien und hofften, dass sie ihnen Kaugummi oder Süßigkeiten zuwarfen.

Ein paar Wochen später lernte Lillian Ted kennen. Was sagten die Leute noch über die GIs? Überbezahlt und sexhungrig bei uns gelandet. Auf jeden Fall ließen sie mit ihren schicken, gut geschnittenen khakifarbenen Uniformen ihre eigenen Soldaten abgerissen aussehen. Die Amerikaner sahen alle aus wie Filmstars. Lillian hatte keine Ahnung, wie ihr Vater zu diesem speziellen GI gekommen war oder warum er bei ihnen zu Hause war und gleich mit ihnen zu Abend essen würde. Sie wusste nicht, was er von ihrer kleinen Doppelhaushälfte mit dem Buntglasfenster in der Haustür hielt, den einfachen Teppichläufern auf den Holzböden, dem Linoleum in Küche und Bad. Aber sie wusste, was sie von ihm hielt. Sie war hingerissen von ihm. Groß und breitschultrig stand er vor ihr. Er hatte warme braune Augen, ein festes Kinn mit einem Grübchen und Bartschatten und dunkelbraunes, kurz geschorenes Haar. Ihr persönlicher Rhett Butler. Sie wäre beinahe ohnmächtig geworden.

»Sehr erfreut«, stammelte sie, als ihr Vater sie einander vorstellte. Warum zitterte sie so? Warum fiel ihr das Atmen so schwer?

»Ich freue mich, dich kennenzulernen, Lillian.« Seine Stimme war tief, aber weich wie Samt. »Ich habe Ihnen allen ein paar Plätzchen mitgebracht, als kleinen Dank für die heutige Einladung. Bitte.« Er gab ihr das Paket mit den Plätzchen, das er in der Hand hielt, und schenkte ihr ein breites Lächeln. Und dann sah sie, wie er registrierte, wer hinter ihr stand, und wie sich sein Gesichtsausdruck veränderte. Ted hatte Mary gesehen. Und wie jeder andere Mann vor ihm war er ihr augenblicklich erlegen.

Lillian seufzte und trat beiseite, wie immer.

»Du meine Güte.« Mary sah Ted auf die ihr eigene Art mit neckischem Blick an. »Wen haben wir denn da?«

»Ted … Meine älteste Tochter Mary«, erklärte ihr Vater. »Also, Mädchen, wir haben das Glück, dass diese tapferen amerikanischen Soldaten herübergekommen sind, um uns zu helfen, diesen Krieg zu gewinnen. Unsere Aufgabe ist es, ihren Einsatz zu würdigen, sie willkommen zu heißen und sie am britischen Familienleben teilhaben zu lassen.«

»Und? Sind Sie willkommen geheißen worden?«, fragte Mary ihn. »Hat man Sie gewürdigt?« Sie ging zum Kamin, in dem ein Kohlenfeuer brannte, und warf ihm über die Schulter einen Blick zu. Ihre Augen verrieten ihm, dass sie beides ganz allein erledigen konnte. Sie lachte, als sei das Ganze nur ein Scherz gewesen.

Lillian sah, dass er hingerissen von ihr war. Aber wer wäre das nicht gewesen? Ihre Schwester Mary war achtzehn Jahre alt und wunderschön. Sie hatte eine schmale Taille, aber Kurven an den richtigen Stellen. Lillian blickte an ihrem eigenen mageren, vierzehnjährigen Körper hinunter. Sollte sie nicht auch ein wenig mehr wachsen – an diesen gewissen Stellen? Sie sah immer noch aus wie ein Junge, während Mary …

Obwohl Kleidung rationiert wurde und von allen erwartet wurde, »mit weniger besser auszusehen«, brachten das wenige so gut fertig wie ihre Schwester. Heute Abend trug sie einen mit Blumen bedruckten Rock, eine Wolljacke und Rayonstrümpfe. Lillian vermutete, dass sie sich schnell umgezogen hatte, als ihr klar geworden war, dass ein attraktiver Fremder zum Essen gekommen war. Ihre Lippen waren tiefrot wie eine Rosenblüte, und ihre Haut war cremefarben. Sie hatte ihre Wangen mit Rouge betont und roch nach Mutters Eau de Cologne. Ihr dunkles Haar war leicht gelockt, und ihre Augen waren veilchenblau. Auch sie sah wie ein Filmstar aus, dachte Lillian unglücklich. Die beiden waren das perfekte Paar.

»Danke, Lillian. Die nehme ich.« Ihre Mutter nahm ihr die Plätzchen ab und trug sie in die Küche, wo sie zweifellos für den nächsten Tag abgezählt werden würden. Lillian sah ihnen sehnsüchtig nach.

Unterdessen hatte Ted seine Uniformmütze abgenommen.

»Die Menschen in dieser Stadt sind sehr freundlich, Miss«, sagte er zu Mary. »Wir können uns auf keinen Fall beklagen.«

»Nennen Sie mich doch Mary«, sagte sie. »Bitte setzen Sie sich doch, und erzählen Sie mir alles.« Ihre Stimme klang feminin und vertrauenswürdig zugleich. Lillian schwor sich, diesen Ton heute Abend vor dem Zubettgehen zu üben. *Erzählen Sie mir alles*, flüsterte sie lautlos.

»Alles!« Er lachte laut und herzhaft, und die Familie lachte mit.

Alle waren sich bewusst, dass niemand alles wusste, und erst recht kein GI, der in Bridport einquartiert war. Er wartete. Sie alle warteten. Alle wussten, dass etwas bevorstand, aber niemand wusste genau, was. Es lag eine Spannung in der Luft, aber niemand hatte eine Ahnung, wie sie sich entladen würde.

»Zunächst einmal wüsste ich gerne, wie Ihnen denn unser Essen schmeckt?«, fragte Mary ihn.

»Ja, nun …« Er saß auf einem ihrer Wohnzimmerstühle mit den gedrechselten Beinen und stützte die Ellbogen auf die weiße Decke, die ihre Mutter auf den Tisch gelegt hatte. »Ein paar der Jungs beklagen sich über den Rosenkohl und den Weißkohl.« Er grinste. »Aber von mir werden Sie keine Klagen hören, nein, Ma'am.«

»Möchten Sie eine Tasse Tee?«, fragte Mutter ihn, und Lillian sah, dass er versuchte, nicht zusammenzuzucken. Wahrscheinlich entsprach englischer Tee ebenso wenig dem Geschmack der GIs wie Rosenkohl.

»Danke, Ma'am«, sagte er. »Sie sind ein Engel.«

Sie lachte und tat das Kompliment ab, obwohl Lillian ihr ansah, dass sie genauso fasziniert war von ihm wie sie alle. »Dieses Land, die Leute, unsere anderen Gebräuche – das alles muss Ihnen und Ihren Kameraden sehr seltsam vorkommen.« Mutter schüttelte den Kopf.

»Ihre Straßen sind sehr schmal«, räumte er ein, »und es ist auf jeden Fall nicht einfach, sich zurechtzufinden, so ohne Straßenschilder und mit diesen kleinen Feldwegen überall.«

Vater nickte. »Die Schilder sind alle abmontiert worden, um die Nazis zu verwirren, verstehen Sie, Junge«, sagte er.

»Ja, Sir.« Ted nickte.

»Wollen Sie uns von jetzt an beschützen?« Mary hatte ihre Stimme fast zu einem Flüstern gesenkt. »Können Sie das denn?«

»Ich werde auf jeden Fall alles tun, um meine Pflicht zu erfüllen.« Er zwinkerte, und Mary lachte wieder, bis ihr Vater ihr einen missbilligenden Blick zuwarf. »Es wäre mir eine Ehre.«

»Das sagen Sie.« Spielerisch tippte Mary ihm auf den Arm. »Aber woher sollen wir wissen, ob das wahr ist? Sie sind vielleicht groß und stark, aber Sie können nicht verhindern, dass die Bomben fallen, oder?«

»Glauben Sie mir, wenn ich könnte, würde ich das.« Er sah sie bereits mit dem bewundernden Blick an, den Lillian schon vor ihm bei anderen gesehen hatte.

Ständig verliebten sich Männer in Mary. Es war einfach unfair. Eine ganze Reihe stand schon bei ihr Schlange. Da war Tony, ein Pilot, der sie immer, wenn er Ausgang hatte, zum Mittagessen ins British Restaurant ausführte. Michael, der bei der Marine war und der sich »buchstäblich nach ihr verzehrte« – jedenfalls behauptete sie das. Tristan, der irgendwo auf einer geheimen Sondermission war, von der niemand etwas wissen durfte … Und dabei waren die Bauernburschen aus der Gegend wie Johnnie Coombes, der aus irgendeinem Grund nicht Soldat geworden war, noch nicht mitgezählt. Das wäre mehr als genug für jedes Mädchen gewesen. Und doch schien Mary immer das Bedürfnis zu haben, die Zahl ihrer Bewunderer zu vergrößern. Tatsache war, dass Mary jegliche männliche Aufmerksamkeit, die sie bekommen konnte, auch auf sich ziehen wollte. In ihren Augen lag ein Draufgängertum und in ihren Worten ein Leichtsinn, die irgendwie in diese Kriegszeit passten.

»Hmmm.« Wieder musterte sie ihn unter ihren langen Wimpern hervor. »Dann glaube ich, dass wir beide uns verstehen werden, GI Ted.«

Er grinste. »Das hoffe ich. Und ich hoffe auch, dass Sie mir die Ehre erweisen, mich am nächsten Samstag zum Tanz zu begleiten.«

Er fackelte ebenfalls nicht lange, dachte Lillian. Sie sah die Miene ihres Vaters, als er aufstand, die Stehlampe einschaltete und an den Tisch zurückkehrte.

»Tanz?« Mary klang, als hätte sie von einer solchen Veranstaltung noch nie etwas gehört. Als brächte sie nicht die ganze Woche damit zu, sich auf den wöchentlichen Tanz vorzubereiten.

Lillian wurde klar, dass sie auf verlorenem Posten stand.

Mary war immer das Lieblingskind ihrer Eltern gewesen. Sie wusste, wie man ihren Vater um den Finger wickelte und ihre Mutter zufriedenstellte. Wie machte sie das bloß? Ja, sie war hübscher, klüger und selbstbewusster als Lillian. Aber sie besaß noch etwas Berauschenderes – sie strahlte vor Lebensfreude. Sie war wie Champagner. Man wollte davon kosten, und dann wollte man mehr.

Als Lillian jünger war, hatte sie ihre Schwester vergöttert. Aber Mary hatte sich nicht sonderlich für sie interessiert. Wenn Mary auf Lillian aufpassen sollte, nahm sie sie einfach zu dem Treffen mit dem Jungen mit, für den sie diesen Monat schwärmte, und Lillian musste danebensitzen, wurde ignoriert und hatte das Gefühl, ein Störfaktor zu sein.

Und jetzt? Lillian starrte die Tapete an, die die Farbe von Haferbrei hatte. Sie betrachtete das Blumenmuster in der Bordüre unter der Bilderschiene und die gerahmten Bilder lange verschwundener englischer Landschaften an der Wand. Alles,

Hauptsache nicht Mary und Ted. Sie bekam den Kaninchenschmortopf ihrer Mutter kaum herunter, obwohl er köstlich war und allen anderen auch hervorragend zu schmecken schien. Mit halbem Ohr lauschte sie den Gesprächen am Tisch. Ihr Vater redete über den Krieg und Flugzeuge; ihre Mutter erzählte von ihrer Arbeit beim freiwilligen Kriegshilfsdienst; Ted sprach über Amerika und davon, wie unterschiedlich die beiden Länder waren; und Mary hörte zu, lachte und flirtete. Ob sie sich für ihn interessierte? Schwer zu sagen, denn Mary flirtete mit jedem.

Als er sich an diesem Abend verabschiedete, zauberte er noch mehr Geschenke hervor. Er war offensichtlich ein großzügiger Mensch. Mary und Lillian schenkte er Pralinen und ihrer Mutter eine große Büchse Kaffee.

»Herrjemine«, sagte sie und musterte sie misstrauisch. »Danke, Ted.«

Lillian bedankte sich im Flüsterton und nahm die Pralinen mit nach oben auf ihr Zimmer, wo sie Teds Aufbruch beobachten und üben konnte, so zu reden wie ihre Schwester.

Mary brachte ihn nach draußen und schloss wegen der Verdunkelung die Tür hinter sich. Sie hielt eine nach unten gerichtete Taschenlampe in der Hand, damit sie wenigstens sahen, wo sie hintraten.

Lillian war auf ihr Zimmer gegangen, hatte die Tür hinter sich geschlossen und kein Licht gemacht. Durch die Gardinen spähte sie in die Nacht hinaus und sah, wie die beiden am Gartentor stehen blieben. Mary sprach leise, ihre Hand lag auf Teds Arm. Dann sagte er etwas, und Lillian sah, wie Mary nickte. Sie hatte seine Einladung zum Tanz angenommen. Das wusste sie einfach.

Meist konnte Lillian es kaum abwarten, Marys Geschichten über den wöchentlichen Tanz zu hören, bei denen in letzter Zeit Jive und Jitterbug gespielt wurden, Musik, die die GIs mitgebracht hatten und zu denen sie mit den britischen Mädchen tanzten, was laut Mary nicht so gern gesehen war. »Die ganzen alten Schachteln meckern darüber«, hatte sie Lillian anvertraut. »Der Tanz ist ein bisschen freizügig.«

»Wie geht er denn?« Lillian hatte sie angebettelt, ihr den Tanz vorzuführen, aber Mary langweilte ihr Publikum bereits.

»Irgendwann wirst du es schon noch sehen«, sagte sie. »Wenn du sechzehn bist.«

Der Bus fuhr die Haltestelle in Bridport an. Lillian wurde klar, dass sie die ganze Fahrt mit Tagträumereien und Erinnerungen verbracht hatte. Sie nahm die Handschuhe aus ihrer Tasche, schloss diese und lauschte auf den scharfen Klick. *Wenn du sechzehn bist.* Bis dahin waren es nur noch ein Jahr und ein paar Monate gewesen. Und jetzt war es natürlich lange, lange her. Aber damals war es ihr wie eine Ewigkeit vorgekommen.

12. Kapitel

Marokko 1974

Als sie im Riad ankamen, versuchte Glenn, ihn mit Bethanys Augen zu sehen. Er erinnerte sich nur zu gut daran, wie er selbst das Haus zum ersten Mal von innen gesehen hatte.

»Wow!« Er hatte sich zu Gizmo und Howard umgedreht, und seine Augen hatten vor Aufregung gestrahlt. Das war nicht besonders cool von ihm gewesen. Aber das Haus war so toll.

»Riad la Vieille Rose«, hatte Gizmo so stolz verkündet, als hätte er ihn selbst gebaut. »Die Bude ist der Hammer, was?«

Wie die meisten Riads hatte das Haus von außen nicht nach etwas Besonderem ausgesehen. Es lag im Herzen der Medina, in einem Labyrinth enger Straßen, das so eng gewebt war wie ein Spinnennetz. Es hatte eine schmucklose Holztür, über der das Relief einer Rose in den Stein gehauen war. Als Gizmo den Schlüssel ins Schloss steckte und sie mit einem kräftigen Ruck aufschob, kam ihnen ein modriger Geruch entgegen, als wäre das Haus feucht und seit Jahren unbewohnt. Aber drinnen …

Hinter der Tür lag ein weiträumiger Wohnbereich voll alter Möbel in verschiedenen Stadien des Verfalls. Chaiselongues, feuchte, verfilzte Kissen, die sich auf Holzbänken türmten, ein riesiger, zerkratzter Tisch, wacklige Stühle. Der Musiker, der sich hier vorher einquartiert hatte, hatte sich offensichtlich nicht um das Haus gekümmert. Die hölzernen Fensterläden hingen schief in ihren Scharnieren; die bunten Laternen und Lampen waren schmutzig und einige davon zerbrochen; die Decke war zwar hoch und mit Stuck geschmückt, hatte aber schlimme Risse und

Stockflecken. Die hölzernen Säulen waren teilweise mit Graffiti und Love-and-Peace-Zeichen beschmiert. Doch darunter konnte man noch das Rot und Gold des farbig bemalten Holzes erkennen. Der Boden war dreckig und die Fliesen zum Teil kaputt. Aber Glenn konnte das komplizierte Muster noch gut erkennen. Es sah aus wie ein uraltes Runenmuster in Tiefrot und Gelb. Ziemlich spektakulär.

»Wow!«, sagte Bethany.

Glenn grinste. Viel anders sah es inzwischen nicht aus, obwohl sie einen großen Teil der Möbel umgestellt und den Boden geputzt hatten. »Zur Küche geht's hier entlang.« Über einen Weg aus Brettern, den sie dort gelegt hatten, wo die Fliesen allzu schadhaft waren, ging er voran.

»Als ob ich mich für die Küche interessieren würde.« Bethany verdrehte die Augen, folgte ihm aber trotzdem.

Er lachte. Als sie eingezogen waren, war das Haus eine regelrechte Müllkippe gewesen, aber jetzt hatten sie es so weit aufgemöbelt, dass es fließendes Wasser gab und sie auf dem alten Kohlebecken Tajines kochen und Badewasser heiß machen konnten. Strom hatten sie keinen, aber Kerzen und Öllampen. Teufel, das war um einiges besser, als am Strand zu kampieren. »Komm mit nach oben.«

Er betrat als Erster den Hof und ging die schmiedeeiserne Wendeltreppe hinauf. Hier oben kam die Schönheit des Riad richtig zur Geltung. Verfallene Steinsäulen trugen eine Galerie, von der drei Zimmer abgingen. Schmiedeeiserne Ornamente, von denen die weiße Farbe abblätterte, umrahmten die Fenster wie Spitze.

»Hier entlang.« Er zeigte ihr sein Zimmer. Ihr gemeinsames Zimmer.

»Das ist fantastisch.« Sie ließ ihre Tasche auf den Boden fallen, sank aufs Bett und präsentierte sich auf der abgewetzten

Tagesdecke aus Satin in verführerischer Pose. Das schmiedeeiserne Bettgestell hatte schon in dem Zimmer gestanden, als sie eingezogen waren, und Glenn hatte eine gebrauchte Matratze gekauft. Einer der Typen, für die er gearbeitet hatte, hatte ihm den Überwurf und einen verschossenen Teppich für den Boden geschenkt. Er hatte ein paar Vorhänge aufgehängt und die rot-gelben Fliesen geschrubbt, bis sie glänzten. Es gab eine Kommode, eine mit einem Kleiderschrank kombinierte Aufsatzkommode und auf der anderen Seite des Zimmers ein Waschbecken neben einer massiven gusseisernen Badewanne. Unterhalb der abgewetzten Täfelung aus Zedernholz waren die Wände mit Mosaiken gekachelt.

»Wie ein Sultanspalast.« Sie streckte sich aus und schloss die Augen.

Aber Glenn wollte ihr die Dachterrasse zeigen. Sie war das *pièce de résistance* des Riads, sein Glanzstück. »Komm, ich zeig dir den Rest«, sagte er.

Bethany öffnete die Augen und setzte sich auf. »Warum heißt er Riad zur Alten Rose?«, fragte sie.

»Hast du das Relief gesehen?«

»Hmmm.«

»Das ist das Wahrzeichen der Stadt. Die sechsblättrige Rose von Mogador. So hieß Essaouira früher. Sie ist an einer Menge Häusern über der Tür eingemeißelt.«

»Nett.« Bethany kletterte vom Bett. »Wie lange bist du schon hier?«

»Sieben Monate oder so, glaube ich. Es ist nicht so einfach, von hier wegzukommen.«

»Das kann ich mir vorstellen.«

Abgesehen davon, dass der Riad La Vieille Rose so wunderbar viel Wohnraum bot, gehörte Essaouira zu den Städten, in denen man leicht von wenig Geld leben konnte. Es war nicht immer schön, aber so war das wirkliche Leben eben. Glenn hatte auf der Straße viel gelernt. Es ging nicht nur darum, in Cafés herumzuhängen und über Jean-Paul Sartre oder die Lyrik von Leonard Cohen zu diskutieren. Denn manchmal konnte man sich nicht einmal eine Tasse Kaffee leisten. Es ging auch nicht nur darum, Gedichte zu schreiben oder am Strand um ein Feuer aus Treibholz zu tanzen, obwohl er das alles schon getan hatte. Es war mehr und weniger zugleich. Oft kam es einfach nur darauf an, seinen Lebensunterhalt zu verdienen. Da Glenn einigermaßen gut Französisch sprach und Englisch seine Muttersprache war, fand er immer wieder Gelegenheitsjobs als Übersetzer, und ab und zu unterrichtete er Englisch als Fremdsprache. In Marokko war es egal, ob man lange Haare hatte und Jeans mit Schlag und Batikhemden trug. Die Marokkaner waren polyglott. Sie sprachen eine sich ständig wandelnde Mischung aus Berber, marokkanischem Arabisch und Französisch. Und vielleicht war diese kosmopolitische Einstellung auch der Grund dafür, dass jedermann willkommen war. Hier wurde man akzeptiert, hier war man frei, konnte die Wärme, die Atmosphäre und die Musik genießen und langsam zu einem Teil der Gemeinschaft werden.

Das war die Seite Marokkos, die Glenn liebte. Es gab jedoch auch eine dunklere, politischere Seite, über die er aus den Gesprächen in den Cafés Bescheid wusste, obwohl Gizmo und Howard nichts davon hören wollten. Aber Glenn war immer ein politischer Mensch gewesen, und alte Gewohnheiten ließen sich schlecht abschütteln. König Hassan II. regierte das Land mit konservativer, fester Hand. Er war bekannt dafür, dass er gegenüber den Menschen in seiner Umgebung misstrauisch war und rücksichtslos gegen jeden vorging, der es wagte, sich ihm zu widersetzen. Kürzlich hatte es nicht ein, sondern zwei Attentate auf ihn gegeben, von denen eines in einen mehrere Tage andauernden Putsch gemündet hatte.

Die politische Situation im Land machte Glenn nervös. Zum einen arbeitete die Regierung Hassans II. nach wie vor eng mit der CIA zusammen, die Marokko 1960 dabei unterstützt hatte, seine Sicherheitskräfte zu reorganisieren; und was US-Behörden anging, so war Glenn ohnehin in einer mehr als heiklen Position. Zum anderen hatte Hassans Furcht vor Unzufriedenheit zu den »bleiernen Jahren« geführt, wie die politischeren Typen in den Cafés sie nannten. Dissidenten waren verhaftet oder hingerichtet worden oder einfach »verschwunden«. Zeitungen wurden dichtgemacht und Bücher verboten und verbrannt. Oppositionspolitik war in Marokko während der Talsohle der bleiernen Jahre lebensgefährlich gewesen. Die Verfolgung von Dissidenten war allgegenwärtig, und mehrere offen gegen die Regierung agierende Aktivisten wurden ins Gefängnis geworfen und gefoltert oder kamen unter mysteriösen Umständen zu Tode.

Marokko war also kein idealer Aufenthaltsort für einen Pazifisten und Kriegsgegner wie Glenn. Oder Drückeberger, wie Howard sagen würde. Aber was sollte man machen? Die Wahrheit war, dass es einem in der entspannten Atmosphäre Essaouiras ziemlich leichtfiel, die politischen Verhältnisse zu ignorieren. Und das war, was Glenn mehr oder weniger auch tat. Das hier war nicht sein Land. Er würde sich nicht einmischen. Er hatte schon genug eigene Probleme.

Im Riad waren Glenn, Gizmo und Howard auch kein Dreamteam. Howard hatte Glenn zuerst okay gefunden, aber die Wahrheit war, dass er ein elender Bastard sein konnte. Gizmo war sogar für einen Freak vollkommen durchgeknallt, aber er war auch ein Überlebenskünstler mit einem Herz aus Gold, und Glenn mochte den Kerl. Sogar Howard konnte witzig sein – und er besorgte immer das beste marokkanische Zeug zum Kiffen. Über die Arbeitsteilung, die zwischen ihnen herrschte, hatten sie nie gesprochen. Sie hatte sich von Anfang an von selbst ergeben, als die Wasserleitungen nicht funktionierten und Glenn und Gizmo einander nur verständnislos ansahen. Sie hatten von solchen Dingen keine Ahnung. Howard erledigte das Praktische. Im Wesentlichen reparierte er alles, was kaputt war. Damit blieb für Glenn und Gizmo die Hausarbeit übrig: Kochen, Putzen, Waschen waren ihr Bereich. Und es funktionierte ausgezeichnet. Sie säuberten den Innenhof und die Terrasse, indem sie Wassereimer darüber auskippten, und sie hängten Kleidung, Teppiche und Bettzeug zum Lüften über die Balustraden und Fensterbänke. Sie wechselten sich mit dem Einkaufen auf dem Markt und an den Fischständen ab, und wer kochte, brauchte nicht abzuräumen. Es war ganz einfach.

Aber im Winter hatte sich alles zum Schlechteren gewendet. Gizmo konnte nicht immer Straßenmusik machen, also war er pleite; Glenn hatte seine Übersetzungsjobs verloren, als der Mann, für den er arbeitete, für sechs Monate nach Südfrankreich fuhr; und Howard … Nun ja, Howard war einfach ganz allgemein angefressen, weil es Winter war.

»Wir müssen den Arsch mal wieder hochbekommen.« Er war von einem heruntergekommenen Raum des Riads zum nächsten gelaufen und hatte zugige Fenster und kaputte Türen inspiziert. »Wir müssen das Haus endlich mal richtig instand setzen. Herrgott, seht euch diesen Saftladen an!«

»Yeah, aber die Miete ist billig.« Gizmo folgte ihm auf dem Fuß wie ein freundlicher Cockerspaniel.

Howard ging auf ihn los. »Willste den Winter überleben oder was?«, sagte er.

»Wir haben es warm.« Glenn verstand sich gut darauf, Treibholz zu sammeln. Manchmal lief er meilenweit, und sie hatten einen ordentlichen Holzvorrat. Mit dem Kohlenbecken konnten sie wenigstens die Küche heizen.

»Wir brauchen mehr Moos.« Howard knallte die Küchentür

so fest zu, dass sie in den rostigen Angeln klapperte. »Ich muss Material kaufen.«

»Ich bin pleite, Mann.« Gizmo machte ein trauriges Gesicht. »Ich kann dir nix geben.«

»Dann müssen wir einen Deal machen.«

»Was für einen Deal?« Howards gerissener Gesichtsausdruck gefiel Glenn nicht. Er wollte keinen Deal machen. Drogenhandel war einfach keine coole Idee, nicht einmal in Marokko, das ziemlich berühmt dafür war. Er hatte Amerika verlassen, um nicht ins Gefängnis zu müssen. Da hatte er keine Lust, stattdessen in einem anderen Land im Knast zu landen. Er würde nicht mitmachen.

Aber Howard beharrte darauf und ließ sich durch keinerlei Einwände von seinem Plan abbringen. Gizmo unterstützte ihn – wie immer. Howard hatte Kontakte – wie überraschend. Er wusste, wie es ging. Er besaß sogar einen uralten Seat 124, den er in Spanien gekauft hatte, als er etwas besser bei Kasse war. An Haschisch zu kommen war in Marokko einfach. Und in Frankreich und Großbritannien wollten es alle, um nur zwei Länder zu nennen. »In Marokko dreht sich alles um den Handel«, erklärte er. »Das ist hier das große Ding. Jeder macht es. Jeder versteht es.«

»Aber wie gefährlich ist es, Mann?«, fragte Gizmo. »Die Bullen und ich sind keine guten Freunde. Ärger kann ich nicht gebrauchen, auf gar keinen Fall.«

Er ahmte das Geräusch einer Polizeisirene so verblüffend echt nach, dass Glenn vor Schreck zusammenzuckte und Howard ihn anfauchte. »Halt verdammt noch mal das Maul, das ist kein Witz!«

»Aber …«

»Vergesst die Bullen«, sagte Howard. »Verdammich, Mann, Sorgen solltest du dir wegen der Drogenbarone machen. Der

Drogenhandel ist hier ein dickes Geschäft. Und es wird ständig größer. Die werden nicht wollen, dass wir in ihrem Revier wildern. Das kannst du mir glauben.«

Glenn starrte ihn an. Das sorgte nicht unbedingt dafür, dass er sich bei der Sache besser fühlte.

»Bleib locker.« Howard umfasste Glenns Schulter mit festem Griff. »Wir bleiben unauffällig, übertreiben es nicht. Wir werden nicht gierig. Das ist der Trick, Kumpel. Nicht gierig werden.«

Glenn war nicht im Entferntesten gierig. Er verspürte so wenig Gier, dass er es überhaupt nicht machen wollte. Aber anscheinend blieb ihm kaum etwas anderes übrig.

Sie legten ihr letztes Geld zusammen, und Howard kaufte dafür Stoff.

»Hey, findet ihr nicht, wir sollten …« Gizmos Augen leuchteten.

»Vergiss es«, sagte Howard. »Das ist unser Geschäftskapital. Und es ist guter Stoff. Wir brauchen ihn nicht auszuprobieren.«

Sie beschlossen, dass zwei von ihnen fahren sollten. Drei würden Aufmerksamkeit auf sich ziehen und verdächtig wirken; zu zweit konnte man sich gegenseitig den Rücken freihalten. Zwei waren perfekt.

Und es war gut gelaufen. Dieses Mal. Sie hatten den Deal gemacht und etwas Geld verdient. Howard hatte den Riad abgedichtet und winterfest gemacht. Sie hatten genug Essen, genug Bier und genug Haschisch für sich selbst. Das Problem war, dass Howard es im Frühling darauf wieder hatte machen wollen …

Glenn betrat als Erster die Terrasse, die ein defekter Springbrunnen und ein alter Feigenbaum schmückten. Hier konnte man sich entspannen und dem Vogelgezwitscher und dem klagenden Gebetsruf des Muezzins lauschen. Glenn wusste, dass Bethany überwältigt sein würde. Howard hatte oben auf einem flachen Stein einen Grill aufgestellt, und Glenn ging oft mit einem Eimer zum Hafen hinunter, um Sardinen oder Makrelen zu holen, die sie dann auf der Dachterrasse grillten. Howard hatte aus einem alten Sony-Kassettenrekorder und Lautsprechern, die er irgendwo aufgetrieben hatte, eine Musikanlage gebaut. »Wir brauchen Sound, Mann«, hatte Gizmo gemeint. »Vogelgesang ist nicht immer genug.«

Gizmo war oben bei Howard, der aussah, als hätte er sich heute noch nicht aus seiner gewohnten liegenden Stellung auf der Matratze unter dem provisorischen orangefarbenen Zeltdach erhoben. Das Dach hatte er aus einer schäbigen alten Bettdecke angefertigt, und es spendete im Sommer den dringend nötigen Schatten und schützte sie im Frühjahr und Herbst vor dem Wind. Aber Howard hatte während ihrer Abwesenheit den Brunnen repariert, denn aus dem Rohr tröpfelte, wenn auch nicht gleichmäßig, Wasser auf die kühlen, gesprungenen Fliesen darunter.

»Tag, Giz«, hörte Glenn ihn sagen. »Wie isses gelaufen?«

»Perfekt, Mann.« Gizmo ließ einen Beutel vor seiner Nase baumeln.

Glenn fand, dass es ein bisschen heikel gewesen war. Er hatte befürchtet, dass das Auto den Geist aufgeben würde, auch wenn Howard von den Qualitäten des Wagens überzeugt war. Aber zum Glück für sie hatte der Seat durchgehalten. Grenzen und Zoll waren auch riskant. Gizmo sah vielleicht wie ein Freak aus, aber eigenartigerweise strahlte er auch etwas Unschuldiges aus. Sie waren sogar in eine Straßensperre der Polizei geraten, aber die Polizisten hatten nur mit den Schultern gezuckt und sie durchgewinkt. Wahrscheinlich war Kaffeezeit gewesen, Zeit zum Gebet oder sonst was. Aber Glenn hatte keine Lust, so etwas noch einmal zu machen. Man sollte sein Glück nicht herausfordern. Sie würden etwas anderes versuchen müssen.

Howard schnappte Gizmo den Beutel weg und schob sich in

eine sitzende Haltung. Er wollte ihn schon auf dem niedrigen Tisch neben der mit Kissen gepolsterten Matratze ausleeren. Dann bemerkte er Bethany. Er schob sich die Kappe, die er sommers wie winters trug, in die Stirn und zog die Augenbrauen zusammen. »Wer ist das?« Er steckte den Beutel in die Tasche seiner abgeschnittenen Jeans.

»Bethany … Howard.« Glenn stellte sie vor.

»Der letzte der drei Musketiere?«, scherzte Bethany.

Howard zwinkerte ihr zu, stand aber nicht auf. »Haben sie es dir nicht erzählt?«, sagte er. »Ich bin die Nummer eins.« Er sah von ihr zu Glenn und kniff die Augen zusammen.

Bethany sah ihn auf die ihr eigene stille, nachdenkliche Art an. »Schön habt ihr es hier.« Sie sah sich um und ließ den Blick über die uralten, rostigen Eisenstühle schweifen, die ihren Schatten auf die Fliesen warfen, über den alten Feigenbaum und den tröpfelnden Brunnen, die verfallene Balustrade. Dahinter eröffnete sich die Aussicht auf die Dächer der Medina und den Himmel über ihnen. »Wie eine andere Welt. Ein sicherer Hafen.«

Glenn wusste genau, was sie meinte. Es war das Gefühl, sich auf einem offenen Platz zu befinden und gleichzeitig doch umgeben von der Stille der staubigen Mauern zu sein und in den weiten Himmel aufzusehen. Man befand sich in der geschäftigen Medina, und doch herrschte ein Gefühl von Ruhe, Privatsphäre und Umschlossensein. Dieses Gefühl von Sicherheit hatte mit den festen Wänden zu tun, die das Herz im Inneren schützten. Alles im Riad geschah in seiner Mitte.

Howard zuckte mit den Schultern. »Jeder läuft vor irgendeinem Mist davon.«

Bildete Glenn sich das ein, oder warf er ihm wieder einen dieser Blicke zu?

Ihnen war klar gewesen, dass Howard nichts zu essen im Haus haben würde, daher hatten sie etwas mitgebracht, und Glenn ging hinunter in die Küche, um es zu holen. Sie hatten auch Bier. Glenn spürte ein warmes Gefühl durch seinen Körper laufen. Es war gut, zurück zu sein.

»Wo haste deine Freundin denn aufgegabelt?«

Glenn blickte auf. Howard lungerte in der Tür herum und hielt einen dünnen Joint locker zwischen den gebräunten Fingern. Er schob sich das blonde, verfilzte Haar aus den Augen.

»Paris.«

»Paris! Herrgott, Mann. Und ihr beide seid jetzt zusammen? Einfach so? Hä? Weil du sie in Paris getroffen hast?« Er zog heftig an seinem Joint, als wäre er wütend oder neidisch oder sonst etwas.

»Mehr oder weniger.« Warum machte Howard so eine große Sache daraus? Sie hatten zusammengequetscht auf der Rückbank des Autos nebeneinander geschlafen, und sie hatten sich geküsst, aber obwohl sie lange und leidenschaftlich geknutscht hatten, war es nicht weiter gegangen. Nicht, solange Gizmo vorne saß. Aber Glenn wusste, dass er Bethany begehrte.

Howard runzelte die Stirn. »Weiß die kleine Lady, was ihr dort gemacht habt?«

»Nein.« Glenn riss das Brot in handliche Stücke und legte auf jeden Teller ein großzügig bemessenes Stück. Es gefiel ihm nicht, dass Howard sie so nannte. »Kleine Lady«. Bethany hatte ihn gefragt, und er hatte eine Geschichte erfunden. Er führte sie nicht gern hinters Licht, aber er musste auch an die anderen denken, und sie hatten einander geschworen, dass sie die Sache für sich behalten würden.

»Und? Wird sie hierbleiben wollen? Was meinst du?«

»Yeah. Eine Weile.«

»Verdammich, Mann.« Howard ballte eine Faust und wandte sich ab.

»Was?«

»Du hättest ruhig vorher fragen können.« Er ließ den Stummel seines Joints auf den Küchenboden fallen und trat ihn mit dem Stiefel aus.

Glenn unterbrach seine Tätigkeit. »Ist das ein Problem? Denn wenn es eines ist, suchen wir uns etwas anderes.« Er war wütend. Warum konnte Howard nicht einfach cool damit umgehen? Was war so schlimm daran, wenn ein Mädchen bei ihm übernachtete? Es war ja fast, als würde er noch bei seinen Eltern wohnen.

»Mach dir keine Gedanken«, sagte Howard, schüttelte aber den Kopf. »Wir geben ihr eine Probezeit. Dann sehen wir, wie es läuft.«

»Eine Probezeit?« Glenn traute seinen Ohren nicht. »Herrgott, Mann. Was ist bloß mit dir los?«

»Wir sind eine Gemeinschaft, Kumpel.« Howard sprach leiser. »Wir müssen die Dinge abwägen, verstehst du?« Er nahm einen Teller. »Wir sind eine Demokratie, ja? Wir beraten uns. Wir stimmen ab. Wir entscheiden. Okay?«

Glenn zuckte mit den Schultern. Das waren Howards Regeln. Vielleicht war er *wirklich* neidisch. Vielleicht brauchte er selbst eine Frau. Der Gedanke gefiel ihm. Glenn ging hinauf auf die Terrasse, um nach Bethany zu sehen.

13. Kapitel

Obwohl der Kochkurs allen vollen Einsatz abverlangte, schienen sich die Veranstalter des Umstands bewusst zu sein, dass man sich in einer faszinierenden Stadt befand und die Teilnehmer wenigstens etwas Freizeit brauchten, um sie zu erkunden. Heute Nachmittag waren es drei volle Stunden, daher beschlossen Nell und Amy, einkaufen zu gehen. »So bauen Frauen Bindungen auf«, erklärte Amy lachend. »Und das hier ist Marrakesch. Ich hoffe, du hast noch viel Platz im Koffer frei.«

Das hatte Nell. Wie sie bei ihrem ersten Ausflug in die Medina schon festgestellt hatte, bestand der nördliche Teil der Stadt größtenteils aus ineinander übergehenden Souks, die jeweils einem bestimmten Handwerk vorbehalten waren. Die Hauptarterien der Medina waren breiter und ihre Adern enger. Als sie jetzt in Richtung Norden die Rue Souk Smarine hinaufgingen, waren sie bald schon wieder umgeben von Kupferwerkstätten, Schreinereien und Färbereien links und Läden mit Schmuck und Lederwaren rechts. Einige Passagen waren mit Bambus oder Schilf gedeckt, die Schatten spendeten, wofür Nell dankbar war. Denn sonst brannte einem die Sonne gnadenlos auf den Kopf. So viel Lärm, so viele Menschen und so wenig Platz. Nell verspürte eine Spannung, es war, als könne jederzeit alles passieren.

Am Rahba-Kedima-Platz hielten sie an. »Hier war früher der Sklavenmarkt«, sagte Amy nach einem Blick in den Reiseführer, den sie kurz zuvor gekauft hatte. Nell lief es kalt über den Rücken. Das war eine unmissverständliche Erinnerung an die turbulente Geschichte der Stadt. Heute allerdings wurden nur Teppiche, Schafsfelle und die groben, braunen Kapuzen-Djellabas, die viele Marokkaner trugen, feilgeboten. Auf dem Boden häuften sich Gewürze neben Kosmetikartikeln und Elixieren.

»Sie bannen die Djinns«, erklärte der Verkäufer, der einen dicken schwarzen Turban trug, als Nell sie sich genauer ansah.

»Djinns?«

»Geister.« Er warf ihr ein zahnlückiges Grinsen zu. »Schwarze Magie.«

Nell fühlte sich versucht, ihm ein paar Fragen zu stellen – wahrscheinlich hätte man den Tarot auch als eine Art schwarzer Magie betrachten können –, aber es gab so viel zu sehen, und so rissen sie sich zögernd los. Sie ließen die berauschenden Düften nach Moschus, Ambra und Weihrauch hinter sich und traten wieder in den Sonnenschein hinaus, wo grelles Licht und scharfe Schatten regierten.

Von der Hauptstraße ließen sie sich in das Labyrinth aus Gassen und Höfen treiben, in das Gewirr der Souks. Sie spähten in die Werkstätten von Silberschmieden, Holzschnitzern und Schustern und lauschten den marktschreierischen Reden der Verkäufer. »Kommen und schauen Sie, es kostet *si peu, si peu*, fast nichts.« Der Nase nach schlenderten sie jede Straße entlang, die ihnen verlockend erschien. Die Färber hatten sogar einen eigenen Souk. Stoffstreifen in Königsblau, rauchigem Pink und Dunkelviolett hingen reihenweise über ihren Köpfen; die bunten Farben filterten das Sonnenlicht. Amy zog ihre Kamera hervor. »Diese Stadt ist ein lebendes Theater«, murmelte sie.

Mit ihren Einkäufen begannen sie dann im Souk des Sacochiers, wo Ledertaschen aller Art hergestellt und feilgeboten wurden. Hier betraten sie ein Geschäft und diskutierten mit einem Verkäufer, dessen Meinung sich je nachdem, für welche Tasche sich Amy am stärksten zu interessieren schien, änderte, lange über die Vorzüge von Ziegen- im Vergleich zu Rindsleder. Schließlich entschied sie sich für eine traditionelle hellbraune

Reisetasche mit Metallbeschlägen und begann zu feilschen. Sie war sehr gut darin. Am Ende zuckte sie nur mit den Schultern und verließ das Geschäft.

Nell folgte ihr. »Hast du es dir anders überlegt?«

»Nein.« Sie grinste, und tatsächlich, der Mann kam mit der Tasche in der Hand aus seinem Laden geschossen. Nachdem er zuvor getönt hatte: »Ich gebe Ihnen besten Preis von 2000 Dirham«, erklärte er nun betrübt: »Sie ruinieren mich, Lady«, und überließ Amy die Tasche für einen Bruchteil dieses Preises.

»Wie in aller Welt hast du das gemacht?«, fragte Nell.

»Ganz einfach.« Amy zwinkerte ihr zu. »Man entscheidet, wie viel man bezahlen will, und dann bleibt man dabei. Irgendwo habe ich gelesen, dass man alles für ungefähr ein Viertel des ursprünglichen Preises bekommen kann.« Nell sah sie zweifelnd an. »Keine Sorge, er verdient trotzdem gut daran.«

Nell spielte mit der Idee, Callum spitze *babouches* zu kaufen. Sie würden ihm gefallen. Aber …

»Ist etwas passiert?«, fragte Amy sie. Sie war eine sehr gute Beobachterin, vielleicht eine zu gute. »Habt ihr beide euch gestritten oder so etwas?«

Und ob sie das hatten. Und seitdem fühlte Nell sich unsicherer denn je. Callum hatte ein paarmal angerufen, aber irgendwie schien er immer über das Farmhaus zu reden und setzte sie wegen des Verkaufs unter Druck. Sie war schon so weit, dass sie nicht einmal mehr Lust hatte, seine Anrufe anzunehmen, und das konnte nicht richtig sein. Und dann heute Morgen, vor dem Frühstück …

»Der Makler hat mich wieder angerufen, Nell«, hatte Callum gesagt. »Er hat sich mit den Käufern in Verbindung gesetzt, und sie wollen nicht mehr warten.«

»Nicht einmal ein paar Tage?« Nell dachte an die Mondkarte. Das bestätigte sie nur in ihrem Gefühl, auf ihre Instinkte zu vertrauen und keine übereilten Entscheidungen zu treffen. »Warum nicht?«

»Weil sie noch andere Objekte an der Hand haben, nehme ich an.« Callum klang ziemlich verärgert. Nell war sich nicht sicher, was sie tun sollte. Das Haus zu verkaufen war ihm sehr wichtig. Denn das bedeutete, dass sie einen weiteren wichtigen Schritt machen konnten: ein Haus kaufen, in dem Nell sich selbstständig machen konnte, vielleicht etwas Geld in seine Landschaftsgärtnerei stecken oder einen Teil ihrer Hypothek abbezahlen. Und es würde bedeuten, dass Nell sich endlich verabschiedete – von ihrer Kindheit, von ihrer Mutter. Sie wusste, warum ihm das wichtig war. Aber was war mit dem, was ihr wichtig war?

»Wahrscheinlich haben sie ihr altes Haus schon verkauft und möchten bald umziehen. Leute rechnen mit einer schnellen Entscheidung, nicht wahr? Das ist normal. Sie wollen nicht herumsitzen und warten.«

Darauf warten, dass eine törichte Zauderin sich entscheidet, fügte Nell lautlos hinzu. Aber das sprach er natürlich nicht aus.

»Das ist ihr Problem.« Je mehr er insistierte, desto stärker kam ihre dickköpfige Seite durch. »Wenn sie sich dagegen entscheiden, wird ein anderer Käufer kommen.«

»Nell!« Sie hörte, dass er frustriert war. »Ist es wirklich dein Ernst, dass du dir dieses Angebot entgehen lässt, nur weil du die Leute nicht kennengelernt hast? Weil du die Wahl nicht genehmigt hast?«

Nell mochte es nicht, dass Callum die Dinge immer so rational betrachtete. »Allerdings«, sagte sie.

»Warum?«

»Callum …« Sie versuchte, es ihm zu erklären. Schon wieder. »Das Farmhaus ist seit Generationen in Familienbesitz. Nun ist es mir anvertraut. Ich kann es nicht einfach irgendjemandem überlassen.«

»Um Himmels willen …«

»Es ist, wie es ist«, fauchte sie. Sie holte tief Luft und schwieg kurz; es war nicht seine Schuld, nichts davon war das. »Es sind nur ein paar Tage. Wenn diese Leute die Richtigen sind, erkenne ich es.« Stimmte das? Oder waren das nur Ausflüchte? Callum dachte das zweifellos. Was würde passieren, wenn sie mit dem Verkauf nicht einverstanden war? Würde er ihr je verzeihen?

»Und wenn sie die Richtigen sind und wir sie verlieren?«

Verliere ich dich … »Werden wir nicht«, sagte sie. »Wenn sie nicht darauf eingehen, waren sie nicht die Richtigen«, sagte sie und dachte dabei nicht nur an die potenziellen Käufer.

»Der Makler versteht das nicht«, sagte Callum. Und Callum verstand es ebenfalls nicht, so viel war klar. Nell wusste, dass es sein logischer Verstand niemals akzeptieren würde, dass sie so fatalistisch an die Dinge heranging. »Er hält uns für verrückt und möchte wissen, was zur Hölle los ist.«

Jetzt wurde Nell bockig. »Für wen arbeitet er eigentlich?«

Sie umfasste ihr Handy fester.

»Du kannst sie treffen, wenn du zurück bist. Und wenn du dann findest, dass sie nicht die Richtigen für das Haus sind, treten wir von dem Verkauf zurück, wenn es wirklich sein muss.« Er machte eine kurze Pause. »Aber nur, wenn es einen guten Grund dafür gibt. Wir können es nicht riskieren, sie zu verlieren, Nell. Das ist doch verrückt!«

»Nein«, erklärte sie. »Wir verhandeln nicht weiter. Noch nicht.« Eine Sackgasse.

Er seufzte. »Es ist auch meine Entscheidung, Nell. Wir sind verheiratet, schon vergessen?«

Aber wie lange noch? Der Gedanke zuckte ihr ganz unvermittelt durch den Kopf. »Das Haus gehört mir«, sagte sie.

Diese Erklärung schwebte über ihnen wie ein Damoklesschwert.

»Ist so etwas nicht ein Gemeinschaftsunternehmen?«, fragte er nach ein paar Sekunden sanft. »Wenn man verheiratet ist? Teilen wir nicht unsere irdischen Besitztümer miteinander?«

Nicht das Farmhaus, dachte sie. Er versuchte, die Sache zu verharmlosen, aber sie wusste, dass sie ihn verletzt hatte. Doch sie konnte nicht anders. Er hatte sie in Bedrängnis gebracht, und sie hatte reagiert. »Nicht das Farmhaus«, sagte sie laut.

»Verstanden.« Seine Stimme klang plötzlich kalt, und sie hasste das. »Wenigstens wissen wir jetzt, wo wir stehen. Ich rufe den Makler an und erkläre ihm, was meine Frau beschlossen hat. Soll ich?«

»Okay«, sagte sie. *Wenn man verheiratet ist …*

»Aber wenn sie abspringen und wir keinen anderen Käufer finden«, sagte Callum, »dann komm nicht zu mir gelaufen und erwarte, dass ich Mitleid mit dir habe, Nell.«

»Mache ich nicht.« Sie versuchte, beherzt zu klingen, aber sie war traurig. Wie viel Traurigkeit konnte man aushalten, bevor die Liebe daran zerbrach?

Nachdem sie Amy das meiste davon erzählt hatte, nickte ihre neue Freundin nur und drückte ihren Arm. Nell war froh, dass Amy nichts gegen Callum sagte, froh darüber, dass sie nicht versuchte, ihr einen Rat zu geben. Sie kannte sie noch nicht besonders lange, aber Amy war ihr jetzt schon wichtig. Vielleicht würde sie sogar eine Freundin fürs Leben werden.

Die *babouches* für Callum kaufte sie trotzdem. »Denk positiv«, flüsterte Amy. Sie waren hellgelb und leuchteten wie die Sonne, und Nell steckte sie schnell in ihre Tasche, weil sie sie nicht ansehen wollte.

Amy kaufte einen bunt gestreiften Bettüberwurf und zwei Halstücher aus Kaktusseide, eines für sich und eines für Francine, Rosenwasser für ihre Tante und Arganöl für ihre Mutter. Für ihren Vater fand sie eine kleine lederne Brieftasche für Kreditkarten. Nell kaufte auch ein Tuch für sich und eines für Sharon sowie weiche, handbestickte Pantöffelchen in Olivgrün und Violett.

Schließlich hatten sie mehr als genug von den Souks und den aufdringlichen Verkäufern, ganz zu schweigen von dem Husten, Rufen, Zischen und den Kussgeräuschen, die in Marokko anscheinend als Flirten durchgingen.

»Lass uns heute nach dem Abendessen auf einen Drink ausgehen«, schlug Amy auf ihrem Rückweg zur Hauptstraße vor. »Ich brauche ein paar Nachtaufnahmen vom Platz.«

In Marrakesch musste man sich verlaufen – das war praktisch Pflicht –, aber Nell war beeindruckt von Amys Orientierungssinn. Denn schon befanden sie sich wieder auf vertrautem Terrain. Nell fiel wieder ein, was Marion ihnen über Marrakesch und den Djemaa-el-Fna-Platz erzählt hatte. Der Platz sei seit jeher der Treffpunkt von Marokkos Geschichtenerzählern. Es war eine uralte Tradition. Seit mehr als tausend Jahren schon würden sich dort die Geschichtenerzähler versammeln, um uralte Volksmärchen zu erzählen. Ihre Geschichten illustrierten sie oft mit Gesten oder spielten sie geradezu nach.

»Warum nicht?«, meinte Nell zustimmend. Das könnte lustig werden. Nach der verstörenden Konfrontation mit Callum hatte sie das Bedürfnis, sich zu entspannen. Nach ein oder zwei Stunden in der Medina und den vielen Sinneseindrücken, die dort auf sie einstürmten, war sie immer dankbar dafür, in den Riad Lazuli zurückkehren zu können. Es war ein tröstlicher und ruhiger Hafen, in den sie sich nach dem lärmenden Gewimmel und Gedränge zurückziehen konnte. Der Sturm und die Ruhe, dachte sie unwillkürlich. Eine Oase. Aber sie würde gern auch etwas von dem Nachtleben in Marrakesch mitbekommen.

»Ahmed hat mir von einer Bar erzählt«, sagte Amy.

»Ach ja?« In Marrakesch gab es nicht viele Bars. Und in ziemlich vielen Restaurants wurde kein Alkohol ausgeschenkt.

»Ich besorge mir die Wegbeschreibung.«

Arm in Arm gingen sie zurück zum Riad. Als sie an einem Gewürzstand vorbeikamen, blieb Nell plötzlich stehen und zeigte auf eine kleine rotgoldene Pyramide, die sich zwischen einem großen Berg Ingwer und einem noch größeren aus Paprika befand. Die aus einem Gewirr kleiner Fäden bestehende Pyramide schien im Licht des Spätnachmittags zu schimmern. »Safran«, erklärte sie. »Meine Mutter hat Safran angebaut, jedes Jahr, und ihre Mutter vor ihr.« Nell beugte sich vor, um den scharfen, suchterzeugenden Duft einzuatmen. »Dieses Jahr hat sie die Knollen nicht wieder ausgepflanzt.« Sie drehte sich um und sah Amy an. »Zum ersten Mal. Und das bringt mich auf den Gedanken …«

»Welchen Gedanken?«

Nell schüttelte den Kopf. Sie konnte es nicht aussprechen.

»Was, Nell?« Amys Stimme klang sanft.

Aber Nell konnte immer noch nicht antworten.

»Wie ist sie gestorben, Nell? Das hast du nie erzählt.« Amy zog sie in die rosa Gasse, wo sich der Antiquitätenladen befand, ihr Orientierungspunkt. Mit einem Mal war abgesehen von einem Mann, der einen Handkarren zog, alles ruhig. »Du sagst, es war plötzlich? Ist sie krank geworden? War es das?«

»Wir leben auf der Roseland-Halbinsel in Cornwall«, erklärte Nell. Sie gingen weiter die Gasse entlang. Vor ihnen verschwand der Mann mit dem Handkarren um eine Ecke, und nun waren sie allein. Die hohen rosafarbenen Mauern der Medina schützten das Leben in ihrem Inneren, dachte Nell, genau wie die Schleier der Frauen ihre Gesichter schützten. Amy hatte recht. Die Souks, Basare und der Djemaa el Fna waren Teil eines großen Theaters. Hier, hinter der Bühne, aber spielte das richtige Leben.

Amy nickte. »Ich weiß. Und?«

Nell holte Luft. Sie hatte nicht vorgehabt, Amy davon zu erzählen. Es lag nur daran, dass der Safran so in der Sonne geglitzert hatte. »Es soll gegen Mitternacht passiert sein.«

»Was denn?«

»Sie war zu Fuß unterwegs. Sie ist oft spazieren gegangen. Keine Ahnung, wo sie hinwollte oder wo sie gewesen war. Sie ist den Klippenpfad entlanggelaufen. Sie war wohl zu nahe am Rand …« Nell versagte die Stimme.

»Zu nahe am Rand?« Amy blieb stehen. »Du meinst, sie ist abgestürzt?«

»Ja, sie ist abgestürzt.« Nur, dass sie auch gesprungen sein könnte. Wäre sie gesprungen? Sich umzubringen kam Nell so egoistisch vor. Es zeugte von einer solchen Gedankenlosigkeit und einem Mangel an Mitgefühl gegenüber denen, die zurückblieben. Wäre ihre Mutter so egoistisch gewesen? War es möglich, dass sie so unglücklich, so verzweifelt gewesen war, dass sie gesprungen war? Der Gedanke gefiel Nell nicht. Aber wenn sie nicht gesprungen war, wenn es nur ein tragischer Unfall gewesen war … Warum hatte sie dann dieses Jahr die Safranzwiebeln nicht wieder eingepflanzt?

14. Kapitel

Zum Abendessen gab es an diesem Tag *méchoui*, ein Lammgericht. Nell hatte Amy erklärt, traditionell werde es entweder in einer Erdgrube gegart oder – wie Hassan und die Kochgruppe es heute getan hatten – am Spieß über einem Feuer zubereitet. Das Lammfleisch wurde mit Salz und Kreuzkümmel gewürzt und schmeckte köstlich. Als der letzte Rest von Amys Teller verschwunden war, lehnte sie sich auf ihrem Stuhl zurück und seufzte zufrieden. Was für ein Glück, ein Teil von alldem zu sein. Aber Nell und sie hatten noch etwas vor. Daher warteten sie höflichkeitshalber noch eine halbe Stunde, um nicht ungesellig zu wirken und das Festmahl zu verdauen, bevor sie sich unauffällig zurückzogen, um den Djemaa-el-Fna-Platz bei Nacht zu erleben.

Der Abend war mild, und die Sterne standen scharf und klar am samtigen Himmel. »*Bonjour!* Hallo! Hallo!« Die Kinder, die in den Gassen bettelten, erboten sich, ihnen den Weg zu erklären. Aber Amy kannte den Weg schon und schenkte ihnen nur etwas Obst, das sie beim Dessert hatte mitgehen lassen.

Bei Nacht war der zentrale Platz ein vollkommen anderer Ort. Das Erste, was die beiden Frauen hörten, war die Musik. Doch außer dem Klirren der Becken, dem Dröhnen der Trommeln, erfüllten auch unzählige Stimmen, die redeten, lachten und sangen, den weiten, offenen Platz, der von weichem Kerzenschein und dem Licht von Laternen an bunten Marktständen erhellt wurde. Der Platz war dicht bevölkert wie immer; er war im Kern marokkanisch, strahlte aber auch etwas Kosmopolitisches aus. Der Grund waren die Touristen aus allen Ländern und die jungen Leute, die nicht alle in die traditionellen langen Gewänder gekleidet waren, sondern von denen viele auch Jeans trugen. Die Mädchen trugen allerdings Kopftücher aus Seide – manchmal mit einer Basecap darauf. Amy machte diskret ein paar Fotos. Die Männer trugen die üblichen Djellabas und Sandalen mit Lederriemen oder auch Jeans und Jacketts und schirmlose Kappen oder Stroh- oder Filzhüte.

Man fühlte sich wie in einer Zirkusarena. Es stürmten so viele Eindrücke auf einen ein, dass es schon fast beängstigend war. Amy und Nell blieben einen Moment stehen, um alles auf sich wirken zu lassen; aber es war gefährlich, wenn man zu lange stehen blieb. Ehe man sich versah, legte einem jemand eine Schlange um die Schultern oder setzte einem einen Affen auf den Arm. Die Luft war von den Essensgerüchen gesättigt, von Fleisch, das im Freien gegrillt und gebraten wurde, von Frittiertem, von Gebäck und von aufsteigendem Rauch. All diese Gerüche hingen schwer in der Nachtluft. In Schüsseln wurden gedämpfte Schnecken, frittierte kleine Fische und Lammkebabs mit Harissa-Sauce angeboten. An Ständen wurden Datteln, Feigen, frischer Orangensaft, *citrons* und *pamplemousses* verkauft. Die Orangen, Zitronen und Grapefruits waren zu hohen Pyramiden gestapelt. Henna-Tätowierer, Musiker und Geschichtenerzähler demonstrierten ihre Kunst, wetteiferten um die Aufmerksamkeit der Passanten – und um deren Geld.

Amy konnte dem Schlangenbeschwörer nicht widerstehen. Auf der Kiste mit der Schlange standen die Worte *Charmeur de serpents.* Daneben war ein Aufkleber angebracht. Amy machte Nell auf die Zeichnung aufmerksam: eine ziemlich unheilverkündende Darstellung eines Schädels mit gekreuzten Knochen. Der *charmeur* selbst besaß langes, weißes Haar, das ihm in Zöpfen bis auf die Schultern reichte. Ein dichter Bart hing ihm bis über die Brust. Er trug einen roten Turban, ein grobes helles

Leinenhemd und darüber ein gestreiftes Gewand. Während er auf seinem flötenähnlichen Instrument spielte, rollte sich die Schlange gehorsam auseinander und richtete sich züngelnd auf.

Sie kauften sich einen Becher Orangensaft, und obwohl sie noch satt waren, konnten sie nicht widerstehen und probierten frittierte Teigspiralen, die mit Gewürzen und Sesamkörnern bestreut waren. Herrlich! Amy leckte sich die Lippen. Plötzlich entdeckten sie eine Tänzerin und blieben stehen, um ihr zuzusehen. Sie tanzte allein; träge, wie in Trance bewegte sie wellenartig die Arme und ließ die Hüften kreisen. Mit geschmeidigen Gliedern wiegte sie sich im Takt.

Alles wirkte geradeheraus und offen, aber als Amy genauer hinsah, bemerkte sie kleine Grüppchen von Männern, die die Köpfe zusammensteckten wie bei einem klammheimlichen nächtlichen Treffen. Alte Männer beobachteten ihre Beratungen, wirkten aber seltsam entrückt, während sie ihre Wasserpfeifen rauchten. Banden von Jugendlichen streiften durch die Menschenmengen. Amy machte jede Menge Aufnahmen, doch während sie das tat, beschlich sie ein seltsames Gefühl, ein Gefühl der Fremdheit und einer Drohung, die in den Schatten lauerte. Sie schüttelte es ab. Sie hatte zu viel Fantasie. Der Platz war eine Bühne. Nell und sie waren sich einig darüber gewesen, dass es nur Theater war. Aber auch ein Theaterstück konnte einem Angst einflößen, auch wenn es nicht real war.

Trotzdem nahm sie Nells Arm. »Lass uns die Bar suchen«, schlug sie vor. Nell schien angesichts ihrer Umgebung nicht allzu beunruhigt, aber Amy hatte festgestellt, dass sie verletzlich war, und kannte nun zumindest auch einen Teil des Grundes. Nell glaubte offensichtlich, dass ihre Mutter Selbstmord begangen hatte. Es musste schwer sein, damit zu leben. Amy kannte Nell nicht gut, aber Amys Herz war ihr sofort zugeflogen, und sie fühlten sich einander bereits verbunden. Beide suchten hier in Marokko nach Antworten auf ihre Fragen. Und bei Frauenfreundschaften hatte Amy auch keine Probleme damit, Vertrauen zu riskieren.

Trotz ihrer Verbundenheit waren sie ganz offensichtlich sehr unterschiedlich aufgewachsen. Während Nell eine sehr behütete Kindheit erlebt hatte, war Amy viel sich selbst überlassen gewesen, was sie ihren liberalen Eltern allerdings nicht übel nahm. Aber es musste schön sein, eine so enge Beziehung zu seiner Mutter zu haben, auch wenn Nell ihre Mutter gerade verloren hatte. War es passiert, weil sie nur zu zweit waren? Trotzdem wusste Amy zu schätzen, was ihre Eltern getan hatten, was sie hatten erreichen wollen und wie schwer sie gearbeitet hatten, um so weit zu kommen.

Während sie über den Platz auf demselben Weg zurückgingen, den sie gekommen waren, dachte Amy zurück an die Zeit, als sie sieben Jahre alt gewesen war, an den Tag, an dem sie in das Hotel in Lyme gezogen waren, an die Aufregung ihrer Eltern. Ihr Vater versuchte, praktisch zu sein, rannte herum, um alles in Ordnung zu bringen, führte Reparaturen in den Zimmern durch, trug eine Schicht Farbe auf, wo es nötig war, stellte hier und da ein Regal auf oder korrigierte die Einstellungen am Heizkessel. »Jetzt wird alles anders, Schatz. Du wirst sehen.« Er hatte so glücklich, so zuversichtlich gewirkt. Amy hatte ihn schon lange nicht mehr so gesehen. Ein Gefühl von Liebe überwältigte sie. »Oh, Daddy!« Sie spürte die Wärme seiner Arme, als er sie umschlang. Er war kein Mann, der seine Gefühle zeigte, und suchte selten Körperkontakt; es war fast, als wage er nicht, aus sich herauszugehen. Auch ihre Mutter flitzte mit blitzendem, eifrigem Blick herum. »Was meinst du, Liebes? Gefällt es dir? Für uns ist das ein Neuanfang. Das ist dein neues Zuhause.« Amy konnte sehen, wie viel es ihnen bedeutete.

Sie war von einem Zimmer ins andere geschossen, hatte das

ganze Haus erkundet und langsam ein Gefühl dafür bekommen. Es gefiel ihr, dass man den Hafen und die Hafenmauer sehen konnte, obwohl ein paar Häuser im Weg standen. Ihr gefiel das Zimmerlabyrinth. Eigentlich waren es nur acht Gästezimmer, aber selbst das kam ihr viel vor. Doch am glücklichsten war sie darüber, was das Hotel mit ihren Eltern gemacht hatte.

Die Räume, in denen sie wohnten, waren zwar schrecklich klein und eng, und ihr Vater hatte kaum Zeit übrig, um auch sie noch zu renovieren, doch das machte Amy nichts aus. Viel wichtiger war es, das Geschäft in den Griff zu bekommen und Gäste ins Haus zu holen, erklärte ihr Vater.

Ihre Mutter pflichtete ihm bei. »Von jetzt an werden wir sehr viel zu tun haben, Liebes«, hatte sie gesagt und Amy in eine ihrer kurzen Umarmungen gezogen. Als hätten die beiden nicht immer viel zu tun gehabt.

Zuvor hatten sie eine kleine Frühstückspension in Bridport betrieben. Damals hatte ihr Vater noch gearbeitet; er unterrichtete in der Grundschule am Ort. Oh ja, sie waren schon immer sehr beschäftigt gewesen. Aber damals war er immer öfter einige Tage und dann Wochen zu Hause geblieben, weil er krank war, und ehe sich Amy versah, sagte Mum, sie würden alles aufgeben und etwas anderes, Größeres kaufen, um es in Zukunft gemeinsam zu betreiben. Der Lehrerberuf sei zu stressig, erklärte sie. In einer Frühstückspension oder einem kleinen Hotel kamen und gingen die Gäste, aber man wusste immer, woran man war.

»Vielleicht musst du dich jetzt öfter allein beschäftigen«, erklärte Amys Mutter ihr, nachdem sie nach Lyme gezogen waren. »Aber du bist ja jetzt ein großes Mädchen. Du wirst damit zurechtkommen müssen. Das gilt für uns alle. In deiner neuen Schule findest du neue Freundinnen. Und es ist ja nur der Anfang. Sobald wir es uns leisten können, stellen wir mehr Personal ein, das uns hilft.«

Amy hatte genickt. Es machte ihr nichts aus, sich selbst überlassen zu sein. Daran war sie gewöhnt, obwohl sie sich immer nach einer Schwester gesehnt hatte, mit der sie alles teilen könnte. Die neue Schule machte ihr ein wenig Angst, aber eigentlich freute sie sich auch darauf.

Doch das Geschäft war nicht so gut angelaufen, wie ihre Eltern gehofft hatten. Die Konkurrenz durch andere Frühstückspensionen und Hotels in Lyme Regis war groß, und sie hatten so viel Geld in die Hypothek gesteckt, dass nichts für die vielen anderen Dinge übrig blieb, die dringend getan werden mussten.

Ihre Eltern begannen zu streiten. Ihr Vater wurde mürrisch und machte wieder einen sehr nervösen Eindruck. Amy fielen seine tiefen Stirnfalten und die schlaffe Haut um seine Augen auf. Er war immer müde, schnauzte Amy und ihre Mutter oft an und unternahm lange Spaziergänge allein. Manchmal legte er sich schon nachmittags ins Bett. Die Stimme ihrer Mutter veränderte sich. Sie wurde schrill und fordernd und nervte ihren Vater sichtlich. Sie stritten über das Hotel, über die Wohnung, darüber, dass er nicht in ausreichendem Maße mitarbeitete. Sie stritten über Amys Großmutter Mary, die immer gebrechlicher wurde, und sie stritten über Geld. Sie redeten davon, alles aufzugeben, wegzuziehen und sogar – was für ein Schreck – darüber, sich scheiden zu lassen. Da Amys Schlafzimmer neben dem ihrer Eltern lag, konnte sie sie abends hören, obwohl sie versuchten, leise zu sein. »Was soll dann aus Amy werden?«, fragte ihre Mutter dann. »Was ist mit Amy?«

Amy hatte Angst. Sie wusste nicht, was passieren würde, was die Zukunft bringen würde. In der Schule konnte sie sich nicht konzentrieren, und sie ging nicht mehr gern nach Hause. Sie dachte sogar daran, von daheim wegzulaufen, aber sie hatte keine Ahnung, wohin.

Und dann zog Großtante Lillian wieder nach England, nach

Lyme. Sie schien die Situation sofort zu durchschauen und nahm alles in die Hand. Amys Eltern waren so verzweifelt, dass sie sie einfach gewähren ließen. Tante Lillian steckte Geld ins Geschäft. »Ich *bestehe* darauf! Ich kann mir nicht vorstellen, es besser anzulegen«, erklärte sie Amys Mutter. Und sie überredete sie, ein paar Veränderungen vorzunehmen. »So würde man das in Amerika machen«, pflegte sie zu sagen, wenn Amys Eltern Einwände erhoben.

Im Rückblick erstaunte es Amy, in welchem Maß sie ihr freie Hand gelassen hatten. Tante Lillian überredete ihre Eltern sogar, einen Eheberater aufzusuchen, und übernahm die Pflege ihrer Schwester Mary. Das versuchte ihr allerdings niemand streitig zu machen. Und nach und nach, ganz langsam, kehrte das Lachen in ihre Familie zurück. Amy lernte ein Mädchen namens Francine kennen, das neu in die Gegend gezogen war und bald ihre erste beste Freundin in Lyme wurde. Ihre Tante Lillian kaufte ihr zum Geburtstag einen Fotoapparat. Ab und zu sah sie ihre Eltern sogar Händchen halten. Und wegen alldem war für Amy ihre Tante so etwas wie eine gute Fee mit einem Zauberstab. Irgendwie war alles wieder gut geworden, seit sie in ihrer aller Leben getreten war.

Die Bar, von der Ahmed Amy erzählt hatte, war überwältigend. Denn es gehörte auch eine große Dachterrasse mit Infrarotheizstrahlern dazu, von der man auf den El-Badi-Palast und das Mellah-Viertel blickte. Es waren Tische zum Essen eingedeckt; aber es gab auch einige reine Sitznischen mit altrosa Kissen und Laternen, die einen sanften Schein über die Vorhänge, die Tische und den auf Hochglanz polierten Holzboden warfen. An den Holzgittern um sie herum rankte Winterjasmin empor, dessen Duft die Luft erfüllte.

Das Lokal war voll, und es war nicht einfach, einen Platz zu finden. Daher war es nicht überraschend, als sich nach einer halben Stunde zwei weitere Gäste an ihren Tisch setzten: ein Engländer, den Amy auf Ende dreißig schätzte, und ein anderer, ungefähr gleichaltriger Mann, der wie ein Marokkaner aussah, obwohl er westlich gekleidet war. Amy und Nell nickten zur Begrüßung lediglich und unterhielten sich dann weiter. Als etwas später sowohl bei ihnen als auch bei ihren Tischnachbarn eine Gesprächspause eintrat, lächelte der Engländer, der zuvor sowohl fließend Französisch als auch Arabisch gesprochen hatte, Amy an. »Wie lange sind Sie schon hier in Marrakesch?«, fragte er.

»Erst ein paar Tage. Aber leider reisen wir auch bald schon wieder ab.« Amy nippte an ihrem Weißwein und lächelte Nell zu. Sie hatte keine Lust zu gehen; sie amüsierte sich viel besser, als sie erwartet hatte.

»Dann sind Sie Touristinnen?«, fragte der andere Mann. Er sprach Englisch, wenn auch mit starkem, gutturalem Akzent.

»So was Ähnliches.« Amy erzählte den beiden ein wenig über die Veranstaltungsreihe, die sie in der Galerie planten. »Und Nell besucht einen Kochkurs«, fügte sie hinzu. Die beiden Männer wirkten sympathisch; es gab keinen Grund, nicht freundlich zu ihnen zu sein.

»Ah, die Freuden der marokkanischen Küche.« Der Engländer seufzte. »Manchmal glaube ich, sie sind schuld daran, dass ich so lange in diesem Land geblieben bin.« Er warf seinem Begleiter einen Blick zu. »Eh, Rafi? Was meinst du?«

»Ich bin mir ganz sicher, dass es so ist.« Der andere Mann lachte und warf Nell einen taxierenden Blick zu.

»Wie lange leben Sie schon hier?« Amy war neugierig. Der sprachgewandte Engländer war bestimmt nicht einfach nur ein Tourist, sondern arbeitete hier, vermutlich in gehobener Position.

»Zehn Jahre.«

»Also sind Sie nicht nur auf der Durchreise«, warf Nell ein.

»Doch, ich war auf der Durchreise«, erklärte er, »aber eins kam zum anderen, und dann kam noch etwas dazu …« Er zuckte mit den Schultern.

Rafi setzte etwas in der Sprache hinzu, in der die beiden sich unterhalten hatten.

Der Engländer lachte. »Er sagte, ich hätte mich an einer Kreuzung des Lebens für eine Richtung entschieden«, sagte er. »Die Araber glauben bei solchen Dingen nicht einfach nur an Zufall.«

Amy nickte. »Und das gilt nicht nur, was Scheidewege anbelangt«, murmelte sie.

»Aber wenn man einen Scheideweg erreicht …« Zuerst schien Nell eher mit sich selbst zu reden, doch dann sah sie zu dem Marokkaner auf. »Woher weiß man dann, welchen Weg man einschlagen soll?«

Es fiel Amy nicht schwer zu erraten, woran sie dachte. Oder an wen.

»Man richtet sich nach seinem Herzen«, erklärte er. Seine Augen waren sehr dunkel und wirkten in dem schwachen Licht fast schwarz. Dann lächelte er, und das Aufblitzen seiner weißen Zähne löste die Spannung, die kurz am Tisch geherrscht hatte.

»Aber wie finden Sie eigentlich Marokko? Und Marrakesch?« Der Engländer hatte Amy angesprochen. Sie blickte an ihm vorbei in den Nachthimmel, an dem die Sterne wie Pailletten glitzerten. Der Mond war fast voll und von einem schimmernden Blau-Weiß. Was sollte sie sagen? Ihre Gefühle waren so gemischt. »Es ist faszinierend. Die Farben, das Leben auf den Straßen, die Geschichtenerzähler und Schlangenbeschwörer. Aber … für Frauen ist es kein so gutes Land, oder?«

»Finden Sie nicht?«

»Die Hälfte der Zeit sind sie verhüllt. Sie dürfen nicht ausgehen; sie dürfen mit niemandem sprechen, den sie nicht kennen oder der ein Mann ist. Sie dürfen noch nicht einmal Fremdsprachen lernen oder Auto fahren.« Nell und sie hatten darüber diskutiert. Amy sah sich gern als unabhängige Frau. Diese Gesellschaft war eine chauvinistische, in die sie nicht hineinpasste.

Rafi wandte sich an Nell. »Sie sind sehr still. Finden Sie das auch?« Ernst sah er sie an.

»Natürlich.« Sie sah ihn direkt an und wandte dann den Blick ab. »Die Art, wie Frauen hier behandelt werden, ist für uns inakzeptabel, geradezu mittelalterlich, verstehen Sie. Wir sind so ganz anders aufgewachsen. Es fällt uns schwer, das zu verstehen.«

Der Engländer nahm sein Glas und ließ den Wein darin kreisen. »Es stimmt, dass Frauen hier einen anderen Status haben.«

»Einen zweitklassigen«, sagte Amy.

»Vielleicht.« Er bot ihnen von ihrer Flasche Weißwein an, die im Kühler stand. Ihre Gläser waren fast leer, daher nahmen sie mit einem Nicken an. »Frauen mögen unsichtbar, unhörbar und machtlos erscheinen, aber …«

Rafi unterbrach ihn ein weiteres Mal auf Arabisch.

»Er sagt, dass sie doch mächtig sind«, übersetzte der Engländer. »Im Haus.«

Im Haus. Amy wechselte einen Blick mit Nell. Sie stellte ihr Glas ab. »Frauen reicht das aber nicht mehr. Manchmal haben sie das Bedürfnis, sich außerhalb des Hauses Gehör zu verschaffen. Sie wollen mehr.« Sie dachte an Nells Mann, der ihr ein schlechtes Gewissen einredete, weil sie zögerte, alles zu verkaufen, was ihre Mutter ihr vererbt hatte. Sie dachte an Duncan, der unbekümmert davon ausging, dass Amy den Kaffee machte und Toilettenpapier besorgte und auch alle anderen Einkäufe für die Galerie erledigte. Und sie dachte an Jake, der die Kontrolle über das Projekt an sich riss, das ihres gewesen war, und ihr nicht zutraute, ihre Arbeit zu tun. War es in ihrer Kultur überhaupt besser? Oder war Gleichberechtigung auch hier nicht viel mehr als ein Lippenbekenntnis?

»Ich bewundere Ihren Kampfgeist.« Rafi sah sie aus seinen dunklen Augen eindringlich an. »Aber die Frauen hier, sie haben ihre eigene Kraft, und sie erfreuen sich an ihrem Anderssein.«

»Vielleicht, weil ihnen nichts anders übrig bleibt«, gab Amy zurück. Sie nahm ihr Glas und trank noch einen Schluck. Der Wein schmeckte ein wenig säuerlich, hatte aber eine erfrischende Zitrusnote. Sie dachte über ihre eigenen Wahlmöglichkeiten nach. Sie hatte sich für eine Beziehung zu Duncan entschieden und damit den einfachen Weg gewählt. Aber so leicht würde sie es sich in Zukunft nicht mehr machen. Beim nächsten Mal – falls es ein nächstes Mal gab – würde sie mutiger sein.

»Ich bin Matt.« Der Engländer streckte die Hand aus. »Und das ist Rafi.«

Amy und Nell stellten sich ebenfalls vor.

»Was ich an dieser Stadt mag«, meldete sich Nell mit einem leisen Lächeln an Rafis Adresse zu Wort, »ist die Mischung der Menschen und Kulturen. Araber, Berber, Franzosen ...«

»Sie haben recht.« Rafi nickte. »Als die Römer nach Marokko kamen, nannten sie die Bewohner des Landes ›Barbaren‹, woraus ›Berber‹ wurde. Sie selbst ziehen die Bezeichnung ›Amazigh‹ vor.«

»Freie Menschen«, erklärte Matt. »Marrakesch war viele Jahre eine umkämpfte Stadt, um die sich Muslime und Berber stritten, sogar schon bevor die Franzosen kamen. Alle wollten es wegen seiner ausgezeichneten Lage an der Handelsroute; Orangen, Gewürze, Nüsse, Getreide, Datteln, Tierhäute, Edelmetalle – alles, was man sich vorstellen kann, wurde hier gehandelt.« Er lächelte.

»Und Safran«, sagte Nell leise.

»Safran, ja natürlich«, sagte Rafi. Er wirkte nachdenklich.

»Vielleicht entspricht das Leben der Berberfrauen ja Ihren Vorstellungen ein wenig besser«, fuhr Matt fort. »Sie müssen sich nicht verhüllen, jedenfalls nicht im selben Umfang. Und sie genießen wesentlich mehr Freiheiten.«

Die Geschichte eines Ortes verriet einem so viel über sein Wesen, überlegte Amy. Die Religion übte hier einen so starken Einfluss aus; der Koran war die Grundlage von allem. Und vielleicht war das auch nötig, wegen der vielen Kriege, weil es immer schon so viele andere gegeben hatte, die versuchten, einem sein Land wegzunehmen.

»Ärgert es die Marokkaner eigentlich immer noch, dass sie früher französisches Protektorat waren?«, wollte Nell von Rafi wissen.

»Warum sollte es?« Er zuckte mit den Schultern, doch seine schwarzen Augen glitzerten. »Die Franzosen haben uns Straßen gebracht, Eisenbahnen, Cafés ...«

»Und noch mehr Blut vergossen«, setzte Matt hinzu.

Amy war neugierig. Er schien hier so gänzlich heimisch geworden zu sein. »Warum sind Sie wirklich hiergeblieben?«, fragte sie.

Er dachte darüber nach. »Ich habe Geschäfte mit einem Franzosen gemacht, der hier lebte. Und mit Rafi. Und ich bin immer noch hier. Das passiert manchmal in Marokko. Das Land hat so eine Art, einen festzuhalten. Das ist schwer zu erklären.«

»Wie sind eigentlich die anderen Städte?«, erkundigte sich Nell. »Sind sie alle so verrückt wie diese?«

»Fez ist unsere historischste Stadt«, erklärte Rafi.

»Ein Besuch dort ist wie eine Reise ins Mittelalter«, setzte Matt hinzu.

»Fez ist die Seele Marokkos«, sagte Rafi. »Was aus Marrakesch geworden ist, macht mir manchmal Angst.«

Nell lächelte und nickte, als wisse sie genau, was er meinte. Amy war sich nicht sicher, ob sie es sich einbildete, aber zwischen Nell und Rafi schien es ein wenig zu knistern. Sie hoffte nur, dass Nell einen klaren Kopf behalten würde. Sie hatte Probleme in ihrer Ehe, aber noch hielt sie daran fest. Ein Flirt mit einem attraktiven marokkanischen Unbekannten wäre vielleicht reizvoll, könnte aber auch gefährlich werden.

Matt hatte von alldem anscheinend nichts bemerkt und redete weiter. »Casablanca ist verwestlichter, dynamischer, moderner. Und Agadir …« Er zog eine Grimasse.

»… ist durch den Tourismus ruiniert worden, ich weiß«, sagte Amy. Agadir interessierte sie überhaupt nicht.

»Aber für mich schlägt der Puls dieses Landes immer noch in Marrakesch«, erklärte Matt. »Ich liebe es.«

Wieder überlegte Amy. Vielleicht …? Einen Versuch war es wert. Sie zog die Postkarte aus der Tasche. »Hat einer von Ihnen eine Ahnung, wo das sein könnte?«, fragte sie. Es war einfach so ein Gefühl.

Matt sah sich die Karte an und dachte nach. »Ich kann mich nicht erinnern, das je gesehen zu haben«, erklärte er schließlich. »Du, Rafi?«

Auch er betrachtete sie gründlich und schüttelte dann den dunklen Kopf.

»Ist es denn wichtig?« Matt lachte. »Ich vermute, inzwischen haben Sie festgestellt, dass es hier eine Menge alter Türen und verfallender Gemäuer gibt.«

Amy spürte die Enttäuschung wie einen Stich. Aber wahrscheinlich erwartete sie zu viel. Matt hatte recht. Es war tatsächlich nur eine alte Tür und ein verfallendes Gemäuer. Nur dass …

»Es gibt eine Stadt, in der alle Türen und Fensterläden blau gestrichen sind«, erklärte Rafi.

»Wirklich?« Amy wechselte einen Blick mit Nell. »Wie heißt sie?«

»Essaouira.«

Amy konnte es kaum glauben.

»Essaouira ist eine Küstenstadt.«

»An der Westküste«, fügte Matt hinzu. »Aber nicht touristisch. Eher so ein altes Hippie-Nest.«

Altes Hippie-Nest. Jimi Hendrix, dachte sie. Sie hatte einen legitimen Grund gehabt, dorthin zu fahren, und sie hatte abgelehnt. Weil sie einen weiteren falschen Schluss gezogen hatte? »Für wie wahrscheinlich halten Sie es, dass das Foto in Essaouira aufgenommen wurde?«, fragte sie – ehe sie noch alles stehen und liegen ließ und sich umgehend auf den Weg dorthin machte. Und Jake gegenüber das Gesicht verlor, fügte sie stumm hinzu. Aber tief im Herzen war sie schon fest davon überzeugt, dass Glenn in den Siebzigern dorthin gereist war. Hippie-Nest klang genau richtig.

Matt zog ein Tablet aus seiner Ledertasche. »Sehen wir uns dieses Blumenemblem einmal an.« Er schaltete das Gerät ein und tippte darauf herum. Amy trank ihren Wein und wartete. *Essaouira ...*

»Sieht aus, als könnte es dort sein«, erklärte er schließlich. »Hier.« Er zeigte ihr das Bild eines anderen Reliefs, das dem auf der Postkarte recht ähnlich sah. Es zeigte auch eine Rose.

»Aber natürlich«, rief Rafi aus, »die Rose von Mogador.«

Amy sah, dass diese Worte unter dem Foto standen. »Mogador?«

»Das ist der alte Name der Stadt«, erklärte Rafi. »Früher hieß Essaouira Mogador. Und die Rose ist ihr Wahrzeichen.«

Kurz darauf verließen sie die Bar und liefen wieder durch das Gassengewirr der Medina, die bei Nacht, abgesehen von der einen oder anderen Katze, die nach Essensabfällen suchte, dunkel und verlassen war. Die Atmosphäre hatte sich verändert; die Dunkelheit wirkte richtig unheimlich. Nichts in dieser Stadt, dachte Amy, war so, wie es schien.

»Was hat Rafi zu dir gesagt?«, fragte sie Nell. Als sie aufgestanden waren, um zu gehen, hatte Rafi Nell beiseite gezogen, und die beiden hatten leise miteinander gesprochen.

Nell wirkte verlegen. »Er hat mich zum Essen eingeladen.«

»Er verschwendet keine Zeit.« Sie gingen weiter. »Und?«, erkundigte sie sich.

»Das wäre keine gute Idee«, erklärte Nell.

Da hatte sie zweifellos recht. Jemand wie Rafi würde die Dinge für Nell nur komplizieren. Trotzdem nahm Amy eine Veränderung an ihrer neuen Freundin wahr, als sie jetzt wieder in die rosafarbenen Gassen des Zentrums der Medina traten und ihren Orientierungspunkt fanden.

»Was hat es mit dieser Ansichtskarte auf sich?«, fragte Nell sie. Und so erzählte Amy ihr leise die Geschichte, während sie zurück zum Riad gingen.

»Heißt das, dass du nach Essaouira fahren wirst, um ihn zu suchen?«, fragte sie, als Amy geendet hatte und sie wieder vor dem Riad Lazuli standen.

»Ich glaube schon.« Amy hob die Hand der Fatima und klopfte. Niemand konnte sie daran hindern. Und jetzt, dachte sie, hatte sie endlich eine Spur.

15. Kapitel

Wahrscheinlich hätte Lillian an ihre Hausarbeit denken sollen; doch es blieb beim Denken. Ihr Besuch in Bridport hatte sie stärker ermüdet als erwartet, und Staubsaugen hatte sie noch nie besonders reizvoll gefunden. Als sie noch verheiratet war – ja, *damals* hatte sie sich Mühe geben müssen. Aber das war eher wie ein Job gewesen. In jener Zeit waren die Grenzen für Frauen viel enger gesteckt und ihre Rolle klar definiert. Es war genug – mehr als genug – gewesen, Hausfrau und Mutter zu sein. Heutzutage war das anders. Mädchen wie Amy … Nun ja, so jung war Amy auch nicht mehr. Sie war viel älter, als Lillian gewesen war, als sie nach Amerika gegangen war, um zu heiraten. Aber Mädchen wie Amy legten viel mehr Wert auf einen Beruf und persönliche Erfüllung. War das gut? Lillian dachte an Mary, an Celia. Wahrscheinlich schon. Obwohl …

Bridport war keine große Stadt, obwohl es ihr als Kind immer so vorgekommen war. Dennoch gab es viel zu sehen. Sie hatte einen Kaffee in einem Café am Busbahnhof getrunken, das wie ein amerikanischer Diner eingerichtet war. Das fand sie ziemlich unheimlich, denn Diner hatte sie mehr als genug gesehen in ihrem Leben. Und dann hatte sie sich auf den Weg gemacht, um noch einmal ein paar der Orte von damals zu besuchen. Der Pub, der früher »The White Lion« geheißen hatte, das weiß gestrichene Haus gegenüber, in dem die Soldaten einquartiert gewesen waren, der Parkplatz in der East Street, wo die Bomben so viele Häuser vernichtet hatten, der Platz und die alten Kinos. Jedes Gebäude brachte eine Erinnerung zurück. Einige davon waren schärfer umrissen als andere. Vielleicht war es gut, dass sie nicht hier in Bridport lebte, dachte Lillian. Sie war sich nicht sicher, ob sie in der Lage gewesen wäre, sich der Vergangenheit so aus nächster Nähe zu stellen.

An dem Samstag, nachdem die Familie Ted Robinson, den schneidigen GI, kennengelernt hatte, war Mary mit ihm tanzen gegangen. Anschließend hatte sie nicht viel erzählt. Doch Lillian wusste, dass Mary sich mit ihm traf, sie spürte es.

Eines Abends, ein paar Wochen später, als ihre Schwester sich zurechtmachte, um ins Kino zu gehen – mit einer Freundin, hatte sie Vater erzählt –, schlüpfte Lillian zu ihr ins Zimmer. Mary saß an der Frisierkommode und tupfte sich Rouge auf die Wangen. Dazu hatte sie Mandelöl mit einem alten Lippenstiftstummel zusammengeschmolzen. Als sie Lillian sah, zog sie eine perfekt halbmondförmige Augenbraue hoch.

Lillian setzte sich auf die mit rosa Satin bezogene Daunendecke, die auf dem Bett lag. »Wohin geht ihr?«, fragte sie unschuldig. »Ins Lyric?«

»Ins Palace«, schoss Mary blitzschnell zurück. Beide Kinos liefen damals noch bestens; sie änderten ihr Programm zweimal die Woche, und seit die Amerikaner gekommen waren, reichten die Warteschlangen manchmal bis auf die Straße.

»Triffst du dich mit Ted?«, fragte Lillian unumwunden.

»Ted?« Marys dunkelblaue Augen nahmen einen verträumten Ausdruck an, als sie in den Spiegel sah. Sie verrieb das Rouge auf ihren Wangen.

»Ted, der zum Abendessen bei uns war.« Wie viele Teds gab es? Aber keiner, dachte Lillian, konnte ihm das Wasser reichen.

Mary sah sie im Spiegel an. »Vielleicht.« Sie öffnete ihren Lippenstift und malte einen perfekten Bogen. Damals ermunterte man die Mädchen geradezu, Make-up zu tragen. Das war wahrscheinlich noch so eine Sache, die gut für die Moral war, obwohl Lillian sich nicht sicher war, ob es der Moral der Männer oder der Frauen diente. Sie selbst durfte sich damals noch nicht schminken. Aber ihre Schwester konnte sie sich auf keinen Fall ohne ihre »rote Tapferkeitsmedaille« vorstellen, obwohl sie den Lippenstift eigentlich gar nicht brauchte. Mary sah sogar in den formlosen Overalls, die sie in der Fabrik tragen musste, gut aus.

»Heute Abend?« Lillian hielt die Luft an.

»Pssst. Sag keinem was.« Mary legt den Finger an die Lippen.

»Magst du ihn gern?«

Mary tupfte sich den Lippenstift mit einem Taschentuch ab. »Natürlich, Dummerchen.«

»Aber magst du ihn *richtig?*« Lillian hätte Mary manchmal am liebsten geschüttelt, so gleichgültig war sie. Sie nahm einfach keine Rücksicht auf die Gefühle der Männer. Normalerweise machte das Lillian nicht so viel aus. Schön dumm, dachte sie meist. Aber hier ging es um Ted. Und jeder konnte sehen, dass Ted etwas Besonderes war. Es lag nicht nur daran, wie er redete – obwohl Lillian seinen sexy schleppenden Tonfall liebte –, und es war nicht nur sein Lächeln, dieses Aufblitzen weißer Zähne, begleitet von einem frechen Augenzwinkern. Er war so anders als alle, die sie je gekannt hatte. Und dieses Blitzen in seinen Augen ließ sie nicht los; sie träumte sogar von ihm.

Mary betrachtete sich wieder im Spiegel. Dieses Mal war ihr Blick kühl. Sie nahm ihre Haarbürste und begann, ihr Haar zu bearbeiten. »Die GIs sind das Aufregendste, was es in dieser Stadt je gegeben hat. Das müsste doch sogar ein Kind wie du begreifen.« Sie nahm eine Haarklammer aus dem Kristallschälchen auf der Frisierkommode und begann, sich das Haar neu aufzustecken. »Es war hier wirklich vollkommen öde, nachdem der Krieg begonnen hatte.« Sie warf ihrem Spiegelbild ein verhaltenes Lächeln zu. »Bis jetzt.«

»Die GIs?« Für Lillian gab es nur einen GI, obwohl die anderen auch nicht zu übersehen waren. Sie schlenderten durch die

Stadt, als gehöre sie ihnen, tranken Bier in den Pubs, lachten mit den Kindern und sprachen Mädchen an, wo immer sie Gelegenheit dazu hatten – in den Läden, auf den Straßen oder in den Kinoschlangen. Sie stachen die britischen Jungen aus.

»Sie sind so schrecklich attraktiv.« Mary seufzte. »So romantisch. So … selbstsicher. Ein Mädchen braucht etwas Glamour im Leben, verstehst du, Lil.«

Lillian nickte. Sie verstand.

»Wenn alles um einen herum so furchtbar langweilig ist …« Sie legte ihre Haarbürste weg und sah stirnrunzelnd in den Spiegel. »Am Arm eines GIs … da fällt man auf.« Ihre Züge entspannten sich, und sie puderte sich noch ein letztes Mal die Nase. »Perfekt«, verkündete sie. Sie hauchte ihrem Spiegelbild einen Kuss zu.

Lillian versuchte sich vorzustellen, wie es wäre, an Teds Arm zu gehen. Bei dem Gedanken wurde ihr ganz flau. Nicht, weil sie auffallen wollte, sondern weil sie sich – und das gestand sie sich jetzt zum ersten Mal ein – wirklich in ihn verliebt hatte. Er hatte ihr Haus betreten und hatte ihr Herz im Sturm erobert. Nach dem Abend, als er zum Essen gekommen war, war sie fast jeden Tag vor dem weißen Haus gegenüber dem Pub auf und ab gegangen, in dem er einquartiert war. Sie hatte gehofft und gebetet, dass sie ihn zu Gesicht bekommen würde, dass er sie erkennen und vielleicht mit ihr sprechen würde … Mary hatte das natürlich nicht nötig. Es wäre immer er, der Mary auflauern würde. Und jetzt traf sie ihn, ging mit ihm aus und küsste ihn vielleicht sogar. Lillian erschauerte.

»Und dann die Nylonstrümpfe.« Mary fuhr mit den Händen vorsichtig über ihre Beine. Sie trug Strümpfe mit einer tadellosen Naht – und die war nicht aufgemalt. »Und die Pralinen. Die Seidentücher. All die kleinen Luxusgegenstände, ohne die wir auskommen mussten.«

»Triffst du dich deswegen mit ihm?« Lillian starrte sie wütend an. »Um an Nylonstrümpfe und Pralinen zu kommen?«

»Natürlich nicht.« Mary drehte sich zu ihr um. »Außerdem, was geht dich das an? Bist wohl selbst in ihn verknallt, hä?« Sie lachte. »Oh, Schätzchen, jetzt verstehe ich, warum dich das so interessiert.« Sie stand von ihrem Stuhl auf, reckte sich und strich sich den Rock über den geschwungenen Hüften glatt. »Mach dir keine Mühe, Schwesterchen«, sagte sie. »Du bist doch noch ein Baby. Ted würde sich nie für ein Kind wie dich interessieren, das kann ich dir sagen.« Sie kicherte, reckte stolz die Schultern, warf elegant ihr Haar zurück und rauschte hinaus.

Lillian sah ihr nach. Sie war so unglücklich wie noch nie in ihrem Leben. Das Problem war, dass Mary recht hatte.

Trotzdem, dachte Lillian jetzt, trotzdem … Vorhin hatte sie das Radio eingeschaltet und gewünscht, sie hätte einen Musiksender eingestellt. Etwas Klassisches, Beruhigendes. Der Mann, der sprach – schlaue Reden schwang, wie sie es nannte –, war Politiker und dröhnte selbstzufrieden aus dem Lautsprecher und nervte sie eher, als dass er sie fesselte. Sie war sich auch bewusst, dass sie mehr als einmal eingenickt war – zweifellos vor Langeweile –, und das ging eigentlich nicht an. Nicht mitten am Nachmittag.

Lillian beschloss, nicht darüber nachzudenken, was als Nächstes passiert war, nicht jetzt. Sie hatte so oft darüber nachgegrübelt und hoffentlich genug dafür gebüßt. Stattdessen dachte sie an den Frühling.

Als es Frühling wurde und die Truppen begannen, sich zu sammeln, war klar, dass etwas Wichtiges bevorstand. Manchmal durfte man nicht an den Strand in der West Bay; denn dort wurden Manöver durchgeführt, zum Beispiel Exercise Yukon. Sie hatte ihre Eltern darüber sprechen gehört. Ansonsten ging alles seinen normalen Gang, zumindest für Kriegszeiten. Lillians Gefühle für Ted hatten sich nicht verändert, und sie hatte schreckliche Angst, dass sie keine Gelegenheit mehr haben würde, ihn wiederzusehen, mit ihm zu sprechen. Weil etwas passiert war. Wegen dem, was sie ihm erzählt hatte, wegen dem, was sie getan hatte. Und weil sie wusste, dass er bald fortgehen würde.

Natürlich hatte sie ein schlechtes Gewissen. Sie hatte kein Recht dazu gehabt. Sie hatte sich von ihren Emotionen überwältigen lassen und ihrem Herzen erlaubt, ihre Vernunft zu besiegen. Aber was sie auch getan hatte, sie wusste, dass sie ihn sehen musste.

Und dann kam ihre Gelegenheit. Es war ein regnerischer Tag, und die amerikanischen Truppen waren auf der West Street aufmarschiert, vor dem White Lion. Die Wirtin kam mit Krügen ihres selbst gemachten Holunderweins heraus und schenkte ihn an die Männer aus, damit sie nicht froren.

Lillian sah ihn. Sie waren alle da. Die Straße war voller Lastwagen, Jeeps und Soldaten. »Ted! Ted!«, schrie sie.

Sie sah, wie sich seine Miene aufhellte, und sie sah seine Reaktion, als ihm klar wurde, dass es nur Lillian war und dass sie allein war. »Hey, Lillian.« Er lächelte und zwinkerte ihr zu. »Wie geht's dir, Herzogin?«

»Sehr gut«, rief sie zurück, und ihr Herz schlug ziemlich schnell. »Und Ihnen?«

Er lachte. »Ganz prima, kleine Lady. Ganz prima.«

Lillian ergriff ihre Chance. »Darf ich Ihnen schreiben?«, rief sie.

»Was sagst du, Kleine?«

»Darf ich Ihnen nach Amerika schreiben? Kann ich Ihre Brieffreundin sein? Kann ich Ihnen schreiben, damit ich weiß, dass Sie sicher aus dem Krieg zurückgekehrt sind?«

Sie hörte, wie die anderen Männer lachten und ihn aufzogen: »Hey, Teddy, da hast du aber eine Eroberung gemacht!« Aber sie sah ihn unverwandt an und hoffte, dass er in ihren Augen lesen konnte, wie ernst es ihr war. Sie hatte nur ein paarmal mit ihm gesprochen. Aber diese kurzen Momente hatten in dieser Kriegszeit einen solchen Glanz in ihr Leben gebracht. Sie hatte einen Blick auf eine andere Welt erhascht, die aufregender und freier war als die, in der sie lebte. Für ihn war Mary nun Vergangenheit. Lillian mochte nicht einmal daran denken. Ted war verletzt worden, aber Lillian konnte er vertrauen. Sie wollte nur sein Bestes. Liebe war ihr vollkommen egal.

Er schien zu zögern. »Klar«, sagte er dann. »Warum zum Teufel nicht?« Er zog ein Stück Papier aus der Tasche und kritzelte etwas darauf. Die Lastwagen setzten sich langsam in Bewegung. Er steckte den Zettel in ein Päckchen Kaugummi und warf es ihr zu. Lillian fing es auf und öffnete es vorsichtig. Sie hatte seine Adresse. Sie hatte ihn nicht verloren. Jedenfalls noch nicht.

Später erfuhr sie, dass er bei der Landung in der Normandie dabei gewesen war. Aber damals, nachdem die Truppen abgerückt waren, bewahrte sie den Gedanken an ihn fest verschlossen in ihrem Herzen.

16. Kapitel

Marokko 1974

»Wie kam es eigentlich, dass du dich in der Friedensbewegung engagiert hast?«, fragte Bethany ihn eines Tages. Es war Sommer, und sie lebte jetzt seit zwei Monaten im Riad mit ihm zusammen. Es waren die bisher besten zwei Monate seines Lebens gewesen, dachte Glenn.

Er erzählte ihr, was er Howard bei ihrer ersten Begegnung am Strand erklärt hatte: dass er Pazifist sei und dass er aus moralischen Gründen gegen den Vietnamkrieg eingetreten sei. Aber er wusste, was Bethanys Frage wirklich bedeutete. *War es, weil du ein Feigling warst? Weil du Angst hattest, dorthin zu gehen und zu kämpfen?* Es war ihm klar, denn nur Gott wusste, wie oft er sich dieselbe Frage gestellt hatte – und er hatte sie in den Augen seiner Mutter gesehen.

Seine Mutter. Er stellte sich ihr liebes Gesicht vor. Ihre klaren blauen Augen, ihre hübschen Züge, ihre schönen Locken. Sie hatte wirklich Angst um ihn gehabt. Der Vietnamkrieg war ihr vollkommen egal gewesen … Hey, das war unfair. Vielleicht war er ihr auch nicht egal. Vielleicht hatte sie damals politisch gedacht, dann hatte sie es sich allerdings nicht anmerken lassen. Damals, 1962, hatte sie sich mehr Gedanken über den Krieg, der in ihrer eigenen Familie tobte, gemacht. Der Krieg zwischen ihrem Mann und ihrem Sohn, die sich nicht enden wollende Kämpfe lieferten. Meist brodelte die Spannung unter der Oberfläche wie bei einem aktiven Vulkan. Aber sie waren sich dessen alle bewusst. Daher hielt sie sich aus Diskussionen heraus, die ihn zum Ausbruch bringen könnten. Früher einmal hatte seine Mutter viel gelacht; heute lachte sie nicht mehr. Nervös stand sie daneben, entschlossen, den Frieden zu wahren.

»Die Streitereien mit meinem Dad waren der Grund dafür«, erklärte er Bethany. Deswegen hatte er sich »engagiert«, wie sie es ausdrückte. Er war naiv gewesen. Aber selbst mit vierzehn war ihm schon klar gewesen, dass er das komplette Gegenteil seines Vaters war. Und er wollte rebellieren, obwohl er in diesem Alter nicht einmal wusste, wogegen er sich eigentlich auflehnte. Denn sie wissen nicht, was sie tun? Glenn erlaubte sich ein ironisches Grinsen. James Dean hatte das Gefühl in diesem Film wirklich eingefangen. Immer noch spürte er die Verzweiflung dieses jungen Mannes, sein Bedürfnis zu schreien: »Nichts kann ich richtig machen!« Aber Glenn wusste, was er tat. Sein Anliegen war es, gegen alles zu kämpfen, wofür sein Vater stand; es war die Sache der Jugend.

Mit vierzehn kam Glenn auf die Highschool. Die Central High, Philadelphia, war eine neue Welt, und er liebte sie. Er begann, viel zu lesen, und bald verschlang er Bücher wie J. D. Salingers *Fänger im Roggen*, dessen Themen Entfremdung und die Ängste von Teenagern waren. Glenn fand sich darin wieder und erkannte, dass er nicht allein war. Es gab noch andere.

Er wusste allerdings nichts über den Hintergrund von Vietnam, nicht zu Beginn seines ersten Jahres an der Highschool. Aber sein Vater erzählte dauernd von anderen Kriegen – dem Kalten Krieg, dem Koreakrieg, dem Zweiten Weltkrieg, an dem er selbst teilgenommen hatte. Glenn hörte manchmal zu, aber meistens stellte er seine Ohren auf Durchzug. Das waren alles alte Geschichten, Nachrichten von vorgestern.

»Wie war er denn so, dein Vater?«, fragte Bethany.

Glenn erlaubte dem Bild seines Vaters, vor seinem inneren Auge Gestalt anzunehmen. Groß, dunkel, aufrecht. Mit diesen drei Worten konnte man ihn beschreiben. Er hatte das, was man eine militärische Haltung nannte, und war immer drauf und dran, missbilligend die Stirn zu runzeln. Seine Augen waren braun wie Muskat, mit orangefarbenen Flecken darin, seine Augenbrauen waren buschig. »Er war arrogant«, antwortete Glenn »Der Alte hatte hohe Erwartungen. Er hatte es drauf, mir das Gefühl zu geben, vollkommen unzulänglich zu sein.«

Die Arroganz hatte seinen Widerstandsgeist angestachelt. Die Arroganz seines Vaters. Die Arroganz Amerikas. Was hatte die Generation seines Vaters bloß mit dem Krieg?, hatte Glenn sich schon mit vierzehn gefragt. Er hatte das Gefühl, dass die Welt vor ihm lag, damit er sie erlebte, und er sah keinen Sinn darin, einen Teil davon zu zerstören. Ging es um Macht? In der Schule hatte er gelernt, wie die Vereinigten Staaten von Amerika entstanden waren. Er begriff, warum sein Vater stolz auf die Verfassung war, darauf, was sie erreicht hatten. Zum Teufel, das war er auch. Aber er sah die Fernsehnachrichten, hörte, was die Älteren in der Schule sagten, und fragte sich, ob sie es nicht langsam übertrieben. Gewisse amerikanische Politiker glaubten offensichtlich, ihr Land sei für die Demokratie auf der verdammten ganzen Welt verantwortlich.

»Vielleicht wäre es einfacher gewesen, wenn du einen Bruder gehabt hättest«, meinte Bethany. »Oder eine Schwester. Dann wären die hohen Erwartungen vielleicht besser verteilt gewesen, meine ich.«

»*Du* hast weder Bruder noch Schwester.« Glenn drehte sich um, damit er sie ansehen konnte.

»Hatte ich aber.« In dem weichen Licht der rotblauen Laterne, die am Bett stand, wirkten ihre mandelförmigen, braunen Augen riesig. Er dachte an den Tag, an dem sie sich in diesem Buchladen in Paris kennengelernt hatten, erinnerte sich an diese Stille, die sie umgeben hatte und die ihn als Erstes angezogen hatte.

Nie hätte er gedacht, dass sie sich so gut in den Riad einfügen würde, kaum zu träumen gewagt, dass sie so lange bleiben würde.

Bald hatte sich gezeigt, dass sie erstaunlich unabhängig war. Sie fand einen Teilzeitjob als Putzfrau in einem kleinen Hotel und hatte das Kochen übernommen, das vorher Glenns und Gizmos Aufgabe gewesen war. Sie erhoben keine Einwände – sie kochte viel besser. Fast jeden Tagen ging sie zum Schwimmen ans Meer; sie machte Joga am Strand und manchmal auch auf ihrer Dachterrasse, wenn Howard und Gizmo nicht da waren. Mit einem weitkrempigen Hippiehut, den sie in ihrer ersten Woche hier in den Souks gekauft hatte, der Patchworktasche über der Schulter und in ihrem Paisley-Rock, der sich im Wind blähte, streifte sie durch die Straßen der Medina. Ihre schlanken Arme waren bereits gebräunt, und es schien, als hätte sie für jeden ein freundliches Wort und ein Lächeln. Manchmal brachte sie Donuts mit, die auf einen Palmwedel gefädelt waren, und sie tauchten das leckere Gebäck in Pfefferminztee, wie es die Einheimischen taten. Aber sie schenkte Glenn noch mehr als das. Sie strahlte etwas Spirituelles aus, das beruhigend auf ihn wirkte. Sie verbreitete ein Gefühl von Sommer. Glenn spürte, wie ihm nach und nach eine Last von den Schultern genommen wurde und einem Gefühl von Freiheit wich, das ihn himmelwärts zog. Alles dank dieses Mädchens. Auf der Straße hatte er so einige Hippie-Mädchen getroffen. Aber er war noch nie jemandem wie Bethany begegnet.

»Wirklich?« Mit einem Finger zog er die Linie ihres Wangenknochens nach. Er hatte die perfekte Form. Zuerst hatte er gefunden, dass ihr Mund zu breit war, um schön zu sein. Aber er hatte seine Meinung schon lange geändert.

»Ich hatte einen Bruder.«

»Was ist mit ihm passiert?« Er rückte ein wenig von ihr ab, damit er ihr Gesicht sehen konnte.

»Er ist gestorben.« Sie zuckte mit keiner Wimper. »Er war noch ein Baby. Er hatte Leukämie.«

»Oh, Jesus, Bethany …«

»Aber wir haben ihn geliebt.«

»Klar.« Er streichelte ihr dunkles Haar. Schon oft hatte er sich gefragt, wie es sein müsste, einen Bruder oder eine Schwester zu verlieren, ein Kind. Es war ganz großer Mist, so viel war ihm klar. Schon als Glenn ein Teenager war, wurden die ersten Soldaten nach Vietnam geschickt, und es dauerte nicht lange, bis jeder jemanden kannte, der einen Sohn oder einen Liebsten verloren hatte.

In Glenns Jugendzeit wurde nicht viel über Vietnam geredet, obwohl der Krieg schon in vollem Gang war. Denn es passierten so viele andere Dinge in Amerika und auf der Welt. Es gab andere Kriege, Korea und den Kalten Krieg, die Aufhebung der Rassentrennung, der Beginn der Bürgerrechtsbewegung, die NASA und das Mercury-Programm, die ersten US-Astronauten und Sputnik I … Da stand Vietnam nicht im Vordergrund. Sein Vater allerdings interessierte sich für jeden militärischen Feldzug und erzählte schon davon, dass die USA Südvietnam finanziell, mit Reformberatung und militärischer Ausbildung unterstützten, bevor überhaupt Truppen dort gelandet waren.

Als Glenn ihn nach dem Grund gefragt hatte, hatte er gelacht. »Bringen sie euch an eurer Schule denn gar nichts bei?«, hatte er gefragt. »Weil sie Antikommunisten sind, deswegen.«

Damals hatte Glenn nicht einmal eine Ahnung, was es bedeutete, Kommunist zu sein. Aber er sollte es bald herausfinden. In seinem ersten Jahr an der Highschool hatte er näheren Kontakt zu einem Lehrer, einem jungen Radikalen namens Brad Stoneleigh, und er fand einen neuen Freund, Al, der moderne Ideen hatte. Al kam aus einem liberalen Elternhaus, das sich sehr von Glenns unterschied. Eine aufregende Zeit war das. Glenn erfuhr etwas über die Welt. Und die Welt veränderte sich. Es waren die Sechzigerjahre, und das Jahrzehnt war noch jung. Die Amerikaner reagierten auf ihren charismatischen Präsidenten John F. Kennedy, der ebenfalls für neue Ideen eintrat. Nichts würde je wieder wie früher sein.

»Woran hat dein Vater denn geglaubt?«, fragte Bethany.

Das war nicht schwer zu beantworten. »Er glaubte an den Krieg.« Mit hinter dem Kopf verschränkten Händen lehnte sich Glenn zurück und sah hoch zu der reich verzierten Decke ihres Zimmers, an der der Stuck inzwischen bröckelte. »Und ich glaubte an den Frieden.« Als er daran zurückdachte, wie entschlossen er damals gewesen war, alles das zu sein, was sein Vater nicht war, kam ihm ein Gedanke, der ihm nicht so gut gefiel: War das etwa der Grund für seine pazifistische Haltung? Verdammt, er hoffte nicht.

»Dein Vater war für den Krieg?«, fragte Bethany. »Sogar für Vietnam?«

Sie war Engländerin; sie verstand das nicht. *Wer war das nicht?*, hätte Glenn trotzdem am liebsten gefragt. Anfang der Sechzigerjahre hatten die meisten Amerikaner die Vietnam-Politik unterstützt und keine Angst gehabt, das auch laut zu sagen – zumindest, bis die Sache richtig hässlich wurde. »Besonders für Vietnam«, erklärte er stattdessen. McCarthy hatte sich für vieles zu verantworten. Er und andere waren schuld daran, dass man den Kommunismus als böse betrachtete – als *das* Böse überhaupt. Wenn Glenns Vater über den Kommunismus redete – was er oft tat, und zwar mit abfälligen Worten –, Junge, was regte er sich dann auf. Seine Schultern spannten sich an, sein Kinn zuckte, und er raschelte so heftig mit der Zeitung, dass man hätte meinen können, einer der »dreckigen Roten« verstecke sich darin.

Wie Glenn von anderen jungen Leuten, die er in der Highschool kennenlernte, erfuhr, war die historische Situation in

Vietnam kompliziert. Der Unabhängigkeitskampf nach dem Zweiten Weltkrieg hatte zur Teilung des Landes geführt, sodass es zwei Regierungen gab, eine im Norden und eine im Süden. Nordvietnam war ein typisches kommunistisches Regime.

»Vor dem Kommunismus hatte er eine Heidenangst«, erklärte Glenn jetzt Bethany. »Vielen geht es heute noch so. Ein Land fällt, und die anderen folgen ihm. Wie Dominosteine, verstehst du?«

»Dominosteine?«

Er machte eine Geste, um zu demonstrieren, wie eine Reihe von Dominosteinen umfiel, wenn einer angestoßen wurde. »Man nennt es den Domino-Effekt«, erklärte er. »Mein Vater war der Meinung, der Kommunismus müsse eingedämmt werden.« Das war mal ein Wort. »Eingedämmt.« Was bedeutete das? Den Kommunismus in eine Kiste stecken, sie wegschließen und so tun, als existiere er nicht mehr?

»Ist es richtig, einen Krieg in einem winzigen, gebeutelten Land zu finanzieren und anzustacheln, nur weil wir Angst haben?«, hatte er seinen Vater eines Sonntags beim Frühstück gefragt.

»Wir haben keine Angst, mein Sohn.« Sein Vater klang ruhig und gemessen, in seiner Stimme lag nur eine Spur von Verachtung. »Wir sind Amerikaner.«

»Aber du redest von einem Krieg, Dad.« Glenn wünschte, er könnte zu ihm durchdringen. »Ein Krieg, in dem Unschuldige getötet werden und bei dem die meisten Leute nicht einmal wissen, wofür sie kämpfen.« Als er gelesen hatte, welches Ausmaß die Gewalt in Vietnam angenommen hatte, war er schockiert gewesen. Wusste die amerikanische Öffentlichkeit überhaupt, was da los war? Wusste sein Vater davon?

»Und was würdest du tun, wenn du schon so verdammt clever bist?«, fragte sein Vater.

Glenn bemerkte, dass seine Mutter unruhig und ängstlich von der Spüle herüberkam, wo sie abgewaschen hatte. Sie schlang die Hände auf ihre nervöse Art ineinander und war bereit zum Eingreifen. »Ted …«

»Die Truppen abziehen«, sagte Glenn.

Die Miene seines Vaters verdüsterte sich. »Und die Macht den verdammten Roten überlassen? Haben wir dafür gekämpft? Zum Teufel, was ist mit unserer Ehre? Der Zukunft unseres Landes? *Deines* Landes?«

»Ist es nicht ein bisschen zu früh am Tag, um über Politik zu diskutieren?«, hatte Glenns Mutter eingewandt. »Können wir uns nicht an einem Sonntagmorgen zum Frühstück setzen und uns einfach nett über …« Sie schien verzweifelt nach einem Thema zu suchen. » … etwas anderes unterhalten?«

Glenn liebte seine Mutter, aber er hatte bereits gelernt, dass man nicht alles unter den Teppich kehren konnte und das auch nicht tun sollte. Alles musste ausgesprochen werden. Wie sollte sich sonst etwas ändern? Diese heiligen Familiensonntage … Bilder huschten vor seinem inneren Auge vorüber. Kirche, Hausarbeit, Rasenmähen, Unterhaltungen mit den Nachbarn, das gemeinsame Abendessen. Es war alles so verdammt sicher. Glenn hätte am liebsten laut geschrien. In den Diskussionen an der Highschool hatte er einen anderen Blick aufs Leben entdeckt, und diesen neuen Erkenntnissen wollte er folgen.

Sein Vater schob einen Teller, der auf dem Tisch stand, beiseite. Irgendwie hatte diese Bewegung für Glenn etwas Bedrohliches. »Wir sind eine verdammte Verpflichtung eingegangen.« Die Stimme seines Vaters klang laut, stolz und überzeugt. Als bewerbe er sich um die Präsidentschaft, dachte Glenn unwillkürlich. »Amerika ist eine verdammte Verpflichtung eingegangen.« Er stand auf und ragte nun bedrohlich über Glenn auf, zumindest kam es ihm so vor. »Und das war richtig von uns.«

Glenn holte tief Luft. »Falsch, Dad.«

Er sah, wie seine Mutter die Stuhllehne umklammerte. Glenn stand ebenfalls auf. Sie standen sich auf Augenhöhe gegenüber, dachte er. Beinahe. Er war nicht so groß wie sein Vater, noch nicht. Aber eines Tages würde er es sein. Schon jetzt fehlte nicht mehr viel.

»Falsch, Sohn?« Sein Vater starrte ihn wütend an und hatte die schwarzen, buschigen Augenbrauen finster zusammengezogen. »Was meinst du mit *falsch?* Könntest du mir das mal erläutern?«

Es kam Glenn so vor, als hielten sie alle drei den Atem an. »Bei allem Respekt, Sir, Eisenhower hatte nicht das Recht, sich in die innere Debatte eines anderen Landes und damit in die Regierung dieses Landes einzumischen.«

»Ist das so? Hat er das getan?« Die Augen seines Vaters blitzten.

»Das ist meine Meinung.« Niemand hatte das Recht, anderen zu diktieren, wie sie ihr Leben leben oder woran sie glauben sollten. Und plötzlich wurde Glenn etwas klar. Er wiederholte nicht, was Brad oder Al oder einer der anderen gesagt hatte. Er plapperte nicht nach, was er auf einem Flugblatt gelesen hatte. Es war Glenn, der hier sprach. Daran glaubte er.

Sein Vater fluchte halblaut. Er fuhr sich mit den Fingern durch das dunkle, militärisch kurz geschorene Haar. Glenn erkannte, dass er kurz davorstand, die Beherrschung zu verlieren, und er wünschte sich beinahe, dass das passieren würde. »Ach ja, ist sie das?« Sein Vater ballte die Fäuste. Er trat einen Schritt auf Glenn zu. Würde er ihn schlagen? Hatte er das vor?

»Ja, Sir.« Glenn biss die Zähne zusammen und hielt die Stellung, obwohl er spürte, dass seine Entschlossenheit ins Wanken geriet.

»Ted.« Seine Mutter tat einen Schritt auf seinen Vater zu,

doch er hielt warnend die Hand in die Höhe, um sie zu stoppen. Und zog sich langsam und flach atmend zurück.

Er bedachte seinen Sohn mit einem gleichmütigen, nachdenklichen Blick. »Du musst noch viel lernen, Junge«, sagte er. »Du weißt nicht alles, obwohl du das glaubst. Tatsache ist, dass manchmal eine stärkere Macht eingreifen und tun muss, was das einzig Richtige ist.« Er nickte, als wäre er zufrieden, das letzte Wort gehabt zu haben, drehte sich auf dem Absatz um und verließ den Raum.

»Wir können uns nicht zurückziehen, weil wir sonst das Gesicht verlieren.« Glenn wurde klar, dass er zitterte. »Das ist die Wahrheit. Was für eine Art Stärke soll das bitte schön sein?«

»Das reicht jetzt, Glenn.« Seine Mutter kam auf ihn zu und nahm seine Hände. »Lass es. Lass dich nicht hineinziehen. Lass ihn in Ruhe. Das ist alles, worum ich dich bitte.«

Als Kind hatte Glenn so oft den Kopf an ihrer Brust vergraben und gespürt, wie ihre warmen Arme ihn umschlangen. Sie hatte ihm Trost und Unterstützung geschenkt und nichts dafür verlangt.

Nun war er an der Reihe, sie in die Arme zu nehmen. Sie fühlte sich so klein an, so wehrlos. Sie hatte sich das dichte, dunkle Haar für den Kirchgang gewaschen, und die zarten Spitzen waren nach außen geföhnt. »Ich weiß nicht, Mom«, flüsterte er ihr ins Ohr. »Ich weiß nicht, ob ich das kann.«

»Er ist schuld daran, dass ich mich für Politik interessiere«, sagte Glenn zu Bethany. »Dass ich anfing, nachzudenken über den Krieg und darüber, was wir in Vietnam zu suchen hatten. Und auf der Highschool habe ich dann einige der Antworten auf meine Fragen gefunden.« Er sah Bethany an, ihre glatte Stirn, ihre Augen, in denen ein solcher Friede lag, wie er ihn sich immer erträumt hatte. Er hatte geglaubt, so viel zu wissen. Und mehr als alles andere hatte er beweisen wollen, dass sein Vater sich irrte.

Sobald er einmal angefangen hatte, gab es kein Zurück mehr, nicht um seiner selbst willen, nicht um seiner Mutter willen oder wegen einer trügerischen Familienharmonie. Er wurde erwachsen. Und seine Welt, die Welt seiner Generation, lag Lichtjahre entfernt von der Welt seines Vaters.

17. Kapitel

Der Kurs im Riad Lazuli ging zu Ende, und Nell war traurig. Heute war ihr letzter gemeinsamer Tag, und Nell und Amy hatten einen Ausflug zu den Saadier-Gräbern gemacht. Es war Nells Wunsch gewesen. Amy war ungewöhnlicherweise nicht so begeistert gewesen. Vielleicht lag es daran, dass sie es kaum erwarten konnte weiterzureisen, weiter nach Essaouira, der nächsten Etappe ihrer Reise. Dort hoffte sie zu finden, was sie suchte. Selbst wenn sie nichts fand, hätte sie es wenigstens versucht. Nell spürte einen flüchtigen Anflug von Neid. Nach was war *sie* auf der Suche? Sie hatte geglaubt, eine Ahnung zu haben, aber mittlerweile war sie sich nicht mehr sicher.

Die Tage in Marrakesch hatten ihr gefallen, sie hatte die Zeit mit Amy so genossen, und der marokkanische Kochkurs hatte ihre Erwartungen übertroffen. Sie hatte sich in die Küche dieses Landes verliebt, in das langsame, bedachtsame Garen, den präzisen Einsatz feiner Gewürze, die Mischung aus Süß und Sauer. Aber wie weit war sie mit ihrem Vorhaben gekommen, mehr über das Leben ihrer Mutter herauszufinden? Nicht besonders weit, musste sie gestehen. Und ihre Ehe … Mit dem, was sie zu Callum gesagt hatte, hatte sie einen unwiderruflichen Schritt weg von ihm getan. Sie hatte sich damit auch auf einer geistigen Ebene von ihm abgegrenzt, nachdem sie auf körperlicher Ebene schon getrennt waren. Was jetzt?

Sie musste zugeben, dass die gestrige Begegnung mit Rafi in der Bar sie verblüfft hatte. Hier war ein attraktiver Mann, der einer anderen Kultur angehörte und doch zu begreifen schien, worauf sie hinauswollte, der sie auf einer tieferen Ebene zu verstehen schien, ohne dass sie sich zu erklären brauchte. Was sagte das über ihre Beziehung zu Callum aus? Nell hatte auf Rafi reagiert. Vielleicht schlummerten ja doch noch mehr solche Gefühle in ihr, als sie gedacht hatte. Vielleicht hatte seine Aufmerksamkeit ihr aber auch nur geschmeichelt und einfach als Auslöser gewirkt. Sicher, sie hatte ihm gesagt, es sei keine gute Idee, zusammen essen zu gehen, aber die Wahrheit war, dass sie sich versucht gefühlt hatte. Was verriet ihr das nun über ihre Ehe?

Die Saadier-Gräber, die in der Nähe der Kasbah-Moschee lagen, waren ein ziemlich prachtvolles Mausoleum, das 1603 für Sultan Al-Mansur aus italienischem Marmor, Mosaikfliesen und vergoldeten Wandvertäfelungen errichtet worden war. Einer seiner Nachfolger, der offensichtlich nicht zu seinen Bewunderern gehört hatte, hatte sie zumauern lassen, bis sie 1917 wiederentdeckt wurden. Das hatte ihnen Marion beim Mittagessen erzählt, als sie ihr verraten hatten, wo sie hinwollten. Nell sah zu, wie Amy ihre Kamera hervorzog. Zweifellos interessierte sie sich weniger für die Geschichte und die gut hundert Mitglieder des Saadier-Königshauses, die auf dem Gelände begraben waren, als für das herrliche Kuppeldach, die bunten *Zellige*-Fliesen, die ziselierte arabische Schrift und die filigranen Schnitzarbeiten, die sie jetzt mit wiedererwachender Begeisterung fotografierte.

»Er hat mir nicht gesagt, dass es hier so schön ist«, murmelte sie.

»Er?«

»Ach, nur jemand von der Arbeit.«

»Musstest du deinen Rückflug nach Großbritannien wegen der Fahrt nach Essaouira umbuchen?«, fragte Nell.

»Ach, ich habe noch ein paar Tage Zeit. Einstweilen habe ich alles gelassen, wie es ist. Ich schwimme einfach mit dem Strom.« Amy fuhr fort, die Mosaiken zu fotografieren.

Sie waren *wirklich* hübsch. Die Muster waren entweder geometrisch oder abstrakt gestaltet. Einige gingen von einer sternförmigen Mitte aus, andere zeigten eine florale Form und wieder andere ein Wabenmuster wie ein Bienenstock. Nell trat ein wenig zurück, um sie in ihrer ganzen Schönheit zu bewundern.

»So viele uralte Techniken, die über Generationen weitergegeben und perfektioniert worden sind.« Amy schüttelte den Kopf, als staune sie über das Wunder dieser Handwerkskunst. »Und alles wurde nur zum Gedenken an einen Menschen geschaffen. Es ist atemberaubend, nicht wahr?« Amy hatte aufgehört zu fotografieren und nahm den Anblick einfach in sich auf.

»Hmmm.« Nell fand nicht, dass man diese Art von Pracht brauchte, um sich an jemanden zu erinnern, und dachte einmal mehr über ihre Mutter und den Safran nach. Sie fragte sich, wie es wäre, sich einfach mit dem Strom treiben zu lassen. Amys Pläne waren so wandelbar, so flexibel, dass ihre eigenen ihr im Vergleich geradezu spießig und langweilig vorkamen. Vielleicht gehörte das deprimierenderweise dazu, wenn man verheiratet war. Man hatte immer noch an jemand anderen zu denken. Dabei schlug sie sich an dieser Front nicht einmal besonders gut. Seit ihrem letzten Gespräch hatten Callum und sie nicht mehr miteinander telefoniert. Aber irgendwann würden sie wieder miteinander reden müssen. Sie würden entscheiden müssen, wie es weiterging. Und sie empfand den Schmerz des bevorstehenden Verlusts wie einen Fausthieb in die Magengrube. Zu viele Verluste, dachte sie.

»Ja, ich sehe einfach, wie die Sache in Essaouira sich entwickelt, bevor ich wegen des Flugs etwas entscheide.« Amy nahm ihr vorheriges Thema wieder auf.

»Aber wann verlässt du Marrakesch?«

»Morgen früh.« Amy drehte sich um und warf ihr ein Grinsen

zu. »Ich kann mir doch das große Festmahl heute Abend nicht entgehen lassen.«

Nell sah auf ihre Armbanduhr. »Was mich daran erinnert, dass ich zurückmuss.« Gott sei Dank gab es das Kochen. Wenn sie kochte, konnte sie vergessen – wenigstens eine Zeit lang.

Als letzte kulinarische Herausforderung würde jeder von ihnen unter Hassans Anleitung ein eigenes, besonderes Gericht zubereiten. Sie kochte eine Hähnchentajine mit Fenchel. Für den Fenchel hatte sie sich entschieden, weil sie nicht nur seinen einzigartigen Geschmack liebte, sondern weil er ein saisonales Gemüse war, und sie bezog diesen Faktor beim Kochen gern mit ein. Das Rezept war relativ einfach, die Zubereitung aber trotzdem zeitaufwändig, wenn man für so viele Personen kochte. Obwohl sie schon den Großteil der Vorbereitungen erledigt hatte, wollte sie sich viel Zeit für die letzten Phasen nehmen, um den feinen Geschmack genau richtig herauszuarbeiten.

»Warum kommst du nicht mit?« Amys Augen leuchteten.

»Wohin?«

»Nach Essaouira natürlich.« Sie nahm Nells Hand. »Das wäre ein Abenteuer. Du hast ein Abenteuer verdient.«

»Oh, aber das geht nicht.« Nell lächelte. Ein Abenteuer klang, als würde es Spaß machen. Ihre Mutter hätte das gut gefunden. Sie hatte bestimmt auch ihre Abenteuer erlebt, obwohl sie ihr einige davon verschwiegen hatte.

»Warum nicht?«

»Mein Flug geht morgen Nachmittag.«

»Du könntest umbuchen.«

»Callum holt mich vom Flughafen ab.«

»Du könntest ihn anrufen.«

Ja, aber was sollte sie sagen? Dass sie auf ein Abenteuer auszog – zu einem Zeitpunkt, an dem ihre Ehe eindeutig auf der Kippe stand? Dass sie noch nicht bereit war, nach Hause zu kommen? Dass sie, statt ihn zu vermissen – und er fehlte ihr tatsächlich –, auf ihrer Reise nach Marrakesch begonnen hatte, an ihrer Beziehung zu zweifeln und ernsthaft überlegte, ob sie überhaupt eine Zukunft hatten? Nell erschauerte. »Und ich muss wieder arbeiten. Richtig arbeiten. Im Restaurant.«

»Aha.« Amy sah zurück zu den Gräbern. »Okay. Es war ja nur eine Idee.«

Als Nell später im Riad Lazuli mit dem Kochen fertig war, ging sie nach oben, um sich zum Abendessen umzuziehen. Doch statt in ihr Zimmer zu gehen, folgte sie einem spontanen Einfall, passierte die Gitterfenster und stieg über die Treppe zur Dachterrasse hinauf.

Der Himmel war dabei, in ein von Rosa durchzogenes Eisblau umzuschlagen, das den Sonnenuntergang ankündigte. Über den Dächern von Marrakesch kreisten die Schwalben, stiegen empor und schossen dahin. Sie spürte das Beben und Flattern ihrer Schwingen, als sie über sie hinwegsegelten. Nell legte die Hände auf die Balustrade. Sie sah zu dem Koutoubia-Minarett aus dem zwölften Jahrhundert, das sich hoch über den rosafarbenen Dächern der Medina mit ihren Zypressen und ihrem Flieder, den Bougainvillea-Büschen und Feigenbäumen erhob. Sie konnte sogar das Atlas-Gebirge erkennen, das hinter der flachen, kakaobraunen Ebene und den Palmenhainen außerhalb der Stadtmauern hoch und dunstumflossen in der Ferne lag. Das Rosa der Medina nahm jetzt einen dunkleren Ton an, und sie wirkte beinahe lachsfarben, als die Sonne tiefer sank und sich das gelbliche Licht des späten Nachmittags über ihre Mauern ergoss.

Nell war zufrieden mit ihrem Gericht. Hassan hatte es gekostet und war voll des Lobes gewesen. Sie hatte sich Sorgen gemacht, er würde es missbilligen, dass sie das traditionelle Rezept ein wenig abgeändert hatte. Aber so hatte sie es schon immer gehalten; es war Teil ihrer Art zu kochen, die auf ihre ersten Kochversuche im Farmhaus bei ihrer Mutter zurückging. Heute hatte sie noch Safran und Ingwer zu der feinen Mischung aus Fenchel und Koriander gegeben. Dadurch kam, wie sie fand, ein Hauch von Süße hinzu, der ein schönes Gegengewicht zu der Zitrone bildete. Aber Safran und Ingwer sorgten auch für das gewisse Etwas. Sie unterstrichen den Geschmack des Huhns, während die Raffinesse des Gerichts erhalten blieb.

Hassan hatte die Stirn gerunzelt, bevor er sein Urteil verkündete: »Sie haben Talent.«

»Danke.«

Er sprach Marion an und bat sie, für ihn zu übersetzen.

»Er fragt sich, was Sie mit Ihrer Fähigkeit anfangen wollen«, sagte sie. »Er fragt, ob Sie Profiköchin sind. Er meint, das müssten Sie sein. Sie begreifen sehr schnell. Aber Sie fügen auch gern etwas Neues, etwas Persönliches hinzu.«

»Ich kenne keine andere Art zu kochen«, erklärte Nell ihm.

Marion übersetzte, und er nickte. »Das ist die beste«, sagte er. Wieder hatte er Arabisch gesprochen.

»Die beste Art, seine Kreativität auszudrücken«, fügte Marion hinzu.

Nell fühlte sich geschmeichelt. Sie hatte ebenfalls eine hohe Meinung von Hassans Kochkünsten. Sie hatte Glück gehabt, einen so geduldigen und guten Lehrmeister zu finden. Er hatte alle mit der gleichen Aufmerksamkeit behandelt, ganz gleich, wie unerfahren oder wie versiert jemand war. »Ich arbeite auch in einem Café«, fügte sie hinzu. »Aber ich hoffe, irgendwann ein eigenes Restaurant zu eröffnen. Das ist mein Traum.«

Als Marion das übersetzt hatte, nickte Hassan. »Das werden Sie. *Insha'Allah*«, sagte er. *Wenn Gott will.*

Die Sonne sank tiefer, und der Himmel nahm dunklere Rot- und Grautöne an. Der Tag war wieder erstaunlich mild gewesen. Marion hatte ihnen erklärt, im November könnten die Tagestemperaturen zwischen fünfzehn und dreiundzwanzig Grad Celsius schwanken. Aber sobald die Sonne unterging, wurde es kühl, und man musste einen Pullover anziehen. Auf den hohen Berggipfeln konnte Nell Schnee sehen. Marion hatte ihnen gesagt, er schmelze nur im Hochsommer, doch um diese Zeit war er schon auf die Gipfel zurückgekehrt.

Zurückkehren – das musste Nell ebenfalls. Sie dachte an das Farmhaus. In den letzten Tagen hatte sie keine Zeit gehabt, die Karten zu legen. Als ihr das bewusst wurde, erschrak sie. Die Tarotkarten waren seit Jahren ihr treuer Begleiter, und seit dem Tod ihrer Mutter hatte sie fast täglich die Karten gelegt. Aber hier vergingen die Tage wie im Flug. Frühstück gab es je nachdem, wie warm es war, auf der Terrasse oder unten im rosa Salon, dann folgten der Kochunterricht und praktische Übungen, unterbrochen nur von Marions historischen Anekdoten, und dann das Mittagessen. Sobald sie ein paar Stunden freihatte, war da Amy, die alles Mögliche vorhatte und offen war für jeden neuen Anblick und jede neue Erfahrung und alles mit der Kamera einfing. Am späten Nachmittag wurde wieder gekocht, und dann gab es Abendessen. Wenn Nell abends zu Bett ging, war sie erschöpft. Aber auf dem Federkissen, das nach Zimt duftete, schlief sie tief und gut; und dieser Schlaf war der erfrischendste, seit Langem.

Sie lebte wieder. Nell blickte zu den Schwalben auf, hörte das Pfeifen, das sie ausstießen, während sie hierhin und dorthin flogen. Auch sie lebten. Sie spielten. Zumindest sah es so aus.

Als der Himmel einen strahlenden Orangeton annahm, spürte Nell, wie ihr Tränen in die Augen traten. Vielleicht lag es an diesem Ort oder an diesen Minuten des Alleinseins. Ihre Mutter war gestorben, aber Nell war noch nicht so weit, dass sie sich nicht mehr danach sehnte, ihre Stimme zu hören. Sie wollte mehr über die Frau erfahren, die sie zur Welt gebracht hatte – ja, sogar über die schlimmen Dinge. Sie gehörten zur Geschichte ihrer Mutter, und dadurch waren sie auch Teil von Nell. Wenn sie herausfand, wer ihre Mutter wirklich gewesen war, konnte sie vielleicht endlich akzeptieren, dass sie nicht mehr da war. Vielleicht würde sie sogar herausfinden, warum sie das getan hatte. Nell hatte noch nicht mit dem Leben abgeschlossen, noch lange nicht.

Es begann mit einem hohen Ton. Der Ruf der Muezzine zum Gebet ertönte zuerst durch ein Megafon irgendwo in der Medina, dann folgte ein anderes. Es begann an unterschiedlichen Stellen zu verschiedenen Zeiten und floss dann zusammen, gewann an Intensität und lief auf einen Höhepunkt zu. Nell war inzwischen vertraut damit, und doch verblüffte es sie. Es war ein klagendes und zugleich hypnotisch wirkendes Heulen, traurig und unwiderstehlich. Es war ein Sprechgesang, ein Dröhnen, so angelegt, dass man es nicht überhören konnte. Sie schloss die Augen und lauschte.

Der dämmrige Himmel war so atemberaubend schön, dass Nell die Dachterrasse erst verlassen konnte, als die Sonne endlich untergegangen war. Der Nachhall des Gebets lag noch in der Luft, als der Himmel sich verdunkelte und ein Tuch aus schwarzer, changierender Seide über die Medina warf. Schließlich brach die Nacht an.

Unten in ihrem Zimmer zog sie sich schnell um, schlüpfte in ein blassblaues Maxikleid aus weichem Jersey und ging hinunter zu Ahmed an die Rezeption. Das Blau des Riad Lazuli, dachte sie auf dem Weg nach unten, war ein satter Farbton, beinahe ein Himmelblau. Wie der Edelstein, nach dem der Riad benannt war, war er von goldenen Pyritkörnchen durchsetzt, die wie Sterne schimmerten.

Ihr fiel auf, dass Ahmed einen Goldring an seinem kleinen Finger trug. Der Lapislazuli, der hineingearbeitet war, war winzig, aber vollkommen. In der Inneneinrichtung des Riads war die Farbe so gut eingefangen.

Als er ihren Blick bemerkte, lächelte Ahmed. »Er ist der Stein der Freundschaft und Wahrheit«, erklärte er.

»Er ist wunderschön.«

Er neigte den Kopf. »Und wie kann ich Ihnen behilflich sein?«, fragte er.

»Könnte ich vielleicht Ihren Computer benutzen?«, fragte sie. »Ich will sehen, ob ich meinen Rückflug umbuchen kann.«

»Aha.« Er schien nicht erstaunt zu sein. »Dabei kann ich Ihnen gerne behilflich sein. Sie möchten länger in unserem Land bleiben, nicht wahr?«

»Ja«, sagte sie. »Ich möchte eine Safranfarm besuchen.«

»Gute Idee.« Amy stand hinter ihr und grinste von einem Ohr zum anderen. »Ich sag' dir was. Du kommst mit mir nach Essaouira, und ich fahre mit dir zur Safranfarm. Ich glaube, beides liegt ungefähr in derselben Richtung. Abgemacht?«

»Abgemacht«, sagte Nell. Da war ihre Mutter, und da war Callum – die Toten und die Lebenden. Es waren nur ein paar Tage. Zuerst würde sie versuchen, etwas über ihre Mutter herauszufinden. Das musste sein. Und wenn Callum kein Verständnis dafür aufbrachte, dann eben nicht. Danach würde sie sich Gedanken darüber machen, was sie wegen ihrer Ehe unternehmen sollte.

18. Kapitel

Am nächsten Tag verabschiedeten sich Amy und Nell und nahmen ein Taxi vom Riad Lazuli zum Busbahnhof; auf dem Weg bis zur Stadtmauer kam wieder der Handkarren zum Einsatz.

»Verdammt«, sagte Amy, nachdem sie ihre Fahrkarten gekauft und sich zu den anderen Reisenden gesellt hatten, die im Freien warteten.

»Was?«

»Ich muss ihn anrufen.« Er sollte wissen, wohin sie unterwegs war. Das hier war eine Dienstreise, und Jake Tarrant der verantwortliche Ansprechpartner. Sie fand seine Nummer auf ihrer »Kontakte«-Liste, auf die sie sie nach seinem Anruf im Majorelle-Garten verschoben hatte. Er stand unter »Rooibos«.

»Amy?« Sie hörte die Überraschung in seiner Stimme. Vielleicht lag sogar ein erfreuter Unterton darin.

»Also, wegen Essaouira …«, begann sie.

»Ja?«

Es war nicht einfach. Amy wechselte einen Blick mit Nell. Gott sei Dank begleitete sie sie. Sie war eine großartige Gefährtin, und Amy freute sich darauf, noch länger mit ihr zusammen zu sein. Eine Freundin fürs Leben? Es sah jedenfalls so aus.

»Ich habe es mir anders überlegt«, sagte sie zu Jake.

»Ach?«

»Tatsache ist, dass ich gerade auf den Bus nach Essaouira warte.« Sie zwinkerte Nell zu.

»Dann wollen Sie sich dort mal wegen der Musik umsehen?« Er klang verblüfft. Das mit der blauen Tür brauchte er nicht zu wissen, beschloss Amy.

»Ich fand, dass es doch sinnvoll wäre, ja.«

»Okay. Aha.« Er machte eine kurze Pause, schien aber noch mehr sagen zu wollen. »Wieso haben Sie Ihre Meinung geändert? Hat Duncan …«

»Nein.« Sie hatte keine Lust, über Duncan zu reden.

»Ich habe auch nicht mit ihm darüber gesprochen. Falls Sie sich das gefragt haben.«

»Habe ich nicht.« Amy trat beiseite, um eine Frau vorbeizulassen. Sie trug ein Baby auf dem Rücken, eine große Tasche auf dem Arm und scheuchte zwei Kinder vor sich her. Ihr Mann ging neben ihr; seine Verantwortung schien sich darauf zu beschränken, die Busfahrkarten zu tragen.

»Amy, ich wollte mit Ihnen reden«, sagte Jake. »Ich habe nachgedacht. Wir hatten keinen guten Start.«

Das konnte man wohl sagen.

»Sie und ich arbeiten zusammen an diesem Event, als Team. Wir müssen zusammenhalten.«

Zusammenhalten. Wenn Amy der Frau Hilfe anbot … Wie würde ihr Mann reagieren? Würde er verlegen sein? Wütend? Würde er es überhaupt bemerken?

»Ich weiß, dass Duncan mich engagiert hat. Aber dieses Projekt … das ist unser Baby, Ihres und meines.«

Ihres und meines? Amy ignorierte die Wärme der Morgensonne auf ihrer Stirn. Eine Welle aus Hitze lief durch ihren ganzen Körper. Aber sie war viel zu jung für die Menopause, und so heiß war es nun auch nicht, nicht wirklich. Dieses Projekt war *ihr* Baby gewesen. Das durfte sie nicht vergessen. Aber sie durfte auch nicht nachtragend sein. Sie musste nach vorn sehen. Und wenn sie Jake nicht unrecht tun wollte, musste sie zugeben, dass er das ebenfalls zu wollen schien. Sie stellte ihn sich vor ihrem inneren Auge vor. Stachelhaar, Grübchen, der schiefe Zahn, diese Stiefel … Sie lächelte, erwischte Nell dabei, wie diese ihr einen neugierigen Blick zuwarf, und ließ das Lächeln rasch in ein Stirnrunzeln umschlagen. »Ja, wahrscheinlich ist es das«, sagte sie.

»Die Beziehung zwischen Ihnen und Duncan…«

»Was?« Jetzt runzelte sie wirklich die Stirn.

»Ach, kommen Sie schon, Amy.« Er lachte. »Ich bin nicht dumm. Ich gebe zu, dass ich erstaunt war. Eine Frau wie Sie … Aber das geht mich nichts an.«

»Nein, tut es nicht.« Und was meinte er mit *eine Frau wie Sie?* »Aber rein fürs Protokoll: Diese Beziehung ist Vergangenheit.«

»Vergangenheit?«

»Ja. Nicht mehr aktuell. *Finito*. Beendet.« Nie hatte sich eine Entscheidung besser angefühlt.

»Verstehe«, sagte er, klang aber, als glaube er ihr nicht.

»Und?« Wieso um Himmels willen versuchte sie eigentlich, sich ihm gegenüber zu rechtfertigen? Ihr Liebesleben – oder das Fehlen eines solchen – war ihre Sache. Die Galerie war ihre Sache. Und die von Duncan. Für wen hielt sich Jake Tarrant? Für einen Event- und Beziehungsmanager, der hinzugezogen worden war, um die Harmonie wiederherzustellen? »Egal«, sagte sie. »Ich muss Schluss machen. Der Bus kommt.« Wie auf dieses Stichwort hin fuhr er in den Bahnhof ein und kam mit quietschenden Bremsen in einer rosa Staubwolke zum Halten. Alles stürzte darauf zu. Eine menschliche Flutwelle.

»Ich wollte nur sagen, dass Ihre Beziehung nichts mit mir zu tun hat«, sagte er ziemlich kurz angebunden, wie sie fand. »Ich interessiere mich nicht für Privatangelegenheiten. Ich möchte nur, dass dieser Marokko-Event ein großer Erfolg wird.«

Er interessierte sich nicht für Privatangelegenheiten? Er brauchte sich keine Sorgen zu machen – das tat sie auch nicht. »Wahrscheinlich bezahlt Duncan Sie dafür«, gab sie ebenso kühl zurück.

»Was Essaouira angeht … Ich muss Ihnen etwas sagen.«

Amy nahm ihren Koffer und folgte den anderen zum Bus, wo der Fahrer die Gepäckstücke aufs Geratewohl in den Gepäckraum warf. »Was?«

»Die Sache ist die, Amy …«

»Sagen Sie's mir, wenn ich zurück bin.« Sie hatte genug. »Ich muss Schluss machen.«

Aus dem Bus sah Amy zu, wie sich die Landschaft veränderte. Die Stände am Straßenrand, an denen Pflanzen und Keramik angeboten wurden, und die saftig grünen Orangenhaine gleich hinter der Stadt wichen bald einer wüstenhaften Landschaft, deren rosa-braune Erde ab und zu von hohen Palmen, Olivenhainen und Bambus aufgelockert wurde. Die verschlafenen Dörfer wirkten oft nur wie eine Ansammlung von Hütten, aber es gab immer eine Moschee und ein Café, Eselskarren, Männer, die herumsaßen oder Holz oder Metall bearbeiteten, und Jungen, die ganze Berge frischer Minze sortierten.

Die Straße war gut, und der Bus fuhr schnell. Während der zweieinhalbstündigen Fahrt überholten sie Motorroller, klapprige Mercedes-Taxis und Laster, die meist mit Baumaterial oder Melonenkisten beladen waren. Später sah Amy in der Ebene Schafe und Ziegen und eine Frau mit einem Heuballen auf dem Kopf, die einen Ochsen an einem Strick führte. Während der ganzen Fahrt schimmerte in zarten Rosé-Tönen das Atlas-Gebirge, das Rückgrat des Landes, sanft und verwaschen in der Ferne.

Amy bemerkte, dass Nell sie beobachtete.

»Magst du ihn?«, fragte sie.

»Ihn?«

»Den Mann, mit dem du kurz vor der Abfahrt telefoniert hast. Jake Tarrant, nicht wahr?«

Amy warf ihr einen Blick zu. Worauf wollte Nell hinaus? »Er macht mich verrückt«, sagte sie. »Und bevor du voreilige Schlüsse ziehst, er macht mich nicht auf diese Art verrückt, okay?«

Nell zuckte mit den Schultern. »Vielleicht möchtest du ja, dass er das tut.«

Wollte sie das? Gegen ihren Willen blitzte ein Bild von Jake vor Amy auf. Sie biss die Zähne zusammen. »Auf gar keinen Fall«, erklärte sie.

Nell grinste. »Nicht einmal ein bisschen?«

»Na ja …« Attraktiv war er ja, das musste sie zugeben. Und er hatte nicht allzu selbstzufrieden gewirkt, als sie ihm sagte, sie habe ihre Meinung über Essaouira geändert. Er war intelligent. Interessant. Und seine Traurigkeit, die kurz durchgeblitzt war, zog sie an – jedenfalls ein wenig. Was war es nur, fragte sie, das sie zu Menschen hinzog, die traurig waren? »Er ist unglücklich wegen irgendetwas«, setzte sie hinzu. »Ich weiß aber nicht, weshalb.«

Nell schob sich eine blonde Locke aus dem Gesicht. »Du wirst der Sache schon auf den Grund gehen.«

»Wer sagt denn, dass ich das überhaupt will?«, fragte Amy streng, musste aber trotzdem lachen.

Nell fiel ein. Jetzt wirkte sie ganz fröhlich, aber gestern Abend war das anders gewesen. Das Bankett war ein großer Erfolg gewesen. Es gab jede Menge verschiedener marokkanischer Gerichte zum Kosten und Ausprobieren. Mittendrin war Nell hinausgehuscht. Wahrscheinlich, um ihren Mann anzurufen, vermutete Amy. Zwanzig Minuten später war sie wieder da gewesen, mit leicht geröteten Augen, aber demselben entschlossenen, wenn auch verwackelten Lächeln. Amy hatte keine Zeit für Nell, denn sie musste Gruppenfotos machen, so wie sie zuvor auch das Essen fotografiert hatte. Als sie später nach Nell suchte, war diese schon nach oben gegangen, zu Bett.

»Wie hat Callum es aufgenommen?«, fragte sie sie jetzt, während sie durch die Wüstenlandschaft fuhren und Staub aufwirbelten. »Was hat er zu deinen neuen Plänen gesagt?«

»Er hat gesagt, dass er sich nicht mehr sicher ist, wer ich bin.« Nell starrte aus dem Fenster.

»Das kommt mir ein bisschen extrem vor.« Nell hatte doch nur ihre Reise um ein paar Tage verlängert. Was war verkehrt an einem Abstecher zu einer Safranfarm – besonders da Safran ein so wichtiger Teil ihrer Familiengeschichte war?

»Vielleicht ist es das.« Nell wirkte nicht besonders überzeugt. »Vielleicht hat er ja auch recht. Amy, woran merkt man, dass einen jemand wirklich kennt?«

Ach, du meine Güte. Amy dachte an Duncan, und sie dachte an Jake. Sie war nun wirklich keine Expertin. Aber … Sie legte einen Arm um Nells Schultern und drückte sie kurz. »Man erkennt es einfach«, sagte sie. »Mit der Zeit.«

19. Kapitel

Marokko 1974

Es war Herbst, und es wurde langsam kalt. Immer noch aßen sie oben auf der Dachterrasse zu Abend, aber mittlerweile zogen sie Jacken über und nahmen Decken mit hinauf. Auch die Sommerpicknicks am Strand waren vorbei. Dazu hatten sie immer die violetten Brokatkissen mitgenommen, die Bethany gewaschen und geflickt hatte, das kleine dreibeinige Kohlebecken, das Glenn für einen Spottpreis aufgetrieben hatte, den Teekessel und die Leckereien, die Bethany für sie gekocht hatte. Glenn hatte diese Picknicks geliebt, besonders wenn sie nur zu zweit gewesen waren. Sie hatten den Wellen zugesehen, während ein Hitzeschleier über dem Strand lag und ab und zu jemand ein Kamel an den Zügeln vorbeiführte und sie daran erinnerte, dass dies Marokko war. Und dass sie hier waren und einen Traum lebten.

Glenn fragte sich, wie Bethany mit dem Winter klarkommen würde. Sie war ein Sonnengeschöpf. Er fühlte sich versucht, den Vorschlag zu machen, Marokko zu verlassen und auf dem Landweg nach Indien zu reisen, wie er es schon getan hatte. Aber sie hatten nicht viel Geld. Tatsache war, dass sie von der Hand in den Mund lebten. Wenigstens hatten sie hier beide Arbeit. Bethany putzte zurzeit noch im Hotel, hatte aber vor, sich demnächst auf einer Farm vor den Toren der Stadt für ein paar Wochen als Erntehelferin zu verdingen. Glenn hatte einen Job als Englischlehrer für die Kinder einer wohlhabenden französischen Familie gefunden, die in einer Villa am Stadtrand wohnte. Howard schien nicht allzu viel zu tun, soweit Glenn das beurteilen konnte, obwohl er irgendwie immer Geld auftrieb. Und Gizmo machte immer noch Straßenmusik am Hafen. Viel verdiente er nicht, aber manchmal tat er den Leuten leid, sodass sie ihm ein Mittagessen oder einen starken arabischen Kaffee ausgaben. Anscheinend konnte er davon existieren. Die vier waren keine Familie, aber sie waren eine kleine Gemeinschaft, die funktionierte. Seit Bethany zu ihnen gehörte, klappte es richtig gut. Und Glenn wollte ihre kleine Zelle nicht spalten, jedenfalls noch nicht.

»Wo warst du, als es passiert ist?«, fragte Howard ihn eines Abends in seinem üblichen lässigen, gedehnten Ton. Versuchte er, ihn zu überrumpeln? Glenn hatte den Eindruck, dass Howard versuchte, ihn vorzuführen, wenn Bethany dabei war.

»Es?« Oben am Himmel vollführten die Schwalben ihre Luftakrobatik. Glenn hörte den leisen Schlag ihrer Flügel, ihre Rufe, während sie sich am Himmel über ihnen zu chaotischen Mustern zusammenfanden. Sie schossen im Sturzflug herab oder schwebten erschöpft in der Luft. Bald allerdings würden sie nach Süden in die Sahara ziehen und dann weiter über den Äquator, vielleicht bis in den Kongo.

»Als Kennedy ermordet wurde, Mann.« Howard klang schockiert. »Ich dachte, das sagt ihr Yanks immer. Du weißt schon: *Wo warst du, als es passiert ist?*«

Glenn zuckte mit den Schultern. Das stimmte wohl. Die Leute redeten immer noch davon, stellten immer noch diese Frage. Sogar in einer Hippiekommune in Marokko.

Gizmo begann leise auf seiner Gitarre zu spielen. Er hatte sich angewöhnt, weite arabische Hosen und Hemden zu tragen. Mit seinen dunklen Dreadlocks, der Bandana und den bananengelben *babouches*, die die meisten Araber trugen, hätte man ihn für einen Marokkaner halten können. Er schlug die Akkorde von Leonard Cohens »Bird on the Wire« an. Als *Songs from a Room* herausgekommen war, hatte Glenn das Album ständig gehört. Die Texte hatten sich ihm unauslöschlich eingeprägt; sie hatten viel damit zu tun, dass er weggegangen war. Auch er hatte versucht, auf seine eigene Art frei zu sein.

»Ich habe in meinem Zimmer zu Hause gelesen.« Es war ein Freitag gewesen, um die Mittagszeit. Normalerweise hätte er in der Schule sein müssen, aber er war krank gewesen und heute Morgen zum ersten Mal wieder aufgestanden. Sein Vater war ebenfalls zu Hause; er hatte Mittagspause in der Bank.

»Was ist passiert?« Bethany sah ihn ernst an. Sie musste immer alle Einzelheiten kennen. Ihr reichte es nicht, zu wissen, wo jemand war, als es passierte. Bethany wollte erfahren, was du gedacht, was du gefühlt hattest und wie sich das auf dein Leben ausgewirkt hatte. Sie wollte das ganze Bild – so war Bethany.

»Dann habe ich unten einen Schrei gehört.«

Gizmo unterbrach sein Spiel und reichte Glenn den dünn gedrehten Joint, den er aus dem Aschenbecher genommen hatte.

Glenn nahm einen Zug. »Dann habe ich nur noch Stille gehört.«

»Stille kann man nicht hören, Mann«, sagte Gizmo. »Das ist nicht möglich. Stille ist einfach nur da.«

Glenn sah Bethany an. »Doch, man kann.«

Sie nickte. »Man kann.«

»Es geht allenfalls relativ, Mann«, stöhnte Gizmo.

Howard sagte nichts. Seine hellblauen Augen blickten von Bethany zu Glenn und wieder zurück. Wie ein verdammter Husky. Nur Gott wusste, was er dachte. Er war für Glenn ein Buch mit sieben Siegeln. Seit seinem anfänglichen Protest hatte er kein Wort mehr gegen Bethany verloren. Der Stichtag für ihre sogenannte Probezeit war gekommen und gegangen, ohne dass jemand etwas gesagt hätte. Glenn vermutete, dass Howard sie akzeptiert hatte. Außerdem kochte sie für ihn, oder?

»Was hast du gemacht?« Bethany saß da und strahlte eine vollkommene Ruhe aus.

Glenn zuckte mit den Schultern. »Ich bin die Treppe hinuntergerannt und musste mich dabei am Geländer festhalten. Mir war noch schwindlig von der Grippe …« Aber der Schrei war so schrill gewesen – und er war von beiden gekommen.

»Und?«

»Meine Alten standen einfach nur so da.« Vor dem Schwarz-Weiß-Fernseher, mit weit aufgerissenen Augen, ausnahmsweise vereint und wie erstarrt.

Bethany nickte.

»Mom war wie gelähmt und zeigte nur auf den Fernseher.« Aber Glenn fand es bald selbst heraus: Kennedy war von einem Typen namens Lee Harvey Oswald ermordet worden, als er in der Präsidentenlimousine durch die Innenstadt von Dallas fuhr. Bevor noch am selben Tag das Flugzeug mit seiner Leiche zurück nach Washington flog, legte Lyndon B. Johnson den Amtseid ab.

»Das war mal ein Schock, Mann.« Gizmo hörte auf zu spielen. »War völlig durch den Wind.«

»Klar.« Glenn reichte den Joint weiter. Einige der politischeren Jungs in der Schule hatten gesagt, Kennedy sei nicht das, was Amerika brauche. Trotz all seiner schönen Worte über friedliche Lösungen und Stabilität hätte er schlussendlich nichts getan, um den Vietnamkonflikt zu beenden. Aber Glenn war erst fünfzehn. Er wusste nicht so genau, was Amerika wirklich brauchte. Kennedy war jung und energisch gewesen und hatte ihnen allen wenigstens Hoffnung geschenkt. Glenn war entsetzt, dass er ermordet worden war. Alle waren das. Und es bestärkte ihn nur in seinen zunehmend pazifistischen Ansichten. Waren sie schon so weit gekommen, dass ein amerikanischer Bürger seinen Präsidenten erschoss?

»Das muss deinen Vater schwer mitgenommen haben«, meinte Bethany.

Selbst Glenn hatte darüber gestaunt, wie groß die Trauer seines Vaters war. An dem Sonntag nach dem Attentat hatten sie zu dritt die Liveberichterstattung über die Verlegung Lee Harvey Oswalds vom Polizeihauptquartier ins Staatsgefängnis verfolgt. Sie hatten gesehen, wie aus nächster Nähe eine Pistole auf ihn gerichtet und abgefeuert wurde. Sie hörten den Schuss.

»Guter Mann.« Glenns Vater ballte die rechte Faust und ließ sie in seine linke Handfläche klatschen. »Guter Mann.« Später erfuhren sie, dass der Schütze ein Nachtclubbesitzer namens Jack Ruby gewesen und Oswald zwei Stunden später im Parkland Hospital gestorben war.

Auch Kennedys Begräbnis verfolgten sie im Fernsehen. Jackie Kennedy und die zwei Brüder des Präsidenten zündeten ein Ewiges Licht an. Der kleine John F. Kennedy junior, der an diesem Tag drei wurde – und, wie Glenn vermutete, für immer traumatisiert bleiben würde –, salutierte vor dem Sarg seines Vaters, und Glenn sah seinen Vater zum ersten und letzten Mal in seinem ganzen Leben weinen.

»Yeah, war eine emotionale Zeit«, sagte er jetzt. Er blinzelte. Herrgott, nun saß er hier nach all den Jahren und heulte selbst.

Bethany legte ihm ihre kühle Hand auf den Arm. Sie trug oft einen Kaftan oder eine Djellaba wie die marokkanischen Frauen, obwohl sie nie ihr Gesicht verhüllte. »Es hilft mir, diesen Ort und diese Menschen zu verstehen«, hatte sie ihm erklärt. »Ich möchte fühlen, was sie fühlen.«

»Was fühlst du denn?«, fragte Glenn sie.

»Ich komme mir vor wie ein anderer Mensch.«

Glenn hatte gelächelt und gesagt, er wisse, was sie meine. Aber die Wahrheit war, dass er nicht wollte, dass sie eine andere wurde. Er liebte die, die sie schon war.

Aber so war Bethany. Vor ein paar Tagen hatte sie im Kunsthandwerkerviertel eine alte Frau kennengelernt und war mit hennabemalten Händen zurückgekehrt, die mit Stoffstreifen umwickelt waren. Sie hatten alle gelacht und ihr gesagt, sie sei verrückt, aber als sie schließlich die Stoffbandagen abwickelte, waren ihre Hände mit den exquisitesten tief orangefarbenen Mustern geschmückt, die Glenn je gesehen hatte. »Es ist wunderschön«, hatte er zu ihr gesagt und behutsam mit den Fingerspitzen über das Henna gestrichen.

»Black Magic Woman«, hatte Howard hinzugefügt und eine Augenbraue hochgezogen.

Und jetzt beobachtete Howard sie beide schon wieder. Was war bloß mit dem Typen los? Was hatte er für ein Problem?

»Meinst du, Kennedy hätte den Krieg beendet, wenn er weitergelebt hätte?«, fragte Bethany.

»Viele Menschen haben das geglaubt.« Aber das konnte man leicht sagen. Der Krieg in Vietnam war trotz Kennedys Versprechungen weitergegangen. Und als der Marionettenpräsident Diêm in Südvietnam mehr und mehr an Boden verloren hatte, hatte die einzige Reaktion der Amerikaner darin bestanden, mehr Geld, mehr Berater und mehr Hubschrauber zu schicken.

Glenn zog die Knie hoch und schlang die Arme darum. Die Sonne ging unter, und der Himmel war rosa und grau gesprenkelt. Abenddämmerung. Sie brauchten mehr Holz für das Feuer; vielleicht sollten Bethany und er zum Strand hinuntergehen, bevor es dunkel wurde, und Treibholz suchen.

Diese Debatten über Vietnam, über Amerika, die sie an der Highschool geführt hatten, schienen ihm Welten entfernt zu sein. Die USA waren ein relativ junges Land. Sie waren nicht seit Jahrhunderten auf Entdeckungen ausgezogen oder hatten Kolonien besessen; sie waren nie ein Imperium gewesen. Was war bloß mit den Amerikanern los, dass sie immer das Gefühl hatten, etwas beweisen zu müssen?

»Nach Kennedys Tod veränderte sich die Stimmung in der Presse noch stärker«, erklärte Glenn Bethany. »Ich weiß noch, wie ich im Aufenthaltsraum saß und eine ziemlich zerknitterte Ausgabe der *New York Times* las …«

»Woohoo, die *New York Times*.« Gizmo wedelte wild mit den Armen, sodass seine Dreadlocks nur so flogen, und alle lachten.

»Was stand da?« Bethany schlang sich ihr Tuch enger um den Hals.

Ja, dachte er, er würde mit ihr an den Strand gehen. Sie würden im Sand herumrennen, der salzige Wind würde ihr Haar zerzausen, und dann würde er sie umarmen, bis ihr wieder warm wurde. »Sie haben Präsident Diêm wegen seiner eklatanten Unfähigkeit kritisiert …«

»Eklatante Unfähigkeit – ha, ha, du Student!«, kicherte Gizmo hämisch.

Glenn warf ein Kissen nach ihm. Howard lächelte nur auf seine kühle, gelassene Art.

»Jedem war verdammt noch mal sonnenklar, dass er den Krieg nicht gewinnen würde. Niemand konnte Diêms Bruder Nhu leiden, und niemand mochte Nhus Frau.« Glenn schmunzelte. »Man nannte sie die Drachenlady.«

»Mann, was für 'ne Familie«, brummte Gizmo.

Bethany lachte. In ihren Augen stand ein Funkeln, das Glenn anzog. Er konnte sich nicht vorstellen, dass dieses Funkeln einmal seine Wirkung auf ihn verfehlen würde.

»Hast du Lust, zum Strand zu gehen und Treibholz zu suchen?«, fragte er sie.

Howard schob sich auf der Matratze in eine andere Stellung und streckte die Beine aus. Er wirkte gelangweilt.

Bethany stand auf und streckte Glenn die Hand entgegen.

Das Leben im Riad war alles andere als luxuriös. Aber Glenn fand, dass sein Leben ziemlich vollkommen war. Er hatte von dem Amnestieprogramm gehört, das Ford letzten Monat verabschiedet hatte. Hieß das, dass er kein politischer Flüchtling mehr war? Wahrscheinlich, obwohl er die genauen Bedingungen der Amnestie nicht kannte. Irgendeine gemeinnützige Arbeit wohl, bis zu zwei Jahre lang. Nur eine andere Art von Gefängnis … Außerdem konnte er sich nicht vorstellen, nach Hause zurückzukehren – jedenfalls noch nicht. Warum sollte er auch? Im Moment lebte er hier. Die Sterne leuchteten am dunklen Firmament, und er war mit der Frau zusammen, die er liebte. Er konnte sich nicht vorstellen, wie jetzt noch etwas schiefgehen sollte.

20. Kapitel

»Lass uns hier hineingehen.« Amy betrat den Laden, den sie entdeckt hatte. Er war eine winzige Höhle voller Platten, Musik-Devotionalien und alten Instrumenten. Die Fenster waren mit Postern von Jimi Hendrix, Bob Marley und Cat Stevens zugepflastert. Die Besitzer sollten eigentlich über die große Zeit von Essaouira Bescheid wissen, denn sie schienen noch in dieser Zeit zu leben.

Ahmed hatte ihnen Zimmer in einem anderen Riad reserviert. Wie könnte man anderswo absteigen?, hatte Amy gefragt. Sie hatten allerdings darauf geachtet, dass er preiswert war. Der Riad war heruntergekommen, aber charmant. Sie hatten vor, zwei oder drei Tage in Essaouira zu verbringen.

Bis jetzt gefiel Amy die Stadt. Sie war vollkommen anders als Marrakesch – offen und luftig, mit einem breiten Sandstrand, der einen lang gestreckten Bogen beschrieb und im Sommer reizvoll gewesen wäre. Aber jetzt im November war er verlassen und windig, trotz der Kamele mit bunten Sätteln, die sie in der Ferne ausmachen konnten. Die Medina war kleiner als die von Marrakesch, und es ging hier nur halb so hektisch zu. Aber die Stadt war genauso lebendig. Es war hier geradezu romantisch, fand Amy. Auch die Händler in den Souks, deren Läden tief in die Arkaden der Hauptstraße hineinreichten, waren weniger aufdringlich; im Allgemeinen waren die Menschen freundlicher. Essaouira war keine Touristenhochburg, hier spielte das echte Leben.

Heute Morgen waren sie zum Hafen gegangen, wo eine Flotte blauer Fischerboote lag. Fischer, die in alle möglichen Kombinationen von Djellabas, Cordhosen und Ölzeug gekleidet waren, hockten am Boden, flickten riesige Schleppnetze und standen an den Gangways, wo sie die Touristen und Zuschauer ansprachen, mit dem Finger auf ihre Ware zeigten und winkten. Andere reichten ihren Fang mit einer Eimerkette weiter, damit er gesammelt, auf Eis gelegt und in Kisten verpackt wurde. Neben ihren Ständen standen Eimer mit Sardinen, Krebsen und zappelnden Aalen, Becken mit Oktopussen, Seespinnen und schwerfälligen Hummern. Die Plastikkisten und auf Böcken stehenden Tische waren mit Petersfischen, Rochen und Doraden mit regenbogenfarbenen Schuppen beladen, die auf Eishaufen glitzerten. Manche Einheimischen kamen mit ihren eigenen Eimern hierher, um sich ihren Fisch zum Abendessen auszusuchen. Möwen kreischten und schossen auf der Suche nach Abfällen über sie hinweg. Aber selbst den Männern gefiel es nicht, wenn Amy fotografierte – entweder das, oder sie erwarteten von ihr, dass sie für dieses Privileg zahlte. Daher hielt sie sich zurück. Das war schade, denn die Fischer mit ihren faltigen Gesichtern, weißen Bärten und vom Meerwasser verkrusteten Kleidern waren reizvolle Motive.

Aber sie waren auf der Suche nach der blauen Tür. Vorbei an einer Reihe von Kanonen gingen sie an den honigfarbenen Festungswällen entlang, wo das Meer auf schwarze Felsen krachte, und überquerten den großen, offenen Platz, auf dem für ein Konzert heute Abend eine Bühne hochgezogen wurde. »GNAWA-Musik« warb ein großes Banner darüber, und quasi als Bestätigung dessen sah Amy einen Laster mit der Aufschrift »Touareg Prod.«, der gerade von seiner Crew entladen wurde. Also war die Gnawa-Szene hier noch immer eine große Attraktion. Trancemusik, hatte Jake sie genannt. Jake. Sie fragte sich, was er ihr noch hatte sagen wollen. Aber was immer es gewesen war, es würde warten müssen, weil sie ihn auf keinen Fall wieder anrufen würde. Falls sie Beziehungsberatung brauchte, hatte sie ja Nell …

Der Mann, der im Musikladen bediente, pflegte eine entspannte Haltung seiner Kundschaft gegenüber und hatte es offensichtlich nicht eilig. Daher erzählte Amy ihm von dem Marokko-Event, den sie in Lyme organisierten. Er sprach sehr gut Englisch.

»Wir haben uns gefragt, ob die hiesigen Gnawa-Bands auch manchmal in Großbritannien spielen«, sagte sie. Nun ja, Jake hatte sich gefragt. »Wir können uns keine hohe Gage oder so leisten, aber falls sie zufällig sowieso auf Tour sind …«

»Ah ja. Möglich ist das.« Der Besitzer, der mindestens sechzig war, begann in den Schubladen eines alten Schreibtischs zu kramen und zog Handzettel und Papierfetzen hervor. Auf ein anderes Blatt kritzelte er für sie Namen und E-Mail-Adressen. »Warum nicht?« Er nickte energisch. »Sie können diese Musiker hier kontaktieren. Bitte.«

»Danke.« Amy nahm den Zettel entgegen. Jake Tarrant kann das übernehmen, dachte sie. Da hätte er eine Gelegenheit, seine Kompetenz zu beweisen. Sie lächelte finster.

»Können Sie uns ein bisschen mehr über die Musik erzählen?«, fragte Nell den Mann. »Was ist das hier?« Sie nahm ein Paar schwarze, eiserne Kastagnetten in die Hand. Davon gab es im Laden eine ganze Reihe; sie waren alle unterschiedlich groß.

Amy dachte über Nells Frage nach: »Woran merkt man, dass einen jemand wirklich kennt?« Natürlich hatte sie von Callum gesprochen. Woran konnte man das erkennen?, fragte sich Amy jetzt. Merkte man es daran, dass der andere verstand, was man wollte, dass er vorhersagen konnte, was man tun und sagen würde, dass er wusste, was man dachte? Wahrscheinlich. So gut sollte einen der besondere Mensch im Leben verstehen, oder? Er sollte einen *erkennen*. Aber sie war keine Expertin. Die Wahrheit war, dass sie selbst noch nie so einen besonderen Menschen gehabt hatte. Der Gedanke flößte ihr trotzdem Furcht ein – sie war sich überhaupt nicht sicher, ob sie das wollte. Denn wenn man einen solchen Menschen hatte, war man abhängig von ihm. Und man konnte ihn auch verlieren.

»Das hier ist die *krakeb*«, erklärte der Mann aus dem Musikshop. »Gnawa-Musik ist eine Mischung alter religiöser Lieder und Rhythmen von Afrikanern, Berbern und Arabern. Sie ist ein Gebet und zelebriert das Leben.« Er demonstrierte, wie man die Kastagnetten mit Fingern und Daumen hielt. »Möchten Sie es ausprobieren?«

»Gerne.« Sie versuchten es beide. Es war erstaunlich schwierig, und Nell schlug sich besser als Amy. Zumindest klang Nells Versuch entfernt nach Musik.

Er zeigte ihnen die lautenähnliche *gimbri*, die ein wenig wie ein breiter Cricketschläger mit drei Saiten aussah, die gezupft wurden, und die Bongotrommeln, die man mit den Handflächen schlagen oder sehr sanft streichen konnte. »Es ist eine rituelle Art der Musik«, sagte er. »Die Musik wird oft von Sprechgesängen auf Arabisch oder Gnawa begleitet.«

»Was wird denn da gesungen?«, erkundigte sich Nell.

»Die Botschaft ist immer spirituell oder religiös. Es ist eine Botschaft mit Heilkräften.«

»Aber wer sind die Gnawa? Ursprünglich, meine ich.«

»Nachfahren schwarzer Bruderschaften unter den Sklaven, die entführt und von Händlern über die Karawanenstraße nach Marokko gebracht wurden«, antwortete er.

Amy erinnerte sich daran, dass Rafi ihnen von der Karawanenroute erzählt hatte und dass Marrakesch dadurch so große Bedeutung für den Handel gewonnen hatte. Sie vermutete, dass Nell sich ebenfalls erinnerte.

»Ursprünglich sollten sie als Wachen für die marokkanischen

Sultane dienen«, fuhr er fort, »aber es heißt, ihre Rolle habe sich verändert, als ein Mystiker, Musiker und Heiler namens Bilal Mohammeds Tochter Fatima heilte, indem er ein Lied für sie sang. Damals seien sie von Wachen zu Ärzten geworden, die durch Musik heilten. Sie sind Ärzte, die die Seele heilen.«

»Und was ist mit der Trance?«, fragte Amy. Ihr gefiel die Vorstellung, die Seele zu heilen. Eine solche Heilung war wahrscheinlich wie eine Reise. Aber die Macht der Musik lag an der langen Geschichte, die dahinterstand – oder am Haschisch, das sie wahrscheinlich alle rauchten?

»Ein sehr guter Gnawa-Musiker kann mithilfe der *krakeb* Laute erzeugen, die seine Zuhörer in Trance versetzen.« Während er sprach, nahm er die Kastagnetten, bewegte die Arme zu ihrem klickenden Takt und begann sich zu wiegen.

»Sie müssen ein Gnawa-Lied hören.« Er wählte aus einem Ständer, der an der Wand hing, eine CD aus und schob sie in den Player, der auf dem Regal stand.

Die Musik begann mit einem Geheul und einer seltsam durchdringenden, auf dem Saiteninstrument gespielten Melodie und ging mit dem Klackern der Kastagnetten und dem Schlagen der Trommeln weiter. Ein Sänger hatte die Hauptstimme, andere fielen beim Refrain ein; eine Zimbel begleitete das Ganze klirrend, und im Hintergrund rasselte ein Tamburin. Es war fast unmöglich, dem Rhythmus zu widerstehen und sich nicht hin und her zu wiegen. Eine Phrase schien immer wieder wiederholt zu werden. Vielleicht gerieten sie deshalb in Trance, überlegte Amy. Es ging weiter und weiter. Verstohlen sah sie auf die Uhr. So faszinierend das alles auch war, sie hatte noch etwas anderes vor.

»Ein Lied kann mehrere Stunden dauern«, erklärte er. Doch dann schaltete er mit einem verschmitzten Lächeln den Player ab. »Möchten Sie eine CD kaufen?«

»Natürlich möchten wir das.« Amy reichte ihm ein paar Dirham. Nach den vielen Informationen, die er ihnen gegeben hatte, war es das Mindeste, was sie tun konnte. »Darf ich Ihnen noch eine Frage stellen?«

Zustimmend nickte er mit dem Kopf.

»Erkennen Sie das hier wieder?« Amy zog wieder einmal die Postkarte aus ihrer Tasche.

Er runzelte die Stirn. »Das könnte hier in dieser Stadt sein, ja«, sagte er.

»Glauben Sie?«

»Oder in einer anderen Stadt.« Er zuckte mit den Schultern. »Wer kann das schon sagen?«

Irgendjemand schon, hoffte Amy.

»Damals, in den Sechziger- und Siebzigerjahren, sind eine Menge Reisende nach Essaouira gekommen, oder?«, fragte Nell.

Er sah alt genug aus, um sich daran zu erinnern. Amy fiel auf, dass Nell das Wort »Hippie« vermieden hatte, obwohl der Laden eine richtige Hippiehöhle war – mit Bildern von Musikern aus den Sechzigern, alten Alben, dem verstaubten Plattenspieler und der bunt gemischten Sammlung von Instrumenten von Trommeln über Kastagnetten bis zu Tamburinen und Gitarren.

»Ja, ja«, sagte er. »Viele Menschen kommen her wegen der Musik, der Sonne, des Sands.« Er grinste. »Und wegen des Haschisch.«

»Also nicht nur Jimi Hendrix«, scherzte Nell.

Der Mann faltete die Hände, als wolle er beten. »Jimi Hendrix führt immer noch viele Leute her«, sagte er. »Er war in Diabat, ein Stück weiter die Küste hinunter. Sie müssen Diabat besuchen.«

»Ich glaube, dass ein Verwandter von mir in den Siebzigern hier war«, erklärte Amy. »Von ihm stammt diese Karte. Sein Name ist Glenn Robinson. Vermutlich ist er Ihnen nie begegnet, oder?« Es war wirklich weit hergeholt. Sie hätte das Foto von Glenn mitnehmen sollen. Vielleicht wäre das eine Hilfe gewesen, auch wenn es aufgenommen worden war, als er fast noch ein Kind gewesen war. Amy hatte es so oft angesehen und bezweifelte trotzdem, dass sie ihn erkennen würde, wenn er ihr auf der Straße begegnete. Außerdem hätte sich ihre Tante niemals von dem kostbaren Foto ihres einzigen Sohns getrennt. »Er ist Amerikaner«, fügte sie hinzu.

»Ah, Amerikaner.« Er nickte. »Wir hatten hier viele Engländer und viele Amerikaner. Manchmal haben sie am Strand kampiert. Manche haben auch in den alten Riads gelebt.«

»Den Riads?« Amy war erstaunt.

»Es gibt hier viele verfallene Riads. Manche stehen seit vielen Jahren leer.«

»Gab es in den Siebzigern viele davon? Gibt es sie heute noch?«

Er zuckte mit den Schultern. »Natürlich. Essaouira ist eine Stadt, die sich ständig verändert, wie der Ozean und der Wind. Alles ist im Fluss, Menschen kommen, Menschen gehen. Ein Stück weiter die Straße hinunter ist einer. Haus Nummer 21.« Er zeigte in die Richtung. »Sie müssen ihn sich ansehen.«

Das taten sie. Als sie dort ankamen, stellten sie fest, dass Nummer 21 ziemlich baufällig war, obwohl das Haus einmal schön gewesen war, soweit man es nach dem Relief rund um die alte Tür und den Dekorationen am Portal beurteilen konnte.

»Sieh doch!« Nell zeigte nach oben. In die Mitte des Portals war das Emblem einer Blume eingehauen. Das Wappen hatte unter der Zeit und der Erosion gelitten und einen Teil seiner Konturen eingebüßt, aber …

»Die Rose von Mogador«, sagte Amy. Wieder zog sie die Postkarte hervor.

Sie betrachteten sie beide und sahen dann wieder Nummer 21 an. Es war das Rosenemblem, aber es war nicht *dieses* Rosenemblem. Auch die Tür war früher einmal blau gestrichen gewesen, wie so viele Türen und Fensterläden hier in Essaouira, aber es war nicht *diese* blaue Tür.

Nachdem sie in einem Café in einem kopfsteingepflasterten, windgeschützten Hof zu Mittag gegessen hatten – frische Sardinen –, zogen sie am Nachmittag wieder auf Erkundung aus. Amy sprach mit vielen Menschen, aber wie zu erwarten war, hatte niemand von Glenn gehört. Sie sahen zwar viele junge Hippies, aber ältere schien es nicht viele in der Stadt zu geben. Amy begriff, dass sie aufgeben musste. Sie hatten die ganze Stadt durchkämmt und die Tür nicht gefunden. Doch selbst wenn sie sie gefunden hätten – was hätte das gebracht? Glenn würde wohl kaum noch hinter dieser Tür leben. Es war nur eine Ansichtskarte; sie musste überhaupt keine Verbindung zu ihm persönlich haben, abgesehen davon, dass er sie vor vielen Jahren an seine Mutter geschickt hatte.

»Wir haben alles versucht«, sagte sie zu Nell, als sie in einem weiteren Café Pause machten, um eine Tasse von dem starken arabischen Kaffee zu trinken, der einem die Tränen in die Augen trieb.

»Und was jetzt?«

»Wir machen uns auf den Weg zur Safranfarm.« Der Eigentümer des Riads hatte Nell auf eine bestimmte Farm aufmerksam gemacht, und da es November war, fuhr morgens für Tagesausflügler ein Bus dorthin. Viele Menschen wollten den Krokus in voller Blüte sehen; es war spektakulär, und ein Foto davon konnte vielleicht das zentrale Motiv für ihre Ausstellung abgeben.

Sie verließen das Café und gingen zurück zum Riad. In einer schmalen Gasse, über der die Schatten der Nachmittagssonne lagen, stießen sie auf einen weiteren Hamam. »Sieh dir das an.«

Nell lenkte Amys Aufmerksamkeit auf die Informationstafel. »Orson Welles hat hier 1949 einen Teil von *Othello* gedreht.«

»Noch eine Berühmtheit«, murmelte Amy. Jimi Hendrix, Cat Stevens, Bob Marley und alle anderen, alle angelockt vom Zauber Essaouiras. Was hatte Glenn hierhergezogen? Wie war er gewesen? Wonach hatte er gesucht? Und warum war er nie zu seiner Familie zurückgekehrt? Warum war er nicht zurück nach Amerika gegangen?

Nell zog sie am Arm. »Wir müssen hier hineingehen.« Sie wirkte sehr entschlossen, daher folgte Amy ihr in ein Gebäude, das anscheinend ein alter Riad war und in dem laut Schild Antiquitäten verkauft wurden. Durch die schartige Holztür und einen schmalen, muffig riechenden Durchgang mit Holzbalken an der Decke betraten sie einen großen Hof voll mit alten Vasen und Statuen. Sie sahen sich um. Es war eine faszinierende Sammlung – eine wahre Schatzhöhle mit antiken Möbeln und *objets d'art*, die auf drei galerieartig angelegten Etagen ausgestellt waren. Jeder der rechteckigen Räume, der von der Mitte nach außen führte, hatte eine Art übergeordnetes Thema. In einem Raum waren der Steinboden und die Wände mit Teppichen und Läufern bedeckt, einer zeigte religiöse Artefakte, einer Bücher, Gobelins und Gemälde und so weiter. Der Riad musste einst atemberaubend schön gewesen sein, auch wenn heute nur noch ein Abglanz seiner alten Pracht zu sehen war. Der Stuck war rissig und blätterte ab, die Säulen verfielen, und die Fliesen waren zerbrochen. Wände waren mit Balken abgestützt, trübe Laternen hingen schief an den Wänden, und in einer Ecke türmte sich ein staubiger Haufen Bauschutt. In der Mitte des Hofs stand eine dicke Palme, die über das Dach hinausgewachsen war und sich vor dem klaren blauen Himmel abhob.

»Was eine fabelhafte Aussicht!« Sie waren direkt nach oben gegangen und blickten nun auf die Straßen von Essaouira hinunter. Amy konnte das Minarett erkennen und in der Ferne das Meer, dessen Wellen ans Ufer schlugen. Dann wanderte ihr Blick in eine ruhige Gasse unter ihnen, wo ein paar Männer einen Laster ausluden. Sie blinzelte. »Nell.« Amy packte ihren Arm. »Schau mal da unten. Siehst du, was ich sehe?«

In der kopfsteingepflasterten Straße standen ein paar halb verfallene Gebäude. Und direkt vor dem Lieferwagen …

»Die blaue Tür!«, stieß Nell hervor.

21. Kapitel

Natürlich hatte Lillian sofort bemerkt, dass Amy die Postkarte mitgenommen hatte. Das liebe Kind. Lillian wusste, dass sie darauf aufpassen würde. Dafür, dass Glenn ihr Sohn war, war Lillian wenig genug von ihm geblieben.

Als die Karte damals angekommen war und auf der Fußmatte vor der Haustür gelegen hatte, hatte Lillian sie sofort aufgehoben, begierig die wenigen Worte gelesen, die er geschrieben hatte, und die Karte an die Brust gedrückt … Sie wusste, dass sie sie vernichten sollte. Sicherheitshalber. Aber schließlich brachte sie es nicht über sich. Die Postkarte war ihre letzte Verbindung zu ihm. Natürlich konnte sie es nicht tun.

Jetzt öffnete Lillian die oberste Schublade ihres Sekretärs, wo sie ihre kostbarsten Besitztümer aufbewahrte. Viele waren es nicht. Ted hatte die Briefe vernichtet, die sie ihm geschrieben hatte, jeden einzelnen. Und sie hatte seine behalten, jeden einzelnen. Warum hatte sie das getan? Warum hütete sie sie immer noch, nach allem, was passiert war? Lillian nahm die Briefe in die Hand, fuhr mit den Fingerspitzen über das glatte Papier des obersten, den er geschrieben hatte, als … Sie wandte den Blick von dem Brief ab und blickte durchs Wohnzimmerfenster und die Gardinen nach draußen auf die Straße. Sie hatte sie behalten, weil sie ihr damals viel bedeutet hatten. Aber sie wollte sie jetzt nicht lesen. Sie mochte nicht daran erinnert werden, was vielleicht hätte sein können. Weil es nicht hatte sein sollen und nie Wirklichkeit geworden war.

Stattdessen ließ sie sich in ihren Lieblingssessel sinken. Sie dachte an *ihre* Briefe, die sie ihm an seine Heimatadresse in Amerika geschrieben hatte, obwohl sie wusste, dass er nicht dort war. Das war damals gewesen, als er Bridport verlassen hatte und sie nicht wusste, wohin er ging, nur dass er im Krieg kämpfen würde, nur dass er vielleicht für immer fortging. Damals hatte Lillian einen speziellen Platz gehabt, an dem sie ihre Briefe schrieb. Sie schrieb sie in ihrem Zimmer, wo es am unwahrscheinlichsten war, dass sie gestört wurde. Dabei kniete sie auf einem Kissen, das auf dem Boden lag, und beugte sich über die Fensterbank. So konnte sie nach draußen sehen und sich an den Tag erinnern, als die GIs abgerückt waren, als er gesagt hatte, dass er ihr schreiben würde. Außerdem war es ein guter Ausguck. So konnte sie sehen, wann ihre Mutter nach Hause kam, oder Mary. Sie wollte nicht, dass jemand von den Briefen erfuhr. Besonders nicht Mary.

Lieber Ted …

Zuerst hatte sie keine Ahnung, was sie schreiben sollte, also schrieb sie über Bridport und die Leute, die sie kannte. Und dann las sie noch einmal durch, was sie geschrieben hatte. Langweilig, langweilig, langweilig … Und wann würde er den Brief überhaupt bekommen? Sie knüllte das Blatt zusammen. Das musste sie besser machen. Warum sollte sich ein Mann wie Ted für die Leute von Bridport interessieren? Wollte sie ihm nicht zeigen, wie sie wirklich war? Und all das, das war sie nicht. Viel wichtiger war, dass sie von hier fliehen wollte.

Ihr Füllfederhalter flog über das cremeweiße Briefpapier ihrer Mutter.

Hier passiert nie etwas. Es ist so ruhig, so vorhersehbar, so … Sie suchte nach dem richtigen Wort … *stumpfsinnig. Ich weiß immer im Voraus, was passieren wird – das gilt für uns alle. Manchmal glaube ich, diese Eintönigkeit macht mich noch verrückt.*

Wenn der Krieg vorbei war, würde sie nicht hier in Dorset bleiben. Durch das Fenster sah Lillian auf die graue Straße hinaus. Sie würde sich einen Job suchen oder reisen, sie würde etwas mit ihrem Leben anfangen.

Wie sollte sie unterschreiben? »Mit freundlichen Grüßen« erschien ihr viel zu steif. »Alles Gute« war zu unpersönlich, sogar zu optimistisch, wenn man bedachte, dass er in einem Krieg kämpfte. Sie entschied sich für »Ganz liebe Grüße, Lillian«.

Sie las den Brief noch einmal durch, und ihr kamen dabei hundert Ideen, wie sie ihn interessanter gestalten könnte, aber sie steckte ihn trotzdem rasch in einen der Umschläge und klebte ihn zu, bevor sie es sich anders überlegen konnte. Das war ohnehin schon ihr vierter Versuch.

An diesem Nachmittag ging Lillian zur Post. Der Brief brannte ihr ein Loch in die Tasche. Sie stellte sich in die Schlange. » Eine Briefmarke für Amerika, bitte«, sagte sie wichtig zu Daphne Hudson, die hinter dem Schalter stand.

»Ach, ja?« Daphne musterte zuerst den Brief und dann Lillian. »Was haben wir denn da?« Sie rutschte mit ihrer massigen Gestalt auf dem Schemel herum, auf dem sie saß, und zog fragend die Augenbrauen hoch.

Unter Daphnes Blick trat Lillian unbehaglich von einem Fuß auf den anderen. In dieser Stadt konnte man nichts tun, ohne dass jeder davon erfuhr. »Ich gebe ihn für jemand anderen auf«, erklärte sie und beugte sich über die Theke. »Es ist ein Geheimnis.«

»Aha.« Daphne nickte. Unter ihrem dunkelbraunen Kleid geriet ihr ganzer Körper in Bewegung. »Wohl für eure Mary, schätze ich. Einer von diesen GIs.«

Lillian sah zu, wie sie den Umschlag abwog. Sie schlug ihr dickes Buch mit den Briefmarken auf und blätterte es durch. »Du kannst ihr von mir ausrichten, sie soll Luftpostumschläge nehmen.« Sie nahm einen aus einer Schachtel, die neben ihr stand, und reichte ihn über die Theke. »Man schreibt darauf, statt ein extra Blatt Papier zu nehmen. Dann faltet man ihn zusammen.«

Lillian nahm ihn. Er war blau und sehr dünn. »Oh«, sagte sie. »Danke.«

Daphne lachte leise. »Freche Kerle, diese GIs, was, Kleine? Haben aber die Stadt aufgeheitert, was? Eine Weile jedenfalls.«

»Oh ja.« Lillian nickte. *Eine Weile.* »Aber Sie werden doch nichts …«

»Nichts sagen?« Daphne drehte sich um und legte den Brief auf die Ablage hinter sich. Sie legte den Finger an die Lippen. »Aber nein. Diese Lippen bleiben versiegelt!«

»Diese Lippen bleiben versiegelt«, wiederholte Lillian und verließ das Postamt. Nächste Woche würde sie ihm wieder schreiben, beschloss sie, dieses Mal auf dem blauen Luftpostpapier. Sie konnte es kaum erwarten.

Im Mai 1945 war es vorbei. Ungläubig lauschten Lillian und ihre Familie der Rede des Königs. Aber es schien wahr zu sein; es schien wirklich wahr zu sein. Sogar Mary, die jetzt mit Johnnie Coombes verlobt war, schien wieder sie selbst zu sein, nachdem sie und ihre Mutter wochenlang nur im Flüsterton miteinander gesprochen hatten und beschlossen worden war, die Hochzeit so schnell wie möglich anzusetzen.

Und dann war VE-Day, der Tag des Sieges in Europa, das Ende des Kriegs. In den Schaufenstern lagen Rosetten in den Nationalfarben, und überall flatterten Fahnen und Wimpel. Freudenfeuer wurden angezündet, der Pier an der West Bay wurde geöffnet, in ihrer Straße fand ein Straßenfest statt, und es wurde getanzt, wie Lillian es noch nie erlebt hatte. Lillian geriet mitten unter die ausgelassen Feiernden. Eine völlig fremde Frau umarmte sie, und ein junger Bauernbursche drehte sie im Kreis und küsste sie mitten auf den Mund.

Lillian schrieb Ted immer noch, wenn auch nicht mehr so oft. Sie bekam nie eine Antwort. Aber sie konnte ihn immer noch vor sich sehen mit seinen blitzenden braunen Augen und dem kurz geschorenen Haar. Sie sah seine Uniform und hörte sein fröhliches »hi, Herzogin« und konnte nicht umhin, sich zu fragen, wo er jetzt wohl sein mochte.

22. Kapitel

Marokko 1975

»Alles Gute zum Geburtstag, Glenn.«

Er schlug die Augen auf. Sie trug ihr weites Baumwollgewand und marokkanische Leder-Flipflops und hielt ein angelaufenes Metalltablett in den Händen. Darauf standen eine kleine versilberte Teekanne und zwei winzige bunte Gläschen. Er stützte sich auf einen Ellbogen und sah zu, wie sie das Tablett behutsam auf dem niedrigen Tischchen abstellte. Jede ihrer Bewegungen war fließend, und ihr langes dunkles Haar fiel nach vorn wie ein Schleier.

»Komm her, du.« Er streckte die Hand aus.

»*Thé royale*.« Sie lächelte. »Zur Feier des Tages.«

»Wow! Das ist ja noch viel besser als Champagner, Babe.« Man bekam ihn im Basar; unter den grünen Tee waren frische Minze, Sternanis, Süßholzwurzel, Kardamom, Nelken, Vanille und winzige Rosenblüten gemischt. Sie leisteten ihn sich nicht oft; und wenn, dann gossen sie ihn immer wieder auf, bis er nur noch nach staubigem heißen Wasser schmeckte.

Sie ließ sich auf die verschlissene Satin-Tagesdrecke auf dem Bett neben ihm sinken, und er zog sie an sich. Ihre Haut roch nach dem Moschusparfüm, das sie verwendete, ihr weiches Haar fiel über sein Gesicht und kitzelte seinen Mund, als sie ihn küsste. »Ich habe etwas für dich«, erklärte sie.

»Das will ich auch hoffen.«

»Warte mal eine Sekunde.« Sie löste sich von ihm, und er ließ sie zögernd gehen.

Er sah zu, wie sie in der Ecke unter einem Kleiderstapel, der ihnen beiden gehörte, eine braune Einkaufstüte hervorzog. Er lächelte. Sie kam zurück und hielt die Tüte vor sich wie ein Geschenk.

»Was ist das?«

»Mach es auf, dann siehst du es.« Sie lachte.

In der Tüte waren, eingepackt in Seidenpapier, ein dicker roter Wollschal und eine Schultertasche, die ein Patchwork aus verschiedenen Stoffen war. Neben einem rosa-weißen Gänseblümchen war ein schwarzes Peace-Zeichen aufgenäht. Er lachte. »Cool … Hast du das etwa …?«

»Selbst gemacht? Ja, natürlich.«

»Toll.« Er schlang sich den roten Schal um den Hals und zog sich die Umhängetasche über den Kopf auf die Schulter. Ansonsten war er nackt. »Was meinst du? Steht mir das?«

»Du siehst großartig aus.« Ihre Augen leuchteten. Sie grinste und nahm die Kanne, um den Tee einzugießen.

Sie hatte ein Fenster geöffnet und den Schiebeflügel gelöst. Ein Sonnenstrahl fiel herein, ließ die Staubkörnchen aufleuchten und erzeugte einen Schatten auf dem grauen Steinboden. Der Musselinvorhang blähte sich in der Brise. Die milde Frühlingsluft füllte das Zimmer wie eine Verheißung. »Das ist der beste Geburtstag meines Lebens«, murmelte er und sah zu, wie sie den goldfarbenen Tee in die beiden Gläschen goss. Er nahm den Schal und die Tasche ab und legte sie vorsichtig auf den Nachttisch. Wie hatte sie es bloß geschafft, sie zu machen, ohne dass er etwas davon mitbekommen hatte?

Sie hielt inne und warf einen Blick über die Schulter. »Dein Geburtstag ist doch noch gar nicht vorbei.«

»Ich weiß es aber jetzt schon.« Er lehnte sich zurück und sah zur Decke. »Hey, ich bin hier, und ich bin mit dir zusammen, oder?«

»Bist du.« Sie brachte ihm den Tee. Er setzte sich auf, und sie reichte ihm ein Glas. »Und ich bin hier bei dir.«

Er küsste sie auf die Stirn.

»Aber du musst doch eine Menge schöner Geburtstage erlebt haben.« Sie setzte sich wieder aufs Bett und zog die nackten, gebräunten Beine an den Körper. »Wie war es denn, als du noch ein Kind warst?«

»Ja, klar, das war cool.«

Glenn erinnerte sich an das liebe Gesicht seiner Mutter, wenn sie den Geburtstagskuchen ins Esszimmer trug, wo er und seine Freunde herumtollten und irgendwelche Geburtstagsspiele spielten, die für gewöhnlich in einer gutmütigen Rauferei endeten. Inzwischen waren sechs Jahre vergangen, seit er seine Mutter das letzte Mal gesehen hatte. Manchmal konnte er es kaum glauben. Ob er sie je wiedersehen würde?

»Und als du an der Uni warst?«, fuhr Bethany fort. »Was hast du da an deinem Geburtstag gemacht? Etwas trinken gegangen? Sex?« Sie lachte leise.

Glenn erinnerte sich an sein erstes Studienjahr an der Universität Wisconsin. Er hatte im Herbst dort angefangen, und am Ende des Wintersemesters waren seine Eltern ihn besuchen gekommen, um ihn anlässlich seines Geburtstags zum Essen einzuladen. In diesem Jahr schien der Frühling nicht so viel Hoffnung mit sich zu bringen wie früher. Viel zu vieles war unsicher. Es war ein Gefühl, als stünden sie alle am Rand eines Abgrunds. Glenn hatte sich an der Uni stark politisch engagiert. Und je mehr er sich mit der amerikanischen Politik beschäftigte, umso mehr wurde er zum Aktivisten.

»Im ersten Jahr haben meine Alten mich besucht«, erzählte er Bethany. »Es war eine totale Katastrophe.«

Sie trank ihren Tee und sah ihn über den Rand der Tasse an. »Was ist passiert?«

»Das Übliche.«

Ziemlich verlegen hatte Glenn seinem Vater die Hand geschüttelt. In seinem grauen Anzug mit Schlips und Kragen, glatt rasiert und mit diesem verdammten Igelhaarschnitt stand er so militärisch stramm da wie eh und je. Seine Mutter hatte er umarmt. Sie sah richtig hübsch aus. Sie trug einen eierschalenfarbenen Pillbox-Hut und ein enges, marineblaues Kleid, das bewies, dass sie ihre Figur behalten hatte. Aber sie wirkte müde. Er erinnerte sich daran, wie erschöpft sie oft ausgesehen hatte. Die Haut um ihre Augen war faltig und dunkel, und ihr kräftiges Haar, dessen Spitzen nach außen geföhnt waren, war zwar immer noch ordentlich frisiert, aber es hatte einen Teil seines Glanzes verloren.

Sie waren in ein Restaurant gegangen.

»Nun, mein Sohn, wie läuft es?«, fragte sein Vater, nachdem sie sich gesetzt und Essen bestellt hatten. Während sie ihre Vorspeisen aßen und Bier tranken – Glenns Mutter nahm Orangensaft –, erzählte er ihnen, wie es ihm bisher am College ergangen war. Er studierte »Amerikanische Literatur und die literarische Vorstellungskraft«. Seine Noten waren nur durchschnittlich; das Thema interessierte ihn, aber auf dem Campus war eine Menge los, was wenig mit Literatur zu tun hatte. »Sport?«, fragte sein Vater hoffnungsvoll.

Glenn zuckte mit den Schultern.

»Hast du ein nettes Mädchen kennengelernt?« Seine Mutter lächelte. Die Hände hatte sie auf dem Tisch gefaltet.

Glenn sah, dass sein Vater enttäuscht war und seine Mutter verzweifelt versuchte, stolz auf ihn zu sein. »Ich habe mich eher mit Politik beschäftigt«, sagte er. Als er das Studium in Wisconsin begonnen hatte, hatte er einen offiziellen Brief der zuständigen Einberufungsstelle erhalten. Er war als 2-S klassifiziert, was »bis zu Ihrem Studienabschluss« galt. Als Student wurde er zurückgestellt. Aber was war mit denen, die sich diese Art Bildung nicht leisten konnten? Was war mit den jungen Schwarzen auf der Straße, die diese Wahl nicht hatten?

Sein Vater wandte den Blick ab. Seine Mutter nickte ihm zu – allerdings nicht besonders aufmunternd.

In der Geburtstagskarte, die sie für ihn hatten, steckte Geld.

»Wir wussten nicht, was wir dir schenken sollten«, sagte seine Mutter.

»Du könntest ja damit anfangen, dir einen anständigen Haarschnitt zuzulegen.« Und sein Vater stieß sein kurzes, bellendes Lachen aus.

Die Kellnerin brachte die Steaks.

Glenn strich sich durchs Haar. Es war lang und gewellt, und er mochte es gerne so. »Die meisten Jungs haben heute lange Haare«, sagte er gleichmütig.

»Und ziehen sich an wie Landstreicher«, fügte sein Vater hinzu. Er widmete sich seiner Mahlzeit und schnitt das englisch gebratene Fleisch mit dem Messer, sodass das Blut herauslief.

Glenn wandte den Blick ab. Er hatte ein sauberes T-Shirt angezogen, und seine Jeans waren auch nicht so übel. Er sah auf seine Turnschuhe hinunter. Daran klebte etwas Erde, und die Schnürsenkel waren ein bisschen ausgefranst. Das Problem mit Eltern war, dass sie besessen waren vom äußeren Schein. Dabei kam es doch darauf an, was in einem vorging. Warum konnten sie das denn nicht begreifen?

»Aber, aber, Ted.« Glenns Mutter – ewige Vermittlerin, die sie war – legte ihm eine Hand auf den Arm. Glenn fiel ihr schmaler goldener Ehering auf; abgesehen von winzigen Perlensteckern in den Ohren war er der einzige Schmuck, den sie trug.

»Und rauchen den ganzen Tag Pot.«

Jetzt geht das wieder los, dachte er. Natürlich rauchten sie Pot. Jeder rauchte Pot. So entspannte man sich, so verstand man das, was wirklich wichtig war, ein wenig besser. Sein Vater war so zielstrebig und planvoll, dass er lieber gestorben wäre, als nicht genau zu wissen, wohin die Reise ging.

»Ted.« Glenns Mutter seufzte. »Unser Sohn hat Geburtstag.«

Glenn zuckte mit den Schultern. Sein Vater brauchte normalerweise nur zehn Minuten, um ihn auf die Palme zu bringen. Daran war er gewöhnt. Er griff nach Gabel und Steakmesser. Er würde sich von seinem Alten nicht den Appetit verderben lassen.

Sein Vater ignorierte sie einfach. Auch hieran hatte sich nichts geändert. »Du hast bestimmt von diesen verdammten Protestlern gehört«, sagte er und legte Messer und Gabel gerade ausgerichtet auf seinen leeren Teller. »Diese Studenten. Langhaarige Freaks, sogenannte Peaceniks, Narren, die glauben, alles zu wissen. Will doch nicht, dass mein Sohn mit denen in einen Topf geworfen wird, was?«

Glenn starrte ihn an und spürt, wie sich seine Nackenhaare hochstellten. Kannte sein Vater denn die Wahrheit nicht? Hörte er nicht, was Glenn ihm erzählte? Hatte er wirklich keine Ahnung, dass sein Sohn einer dieser langhaarigen protestierenden Studenten war? Einer der Freaks? Letztes Jahr hatten tausend Studenten aus Yale in New York City demonstriert, und überall fanden in den Colleges Antikriegsvorträge und Debatten statt. Glenn gehörte dazu. Und sie waren keine Minderheit mehr.

»Findest du immer noch, dass wir dort sein sollten, Dad?« Er ließ seine Stimme gleichmütig klingen. »In 'Nam?« Ohne Soldaten, dachte Glenn, gäbe es auch keinen Krieg. Aber es gab sie, und der Krieg eskalierte. Um amerikanische Luftwaffenstützpunkte zu schützen, hatte man Bodentruppen entsandt – in den Dschungel, wo sie wahrscheinlich nicht einmal einen Vietkong von einem unschuldigen Bauern unterscheiden konnten, um Himmels willen. Glenn hatte Bernard Falls *Street Without Joy* gelesen. Er hatte prophezeit, dass es so kommen würde.

Sein Vater ballte die Hand zur Faust und öffnete sie dann wieder, einen Finger nach dem anderen. »Wir tun, was richtig ist, Sohn«, erklärte er.

»Richtig? Wie kann ein Krieg gegen die Menschlichkeit richtig sein? Siehst du denn nicht …?«

»Ich sehe, dass du nicht an unser Land glaubst, Sohn. Und ich sehe, dass sich nichts geändert hat. Du hast nichts gelernt.« Die Stimme seines Vaters bebte, so aufgebracht war er. »Du bist noch genau so, wie du immer gewesen bist.«

Nun war Glenn der Appetit doch vergangen. Er schob seinen Teller mit dem halb gegessenen Steak weg. Manchmal wusste er nicht, warum er sich die Mühe machte. Aber das alles gehörte zum Protest, zum Kampf, nicht wahr? Sie mussten dafür sorgen, dass Menschen wie seine Eltern begriffen, wie es wirklich war.

Sein Vater nahm die Dessertkarte und überflog sie.

»Bist du fertig, Schatz?« Nervös musterte seine Mutter Glenns Teller. »Hast du keinen Hunger mehr?«

»Ich bin fertig.« Ihm war nicht mehr nach Essen.

Verzweifelt blickte Glenns Mutter zwischen den beiden hin und her. »Jedes Mal«, murmelte sie. Pech für sie, dachte Glenn, dass es in ihrem Leben zwei Männer mit so gegensätzlichen Ansichten gab.

Glenn legte seine Hand auf ihre. »Tut mir leid, Mom.«

»Ich hätte dir einen Kuchen backen sollen.« Seine Mutter lächelte schwach. »Vielleicht können sie uns ein paar Kerzen ins Dessert stecken.«

Etwas in ihrer Stimme drang zu ihm durch. Sie hatte recht. Es war sein Geburtstag, und er sollte sich wenigstens Mühe geben, den Frieden zu wahren. Also schluckte Glenn seinen Zorn hinunter und suchte sich ein Dessert aus. Er warf seinem Vater einen letzten, zögernden Blick zu. Warum wollte er sich nur immer gegen ihn auflehnen? Weil sich nichts geändert hatte. Warum sollte es auch? Sein Vater war immer noch blind, und seine Mutter klammerte sich weiter an die Illusion, dass sie eine richtige Familie waren, eine Familie, die zusammen essen und feiern konnte. Eine Farce, dachte er. Das war es. Weil sie alle so taten als ob. Sie wollten nicht sehen, was in Vietnam wirklich los war. Abgesehen von den Protestlern wollte das niemand. Und dort im Dschungel, dachte er, würde sich niemand mehr um Geburtstage scheren.

»Du hast getan, was du konntest.« Bethany nahm sein Glas und stellte es zurück auf das Tablett. »Du hast protestiert, du bist marschiert, du hast dich geweigert, in den Krieg zu ziehen.«

»Yeah.« Sie hatten demonstriert, Spruchbänder hochgehalten und Blumen in die Gewehrläufe der Bereitschaftspolizei gesteckt. Sie hatten Frieden statt Krieg und Liebe statt Hass proklamiert. Aber was hatte das genützt?

»Und jetzt bin ich hier.« Er streckte die Hand aus und löste den Gürtel ihres Gewands. Er wollte nicht mehr daran denken, wollte sich nicht mehr schuldig fühlen, weil vielleicht jemand anderer seinen Platz als Soldat eingenommen hatte und getötet worden war. Er wollte nicht darüber nachdenken, ob er mehr hätte tun können, ob es möglich gewesen wäre, tapferer zu sein, etwas auszurichten. Nicht jetzt.

»Jetzt bist du hier«, pflichtete sie ihm bei. Sie streichelte sein Gesicht. Dann glitten ihre Hände weiter zu seinem Hals und seinen Schultern. »Wir sind hier. Und du brauchst nicht traurig über Geburtstage zu sein. Nicht an deinem Geburtstag.«

Er stöhnte. Er war sechsundzwanzig geworden. Seine Mutter wusste nicht, wo er steckte. Er sollte ihr schreiben. Ihr ein Lebenszeichen geben. Wenigstens eine Postkarte. Für eine Postkarte würde sein Alter sie doch wohl nicht büßen lassen, oder?

Die Tränen seiner Mutter, das Stirnrunzeln seines Vaters,

Vietnam und die amerikanische Politik. Das hatte er alles zurückgelassen, und jetzt war er hier, zusammen mit der Frau, die er liebte, und lebte in einer Riad-Kommune in Westmarokko von der Hand in den Mund. Alles war anders, und doch hatte sich nichts geändert. Noch immer predigte er Frieden statt Krieg. Er war, wo er sein wollte. Und doch wollte er nur noch vergessen, als er jetzt Bethany mit ihren vor Begehren halb geschlossenen Augen und ihrer weichen Haut, die nach Moschus und Rosen duftete, in den Armen hielt, als er fühlte, wie sie sich ihm öffnete.

23. Kapitel

»Du läufst davon.«

Das hatte Callum zu ihr gesagt, als Nell ihm erzählt hatte, dass sie ihren Aufenthalt um zwei Tage verlängern und nach Essaouira fahren wolle. Sie warf Amy einen Blick zu, die tief in Gedanken versunken war, seit sie die blaue Tür gefunden hatten. Nell drückte Amys Hand und wurde mit einem schwachen Lächeln belohnt. Seite an Seite gingen sie zum Riad zurück. Nell wusste, dass Amy bitter enttäuscht war, und sie konnte es verstehen. Aller Wahrscheinlichkeit zum Trotz hatten sie die Tür gefunden, die offensichtlich zu einem sehr alten Gebäude gehörte, wahrscheinlich zu einem Riad. Aber das ließ sich nicht genau sagen.

Sie waren aus dem Riad mit den Antiquitäten gestürzt und durch die Gassen der Medina gelaufen, um zu der Stelle zu gelangen, die sie gesehen hatten. Aber die Tür war verschlossen und verriegelt, und alle Fensterläden waren fest geschlossen. Amy war auf und ab gelaufen und hatte sogar an die Türen der Nachbarhäuser geklopft, aber sie hatte auf ihre Fragen nur verständnislose Blicke geerntet. Die Türen und Fensterläden sahen aus, als wären sie seit Jahrzehnten verschlossen. Es musste lange Zeit vergangen sein, seit jemand die schwarz-weißen Bodenfliesen dahinter zu Gesicht bekommen hatte. Die Farbe der Tür war mittlerweile noch viel stärker abgeblättert als auf dem Foto auf der Postkarte, und der Stuck war noch weiter abgebröckelt. Aber es war da – das Relief der Rose von Mogador über einer blauen Tür in einer stillen Gasse am Rand der Medina von Essaouira.

Sie sahen sich eine gute halbe Stunde dort um. Nun, nachdem

sie es gefunden hatte, schien Amy gar nicht wieder gehen zu wollen.

»Und was jetzt?«, hatte Nell schließlich gefragt. »Sollen wir noch einmal mit einem Übersetzer herkommen? Vielleicht könnte jemand aus dem Riad …«

»Das bringt doch nichts.« Amy schien eine Entscheidung getroffen zu haben. »Wir haben es gefunden. Aber was beweist das? Eigentlich nichts.«

»Dass Glenn in Essaouira war?« Es war unwahrscheinlich, dass er die Karte anderswo gekauft hatte.

»Wahrscheinlich. Aber das ist es auch schon. Und es ist alles so lange her. Vielleicht hat er nur ein paar Tage hier verbracht.«

Amy hatte vermutlich recht. Trotzdem bestand Nell darauf, dass sie auf dem Rückweg zum Riad in den Musikladen gingen und den Besitzer baten, sich umzuhören. Amy sollte die Hoffnung nicht aufgeben, noch nicht. Aber es sah trotzdem so aus, als würde die Spur, die mit der blauen Tür angefangen hatte, auch dort enden.

Du läufst davon. Als Callum das zu ihr gesagt hatte, hatte er eher traurig als wütend geklungen, und Nell hatte sich schuldig gefühlt – bis sie sich an ein paar Dinge erinnerte, die er gesagt hatte. Daran, wie er versuchte, alles an sich zu reißen. An seinen Mangel an Sensibilität bezüglich des Farmhauses. An seine Unfähigkeit, sie zu verstehen.

»Nein, das tue ich nicht.« Es fühlte sich nicht an wie Weglaufen. Laufen vielleicht. Aber sie hatte das Gefühl, auf etwas zuzulaufen, um es zu finden.

Heute Morgen hatte Nell beim Tarot wieder die Hohepriesterin gezogen. Die geheimnisvolle Frau, die Karte, die Nell immer mit ihrer Mutter in Verbindung gebracht hatte. Die Karte sorgte dafür, dass sie sich ihr näher fühlte denn je. Normalerweise tauchte sie bei einer Legung auf, wenn man seiner inneren

Stimme zuhören und ihr vertrauen sollte. Und in dieser speziellen Kartenkonstellation war sie auch oft ein Hinweis darauf, dass das Leben sich veränderte. Dinge, die einem einmal als Gewissheiten erschienen waren, konnte man nicht mehr für selbstverständlich halten. Manches, was rätselhaft erschien, konnte klarer werden.

»Läufst du vor mir davon?«

Nell hielt den Atem an. »Ich bin doch in ein paar Tagen wieder da«, gab sie zurück. Mehr konnte sie einstweilen nicht sagen. *Und dann werden wir sehen …* Sie brauchte einfach mehr Zeit zum Nachdenken. Selbst Callum wusste, dass sie sich bewegen musste, dass sie nicht bleiben konnte, wie sie war, wie sie gewesen war.

»Ich weiß gar nicht mehr, wer du bist«, sagte Callum.

Seine Worte gingen ihr nicht mehr aus dem Kopf. Seit sie in Essaouira waren, dachte sie darüber nach. Vielleicht, überlegte Nell, war sie gerade erst dabei, das selbst herauszufinden.

Gestern Abend nach ihrer Ankunft hatten sie in einem Restaurant *Mqualli*-Tajines mit Fisch gegessen. Fisch und Meeresfrüchte waren hier von ausgezeichneter Qualität. Nell hatte speziell dieses Gericht ausprobieren wollen, weil es in Marrakesch nirgendwo auf der Karte gestanden hatte. Während sie aßen, hatte sie versucht, die Zutaten zu analysieren, und als sie fertig waren, hatte Amy sie überredet, sich mit dem Koch zu unterhalten. »Nur zu«, sagte sie. »Was hast du zu verlieren?«

»In Ordnung.« Nell wusste, dass sie noch viel lernen musste, wenn sie ihre Idee in die Tat umsetzen wollte.

Mqualli war ein Begriff, der sich auf Saucen bezog, die mit Ingwer, Safran und Öl hergestellt wurden. »Aber dieses klassische Gericht wird mit *poissons* zubereitet«, erklärte der Koch ihr in seinem gebrochenen Französisch.

»Fisch?«

»Aal.« Sie kannte das Wort nicht, aber er zeigte es ihr anhand des Fischtanks im Restaurant. »Aber sie könnten auch das, das oder das benutzen.« Schwertfisch, Weißling oder Dorade, vermutete sie.

»Er wird mit *pommes de terre, tomates et poivrons rôtis* geschichtet.« Kartoffeln, Tomaten und geröstete Paprikaschoten. Nell wusste, dass noch mehr dazugehörte.

»*Chermoula*«, erklärte er. »Oliven und eingelegte Zitronen für Würze und Geschmack.«

Nell wusste bereits, welche Rolle Zitronen und Oliven in der marokkanischen Küche spielten. Aber *chermoula*?

Zu ihrer heimlichen Freude bedeutete er ihr, ihm in die Küche zu folgen. Dort wurden sie von den Hilfsköchen, die geschäftig in Saucen rührten, Reis kochten oder abwuschen, mit fröhlichem Winken begrüßt. Besuch in der Küche schien hier etwas Neues zu sein. Der Koch öffnete einen Kühlschrank und zeigte ihr einen Krug, der zur Hälfte mit einer Flüssigkeit gefüllt war. Er hielt ihn ihr hin, damit sie daran roch.

Hmmm. »Stark«, sagte sie. »*Très bon.*« Sehr gut.

Chermoula, erklärte er ihr, war eine Marinade für Fisch und Grundbestandteil einer ganzen Reihe marokkanischer Fischgerichte. Er zeigte auf einige Gewürze im Regal. *Chermoula* bestand aus frischem Koriander, Knoblauch, Paprika, Kreuzkümmel, Salz, Ingwer, Cayennepfeffer, Zitronensaft – und natürlich Safran.

»Vielen, vielen Dank«, sagte Nell. »*Merci beaucoup.*« Es gab doch nichts Besseres, als gleich mit dem Chef zu reden.

»Wir müssen morgen nicht unbedingt zu der Safranfarm fahren«, sagte Nell zu Amy. Es sah ihrer Freundin gar nicht ähnlich, dass sie so still war, und Nell war besorgt. »Wir könnten auch eine Weile in Essaouira bleiben. Nur um zu sehen …« Um was zu sehen? Ob die blaue Tür sich plötzlich öffnen würde? Sie fragte sich, was sie Callum erzählen sollte, wenn sie ihre Rückkehr noch weiter hinausschob. Und Johnson? Dem würde das gar nicht passen. Spontaneität war ja gut und schön, aber sie musste auch an ihre Verpflichtungen ihm gegenüber denken.

»Nicht nötig.« Amy klopfte an die Tür ihres Riads, und das Mädchen kam, um sie hereinzulassen.

»Möchten Sie vielleicht einen Tee?«, fragte sie höflich.

»Nein, danke.« Amy ging schon zur Treppe.

»Und Ihr Besucher?«

»Besucher?« Nell und Amy fuhren gleichzeitig herum. Durch den Türbogen konnte Nell einen Mann erkennen, der auf dem Sofa saß, die Beine vor sich ausgestreckt hatte und so entspannt wirkte, als gehöre er hierher. Sie kannte ihn nicht, aber …

»Um Himmels willen, was machen Sie denn hier?«, fragte Amy mit lauter, klarer Stimme.

Und da ahnte Nell, um wen es sich handelte.

24. Kapitel

Zugegeben, es war einfacher, im Sessel sitzen zu bleiben, als das Teewasser aufzusetzen. Es war leichter, den Fernseher einzuschalten und in die dümmlichen Possen einer Spielshow zu flüchten, als ein Buch zu lesen – besonders jetzt, da ihre Sehkraft so nachgelassen hatte. Und was die Vergangenheit anging … Vieles war leichter, als über die Vergangenheit nachzudenken – zumindest wenn man ein schlechtes Gewissen hatte, hätte manch einer gesagt. Aber selbst wenn man alt war, sollte man nicht unbedingt den einfacheren Weg wählen. Das war nicht gut für einen. Lillian sammelte ihre Kräfte und stemmte sich aus dem Sessel. Sie hatte immer noch ein Leben und durfte die Dinge nicht schleifen lassen.

In der Küche setzte sie den Wasserkessel auf und sah in den Brotkasten. Der Laib reichte noch für ein paar Sandwiches. Und ein kleines Sandwich wäre jetzt genau das Richtige. Keinen Käse, davon bekam sie Alpträume, aber eine dünne Scheibe gekochten Schinken vielleicht und etwas Tomate. Sie holte das Schneidebrett und das Brotmesser hervor. Amy hatte sie dazu überreden wollen, geschnittenes Brot zu kaufen, aber das war nicht dasselbe. Die jungen Leute begriffen einfach nicht, dass man für den Frühstückstoast eher dick geschnittenes Brot brauchte, während es für Sandwiches hauchdünn geschnitten sein musste. Und es mochte töricht klingen, aber dieses Brotmesser mit dem grünen Griff, das Mary und davor ihrer Mutter gehört hatte, war ein Teil von Lillians Unabhängigkeit. Wenn man ihr die nehmen würde … Sie schnitt den Laib senkrecht auf, genau wie ihre Mutter es getan hatte. Das war noch so eine Sache.

Wenn man jung war, konnte man sich nicht vorstellen, alt zu sein. Sie strich die Butter dünn darauf. *Man muss sich auch etwas Gutes tun* … Wenn man alt war, gingen die Tage unterschiedslos ineinander über, hatte sie festgestellt. Lillian holte eine Tomate aus dem Kühlschrank und begann, sie ordentlich aufzuschneiden. Ihr fehlte ein Ziel. Sie hatte es verloren, als Glenn fortging, und dann noch einmal, als Ted starb. Nach seinem Tod hatte sie allerdings bald wieder eines gehabt, nachdem ihr klar geworden war, dass sie nun eine Chance hatte, Glenn zu suchen … Als sie nach Dorset zurückgekehrt war, hatte sie auch dort ein neues Ziel gefunden. Sie legte den gekochten Schinken und die Tomate auf die untere Brotscheibe und tat dann die andere Scheibe darauf, die so dünn war, dass man fast hindurchsehen konnte. Sie hatte immer ein Ziel gehabt. *Bis jetzt* …

Aber wenigstens hatte Lillian Amy. Lillian hatte ihr allerdings nicht von Mary erzählt. Sie würde es nicht ertragen, wenn Amy sie jemals mit diesem Blick ansehen würde… Amy ließ alles so fest, so real erscheinen. Lillian segnete den Tag, an dem sie hergekommen war; den Tag, an dem sie ihre Großnichte kennengelernt und Freundschaft mit ihr geschlossen hatte. Lillian vermisste sie. Celia war gestern vorbeigekommen, aber Lillian hatte gemerkt, dass sie nur kurz nach ihr sehen wollte. Celia war auf eine schnelle Tasse Tee geblieben, aber Lillian war aufgefallen, dass sie heimlich auf die Uhr blickte – nicht nur einmal, sondern zweimal. Natürlich hatte sie ins Hotel zurückgemusst. Sie war immer so beschäftigt, obwohl Lillian zugeben musste, dass sich ihre Investition dank Celias Arbeitsmoral mehr als rentiert hatte.

Die andere schlimme Sache am Altwerden war, dass andere sich für einen verantwortlich fühlten, und das bereitete Lillian ein unbehagliches Gefühl. Ein solches Gefühl hatten Pflichten und Verantwortung schon immer bei ihr ausgelöst. Auch Ted hatte immer auf die Pflicht gepocht; das war einer der Gründe, warum er Glenns Ansichten über den Pazifismus und Vietnam nie teilen konnte. Pflicht und Verantwortung standen für Ted an erster Stelle; so war er immer schon gewesen. Das war ja auch nicht schlecht. Er war ein loyaler Mann gewesen, ein Mann, der seine Pflicht tat. Und er erwartete diese Loyalität auch von anderen, weswegen …

Celia hatte sich munter und wie ein Vogel umgesehen und gefragt, ob sie Hilfe brauche.

Lillian hatte verneint. »Aber Amy fehlt mir schon«, hatte sie hinzugefügt. »Ich hoffe, dir auch.«

»Mir?« Die Frage schien Celia zu überraschen, und sie schien plötzlich in einen anderen Modus umzuschalten: von der Geschäftsfrau zur Mutter. In ihren Blick trat ein sehnsüchtiger Ausdruck, den Lillian noch nie zuvor darin gesehen hatte.

Sie ist deine Tochter, hätte Lillian am liebsten gesagt. Aber es ging sie nichts an. Als sie nach England zurückgekehrt war, war ihr manches aufgefallen, unter anderem, dass Amys Eltern wenig Zeit für das Mädchen hatten. Aber sie hatte auch gesehen, dass Celia und Ralph sie liebten – das war also nicht das Problem.

»Ja, sie fehlt mir. Obwohl sie noch keine fünf Minuten weg ist«, sagte Celia und schien darüber nachzudenken. »Es ist nur, dass …«

»Du hast so viel zu tun«, gab Lillian zurück. Es klang ein wenig spitz, das wusste sie.

»Ja.« Nachdem Lillian sie an ihre Pflicht erinnert hatte, war Celia aufgestanden und hatte die Tassen von dem Tisch neben dem Sessel genommen. Der sehnsüchtige Blick war aus ihren Augen verschwunden. Sie ging mit dem Geschirr in die Küche. Lillian hörte, wie sie es unter dem Wasserhahn abspülte.

»Das ist nicht nötig«, rief sie ihr nach. »Ich mache das später.«

»Kein Problem.« Celia trat wieder ins Zimmer – so schnell, dass sie unmöglich richtig gespült haben konnte, dachte Lillian unwillkürlich. Aber so war es eben, wenn man immer alles auf die Schnelle erledigte.

»Ich sollte gehen«, sagte Celia, aber sie sah sich mit einem unbestimmten Blick um, als suche sie einen Grund zum Bleiben.

»Wie geht es Ralph?«, fragte Lillian. Sie erinnerte sich daran, wie zerrüttet die Beziehung zwischen Celia und Ralph bereits gewesen war, als sie damals zurück nach England gekommen war. Sie hatte nur wenig Hoffnung gehabt. Wahrscheinlich war Ralph einer der Gründe dafür, warum Celia so war, wie sie war. Sie wäre vielleicht zufrieden damit gewesen, eine kleine Frühstückspension in Bridport zu führen, aber Ralph reichte das nicht. Lillian hätte ihr sagen können, dass ein Mann, dem der Stress des Lehrerberufs zu viel war, vielleicht auch Probleme damit haben würde, mit einem Hotel in Lyme Regis und einem heillos überzogenen Konto fertigzuwerden, aber sie war nicht da gewesen, um das zu tun. Glücklicherweise hatte sich doch noch alles zum Guten gewendet. Celia hatte die Herausforderung gemeistert und ihren Mann mitgezogen.

»Ralph geht's prima.« Celias Blick verdüsterte sich. Lillian wusste, dass sie die Wahrheit sagte. Ralph ging es gut. Das Hotel brachte Geld ein; er konnte morgens ein paar Arbeiten erledigen und nachmittags Golf spielen. Celia kümmerte sich um alles. Warum sollte es ihm also nicht gut gehen?

»Und im Hotel läuft alles gut?«, fragte Lillian. Nicht, dass sie das noch etwas anging. Celia und Ralph hatten sie ausgezahlt, und das war auch gut so. Sie brauchten jetzt keinen stillen Teilhaber mehr, und warum sollten sie auf eine Fünfundachtzigjährige hören? Trotzdem, es war ein weiteres Ziel in Lillians Leben gewesen, das es jetzt nicht mehr gab. *Wieder etwas abgehakt …* »Hattet ihr viele Gäste dieses Jahr?«

»Bis kurz vor Weihnachten war es ruhiger«, sagte Celia. »Aber im Sommer war verflixt viel los.«

Lillian nickte. »Solltest du je den Wunsch haben, mehr Zeit für andere Dinge zu haben …« Sie machte eine kurze Pause, um den Gedanken wirken zu lassen. »… könntest du natürlich immer einen Geschäftsführer einstellen. In Zukunft, meine ich. Delegieren.« Lillian beobachtete Celia.

»Oh. Doch, schon.« Celia runzelte die Stirn. »Ich schätze …«

»Es ist sicher nicht leicht«, nickte Lillian. »Wenn man immer alles selbst erledigen musste, glaubt man, dass es niemand so gut kann wie man selbst.«

Celia lachte. »Wohl wahr.« Ihre Miene hatte sich wieder aufgehellt. Wie so oft fragte sich Lillian, wie viel Mary ihrer Tochter erzählt hatte, wie viel Celia wusste. Lillian war zurückgekommen, um Mary zu pflegen, aber Celia hatte sie nie mit offenen Armen aufgenommen. Sie hatte Lillians Hilfe – ihre Einmischung, wie Celia vermutlich fand – nur angenommen, weil sie sie so dringend gebraucht hatte.

»Danke fürs Kommen, meine Liebe«, sagte Lillian. »Ich weiß das zu schätzen. Jetzt, wo Amy weg ist.«

»Ich sollte öfter vorbeikommen.« Celias Gesicht nahm wieder den gewohnten gehetzten Ausdruck an.

»Ach, was.« Lillian stand auf und ging auf Celia zu. Sie legte ihre Hand auf Celias Arm. »Du brauchst dich nicht verpflichtet zu fühlen«, sagte sie leise. »Ich weiß, dass du es Amy versprochen hast. Aber wie du siehst, geht es mir ausgezeichnet. Wenn du möchtest, bist du mir natürlich jederzeit willkommen. Aber du sollst nicht das Gefühl haben, du musst.«

Celia hatte sie lange angeschaut, so als sehe sie sie zum ersten Mal. »Danke, Tante Lillian«, hatte sie gesagt. »Das ist gut zu wissen.«

Der Wasserkessel gab ein Geräusch von sich. Dann ging sein Vibrieren in ein schrilles Pfeifen über, das Lillian zusammenzucken ließ, obwohl sie darauf gewartet hatte. Sie drehte das Gas ab, nahm den bebenden Kessel und goss Tee auf. Sie schnitt sich ein kleines Stück Früchtekuchen ab und legte es auf einen Teller. Vorsichtig trug sie das schwarze Blechtablett ins Wohnzimmer und stellte es auf den Tisch. Doch bevor sie sich setzte, trat sie an den Sekretär und öffnete ihn.

Eine gepresste, cremeweiße Rose in einer zerknitterten Papiertüte – das war alles, was sie noch von Marys Hochzeit hatte. Sie fand die Tüte, nahm die gepresste Blüte heraus und hielt die zarte, getrocknete Rose in der Hand. Das kommt auf uns alle zu, dachte sie. Wir beginnen frisch und strahlend und enden ausgetrocknet und verschrumpelt. Sie lachte leise. Doch merkwürdigerweise hatte die cremeweiße Rose ihre Schönheit bewahrt, denn sie war auf dem Höhepunkt ihrer Pracht gepresst worden. Früher hatte Lillian natürlich einmal den ganzen Strauß besessen.

Lillian war erstaunt darüber gewesen, wie schnell Marys Hochzeit mit Johnnie Coombes vorbereitet worden war. Sie hatte sich sogar gefragt … Aber obwohl Mary ein wenig blass und mürrisch gewesen war, gab es anscheinend keinen Grund dafür, dass sie heiraten musste. Dann war es vielleicht doch Liebe gewesen? Vielleicht hatte Mary aus der Sache mit Ted ja ihre Lektion gelernt und aufgehört, Männerherzen zu brechen. Lillian hatte keine Ahnung, weil ihre Schwester es ihr nie erzählt hatte. Lillian war nie Marys Vertraute gewesen, daran hatte sich nichts geändert.

Mary bat Lillian jedoch, ihre Brautjungfer zu werden. Johnnies Schwester Edie würde die andere Brautjungfer sein. Bei keiner von ihnen war zu befürchten, dass sie Mary überstrahlen würde, dachte Lillian, obwohl sie wusste, dass es kleinlich war, so zu denken. In der Tat sah Mary an ihrem Hochzeitstag blass, aber strahlend aus. Sie trug ein einfaches weißes Satinkleid mit

Schleier, mit weißem Satin bezogene Brautschuhe und weiße Spitzenhandschuhe. Ihr Brautstrauß bestand aus weißen und roten Rosen. Nur der Himmel wusste, wo sie das alles aufgetrieben hatten, aber Lillian vermutete, dass Freunde und Nachbarn geholfen hatten; jeder hatte etwas auszuleihen oder zu verschenken.

»Bist du glücklich?«, fragte Lillian sie, als sie zu Hause die letzten Vorbereitungen trafen. Marys dunkles Haar glänzte, ihre Lippen waren rot, und ihre Haut strahlte geradezu. Lillian erforschte die Miene ihrer Schwester. Sie konnte sich des Gefühls nicht erwehren, dass sie Mary im Grunde gar nicht kannte.

»Natürlich, Dummerchen.« Aber Lillian sah den Ausdruck in ihren indigoblauen Augen, kurz bevor sie sich abwandte, um ihren Brautstrauß zu nehmen. Und das war nicht der Blick einer Braut am glücklichsten Tag ihres Lebens.

Mary sagte die richtigen Worte und machte alles richtig. Laut und deutlich sprach sie das Ehegelübde nach und lächelte ihrem Bräutigam zu, als dieser das Gleiche tat. Sie streckte ihm die schlanke, weiße Hand entgegen, damit er ihr den Ring an den Finger stecken konnte, und sie schloss die Augen, als der Priester sie schließlich zu Mann und Frau erklärte und Johnny sich über sie beugte, um sie zu küssen. Sie lachte, als sie durch den Mittelgang zurückgingen, sah für die Fotos anbetungsvoll zu Johnnie auf und küsste und umarmte ihre Gäste. Niemand hätte die Rolle besser spielen können. Und als der frisch gebackene Mann seiner jungen Frau stolz die Beifahrertür aufhielt – denn sie fuhren mit dem Auto in ihr Leben als Ehepaar davon –, hatte Mary sich umgedreht und Lillian direkt angesehen.

»Fang, Schwesterchen.« Und sie hatte ihr den Brautstrauß zugeworfen. Hatte Lillian sich das eingebildet, oder hatte ihr Blick gesagt: »Hoffentlich hast du mehr Glück als ich«?

Lillian legte die Rose weg und steckte sie wieder in die Papiertüte, in der sie schon seit so vielen Jahren lag. Den ganzen Strauß hatte sie nicht behalten können, aber diese einzelne cremeweiße Rose hatte sie zwischen den Seiten von Vaters Enzyklopädie gepresst. Diese Rose hatte sie nach Amerika begleitet, und sie war mit ihr zurückgekehrt.

Die Rose rief all die Erinnerungen an ihre Schwester wach. Und viele davon waren unangenehm. Lillian glaubte zu wissen, warum Celia sie nie so herzlich in die Familie aufgenommen hatte wie Amy. Mary musste ihr wenigstens einen Teil erzählt haben. Und ja, es stimmte, dass Lillian falsch gehandelt hatte. Aber damals hatte Lillian nicht die ganze Geschichte gekannt. Mary hatte ihr nicht erzählt, was los war, sondern sie im Dunklen gelassen. Sie hatte versucht, Wiedergutmachung zu leisten. Was konnte sie sonst noch tun?

Lillian trank ihren Tee. Eine Sache gab es da vielleicht noch.

25. Kapitel

Zu Nells Überraschung schien Amy wütend darüber zu sein, dass er hier war. Entweder hatte sie die Sache schwerer genommen, als Nell gedacht hatte, oder hier lief etwas ganz anderes, von dem Nell nichts wusste.

»Oh …« Er stand auf.

»Sie wollen mich wohl kontrollieren?« Amy hatte die Arme vor der Brust verschränkt und funkelte den armen Mann aufgebracht an. Jake Tarrant. Das musste er sein.

»Ganz und gar nicht.« Jetzt sah er verärgert aus oder zumindest beleidigt. »Ich habe ja am Telefon versucht, es Ihnen zu sagen, aber Sie haben mich ja abgewürgt …«

»Pfefferminztee?«, fragte das Mädchen an der Rezeption.

Amy und Jake ignorierten sie.

»Kann ich Ihnen ein Glas …«

»Ja bitte«, sagte Jake.

»Nein danke«, sagte Amy.

Beide hatten gleichzeitig gesprochen. Na toll, dachte Nell und übernahm die Entscheidung. »Ja bitte«, sagte sie zu dem Mädchen. Pfefferminztee sollte doch beruhigend wirken.

»Ich habe Sie nicht abgewürgt.« Jetzt wirkte Amy eingeschnappt. Aber sie tat ein paar Schritte auf ihn zu. »Der Bus war da.« Sie warf Nell einen Bestätigung suchenden Blick zu. »So war es doch, Nell?«

»Ja.« Nell nickte. Sie wusste, auf wessen Seite sie stand, falls es nötig würde, sich zu entscheiden.

»Außerdem hätten Sie heute jederzeit anrufen können, um mich vorzuwarnen«, erklärte Amy spitz.

Jake kniff die Augen zusammen. Amy hatte ihr gar nicht erzählt, wie attraktiv er war. Nun ja, vielleicht nicht auf konventionelle Art, aber merkwürdig anziehend. Und mit sich selbst im Reinen. Zumindest war er das gewesen, bis Amy über ihn hergefallen war. Jetzt sah der arme Mann geradezu schockiert aus.

»Ich wusste ja nicht, dass ich Sie vorwarnen muss«, sagte er kühl. »Wir sind doch Kollegen, oder?«

»Ja.« Amy setzte sich, und Nell setzte sich neben sie. »Aber Sie können ruhig gleich zugeben, dass Sie versucht haben, mich zu erwischen.«

»Wobei könnte ich Sie denn erwischen?«, fragte er sanft.

»Bei …« Amy wusste nicht weiter.

»Dabei, dass sie ihre Arbeit nicht richtig tut«, sprang Nell in die Bresche. So langsam verstand sie, was los war: Amy wollte nicht, dass Jake von der blauen Tür erfuhr.

»Genau.« Wieder verschränkte Amy die Arme.

Das Mädchen von der Rezeption kehrte zurück und brachte eine Kanne Pfefferminztee und drei Gläser auf einem Silbertablett.

»Danke.« Nell bedeutete ihr, es auf den Tisch zu stellen.

Jake nahm gegenüber von Amy Platz. Er runzelte die Stirn. »Warum sollte ich das wollen?«, fragte er. »Ich habe keinen Grund zu der Annahme, dass Sie Ihren Job nicht richtig machen. Außerdem richtet Ihre Galerie den Event aus.« Er warf ihr einen Blick zu. »Ihre und Duncans Galerie«, verbesserte er sich.

Amy sah aus, als würde sie gleich explodieren. »Warum sind Sie dann hier?«, konterte sie.

»Weil ich das Land liebe. Weil ich Lust hatte, mir ein Wochenende freizunehmen. Weil ich mitten in der Organisation eines Marokko-Projekts für Ihre Galerie stecke. Weil Sie mir gesagt haben, sie hätten nicht vor, nach Essaouira zu fahren, und ich Musik für den Event organisieren wollte.« Er streckte die Beine aus und lehnte sich auf seinem Platz zurück. Nell schienen das eine Menge plausibler Gründe zu sein. Aber wie würde Amy reagieren?

»Klar«, gab sie mit sarkastischem Unterton zurück.

»Wenn man etwas getan haben will«, er zuckte mit den Schultern, »dann sollte man es selbst tun.«

»Wollen Sie damit sagen, dass ich nicht in der Lage dazu bin?« Amy war wie ein Terrier, dachte Nell. Wenn sie sich in etwas verbissen hatte, ließ sie nicht wieder los.

»Sie haben gesagt …«

»Ich habe Ihnen doch erklärt …«

Wieder hatten sie gleichzeitig geredet.

Nell beschloss, den Tee einzugießen.

»Ich habe Ihnen erklärt, dass ich es mir anders überlegt habe und herfahren würde.« Amys Stimme klang jetzt ruhiger, entgegenkommender. Aber sie sah Jake nicht an. Sie blickte an ihm vorbei durchs Fenster auf die geschäftige Straße draußen. Vielleicht dachte sie immer noch über die blaue Tür nach.

»Ich hatte meinen Flug schon gebucht«, erklärte er.

Unentschieden. Sie starrten einander an. Der Schlagabtausch zwischen den beiden faszinierte Nell so, dass sie weitergoss und aufsprang, als sie bemerkte, dass das Glas auf dem Tablett schon überlief. Hastig begann sie, den Pfefferminztee mit einer Papierserviette aufzuwischen.

»Außerdem«, sprach er weiter, »habe ich wie schon gesagt eine Schwäche für Marokko.«

Und ich habe eine Schwäche für Sie, hätte er ebenso gut hinzufügen können. Sah Amy das denn nicht? Seufzend reichte Nell den beiden Tee. Amy sah immer noch misstrauisch aus. Nein, offensichtlich bemerkte sie es nicht.

»Ein paar Kontakte haben wir schon gemacht.« Amy stellte

ihren Tee wieder ab und zog ihr Notizbuch aus der Tasche. Es beeindruckte Nell, wie schnell sie in den Businessmodus umschalten konnte. »Ich wollte Ihnen mailen.« Sie sah ihn missbilligend an, als hätte er ihr eine besonders geschätzte Aufgabe entzogen. »Sie können sie haben.« Sie reichte ihm ein Blatt Papier. »Wir reisen morgen früh ab.«

»Sie reisen ab?« Er trank seinen Tee und steckte die Liste, die sie ihm gegeben hatte, in die Tasche seiner Jeans.

»Wir besichtigen eine Safranfarm.« Sie schien darauf zu warten, dass er Einwände erhob, was er nicht tat.

»Ich möchte ein paar Fotos von den Krokussen in voller Blüte machen.«

»Das klingt gut.« Er nickte. »Würden Sie heute Abend mit mir essen?«, fragte er. »Sie beide? Vielleicht könnten wir uns später ein paar der Musiker anhören.«

»In Ordnung.« Amy klang etwas weniger widerwillig, fand Nell.

Sie dachte schnell nach. »Ich habe ein wenig Kopfweh«, erklärte sie. »Ich hatte überlegt, früh zu Bett zu gehen. Aber ihr beide solltet ausgehen.«

Amy fuhr herum. »Seit wann?«, wollte sie wissen. »Vorhin ging es dir doch noch gut.«

Die Kopfschmerzen hatte sie davon bekommen, dachte Nell, dass die beiden so taten, als knistere es zwischen ihnen nicht. »Also …«

»Du musst mitkommen«, erklärte Amy. »Sonst bleibe ich auch hier, damit ich nach dir sehen kann.«

»Das ist nicht nötig«, räumte Nell ein. Sie wusste, wann sie geschlagen war. Sie stellte fest, dass er sie angrinste. Also wusste er auch nicht besser als sie, wie man zu Amy durchdrang.

»Treffen wir uns um halb acht hier?« Listig zog Jake eine Augenbraue hoch.

»Perfekt«, sagte Nell. Sie konnte es kaum erwarten, sich dieses Spielchen einen ganzen Abend lang anzusehen.

»Bis dann.« Jake stand auf und verließ den Raum mit langen, schnellen Schritten. Nell sah ihm nach; sie konnte nicht anders.

Bis Amy ihr den Ellbogen fest in die Rippen stieß. »Was starrst du denn so?«, zischte sie.

»Ach, nichts.« Nell setzte ihre Unschuldsmiene auf.

»Glaub mir«, sagte Amy. »Er ist schwierig. Und er ist nicht das, was er scheint.«

»Hmmm.« Aber eines wusste Nell ganz genau. Amy sah jetzt viel fröhlicher aus.

26. Kapitel

Marokko 1977

»Ich will nicht, dass Bethany da hineingezogen wird«, erklärte Glenn. Es war ein heißer Tag, und er schwitzte – nicht nur wegen der Sonne, die sogar durch seinen Outback-Hut hindurchstach. Auch der Gedanke daran, was Bethany passieren könnte, bereitete ihm Unbehagen. Es war Juli, Bethany lebte seit fast drei Jahren hier, und sie hatte keine Ahnung von den Drogenfahrten, die sie in der Vergangenheit unternommen hatten. Eine oder zwei waren es gewesen, bevor Bethany eingezogen war, und seitdem nur noch eine, als sie nicht da gewesen war, weil sie auf einer Farm in der Nähe arbeitete.

Bei der letzten hatte es Probleme gegeben. Howard kannte jemanden, der Surfbretter baute, und er hatte den beiden zwei besondere Bretter für die Reise angefertigt. Eine geniale Idee. Trotzdem fand Howard, je weniger Leute Bescheid wussten, umso besser. Howard und Gizmo waren gefahren, aber es war nicht gut gelaufen. Sie hatten eine Menge Moos verdient, aber sie waren in eine Straßensperre geraten und waren eine Ewigkeit lang verhört worden. Howard hatte sich mit einem der Polizisten gestritten und Glück gehabt, nicht verhaftet zu werden. Wieso die Polizei den Stoff nicht gefunden hatte, wusste nur Gott.

»Tatsache ist«, hatte Howard erklärt, als sie zurück waren, »dass sie jetzt härter durchgreifen, Mann, sie kennen inzwischen alle Tricks.« Und er hatte geseufzt und die Kohle gezählt. »Schätze, wir müssen es eine Weile sein lassen. Wir müssen länger hiermit auskommen oder eine andere Möglichkeit finden.«

Aber inzwischen hatte er es sich anders überlegt. Das Problem war, dass es leicht verdientes Geld war – wenn alles glattlief. Die Versuchung war da. Und Howard war pleite.

»Und warum?«, fragte Howard jetzt. Die drei saßen um den Tisch. Howard drehte einen Joint. Er hatte lange Finger und schmutzige Nägel und trug seine übliche Sommeruniform aus ausgefransten, abgeschnittenen Jeans und einem gelben T-Shirt und natürlich sein rot-gelbes Käppchen. Als er verkündet hatte, sie müssten wieder eine Fahrt machen, weil sie die Knete bräuchten, war Glenn dagegen gewesen. Aber er war wie üblich überstimmt worden. Howard hielt sich gerne für den Chef. Er schien nicht zu kapieren, dass es in einer Kommune keinen Chef gab – das war ja das Wesen der Sache.

Und jetzt erzählte er, Bethany müsse bei dem Deal mitmachen. Glenn spürte Anspannung. Die Sache gefiel ihm nicht.

»Sie hat nichts damit zu tun.« Sie war drinnen und kochte das Abendessen: Hähnchen mit Couscous, Tomaten und Trockenpflaumen. Glenns Magen knurrte. Er war hungrig.

»Hat sie nicht?« Howard ließ Tabak auf die zusammengeklebten Zigarettenblättchen rieseln. Er rollte die kleinen Krümel zwischen den Fingern, und Glenn nahm ihren süßlichen, durchdringenden Geruch wahr, der sich mit dem Dampf von Bethanys Tajine mischte. »Sie wohnt hier, oder?«

Es stimmte, ursprünglich waren sie sich einig gewesen, dass jeder einmal fahren würde und dass sie es zu zweit tun würden, jedes Mal ein anderes Paar. Abwechslung, hatten sie entschieden, war der Weg, um frei und unentdeckt zu bleiben. Wiederkehrende Muster und Gleichförmigkeit brachten einen in Schwierigkeiten; danach suchten die Leute. Aber das war damals gewesen. Vor Bethany. Seitdem hatte sich alles verändert.

»Ich übernehme ihre Tour«, sagte Glenn. »Und ich fahre natürlich auch selbst.«

»Was du nicht sagst, Mann.« Gizmo zog den Knoten seiner blauen Bandana nach. »Und wenn ihr dann zusammen fahrt, dann ist nur einer unterwegs. So'n Quatsch …«

»Sie ist ein Mädchen.« Glenn griff nach seinem Tee. Leider war ihnen das Bier ausgegangen. Er wusste, es war nicht leicht, hier Geld zu verdienen, aber es gab Möglichkeiten, relativ legale sogar: übersetzen, in Restaurantküchen arbeiten, in Hotels putzen, sich als Erntehelfer auf einer der Farmen in der Nähe verdingen. Bethany und er hatten nicht viel, aber sie hatten Arbeit und würden nicht verhungern.

»Was du nicht sagst«, meinte Howard schleppend. »Was spielt das für eine Rolle? Hat sie deshalb irgendwelche Sonderrechte, Mann? Weil sie ein Mädchen ist?«

Sonderrechte … Glenn wandte den Blick ab.

»Gleiche Rechte, Alter«, pflichtete Gizmo ihm bei.

»Und die Frage, wer fährt, geht alle etwas an.« Ganz kurz blickte Howard auf, und seine blassblauen Augen durchbohrten Glenn. Herrgott. Er lebte mit dem Typ zusammen, aber er mochte ihn nicht. Er war so kalt wie verdammtes Eis. »Wäre eine bessere Tarnung, ein Mädchen dabeizuhaben, oder?«

»Gutes Argument, Mann.« Gizmo nickte und starrte gierig auf den Joint, mit dem Howard sich Zeit ließ.

Howard wickelte die Folie ab, zündete ein Streichholz an und hielt es an den braunen Haschischklumpen. Er zerkrümelte eine Ecke mit den Fingern und verteilte die Bröckchen gleichmäßig über den Tabak.

»Sie macht es nicht.« Glenn versuchte, ruhig zu bleiben. Das Risiko würde er nicht eingehen. Sie war nur hier, weil er sie hergebracht hatte. Er wollte sie beschützen, verdammt.

Howard roch an seinen Fingern und leckte sie dann ab. »Vielleicht sollten wir sie einfach fragen?« Mit hochgezogener Augenbraue sah er Gizmo an.

»Yeah.« Gizmo kicherte. »Wir sollten sie fragen. Teufel, warum sollte sie nicht mitreden?«

»Was wollt ihr mich fragen?« Bethany stand da, die Hände in die Hüften gestemmt, und hatte ein Lächeln auf den Lippen. Ihr Gesicht glühte von der Hitze.

»Nichts«, sagte Glenn

Howard drehte den Joint. Er leckte das Papier an und sah dabei zu Bethany auf. »Ob du eine von uns bist«, sagte er. »Ob du zur Gruppe gehörst oder nur ein Mitläufer bist.«

Bethany warf Glenn einen Blick zu, und er sah die Unsicherheit in ihrem Blick. Das machte ihn wütend. »Lasst sie in Ruhe«, fauchte er. »Sie will es nicht wissen.«

»Reg dich ab, Mann.« Howard drehte ein Ende des Joints zusammen. In das andere steckte er ein dünnes Pappröllchen. Er steckte es in den Mund und zündete das andere Ende des Joints an. Der schwere, süße Rauch stand in der Luft. Alle, sogar Bethany, schienen ihn instinktiv zusammen mit ihm einzusaugen. »Willste?« Er bot ihr den Joint an und verzog den Mund zu einem schwachen Lächeln. »Willste es wissen, Bethany?«

Sie steckten in einer Sackgasse. Glenn wusste, dass sie festsaßen. Sie hätten viel eher weggehen sollen. Ein paarmal hatte er vorgeschlagen, sie sollten Essaouira verlassen, aber es hatte immer irgendeinen Grund zum Bleiben gegeben. Es war einfacher zu bleiben. »Wohin würden wir gehen?«, hatte Bethany gefragt. »Zurück ins alte graue England? Nein danke.« Und zurück nach Amerika zu gehen, darüber wollte Glenn nicht einmal nachdenken.

Kaum hatte Jimmy Carter im Januar dieses Jahres den Amtseid abgelegt, hatte er eine vollständige Amnestie für alle verkündet, die sich der Einberufung entzogen hatten. Das hätte Glenn ein gutes Gefühl vermitteln sollen. Jetzt konnte er zurück nach Hause. Er war sich sicher, dass seine Mutter darauf warten würde, dass er heimkam. Aber er sah noch zwei Probleme. Wenn man um Begnadigung bat, gab man erstens zu, ein Verbrechen begangen zu haben. Und zweitens müsste er sich im Falle einer Rückkehr seinen Schuldgefühlen stellen, weil er seine Mutter enttäuscht hatte und davongelaufen war, weil er sie nicht beschützt hatte und nicht in der Sekunde, in der es möglich gewesen wäre, zurückgekommen war. »Wir könnten noch ein bisschen herumreisen«, hatte Glenn daher vorgeschlagen.

»Aber wir würden nirgendwo etwas so Cooles zum Wohnen finden«, wandte Bethany ein.

Glenn wusste, dass sie sehr gern hier lebte. Sie liebte das Essen und die Gewürze, die Wärme und die entspannte Atmosphäre. Die Geschichte von Essaouira hatte sie gefangen genommen. Sie liebte die Vorstellung, dass Mogador, wie es damals geheißen hatte, im sechsten Jahrhundert von den Phöniziern erbaut worden war. »Wow!«, sagte sie. »Das würde meine Mutter interessieren. Sie hat immer gesagt, unsere Familie sei mit den Phöniziern verwandt.«

»Wirklich?« Glenn hörte zu, wie sie begeistert von der alten phönizischen Stadt erzählte, die einst ein Handels- und Beobachtungsposten war. Er erfuhr, dass ein purpurner Farbstoff, der in Europa für Königsgewänder gebraucht wurde, aus einer in der Nähe gefundenen Art Meeresschnecken gewonnen wurde, und Bethany erzählte ihm auch von der neueren Kulturgeschichte, von dem, was er bei sich den Hendrix-Mythos und das Lebende Theater nannte.

Bethany war noch nicht lange hier, da bestand sie schon darauf, Glenn und Gizmo mit nach Diabat zu schleppen. Sie konnte nicht glauben, dass sie noch nie dort gewesen waren, und fasste es nicht, dass Howard nicht mitkommen wollte.

»Da ist nichts«, hatte Howard zu ihr gesagt. Und heimlich war Glenn seiner Meinung.

Bethany verdrehte die Augen. »Wir sollten hinfahren, sozusagen als Pilgerreise«, erklärte sie. »Ich verstehe euch nicht. Und außerdem gibt es das Café.«

»Das Café?«

»Das Hendrix-Café. Und der Song ›Castles Made of Sand‹ ist von den Ruinen des Bordj-el-Berod-Wachturms inspiriert, versteht ihr?«

Glenn sagte ihr nicht, dass der Song zwei Jahre vor Hendrix' Besuch dort aufgenommen worden war – falls Hendrix wirklich da gewesen war. In Essaouira war er wahrscheinlich schon gewesen. Vielleicht war er ein paar Stunden geblieben, lange genug, um einen Mythos in Gang zu setzen, den Essaouira nun ausschlachten konnte, solange es möglich war. Soweit Glenn das beurteilen konnte, hatten die Bewohner von Essaouira sich nie von dem berühmten Besuch erholt, und die Geschichten wurden mit jedem Monat, der verging, bemerkenswerter. Aber Howard sagte es ihr trotzdem.

»Aber es ist doch offensichtlich, oder?«, sagte Bethany. »Und vergesst nicht ›Purple Haze‹. Erzählt mir nicht, das wäre Zufall.«

»Zufall?«

»Die purpurnen Murex-Schnecken«, sagte sie. »Kommt schon, Jungs. Er muss schon viel früher dort gewesen sein. Heimlich.«

Howard lachte, ließ sich aber nicht von seiner Meinung abbringen. Als sie in Diabat ankamen, fanden sie eine windgepeitschte, verlassene Ödnis vor. Es würde ein tolles Filmset für einen dieser alten Western abgeben, dachte Glenn griesgrämig und nahm seinen Hut ab, bevor er wegflog. Sie fanden den Wachturm, eine verfallene ehemalige Befestigung, die im Süden langsam im Wasser versank. Der Wind blies ihnen den feinen Sand in die Augen, und selbst Bethany fand nicht viel zu sehen, abgesehen von ein paar Kamelen. Sie spürten das knallbunt angemalte Café mit seinen Hendrix-Bildern und Postern auf. Aber es waren keine Gäste da; und es gab nichts zu essen und zu trinken; nur ein Angestellter lag schlafend auf einer Holzbank. Was für ein Café, dachte Glenn. Es war Zeit zu gehen.

Glenn hatte sich nach anderen Wohnmöglichkeiten in der Stadt umgesehen, aber es gab nichts – zumindest nichts, was nichts kostete. Daher waren sie immer noch in Essaouira. Vielleicht hatten sie den richtigen Zeitpunkt verpasst.

»Natürlich will ich dabei sein.« Sie sah Glenn nicht an. Sie nahm den Joint von Howard entgegen, inhalierte tief, behielt den Rauch mehrere Sekunden in den Lungen und atmete aus. »Ich bin dabei«, sagte sie und schickte einen trotzigen Blick in Glenns Richtung. »Ich bin doch hier, oder?«

Er seufzte und ließ die Schultern sinken.

»Verrückt«, sagte Gizmo.

»Mir gefällt dein Mut.« Howard taxierte sie mit seinem Blick, und Glenn hasste es.

Er stellte fest, dass er die Hände zu Fäusten geballt hatte. Dann dachte er an seinen Vater und bog seine Hände mit großer Mühe wieder auf. Er spreizte die Finger und zwang seine Schultern zu einem beiläufigen Achselzucken.

Bethany sah ihn an. »Glenn?«

»Deine Entscheidung«, sagte er.

»Also, worum geht es?« Sie zog sich einen wackligen Stuhl heran und gab den Joint an Gizmo weiter.

»Ich bin mit der nächsten Fahrt an der Reihe«, erklärte Howard.

»Seit wann?«, fauchte Glenn.

»Seit ich mich freiwillig gemeldet habe.« Wieder sahen ihn diese hellblauen Augen an.

»Fahrt?« Bethany schien verwirrt zu sein. Glenns Herz flog ihr zu.

»Es läuft so: Wir legen alle Geld zusammen, und ich kaufe

Stoff von einem Typen, den ich kenne.« Sie beobachteten Bethany und warteten auf eine Reaktion.

Sie zuckte mit den Schultern.

»Zwei von uns fahren damit nach Frankreich, verkaufen es und kommen mit dem Gewinn zurück.« Howard lehnte sich zurück.

»Frankreich?« Ihre Augen weiteten sich. Sie sah Glenn an. »Dann wart ihr deswegen damals in Paris?«

Er nickte. »Aber wir haben es schon eine Weile nicht mehr gemacht«, sagte er. »Und du musst nicht mitmachen.«

»Wenn du Angst hast«, setzte Howard hinzu.

Bethany holte tief Luft. »Ich mache mit«, erklärte sie. Sie sah Glenn an. »Das ist nur gerecht«, fügte sie hinzu.

Er schüttelte den Kopf.

»Gehe ich recht in der Annahme, dass du die Sprache ziemlich gut beherrschst?«, fragte Howard.

»Ja. Ich spreche Französisch.«

»Perfekt.« Howards Augen glänzten. »Dann bist du bereit, deinen Beitrag zu leisten, wenn es so weit ist?«

»Klar.«

»Ich bin also Nummer eins.« Howard lächelte gemächlich und leckte sich einen Tabakkrümel von den schmalen Lippen. »Ich schlage vor, dass wir jetzt gleich abstimmen, wer von euch mit mir fährt.«

»Okay.« Bethany nickte. Sie schloss die Augen und hob ihr Gesicht der Sonne entgegen.

Sie begriff es einfach nicht. »Ich mache es«, sagte Glenn. »Ich fahre mit dir.«

Träge wandte Howard sich ihm zu. »Also, Glenn stellt sich zur Wahl, was, Glenn? Und Gizmo …«

»Huh?« Er blinzelte, kam zu sich und reichte den Joint weiter. »Du stellst dich zur Wahl … häh?« Sein Blick ruhte auf Bethany, die die Augen immer noch geschlossen hatte.

»Unsere kleine Lady.« Gizmo grinste. »Du hast es drauf, Howie. Tolle Tarnung.«

»Lasst uns abstimmen. Wer für Glenn ist, hebt die Hand.«

Glenn hob die Hand. Er war der Einzige.

»Und Bethany?« Howard grinste.

Er und Gizmo hoben die Hände.

»Du hast nicht abgestimmt, Bethany«, sagte Howard. »Enthältst du dich oder was?«

Sie nickte und wirkte verwirrt.

Glenn stand auf. Ihm war der Appetit vergangen. Warum versuchte er überhaupt, sie zu beschützen? Er war auch beschützt worden – von seiner Mutter, als sein Einberufungsbefehl gekommen war, und vorher durch sein Studium. Was hatte es ihm genützt? Es hatte ihm nur noch mehr Schuldgefühle eingebracht, weil andere junge Männer eingezogen und in einen Krieg geschickt wurden, in den niemand ziehen wollte. Er hatte sich privilegiert gefühlt. Aber er wollte nicht privilegiert sein. Es war nicht richtig.

»Wohin gehst du, Baby?«, fragte Bethany.

Er zuckte mit den Schultern. »Nirgendwohin.«

Er verließ den Riad und ging vorbei an dem in Blau und Weiß gehaltenen Hafen und den auf den Strand gezogenen Fischerbooten zum Meer hinunter. Wütend trat er den Sand mit den Füßen und starrte auf den Atlantik hinaus. Wenigstens ging eine Brise. Er musste wieder herunterkommen. Er wurde das Gefühl nicht los, dass Howard diese ganze verdammte Sache eingefädelt hatte.

Kurz nach jenem Geburtstagsessen mit seinen Eltern in Wisconsin waren fünfundzwanzigtausend Demonstranten nach Washington marschiert, darunter Glenn, dem die Worte seines Vaters über Freaks noch in den Ohren klangen. So etwas hatte er noch nie erlebt. Ein junger Quäker, der mit seiner kleinen

Tochter gekommen war, hatte sich vor Verteidigungsminister Robert McNamaras Büro im Pentagon selbst verbrannt; so stark bewegte manche Menschen der Krieg. Jemand hatte die Kleine geschnappt und in Sicherheit gebracht, aber es war ein gefundenes Fressen für die Zeitungen gewesen. Ende 1966 standen schon so viele Soldaten in Vietnam, dass auch die Presse und die Fernsehsender ihnen folgten, sodass amerikanische Familien den Krieg in den Abendnachrichten verfolgen konnten. Niemand konnte mehr so tun, als wüsste er nicht Bescheid.

Glenn sah zu, wie sich eine kleine Gruppe Kamele in dem entschlossenen, aber ungelenken Gang, der ihnen eigen war, über den Sand bewegte. In der Ferne hielt ein kleines blaues Fischerboot auf den Hafen zu; es war lange draußen geblieben. Der größte Teil des Fanges wurde mit der Morgenflut eingebracht; dann stand das Meer hoch im Hafen, und der Hafen war erfüllt von dem Geschrei der Fischer, die ihre Waren verkauften, dem Feilschen der sich um die Stände drängenden Stadtbewohner, dem intensiven Duft nach frischem Fisch und dem ekelhaften, abgestandenen Geruch der Gedärme, die die Möwen davontrugen.

So hatte sich der Krieg hingezogen, während Glenn weiter studierte. Manchmal kam es ihm vor, als studiere er den Krieg, obwohl er nicht aktiv daran teilnahm. Er hatte ihn gelehrt, woran er glaubte – noch bevor Martin Luther King und die Bürgerrechtsbewegung sich 1967 engagierten, noch bevor junge Männer ihre Einberufungsbescheide öffentlich verbrannten und die Proteste mit jedem Tag gewalttätiger wurden. Nicht jeder gab sich damit zufrieden, herumzustehen und Dylans »Blowin' in the Wind« zu singen. Alles veränderte sich. In diesem Jahr wurden fast tausend Wehrdienstverweigerer verhaftet und ins Gefängnis gesteckt. Tausende weitere gingen nach Kanada, um sich der Einberufung zu entziehen. Was tat man, wenn man einen Befehl erhielt, der moralisch verwerflich war? Die Menschen fingen an, sich zu weigern.

Auch in Wisconsin spitzten sich die Ereignisse zu. Im Oktober 1967 blockierten dreihundert Demonstranten, darunter Glenn, ein Universitätsgebäude. Ingenieurwissenschaften waren ein Schwerpunkt an der Universität von Wisconsin, und Dow Chemicals warb unter den Studenten zukünftige Angestellte an. Dow Chemicals produzierte Napalm, was bedeutete, dass ihre eigene Universität in den Krieg verwickelt war, dass sie beteiligt war am Niederbrennen vietnamesischer Dörfer.

Es war ein regelrechter Aufstand, und es kam in den Nachrichten, sodass auch Glenns Eltern die Bilder zu sehen bekamen. Daraufhin hatte sein Vater – Schutz, Privileg – in der Uni angerufen, sie über die Herkunft und die Aussichten seines Sohnes belehrt und erklärt, er sei kein Radikaler, kein Freak, er sei nur in die Irre geführt worden. *In die Irre geführt* … Glenn war stolz gewesen, dabei zu sein, und hätte sich liebend gern zusammenschlagen lassen, wenn das etwas an dem Krieg in Vietnam geändert hätte.

Wenn seine Mutter nicht gewesen wäre, wäre Glenn aufgestanden, um sich zählen zu lassen, und wenn sein Name gefallen wäre, hätte er sich geweigert, in den Krieg zu ziehen. Er hatte von jungen Männern gehört, die Geisteskrankheit vorschützten, die die Luft anhielten, damit sie während der ärztlichen Untersuchung ohnmächtig wurden, oder die taten, als seien sie taub. Es gab eine lange Liste von Möglichkeiten, an den 3-A-Status zu kommen. Aber Glenn wollte nicht kneifen. Gern hätte er die falsche Sicherheit des Colleges verlassen; dort hatte er das Gefühl, sich zu drücken. Aber auf keinen Fall würde er in den Krieg ziehen.

Seine Mutter flehte ihn an, das College nicht abzubrechen. Es war schwer, ihr etwas abzuschlagen, und obwohl seine Noten nicht die besten waren, schlug er sich doch gut genug, um an der Uni zu bleiben. Er kam sich wie ein Betrüger vor. Es musste mehr als eine Art des Protests geben. Er wusste, dass seine Zeit kommen würde. Nach dem Abschluss seines Studiums würde er ohnehin nicht mehr vom Kriegsdienst zurückgestellt sein. Dann konnte das Privileg der höheren Bildung niemanden mehr retten. Ein paar der Jungs vom College bemühten sich um eine Anerkennung als Wehrdienstverweigerer. Aber Glenn war klar, dass man dann immer noch für den Krieg arbeiten würde, wenn auch in einer zivilen Funktion. Es bedeutete immer noch, mit dem System zu kooperieren und anzuerkennen, dass der Krieg legitim war. Das war kein richtiger Widerstand. Für Glenn war Pazifismus mehr als das.

Also ging er nach Hause, um auf das zu warten, was sicher kommen würde.

Glenn lief den Strand entlang, spürte den Wind und den rauen Sand im Haar, und schließlich bekam er Hunger. Er ging zurück zum Riad. Bethany und die Jungs saßen immer noch um den Tisch herum und sahen um einiges mehr stoned aus als bei seinem Abgang. Sie hatten gegessen, und von den Haschplätzchen, die Giz gestern gebacken hatte, waren nur noch ein paar dunkle Krümel auf dem Tisch übrig.

»Hey, Mann, wo warste?«, fragte Gizmo.

»Geht's dir gut, Honey?« Bethany streckte eine Hand aus. »Ich habe dir Essen aufgehoben.«

»Alles gut.« Aber irgendwo in seinem Inneren wusste Glenn es. Es war nicht das Ende, auf keinen Fall. Aber es könnte der Anfang vom Ende sein. Und er musste sich etwas einfallen lassen, um das zu verhindern, um zu schützen, was sie hatten. Und dieses Mal musste er alles richtig machen.

27. Kapitel

Amy hatte nicht gewusst, was sie denken sollte, als sie ihn da in der Rezeption des Riads sitzen gesehen hatte, so kühl, so unbekümmert. Nell fand, dass sie unnötig feindselig gewesen war, aber Nell war auch eine empfindsame Seele und kannte Jake nicht so gut wie Amy. Es war ja nicht so, dass sie ihn nicht leiden konnte … Aber *mochte* sie ihn? Sie war sich nicht sicher. Mit Bezug auf Jake erschien ihr diese Frage viel zu kompliziert. Aber ihr Projekt war ihr schon weggenommen worden. Amy brauchte Vertrauen. Sie brauchte das Gefühl, dass man ihr vertraute. Und es war schlichtweg albern von Nell zu behaupten, dass Jake Tarrant nach Marokko gekommen sei, um Amy zu sehen. Warum sollte er das tun, vor allem, wo sie doch bald selbst nach Großbritannien zurückkehren würde? Und hatte er ihr nicht selbst gesagt, dass er an Privatangelegenheiten nicht interessiert sei?

Aber er war ein netter Tischgenosse. Sie hatten zusammen gegessen – Jake Hähnchentajine mit süßen Datteln, Amy Wolfsbarsch mit Oliven und Zitrone und Nell Lamm mit Aprikosen – und sich eine Platte mit dampfendem Cousous und einen Teller mit einem Salat aus Tomaten und Auberginen geteilt. Sie hatten zwei Flaschen köstlichen Rotwein getrunken, und Jake hatte sie mit Geschichten über Events unterhalten, die er organisiert hatte und die gescheitert waren – obwohl Amy das schwer zu glauben fand. Zu seinen Geschichten gehörte auch eine Anekdote aus der Zeit, als er durch Australien gereist war, für einen Club in Byron Bay gearbeitet und sich anlässlich eines Mondschein-Barbecues am Strand als Spiegelei verkleidet hatte. Nell hatte sich vor Lachen ausgeschüttet, und sogar Amy hatte gespürt, dass sie sich endlich entspannte. Jake Tarrant hatte sie überrascht. Er war nicht nur charmant, sondern konnte richtig lustig sein.

Als Nell zur Toilette ging, lehnte sich Jake über den Tisch. »Ich bin nicht hier, um zu überprüfen, ob Sie Ihren Job richtig machen, Amy«, erklärte er. »Glauben Sie mir.«

Hmmm. »Was ist dann mit der Liste, die Sie mir gegeben haben?« Ihr wurde klar, dass sie ihn aufzog, ja beinahe flirtete. »Wollten Sie mir nicht diktieren, wohin ich gehen soll? Welche Bilder ich zu machen habe?«

»Nicht *diktieren*.« Er zog eine Grimasse. »Ich habe Ihnen Anregungen gegeben. Das ist ein großer Unterschied.«

»Sie haben also *angeregt*, dass Sie es besser wissen?«

»Amy …«

Sie lachten beide. »Und was haben Sie damit gemacht?«, fragte er. »Sie weggeworfen?«

Wie hatte er das jetzt erraten?

Nach dem Essen ließen sich die drei zum Platz treiben, wo die Musik bereits begonnen hatte.

»Ich war im Juni zum Gnawa-Musikfestival hier«, erklärte Jake. »Der Platz war rappelvoll. Die Leute trugen alle möglichen ausgefallenen Kostüme …«

»Zum Beispiel Spiegelei?«, murmelte Amy.

Nell kicherte.

»Noch viel ausgefallener«, sagte Jake. »Sie sollten nächstes Jahr herkommen und sich das selbst ansehen.« Er warf ihr einen Blick zu.

War das eine Art Einladung? Amy wollte nicht darüber nachdenken, nicht jetzt. Nach dem Wein und dem Essen fühlte sie sich so satt und zufrieden. Sie bedauerte nur eines: dass es ihr nicht gelungen war, heute Nachmittag hinter diese blaue Tür zu blicken. Sie hatte so sehr gehofft, etwas herauszufinden, das

Tante Lillian helfen würde, mit ihrem Verlust fertigzuwerden; etwas, das dazu beitragen könnte, sie für alles, was sie für Amys Familie getan hatte, zu entschädigen.

Aber vielleicht würde sie tatsächlich wieder herkommen. Amy konnte verstehen, warum es Jake hierherzog. Als sie jetzt, umgeben von den Farben und Düften Marokkos, auf dem Platz stand und der Musik lauschte, spürte sie die Magie dieses Landes. Die Musiker trugen bunte Gewänder und bunten Kopfputz, und Amy erkannte die Instrumente, die Nell und sie heute Morgen in dem Musikladen zu spielen versucht hatten. Die eindringlichen Melodien wurden von einem Sprechgesang untermalt, der beruhigend auf Ohren und Sinne wirkte. Sie waren merkwürdig fesselnd. Doch Amy verlor nicht den Kopf. Das mochte Trancemusik sein, aber sie hatte auf keinen Fall vor, in Trance zu fallen – nicht solange ein Mann wie Jake Tarrant in der Nähe war.

Als sie genug von der Musik hatten, brachte Jake sie zurück zum Riad, und ehe Amy klar wurde, was Nell tat, war diese schon nach oben in ihr Zimmer gehuscht, und sie stand allein mit Jake an der Tür.

»So«, sagte er.

»So.« Sie lächelte. Es war ein schöner Abend gewesen. Vielleicht hatte sie ihn falsch eingeschätzt; vielleicht hatte er nie an ihren Fähigkeiten gezweifelt und vielleicht war er doch nicht hier, um sie zu überprüfen. Vielleicht hätte sie vorhin nicht so gemein zu ihm sein sollen.

»Vielleicht können Sie mir etwas sagen, Amy Hamilton.«

»Wenn ich kann.« Sie lehnte sich an den Türrahmen. Und wenn ich will, dachte sie.

»Wovor genau haben Sie Angst?«

»Angst?« Amy war überrumpelt. »Wie kommen Sie auf die Idee, ich hätte Angst vor etwas?« Obwohl sie sich natürlich fürchtete. Und nicht nur vor Spinnen. *Davor, geliebt zu werden.*

Beherrscht zu werden. Zu verlieren, was sie am stärksten brauchte … Amy blinzelte. Wo kam das denn jetzt alles her?

»Oh, Sie tun, als hätten Sie Ihr Leben im Griff«, sagte Jake. »Sie können sich in einer unbekannten ausländischen Stadt orientieren; Sie können eine Galerie führen und gute Fotos machen; Sie können eine Affäre mit dem Chef haben und nicht zulassen, dass Sie sich in ihn verlieben …«

»Was?« Amy war wie vom Donner gerührt. Das ging jetzt ein wenig unter die Gürtellinie.

»Aber Sie können niemandem vertrauen, oder, Amy?«

Amy sah ihm in die Augen. Selbst in dem schwachen Licht der Lampe, die draußen angebracht war, erinnerten sie sie an Rooibos-Tee. Mit einem Mal wirkte er sehr ernst; die unbeschwerte, spielerisch leichte Atmosphäre des Abends war verschwunden. Hier standen sie, nur Amy und Jake Tarrant, und es sah aus, als versuche er, einen Blick in ihre Seele zu werfen. »Vielleicht kann ich ja nur Ihnen nicht trauen«, hörte sie sich selbst sagen. Warum hatte sie das gesagt? Stimmte es denn?

Er umfasste ihre Schultern. »Warum nicht?«

Weil du gefährlich für meinen inneren Frieden bist. So empfand sie es. Aber sie sagte nichts. Sie sah ihn nur an und erinnerte sich daran, dass er nicht an privaten Angelegenheiten interessiert war. Das hatte er selbst gesagt. Was also wollte er von ihr?

»Amy?«

In diesem Moment hätte sie die Augen schließen und sich von ihm küssen lassen können. Das wusste sie. Sie wollte es sogar. Aber etwas gebot ihr Einhalt. Ein altes Stück einer Rüstung, ein letzter Rest von Selbstschutz. Sie musste die Situation unter Kontrolle bringen – sonst wäre sie verloren. »Ich gehe jetzt nach oben, zu Bett, Jake«, erklärte sie. »Gute Nacht.« Und sie beugte sich vor, küsste ihn auf die Wange, ging in den Riad und schloss äußerst nachdrücklich die Tür.

28. Kapitel

Ganz früh am nächsten Morgen stiegen Nell und Amy in den Bus zur Safranfarm. Er war voll mit Menschen aus allen Ländern, und es lag eine summende Aufregung in der Luft. Einige schienen ihre ganze Marokkoreise um die Safranblüte herum geplant zu haben. Das konnte Nell besser als jeder andere verstehen. Es war eine besondere Zeit, ein Schauspiel, das nicht lange dauern würde. Die Blumen mussten gesammelt werden, sobald sie blühten und bevor die Blütenblätter zu welken begannen, denn dann wäre der Safran verdorben. Nell unterdrückte einen Schauer der Vorfreude. Sie hatte immer nur ihre kleine Safranernte in Cornwall erlebt. Das hier würde ein wahres Fest für die Sinne werden.

Nell warf Amy einen Blick zu, die gestern Abend ihre gute Laune wiedergefunden hatte, aber viel schneller nach oben gekommen war, als Nell erwartet hatte, und mit einem entschlossenen Ausdruck im Blick.

»Was ist passiert?«, hatte Nell gefragt. Sie hatte mindestens mit einem romantischen Intermezzo gerechnet. Amy hatte ihr anvertraut, dass ihre Beziehung zu Duncan vorbei sei, zumindest auf der persönlichen Ebene, und dass Jake frei und offensichtlich sehr interessiert sei …

»Trotzdem ist nichts passiert.« Amy hatte sich ihr zugewandt. »Ich kann das einfach nicht, Nell.« Und Amys Blick hatte Nell alles verraten, was sie wissen musste. Wie Nells Mutter mochte Amy stark erscheinen, aber emotional war sie weit verletzlicher, als sie gern zugab.

Nell sah aus dem Fenster des Busses. Die staubige, rosafarbene Landschaft war ihr schon seltsam vertraut, fast als hätte sie in einem anderen Leben hier gelebt. Sie mochte nur eine Touristin sein, aber sie hatte das Gefühl, in diesen wenigen Tagen persönlich so viel weitergekommen zu sein, und sie hatte eine Entscheidung getroffen.

»Und? Hat es dich gepackt?«, fragte Amy sie.

»Gepackt?«

»Wirst du weiter marokkanisch kochen, wenn du zu Hause bist?«

Nell lächelte. »Oh ja.«

Der Kurs hatte sie wieder daran erinnert, wie sehr sie es liebte, mit Safran zu kochen, und er hatte noch viel mehr bewirkt. Er hatte ihr die Freuden all der anderen Gewürze eröffnet, der Präzision und des langsamen Garens der Tajines, der marokkanischen Fladenbrote und Pfannkuchen, der Suppen wie der *harira* – ein Gericht aus Lamm und Kichererbsen, das traditionell zusammen mit Datteln nach dem Ramadan serviert wurde – und der köstlichen Gebäcke und Desserts. Safran war einst überaus beliebt gewesen. Vielleicht konnte sie eine kleine Rolle dabei spielen, ihn wieder populär zu machen. »Tatsächlich habe ich vor …«

»Ja?«

»Wenn ich mein eigenes Restaurant eröffne, würde ich mich gern auf marokkanische Küche spezialisieren.« Da, sie hatte es gesagt. Jetzt war es in der Welt. Jetzt war es nicht mehr nur eine Fantasievorstellung von ihr, sondern sie hatte es laut ausgesprochen.

»Ehrlich?« Amy warf ihr einen forschenden Blick zu.

»Warum nicht? Wo gibt es außerhalb von London ein marokkanisches Restaurant?«

»Ich wüsste keines«, gab Amy zu.

»Jede Stadt hat einen Chinesen, einen Inder, einen Thailänder … Warum keinen Marokkaner?«

»Ja, warum eigentlich nicht?« Amy rückte ein wenig von Nell weg, um sie anzusehen, und lächelte ihr zu, als sehe sie sie nun in einem anderen Licht.

»Und ich könnte noch andere Dinge anbieten.«

»Andere Dinge?«

»Keine Ahnung. Vielleicht Tajines und marokkanische Keramik verkaufen? Oder *Thé à la menthe* servieren?«

»Und Safran anbauen«, zog Amy sie auf.

»Ja.« Nell hatte noch eine andere Idee.

»Ja?«

Auf diese Art würde ihr Erbe unversehrt bleiben; auf diese Art würde sie weiter die Stimme ihrer Mutter hören können. Nell konnte sich Callums Reaktion darauf allerdings noch nicht so recht vorstellen. »Ich könnte es das ›Saffron House‹ nennen«, sagte sie träumerisch.

»Du meinst …?«

Sie sah das Begreifen in Amys Augen aufdämmern. »Genau«, sagte sie.

Als sie sich den Ausläufern des Atlas-Gebirges näherten, zeichnete sich der Umriss des Massivs immer deutlicher ab, und als sie das Tal erreichten, wurden die Akazien am Straßenrand üppiger, die Palmen höher und der Pflanzenwuchs grüner. Auf Terrassen wuchsen Mandel-, Argan- und Olivenbäume, und die Hänge waren mit Thymian und Ginster bewachsen. Sie näherten sich der Safranfarm. Der Bus verlangsamte sein Tempo, und das Stimmengewirr an Bord nahm einen aufgeregteren Ton an, während ihre Mitreisenden nach ihren Besitztümern kramten und die Reißverschlüsse an Taschen und Jacken schlossen.

Kaum dass sie auf der Safranfarm angekommen waren, schloss Nell sich einer Führung an. Amy kam allerdings nicht mit. Nell kannte sie gut genug, um zu wissen, dass Führungen nichts für sie waren. Die Farm war anscheinend nicht groß, aber sie hatte mit anderen Farmen in der Gegend eine Kooperative gebildet, um den Verkauf zu bündeln, aber auch, um Arbeitnehmerrechte und faire Löhne zu gewährleisten. Das gefiel Nell. Das trockene Gebirgsklima war ideal für den Anbau und hielt Parasiten ab, sodass es nicht nötig war, Pestizide oder Fungizide einzusetzen. Es war praktisch eine Bio-Farm. Das Jäten geschah von Hand, und der Boden wurde regelmäßig gepflügt, um ihn vor der Bewässerung aufzubrechen und die notwendige Wassermenge zu begrenzen. Als Dünger wurde nur Kuhmist verwendet. Nell nickte. Auch ihre Mutter hatte diese Art von Dünger bevorzugt. In Roseland hatte sie den Mist von einem benachbarten Bauernhof bekommen.

Nell dachte an das Klima in Cornwall. Sie wusste, dass Safran in der Vergangenheit in ganz Britannien angebaut worden war, aber am erfolgreichsten in den östlichen Grafschaften. Für Saffron Walden war er einst so bedeutsam, dass die Stadt nach dem Gewürz benannt wurde und es weiterhin durch schmückende Verzierungen ehrte, die immer noch an Häusern und öffentlichen Gebäuden zu sehen waren, und durch ihre Straßennamen und Wirtshausschilder. Cornwall wurde allgemein für zu feucht gehalten. Doch das Land um das Farmhaus in Roseland war ein sonniges, windgeschütztes Gebiet. Das ummauerte Feld lag nach Süden und fiel leicht ab, sodass der Boden auf natürliche Weise entwässert wurde. Ihre Mutter hatte von Zeit zu Zeit Sand und Kalk untergehoben und erklärt, die Krokusse bevorzugten einen leicht alkalischen Boden. Vielleicht besaß ihre Farm ja ein eigenes kleines Mikroklima, dachte Nell. Oder vielleicht war der Boden von Natur aus genau richtig … Jedenfalls war ihr Safran immer ausgezeichnet gediehen. Gegen alle Wahrscheinlichkeit, was ihn erst recht zu etwas Besonderem machte.

»Alle Safranrkrokusse besitzen dieselbe genetische Abstammung«, erklärte ihr Fremdenführer ihnen. »Alle stammen von einer einzigen Zwiebel ab.«

Der Gedanke war ernüchternd. Wie waren die Safranzwiebeln zuerst nach Cornwall gekommen? Über den Weg des Handels? In der Tasche eines römischen Soldaten vielleicht? Oder versteckt im ausgehöhlten Wanderstock eines Pilgers? Nell hätte es allzu gern gewusst.

Während der Erntezeit, wurde ihnen erklärt, arbeiteten ganze Familien bis zu zwanzig Stunden am Tag, um die Blüten zu sammeln, bevor die Sonne zu hoch stand. »Die Safranblüte erscheint früh am Morgen. Die Pflanze sollte jedoch so kurz wie möglich blühen, denn sie verblüht rasch, und dann verlieren die Narbenfäden an Farbe und Duft.«

Nach dem Sammeln der Blüten, erklärte man ihnen, saßen Gruppen – für gewöhnlich Frauen – in einem schwach beleuchteten Raum um einen Tisch und zogen die Stempelfäden, die getrocknet wurden, um das geheimnisvolle Gewürz zu erzeugen. Um ein Gramm getrockneten Safran zu produzierten, benötigte man die Fäden von einhundertfünfzig Blüten.

Die meisten Besucher ließen ein beeindrucktes Raunen hören. Nell wusste das bereits.

Anschließend wurden sie nach draußen zu den blühenden Krokussen geführt. Nell blieb wie angewurzelt stehen und starrte wie gebannt auf das überwältigende Bild, das sich ihren Augen bot. In einem Meer aus Blassviolett und Grün wogten die Felder im Sonnenschein. Es raubte ihr fast den Atem. Ein Teil der Blüten war schon geerntet, andere wurden gerade von Frauen gepflückt, die sich gebückt durch die Reihen arbeiteten. Da die Sonne schon recht hoch am Himmel stand, waren die Körbe fast voll. Doch es gab noch so viele weitere violette Wogen aus Krokussen, die kurz vor dem Aufblühen waren. Nell schloss ein paar Sekunden die Augen, um den Fremdenführer und die Menschen auszublenden. Der süße, erdige Geruch erfüllte sie mit Erinnerungen und löste ein prickelndes Gefühl in ihrem Bauch aus.

»Zur Erntezeit herrscht ein eigenartiges Gefühl von Aufregung«, sagte ihr Führer. »Die Zeit scheint stillzustehen, und doch ist es ein Wettlauf mit der Zeit.«

Nell quittierte das mit einem Nicken. Auch das hatte sie erlebt. Man nutzte den Augenblick, weil er nie wiederkommen würde.

Ihr Fremdenführer wies sie auf die Kräuter hin, die in der Nähe angepflanzt wurden, um Bienen anzulocken – Lavendel, Majoran, Minze und Gänsefingerkraut –, und zeigte ihnen die Bewässerungskanäle. An den Wegen zwischen den Feldern standen Rosmarinbüsche, die noch blühten und deren schwerer Duft sich mit dem bittersüßen des Safrans mischte. Es gab Ställe aus Lehm für die Tiere, die auf dem umgebenden Land grasten. In einem Obstgarten wuchsen Äpfel, Aprikosen und Kakis, und dahinter lag ein Olivenhain.

»Wie oft findet der Fruchtwechsel statt?«, fragte Nell ihren Führer.

»In einem Fünfjahreszyklus«, erklärte er. »Um sich vollständig zu erholen, muss ein Feld sieben Jahre brachliegen.«

»Wie viele Knollen können Sie denn auf einem Morgen pflanzen?«, erkundigte sich einer der Mitreisenden.

Ihr Fremdenführer runzelte die Stirn. »Ein Morgen ist, glaube ich, ungefähr vierzig Prozent eines Hektars. Wir pflanzen sieben Tonnen Knollen auf einen Hektar«, sagte er. »Und vier Hektar produzieren fünf Kilo Safran.«

Deswegen ist Safran auch teurer als Gold, dachte Nell.

Ihr Führer kannte sich mit Safran ebenso gut aus wie Marion mit marokkanischer Kultur und Küche. Er erzählte ihnen, dass Perser, Ägypter und Araber Safran als Duft und zur Herstellung von Make-up benutzt hatten. Er sprach über den »Safrankrieg« in Europa und Diebe, für die Safran so wertvoll war. Und er erzählte vom historischen Gebrauch des Safrans als Farbstoff. »Ein Stück Stoff, das in ein Fass mit Safranfarbe gelegt wird, nimmt ein strahlendes Gelb an, so golden und strahlend wie die Sonne selbst«, sagte er, und in seiner Stimme klangen Stolz und Ehrfurcht mit.

Nell fragte sich, ob Safran auch in England als Farbstoff eingesetzt worden war. Sie vermutete es, denn sie dachte an die schmückenden goldenen Halskrausen, Ärmelaufschläge und Mieder des Englands der Stuart-Zeit, also noch in der Blütezeit des Safrans. Wenn irgendein Ding golden war, dann war es etwas für die Reichen, für die Mitglieder von Königshäusern. Aber auch heute, in diesen Zeiten der zunehmenden Rückkehr zu natürlicheren Methoden, gab es wahrscheinlich Kunsthandwerker, die ihn zu diesem Zweck einsetzten. Sie würde es herausfinden müssen. Wenn ein einzelnes Gewürz so bewundert, so verehrt wurde, dachte Nell, musste es wirklich magische Kräfte besitzen.

Jenseits der Farm hatte man einen herrlichen Ausblick auf das Atlas-Gebirge. Nell sah weiße Reiher über die Weiden und Haine fliegen und über die violetten Wogen der Safranfelder, die die Landschaft mit leuchtenden Farbflecken übersäten. Als der Rest der Gruppe weiter zu einem anderen Feld ging und sie allein zurückblieb, überkam sie eine Ruhe, die anders war als alles, was sie je empfunden hatte.

Nell fragte sich, was der Safran ihrer Mutter bedeutet hatte. War er nur das Vermächtnis ihrer Familie, das zu achten man sie gelehrt hatte, weil die Tradition schon so alt war? War er einfach ein Gewürz, das eine Mahlzeit aufwerten konnte und dem traditionellen Brot, das sie backte, einen unverwechselbaren Geschmack und eine schöne Farbe verlieh? Oder steckte mehr dahinter?

Als sie dastand und ihr Blick über die Safranfelder wanderte, fühlte sie sich klein, unbedeutend und allein. Aber man existierte nie nur für sich selbst. Man war immer Teil von etwas anderem, jemand anderem. Sie war ein Teil ihrer Mutter, und doch wusste sie nicht alles über sie, und jetzt lebte ihre Mutter nicht mehr. Und sie war auch ein Teil ihres Vaters. Aber wer war er? War er einer dieser Männer, die in das Farmhaus in Cornwall gekommen waren und vor dem Herbst, vor der Ernte wieder gegangen waren? Oder war ihre Herkunft Teil einer anderen, dunkleren Geschichte?

Nell erinnerte sich daran, wie sich der Gesichtsausdruck ihrer Mutter immer verändert hatte, wenn sie sie nach ihrem Vater gefragt hatte. Dann war ihr Gesicht plötzlich verschlossen gewesen und ihr Lächeln verschwunden. *Ich will nicht über diese Zeit reden …* Ihr Ton ließ keinen Einwand zu. *Es ist nicht wichtig. Es gibt nur uns beide, Nell. Dich und mich.* Aber es war wichtig. Es würde immer wichtig sein. Aus dieser Zeit existierten keine Fotos, die irgendwelche Erinnerungen festgehalten hätten, so viel wusste Nell. Es gehörte zu der schlimmen Zeit. Aber trotzdem … Sie musste es wissen. Bevor sie es nicht wusste, würde sie sich nicht vollständig fühlen. Statt sie immer wie ein Kind zu behandeln, hätte ihre Mutter dieses Bedürfnis respektieren und sie als erwachsene Frau behandeln sollen, die mit dem Wissen umgehen konnte – worin auch immer dieses Wissen bestand. Einen Moment lang schloss Nell die Augen, versuchte, die Spannung in ihrem Körper aufzulösen und den Zorn loszulassen.

»Ich habe auch Angst«, hatte sie gestern Abend zu Amy gesagt, als sie beide schon im Bett lagen. Es war zehn Minuten her, dass sie die Nachttischlampe ausgeknipst hatte, und sie fragte sich, ob Amy wohl schon schlief. Andererseits hatte Amy vermutlich ebenfalls noch über vieles nachzudenken.

»Wovor?«, flüsterte Amy in die Dunkelheit hinein.

»Dass ich die Tochter von jemandem bin, der meiner Mutter wehgetan hat«, sagte sie.

»Wehgetan? Du meinst emotional?«

»Vielleicht. Oder …«

»Körperlich?«

»Vielleicht jemand, der sie gezwungen hat.« Da, es war heraus, sie hatte es gesagt. Vielleicht half die Dunkelheit. Nell hatte es so oft gedacht, es aber nie laut ausgesprochen. Wenn es eine flüchtige Liebschaft gewesen wäre, hätte ihre Mutter es ihr doch sicher gesagt. Sie war nicht prüde und hatte auch nie so getan.

»Du meinst, jemand hat sie vergewaltigt?« Amy klang schockiert.

Nell hörte mehr, als sie es sah, wie sich Amy im Bett aufrichtete.

»Um Gottes willen, Nell! Wie kommst du darauf?«

Nell hatte versuchte, es ihr zu erklären.

»Es gibt jede Menge andere schlimme Erlebnisse«, murmelte Amy in begütigendem Ton. »Es könnte alles Mögliche gewesen sein. Vielleicht hatte deine Mutter Probleme mit ihren Eltern oder auf der Arbeit. Oder Probleme mit einem Freund, weißt du.«

Ja, das hatte Nell auch schon überlegt. Aber … »Es war mehr als das.« Nell hatte sich darüber wieder und wieder den Kopf zerbrochen. Sie war fast sicher, dass sie recht hatte. »Wenn mein Vater nicht das Schlimme war, wer war er dann? Wie kommt es, dass ich ihn nie kennengelernt habe? Wie kommt es, dass sie mir nie auch nur seine Geschichte erzählt hat?«

Noch einmal dachte Nell an die Männer zurück, die eine Weile auf der Farm geblieben waren. Sie hatte immer gewusst, dass sie für ihre Mutter keine Bedeutung hatten. Sie waren nicht wichtig. Sie genoss ihre Zuneigung und dann … Nell dachte an die alte Safranlegende. Ihre Mutter war Smilax. Aber warum hatte sie niemanden von ihnen richtig gerngehabt? Nell wusste, dass es einen Grund gegeben haben musste.

29. Kapitel

Marokko 1977

An dem Abend, bevor sie fahren sollten, holte Gizmo seine Gitarre hervor und begann zu spielen. Er liebte diese Gnawa-Musik wirklich; sie hieß nicht ohne Grund Trancemusik, denn der Rhythmus wirkte so hypnotisch, dass er einen irgendwie auf eine andere Ebene hob. Doch bei Glenn klappte das heute Abend nicht. Er war nervös und aufgeregt. Er wünschte, Bethany würde nicht fahren. Gott wusste, dass er sich in den letzten paar Wochen die größte Mühe gegeben hatte, ihre Meinung zu ändern. Es war unfassbar, wie dickköpfig sie war. »Es ist mein Leben, Glenn«, hatte sie ihm erklärt. »Ich habe ein Recht auf eine eigene Entscheidung.« Aber wenn ihr etwas passierte, würde er sich das nie verzeihen. Was noch schlimmer war: Falls etwas passierte, war er unfähig, etwas zu unternehmen. Er wäre nicht einmal dabei. Aber Howard wäre es.

Er beschloss, die Karten auf den Tisch zu legen. Als Bethany die Gruppe verließ, um Tee zu machen, und Gizmo leise vor sich hin summte, ging er zu Howard und setzte sich auf den Kissenberg neben ihm.

»Sag mal, Howard …«

»Was ist?« Howard zog gelangweilt an seiner Zigarette.

»Ich muss dich um einen Gefallen bitten.« Glenn legte Howard eine Hand auf die Schulter, doch Howard reagierte nicht, sodass er sie wieder wegnahm.

»Was denn?« Langsam stieß Howard den Rauch aus, der in der warmen Abendluft nach oben stieg.

»Es geht um Bethany.« Glenn blickte sich um, um sicherzugehen, dass sie nicht schon zurückkam, aber sie war nicht zu sehen, und auch auf der Treppe waren keine Schritte zu hören.

»Yeah?« Howard runzelte die Stirn. »Was ist mit ihr?«

»Sie ist ein bisschen naiv.« Glenn holte tief Luft. »Pass an meiner Stelle auf sie auf, ja?«

Howard nahm einen letzten Zug, setzte sich auf und drückte den Zigarettenstummel in dem vollen Aschenbecher zu seinen Füßen aus. »Hast du sie auch um dasselbe gebeten, Mann?« Er grinste.

»Dasselbe?«

»Hast du sie gebeten, auf mich aufzupassen?« Howard lachte; ein Heiterkeitsausbruch, der in ein Husten überging.

»Ach, leck mich am Arsch.« Warum machte er sich die Mühe überhaupt? Glenn stand auf.

»Wovor hast du solche Angst, Mann?« In Howards hellen, glitzernden Augen stand ein Ausdruck, der Glenn an die Ratte erinnerte, die er zu Hause im Garten einmal in die Ecke getrieben hatte. »Meinste nicht, die kann auf sich selbst aufpassen?«

»Wer sagt, dass ich Angst habe? Und ich weiß, dass sie das kann. Sie ist eben meine Freundin. Ich passe auf sie auf, sonst nichts.«

»Ja, klar.«

Howard sagte nichts weiter, aber das war auch nicht nötig. Es war nicht das erste Mal, dass er Glenn gefragt hatte, wovor er Angst habe; nicht das erste Mal, dass er ihm vorwarf, feige zu sein. Glenn wusste, woran er dachte. Vietnam. Die Einberufung. Howard schien dauernd daran zu denken.

Glenn setzte sich wieder neben Gizmo. Er schloss die Augen und spürte, wie die Musik seine erschöpften Sinne beruhigte. Würde er das Erbe Vietnams je hinter sich lassen können? Er war zwar nicht im Krieg verletzt worden und hatte auch keine seelischen Schäden davongetragen, aber der Krieg hatte sein Leben trotzdem gezeichnet. Er erinnerte sich daran, wie er sich gefühlt hatte, nachdem er Wisconsin verlassen hatte. Wie er nach Hause gekommen war und in einem angespannten Zustand des Wartens gelebt und sich nicht einmal um Jobs beworben hatte. Er konnte sich einfach nichts vorstellen, was man mit einem Master in Englisch anfangen konnte. Er hatte überhaupt keine Zukunftsperspektive. Bis es so weit war.

»Was wirst du tun?«, hatte seine Mutter an dem Tag geflüstert, an dem seine Papiere gekommen waren. Es war später Nachmittag, aber Glenn war den ganzen Tag außer Haus gewesen, hatte am Fluss gesessen und nachgedacht.

»Ich werde nicht kämpfen«, erklärte er. Er hatte sich entschieden. Wie konnte er kämpfen? Es war verkehrt. Aber er wusste, was die Leute von ihm denken würden. Doch es war nie einfach, anders als andere zu sein, gegen den Strom zu schwimmen, für seine Überzeugungen einzustehen.

Er sah, wie sich die Emotionen im Gesicht seiner Mutter abwechselten: Angst, Sorge, aber vor allem Erleichterung.

Sie zog ihn an sich. »Wo willst du hin? Was hast du vor? Hast du darüber nachgedacht?« Sie sprach leise.

»Ich werde wohl verhaftet werden.« Das war eine furchteinflößende Aussicht. All seine hohen Ideale und Werte waren auf eine einzige Tatsache reduziert: Gefängnis. Fünf Jahre. Tief im Herzen wusste er, dass danach nie wieder etwas wie früher sein würde.

»Nein.«

Er sah ihr in die Augen. Sah die dunklen Schatten, von denen sie umgeben waren. Eine solche Entschlossenheit hatte er schon lange nicht mehr in ihrer Stimme gehört. Mit einem Mal begriff er, dass sie sich aufgerieben hatte. Mit schockierender Gewissheit wurde es ihm klar. Aufgerieben an Erlebnissen, an der Herrschsucht seines Vaters, an einem Leben, das anders verlaufen war, als sie es erwartet hatte, als sie als junge zukünftige Braut eines GIs nach Amerika gekommen war. Doch hier stand sie mit durchgedrückten Schultern, sah ihm in die Augen und sagte: »Nein.«

»Nein?«

»Ich habe darüber nachgedacht. Du musst das Land verlassen.« Wieder nahm sie seine Hände und hielt sie fest. Ihre Worte hatten drängend geklungen.

Er schüttelte den Kopf. »Nein, Mom. Ich will nicht weglaufen. Ich will einstehen für das, woran ich glaube.« Aber er hatte Angst. Er musste zugeben, dass er sich fürchtete.

Kurz flammte etwas, das wie Wut aussah, in ihren Augen auf. »Sei doch realistisch, Glenn. Was nützt es, dein Leben für eine Überzeugung wegzuwerfen?«

»Ich bin kein Feigling, Mom.« Aber er fühlte sich wie einer. Weil bei ihren Worten Adrenalin durch seinen Körper geschossen war. Weil sie ihm einen Ausweg aufgezeigt hatte. Sei realistisch, hatte sie gesagt. Könnte sie recht haben? War es möglich, dass er einfach fortging, Amerika verließ und nach Kanada ging, wie es viele vor ihm getan hatten, sich Arbeit suchte und darauf wartete, dass sich die Wogen glätteten? Dass der Krieg zu Ende ging. Denn irgendwann musste er ja zu Ende gehen. Und doch …

Argwöhnisch musterte er sie. Von ihr ging etwas aus – eine Art stiller Verzweiflung, die über sein Begriffsvermögen hinausging und gegen die er nichts unternehmen konnte. Er hatte sie noch nie so erlebt.

»Es hat nichts damit zu tun, ein Feigling zu sein, Glenn.« Sie legte ihre Hände auf seine Schultern, als versuche sie, ihre eigene Gewissheit auf ihn zu übertragen. Aber es funktionierte nicht.

Falsch, Mom, dachte er.

»Es geht darum, woran du glaubst.«

Blinzelnd sah er sie an. Vielleicht, dachte er, hatte er nur darauf gewartet, dass sie ihn überzeugte. Das war sein Ausweg, seine Gelegenheit zur Flucht.

»Denk doch nur, was du für die Antikriegsbewegung tun kannst, wenn du frei bist«, flüsterte sie. Sie schlug die Augen nieder, als warte sie darauf, dass ihre Worte bei ihm ankamen. Und sie sprach so leise. Sein Vater würde bald von der Arbeit kommen. Es war, als nehme sie seine Anwesenheit schon vorweg.

»Du meinst, ich könnte Widerstand leisten?« Glenn spürte, wie er sich an diesen Strohhalm klammerte, der die Freiheit bedeutete.

»Natürlich.« Sie zuckte leise mit den Schultern, als sei das ganz offensichtlich. »Du kannst gegen den Krieg arbeiten, Glenn. Du kannst die Menschen mit neuen Ideen herausfordern, dir Gehör verschaffen, Glenn.« Ihr Atem ging schnell und flach. »Was könntest du ausrichten, wenn du hinter Gittern sitzt oder Schlimmeres?«, sagte sie. »Was für eine Stimme hättest du dann?«

Oder Schlimmeres? Glenn war sich nicht sicher, ob es etwas »Schlimmeres« gab. Die Freiheit bedeutete ihm alles. Der Gedanke, sie könnte ihm genommen werden, war wie ein Fausthieb in den Magen. »Ich weiß nicht, Mom.« Immer noch schwankte er.

»Du musst.« Sie legte die Hände um sein Gesicht. »Du musst.«

Draußen war ein Geräusch zu hören, und sie drehte sich mit verängstigtem Blick um. Aber es war falscher Alarm. Vielleicht war nebenan eine Fliegentür zugefallen, oder es war die Katze der Nachbarn.

»Aber …«

»Hör mir zu, Glenn. Vertrau mir. Du kannst nicht einfach fünf Jahre deines Lebens vergeuden.« Ihr Blick war ruhig und ihr Griff fest. Er spürte ihre Willenskraft, ihre Stärke. Ihm ging auf, dass er sie unterschätzt hatte. Sie war immer einfach seine Mom gewesen, nicht diese Naturgewalt.

»Geh nach oben, und pack deinen Rucksack. Nimm nur mit, was du brauchst.« Rasch durchquerte sie den Raum und nahm eine Dose hinten aus dem Küchenschrank. Sie zog ein Päckchen Tee heraus und darunter eine dicke Rolle Geldscheine.

Glenn starrte sie an und starrte auf das Geld.

»Es gehört mir«, sagte sie, als hätte er das bezweifelt. »Und jetzt ist es deins. Es ist alles, was ich habe.« Sie drückte es ihm in die Hand und schloss seine Finger darum. »Und jetzt musst du gehen – schnell, bevor dein Vater nach Hause kommt. Bevor …«

Sie schnappte sich den Einberufungsbescheid genau in dem Moment von der Küchentheke, als er auch danach griff. »Das behalte ich.« Sie schob ihn in die Büchse.

»Aber ich will …«

»Keine großen Gesten, Glenn. Das ist nicht der richtige Weg.« Sie stellte die Dose in den Küchenschrank und drehte sich trotzig wieder um. »Geh, solange du noch kannst. Bevor jemand davon erfährt. Es wird sonst nicht lange dauern, bis man dich verhaften wird. Hör auf mich, und nutze diese Chance. Geh!«

Und dann schob sie ihn weg und die Treppe hinauf.

Automatisch tat er, was sie ihm sagte, packte ein paar lebensnotwendige Dinge ein: Sachen zum Wechseln, ein Paar Turnschuhe, eine Regenjacke, sein Exemplar von *Fänger im Roggen*. Vielleicht hatte sie ja recht. Vielleicht konnte er als Friedenskämpfer in Freiheit mehr ausrichten als aus einer Gefängniszelle heraus. Seine Mutter hatte ihm die Motivation geschenkt, aber gehen musste Glenn selbst.

Unten hörte er, wie sein Vater von der Arbeit kam; das Auf und Ab ihrer Stimmen. Er klang wütend. Glenn spitzte die Ohren, um hören zu können, was sie sagten.

»Wo ist er?«

»Oben.«

»Hat er es gehört?«

»Ich weiß nicht.«

»Er hat, nicht wahr? Ich lese es dir doch von deinem verdammten Gesicht ab, Weib.«

Glenn hörte auf zu packen, denn der Ton seines Vaters erschreckte ihn. Natürlich hatte er ihn vorher schon gehört. Aber heute lag etwas anderes darin, etwas Brutaleres. Er verließ sein Zimmer und blieb wie erstarrt auf dem Treppenabsatz stehen.

»Du tust mir weh.«

Glenn nahm seinen Rucksack und rannte die Treppe hinunter, immer zwei Stufen auf einmal. Unten angekommen, ließ er den Rucksack auf den Boden fallen. In der Küche hielt sein Vater seine Mutter am Handgelenk fest und drehte es um. Sie biss die Zähne zusammen, aber ansonsten zeigte sie weder Angst noch Schmerz.

»Lass sie los.« Er sah einen blauen Fleck an ihrem Handgelenk und einen weiteren an ihrem Arm, der am Rand schon gelb wurde. Um Himmels willen. Wie lange ging das schon so? Wie kam es, dass er vorher nichts davon mitbekommen hatte? Glenn trat einen Schritt auf seinen Vater zu. Am liebsten hätte er ihn geschlagen. Er war Pazifist, und doch hob er die Hand, und nur der plötzliche warnende Blick seiner Mutter gebot ihm Einhalt. Sein Arm sank schlaff an seiner Seite hinunter.

»Aha.« Sein Vater ließ seine Mutter los und fuhr zu ihm herum. Glenn sah, wie sie sich das Handgelenk rieb, sah ihr fast unmerkliches Kopfschütteln und wie sie die Hände bittend zusammenfaltete. *Nicht, Glenn.*

»Mein Sohn wird nicht unter einer Friedensfahne stehen, weil er nicht den Mumm hat, für sein Land zu kämpfen«, sagte sein Vater.

»Dein Sohn hat aber leider keine Wahl«, fauchte Glenn zurück.

Sein Vater runzelte die Stirn.

»Die Einberufung hat uns das Recht auf eine eigene Entscheidung genommen.« Aber Glenn hatte das Recht, Nein zu sagen. Er hatte das Recht, nicht nach der Pfeife der Politiker dieses Landes zu tanzen, von denen ohnehin wahrscheinlich die meisten korrupt waren. Die Einberufung zu verweigern bedeutete, Farbe zu bekennen – für die Demokratie. Glenn tastete nach dem aus Holz geschnitzten Friedenszeichen, das er unter seinem rot karierten Hemd an einer Lederschnur um den Hals trug. Dieser Krieg war unmoralisch. Krieg als Instrument nationaler Politik einzusetzen war unmoralisch. Die Weigerung, in den Krieg zu ziehen war der einzige Widerstandsakt, der ihm möglich war.

»Dies ist das prägende Ereignis eurer Generation«, erklärte sein Vater. »Zum Teufel, du solltest froh sein zu gehen. Zeig deinem Land, aus welchem Holz du geschnitzt bist.«

»Hat der Krieg dich geprägt, Dad?« Glenn wollte es wirklich wissen. Wie lange behandelte er seine Mutter schon so?

Aber sein Vater beantwortete die Frage nicht. Vielleicht wusste er die Antwort selbst nicht. Stattdessen sagte er: »Er wird einen Mann aus dir machen.«

»Aber was für einen Mann?«, flüsterte Glenn.

»Es wird sein Tod sein. Das wird passieren.« Glenns Mutter hielt sich am Spülbecken fest. »Kannst du es einem unserer jungen Männer verübeln, dass er das Leben wählt?«

»Frauen verstehen nichts vom Krieg. Dazu sind sie viel zu emotional.« Sein Vater stampfte aus der Küche.

Glenns Mutter wartete, bis sich die Tür hinter ihm geschlossen hatte. Dann packte sie Glenns Arm. »Komm mit.« Er folgte ihr in die Diele und schnappte sich seinen Rucksack.

Sie öffnete die Haustür. »Tu, was ich sage.« Erst da wurde es ihm klar. Sie hatte alles so geplant.

»Hey, Träumer.« Bethany hatte sich neben ihn gesetzt und schmiegte sich an ihn.

Glenn spürte, wie Howard sie beide von der anderen Seite des Hofs aus beobachtete. Im Dunklen sah er die Glut seiner Zigarette. »Lass uns hineingehen.«

»Was ist los?«

»Nichts. Ich muss mit dir reden.«

In ihrem Zimmer zogen sie sich aus und legten sich ins Bett.

»Was ist?«, flüsterte sie.

»Was immer auf dieser Fahrt passiert«, sagte er, »bleib cool. Benimm dich, als wärest du bloß unterwegs, nur auf der Durchreise, ganz lässig, verstehst du? Komm bloß nicht besorgt oder nervös rüber.« Sie schmiegte sich enger an ihn, und er streichelte ihr Haar. »So ist es weniger wahrscheinlich, dass du angehalten wirst.«

»Und wenn ich angehalten werde?« Ihre Stimme klang jetzt anders.

Glenn seufzte. »Dann musst du improvisieren. Ich habe dich doch gewarnt, dass das passieren könnte. Bitte sei vorsichtig, Bethany. Du bist mir wichtig.«

»Warum machen wir es dann?« Sie stützte sich auf ihren Ellbogen und sah ihn an. Er konnte ihre dunklen, mandelförmigen Augen sehen, aber ihren Ausdruck nicht erkennen.

»Um Himmels willen.« Er traute seinen Ohren nicht. »Ich habe versucht, dich aufzuhalten. Ich wollte nie, dass du das tust. Ich habe alles getan, um dich da herauszuhalten. Seit fast einem Monat habe ich jeden Abend versucht, dich davon abzubringen.«

»Ich weiß.« Sie wandte den Blick ab.

Er hatte keine Ahnung, was ihr durch den Kopf ging. Es

machte ihn wütend. Sie machte ihn wütend. Warum ausgerechnet jetzt?

Abrupt schob sie die verschlissene Satinbettdecke zurück und stieg aus dem Bett.

»Was machst du?« Er setzte sich auf. »Wo willst du hin?«

Sie zog ihr Baumwollgewand über, zündete die Lampe an und drehte sich zu ihm um. »Ich habe Angst, Glenn.« Ihre Stimme klang belegt, und jetzt konnte er es auch in ihren Augen lesen. Ihr ganzer aufgesetzter Mut hatte sie verlassen. »Ich will nicht fahren.«

»Bethany …« Er wollte ihre Hand nehmen, doch sie wich zurück. Sie ging im Zimmer auf und ab. »Willst du damit sagen …?« Er hatte versucht, sie zu beschützen, aber sie hatte nichts davon wissen wollen. Sie hatte gesagt, sie habe das Recht, selbst zu entscheiden. Und jetzt das.

»Ich mache es nicht«, erklärte sie. »Ich habe mich entschieden.«

»Na toll.« Es überraschte ihn, wie zornig er auf sie war. Er hatte weiß Gott nicht gewollt, dass sie die Fahrt unternahm. Aber warum hatte sie bis zur letzten Minute gewartet? Jetzt hatten sie alle Vorbereitungen getroffen. Howard würde stinksauer sein; und zweifellos würde er Glenn die Schuld geben und behaupten, er hätte es ihr ausgeredet.

»Ich kann meine Meinung ändern.« Sie klang trotzig, und er sah, dass sie den Tränen nahe war.

Einen Moment lang schwankte er. Ein Teil von ihm wollte sie in die Arme nehmen, ihr sagen, dass alles gut werden würde, dass er an ihrer Stelle fahren würde, wie er es ohnehin zuerst vorgehabt hatte, dass er für ihre Sicherheit sorgen, sie beschützen würde. Howard würde ausrasten, aber was zum Teufel war das im Vergleich zu Bethanys Sicherheit? Howard würde sich damit abfinden müssen. Und anschließend konnten Glenn und Bethany vielleicht zusammen weggehen, weg von Howard und seinen höhnischen Bemerkungen. Als Howard gesagt hatte, Glenn hätte Angst, da hatte er recht gehabt. Aber er hatte keine Angst um sich selbst, er hatte Angst um Bethany. Doch eine andere Stimme in ihm erinnerte ihn auch an seine Mutter – die ihn beschützt und die nicht zugelassen hatte, dass er Verantwortung für seine eigenen Taten und Überzeugungen, ja für sein Leben übernahm. Und das ließ die Wut auf Bethany wieder überwiegen. Warum hatte sie ihm das nicht eher gesagt? »Dann geh und sag Howard Bescheid«, sagte er. »Sag ihm, dass du nicht fährst. Jetzt.«

»Das kann ich nicht.«

»Dann musst du fahren«, sagte er leise. »Du kannst keinen Rückzieher machen. Nicht jetzt. Es ist zu spät. Du musst die Verantwortung für die Entscheidung, die du getroffen hast, übernehmen.«

»Das hast du doch auch nicht getan.« Sie stieß die Worte so schnell hervor, dass ihm klar wurde, dass sie die ganze Zeit da gewesen sein mussten, in ihrem Kopf.

»Was meinst du?« Aber er wusste es.

»Du hast einen Rückzieher gemacht. Am Ende hast du nicht für deine Überzeugungen eingestanden. Du hast es dir anders überlegt und bist weggelaufen.«

Einen langen Moment sah Glenn sie an. Und dann drehte er ihr den Rücken zu und sah die Wand an. Wenigstens wusste er jetzt, was sie wirklich dachte. Sie und Howard. Und sie hatten recht.

Sie kam wieder ins Bett, aber sie versöhnten sich nicht. Die ganze Nacht berührten sie einander nicht, redeten nicht und schliefen nicht, und am Morgen ging sie ganz früh und sah ihn nur lange an und berührte seine Hand. Das war ein weiterer Schritt, dachte er. Und er konnte rein gar nichts dagegen tun.

30. Kapitel

Amy hatte sich nie gern Reden angehört; sie hatte sich durch Schulversammlungen gegähnt oder gekichert und ging Menschen aus dem Weg, die sich selbst gern reden hörten. Sie mochte es nicht, in einer Herde herumgetrieben zu werden – dann packte sie der Drang, in die entgegengesetzte Richtung zu gehen –, und sie hasste es, den Entscheidungen anderer zu folgen. Nachdem sie kurz dem Führer zugehört hatte, der die Geschichte des Safrans herunterleierte, stahl sie sich davon, um einen anderen Weg zu erkunden. Niemand schien zu bemerken, dass sie nicht mehr da war.

Der Pfad, den sie einschlug, führte von den Safranfeldern weg durch einen Garten mit Obst- und Mandelbäumen; das Obst war abgeerntet, aber ein paar Mandeln hingen noch an den Bäumen. Niemand war in der Nähe, und so schlenderte sie den Weg entlang und nahm die friedliche Stimmung in sich auf. Sie genoss den Geruch der Erde, des trockenen Grases und des Lavendels, der zwischen den Bäumen noch blühte. Zwar würde in Marokko bald die regnerische Jahreszeit anbrechen, aber bis jetzt hatten sie nur ein wenig leichten Regen gehabt, und das ausgedörrte Land schien zu warten. Wenn es richtig nass würde, wären Nell und sie schon fort.

Es war eine gute Reise gewesen, dachte Amy. Und eine, die sie nachdenklich gestimmt hatte. Sie hatte so viele Fotos, dass sie gar nicht wusste, was sie damit anfangen sollte, und sie hatte eine wunderbare neue Freundin gefunden. Was Jake anging … Sie war nicht bereit, über ihn nachzudenken. Seine neugierigen Fragen hatten sie verärgert. Doch selbst wenn Amy Angst hatte – was ging ihn das an? Und hatte sie nicht auch einen guten Grund dazu? Sich seine Ängste einzugestehen bedeutete ja nicht, dass man deshalb gleich sein ganzes Leben ändern musste.

Sie setzte sich auf eine Bank, die unter einem Mandelbaum stand, und schloss die Augen. Am meisten bedauerte sie, dass sie ihrer Tante nichts zu berichten hatte, nicht einmal die beruhigende Auskunft, dass jemand ihren Sohn gesehen, ihn gekannt hatte. Nur dass Glenn wahrscheinlich Essaouira besucht hatte, als er ihr vor all den Jahren diese Karte geschickt hatte. Viel war es nicht, aber vielleicht wenigstens etwas …

Nach einer Weile stand sie auf und ging weiter, bis sie an ein hölzernes Gatter kam. Es sah nicht aus, als sei das Gelände dahinter privater Grund und Boden, obwohl sie Schafe und Ziegen sah, die auf dem kahlen Boden weideten. Sie öffnete das Tor und ging weiter. Ein staubiger, eingetretener Pfad stellte hier die Straße dar, und in einiger Entfernung standen ein paar zufällig verstreut wirkende Gebäude. Es waren keine Häuser, und Amy wusste, dass die Siedlung auf der anderen Seite der Farm lag. Das hier waren eher Hütten, vielleicht Hütten für Arbeiter oder Tiere. Sie hatten die gleiche Farbe wie der Boden und waren wahrscheinlich aus Stroh und der rosig braunen Erde errichtet worden. Keine Seele war zu sehen.

Perfekt. Amy folgte dem Pfad.

»Hallo.«

Die Stimme war leise, aber Amy schreckte trotzdem zusammen. Sie hatte sich ganz allein hier draußen gewähnt. Hinter einer der Hütten tauchte ein Junge von ungefähr zwölf oder dreizehn auf. Er hatte tabakbraune Haut und schwarze Augen und ein schelmisches Grinsen im Gesicht. »Oh, hallo.« Sie zögerte. Sollte sie sich für ihr Hiersein entschuldigen?

»Haben Sie sich verlaufen?«, erkundigte sich der Junge höflich.

»Nein.« Sie zuckte mit den Schultern. »Ich habe mich nur

umgesehen und ein paar Fotos gemacht.« Sie deutete auf ihre Kamera.

»Wenn Sie mögen, können Sie eins von mir machen«, erklärte er stolz. »Mein Name ist Malik.«

»Danke, Malik.« Sie überlegte. »Könntest du dich einfach dort hinstellen, neben die Tür der Hütte, bitte?«

Er warf sich in Positur, und Amy machte ein paar Aufnahmen. »Danke.«

»Besuchen Sie die Farm?«, fragte er. »Dort gibt es eine Führung. Sie ist sehr gut, und Sie erfahren alles über den Safran.« Stolz warf er sich in die Brust. »Wenn ich groß bin«, vertraute er ihr an, »leite ich die Führung. *Insha' Allah.*«

Amy nickte. »Das solltest du tun. Dein Englisch ist ausgezeichnet.«

Malik lächelte zustimmend. »Ich habe einen guten Lehrer.«

»Und du lebst in diesem Dorf?«

»Ja. Kann ich Ihnen Tee kochen, Mademoiselle?« Er runzelte die Stirn. »Ist es korrekt, Sie so anzureden?«

»Ja, es ist richtig, aber du kannst mich auch Amy nennen.«

»Und der Tee?«, fragte er.

»Nun ja …« Sie hatte sich noch weiter umsehen wollen; aber sie hatte Geschmack am Pfefferminztee gefunden, und sie konnte dem koboldhaften Charme des Jungen nicht widerstehen. »Ja, danke. Das wäre nett.«

»Ich habe alles hier.« Er verschwand in der Hütte. »Das ist gut für mich, englische Konversation.« Auf das letzte Wort schien er besonders stolz zu sein.

»Es ist die beste Art, eine Sprache zu lernen«, pflichtete Amy ihm bei.

Er tauchte wieder auf. »Hat die Führung Sie gelangweilt?«, fragte er streng.

Sie lächelte. »Ein wenig.«

Er reckte sich. »Wenn ich die Führung mache, werden sich die Leute nicht langweilen.«

»Bestimmt nicht«, sagte sie.

»Viele Menschen interessieren sich für den Safran.« Er warf ihr einen leicht missbilligenden Blick zu.

»Ja. Ich bin mit einer Freundin hier«, erklärte sie. »Sie genießt vermutlich jede Sekunde der Führung.« Amy fühlte sich ein wenig schuldig, weil sie so schnell geflüchtet war. Aber wenigstens war sie mit Nell hergefahren, darauf kam es an.

Malik ging hinein, um den Tee zu machen, und kehrte mit zwei kleinen Gläsern zurück, die mit Minzblättern vollgestopft waren. Wahrscheinlich waren außer heißem Wasser und Zucker auch jede Menge Insekten darin. Aber Amy dankte ihm und nahm vorsichtig einen Schluck. Wenigstens bekam sie hier draußen in den Ausläufern des Atlas-Gebirges eine Kostprobe des wahren Marokko.

»Sie interessieren sich für unser Land?«, fragte Malik sie.

»Ja, das tue ich.« Es besaß wirklich eine besondere Anziehungskraft.

Malik nickte, als hätte er keine andere Antwort erwartet. »Sie können mich alles fragen«, erklärte er.

Also fragte sie ihn nach der Schule – ja, er ging in die Schule, aber nicht jeden Tag – und seinen Eltern. Sein Vater baute Gemüse an und verkaufte es auf dem Markt, und seine Mutter versorgte die kleineren Kinder und arbeitete auf der Farm, wenn sie dort gebraucht wurde. Es klang, als führe die Familie – mit Ausnahme von Maliks Englischunterricht – ein Leben in der traditionellen, althergebrachten Weise.

»Und? Magst du den Geschmack von Safran?«, fragte sie ihn.

»Natürlich, ja.« Er richtete sich gerade auf. »Er ist unser Leben.«

Und ihr Lebensunterhalt, dachte Amy. »Die Familie meiner

Freundin baut auch Safran an«, sagte sie und hoffte, Nells Leidenschaft würde ihr eigenes schlechtes Abschneiden in puncto Safranführung wettmachen. »Schon seit Generationen.«

»Generationen?« Er runzelte die Stirn.

»Zuerst die Großmutter, dann die Mutter, dann die Tochter …« Plötzlich sah Amy in der Ferne eine kleine Gestalt winken. Sie erkannte das blonde Kraushaar und die leuchtend blaue Jacke. »Da ist sie.« Sie stand auf und winkte zurück. »Würdest du sie gern kennenlernen, Malik?«

»Ja bitte«, sagte er. »Konversation mit zwei Personen ist mehr besser.«

»Einfach nur ›besser‹«, sagte Amy. Sie winkte Nell heran. Gerade noch hatte sie allein in dieser Landschaft gestanden, nur mit den Ziegen, den Schafen und dem Atlas-Gebirge als Gesellschaft, und jetzt war daraus eine Teeparty geworden.

Sie wandte sich wieder an Malik. »Du hilfst nicht bei der Ernte?« Der Fremdenführer hatte ihr den Eindruck vermittelt, dass um diese Zeit des Jahres alle mit anpacken mussten, auch die Kinder, obwohl dieser kleine Kerl eigentlich kein Kind mehr war. Auf jeden Fall hatte er seine fünf Sinne beisammen.

Schnell sah sich Malik um, als rechne er damit, dass jemand auftauchen und ihn auf die Felder ziehen würde. »Ich habe seit kurz nach Sonnenaufgang gepflückt«, erklärte er. »Jetzt ist es zu spät dazu. Sehen Sie sich die Sonne an.« Er zeigte in die Richtung, aber Amys Blick folgte seinem Finger nicht. Es mochte zwar schon November sein, aber die Sonne würde sie noch immer blenden. Und es waren auch immer noch mindestens zweiundzwanzig Grad.

Sie sahen zu, wie Nell näher kam.

»Ist die Führung schon zu Ende?«, fragte Amy unschuldig.

»Nicht ganz.« Sie sah Malik an. »Hallo.«

Amy stellte die beiden einander vor.

»Interessieren Sie sich für Safran?«, fragte Malik höflich.

»Oh ja.« Nells Miene leuchtete auf. »Ich liebe ihn. Ich liebe es, wie er aussieht, wie er riecht und … Ja, ich liebe ihn eigentlich aus ganz vielen Gründen. Aber vor allem liebe ich es, mit Safran zu kochen. Er ist auf eine merkwürdige Art faszinierend.« Nell schenkte ihm ein strahlendes Lächeln, und Amy sah, dass er seinerseits fasziniert von ihr war, auch wenn er vielleicht nicht alles verstanden hatte, was sie gesagt hatte.

»Ich kenne einen Mann …«, begann er. Er blickte in die Ferne, vorbei an einem einsamen Jacaranda-Baum, doch obwohl Amy seinem Blick folgte, konnte sie nur Schafe, Ziegen und karges Weideland erkennen. »Er ist Fachmann.«

»Ein Fachmann«, verbesserte Amy ihn automatisch.

»Wofür?«

»Für den Gebrauch des Safrans.« Er nickte energisch. »Ich kann Sie zu ihm bringen, aber …« Er runzelte die Stirn. »Heutzutage empfängt er nur noch wenig Besuch.«

»Wer ist er denn?«, fragte Nell.

»Er ist Engländer.« Entzückt lachte er über ihre Überraschung. »Ja, es ist wahr. Er ist sehr alt und sehr weise. Und er weiß, wie man mit Safran heilt wie mit Medizin.«

»Wie kommt es, dass er so viel weiß?« Amy war skeptisch.

Malik zuckte mit den Schultern. »Er ist schon viele Jahre hier. Er hat es gelernt. Er hat daraus ein Interesse gemacht, einen Zeitvertreib, eine …« Er schien nach dem richtigen Wort zu suchen. »Eine Leidenschaft.«

Amy warf Nell einen Blick zu. Er hatte genau das richtige Wort für sie gefunden.

»Ich würde ihn gern kennenlernen«, erklärte Nell entschlossen. »Es klingt, als müsste ich unbedingt mit ihm reden.«

Malik hielt eine Hand in die Höhe. »Vielleicht ist er nicht einverstanden«, sagte er warnend. »Um zu seiner Hütte zu kommen, muss man ungefähr eine halbe Stunde in diese Richtung gehen.« Den Kopf zur Seite geneigt, wartete er auf ihre Entscheidung.

Aber Amy wusste, dass Nell ihre schon getroffen hatte. »Kannst du uns den Weg zeigen?«

»Ja.« Er schaute sie sehr ernst an. »Ich werde Ihr Fremdenführer sein.«

»Und du glaubst, er redet vielleicht mit uns?«

Er seufzte dramatisch. »Versuchen werde ich es. Aber ich weiß es nicht.«

Sie wechselten einen Blick. »Wir haben nichts zu verlieren«, meinte Amy.

»Nein, wir haben nichts zu verlieren«, pflichtete Nell ihr bei.

31. Kapitel

Marokko 1977

Sie kamen später als geplant zurück. Gizmo war ausgegangen, um auf dem Platz Gnawa-Musik zu hören, und Glenn war allein. Er lag auf der Matratze auf der Dachterrasse und beobachtete, wie die Schwalben mit ihrer Akrobatik begannen, die sie immer vor Sonnenuntergang aufführten. Ein eleganter Sturzflug hier, ein hoher Bogen dort – sie schossen so tief herab, dass sie fast das Dach streiften, um dann abzudrehen und wieder hoch aufzusteigen. Ihr Zwitschern erfüllte die Luft. Sogar wenn er die Augen schloss, sah er noch die schwarzen Umrisse der Vögel vor dem klaren blauen Himmel, der jetzt blasser wurde und in das Rot des Sonnenuntergangs überging. Dann hörte er den Motor des alten Seat, der sich die Straße entlangquälte – sein Hirn war auf dieses spezielle Geräusch programmiert. Er sprang auf und polterte die Treppe hinunter.

Der Wagen stand in einem verwegenen Winkel halb auf dem Bürgersteig, und sein Lack war so staubig, dass man die ursprüngliche Farbe kaum noch erkennen konnte. Howard saß auf dem Fahrersitz, Bethany daneben. Glenn blieb kurz stehen und sah zu, wie Howard sich – ein wenig zu vertraulich für seinen Geschmack – zu Bethany hinüberbeugte und etwas sagte. Sie nickte. Dann blickte Howard sich um und entdeckte Glenn, der noch im Türschatten des Riads stand.

Glenn lief zum Auto. Sie war zurück. Ihr war nichts passiert. Nur darauf kam es an.

Als er näher kam, zog sich Howard die Kappe weiter in die

Stirn. Er öffnete die Fahrertür, schwang sich mit einem Gähnen heraus und stöhnte, als er seine Muskeln streckte. Bethany blieb einfach sitzen. Glenn runzelte die Stirn. War sie okay? Er nickte Howard zu. »Wie ist es gelaufen?«

»Traumhaft.« Howard öffnete den Kofferraum, nahm seine Tasche heraus, warf Glenn einen nachdenklichen Blick zu und schlenderte in Richtung Riad davon.

Glenn öffnete die Beifahrertür. »Bethany.« Sie wirkte erschöpft. Ihr dunkles Haar war verfilzt, ihre Lippen waren von der Hitze aufgesprungen, und auf ihrer Stirn stand ein Schweißfilm. Aber sie war gesund und unversehrt.

Sie stieg aus, ohne seine Hand zu nehmen, und sah ihm kurz in die Augen. Dann beugte sie sich vor und küsste ihn leicht auf die Wange. »Hallo, Glenn.« Er hatte kaum eine Chance, ihren moschusartigen Duft einzuatmen, da wandte sie sich schon wieder von ihm ab und ging zum Kofferraum, um ihre Tasche herauszuholen.

»Bist du okay, Baby?« Er wollte ihr die Tasche abnehmen, aber sie wischte seine Hand weg wie eine Fliege.

»Mir geht's gut. Ich kann das selbst.«

Er hatte aufgehört, sie zu beschützen, wurde ihm plötzlich klar, und er ließ die Schultern sinken. »Wie war es?«

»Gut.« Ihr dunkler Haarvorhang verbarg ihr Gesicht vor ihm. »Ermüdend. Manchmal beängstigend. Aber keine Sorge, wir haben das Geld.« Sie lachte gezwungen.

Glenn nickte. Natürlich war sie müde. Er hatte sich immer genauso gefühlt, wenn er von einer solchen Fahrt zurückgekehrt war: erschöpft von der Verstellung, von der Angst in der Magengrube, dass man angehalten und verhört werden würde, dass irgendetwas schiefgehen würde. Und das würde es. Er wusste, dass es eines Tages schiefgehen würde.

Sie drehte sich zu ihm um. »Ich will nicht darüber reden«,

erklärte sie. »Noch nicht. Ich will nur ein heißes Bad. Und Tee.«

»Ich setze das Wasser auf.« Er wollte etwas *tun*. Er hatte mittlerweile ein ganz schlechtes Gewissen, weil er gesagt hatte, dass sie sich das mit der Fahrt nicht anders überlegen könne. Während sie fort war, hatte er reichlich Zeit zum Nachdenken gehabt. Darüber, was er sich anders vorstellte, was er ändern wollte.

In dieser Nacht hielt Glenn sie in den Armen. Aber als er versuchte, sie zu berühren, hielt sie seine Hand fest, um ihn aufzuhalten. »Ich bin viel zu müde, Baby«, sagte sie. »Ich bin einfach zu müde.«

»Natürlich, das verstehe ich.« Er strich ihr übers Haar. Aber er stellte ihr keine Fragen mehr. Sie sollte erzählen, wenn sie selbst bereit dazu war.

Gerade, als er dachte, sie wäre eingeschlafen, regte sie sich. »Es tut mir leid, Glenn«, sagte sie. »Das, was ich über dich und die Vietnam-Sache gesagt habe.«

»Mir tut es auch leid«, beruhigte er sie. »Ich hätte dich nicht zwingen sollen zu fahren.«

Er spürte, wie sie sich verspannte. »Ich versteh's jetzt«, erklärte sie. »Ich verstehe, warum du nicht gekämpft hast. Ich verstehe, warum du weggegangen bist.«

»Das ist doch jetzt nicht wichtig.« Sie hatte ihr Haar gewaschen, und es fühlte sich seidig an. Am liebsten hätte er das Gesicht darin vergraben und den Duft nach Rosenwasser und Moschus eingesogen. Aber Bethany war diejenige, die eine harte Zeit durchgemacht hatte und Trost brauchte, nicht er. Und obwohl sie sich körperlich nahe waren, spürte er es wieder – diese neue Distanz zwischen ihnen.

»Ich verstehe, wie du dich wegen Vietnam fühlst«, fuhr sie

flüsternd fort. »Ich weiß, was Vietnam aus den Leuten gemacht hat.«

Und was es aus Amerika gemacht hatte, dachte er. Er war dort geboren und hätte das Land immer noch gern als Heimat betrachtet. Aber nachdem er die dunklere Seite des Krieges entdeckt hatte – die Verwüstung, die die amerikanischen Truppen angerichtet hatten, die Korruption, die ihnen folgte, die Prostitution, die Drogensucht –, fiel es ihm schwer, Amerika als seine Heimat zu betrachten. Er sah noch einige Bilder aus den Zeitungen vor sich: Helikopter, die über Bauern in den Feldern schwebten, Nahaufnahmen ihrer zutiefst schockierten Gesichter, ihrer verwundeten Körper, ihrer leeren Augen. Der Krieg hatte Amerikas Streitkräfte schwer mitgenommen, seine Wirtschaft, sein Image, seine nationale Einheit und seine Moral. Er hatte Familien – seine eigene eingeschlossen – gespalten, und er hatte die Generationen entzweit.

Nixon hatte dem Ganzen schließlich ein Ende gemacht, aber Herrgott, er hatte sich Zeit gelassen. Die Leute redeten davon, wie viele Amerikaner gefallen waren. Immer redeten die Leute davon. Aber wie viele Vietnamesen hatten im Krieg ihr Leben verloren? Zweieinhalb Millionen von zweiunddreißig Millionen Einwohnern. Viele davon waren Zivilisten gewesen. Die Bevölkerung war buchstäblich dezimiert worden.

Aber jetzt war nicht die Zeit für solche Gedanken. Nicht in der Dunkelheit der Nacht. Nicht jetzt, wo Bethany zurück war. Glenn drehte sich zu ihr um und stellte fest, dass sie schlief. Hatte Howard mit ihr über Vietnam gesprochen? Teufel, natürlich hatte er. Eine solche Gelegenheit, Glenn schlechtzumachen, würde er sich nicht entgehen lassen.

War er ein Feigling? Ja, weil er lieber das Land verlassen hatte, als ins Gefängnis zu gehen. War er Pazifist? Ja, aber früher war er keiner gewesen. Er war erst mit der Zeit ein Pazifist geworden.

Aber er hatte keine Angst zu kämpfen. Er hatte sich geweigert, in Vietnam zu dienen, weil Amerika kein Recht hatte, dort zu sein. Kein Recht, Leid und Vernichtung über dieses Land zu bringen. Kein Recht, sich als Weltpolizei aufzuspielen und eine gewaltige Militärmacht gegen ein kleines Agrarland einzusetzen. Er hatte sein Land nicht im Stich gelassen. Amerika hatte ihn enttäuscht. Es hatte eine Alternative zu seiner gesetzlichen Verpflichtung gegeben, politisch falsch denkende Vietnamesen und ihre Freunde und Nachbarn abzuschlachten – und er hatte sie gefunden.

Behutsam zog Glenn seinen Arm weg und drehte sich zur Wand um. Er musste schlafen. Morgen oder vielleicht übermorgen würde er Bethany von seinen Plänen erzählen. Zwischen ihnen würde alles wieder in Ordnung kommen. Dafür würde er sorgen. Sonst … Er wollte nicht über die Alternative nachdenken. Nicht hier. Nicht heute Nacht. Überhaupt nicht.

32. Kapitel

Seit sie aufgebrochen waren, plapperte Malik ohne Unterlass. Anscheinend interessierte er sich für alles, was britisch war. Er wollte alles wissen: in was für einer Art Häusern sie lebten, in welchen Läden sie einkauften, ja sogar, was sie zum Frühstück aßen.

Amy blieb kurz stehen, um einen Schluck aus der Wasserflasche zu nehmen. Angesichts ihrer augenblicklichen Lage kam es ihr beinahe surreal vor, sich über so etwas zu unterhalten. »Wie weit ist es denn noch?«, fragte sie ihn. Seit sie bei dem prächtigen, malvenblau blühenden Jacaranda-Baum abgebogen waren, waren sie schon mindestens eine Dreiviertelstunde unterwegs. Amy fragte sich plötzlich, um wie viel Uhr der Bus nach Essaouira abfuhr und was genau sie hier trieben, warum sie durch die Ausläufer des Atlas-Gebirges wanderten und nach einem exzentrischen Engländer suchten, der in einer Schäferhütte lebte. Denn exzentrisch musste er ja wohl sein, oder?

»Wir sind gleich da«, erklärte Malik, der so frisch wirkte wie bei ihrem Aufbruch.

Sogar Nell stapfte unermüdlich weiter. Amy war aufgefallen, dass sie geradezu betört wirkte, sobald von Safran die Rede war.

Amy zuckte mit den Schultern und folgte den beiden. Die Landschaft hier war viel öder, der Boden kahl und ausgetrocknet, und abgesehen von einem stachligen Kaktus ab und zu wuchsen hier keine Pflanzen oder Bäume. Malik hatte gesagt, dieser Mann empfange selten Besucher. Amy fand das wenig überraschend, denn sie bezweifelte, dass sich viele Menschen nach hier draußen verirrten. Aber als sie sich umdrehte, wusste sie, dass sich der Weg bereits gelohnt hatte. In der Ferne hinter ihnen lagen die lila Krokusfelder in der Nachmittagssonne. Sie stieß Nell an. »Sieh doch.«

»Amethystfelder«, murmelte Nell.

Der Anblick war atemberaubend – hier die Rosa- und Brauntöne der Gebirgsausläufer, dort die malvenfarbenen Wellen. Amy holte ihre Kamera heraus. Nachdem sie ein paar Aufnahmen gemacht hatte, gingen sie weiter.

Endlich blieb Malik stehen. »Dort«, sagte er.

Blinzelnd spähte Amy in die Ferne. Sie konnte eine Hütte erkennen und davor einen alten Mann, der, wie es aussah, in einem Korbsessel saß. Er rührte sich nicht – ob er vielleicht schlief?

»Ich gehe vor und frage ihn«, erklärte Malik.

Amy warf Nell einen erschrockenen Blick zu. Sie wollte sich nicht aufdrängen, wenn sie nicht erwünscht war. Aber der Gedanke, diese ganze Strecke wieder zurückzulaufen, ohne überhaupt mit dem Alten geredet zu haben …

Nell legte ihr sanft eine Hand auf den Arm. »Es ist okay«, sagte sie. »Wir warten.«

Plötzlich begriff Amy, dass Nell in den letzten paar Tagen neue innere Kraft gefunden hatte. Woher, das wusste sie allerdings nicht.

Sie sahen, wie Malik ungefähr doppelt so schnell, wie er bisher gegangen war, auf die Hütte zulief. Würde der alte Mann sie auffordern zu verschwinden? Es musste ja einen Grund haben, dass er hier so zurückgezogen lebte. Er wollte niemanden sehen, er wollte allein sein. Sie konnte das Gebäude jetzt deutlicher erkennen. Es schien aus Lehm und Stein zu sein, besaß aber eine richtige Holztür und ein windschiefes Vordach aus Bambus.

Sie warteten, während Malik ihn ansprach. Dann schienen sich die beiden zu unterhalten, obwohl der Mann offensichtlich keinen Muskel bewegte. Schließlich drehte sich Malik um und winkte Nell und Amy mit seinen dünnen braunen Armen enthusiastisch heran.

»Er redet mit uns«, hauchte Nell. Ihre Augen strahlten. Amy hoffte, dass sie nicht enttäuscht werden würde.

Sie gingen auf die Hütte zu, und Malik kam ihnen entgegengelaufen. Er grinste.

»Er sagt, er will niemanden sehen«, erklärte er. »Aber ich, Malik, habe ihn umgestimmt.«

»Gut gemacht, Malik«, sagte Nell. »Wie in aller Welt hast du das gemacht?«

Sie hatte einfach diese Art, dachte Amy, die Art, die Männer mochten. Sie gab sich keine Mühe, ihnen zu schmeicheln; sie war vollkommen natürlich. Es war einfach Nells Art. Sie hatte sich auch gut mit Jake verstanden; sie besaß nichts von Amys unbeholfener Kratzbürstigkeit. Wenn Amy mehr wie sie wäre … Aber sie wischte den Gedanken sofort wieder beiseite. Sie war, wer sie war. Und wenn sie deswegen Single war, dann sollte es eben so sein.

»Ich habe ihm erzählt, dass Ihre Familie in England Safran anbaut«, erklärte er stolz. »Da hat er beschlossen, mit Ihnen zu reden. Es ist ungewöhnlich, sagt er, dass dort Safran angebaut wird.«

Amy sah zu dem alten Mann hinüber, der sich in seinem Korbsessel ausgestreckt hatte. Er hatte die Augen geschlossen und hielt das von Linien durchzogene Gesicht der Herbstsonne entgegen. Um seine Lippen spielte der schwache Hauch eines Lächelns. Er trug einen roten Turban auf dem Kopf und hatte einen grauen Bart. Gekleidet war er in weite arabische Hosen und ein weites Hemd aus rauem, hanfähnlichem Stoff, wie sie es bei den Einheimischen schon gesehen hatte. Seine Füße waren nackt, und seine Haut war gebräunt und wettergegerbt. Es war unmöglich, sein Alter zu schätzen. Zwischen fünfundfünfzig und achtzig konnte er alles sein.

Als sie bei ihm ankamen, öffnete er die Augen und starrte Nell an. Noch einer, dachte Amy. Seine Augen waren von einem sehr intensiven Blau, aber er lächelte nicht.

»Danke, dass Sie mit uns reden«, sagte Nell. »Wir wissen das wirklich zu schätzen.«

Er gab keine Antwort, sondern sah sie nur ruhig an.

»Soll ich Kissen holen?« Malik zeigte ins Innere der Hütte. Amy konnte ein ausgeblichenes Stück Teppich auf dem Steinboden und einen kleinen Herd mit einem Kessel und ein paar Kochgerätschaften darauf erkennen.

Der Mann nickte, und Malik schoss hinein.

Er kam mit drei Kissen zurück, die er sorgfältig auf dem Boden auslegte. »Bitte setzen Sie sich.«

Amy und Nell folgten seiner Aufforderung.

»Soll ich Wasser aufsetzen?«, fragte Malik. Er zappelte unruhig herum und trat von einem Fuß auf den anderen. Amy fragte sich, ob das der Mann war, der ihm Englisch beigebracht hatte. Wenn, dann war das ein Wunder, denn er schien nicht viel zu reden.

Wieder nickte er, und Malik flitzte zurück in die Hütte.

»Möchten Sie Safrantee?«, fragte er endlich. *Er kann also doch sprechen*, dachte Amy. Seine Stimme war leise und klang weich, und sie konnte den Akzent nicht ganz einordnen.

»Safrantee?« Nells Augen leuchteten auf. Amy fiel auf, dass der Mann sie immer noch aufmerksam ansah. »Das habe ich noch nie probiert. Es klingt aber gut.«

Er lächelte, und Amy war verblüfft darüber, wie verwandelt er wirkte. »Der Safran besitzt zahlreiche heilende Eigenschaften«, erklärte er. »Aber im Tee braucht er, finde ich, ein wenig Zimt und Honig für den guten Geschmack.«

»Was für heilende Eigenschaften?« Nell saß da, hatte die Arme um die Knie geschlungen und sah aus wie ein wissbegieriges Kind. Amy machte es sich auf dem Kissen bequem. Pfefferminztee und jetzt Safrantee … Was denn noch?

»Seit uralter Zeit wird er bei einer Vielzahl von Krankheiten eingesetzt, von Hautproblemen bis hin zu Depressionen«, erklärte er. Er machte eine Pause, als müsse er Kraft schöpfen.

Es musste merkwürdig sein, dachte Amy, tagelang kaum zu sprechen und dann vor zwei unerwarteten Besucherinnen aus England die Qualitäten des Safrans preisen zu müssen.

»Bitte erzählen Sie uns doch noch mehr«, bat Nell sanft.

Er sah sie durchdringend und irgendwie auch beunruhigend an. »Medizinisch wird er seit Langem gebraucht, um Fieber zu senken und die Nerven zu beruhigen«, sagte er. »Die Perser haben ihn über ihren Betten verstreut, um für erholsamen Schlaf zu sorgen und Melancholie abzuwenden.«

Herrje. Vielleicht war er damals nicht teurer als Gold gewesen, überlegte Amy.

»Und die Farbe?«, flüsterte Nell. »Was ist mit der Farbe?« Sie war ganz gebannt von diesem Mann. Amy vermutete, dass diese Begegnung in den Ausläufern des Atlas für Nell ungefähr das war, was für Amy eine Begegnung mit David Bailey bei einem Fotoshooting für die *Vogue* gewesen wäre.

»Die Farbe des Safrans stammt von dem Crocin, einem chemischen Bestandteil der Blüte«, erklärte er.

»Crocin?«

»Es ist ein Antioxidans und wird sogar als alternative Behandlungsmethode bei Krebs eingesetzt. Einige behaupten, es schütze vor dem Verlust der Sehkraft.«

»Das ist aber eine gewagte Theorie«, sagte Amy leise. Sie dachte an ihre Tante Lillian und die Makuladegeneration, unter der sie litt. Aber vielleicht konnten sie ja doch alle etwas von der

Vergangenheit lernen, von alten Heilmethoden, von der Welt der Natur.

Der Mann zuckte mit den Schultern und richtete seinen durchdringenden Blick dieses Mal auf sie. Das verunsicherte Amy. Es war, als wisse dieser Mann Dinge über sie, die sie nicht einmal selbst wusste. »Manchmal ist es klug, zynisch und vorsichtig zu sein«, sagte er, »aber viele der Weisen aus alter Zeit glaubten an die Heilwirkung des Safrans, obwohl sie nicht verstanden, wie sie zustande kam.« Er stand auf und folgte Malik in die Hütte.

Amy blinzelte. »Zynisch und vorsichtig.« Sie fühlte sich zurechtgewiesen. War sie das? Hielt Jake sie dafür? Aber der alte Mann hatte recht. Warum sollte man nicht an etwas glauben, bloß weil man es nicht ganz verstand? War das nicht sogar das Wesen des Glaubens?

Als er wieder in der Tür auftauchte, hielt er ein altes Blechtablett in den Händen. Darauf standen vier Gläser, die mit einer gelblichen Flüssigkeit gefüllt waren. Malik brachte eine kleine Kabeltrommel als Tisch.

»Darf ich Ihnen noch eine Frage über den Safran stellen?«, fragte Nell.

»Ja, selbstverständlich.« Er beugte sich vor, um das Tablett behutsam auf dem provisorischen Tisch abzustellen, und setzte sich dann wieder in den alten Korbsessel. Er bewegte sich steif und unbeholfen, als habe er Schmerzen.

»Ist Safran je …« Nell zögerte. »… zu spirituellen Zwecken eingesetzt worden?«

Der Alte schloss lange die Augen, und zuerst dachte Nell, er würde ihr keine Antwort geben. »Ja«, sagte er dann schließlich. »Menschen reiben es auf ihr Stirnchakra, um zur Erleuchtung zu gelangen und den Energiefluss zu verstärken.« Er beugte sich vor und streckte die Hand aus.

Nell rutschte näher heran, und er legte die Finger auf ihre Stirn. Sie schloss die Augen. Einen Moment lang saßen beide reglos da, als finde zwischen ihnen ein unsichtbarer Austausch statt. Dann öffnete Nell die Augen wieder, und er lehnte sich zurück und nickte, als wäre er zufrieden.

Sie wirkte wie hypnotisiert. Amy beschloss, den Bann zu brechen. »Ich bin übrigens Amy«, sagte sie. »Und das ist Nell.«

Er beugte den Kopf. »Mein Name ist Hadi. Es freut mich, Sie beide kennenzulernen.«

»Hadi?« Das war kein sehr englischer Name. Er selbst klang allerdings auch nicht sehr englisch. Daraus schloss sie, dass er viel gereist sein musste.

Nell lächelte und streckte die Hand aus. »Ich freue mich, Sie kennenzulernen.«

Er zögerte kurz und nahm sie dann.

»Warum Hadi?«, fragte Amy. Sie konnte sich nicht bremsen.

»Es bedeutet ›ruhig und gelassen‹«, erklärte er.

Und Amy musste zugeben, dass er das war. »Aber …«

»Unter diesem Namen kennt man mich heute.« Er reichte Amy und Nell ein Glas. Sie waren wunderschön grün und golden bemalt und entlockten Amy ein Lächeln. So dekorative Gläser schienen gar nicht zu einem Mann zu passen, der allein in einer Hütte in den Ausläufern des Atlas lebte.

»Wohnen Sie das ganze Jahr über hier?«, fragte sie ihn. Im Winter musste es hier furchtbar kalt werden.

Er nickte.

»Und leben Sie schon lange hier?« Auf jeden Fall hatte er die Kleidung und das Auftreten der Einheimischen übernommen. Er klang sogar ein wenig wie sie.

Er seufzte. »Sie stellen viele Fragen.«

»Ich weiß. Tut mir leid.« Er war nicht der Erste, der ihr das sagte.

»Ich lebe seit vielen Jahren hier, ja.«

Sie fragte sich, was ihn ursprünglich hergeführt hatte. Aber was führte jemanden an einen bestimmten Ort? Die Umstände? Das Schicksal, würde Nell mit ihren Tarotkarten und ihrer Suche nach dem tieferen Sinn wahrscheinlich behaupten. Amy hoffte nur, dass sie bei ihrem eigenen, persönlichen Weg mehr mitzureden hatte.

Sie müssen einsam sein. Sie sprach es nicht aus. Manche Menschen entschieden sich dafür, allein zu leben, sich aus der Welt zurückzuziehen. Manche Menschen lebten lieber so.

»Ich bin nicht einsam«, sagte er nach kurzem Schweigen, als habe er ihre Gedanken gelesen. »Ich habe die Felder und den Himmel.« Er lächelte. »Und um diese Jahreszeit den Blick auf den Safran.« Sie alle richteten ihren Blick zurück zur Farm und zu den fernen violetten Feldern. Um diese Zeit war dort niemand mehr bei der Ernte. Aber morgen bei Sonnenaufgang würden alle auf die Felder zurückkehren, und sie würden dies so lange tun, bis auch der allerletzte Krokus gepflückt war, vermutete Amy.

»Der Tee ist köstlich.« Nell strahlte. Sie hob ihr Glas hoch. »Der Zimt kompensiert die Bitterkeit des Safrans wunderbar. Und der Honig ist wirklich nötig. Nur …«

»Nur?« Wieder einmal beobachtete er sie aufmerksam.

»Haben Sie einmal versucht, noch etwas anderes dazuzutun? Zum Beispiel Kardamom oder Ingwer?«

Amy lachte in sich hinein. Sie griff nach ihrem Glas und nippte vorsichtig daran. Es schmeckte leicht bitter und würzig. Aber da war noch etwas anders. Eine leichte, zarte Note, die sie nicht beschreiben konnte.

Hadi zog eine Augenbraue hoch. »Interessant«, meinte er. »Ich werde es ausprobieren.«

»War es schwer, sich aus der Welt zurückzuziehen?«, fragte

Amy. Sie wusste, dass sie schon wieder zu viele Fragen stellte und sich der arme Mann wahrscheinlich gerade deswegen aus der Welt zurückgezogen hatte. Aber sie konnte einfach nichts gegen ihre Neugier tun.

»Zuerst ist es nicht einfach.« Mit gerunzelter Stirn nippte er an seinem Tee. »Man vermisst sein altes Leben, andere Menschen, die Erwartungen, die sie an einen haben …«

Amy hätte ihn zu gern gefragt, wie sein altes Leben ausgesehen hatte, aber sie wollte mit ihren Fragen seine Privatsphäre nicht noch weiter verletzen. »Wie sahen denn diese Erwartungen aus?«, fragte sie stattdessen.

Einen Moment lang sah er sie an, ohne etwas zu sagen. »Jeder hat Erwartungen«, erklärte er dann. »Wenn man sich in sich selbst zurückzieht, hat man nur noch Erwartungen an sich selbst, nicht an andere. Man hat keinen anderen Maßstab mehr.«

Außer, man hatte eine religiöse Überzeugung, dachte Amy. Dann hatte man eine andere Art von Orientierung. Ihre Eltern waren zwar nie besonders religiös gewesen, aber Amy hatte eine konfessionelle Grundschule besucht, ganz einfach, weil die Familie in ihrem Einzugsbereich wohnte. Aber es hatte ihr nicht behagt, dass man ihr die Überzeugungen der Church of England aufdrängen wollte; das hatte in ihr nur den Wunsch erweckt, alles zu hinterfragen, zu widersprechen und sich zu widersetzen. Seitdem war sie eher Agnostikerin als Atheistin. Vielleicht gab es ja einen Gott, vielleicht gab es auch etwas anderes. Sie hatte keine Ahnung. Sie war bereit, alles und nichts zu glauben, nicht so sehr, weil sie zynisch war, es brauchte nur einiges, um sie zu überzeugen.

»Und wird es nach einer Weile denn leichter?«

»Ja«, sagte er. »Nach einer Weile wird es zur einzig möglichen Art der Existenz. Ein Mann muss in den Schuhen, die er trägt, glücklich sein.«

Neugierig musterte sie ihn. »Sie würden gar nicht zurückwollen – in die Zivilisation?« Ihr fiel kein besseres Wort ein.

Er lächelte. »Das könnte ich gar nicht«, sagte er. »Ich bin an einen anderen Ort gegangen.«

Amy war fasziniert. »Einen anderen Ort?«

»Nach innen.«

»Aber sie brauchen all das …« Mit einer Handbewegung umfasste sie die Landschaft, den Himmel, die Berge … »Um das zu erreichen?«

Wieder sah er sie lange an. »Für jemanden, der so viel redet, sind Sie sehr scharfsinnig«, meinte er. »Und Sie haben recht. Man muss einen Ort finden, an dem man in Frieden leben kann. *Insha' Allah.*«

Sie hatten ihren Tee ausgetrunken, und Malik trug das Tablett und die Gläser zurück in die Hütte. Er machte beinahe den Eindruck, als wolle er den Älteren beschützen. Am liebsten hätte Amy Hadi gefragt, ob er je in Essaouira gewesen sei und ob er zufällig dort einem Amerikaner namens Glenn Robinson begegnet sei, aber sie entschied sich dagegen. Sie hatte schon viel zu viel gefragt. Denn eigentlich war Nell diejenige, die hier die Fragen stellen sollte.

»Und was führt Sie hierher?« Hadi richtete seine Frage an Nell und sah sie dabei forschend an. »Was suchen Sie?«

Amy sah, wie Nell tief Luft holte und ihre Wangen rot anliefen. »Wir sind auf die Farm gekommen, um die Felder anzusehen«, erklärte sie. »Um die Führung mitzumachen und mehr über den Safran zu erfahren.«

»Und haben Sie das?«

Nell lachte leise, und Amy bemerkte, dass Hadi zusammenzuckte. Vielleicht lebte er schon so lange allein, dass er seit Jahren niemanden mehr hatte lachen hören. »Sie war sehr interessant«, sagte sie höflich. »Aber …«

»Aber?«

»Aber sie hat mir nicht das verraten, was ich wirklich wissen muss.«

»Und was müssen Sie wirklich wissen?«

Seine Stimme war leise, aber entweder sie oder sein durchdringender Blick verfehlten ihre Wirkung auf Nell nicht. Sie schien das Thema abtun zu wollen wie so oft, wenn ihr etwas zu nahekam, aber dann änderte sie ihre Meinung. »Ich muss wissen, was der Safran für meine Mutter bedeutet hat«, erklärte sie.

Hadi senkte den Kopf. »Und Sie können sie nicht mehr fragen?«

»Nein.« Sie zögerte. »Und das ist noch nicht alles. In ihrem Leben gab es etwas Dunkles. Eine schlimme Erinnerung. Etwas, worüber sie nie gesprochen hat …«

Man hätte die Anspannung, die in der Luft lag, mit einem Messer schneiden können. Amy gefiel das nicht. Sie war immer diejenige, die auf Partys losplapperte, um das Eis zu brechen, oder in einer Warteschlange mit Fremden ins Gespräch kam. All dieses Gerede über Dunkelheit kam ihr nicht richtig vor. Wer war dieser alte Mann überhaupt? Wie konnten sie sich sicher sein, dass er nicht gleich ein Messer hervorziehen und ihnen die Kehle durchschneiden würde? Sie fasste ihre Kamera ein wenig fester.

»Wo in England baut Ihre Familie denn Safran an?«, erkundigte er sich leise. »In Norfolk?«

Nell sah ihn unverwandt an. »Der Safran meiner Familie wächst in Cornwall«, erklärte sie.

»In Cornwall, sagen Sie?«

Nell beugte sich vor und schlang die Hände auf die ihr eigene Art ineinander. Zuerst hatte Amy das für eine nervöse Geste gehalten, aber jetzt erkannte sie, dass sie Ernsthaftigkeit ausdrückte, den Wunsch, einen Gedanken richtig auszudrücken, eine Sorge, sich nicht verständlich machen zu können.

»Ja«, sagte sie. »Ich weiß, das ist ungewöhnlich. Aber es ist ein ganz besonderer Ort. Roseland.«

»Roseland.« Seine Lippen bildeten das Wort. »Ich verstehe. Aber wo ist Ihrer Mutter dieses Dunkle widerfahren, von dem Sie sprechen? War sie je hier in Marokko?« Er schien Nell wirklich helfen zu wollen, musste Amy zugeben. Er machte einen freundlichen Eindruck.

»Das glaube ich nicht«, sagte sie. »Sie hat nie etwas davon erzählt.«

Gab es überhaupt jemanden, der Nell etwas Hilfreiches sagen konnte? Ihre Mutter hatte Selbstmord begangen, und Nell glaubte, die Tochter eines Vergewaltigers zu sein. Nichts, was dieser Mann zu ihr sagen könnte, würde daran etwas ändern.

Amy sah auf ihre Uhr. »Wir sollten aufbrechen.« Sie stand auf. »Wir sind mit dem Bus gekommen und wollen ihn nicht verpassen.«

Hadi sagte nichts. Er hatte die Augen halb geschlossen und machte beinahe einen verstörten Eindruck. Amy fragte sich, ob sie ihn erschöpft hatten. Ihm schien es nicht gut zu gehen, und für jemanden, der nicht viel reden mochte, für jemanden, der sich aus der Welt zurückgezogen hatte, war das ein langes Gespräch gewesen. Doch dann schlug er die Augen auf und strich sich durch den grauen Bart. »Ich habe etwas für die junge Frau, die den Safran so sehr liebt«, erklärte er schließlich. »Warten Sie hier.«

Er stand auf und ging in die kleine Hütte. Amy und Nell sahen Malik an, der nur mit den Schultern zuckte. Während des ganzen Besuchs hatte er fast kein Wort gesagt, aber zweifellos hatte er alles aufgesogen, was sie gesagt hatten.

Als Hadi wieder aus der Hütte kam, hielt er eine lange röhrenförmige Dose aus altem, dünnem Blech in der Hand. Behutsam zog er ein zusammengerolltes, sepiafarbenes Blatt heraus, das wie eine Art Schriftrolle aussah. Er breitete es auf dem Tisch aus. Groß war es nicht, aber auf jeden Fall alt. Wahrscheinlich war es ein altes, ausgetrocknetes Stück Pergament aus Tierhaut. Es war zerknittert, und über der Zeichnung stand etwas in einer feinen, uralten arabischen Schrift.

Nell schnappte nach Luft.

Amy begriff plötzlich, was sie sahen. Die Farben waren verblasst, aber es war unverkennbar. Die Zeichnung stellte eine Frau mit langem, lockigem dunklen Haar dar. Sie trug ein fließendes weißes Gewand und einen gelben Schleier und bückte sich nach etwas. Sie war in einer völlig natürlichen und unbefangenen Haltung abgebildet. Ihre Augen waren dunkel und ihre Lippen rot. Die schmale Hand hatte sie ausgestreckt, und ihr Blick wirkte erwartungsvoll. Sie pflückte eine Safranblüte. Ihre Form war unverkennbar, obwohl ihr Violett zu einem hellen Lila verblasst war. Auf den Lippen der Frau lag die leise Andeutung eines Lächelns.

»Wo kommt das her?«, flüsterte Nell. Sie streckte eine Hand aus, als wolle sie das Pergament berühren, aber sie schien es nicht zu wagen.

Hadi schien ihre Reaktion zu erfreuen. »Da war einmal ein Mann, der auf der Farm gearbeitet hat. Seiner Familie gehörte einst das Land«, erklärte er. »Er war sehr freundlich zu mir. Ich glaube, ich habe ihm auch geholfen. Wir wurden Freunde. Ich habe viel von ihm gelernt.« Er unterbrach sich. »Vor seinem Tod hat er mir dies hier gegeben. Es sagte, es sei seit Jahrhunderten in der Obhut seiner Familie, seit sie Safran anbauen.«

Nell runzelte die Stirn. »Was bedeutet das hier?« Sie zeigte auf die Schrift.

»*Zafaran*«, sagte er.

»Und … wer ist sie?«

Alle sahen wieder die Frau auf der uralten Zeichnung an. Amy fand, dass sie ziemlich majestätisch wirkte. »Eine Göttin?«, warf sie ein. Schließlich existierten in der griechischen und römischen Mythologie jede Menge Geschichten über Safran, jedenfalls erzählten ihr das alle.

»An vielen Orten hat man antike Fresken gefunden, die Göttinnen und Safran zeigen«, erklärte Hadi. »Zum Beispiel in Griechenland. Möglich ist das … Und in vielen Kulturen war es Tradition, Brautschleier mit Safran gelb zu färben.«

Nell neigte den Kopf zur Seite. »Sie sieht nicht wie eine Göttin aus«, meinte sie. »Sie sieht …«

»Ein bisschen kokett aus«, setzte Amy hinzu.

»Sie gehört Ihnen«, sagte Hadi. »Bitte nehmen Sie sie. Sorgen Sie dafür, dass die Augen der Welt wieder auf ihr ruhen, so wie früher.«

»Aber ich kann unmöglich …« Nell war ganz aufgeregt. »Das Pergament ist sehr alt. Das ist zu viel. Vielleicht ist es sogar wertvoll, und …« Sie sah Amy hilfesuchend an.

»Wir kennen Sie ja kaum«, sagte Amy.

»Es geht nicht um Geld«, sagte er. »Ich würde das Bild nie verkaufen, und Sie sollten das auch nicht. Es ist, was es ist.« Er breitete die Hände aus. »Und ich habe sonst niemanden.«

Amy warf Malik einen Blick zu. Der alte Mann hatte ihn in seinen Bann gezogen. Aber er würde sich vermutlich nicht für eine alte Zeichnung von einer Frau mit einer Safranblüte interessieren – er war kaum näher gekommen, um sie anzusehen.

»Vielleicht«, sagte Hadi zu Nell, »hat die Sonne, die Ihre Mutter im Safran gefunden hat, dazu beigetragen, die Dunkelheit zu zerstreuen, die sie in ihrem Leben erfahren hatte.«

Nell stand reglos da und schlang die Hände ineinander, während sie seinen eindringlichen Blick erwiderte. »Vielleicht«, flüsterte sie. Sie schien sich nicht losreißen zu können. »Kann ich Ihnen hierher schreiben?«, fragte sie ihn. »Würde ein Brief Sie erreichen?«

Er wirkte erstaunt. »Ja, wenn Sie meinen Namen benutzen und ihn an die Farm schicken. Malik wird ihn mir bringen.«

»Gut. Und ich gebe Ihnen auch meine Adresse.« Sie kramte in ihrer Tasche nach Stift und Papier.

»Ja.« Er schien das erwartet zu haben.

»Danke.« Nell kniete nieder und nahm seine Hände. Amy betrachtete die Szene, die seltsam bewegend wirkte. Denn da war noch etwas anderes, was sie im Moment allerdings noch nicht genauer definieren konnte.

Sie nahmen Abschied, und Malik führte sie auf demselben Weg zurück, den sie gekommen waren. Nell trug jetzt die alte Dokumentendose unter dem Arm. Sie warf Amy einen Blick zu. »Was für ein erstaunlicher Mann«, hauchte sie.

Amy nickte. Es war ein beeindruckendes Erlebnis gewesen. Sie hatte fast das Gefühl, unter Schock zu stehen. Als sie den Jacaranda-Baum in seinem blauen Blütenkleid wieder erreicht hatten, drehte sie sich ein letztes Mal um. Hadi stand immer noch da und sah ihnen nach.

33. Kapitel

Marokko 1977

Er hörte nicht einmal, wie sie fortging. Er wachte einfach eines Morgens auf, und sie war nicht mehr da. Kein Abschiedskuss, keine Nachricht.

Zuerst dachte er, sie koche Tee. Er gähnte, reckte sich und wartete. Nichts. Schließlich zog er seine *kurta* und seine *babouches* an und tappte in die Küche. Niemand da. Er ging hinauf auf die Terrasse. Manchmal schlief einer von ihnen dort, besonders im Sommer. Es war ein so gutes Gefühl, unter den Sternen zu schlafen, während eine leichte Brise für Abkühlung sorgte. Die Matratze war für zwei Personen allerdings zu schmal. Aber da die Nächte nun kühler wurden, kam es ihm unwahrscheinlich vor, dass Bethany hier übernachtet hatte. Vielleicht war sie ja nach oben gegangen, um den Sonnenaufgang zu erleben, dachte Glenn verschlafen. Doch da war niemand. Nur die Überreste von gestern Abend: leere Bierflaschen, ein überquellender Aschenbecher voll Joint-Enden und Zigarettenkippen, ein Teller, auf dem noch ein paar klebrige Datteln lagen. Glenn betrachtete den Müll, hatte jetzt jedoch keinen Kopf dafür und drehte sich um.

Über die Wendeltreppe polterte er wieder hinunter zur oberen Galerie. Dort gab es drei Türen, seine stand weit offen. Er ging wieder hinein. »Bethany?«

Sie musste spazieren gegangen sein. Es war noch früh, aber sie hätte zum Strand gehen können, um im Sand ihre Yogaübungen zu machen. Glenn fiel allerdings ein, dass sie in letzter Zeit kaum noch Yoga betrieben hatte. Sie war still und besorgt gewesen und gar nicht mehr das Mädchen, das er vor vier Jahren in den Riad La Vieille Rose gebracht hatte. Eigentlich war sie nie wieder die Alte gewesen, seit sie von dieser Fahrt zurückgekommen war. Sie war unglücklich. Er wusste, dass sie unglücklich war, und das machte ihm Angst.

Er öffnete den Kleiderschrank, den sie gemeinsam benutzten. Darin hingen eines seiner Hemden – ein Jeanshemd – und ein Paar Jeans. Ihre Seite des Schranks, die normalerweise kaum reichte für all die Kleider im Paisley-Muster. Patchworkröcken, weißen Baumwollhängerchen und leichten Blusen, war leer. Ihre T-Shirts lagen nicht im Fach. Er zog eine Kommodenschublade auf. Auch ihre Unterwäsche war verschwunden. Er fuhr herum. Keine Niveadose auf der Kommode, kein Make-up-Täschchen, keine Flasche mit Moschus- oder Rosenduft. Keine Haar- oder Zahnbürste balancierte wacklig auf dem Rand des Waschbeckens. Nichts. Anscheinend hatte sie keine Spur hinterlassen. Wie zum Teufel hatte sie ihr ganzes Zeug ausgeräumt, ohne dass er sie gehört hatte?

Rasch zog Glenn sich an und verließ den Riad. Wohin könnte sie gegangen sein? Ans Wasser? Ins Hotel? Zum Hafen? Sie konnte doch die Stadt nicht verlassen haben, oder? Nicht einfach so. Jedes Jahr nahm sie sich im Hotel ein paar Wochen frei und arbeitete als Erntehelferin auf einer Farm knapp außerhalb der Stadt. Aber wenn sie dorthin wollte, hätte sie es ihm gesagt.

Er ging zum Hotel. Dort hatte man sie nicht gesehen. Nein, sie erwarteten sie heute nicht. Morgen, ja. Nein, sie hatte nichts davon gesagt, dass sie fortgehen wollte.

Sie war nicht am Strand und nicht im Kunsthandwerkerviertel, wo sie oft unterwegs war und die Handwerker bei ihrer Arbeit mit Leder und *thuya*-Holz beobachtete. Sie war nicht am Hafen und sah zu, wie die blauen Fischerboote mit vollen Fischkörben, die in der Sonne glitzerten, vom Meer zurückkehrten; sie saß nicht am Platz und trank Kaffee.

Und wenn sie doch die Stadt verlassen hatte … Glenn betrachtete die lange Straße, die zum Atlasgebirge und nach Marrakesch führte. Dann wäre sie inzwischen weit fort.

Im Riad stand Howards Tür offen.

»Hey, Mann«, sagte er. »Was ist los?«

»Hast du Bethany gesehen?«

»Yeah.«

»Heute Morgen?«

Howard schien darüber nachzudenken. »Yeah.«

»Wann genau?« Glenn spürte Hoffnung in sich aufsteigen. Er sah sich um und rechnete halb damit, dass sie hinter ihm auftauchen würde, lachen, sich im Kreis drehen und erklären würde, alles sei nur ein Spaß gewesen.

Howard zuckte mit den Schultern. »Irgendwann vor sieben. Ich bin aufgestanden, um mir Tee zu kochen. Konnte nicht schlafen. Anscheinend war ich nicht der Einzige.«

»Hat sie etwas gesagt?«

»Du meinst, ob sie mir gesagt hat, dass sie wegwill?« Er hielt inne. »Nööö.«

Glenn runzelte die Stirn. »Woher weißt du das dann? Dass sie wegwollte, meine ich.«

Howard lehnte sich lässig an den Türrahmen. Ausnahmsweise trug er sein Käppchen nicht. Sein Haar war verfilzt und sah aus, als hätte er es seit Wochen nicht gewaschen. »Ich habe ihre Tasche gesehen, Mann. Die war rappelvoll. Das war nicht nur Zeug für eine Übernachtung, wenn du verstehst, was ich meine.«

Glenn empfand den Schmerz wie einen Schlag in die Magengrube. In seinem Kopf drehte sich alles. Er liebte Bethany. Was war passiert? Warum war sie fortgegangen? »Warum zum Teufel hast du mir nicht Bescheid gesagt?«, schrie er. »Verdammt noch mal!«

»Ging mich nichts an, Mann.« Howard zuckte mit den Schultern.

»Was ist los, Jungs?« Ein triefäugiger Gizmo trat aus seinem Zimmer. Bis auf seine Bandana war er splitternackt.

»Jesus.« Howard hielt sich die Hand vor die Augen. »Erspar uns das Elend.«

»Was?« Gizmo breitete die Hände aus. »Der menschliche Körper ist etwas Natürliches, Mann. Mach dich mal locker. Entspann dich, bleib geschmeidig.« Er sah Glenns Gesichtsausdruck. »Was ist los?«

»Bethany ist abgehauen«, sagte Howard. »Hatte nicht mal den Mumm, uns zu sagen, dass sie geht.«

Glenn ging auf ihn los. »Sie hatte Mut.« Er spürte, wie er die Fäuste ballte.

Howard verzog den Mund zu einem Grinsen. »Ja, klar«, sagte er. Er wandte sich ab. »Wenn du meinst.«

Glenn fand die Nachricht in der Küche, wo sie am Wasserkessel lehnte. Sie hatte seinen Namen mit blauem Filzstift auf den Umschlag geschrieben, und diese kindliche Art ließ ihm die Tränen in die Augen schießen. Wieso hatte er ihn vorhin nicht gesehen? Wahrscheinlich hatte er zuerst nach einem Mädchen gesucht, nicht nach einem Brief. Er riss ihn auf.

»Liebster Glenn«, las er. »Es funktioniert nicht, und es ist meine Schuld. Ich fahre nach Hause. Ich hatte eine tolle Zeit – bitte glaub nicht, dass es nicht so war. Aber vielleicht bin ich doch nicht für diese Art Leben geschaffen. Und es ist so, wie du immer gesagt hast – man muss wissen, wann es Zeit ist, weiterzuziehen. Also versuch nicht, mir zu folgen oder so etwas. Es war toll. Aber jetzt ist es vorbei. Es tut mir so leid.

In Liebe, Bethany.«

Seine Liebe, Bethany. Glenn starrte und starrte auf den Brief, aber die Worte veränderten sich nicht und ergaben immer noch keinen Sinn. Wenn es nicht funktionierte, hätten sie dann nicht wenigstens darüber reden können, versuchen, es in Ordnung zu bringen? Er sah sich nach einem Anhaltspunkt um. Irgendeinem. Warum hatte sie ihn auf diese Art verlassen? In seinem Bauch rumorte es. Er wusste nicht, was er tun sollte. Er konnte den Gedanken nicht ertragen, sie verloren zu haben.

Warum hatte sie ihm nicht einmal die Chance gegeben, sie davon abzubringen?

34. Kapitel

Lillian beschloss, an der Hafenpromenade in Lyme spazieren zu gehen. Heute war es sehr frisch, aber wenigstens schien die Sonne. Es war auch ein guter Tag, weil Amy aus Marokko zurückkam. Sie hatte vor ihrem Abflug kurz angerufen und versprochen, später vorbeizuschauen. Lillian konnte es kaum abwarten, sie zu sehen. Ob sie etwas herausgefunden hatte? Lillian war sich nicht sicher, ob Amy etwas konnte, was ein Privatdetektiv nicht vermochte, und sie hatte schon lange akzeptiert, dass sie nie erfahren würde, was aus Glenn geworden war. Aber … In ihren Gedanken, in ihrem Herzen blieb immer ein Aber zurück.

Lillian zog ihren warmen Mantel an – man durfte sich nie vom Sonnenschein täuschen lassen. Schon vor langer Zeit hatte sie gelernt, den Unterschied zwischen Wahrheit und Illusion zu erkennen. Hatte sie sich denn nicht jahrelang etwas vorgemacht? Sie dachte an all die Briefe, die sie Ted Robinson nach Amerika geschrieben hatte, obwohl sie nicht wusste, ob er überhaupt noch am Leben war. Darin hatte sie ihm ihre tiefsten, innersten Gedanken und Gefühle ausgeschüttet, als wären die Briefe ein Tagebuch. Arme kleine Närrin. Was musste er gedacht haben, als er endlich wieder nach Hause kam und sie las?

Lillian verließ das Haus und machte sich auf den Weg. Sie beschloss, an der Stadtmühle vorbeizugehen und von dort aus zum Uhrturm am Hafen zu laufen. Sie war alt, aber nicht gebrechlich; man musste wenigstens versuchen, fit und gesund zu bleiben. Alles andere lag bei Gott – oder den Schicksalsgöttinnen oder woran immer man glaubte. Lillian war sich nicht sicher, ob sie überhaupt an etwas glaubte – außer an die Liebe.

Er hatte ihre Briefe gelesen. Er lebte, er war nach Amerika zurückgekehrt und hatte sie gelesen, jeden einzelnen. Er hätte sie ignorieren können. Zweifellos hätte es sie dann mit der Zeit gelangweilt, einem Geist zu schreiben. Sie hätte einen jungen Burschen wie Johnnie Coombes kennengelernt, sie hätte geheiratet und wäre eine Farmersfrau geworden. Aber so kam es nicht. Nachdem ihre Schwester nun verheiratet war, schrieb sie weiter, und dann, eines Tages …

Lillian erreichte das rosa Haus mit den Erkerfenstern, das am Wasser lag. Sie hatte schon immer gefunden, dass diese Häuserreihe geradezu die Summe von Lyme Regis war. Hübsche Cottages mit weißen Fensterläden, originelle Häuser mit kunstvoll gearbeiteten Regenrinnen und Schnitzereien an den Türen, helle und luftige Villen, die an die Strandhütten an der unteren Promenade erinnerten, und düsterte Monstrositäten, die Lillian an viktorianische Irrenanstalten erinnerten. Zusammen gaben sie eine eklektische Mischung ab; sie waren Lyme.

Sie erinnerte sich an den Tag, an dem sie den Briefträger am Tor sah. »Ein Brief für dich, junge Lady«, hatte er gesagt.

»Für mich?«

Er reichte ihr den Brief, und ihr stockte der Atem. Denn es war ein Brief aus Amerika in einem blauen Luftpostumschlag. Sie hatte nach Luft geschnappt, den Brief in der Hand gedreht und die Handschrift untersucht. Denn bestimmt stammte er von einem Verwandten von Ted, der sie bat, bitte keine Briefe mehr an einen Toten zu schreiben. Sie war ins Haus gegangen und hatte ihn erst dort geöffnet und auseinandergefaltet und die ordentliche Schrift betrachtet. Der Text war lang – ein gutes Zeichen. Ihr blieb fast das Herz stehen. Sie suchte nach der Unterschrift. »Dein Ted.« Er lebte. Sie stieß den Atem aus. Ihr war gar nicht bewusst gewesen, dass sie ihn angehalten hatte. Er lebte. Sie drückte den Brief an ihr Herz und rannte nach oben, um ihn in ihrem Zimmer ungestört zu lesen. Sie verschlang jedes Wort und erinnerte sich an sein aufblitzendes Lächeln, das Funkeln in seinem Blick. Er lebte.

»Hey, Kiddo«, hatte er geschrieben. Kein guter Anfang. Lillian wollte nicht, dass er sie als Kind betrachtete. Sie war siebzehn. Alt genug, um sich mit Jungs zu verabreden, sich zu verlieben, sich den Hof machen zu lassen. Sie war eine Frau und kein Kiddo. »Danke für all deine Briefe. Sie bedeuten mir eine Menge. Ich denke sehr gern an meine Zeit in Dorset zurück, und es war schön, daran erinnert zu werden.«

Wollte er an Mary erinnert werden?, fragte sich Lillian.

Er schrieb nichts über den Krieg. Er schrieb davon, wie es gewesen war, nach Hause zurückzukehren, was zu Hause für ihn bedeutete und was er nun vorhatte. Und Lillian schrieb zurück.

Bald waren sie Brieffreunde, die einander regelmäßig schrieben. Lillian erzählte von ihren Plänen, auf die Sekretärinnenschule zu gehen und später nach London zu ziehen und sich dort ein Leben aufzubauen. Sie schrieb von Filmen, die sie gesehen, und Büchern, die sie gelesen hatte. Und sie schrieb über ihre wahren Gefühle. Dass ihre Familie sie einfach nicht verstand, dass ihr die Menschen um sie herum provinziell und gewöhnlich vorkamen und dass sie so ein langweiliges Leben führten. Sie schrieb über ihre Empfindungen, wenn sie im Dunkeln unter einem mondbeschienenen Himmel allein die Straße entlangging, wenn sie an einem Sommertag, an dem die Lämmer in der Sonne herumsprangen, durch die Felder streifte, oder davon, wie einsam sie sich tief in der Nacht fühlte.

»Was willst du, Lillian?«, fragte er sie in einem Brief. Inzwischen nannte er sie nicht mehr Kiddo. »Ich will mich lebendig fühlen«, schrieb sie zurück.

Lillian ging bis zur Hafenmauer und drehte dann um. Kurz

blieb sie stehen und spürte den Wind in ihrem Haar. Fühlte sie sich jetzt lebendig? An manchen Tagen ja.

Und dann, eines Tages, kam wieder ein Brief. Lillian war achtzehn. Der Brief war eine Überraschung, aber er war die schönste Überraschung der Welt. Es war der Brief, nach dem sie sich gesehnt und von dem sie geträumt hatte, aber nie zu hoffen gewagt hatte, er könne Wirklichkeit werden. Es war ein Brief, in dem er sie bat, nach Amerika zu kommen, ein Brief, in dem er sie bat, seine Frau zu werden.

»Du hast vielleicht den Eindruck, dass das jetzt aus heiterem Himmel kommt, Lillian, meine Liebste«, schrieb er. Seine Liebste? War es wirklich möglich, dass sie seine Liebste war? »Aber weißt du, ich habe dich in deinen Briefen kennengelernt. Die Wahrheit ist, dass ich mich Hals über Kopf in dich verliebt habe. Ich möchte dich heiraten. Willst du hierherkommen? Willst du meine Frau werden?«

Ob sie wollte? Lillian war erst achtzehn, aber sie wusste, was sie wollte.

Die nächsten Monate zogen unter Diskussionen, Packen und Einkaufen wie in einem Nebel an ihr vorbei. Ihre Eltern reagierten größtenteils so, wie sie erwartet hatte, und gaben dann nach, was sie ebenfalls von Anfang an gewusst hatte. Und Mary … Lillian hatte im Grunde nicht an Mary gedacht. Sie war inzwischen natürlich verheiratet, aber …

Auf dem Heimweg ging Lillian langsamer. Sie hatte ihren Stock dabei – nach ihrem Sturz hatte Amy darauf bestanden, dass sie sich einen zulegte – und stützte sich schwerer darauf. Sie würde jetzt nach Hause gehen und sich eine schöne Tasse Tee kochen.

Amerika war nicht so gewesen, wie sie es sich vorgestellt hatte. Es war größer, nichtssagender und schrecklich konventionell. Und Ted … Es war blitzschnell vorüber gewesen. Aber sie erinnerte sich noch so gut an seinen Blick, als er sie zum ersten Mal gesehen hatte, denn dieser Blick hatte sich ihr gleichsam eingebrannt.

»Hey, Herzogin«, hatte er gesagt, und schon war der Blick wieder verschwunden gewesen. »Schön, dich wiederzusehen.« Er nahm sie in die Arme und zog sie an sich, aber der Umarmung fehlte es an der Begeisterung, die sie sich vorgestellt hatte. Keine Romantik, keine Leidenschaft, kein Funkeln in diesen warmen braunen Augen. Hatte der Krieg ihn so stark verändert? Oder hatte er sich selbst in die Irre geführt, war es das? Denn das war auch ihr Problem gewesen, dachte Lillian jetzt, eine übersteigerte Fantasie. Er verhielt sich nicht wie der Mann, an den sie sich erinnerte, er sah nicht einmal aus wie er. War es möglich, dass er das Gleiche dachte wie sie? *Was habe ich getan?*

Auch Ted hatte versucht, so zu tun, als hätten sie nicht beide einen furchtbaren Fehler begangen. Nie hätte er ein Versprechen gegeben und sie dann fortgeschickt. Er stellte sie all seinen Verwandten vor – seinen Eltern, einem Onkel und einer Tante, einer verheirateten Cousine und deren Mann –, und sie nahmen sie mit strahlendem Lächeln und Blaubeermuffins in die Familie auf. Wirklich, sie hätten nicht netter sein können. Ted hatte sie angesehen und voller Zuneigung gelächelt. Hatte sie deswegen die vielen Meilen zurückgelegt und alles und alle, die sie kannte und liebte, zurückgelassen? Um einen Mann zu heiraten, den sie kaum kannte und der *Zuneigung* zu ihr empfand?

Lillian hätte sich am liebsten in einer Ecke verkrochen und sich in Luft aufgelöst. Sie wollte das nächste Schiff nach Hause nehmen. Da ist ein schrecklicher Irrtum passiert, hätte sie am liebsten geschrien. Ich gehöre doch nicht hierher, und das habe ich auch nie getan! Aber sie tat nichts von alldem. Sie holte tief Luft und machte weiter. Sie hatte diese Entscheidung getroffen und konnte sie nicht rückgängig machen. Dies war das Leben, das sie gewählt hatte. Ergeben und fügsam wie ein Lamm erfüllte sie die Erwartungen der Familie.

Auch Ted erfüllte die Erwartungen der Familie; wie benommen, als rechne er damit, eines Morgens aufzuwachen und festzustellen, dass Lillian sich in Mary verwandelt hatte, die wegen einer Laufmasche in ihrem Strumpf kicherte, ihn mit einem spielerischen Klaps auf den Arm neckte oder eine perfekt gezupfte Augenbraue hochzog. Aber Lillian war nie ihre Schwester gewesen. Sie ähnelte ihr überhaupt nicht und hatte das auch nie getan. Und sie und Ted redeten nicht über ihre Briefe, über die Gefühle, Hoffnungen und Träume, die sie einander so freimütig gestanden und die sie in ihre jetzige Lage gebracht hatten. Sie sprachen nicht über den Krieg und das, was geschehen war, das, was Ted gesehen und was er überlebt hatte – was sie ebenfalls in diese Lage gebracht hatte. Sie redeten nicht einmal über sich selbst und das, was jeder von ihnen sich wünschte. Sie machten einfach weiter mit ihren Hochzeitsplänen.

Und dann war es so weit.

Lillian zog ihren Haustürschlüssel aus der Tasche und steckte ihn ins Schloss. Mit dem Ellbogen schob sie die Tür auf, und ihr Zuhause empfing sie mit einer gemütlichen Wärme und einem Gefühl von Vertrautheit und Geborgenheit. In ihrem Haus in Amerika war es nie so gewesen. Vielleicht lag es daran, dass sie dort nicht der Mensch gewesen war, der zu sein sie vorgegeben hatte.

Lillian stellte ihren Stock in den Schirmständer. Sie zog ihren Mantel aus, hängte ihn auf den Haken und widerstand dem spontanen Drang, ihr Haus laut zu begrüßen wie einen lange vermissten Freund. Sie legte ihre Handschuhe auf das Garderobenschränkchen und zog langsam die Stiefel aus. Ihre Hausschuhe waren plüschig und warm. Sie schob die Füße hinein und seufzte leise vor Zufriedenheit.

Und so war Lillian Mrs. Ted Robinson geworden. Sie lebten in einem kleinen Haus in Pennsylvania. Sie war nun eine Ehefrau und beschloss, dafür zu sorgen, dass es funktionierte. Das war, was sie tun musste.

Als sie zum ersten Mal miteinander schliefen, wusste sie, dass sie ihn einmal mehr enttäuscht hatte. Sie sollte etwas tun, etwas, das fehlte und über das sie nichts wusste. Was mochte das sein? Sie hatte niemanden, den sie fragen konnte – seine Mutter oder seine verheiratete Cousine ganz bestimmt nicht, und noch hatte sie hier keine Freundinnen. Sie konnte wohl kaum nach Hause schreiben und Mary fragen. Aber das Schlimmste war das, was sie empfand – oder genauer gesagt, was sie nicht empfand.

Als sie sich in Dorset kennenlernten, hätte sie für eine Berührung oder gar für einen Kuss von dem gut aussehenden GI in der schicken khakifarbenen Uniform alles gegeben. Aber jetzt … Der Mann, den sie gekannt hatte, der Mann, in den sie sich verliebt hatte, der Mann, der ihrer Schwester den Hof gemacht hatte, war verschwunden. Er war einfach nicht mehr da.

Sie dachte zurück an ihre ersten Begegnungen, erinnerte sich sogar an Sätze aus seinen Briefen und Momente, in denen er sie in sein Herz hatte blicken lassen. Und irgendwann wurde ihr mit zunehmendem Grauen klar, dass er überhaupt nie existiert hatte. Sie hatte sich in eine Fantasiefigur verliebt, in ihre eigene Fantasie, nicht in einen Mann. Was sie gefühlt hatte, als sie einander geschrieben hatten, war eine Reaktion auf ihre eigene Vorstellung gewesen, ihre Sehnsucht danach, gebraucht und geliebt zu werden. Der reale Mann, der hier im Bett auf ihr lag und sie mit seinem schweren Atem anekelte, mit dem dunklen, verfilzten Haar auf seinen Armen und seiner Brust und diesem Blick, in dem kein Wiedererkennen lag, war niemand, den sie liebte; und er liebte sie auch nicht. Sie mochte noch nicht einmal den Geruch seiner Haut. Er war ein Fremder.

Was für eine Närrin sie gewesen war! Lillian schnalzte mit der Zunge. Sie ging in die Küche und setzte den Wasserkessel auf. Aber sie hatte nie darüber nachgedacht, ihn zu verlassen. Schon damals hatte sie sich gefragt, ob das ihre Strafe dafür war, was sie Mary angetan hatte.

Als sie herausfand, dass sie schwanger war, wünschte sie sich sehnlichst eine Tochter. Es klang berechnend, und sie hoffte aus tiefstem Herzen, dass Glenn nie etwas davon geahnt hatte. Aber tief im Herzen wusste sie, dass Ted eine Tochter leichter akzeptiert hätte. Eine Tochter hätte in ihrer instabilen Familienkonstellation ihren Platz gefunden und vermutlich zur Festigung der familiären Situation beigetragen. Man wusste ja, was man über Väter und Töchter sagte.

Aber als das Kind zur Welt kam … Als man ihr das kleine Bündel in die Arme legte, als sie hinunter in seine blauen, noch blicklosen Augen sah, als sie seinen Schrei hörte und spürte, wie er auf eine Art nach ihrer Brust suchte, die an eine Sehnsucht tief in ihrem Inneren rührte, die uralt und neu zugleich war, da hätte Lillian nie bedauern können, dass Glenn ein Junge war. Denn man wusste ja, wie es mit Müttern und ihren Söhnen war.

Trotz dem, was Lillian getan hatte, brach Mary nicht jede Verbindung ab. Nach dem Tod ihrer Mutter schrieb sie Lillian kurze Briefe, um ihr mitzuteilen, wie es der Familie ging. Und natürlich schrieb sie, als ihr Vater starb. Lillian wollte unbedingt zu seiner Beerdigung nach England fliegen, aber Ted erklärte ihr, dass das unmöglich sei, dass sie es sich nicht leisten könnten und sie mit einem Besuch warten müsse. Tatsache war, dass Ted sich überhaupt nicht für Lillians Familie interessierte – inzwischen wahrscheinlich nicht einmal mehr für Mary.

Sie hatten natürlich Geld und hätten es sich leisten können, aber das hatte Lillian damals nicht gewusst. Sie wusste nur, dass sie sich nicht von ihrem Vater verabschieden konnte, genau wie sie keinen Abschied von ihrer Mutter hatte nehmen können. Und sie wusste, dass es ihre Schuld war, weil sie dieses Leben gewählt, Ted gewählt und sich entschlossen hatte, nach Amerika zu gehen.

Mit Glenns Geburt veränderte sich Lillians Leben völlig. Vorher hatte sie versucht, nicht an sich heranzulassen, was sie nicht ändern konnte: Ted und das, was immer ihn quälte, die schmerzliche Einsamkeit ihres Lebens an einem Ort, an den sie nicht passte und auch nie passen würde. Jetzt hatte sie einen Sohn, und sie würde ihm ihr Leben widmen.

35. Kapitel

Auf dem Rückflug schloss Nell die Augen und dachte darüber nach, was sie auf dieser Reise erreicht hatte. Endlich wusste sie mehr über ihre Mutter – vielleicht nichts Fassbares, aber sie verstand sie jetzt besser. Sie hatte auch viel von Amy gelernt; über Selbstvertrauen und Unabhängigkeit, zwei Eigenschaften, um die Nell immer gerungen hatte und die Amy im Überfluss zu besitzen schien. Sie schlug die Augen auf, verstellte ihren Sitz wieder und registrierte, dass der Steward mit dem Getränkewagen näher kam. Sie hatte eine Freundin gefunden, eine gute und zuverlässige Freundin. Sie hatten einander versprochen, in Verbindung zu bleiben, und lebten gar nicht so weit entfernt voneinander; und Nell würde auf jeden Fall den Marokko-Event in Lyme besuchen. Es würde fantastisch sein, Amys Fotos zu sehen und ihr gemeinsames Marokko-Abenteuer noch einmal zu erleben.

Nell zog ihre Geldbörse aus der Tasche. Was noch wichtiger war: Sie hatte eine schwerwiegende Entscheidung über ihre berufliche Zukunft getroffen. Die meisten ihrer Kommilitonen an der Kochschule hatten den Ehrgeiz gehabt, ihr eigenes Restaurant zu eröffnen. Lucy hatte während der letzten Jahre alles Mögliche gemacht; sie hatte sogar versucht, mit einem Wohnmobil auf Musikfestivals Crêpes zu verkaufen. Was immer man tat, die Selbstständigkeit musste doch besser sein, als zu völlig familienfeindlichen Arbeitszeiten und für ein geringes Gehalt für jemand anderen anspruchsvolle Dinge zu tun. Aber Nell hatte sich nie mutig genug gefühlt, um das Risiko auf sich zu nehmen – bis jetzt. Jetzt hatte sie eine klare Vorstellung von dem

Projekt, das sie verwirklichen wollte, und wusste auch, wo sie das tun wollte. Sie beschloss, auf Alkohol zu verzichten und bei Saft zu bleiben, und machte den Stewart mit einem Lächeln auf sich aufmerksam. Sie dachte an Callum. Sie hatte ihm die Angaben zu ihrem Flug mitgeteilt, aber ob er kommen würde, um sie abzuholen? Sie hatte keine Ahnung. Ob er kam oder nicht, sie hatte ihm viel zu sagen, und dazu brauchte sie einen klaren Kopf.

Sie zahlte ihren Cranberrysaft und stellte ihn auf das kleine Tischchen. Beim Nachdenken über all das Positive, was passiert war, fiel ihr noch eines ein. Hadi, der weise Mann aus den Bergen, hatte ihr ein seltsames, aber unglaubliches Geschenk gemacht; dieser Mann, der seinen Frieden in Marokko gefunden hatte, wo er Safrantee kochte und wusste, wie man die heilende Wirkung des Safrans nutzte. Erstaunlich. Nell trank ihren Saft. Sie würde das Pergament rahmen lassen; in ihrem neuen Restaurant »The Saffron House« würde es einen Ehrenplatz an der Wand einnehmen. Sie – Smilax – würde wieder angesehen werden, wie er es sich gewünscht hatte.

Nell sah aus dem kleinen Fenster und warf einen Blick auf ihre Uhr. Hatte der alte Mann recht gehabt? Hatte die Sonne des Safrans dazu beigetragen, die dunklen Erinnerungen ihrer Mutter zu zerstreuen? Wenn ja, dann war es wichtiger denn je, dass Nell weiter Safran anbaute, dass sie das Erbe ihrer Mutter bewahrte, ganz gleich, wie enttäuscht und gekränkt sie war, weil ihre Mutter ihr manche Dinge nicht erzählt hatte, nicht erzählen wollte.

Sie würden in einer Stunde landen. Ihr Besuch auf der Safranfarm und ihre Begegnung mit Hadi hatten sie noch darin bestärkt, das Farmhaus nicht aufzugeben. Aber sie musste sich noch mit dem Makler und den Kaufinteressenten auseinandersetzen. Und mit Callum.

Er war da. Sie sah ihn in der Sekunde, in der sie in die Ankunftshalle trat. Steif und aufrecht stand er da, die haselnussbraunen Augen starr nach vorn gerichtet. Er wusste offensichtlich nicht so recht, wie er sich verhalten und was er sagen sollte. Doch ihr Herz hüpfte plötzlich vor Freude, vor Erleichterung.

»Callum«, bildete sie lautlos mit den Lippen.

Als er sie sah, musste er unwillkürlich lächeln. Doch dann kehrte die harte Miene zurück. Sie wusste, wie sehr sie ihn verärgert hatte, und sie hatte keine Ahnung, was vor ihnen lag oder ob sie beide sich überhaupt zusammen auf den Weg dorthin machen konnten. Aber …

»Hi.« Sie ging zu ihm, stellte sich auf die Zehenspitzen und küsste ihn zaghaft. Der Kuss landete irgendwo zwischen Lippen und Wange, was irgendwie symbolisch für den Stand ihrer Beziehung war.

»Hallo, Nell.« Er machte eine Bewegung auf sie zu, als wolle er sie umarmen, doch dann ließ er seine Arme wieder sinken.

Ein schreckliches Gefühl war das. Nell lehnte sich an seine Brust, spürte seine Wärme und wünschte sich sehnlich alles zurück – die Liebe, die Nähe.

Er wich zurück und nahm ihren Koffer. »Wie war es?«

Sie eilte hinter ihm her. »Gut. Sehr gut.« Abgesehen von den schmerzlichen Dingen, dachte sie. Von ihrem Zorn und ihrer Angst, ihn zu verlieren.

»Und wer ist diese neue Freundin, die dich durch halb Marokko geschleppt hat?«

»Amy ist großartig. Du würdest sie mögen. Und sie hat mich nicht mitgeschleppt, ich wollte sie begleiten. Ich fand, dass die Gelegenheit zu gut war, um sie mir entgehen zu lassen.«

»Wieso denn das, Nell?« Er blieb stehen, um auf sie zu warten. Sie verließen das Terminal fast und gingen in Richtung Parkplatz. Es war dunkel, und es war kalt.

War denn nichts von dem, was sie ihm erzählt hatte, bei ihm angekommen? Ihre Freude darüber, ihn zu sehen, begann sich zu verflüchtigen. »Weil ich mehr über sie herausfinden wollte«, sagte sie. »Über Mum.«

»Nell …«

»Was?« Sie waren am Parkscheinautomaten stehen geblieben. Würde sie jetzt Gewissheit darüber bekommen, wie gut er sie wirklich kannte?

Er seufzte. »Wie kann dir der Besuch einer Safranfarm in Marokko mehr über deine Mutter verraten? Dass sie das Gleiche angebaut hat, heißt nicht, dass sie es auch aus denselben Gründen getan hat. Findest du nicht, dass deine Fantasie hier ein wenig mit dir durchgeht?«

Nell runzelte die Stirn. Das war nicht das, was sie hatte hören wollen. »Es ist irgendwie eine spirituelle Sache.« Sie erwartete ja keine Wunder. Sie wusste, dass Callum kein Gedankenleser war. Aber *er* hatte sie verstanden, Hadi, der alte Mann aus den Bergen. Und sie hatte das Gefühl, dass Rafi, der Mann, den sie in Marrakesch getroffen hatte, sie ebenfalls verstehen würde. Sie hatte Amy nichts davon gesagt, aber er hatte ihr seine Telefonnummer gegeben. »Vielleicht irgendwann in der Zukunft«, hatte er mit leiser Stimme gesagt. Und sie hatte die Nummer genommen.

Callum kramte in seinen Jeanstaschen nach Kleingeld. Er trug eine dicke, mit Fell besetzte Lederjacke und schwere Stiefel. Ein Schauer überlief Nell. Ja. Es war hier viel kälter als in Marokko – in mehr als einer Hinsicht.

»Was hast du denn nun über sie herausgefunden?«, fragte er, nachdem er den Parkschein bezahlt hatte. »Oder hat sich die Reise nicht gelohnt?«

Sein Ton gefiel Nell nicht. Was *hatte* sie herausgefunden? Dass Safran viel geheimnisvoller und kostbarer war, als sogar ihr klar gewesen war – weshalb ihr Erbe noch kostbarer war. Dass ihre Mutter Smilax gewesen war … Sie lächelte; ihre Fantasie ging vielleicht wirklich mit ihr durch. Aber sie hatte ein altes Pergament in ihrer Tasche, das dieses Bild personifizierte, jedenfalls, soweit es Nell anging. Sie hatte auch entdeckt, dass Safran alle möglichen Eigenschaften besaß und es Anwendungsgebiete gab, die sie sich nie hätte träumen lassen. Vielleicht würden die Geheimnisse ihrer Mutter nie aufgedeckt werden, aber sie musste einen guten Grund gehabt haben, all die Jahre lang so starrsinnig zu schweigen. Nell seufzte. Immer noch fiel es ihr schwer, ihrer Mutter zu verzeihen – aber vielleicht sollte sie ihr in diesem Punkt einfach vertrauen.

»Es ist schwer zu erklären«, sagte sie zu Callum. Würde sie je in der Lage dazu sein? Nicht, bis er ein wenig empfänglicher dafür war, entschied sie.

Er drückte den Aufzugsknopf. Schweigend warteten sie darauf, dass der Lift kam. Eine Woche hatten sie sich nicht gesehen, dachte Nell, und hatten sich doch kaum ein Wort zu sagen. Was würde aus ihnen werden? Wollte sie, dass er sie in der Nacht in den Armen hielt und liebte? Wollte sie alles erzählen, was sie erlebt hatte? Wie gut *sollte* er sie kennenlernen?

Der Aufzug kam, und sie gingen hinein.

»Ich habe nachgedacht, Nell«, sagte er, als die Tür sich hinter ihnen schloss. »Vielleicht brauchst du ja Hilfe, um mit dem Tod deiner Mutter fertigzuwerden, verstehst du?«

»Hilfe?«, wiederholte sie. *Fertigwerden?*

»So eine Art Trauertherapie.« Der Lift trug sie nach oben.

Blinzelnd sah Nell ihn an. Ich bin dabei, dachte sie. Nicht dabei, es zu verarbeiten, sondern einen Weg hindurch zu finden.

»Ich verstehe ja, dass dir die Vorstellung, das Farmhaus zu verkaufen, deswegen so schwerfällt«, fuhr er fort. »Anders kann es nicht sein. Du bist dort aufgewachsen.«

Es ist mein Zuhause. Aber das sagte sie nicht. Der Aufzug hielt an, und die Türen glitten auf. Nell hätte große Lust gehabt, drinnenzubleiben. Gott wusste, wohin diese Metallbüchse sie bringen würde, aber sie fühlte sich nicht bereit, sich der Welt zu stellen. Aber er war ihr Mann, und sie folgte ihm. Einstweilen.

»Mir ist klar, dass du dich einfach nicht damit auseinandersetzen konntest.« Langsam hatte er sich in Schwung geredet. »Und deswegen hast du mir erzählt, dass du die Käufer kennenlernen willst.« Sie waren jetzt am Wagen, und endlich sah er ihr in die Augen. Er schloss auf und hievte ihren Koffer in den Kofferraum. »Ich kann nicht behaupten, dass ich nicht sauer auf dich gewesen bin.«

»Deswegen wollte ich sie nicht kennenlernen«, sagte sie und kletterte auf den Beifahrersitz. »Ich wollte sie kennenlernen, um festzustellen, ob sie zu dem Haus passen.«

Er stieß ein kurzes, gezwungenes Lachen aus. »Passen?«

»Aber das ist jetzt nicht mehr nötig«, erklärte sie.

»Gut.« Callum drehte den Zündschlüssel um. »Je eher wir das regeln, desto besser. Du willst sie also jetzt nicht mehr treffen? Das ist schön zu hören.« Er tätschelte ihre Hand. »Gut gemacht, Liebling. So ist es schon besser. Ach, übrigens, ich habe uns ein Hotelzimmer reserviert. Ich habe keine Lust, um diese Nachtzeit den ganzen Weg nach Hause zu fahren. Es liegt nur fünf Minuten entfernt.«

»Ich brauche sie jetzt nicht mehr zu treffen.« Nell flocht ihre Hände ineinander. »Weil ich es mir anders überlegt habe.«

»Ja?« Er nahm die Ausfahrt.

Sie holte tief Luft. »Verstehst du, Callum, ich will das Farmhaus nicht mehr verkaufen«, erklärte sie. »Weil ich zurückkehren und dort leben möchte.«

36. Kapitel

Marokko 1977

Glenn wusste nicht, was er tun sollte. Er streifte durch die Stadt und hielt immer noch mit einem Auge Ausschau nach ihr, sah auf dem Gewürzmarkt ihren Rock wirbeln, ihr Haar zwischen den Besuchern des Lederbasars aufglänzen oder erhaschte einen Blick auf ihren Schlapphut. In einem Café hörte er ihre Stimme, drehte sich um und fand sich einer Unbekannten gegenüber, und einmal folgte er einer jungen Frau fast eine Meile am Strand entlang, weil ihn etwas an ihrem Gang an Bethany erinnerte.

»Sieht aus, als würdest du ihr nachtrauern, Mann«, sagte Howard eines Abends zu ihm, als sie alle drinnen saßen und die Wärme des Kohlebeckens brauchten, denn es war Anfang November, und es wurde abends früher dunkel. »Was ist mit dir los, um Himmels willen?«

Glenn zuckte mit den Schultern. Wie die beiden anderen trug er seine grob gestrickte Jacke aus Lamawolle, und genau wie die beiden anderen wurde er den Geruch einfach nicht los. Sie wärmte auch nicht besonders gut. Andererseits fühlte er sich auch nicht besonders. Vor allem war er müde. Vielleicht war er es ja überdrüssig, auf diese Art zu leben. Vielleicht sollte er noch einmal darüber nachdenken, nach Hause zu fahren. Und es stimmte, dass Bethany ihm fehlte.

»Auch andere Mütter haben schöne Töchter«, witzelte Gizmo. »Obwohl diese Lady etwas Besonderes war, Mann, ich weiß. Bin regelrecht ausgeflippt, dass sie einfach so gegangen ist.«

»Wie gewonnen, so zerronnen«, meinte Howard. »Verdammich, gerade du solltest wissen, wie leicht es ist, einfach abzuhauen, Glenn.«

Bastard. Aber Glenn interessierte sich nicht für andere Mädchen, und, verdammt, nichts daran war einfach.

Er würde aus dem Riad La Vieille Rose ausziehen, beschloss er, als er an diesem Abend merkwürdig erschöpft und doch schlaflos im Bett lag. Er musste. Es lag nicht nur an Howard – obwohl Howard ein Grund dafür war. Es lag auch nicht nur an den Erinnerungen. Es war das, was Bethany in ihrem Brief geschrieben hatte: Man wusste, wann es Zeit war, weiterzuziehen. Glenn schätzte, dass sein Auszug lange überfällig war.

Als er schlief, träumte er von Bethany. Und als er aufwachte, wusste er, was er zu tun hatte. Er würde sich nach England durchschlagen. Er würde sie finden, mit ihr reden. Und vielleicht … Das Problem war nur das, dass er nicht über dieses Vielleicht hinausdenken konnte.

Am nächsten Morgen fühlte Glenn sich immer noch nicht gut. Es war, als säßen die Schuldgefühle in seinem Kopf – weil er sich geweigert hatte, in Vietnam zu kämpfen, weil er seine Mutter allein mit seinem Vater zurückgelassen hatte, weil sie die möglichen Konsequenzen seiner Flucht allein ausbaden musste, weil Bethany gegangen war. Er konnte kaum einen klaren Gedanken fassen. Aber er packte seine Tasche, nahm nur das Nötigste mit und schenkte den Rest Gizmo.

»Musste denn wirklich weg, Mann?« Gizmos weit aufgerissene braune Augen blickten traurig.

Glenn nickte, obwohl er seinen Freund nicht gern verließ. »Ich schicke dir meine Adresse, Giz«, sagte er. »Wir bleiben in Verbindung.«

»Yeah.« Gizmos Miene hellte sich auf. »Du kannst jederzeit zurückkommen, Mann. Vielleicht treffen wir uns ja auch irgendwo auf der Straße wieder.«

»Klar.« Aber als Glenn den Riad La Vieille Rose verließ, wusste er, dass er ihn nicht wiedersehen würde.

Glenn stand an der Straße, die aus der Stadt hinausführte, und trampte. Ein ungefähr sechzig Jahre alter Marokkaner mit kräftigen, gemeißelten Zügen und sonnengegerbter, brauner Haut hielt und nahm ihn in seinem Truck mit. Er trug die übliche Djellaba und weite arabische Hosen. Glenn hatte auf eine Mitfahrgelegenheit bis nach Marrakesch gehofft. Von dort aus würde er nach Fez trampen und dann weiter nach Tanger.

»*Venez!* Kommen Sie. *Asseyez-vous!* Setzen Sie sich.« Er sprach Französisch, aber als ihm klar wurde, dass Glenn ein paar Brocken Berber und Arabisch beherrschte, verfiel er wieder in seinen normalen Dialekt, und Glenn konnte ihn gerade so verstehen.

»Mein Name ist Mustafa«, erklärte er. »Wie lange sind Sie schon in Marokko?«

Glenn stellte sich vor und erklärte ihm, dass er in einem Riad in Essaouira gelebt hatte, aber jetzt nach Europa, vielleicht nach England zurückkehren wollte. Aus dem Fenster erhaschte er einen letzten Blick auf das ausgedehnte, zersiedelte Stadtgebiet von Essaouira, das verschwommene, olivgrüne Meer, die fernen Dünen und windgepeitschte Pinien- und Oleanderhaine. Vor ihnen erstreckte sich die Straße.

»*Metsharfin*. Ich freue mich, Sie kennenzulernen. Sie mögen unser Land, ja?«, fragte Mustafa.

Glenn sah sich um: die trockene, offene Ebene; die bräunliche Wüste, die in der Ferne schlummernden rosigen Berge und die tiefer liegenden Hänge, auf denen hier und da Eukalyptus wuchs. »Ja, sehr«, antwortete er.

»Aber jetzt gehen Sie fort.« Das schien Mustafa zu verwirren. »Sie sind Engländer, ja?«

»Amerikaner.«

»Sie haben Ihre Heimat verlassen und viele Orte bereist?«

»Ja.« Zu Hause schien so weit entfernt von hier; manchmal konnte Glenn sich kaum mehr daran erinnern.

»Irgendwo gibt es einen Platz für Sie«, sagte Mustafa. »*Insha' Allah.* Wenn Gott will. Wonach suchen Sie?«

Glenn blinzelte. Das war eine verdammt gute Frage. War er auf der Suche nach Liebe gewesen? Eigentlich nicht, obwohl Bethany in sein Leben getreten war und ihn überwältigt hatte. Hatte er nach spiritueller Erleuchtung gesucht? Nein. In Indien hatte er interessante Menschen getroffen, aber meditieren war noch nie sein Ding gewesen. Oder war er einfach nur auf der Flucht gewesen, weggelaufen? Hatte Howard recht? War das alles gewesen?

»Vielleicht suchen Sie nach etwas, woran Sie glauben können.« Mustafa nickte weise.

Darüber dachte Glenn nach. »Ja, vielleicht suche ich danach.« Dieser Typ hatte Allah. Die Christen hatten Jesus. Aber was hatte Glenn? Er war Atheist. Er glaubte nicht an Gott, vor allem nicht an einen Gott, der Kriege zuließ, in denen Unschuldige litten und starben. Woran konnte er also glauben, wenn nicht an die Liebe?

»*La. Shi bá má káin.* Das kann nicht schaden«, meinte Mustafa nachdenklich.

Nach einer Weile veränderte sich die Umgebung und wurde bäuerlicher. Hier wuchs mehr, und Glenn sah Olivenhaine und einen Traktor auf einem Feld. Hin und wieder passierten sie ein kleines, palmenbestandenes Dorf mit einem Café, kleinen Häusern, der vertrauten kupferbraunen Moschee mit grün glasierten Fliesen und Ständen am Straßenrand, an denen Obst und Gemüse aus Kisten und Körben und getrocknete Bohnen und Linsen aus Blechbüchsen verkauft wurden. Neben der Straße grasten Kühe und Ziegen, und auf den Seitenstreifen polterten hoch mit Waren beladene Eselskarren dahin. Sie fuhren vorbei an ausgetrockneten Flussbetten, wo aufgegebene Dörfer lagen, und als Glenn Mustafa danach fragte, erklärte dieser, die Menschen seien fortgegangen, um Arbeit zu suchen. Es war Ende November, aber noch schien die Sonne, und Glenn roch immer noch den wilden Thymian, der an der Straße und im Gebirge wuchs. Der Wind trug seinen pfeffrigen, zitronigen Duft durch die halb offenen Fenster in den Laster.

»Haben Sie genug Geld?«, fragte Mustafa ihn. »Brauchen Sie Arbeit? Sie könnten ein oder zwei Wochen bei mir arbeiten, damit Sie einen besseren Start haben.«

»Was ist das für Arbeit?« Geld hätte er gut gebrauchen können, aber nachdem er sich endlich zum Fortgehen entschlossen hatte, wollte er nun auch vorwärtskommen. Er zögerte.

»Ich lebe mit Fadma, meiner Frau, in einem kleinen Dorf in den Ausläufern des Atlas«, erklärte Mustafa. »Um diese Jahreszeit brauchen wir auf unserer Farm Helfer. Und Fadma und ich würden uns geehrt fühlen, wenn Sie heute mit uns zu Abend essen. Meine Frau kocht gern, und …«

»Danke, aber ich muss weiter.« Er rutschte auf seinem Platz herum. Er wollte seine Reise nicht jetzt schon unterbrechen.

»Wie Sie wünschen.«

Glenn wurde klar, dass er schroff gewesen war, grob unhöflich sogar. »Verzeihen Sie mir, aber …«

»Ich verstehe.« Mustafa neigte den Kopf. »Sie haben keine Zeit. Die jungen Leute heute haben einfach keine Zeit mehr.«

Aus dem Fenster sah Glenn auf die helle, staubige Ebene hinaus, die mit Kakteen und Bambus übersät war. Natürlich hatte er Zeit. Er hatte mehr Zeit, als ihm lieb war. Und er brauchte das Geld. Er hatte gesagt, dass er nach England wollte, aber was hatte das für einen Sinn? Bethany wollte nicht, dass er ihr folgte; das hatte sie ihm in ihrer Nachricht erklärt. Er könnte die Schwester seiner Mutter, seine Tante Mary, besuchen, aber wollte er das wirklich? War er bereit dazu? In diesem Moment hatte Glenn nur hämmernde Kopfschmerzen und war zu gar nichts bereit. »Es wäre mir eine Ehre, Sie zu Hause zu besuchen«, erklärte er.

»*Shukran*. Danke. Und ich könnte die Arbeit gut gebrauchen. Sie sind sehr freundlich.«

Die Augen des Mannes leuchteten auf. »*Wakha*. Wie Sie wünschen«, sagte er noch einmal leise, warf Glenn ein zahnlückiges Grinsen zu und konzentrierte sich dann wieder auf die Straße.

Glenn entspannte sich. Was machte eine Woche oder so schon aus? Nichts, wenn man unterwegs war. Und vielleicht würde er sich der Reise nächste Woche besser gewachsen fühlen.

»Bald wird in den Bergen der erste Schnee fallen. Und der Wind wird von den Gipfeln zu uns hinabfegen«, erklärte Mustafa.

Winter. Als sie die Ausläufer des Atlas erreichten, schloss Glenn die Augen. Er hatte keine Ahnung, wohin sie fuhren. Er hatte diesem Mann Vertrauen geschenkt, aber Gott wusste, wohin er ihn brachte. Unwillkürlich dachte er an ein Buch, das er im College gelesen hatte. Darin ging es um einen jungen Reisenden, der in Kairo Freundschaft mit einem Einheimischen schloss, luxuriös bewirtet wurde und in der Nacht, als er seinen Rausch ausschlief, ausgeraubt wurde. Die Geschichte war nicht gerade originell. Aber sie war eine Fabel – und so erwies sich vorhersehbarerweise der Umstand, dass er alles verloren hatte, letzten Endes doch als Segen für den jungen Reisenden, denn er war gezwungen, eine andere Reise zu unternehmen, als er sich vorgestellt hatte. Eine inspirierendere, gewinnbringendere Reise. Glenn schlug ein Auge auf. Positiv gesehen trug er wenig bei sich, was einen Wert hatte, und dass er nichts besaß, war ihm wahrscheinlich auch anzusehen. Mit seinem langen Haar, den ausgefransten Jeans und den abgetragenen Desert Boots hatte er vermutlich nichts zu befürchten.

Er musste kurz eingenickt sein, denn als er aufwachte, war der Laster in einer Staubwolke vor einem kleinen Haus aus Lehm und Stein zum Halten gekommen. Es lag in einem verschlafenen, ländlichen *derb* aus ähnlichen Häusern, die alle den gleichen rosigen Farbton hatten wie die Berge. Neben der Haustür wuchs ein gewaltiger Rosmarinbusch. Ein paar verirrte Hühner liefen über die Straße, und irgendwo in der Nähe kläffte ein Hund. »Kommen Sie«, sagte Mustafa. »Kommen Sie.«

Glenn nahm seinen Rucksack und folgte ihm ein paar Stufen hinauf, die aus der rosa-braunen Erde ausgehoben waren. Gebückt betrat er durch die niedrige Tür das Haus.

Drinnen roch es nach den gleichen Dingen wie draußen – nach Tieren, Dung und süßem Heu –, doch hier wurde der Geruch von dem Duft kühler Minze und garenden Fleisches überdeckt. Der Raum war klein und kahl. Er hatte schmale Fenster und eine Holzbalkendecke. Glenn vermutete, dass das Leben hier gerade im Winter nicht sehr luxuriös war, obwohl ein Holzfeuer brannte. Die dicken Wände waren grob verputzt, und an hölzernen Haken hingen einige wenige schmückende Gegenstände – Glenn sah ein Messer mit gebogener Klinge, ein primitives Musikinstrument, das einer *gimbri* glich, und ein Schafsfell. Das Wohnzimmer war mit Kissen, einem niedrigen Tisch und einem abgetretenen Teppich ausgestattet, der auf dem Boden aus Stein und Lehm lag. Aus einem anderen Raum trat eine kleine Frau.

»Das ist meine Frau«, sagte Mustafa. »Sie spricht nur Arabisch.«

»*Metsharfin*«, begrüßte Glenn sie auf Arabisch und senkte respektvoll den Kopf, obwohl er sich nicht sicher war, ob das so zum guten Ton gehörte.

Fadma tat es ihm gleich, sprach aber nicht, weder auf Arabisch noch in sonst einer Sprache. Glenn waren in Marokko schon viele solcher Frauen begegnet; Frauen schienen stärker in den alten Traditionen verhaftet zu sein, während die Männer in die Welt hinausgingen und einige der Veränderungen, die sie dort kennenlernten, übernahmen. Glenn hätte allerdings nicht sagen können, wer darüber entschied, was übernommen wurde. Sie trug die traditionelle bodenlange Djellaba und hatte sich die Kapuze in die Augen gezogen, sodass er nur ihre mit Kajal umrahmten Augen erkennen konnte. Sie blieb auch weiterhin stumm, nickte aber viel und winkte ihn herein. Ihre dunklen Augen blickten freundlich. Dass sie allerdings nach Rosenwasser roch, brachte ihn aus der Fassung, weil es ihn an Bethany erinnerte. Wie hätte er diesen Duft je vergessen können.

Mustafa verschwand nach draußen, um sich zu waschen. »Wir müssen zum Gebet sauber sein«, sagte er leise. Als er zurückkehrte, rollte er seinen Gebetsteppich in Richtung Mekka aus, um mit seinem Gebet zu beginnen. Glenn, der auf den Kissen saß, rührte sich kaum. Er hatte so wenig Energie, dass er das Gefühl hatte, nie wieder aufstehen zu können.

Fadma servierte ihnen *thé à la menthe* in winzigen Tassen und später eine Tajine aus Lamm, Zitronen und Oliven in dem kegelförmigen Tontopf, der ihm schon so vertraut war. Bethany hatte sogar eine traditionelle Berbertajine für den Riad gekauft. Bethany. Es kam ihm vor, als erinnere ihn alles an sie.

»*Bismillah*«, murmelte Mustafa. Allah sei Dank. »*Mangez, s'il vous plaît!*« Bitte essen Sie. Fadma aß nicht mit ihnen. Glenn wusste, dass sich das nicht schickte. Die marokkanischen Frauen lebten in einer anderen Welt als die Männer, abgeschottet und behütet durch eine Tradition, die von Brauch und Religion bestimmt wurde und in der doch beide untrennbar miteinander verbunden waren.

Die beiden Männer saßen auf Kissen auf dem Boden und aßen mit den Fingern – mit denen der rechten Hand. Als sie fertig waren, räumte Fadma die Tajine und die Teller ab, nahm die

Decke von dem niedrigen Tisch, sodass eine zweite hervorkam, und brachte neuen Pfefferminztee und ein Tablett mit Honiggebäck und Karamellkonfekt.

Glenn hatte sich noch nie so satt und müde gefühlt. »*Shebaat*«, sagte er. »*Merci.*« Danke. Kurz darauf tauchte Fadma wieder auf, dieses Mal mit Wasser und Handtüchern. Glenn hatte ein schlechtes Gewissen. Wann würde sie essen?

»Ich zeige Ihnen, wo Sie schlafen können«, erklärte Mustafa. »In unserem Herzen ist Platz für Sie, also haben wir auch Platz in unserem Haus.«

Glenn hatte nicht die Kraft, Einwände zu erheben. Im Moment war es ihm ziemlich gleich, ob ihm alles gestohlen würde, was er besaß. Er ließ sich ins Schlafzimmer führen, und Mustafa zeigte ihm, wo er sich waschen konnte. Danach erinnerte sich Glenn nur noch an sehr wenig.

Als er am nächsten Morgen in seinem schmalen Bett erwachte, schmeckte er Galle, und sein Kopf fühlte sich an, als stecke er in einem Schraubstock. »Herrgott«, murmelte er. Es fühlte sich an, als hätte er den übelsten Kater der Welt, aber er hatte nicht einmal etwas getrunken. War es möglich, dass man ihn unter Drogen gesetzt hatte?

Er versuchte aufzustehen, brachte aber die Kraft dazu nicht auf. Er schlief wieder ein, und als er später wieder aufwachte, stand Mustafa neben seinem Bett. Seine braunen Augen blickten besorgt. »Sind Sie krank?«, fragte er.

»Nein, nein …«

Mustafa legte die breite, große Hand auf Glenns Stirn. »Sie sind krank«, lautete sein Urteil. »Sie können nicht arbeiten. Ich hole Fadma.«

Glenn wurde klar, dass er recht hatte. Er stand nicht unter Drogen – wie hatte er das nur von diesen freundlichen Menschen denken können? Er war krank. Noch nie im Leben hatte er sich kränker gefühlt. Ihm war heiß, er schwitzte, er hatte hämmernde Kopfschmerzen, und er glaubte nicht, dass er aufstehen konnte. Vage erinnerte er sich, dass er sich während der letzten paar Tage schon schlecht gefühlt hatte, aber es fiel schwer, sich überhaupt an etwas zu erinnern; davon tat ihm der Kopf weh. Er musste etwas ausgebrütet haben. Mist! Und jetzt saß er hier irgendwo im Nirgendwo fest und konnte nicht arbeiten, wie er es vorgehabt hatte, konnte nicht zu Bethany und nach England, ja, er konnte sich nicht einmal rühren.

37. Kapitel

»Dort leben? Wie sollen wir dort leben?« Callum war sichtlich fassungslos. Seine Hände lagen noch auf dem Steuer, aber er blickte zwischen ihr und der Straße hin und her.

»Ich will es nicht verkaufen«, erklärte Nell. »Ich will ...«

»Aber was wird aus unseren Plänen?«

Nell wusste nicht, was sie sagen sollte. Seine vorwurfsvollen Worte hingen zwischen ihnen. Jetzt, um ein Uhr morgens, war vielleicht nicht die richtige Zeit, um darüber zu diskutieren, dachte sie.

Sie waren vom Flughafen zu dem Hotel gefahren, in dem er ein Zimmer für die Nacht reserviert hatte, ein großes, gesichtsloses, anonymes Gebäude. Nell folgte ihm aus dem Auto in das weiträumige, hell erleuchtete Foyer, das einen glauben machen sollte, es sei noch Tag. Der Flug, den sie ursprünglich gebucht hatte, wäre um drei Uhr nachmittags gelandet; dieser war nach Mitternacht angekommen – noch ein Grund für Callum, verärgert zu sein, denn von Bristol fuhr man drei Stunden bis nach Hause.

»Was ist mit unseren Plänen?«, fragte er wieder, kaum dass sie ihr Zimmer betreten hatten. Er zog sein Jackett aus und hängte es über eine Stuhllehne.

Nell setzte sich aufs Bett und legte ihren Schal ab. Der Raum war sauber und komfortabel. Und vielleicht war es besser, dieses Gespräch in der unpersönlichen Atmosphäre eines Hotelzimmers zu führen. »Ich möchte das Farmhaus nicht verkaufen, Callum«, erklärte sie. »Dafür bedeutet es mir zu viel. Ich möchte dort leben.«

»Aber du willst unser Haus verkaufen?« Sein Blick war kalt.

»Ich weiß es nicht.« Das hing davon ab, was aus ihrer Ehe wurde. »Ich dachte, ich hatte gehofft, ich hatte die Vorstellung …« Ihre Stimme schwankte. Wie würde er das aufnehmen? »… im Farmhaus ein Restaurant zu eröffnen.«

Er starrte sie an. »Was?«

»Ich könnte mich auf marokkanische Küche spezialisieren. Ich mag sie sehr.« Sie sah ihm an, dass er das für eine spinnerte Idee hielt. Und frühmorgens in diesem Hotelzimmer mitten im englischen Winter kam sie ihr auch so vor. »Ich könnte es ›The Saffron House‹ nennen.« Sie zuckte leicht die Schultern.

»Ein Restaurant?« Er trat einen Schritt auf das Bett zu. »Aber es ist ein Haus, Nell.«

»Ich hatte daran gedacht, ein Pop-up-Restaurant zu eröffnen«, erklärte sie unsicher. Sie zog ihre Jacke aus und legte sie auf das Bett. »Im Wohnzimmer.« Des Hauses, das Nells Heim werden würde – oder ihr gemeinsames Zuhause. »Es ist groß genug.«

»Und was soll aus unserem Haus werden?«, fragte er.

Nell biss sich auf die Lippen. »Wir könnten es vermieten.«

»Um Himmels willen, Nell!« Callum trat ans Fenster. Die Jalousien waren noch offen, und sie konnte die orangefarbenen Lampen erkennen, die vor dem Hotel brannten und ein graues Pflaster beleuchteten, das noch feucht vom letzten Nieselregen war. Es war eine deprimierende Aussicht und ganz anders als die, die sich ihr in Marokko geboten hatte. Und ganz anders als das, was sie in dem Farmhaus in Roseland erschaffen wollte.

Sie betrachtete Callums zornigen Rücken und hätte ihn am liebsten umarmt. »Die Miete wäre ein zusätzliches Einkommen, bis ich es zum Laufen gebracht habe«, sagte sie. Sie war nie auf die Idee gekommen, dass Geld seine Motivation sein könnte, jedenfalls nicht bis vor Kurzem. Vielleicht dachte er aber auch nur an sie beide. An ihre Zukunft.

»Was zum Teufel ist ein Pop-up-Restaurant überhaupt?«, knurrte er.

»Es ist kein richtiges Restaurant. Es schießt irgendwie … vorübergehend aus dem Boden.«

Er lachte nicht, und sie konnte es ihm nicht verübeln.

»Viele Leute machen so ein Restaurant auf, besonders in London.« Nell versuchte, die Begeisterung, die sie für das Projekt empfand, in ihre Stimme zu legen. Doch das war schwierig zu einem Zeitpunkt, zu dem sie sich fragte, ob ihre Ehe gerade zerbrach.

»Wir leben nicht in London, Nell.«

»Aber in der Gastronomie verbreitet sich alles, was in London beginnt, auch im Rest des Landes«, argumentierte sie. »So was machen nicht nur Profiköche.«

»Tatsächlich?« Sein Ton besagte, dass er keinen Pfifferling darum gab, wer so was sonst noch machte.

»Es sind alle möglichen Leute«, erklärte sie ihm trotzdem. »Feinschmecker, die in die Gastronomie hineinschnuppern wollen. Jeder, der sich selbst als guten Koch betrachtet.« Wenn solche Leute es konnten, was sollte eine gelernte Kraft wie sie aufhalten?

»Hmpf.« Es war nur ein Brummen, aber sie beschloss, es positiv zu deuten.

»Überall schießen Supper Clubs aus dem Boden, und seien wir doch ganz ehrlich, das Internet ist die beste und billigste Werbeagentur aller Zeiten.« Nell hatte sogar die Idee gehabt, mit ihrem kleinen Projekt im Windschatten von Amys Marokko-Event in Lyme Regis zu segeln. Es wäre etwas ganze Neues. Aber sobald sie einmal Stammgäste gewonnen hatte … Das Essen musste natürlich so gut sein, dass sie wiederkommen wollten.

Callum hatte die Fäuste geballt. »Das ist nicht das, was wir beide vorhatten«, sagte er.

Nell stand vom Bett auf und stellte sich hinter ihn. Zögernd schlang sie die Arme um ihn und schmiegte sich an seinen Rücken. »Ich weiß«, sagte sie, »und es tut mir leid.« Aber so war das Leben nun einmal. Es entfaltete und entwickelte sich, es ermunterte einen, neue Pläne zu schmieden – ständig. Es überzeugte einen davon, alte Absprachen gleichsam in der Ecke eines leeren Raums verstauben zu lassen.

»Wir haben gesagt, wir würden das alte Farmhaus verkaufen. Wir haben gesagt, wir würden etwas Neues kaufen.« Sie hörte noch immer Ärger in seiner Stimme, aber wenigstens klang er jetzt weicher.

»Ich weiß. Ich dachte, ich könnte es, wirklich. Aber dann ist mir klar geworden …« Ihre Stimme wurde durch seinen Pullover gedämpft. »… dass ich es nicht konnte.« Es war die letzte Verbindung zu ihrer Mutter. Es war ihr wichtig.

Er drehte sich um, umfasste ihre Schultern und sah sie so eindringlich an, wie er es früher immer getan hatte. Aber das war lange her. »So einfach ist das nicht, ein Haus in ein Restaurant zu verwandeln, verstehst du, Nell«, sagte er. »Man braucht eine Baugenehmigung. Man muss das ganz genau planen.«

»Das ist ja das Schöne an einem temporären Restaurant«, sagte sie. »Man braucht keine Baugenehmigung. Man kann es in den Räumen, die einem zur Verfügung stehen, aufziehen.« Mit einem Mal fühlte sie Optimismus in sich aufsteigen. Vielleicht war es verrückt, aber …

»Und stell dir vor, in einem Haus zu wohnen, in das ständig Leute zum Essen kommen«, wandte er ein. »Wie soll man da einen Moment Ruhe finden?« Verzweifelt schüttelte er den Kopf. »Ich habe eine Firma zu leiten, verstehst du?«

»Ich weiß.«

»Und es ist irgendwo im Nirgendwo. Wer soll dorthin zum Essen kommen?«

Nell wies ihn nicht darauf hin, dass er sich widersprach. Sie war einfach froh darüber, dass sie dieses Gespräch führten. Denn endlich redeten sie, sprachen wieder richtig miteinander. »Es liegt nicht weit von St. Mawes entfernt, und nach Truro ist es auch nicht viel weiter«, sagte sie. »Sobald wir uns einen Ruf erarbeitet haben, werden die Menschen zu uns kommen.« Ihr wurde klar, dass an irgendeinem Punkt des Gesprächs in diesem Hotelzimmer aus ihrem »ich« ein »wir« geworden war. Sie musste ihm vertrauen und auf ihre Fähigkeiten bauen. Und sie musste zuversichtlich bleiben. Das hatte sie von Amy gelernt. Eine Niederlage zuzugeben, bevor man überhaupt angefangen hatte zu kämpfen, war nicht gut. Was das Argument anging, keinen Moment Ruhe zu haben … Damit würde sie sich auseinandersetzen, wenn es so weit war.

»Ich bin mir da wirklich nicht sicher, Nell«, sagte Callum. Aber er suchte ihren Blick, als würde er endlich wieder anfangen, an sie zu glauben.

»Ich weiß, das wird nicht einfach.« Natürlich waren ein paar Hindernisse zu überwinden, bevor ihr Plan Früchte tragen konnte. Das größte davon war, dass Callum das Farmhaus beinahe zu hassen schien, so als ob es ein Rivale wäre. Wie konnte sie ihn nur dazu bringen, es ebenso zu lieben wie sie? Es schien, als wäre das eine unmögliche Aufgabe. »Aber ist es nicht wenigstens einen Versuch wert?«

Nell spürte, dass er ihre Schultern fester umfasste. »Vielleicht«, murmelte er.

»Meinst du das ernst, Callum?« Sie hob ihm ihr Gesicht entgegen. »Meinst du wirklich, dass du bereit bist, es zu versuchen?«

Er ließ ihre Schultern los und legte die Hände um ihr Gesicht. Wie immer waren sie warm und rochen ein wenig nach der Erde, mit der er arbeitete.

Sie schloss die Augen und rückte näher. Sein Körper zog sie

an wie ein Magnet, und sie drückte sich noch näher an ihn, bis sie sich beinahe an ihn presste. *Bitte, bitte … lass es zwischen uns funktionieren.* Sie wollte ihn nicht verlieren; sie wollte nicht alles wegwerfen.

»Wenn es dir so viel bedeutet …« Er sah sie an. » … Ja, dann versuche ich es.«

Und dann küsste er sie, küsste sie richtig mit Mund, Lippen, Zunge. Und sein Geschmack, sein Geruch waren ihr so vertraut und so lieb, dass sie spürte, wie sich etwas in ihr löste und an seinen richtigen Platz glitt. An einen anderen Platz. Sie umschlang ihn mit einer Leidenschaft, die aus Verzweiflung geboren sein mochte, aber vollkommen real war. Innerhalb von Sekunden rissen sie einander die Kleider vom Leib, denn sie mussten die Haut des anderen berühren. Sie wollte ihn neben sich spüren, auf sich, in sich – wieder ein Teil von ihr.

Später schliefen sie ein. Als Nell erwachte, war es fast zehn, und neben ihr schlummerte Callum immer noch. Sein zerzaustes Haar hob sich dunkel von dem weißen Kissen ab, und auf seinem Gesicht lag jener entspannte Ausdruck, den sie sehr lange nicht mehr gesehen hatte.

War es möglich, dass mehr gar nicht nötig war? Nell stützte sich auf einen Ellbogen, um ihn richtig anzusehen. Eine kurze Debatte und dann leidenschaftlicher Sex? Denn das war er gewesen – und auch verzweifelt. Emotional schmerzlich – es war so lange her gewesen – und doch zugleich seltsam kraftspendend. Als Callum sich schließlich erschöpft von ihr heruntergewälzt hatte, hatte er ihren Kopf an seine Schulter gezogen, und Nell hatte geweint.

»Ich dachte, du willst mich nicht mehr«, sagte er, als er aufwachte. »Ich dachte, du gibst mir die Schuld.«

»Wofür?« Sie fuhr mit den Fingern durch sein Haar. Genau wie Callum selbst war es weicher, als es den Anschein hatte.

»Dafür, dass ich dich damals überredet habe, das Farmhaus zu verlassen. Für den Tod deiner Mutter.«

»Aber das stimmt doch nicht«, sagte sie. Sicher, wenn Callum nicht in ihr Leben getreten wäre, wäre sie nicht ausgezogen. Oder vielleicht doch. Vielleicht wäre sie schon vor langer Zeit weggezogen. Und ihre Mutter hätte sie hoffentlich bereitwillig ziehen lassen. Sie dachte an Smilax und den armen Crocus, der für immer in einer Blume gefangen war, und an die rotgoldenen Stempelfäden, in denen all diese Leidenschaft steckte. Smilax wollte ihn nicht, aber sie würde ihn auch nicht freigeben.

»Ich gebe dir überhaupt keine Schuld«, erklärte sie Callum. »Ich bin froh, dass wir uns kennengelernt haben, und ich bin froh darüber, dass wir zusammengezogen sind und geheiratet haben. Und jetzt brauche ich dich mehr denn je.«

Und als er sie wieder küsste, als er sie in den Armen hielt und sie noch einmal liebte, sanfter dieses Mal, wünschte sich Nell mit aller Macht, dass all das wahr war.

38. Kapitel

»Amy!« Duncan stand von seinem Stuhl auf, und ehe Amy sich versah, lag sie in seinen Armen.

»Hallo, Duncan.«

Endlich ließ er sie los. Er legte ihr die Hände auf die Schultern und trat zurück, um sie anzusehen. »Wann bist du zurückgekommen?«

»Gestern Abend.« Sie war auf ein schnelles Abendessen zu Hause vorbeigegangen. Ihre Eltern waren so beschäftigt wie immer, und ihre Mutter war während des Essens zweimal aufgestanden, um ans Telefon zu gehen. Ihr Vater sah gut aus, aber er hatte das Dessert ausgelassen und war stattdessen in seinem Büro verschwunden, um an seinem Computer zu arbeiten. Aber sie wusste wenigstens, wer die beiden waren, überlegte sie. Wenigstens trug sie keine unbeantworteten Fragen mit sich herum.

»Und? Hast du etwas über Glenn herausgefunden, Liebes?«, fragte ihre Mutter, als Amy aufstand, um zu gehen.

»Nicht wirklich.« Sie hatte Glenn nicht gefunden, aber sie hatte etwas anderes gefunden, und sie hatte auch Nell geholfen, etwas zu finden. Sie umarmte ihre Mutter und gab ihr einen Abschiedskuss. »Aber es war eine tolle Reise. Alles ist gut gelaufen. Und ich habe eine wirklich nette Frau kennengelernt.«

»Eine nette Frau?« Ihre Mutter tat, als wäre sie enttäuscht.

»Aber Mum«, sagte Amy und erzählte von Nell. Amy fragte sich, wie es ihr gerade gehen mochte. Wie war es mit Callum gelaufen? Hatte sie ihm von ihren Plänen erzählt? Es war gut und schön, wenn man jemanden hatte, mit dem man sein Leben teilte, aber der andere musste die Träume, die man hatte, auch teilen. Wenn einer etwas wollte und der andere etwas vollkommen anderes, was machte man dann? Einen Kompromiss schließen – oder sich trennen?

»Wolltet ihr immer das Gleiche, du und Dad? Hattet ihr die gleichen Träume?«, fragte Amy. Heute schienen ihre Eltern eng verbunden zu sein. Doch Amy erinnerte sich nur zu gut an diese spätabendlichen Streitgespräche, die sie mit angehört hatte, an die Zeit, als zwischen ihnen alles schiefzulaufen schien. Wenn man seine Träume mit dem geliebten Menschen teilte und trotzdem alles fehlschlug, welche Hoffnung blieb da noch?

»Ja.« Ihre Mutter schien sich sehr sicher zu sein. Und dann trat ein versonnener Ausdruck in ihre dunklen Augen, den Amy bei ihr noch nicht oft gesehen hatte. »Wir waren uns allerdings nicht immer darüber einig, wie wir es erreichen wollten. Und es lief auch nicht immer nach Plan.« Sie lächelte. »So ist das nun einmal in Beziehungen, liebste Amy. Es gibt Höhen und Tiefen. Nicht alles ist eitel Sonnenschein. Manchmal muss man einfach nur durchhalten.«

Woran mochte sie denken? An die Zeit, als Dad den Lehrerberuf aufgegeben hatte? Als der Hotelbetrieb nicht so gut anlief, wie sie gehofft hatten? Oder gab es da noch etwas, von dem Amy nichts wusste?

»Aber das gehört dazu, wenn man ein Team ist.« Sie drückte Amy noch einmal. »Du wirst das auch erleben«, sagte sie. »Wenn man ein Team ist, bringen beide etwas ein. Das bedeutet, dass man streiten und Kompromisse schließen wird. Aber eure Träume …« Da war wieder dieser Blick. »Wenn ihr Glück habt, bleiben sie dieselben.«

»Schön, dich zu sehen«, sagte Duncan. »Setz dich doch, und erzähl mir, wie es war. Konntest du in Marokko ein paar tolle Fotos machen?«

»Ja, sie sind nicht übel. Es sind allerdings viel zu viele.«

»Warst du schon in deinem Büro?« Die Frage wirkte vollkommen harmlos, aber Amy runzelte die Stirn.

»Nein. Warum?«

»Ach, aus keinem besonderen Grund. Jake arbeitet dort, und …«

»Das kann ich mir vorstellen«, gab sie trocken zurück. Sie war sich nicht sicher, wie sie reagieren würde, wenn sie ihn sah. Es war schon schlimm genug, Duncan gegenüberzustehen – der, wie sie vermutete, von Jakes spontaner Reise nach Marokko wusste. »Wie geht es denn voran?«

Duncan setzte sich auf den Rand seines Schreibtischs und strich die Ärmel seines weißen Hemds glatt. Er war ein netter Mann, aber ihr wurde klar, dass sie beim jeweils anderen nur an der Oberfläche gekratzt hatten. Amy hatte keine Ahnung, was er wirklich dachte, wie er empfand, wofür er Leidenschaft entwickeln konnte. Sie dachte an die Frage, die Nell ihr gestellt hat. *Woher weiß man, ob jemand einen wirklich kennt?* Was Duncan anging, konnte Amy diese Frage beantworten. So viel zu gemeinsamen Träumen.

»Ich habe es jetzt nicht mehr in der Hand«, sagte er. »Aber ich habe mit den Planungen für das nächste Sommerprogramm angefangen.« Er ratterte die Namen verschiedener Events und Ausstellungen herunter. Amy nickte und ließ den Großteil der Informationen zum einen Ohr hinein- und zum anderen hinausgehen.

»Und wegen uns …«

»Hmmm?« Das überrumpelte Amy. Sie hatte gedacht, das hätten sie hinter sich.

»Das mit uns war gut«, sagte er leise. Er streckte die Hand aus und legte sie auf ihre.

»Bis zu einem bestimmten Punkt«, pflichtete sie ihm bei. Bis zu dem Punkt, wo Emotionen ins Spiel kamen. Jake hatte recht gehabt. Die Beziehung zu Duncan war der einfachere Weg für eine Frau gewesen, die Angst hatte, zu verlieren, was sie liebte.

»Wir haben auch gut zusammengearbeitet.«

»Ja …« Allerdings nie auf gleicher Ebene. Duncan würde immer der Chef sein und sie seine Untergebene. In einer privaten Beziehung war das nicht gut, jedenfalls nicht, wenn man sich Gleichberechtigung wünschte. Amy dachte an Nell und an Francine. Manchmal konnte sie nicht umhin, Francine mit ihren Kindern und ihrem Mann Mike anzusehen und sich zu fragen, was ihr entging. Würde sie immer nur sie selbst, Amy, sein? Oder würde auch sie jemanden finden, der ihr geben konnte, was Francine gefunden hatte? Falls du jemals den Mut dazu aufbringst, flüsterte ihr eine leise Stimme zu.

»Ich habe mich nicht richtig um dich gekümmert.« Duncan machte ein zerknirschtes Gesicht.

»Ich bin eine Frau, Duncan, kein BMW«, sagte sie.

Sie lachten beide.

»Tja, solltest du es dir je anders überlegen …« Er legte ihr einen Arm um die Schultern.

»Werde ich nicht«, versicherte sie ihm. Wenigstens konnten sie weiterhin zusammen lachen.

Es klopfte leise an der Tür, und bevor Amy sich aus Duncans Arm winden konnte, wurde sie geöffnet. Im Türspalt tauchte Jake Tarrants dunkles Stachelhaar auf. »Ich störe doch nicht etwa?«, fragte er sanft.

39. Kapitel

Marokko 1978

Glenn war noch nie richtig krank gewesen. Die üblichen Kinderkrankheiten hatte er natürlich gehabt, und ab und zu eine Erkältung oder so etwas, Sachen, die man abschüttelte, und dann machte man einfach weiter. In Indien hatte er auch einmal eine Lebensmittelvergiftung gehabt – weiß Gott, unten in Goa hatte ihm eine Weile ordentlich der Bauch wehgetan. Aber er wusste, was es war und dass es wieder weggehen würde. Dieses Mal war das anders.

Während der ersten Tage blieb er im Bett. Er wusste nicht, was er hatte, und konnte sich nicht vorstellen, dass es wieder weggehen würde. Es war, als wäre es schon zu einem Teil von ihm geworden. Ihm war übel, ihm war, als stecke sein Kopf in einem Schraubstock, und seine Glieder waren schwer und schienen vergessen zu haben, wie sie ihre Arbeit zu tun hatten. Er war weggetretener als je zuvor, wenn er high gewesen war, und konnte keinen klaren Gedanken fassen.

Fadma und Mustafa pflegten ihn. Fadma kochte ihm Tee, und obwohl sie ihn süßte, schmeckte das Zeug eklig. Gott wusste, was darin war, wahrscheinlich irgendein Kraut, das hier wuchs. Manchmal wenn er zu sich kam, stellte er fest, dass sie mit traurigen schwarzen Augen an seinem Bett saß und ihm mit einem Lappen die verschwitzte Stirn kühlte. Aber sobald er erwachte, huschte sie lautlos wie ein Schatten aus dem Zimmer. Morgens und abends brachte sie ihm Suppe, eine Art fade *harira* ohne Fleisch. Glenn versuchte, sie zu essen, aber meist nahm er nur ein paar Löffel und gab dann auf. Es war einfach zu anstrengend. Glenn hatte sein Gefühl für Raum und Zeit komplett verloren. Aber etwas anderes kroch in sein Bewusstsein, etwas, das er nicht recht begriff.

»Sie müssen wieder zu Kräften kommen«, sagte Mustafa zu ihm. »Sie müssen essen. Sie müssen gesund werden.«

»Keine Sorge. Bald sind Sie mich los«, erklärte Glenn, jedes Wort war eine Kraftanstrengung. So konnte er auf keinen Fall für ihn arbeiten, nicht in dieser Verfassung.

Mustafa schüttelte den Kopf. »Das ist es nicht«, sagte er. »Wir hatten einmal einen Sohn, Fadma und ich, aber Gott hat ihn zu sich genommen. Wenn er am Leben geblieben wäre, wäre er jetzt ungefähr so alt wie Sie. Wir wollen keinen Jungen mehr verlieren, selbst wenn es nicht unser eigener ist. Fadma weiß, dass Sie irgendwo eine Mutter haben. Sie denkt an Sie.«

Glenn spürte, wie ihm die Tränen in die Augen stiegen. Herrgott, er musste wirklich schwach sein. Er wollte Mustafa fragen, was seinem Sohn zugestoßen war, aber er hatte nicht die Kraft dazu. Aber er dachte darüber nach, während er im Bett lag, manchmal döste und manchmal die Deckenbalken über sich anstarrte, als könnten sie ihm etwas erzählen, ihm eine Wahrheit verraten. Deswegen hatte Mustafa ihn mitgenommen und war so nett zu ihm gewesen. Aus diesem Grund hatte er ihm Arbeit angeboten und Glenn in sein Haus eingeladen. Und dann war er krank geworden. Kein Wunder, dass Fadma ihn so gut, wie sie konnte, pflegte, so gut, wie es ihre Glaubensvorschriften zuließen. Kein Wunder, dass sie wollten, dass es ihm besser ging. Die beiden hatten Angst, dass auch er sterben könnte.

Glenn hatte früher nie über den Tod nachgedacht. Junge Männer aus seiner Heimatstadt, die er gekannt hatte, waren in Vietnam gefallen. Er kannte andere, die zurückgekehrt waren, und manchmal war er sich nicht sicher, was von beidem schlimmer war. Wenn ein junger Mann nach Vietnam ging, weil er vielleicht ein Abenteuer suchte oder Action, hatte er keine Ahnung. Er hatte keine Vorstellung von der Realität, vom Tod, der dort in Gestalt eines Gewehrs oder einer Handgranate auf ihn wartete. Spiele für Jungs, Heldentum, Jagdfieber, Kampf, Sieg. Herrgott, die meisten von ihnen hatten so viele Kriegsfilme gesehen, dass Vietnam ihnen erschienen sein musste wie eine Filmkulisse. Allerdings nur, bis sie jemanden sterben sahen.

Der Tod. Heute dachte Glenn daran, und ihm brach der kalte Schweiß aus. Er dachte auch an seine Mutter. Vielleicht würde Fadma ihn nicht so eifrig pflegen, wenn sie wüsste, was er getan hatte.

Nach ein paar Tagen begann er eine oder zwei Stunden am Tag aufzustehen. Doch er musste sich zwingen, das Bett zu verlassen, denn er fühlte sich noch immer schlecht und hatte keinen Funken Energie. Immer wieder fiel er tagsüber in einen Schlaf, der alles andere als erholsam war. Dafür lag er nachts oft wach und lauschte dem Heulen des Windes. Doch es passierte etwas; dessen war er sich bewusst. Etwas hatte sich verändert. Und dann eines Morgens, bei Sonnenaufgang, hörte er Stimmen und nahm mehr Aktivität wahr als den üblichen Gebetsruf.

»Die Zeit ist da.« Mustafa trat in sein Zimmer. »Du musst kommen. Du musst es sehen.«

»Was sehen?« Glenn ließ sich von ihm aufhelfen.

Mustafa ging vor zur Dachterrasse, wo sich eine Wäscheleine, ein Waschbecken und eine Feuerstelle zum Brotbacken befanden. »Schau.« Er zeigte in eine Richtung.

Glenn hielt sich an der Balustrade fest und sah über die Dächer und über die Ebene hinweg hinüber zu den Bergen. Dort schimmerten in der frühmorgendlichen Sonne unzählige Felder aus violetten Blumen. Eine Woge nach der anderen. Die Blüten öffneten sich in der Sonne, und die roten Narbenfäden, die sich aus dem Herzen der Blüte erhoben und zum Himmel zeigten, sahen aus wie glühendes Gold. Glenn umklammerte die Balustrade noch fester. Er wusste, was das war. Er …

»Das ist Safran«, erklärte Mustafa. In seiner Stimme lag unterdrückte Aufregung. »Wir müssen dich heute allein lassen, mein Sohn. Wir müssen ernten, bevor die Blüte zu welken beginnt. Alle aus dem Dorf kommen, um zu helfen.«

»Ich wünschte, ich …« Er verstummte. Er konnte ja kaum aufrecht stehen. Wie sollte er da bei der Safranfeldernte helfen?

»Du musst ausruhen.« Mustafa nahm seinen Arm. »Du musst dich wieder hinlegen und ruhen. So wird man gesund. Der Körper braucht einfach Ruhe.«

»Was ist bloß los mit mir?« Verzweifelt drehte Glenn sich zu ihm um. Wie lange ging das jetzt schon so? Eine Woche? Länger? Er hasste es, von jemandem abhängig zu sein. Aber er wollte auch niemandem zu Last fallen, erst recht nicht diesen freundlichen Menschen, die ihn ja gar nicht kannten. Er fragte sich, wann er wieder stark genug sein werden würde, wann er seine Reise fortsetzen konnte. Er dachte an Bethany. Wie hätte er gerade jetzt nicht an sie denken können?

»Ich weiß es nicht.« Mustafa neigte den Kopf. »Ich kann es nicht sagen.« Er klopfte ihm auf die Schulter. »Aber du wirst wieder gesund. *Insha'Allah*.«

An diesem Abend kehrten Mustafa und Fadma erst spät wieder nach Hause zurück, aber Glenn spürte ihre Zufriedenheit nach einer gut getanen Arbeit, nach einer reichen Ernte. Wahrscheinlich verdienten sie damit ihren Lebensunterhalt. Es war also nicht einfach eine Farm. Er war auf einer Safranfarm gelandet. Er konnte sich eines Lächelns nicht erwehren.

Es dauerte vier Monate, bis er spürte, wie seine Kraft langsam zurückkehrte. Zumindest hatte er nach dieser Zeit das Gefühl, dass es ihm vielleicht eines Tages besser gehen könnte. Er begann, Pläne zu schmieden. Er dachte an alles, was er tun würde; daran, wie sein Leben sich verändern würde, wohin er gehen würde und was er ausprobieren und erreichen wollte. Er begann, mit Mustafa zusammenzuarbeiten, zu Beginn nur eine oder zwei Stunden lang. Er erledigte kleine Arbeiten auf der Farm oder im Haus, als es kälter wurde.

»Wenn der Frühling kommt, heißt es, dass Gott dem Winter vergeben hat«, erklärte ihm Mustafa. »Dann segnet er uns wieder mit neuem Wachstum, mit neuen Schösslingen, Knospen, die aufblühen und Früchte hervorbringen werden, und mit Thymian, der die Berge überziehen wird.«

Und er segnet uns mit neuer Hoffnung, dachte Glenn.

Während des Winters hatten die Safranknollen ihre grasähnlichen Blätter entwickelt und Energie gespeichert. In den vergangenen Monaten war Glenn oftmals von seinem Bett aufgestanden und hatte ihr Wachstum verfolgt. Er hatte über die Ebene und die Ausläufer des Atlas hinausgesehen und darüber nachgedacht, was er als Nächstes tun würde.

Im Frühling jedoch starb das Grün langsam ab; bis Mai würden die Safranbeete kahl sein, erklärte ihm Mustafa. Dann ruhten die Pflanzen, bis im Spätsommer die Safrantriebe wieder stark und grün waren. Das war der Kreislauf der Natur. Alles war so, wie es sein sollte; alles war richtig auf dieser Welt. Und die Safrankrokusse würden kräftig werden, bis schließlich der Sommer in den Herbst übergehen und sie sich darauf vorbereiten würden, in einem herrlichen Schwanengesang aufzublühen – der letzte Ausbruch strahlenden Sonnenscheins vor der Winterkälte.

Aber das lag noch in der Zukunft. Im Moment gab es viel auf der Farm zu tun. Die Knollen mussten aus dem Boden geholt, sortiert und auf Krankheiten untersucht werden, und der Boden musste umgegraben und gedüngt werden. Zuerst konnte Glenn nicht allzu viel helfen. Aber er war entschlossen, seine Gastgeber für ihre Pflege zu entschädigen. Jeden Morgen duschte er in der simplen, aus Beton gebauten Duschkabine, in der es einen Haken für das Handtuch gab, einen kleinen Duschkopf und einen Plastikeimer. Dann frühstückte er zusammen mit Mustafa und aß dunkles, frisch gebackenes Fladenbrot und Honig.

Glenn fiel auf, dass Mustafa eine ganz eigene, beschwingte Art hatte zu gehen, in seinem eigenen Takt, im Takt des Tages. Mustafa arbeitete auch so. Er und seine Leute bewegten sich in ihrem eigenen gleichbleibenden Tempo; sie folgten den Bewegungen der Sonne, des Mondes und des Windes, der Zeit und dem Rhythmus der Natur und nicht der Uhr. Arbeit wurde entweder getan oder nicht getan. Das war ihre Lebensweise.

Während sie zusammen den Safran umpflanzten, erzählte Mustafa oft von seinem Sohn Simo. Sie hoben Furchen aus und setzten die Knollen zwölf Zentimeter tief und zwölf Zentimeter voneinander entfernt in schmale Beete, die durch schmale Graspfade verbunden und zu erreichen waren. Simo war ihnen als Kind genommen worden, berichtete Mustafa, durch eine ansteckende Krankheit, die sich im Dorf wie ein Lauffeuer ausgebreitet hatte.

»Habt ihr versucht, noch ein Kind zu bekommen?«, fragte Glenn ihn. Nicht dass ein anderes Kind ein Ersatz hätte sein können, natürlich nicht, aber es hätte vielleicht ihren Schmerz ein wenig gelindert und ihnen wieder einen Grund zu leben gegeben.

»Gott wollte nicht, dass wir ein zweites Kind bekommen«, sagte Mustafa. »Wir haben schon vor langer Zeit gelernt, das zu akzeptieren.«

»Das tut mir leid.« Glenn sah die Traurigkeit in Mustafas sonnengegerbtem Gesicht. Versetzte der Glaube einen Menschen in die Lage, ein solches Leid zu akzeptieren? Brachte die Trauer ihn nicht dazu, ihn zu hinterfragen?

Auch über seine eigenen Gefühle redete er mit Mustafa, über die traumähnlichen Zustände, die er während seiner Krankheit gehabt hatte, über das neue Gefühl von Zeitlosigkeit, das er empfand, über sein Aufgehen in der Gegenwart.

»Wenn wir uns diesen Gefühlen hingeben, hat das Leben vielleicht Gelegenheit, uns zu finden«, sagte Mustafa. »Das ist Marokko.«

Eines Tages im Frühsommer, als Mustafa ihn nicht brauchte, stand Glenn früh auf. Der Tag dämmerte in einem rosa Schleier herauf. Glenn hörte das Kläffen eines Hundes und den Ruf des Muezzins, der mit einem nasalen Heulen begann und dann zu dem langsamen, hypnotischen Sprechgesang wurde, an den Glenn sich inzwischen gewöhnt hatte. Er saß in seinem Zimmer und sah zu, wie Bäume und Pflanzen langsam deutlicher aus der Morgendämmerung hervortraten und die Umrisse der Berge in dem weichen graublauen Licht des frühen Morgens näher zu rücken schienen.

Später frühstückte er allein, denn die anderen hielten jetzt den Ramadan ein, der mit dem Neumond begonnen hatte und achtundzwanzig Tage dauern würde. Es hatte längere Zeit gebraucht, bis Glenn sich an den Ramadan gewöhnt hatte, bis er verstanden hatte, dass er sich an den veränderten Lebensrhythmus der anderen anpassen konnte, ohne sich selbst streng an die Regeln halten zu müssen. Tagsüber wurde auch während des Ramadan ganz normal gearbeitet, wenn auch etwas gemächlicher und mit einem Nickerchen am Nachmittag und einer allgemeinen Stimmung leiser Müdigkeit. Aber jeder Abend war wie ein Fest. Wenn bei Sonnenuntergang der erlösende Ruf erklang, war die Energie dieses Augenblicks fast mit Händen zu greifen. Die Lampen wurden angezündet, und Fadma brachte die traditionelle *harira*, Honigkuchen und gekochte Eier, die in Kreuzkümmel gewälzt wurden. Alle genossen das Festmahl, und ein Gefühl stiller Zufriedenheit legte sich über die Menschen und das Land. Es war eine besondere Zeit; eine Zeit des Teilens und der Zufriedenheit, die ihr eigener Lohn war. Und mit jedem Morgen würde wieder ein neuer Fastentag beginnen.

Heute hatte Glenn jedoch das Gefühl, es würde ein außerordentlicher Tag werden, und er beschloss, sich den Wasserfall anzusehen. Er war noch nicht dort gewesen, aber einer der Männer hatte ihm den Weg beschrieben. Heute wollte er etwas unternehmen. Er wollte den frischen Duft der Erde riechen und den Wind auf seiner Haut spüren. Er war während seiner Krankheit so lange auf das Haus und die Farm beschränkt gewesen. Nun wollte er das Leben spüren.

Obwohl er nun wieder kräftiger war, fühlte er manchmal immer noch diese Apathie, die tief in seinen Knochen zu stecken schien, den schmerzhaften Druck im Kopf und das Gefühl, völlig benommen und matt zu sein. Was immer es gewesen war, es war nicht einfach weg; so viel war ihm klar. Fadma wusste es auch. Manchmal ertappte er sie dabei, wie sie ihn aus dunklen, wissenden Augen beobachtete. Der Umstand, dass sie so zurückgezogen von der Welt lebte, so eingeschlossen in ihre Djellaba und ihre Kapuze, musste ihr eine innere Weisheit verleihen, einen Zugang zum Intuitiven, zur Welt der Instinkte, zur Spiritualität. Mustafa strahlte auch etwas davon aus. Das kam durch die vielen Stunden, die er betete, vermutete Glenn. Was immer es war, er hätte selbst auch etwas davon gebrauchen können.

Der Weg, der zwischen Felsen und Steppengras hindurchführte, war nicht einfach, und als er sich seinem Ziel näherte und das Rauschen von Wasser hörte, wurde der Boden unter seinen

Füßen rutschiger, und es wurde schwieriger, das Gleichgewicht zu halten. Ihm wurde klar, dass sich etwas in seinem Kopf verändert hatte. Nichts war einfach. Er überquerte eine von Menschen gebaute schmale Holzbrücke und hielt den Atem an. Er war nicht in der Lage, in den Abgrund hinunterzusehen. Früher, vor seiner Krankheit, hätte er es getan, ohne eine Sekunde darüber nachzudenken.

Er konnte den Wasserfall noch nicht sehen, aber er hörte ihn. Er spürte sogar gelegentlich einen Wasserspritzer auf dem Kopf, während er hoch über dem Fluss balancierte und manchmal auf alle viere hinunterging. Die Felsen waren heiß und glatt. Überall um ihn herum erhob sich das Gebirge, heiter und ehrfurchteinflößend. Er war erschöpft. Nach einer Weile machte er auf einer Felsplatte eine Pause, um zu Atem zu kommen und aus der Wasserflasche in seiner Tasche zu trinken. Herrgott, hier oben in den Bergen konnte man sich wirklich verlaufen. Er sah in den eisblauen Frühlingshimmel auf und lauschte dem Vogelgezwitscher und dem Rauschen des Wasserfalls.

Endlich war er da. Er bog um eine Ecke, und sein Ziel lag vor ihm: der Wasserfall, diese anbrandende Flut, die als Wasserwand dramatisch auf die Felsen darunter stürzte. Das geschah mit einem ohrenbetäubenden Donnern. Es war unbeschreiblich, eine Naturgewalt. Glenn stieß einen Freudenschrei aus. Das war das pralle Leben. Ein Adrenalinstoß durchfuhr ihn. Er zog das grobe Hemd aus Hanffaser aus, das Fadma ihm gegeben hatte, kletterte in den Fluss und stand mit ausgebreiteten Armen da, während das eiskalte Wasser auf seinen Kopf prasselte, auf seine Schultern, seine Arme. Und er schrie. Sein Körper fühlte sich wie betäubt an; das Wasser war so kalt, dass es ihm fast den Atem raubte. Aber er spürte auch seine Reinheit. Gott sein Dank, er war am Leben!

Während des Sommers gab es auf der Farm immer noch genug Arbeit, und Glenn stürzte sich freudig hinein. Er hatte hier oben in den Bergen etwas Besonderes gefunden, und es ließ ihn nicht los, jedenfalls noch nicht.

»Wirst du bleiben?«, fragte Mustafa ihn eines Morgens. »Wirst du hier bei uns bleiben?«

Es sah ihm gar nicht ähnlich, Fragen über die Zukunft zu stellen, und Glenn war erstaunt. Vielleicht hatte Fadma ihn danach gefragt. Vielleicht war es auch Zeit, dass er ihr Haus verließ und sich selbst einen Ort zum Leben suchte. Die meisten Menschen, vermutete er, hätten es merkwürdig gefunden, dass er so lange geblieben war. Aber die beiden hatten so viel für ihn getan; er hatte das Gefühl, sie hätten ihm das Leben gerettet. Und er war zufrieden hier und hatte kein dringendes Bedürfnis, seine Pläne weiterzuverfolgen. Aber da war noch Bethany.

»Eines Tages muss ich fort«, erklärte er ihm. »Ich muss nach England.« Er würde keine Ruhe finden, bevor er nicht wusste, warum sie ihn verlassen hatte. Er liebte sie immer noch. Sie hatte etwas tief in seinem Inneren angerührt. Er glaubte an sie.

Mustafa saß einen Moment lang still und nickte dann auf seine weise Art. »Ein Weg wird zu einem anderen und dann zu einem weiteren führen«, erklärte er. »Bald wirst du an einen Kreuzweg kommen. Dann wirst du es wissen.«

Das hörte sich an wie ein Nachhall der Fabel über den jungen Reisenden in Kairo, die er gelesen hatte. Glenn war nicht ausgeraubt worden. Aber er hatte etwas verloren und auch etwas gewonnen. »Ich muss an die Zukunft denken«, sagte er. Er dachte an seine Mutter. Auch sie würde sich fragen, was aus ihm geworden war. Er konnte nicht weiter hier leben, als existierten sie und seine Gefühle für Bethany überhaupt nicht.

In der Ferne schrie ein Esel. »In unserem Glauben leben wir in der Gegenwart«, sagte Mustafa. »Wir planen nicht für die Zukunft wie dein Volk. Wenn in der Gegenwart Überfluss herrscht, nehmen wir, was da ist; und wenn es in Zukunft nichts gibt, nehmen wir nichts. Das ist die arabische Denkweise.«

Glenn lächelte. Das klang ganz einfach. Es klang, als spräche er über inneren Frieden.

40. Kapitel

Nach der ersten Nacht, die sie wieder zu Hause verbracht hatte, war Nell entschlossen, mit der Umsetzung ihrer Pläne zu beginnen. Sie musste noch viel mehr über Pop-up-Restaurants recherchieren – damit konnte sie später anfangen –, und dann würde sie zum Farmhaus fahren, mit dem Ausmessen beginnen und Entscheidungen über die mögliche Aufteilung und Ausstattung treffen. Sie war so aufgeregt. Und dann noch das Essen … Sie konnte es kaum abwarten, sich einen Fundus aus marokkanischen Rezepten aufzubauen.

»Ich rede heute Morgen mit dem Makler«, hatte Callum erklärt, als sie zusammen gefrühstückt hatten. Nell war noch im Morgenmantel gewesen und noch nicht geschminkt, da sie erst um halb elf arbeiten musste. Callum, der winterliche Rodungsarbeiten auf einem zehn Meilen entfernten Grundstück durchführte, fing wie üblich früh an. »Überlass das mir, ja?« Er warf ihr einen Blick zu.

Nell lächelte. Überlass das mir. Das war das Motto ihres Mannes, seine Lebensphilosophie. »Aber du musst zur Arbeit«, sagte sie.

»Ich gehe unterwegs vorbei. Ich fahre sowieso später nach Truro, um einiges zu besorgen.« Er stand auf, kam zu ihr, zerzauste ihre Locken und bückte sich, um ihr einen Kuss zu geben.

Es fühlte sich fast an wie zweite Flitterwochen, dachte Nell. Es war fast zu schön, um wahr zu sein. »Wenn du meinst«, sagte sie. Sie hatte jede Menge andere Dinge zu tun.

»Ich möchte es persönlich machen.« Er runzelte die Stirn.

»Der Bursche, mit dem ich zu tun hatte, wird gar nicht erfreut sein.«

»Das tut mir leid, Liebling.« Nell verzog das Gesicht.

»Du bist es wert.« Er grinste und sah so sehr wie der alte Callum aus, dass sich Nells Herz zusammenkrampfte.

Dann zog er Stiefel und Jacke an und war durch die Tür. Sie hörte, wie der Truck grollend zum Leben erwachte und sich langsam die Straße hinunter entfernte.

Nell atmete tief aus. Sie musste zugeben, dass sie sich erleichtert fühlte. Sie hatte das Gefühl, in der Mitte eines Hurrikans gelebt zu haben. Sie brauchte dringend wieder Freiraum zum Atmen. Aber auf der anderen Seite … Sie begann, das Frühstücksgeschirr abzuräumen. Es war gut. Alles war gut.

Als die Küche aufgeräumt war, ging sie nach oben, um zu duschen. Das Wasser war heiß, und bald war das Bad von Dampf erfüllt. Es erinnerte sie an den Hamam-Besuch mit Amy. Das Wasser reinigte die Poren und drang direkt zum Wesentlichen vor … Nell schloss die Augen. Damals hatte sie über ihr anderes Ich nachgedacht und darüber, ob sie Callum noch liebte, ihn noch begehrte. Und jetzt schien es, als hätte sie die Antworten auf ihre Fragen bekommen. Ja, sie liebten einander noch. Sie waren auf die Probe gestellt worden, aber sie hatten sie bestanden. Sie hob das Gesicht und spürte, wie das heiße Wasser auf sie herabregnete. Und ja, sie begehrte ihn immer noch. Ihr immer noch kribbelnder Körper war der Beweis dafür.

Rasch zog sie sich an und schminkte sich dezent. Sie hatte Zeit für ein wenig Restaurantrecherche, bevor sie zur Arbeit fuhr, daher ging sie ins Wohnzimmer, wo der Computer, den sie beide nutzten, auf einem Schreibtisch in der Ecke stand. Aber bevor sie ihn einschaltete, sah sie es – das Angebot des Maklers, das noch dort lag. Nell hatte es natürlich schon gesehen, als es damals gekommen war. Sie nahm das einzelne Blatt Papier in die

Hand. »Idyllisches, ländlich gelegenes Farmhaus zu verkaufen.« Vorwurfsvoll erwiderte das aus grauem Stein und roten Ziegeln errichtete Farmhaus, an dessen Zaun das »Zu verkaufen«-Schild genagelt war, ihren Blick. Jetzt nicht mehr, dachte sie.

Armer Callum. Warum sollte er den ganzen Ärger des Maklers einstecken? Nell seufzte. Es war ihre Schuld; sie war diejenige, die ihre Meinung geändert hatte, und sollte die Verantwortung dafür übernehmen. Aus dem Angebot suchte sie sich die Telefonnummer heraus. Sie beschloss, jetzt dort anzurufen. Seit dem Tod ihrer Mutter hatte sie sich zu stark auf Callum verlassen. Und vorher hatte sie sich zu stark auf ihre Mutter gestützt. War es nicht höchste Zeit, dass sie anfing, selbst Verantwortung zu übernehmen?

Auf der ganzen Rückfahrt von Bristol nach Roseland hatten sie über ihre Pläne diskutiert. Eigentlich waren es Nells Pläne. Callum hatte immer noch viele Einwände gehabt, aber nachdem er einmal erkannt hatte, wie entschlossen sie war und wie viel ihr das Projekt bedeutete, war seine Einstellung mit jeder Meile, die sie zurücklegten, ein wenig positiver geworden. Nell wusste, dass es dauern würde; sie konnte nicht einfach einen Zauberstab schwingen. Ihr Plan bestand darin, das Terrain zu sondieren und zu sehen, wie es anlief.

»Aber es ist dein Projekt, Nell, nicht meines«, erklärte Callum, als sie Bristol verließen. »Ich akzeptiere, was du tust. Aber es hat nichts mit mir zu tun. Nicht wirklich.«

»Okay.«

»Und wenn das Restaurant nicht läuft«, hatte er gesagt, »wenn du nach einem halben Jahr Schwierigkeiten bekommst, weil es sich nicht rechnet … und wenn ich nicht mehr im Haus deiner Mutter wohnen will …«

»Ja?« Sie wusste schon, was jetzt kam.

»Dann versprich mir, dass du es aufgibst.«

Nell hörte schon ihre zukünftigen Gespräche. »Gib mir nur noch drei Monate, Callum.« – »Noch drei Monate?« Aber darüber würde sie sich später Gedanken machen. »In Ordnung, Liebling«, sagte sie.

»Versprochen?«

Nell kreuzte die Finger hinter dem Rücken. Ja, sie hatte viel von Amy gelernt. »Versprochen«, sagte sie.

Sie wusste, das war nicht das, was er sich für sie beide vorgestellt hatte, obwohl er gesagt hatte, sie könnten es versuchen. Und sie wusste, dass das Ganze eine weitere Vereinbarung enthielt, eine unausgesprochene allerdings. Was bedeuteten seine Worte genau? »Wenn ich dich das tun lasse, kommst du dann endlich darüber hinweg?« Nell war sich nicht sicher, ob ihr diese Vereinbarung besser gefiel als die andere, ausgesprochene. Sie wusste nur eines: Wenn man den Menschen verlor, der einem auf der ganzen Welt am meisten bedeutete, dann blieb einem nur, alles zu geben, um in seinem Inneren Kraft zu finden, Kraft zum Weitermachen. Und dies war ihre Art, genau das zu tun.

Nell nahm ihr Handy und tippte die Nummer ein. Was war so verkehrt daran, dass sie sich das so sehr wünschte? Sie konnte nur hoffen, dass Callum mit der Zeit in jedem Sinne des Wortes ihr Partner werden würde. Und dann … sie lächelte. Dann wären sie beide nicht mehr aufzuhalten.

Am anderen Ende meldete sich eine Frau. Nell erklärte, wer sie war. »Kann ich mit demjenigen sprechen, der mit dem Verkauf des Farmhauses in der Nähe von St. Just auf Roseland betraut ist?«

Callum hatte gesagt, es sei ein Mann. Nell wurde klar, dass sie die Sache von Anfang an besser im Auge hätte behalten sollen. Sie konnte Callum kaum übel nehmen, dass er alles in die Hand genommen hatte, während sie sich einfach in den Schlaf geweint und es zugelassen hatte.

»Das ist mein Kollege John«, sagte die junge Frau. »Ich fürchte, er ist momentan nicht im Büro. Kann ich Ihnen helfen?«

»Vielleicht sollte ich später noch einmal anrufen.«

»Bleiben Sie eine Sekunde dran.« Wahrscheinlich sah sie etwas im Computer nach. »Sieht aus, als warteten wir noch auf die Papiere vom Notar. Können Sie mir dabei helfen? Wir geben Sie dann an den Notar des Käufers weiter.«

»Notar?«, wiederholte Nell. »Käufer?«

»Ja, genau«, sagte die junge Frau. Sie musste Nell für eine vollkommene Idiotin halten.

»Das muss ein Irrtum sein«, erklärte Nell. Wo fanden sie nur diese Mitarbeiter, um Himmels willen? »Ich rufe wegen eines Angebots an, das letzte Woche für unser Haus gemacht worden ist. Wir haben gesagt, wir wollten darüber nachdenken.«

»Hmm.« Sie schien ihre Dateien durchzugehen. »Unseren Aufzeichnungen zufolge wurde … mal sehen … vor drei Wochen ein Angebot gemacht.«

Vor drei Wochen? Das war gewesen, bevor sie nach Marokko gefahren war. »Dann müssen Ihre Aufzeichnungen falsch sein«, erklärte Nell spitz. Vielleicht hätte sie das Ganze doch Callum überlassen sollen. »Das Angebot kam letzte Woche rein. Ich war unterwegs, und mein Mann …«

»Ihr Mann hat das Angebot angenommen, und soweit es uns betrifft, geht der Verkauf gerade über die Bühne.«

Es folgte ein furchtbares Schweigen. Eine Stille, in der Nell mit dem Gehörten rang und darum kämpfte, es zu verstehen. Aber so schwer war das gar nicht. Vor drei Wochen war ein Angebot eingegangen, Callum hatte für Nell eine Last-minute-Reise mit einem Kochkurs als Dreingabe aufgetan und sie damit außer Landes geschickt. Er hatte das Angebot angenommen, und nun fand der Verkauf statt. Aber das würde sie verhindern.

»Sind Sie sich sicher?«, fragte sie. Sie umklammerte ihr Handy so fest, dass sie erstaunt war, dass es nicht zerbrach. »Sind Sie sich absolut sicher?«

»Ganz sicher.« Sie rasselte ein paar Daten und Uhrzeiten herunter. »Ihr Mann ist sogar letzte Woche ins Büro gekommen und …«

»Danke«, sagte Nell. »Aber ich fürchte, das Farmhaus steht nicht mehr zum Verkauf, und wir werden den Käufer enttäuschen müssen.« Sie war sich nicht sicher, woher die Worte kamen oder wie es ihr gelungen war, ihre Stimme so fest klingen zu lassen. »Das Farmhaus ist ein Erbe meiner Mutter und auf meinen Namen eingetragen. Meinem Mann ist da leider ein Fehler unterlaufen.« Das war keine Untertreibung. Wie hatte Callum ihr das antun können? Wie hatte er sie so hinters Licht führen können? Was hatte er sich dabei gedacht? Dass er die Sache durchboxen könnte, während sie außer Landes war? Dass er sie, wenn sie zurückkam, vor vollendete Tatsachen stellen könnte? Dass sie *einfach alles ihm überlassen* würde?

»Ich verstehe.« Die junge Frau klang allerdings, als verstünde sie es keineswegs. Und wer hätte ihr das verübeln können? »Das tut mir sehr leid. Aber ich verstehe Sie richtig, dass Sie das Farmhaus vom Markt nehmen wollen?«

»Ja.« Nell stellte fest, dass ihr das Sprechen immer schwerer fiel. Wie hatte Callum das nur tun können, war das Einzige, was sie denken konnte. Wie hatte er so tun können, als wäre er so nett, ihr einen Kochkurs in Marokko zu schenken, während er sie in Wirklichkeit nur aus dem Weg schaffen wollte? Sie erinnerte sich an seinen ausweichenden Blick. Wie konnte er anrufen und ihr erzählen, er habe gerade ein Angebot erhalten, obwohl es schon fast drei Wochen her war? Wie war er bloß zu so einem überragenden Schauspieler geworden? War das sein verborgenes Ich? Ihr eigenes verborgenes Ich war im Vergleich dazu ein Schmusekätzchen. Kein Wunder, dass er so zornig geworden war, als sie länger in Marokko bleiben wollte. Sie hatte unwissentlich all seine Pläne sabotiert.

Eine verlegene Pause trat ein. »Vielleicht könnten Sie im Büro vorbeikommen und mit John reden«, schlug die junge Frau vor. »Ich hoffe, Sie haben Verständnis dafür. Ein Anruf könnte immer …« Sie verstummte.

»Ja, natürlich.« Sie könnte schließlich jeder sein.

Nell dachte an die vorletzte Nacht im Hotelzimmer. *Oh, Callum …*

Sie rief auf der Arbeit an und erklärte, dass sie später kommen würde. Johnson ratterte los, aber Nell schnitt ihm das Wort ab. »Ich ziehe um«, sagte sie. »Ich muss ein paar Sachen packen.«

Sie warf Winterkleidung und ein paar andere notwenige Gegenstände in eine Reisetasche. Sie war noch nicht dazu gekommen, ihre Urlaubssachen zu waschen, aber die würde sie vermutlich lange Zeit nicht mehr brauchen. Und sie würde sich nicht die Mühe machen, ihm eine Nachricht zu hinterlassen. Was hätte das für einen Sinn? Callum würde sowieso heute ins Maklerbüro gehen und herausfinden, was passiert war. Er würde wissen, dass es zwischen ihnen aus war.

Sie trug ihre Sachen nach draußen zum Auto und fuhr zum Haus ihrer Kindheit. Sie mochte nicht darüber nachdenken. Sie konnte es immer noch kaum glauben. Aber er hatte es getan; es war passiert. Er hatte sie belogen und betrogen, und das konnte Nell ihm nicht verzeihen. Ihre Ehe war beendet, und sie fuhr wieder nach Hause.

41. Kapitel

Eine Stunde spähte Jake Tarrant über Amys Schulter auf den Bildschirm ihres Laptops. *Ihr* Büro war, während sie weg gewesen war, zu *ihrem gemeinsamen* Büro geworden. Wahrscheinlich konnte Amy schon dankbar dafür sein, dass er seinen Kram von ihrem Schreibtisch geräumt hatte. Aber irgendwie fühlte er sich nicht mehr an wie ihr Schreibtisch. Sollte sie kündigen? Konnte man eine Affäre mit dem Chef haben und sich dann sauber herausziehen, wenn die Zeit abgelaufen war? Wahrscheinlich nicht. Duncan würde immer denken, er hätte das Recht, ihr den Arm um die Schultern zu legen oder ihr – Gott behüte – vor Kunden den Hintern zu tätscheln. Und außerdem, rief sie sich ins Gedächtnis, hatte sie inzwischen als Freiberuflerin viel mehr Erfahrung gesammelt; sie konnte Ausschau nach mehr Aufträgen halten und dann weitersehen. Vielleicht war das hier genau der Anstoß, den sie brauchte.

»Herrliche Farben«, meinte Jake, als sie die Bilder durchgingen. »Dieses pudrige Gelb ist so scharf, dass man es beinahe schmecken kann. Und das Blau …«

»Majorelle-Blau. Es ist intensiv, nicht wahr? Er hat es in seinen Gärten eingesetzt und sich die Farbe dann als Marke schützen lassen.« Es war offensichtlich gewesen, dass ein Künstler den Majorelle-Garten geschaffen hatte. Jeder Weg, jede Brücke und jeder bunte Blumenkübel hatten in dem visuellen Schauspiel, das das Ganze darstellte, seinen Platz.

»Atemberaubend«, murmelte er über ihre Schulter.

Zuerst hatte sie sich unbehaglich gefühlt. Er hatte nicht auf Essaouira angespielt – noch nicht. Und was war auch passiert?

Nichts, rief sie sich ins Gedächtnis. Aber dort war auch Nell meist dabei gewesen, um die Anstandsdame zu spielen. Hier waren sie allein. Das Büro war klein, und er drang in ihre persönliche Distanzzone ein und schien es nicht einmal zu merken. Und er roch nach Leder und Grapefruit, eine verwirrende Kombination.

Aber nach einer Weile nahm die Bildergeschichte ihrer Zeit in Marokko sie gefangen. Sie vergaß seine Nähe und konzentrierte sich stattdessen auf die Aufnahmen. Sie löschte einige, wählte andere für einen Ordner aus und registrierte mit Interesse, welche Jake gefielen. Er bevorzugte die technisch perfekteren, strukturierteren und gestellteren, während Amy sich zu denen hingezogen fühlte, die zufällig entstanden waren und eher von großen Farbflächen als von der Form dominiert wurden, die, für die sie sich keine Zeit hatte nehmen können. Instinkt gegen Technik, dachte sie.

»Was ist hiermit? Und mit dem?« Die Bilder zeigten eine Gruppe von Händlern in den Souks von Marrakesch. Faltige Gesichter, magere Arme, Karrenladungen von Minze, eine Reihe Berberteppiche nach der anderen. »Die haben einen guten Flow, finden Sie nicht auch?«

Er runzelte die Stirn. »Mir gefällt der Aufbau bei diesem.«

Das Bild stellte eine in Stufen gegliederte Gartenanlage dar. Im Vordergrund befanden sich ein Kaktus, der dem Ganzen Struktur verlieh, *Zellige*-Kacheln und Mauerwerk; die Mitte bildeten Palmen und Bougainvillea in leuchtenden Farben, und alles lag unter einem dunkelblauen, wolkenlosen Himmel.

»Hübsch ist es schon«, sagte sie. Und wahrscheinlich war es auch geschickt aufgebaut. Aber es sprach sie nicht an, es übermittelte keine wirkliche Botschaft. Sie hatte nicht das Gefühl, es sei eines ihrer besten.

»Haben Sie auch Bilder von Weberinnen?«

»Weberinnen?«

»Das wäre nützlich für den Workshop«, erklärte er. »Um die Ursprünge des Handwerks zu illustrieren.«

Was suchte er? Das Stereotyp der alten Frau, die zu Hause an einem Webstuhl saß, den sie kaum jemals verlassen konnte, und mit Fingern und Füßen die Fäden verwebte, wie sie und andere es seit Jahrhunderten taten, weil man ihnen nie erlaubt hatte, etwas anderes zu tun? »Bedaure, nein.«

»Haben Sie denn etwas zur Geschichte der Teppichherstellung, zur Geschichte des Webens?«

»Ähem, nein.«

»Na ja, an solche Fotos kommen wir leicht«, sagte er. »Es ist nicht so wichtig.«

Nun, das war es eindeutig doch. Sie seufzte. »Na ja, wenn Ihnen nichts davon gefällt, verwende ich sie einfach für meine Ausstellung. Ich weiß, wonach ich suche. « Mit einem Klick schaltete sie den Laptop aus. Und jetzt hau ab, dachte sie.

Er schob seinen Stuhl zurück und lehnte sich darin in einem ziemlich gefährlichen Winkel zurück. Amy zwang sich, ihm nicht zu sagen, dass er vorsichtig sein soll. »Amy, warum gehen Sie immer gleich in Abwehrstellung?«, fragte er.

»Tue ich das?«

»Ja.«

»Ich weiß nicht.« Sie starrten einander an.

»Jake, warum stellen Sie mir ständig solche Fragen?«

»Tue ich das?«

»Ja.«

»Keine Ahnung.«

Er verzog den Mund zu einem Grinsen. Sie erwiderte es. Grübchen, dachte sie. Und ein schiefer Zahn. Er kippelte auf dem Stuhl noch weiter nach hinten. Dann lachte er, und sie fiel ein. Es war ein befreiendes Gefühl.

»Lassen Sie sich zeigen, was ich so getrieben habe, während Sie weg waren«, sagte er. Er fuhr sich durchs Haar, bis es in allen möglichen Winkeln abstand. »Ich würde gern hören, was Sie davon halten.«

Es würde gut werden, da war sich Amy sicher. Sie hatte noch ein paar Ideen und Vorschläge, die entwicklungsfähig waren, und er hörte sie sich geduldig an. Aber trotz ihrer Vorbehalte sah sie, dass er in seinem Job ausgezeichnet war. In einer Woche hatte er Wunder vollbracht. Er hatte sogar eine Gnawa-Gruppe engagiert, die im Marinetheater auftreten würde. An dem Tag, an dem sie und Nell zur Safranfarm gefahren waren, hatte er in Essaouira mit einem der Musiker gesprochen und das vereinbart. Wie sie vermutet hatte, gehörte er zu den Männern, die einfach handelten.

Es war sieben Uhr abends, als sie Schluss machten. Duncan war schon lange gegangen, und sie und Jake mussten die Galerie abschließen. Bezüglich der Fotos hatten sie sich darauf geeinigt, dass sie sich nicht einig waren. Amy hatte die kreative Freiheit, die Aufnahmen für ihre eigene Ausstellung auszuwählen, und Jake konnte die, die ihm gefielen, für den Rest des Events und für Werbematerial verwenden. Es würde funktionieren, wurde ihr klar, als sie schließlich aufstand und ihren Mantel nahm. Sie hatten einen Kompromiss geschlossen und beide bekommen, was sie wollten. Vielleicht konnten sie ja doch gut als Team zusammenarbeiten.

»Lust auf einen Drink?«, fragte er, als sie aus der Galerie in die Dunkelheit hinaustraten.

Es war kühl. Amy zog ihren Mantelkragen höher und schlang sich ihren Schal um den Hals. Ihr Temperaturempfinden war noch auf Marokko eingestellt. »Nun ja …«

»Oder haben Sie noch ein heißes Date?«

Sie lachte. Fragte er sich immer noch, was mit Duncan war? »Das einzige Date, das ich habe, ist eines mit meiner Großtante. Ich habe ihr versprochen, später auf eine heiße Schokolade vorbeizuschauen.«

Er warf einen Blick auf die Uhr. »Lange habe ich auch nicht Zeit. Wie wäre es also mit einem schnellen Drink? Ich verspreche auch, keine peinlichen Fragen zu stellen.«

»Abgemacht.«

In freundschaftlichem Schweigen gingen sie die Straße hinunter zum Uhrturm am Hafen, wo die Cottages mit ihren Erkerfenstern und die Steingebäude am Ufer eine Häuserreihe bildeten, und über die höher gelegene Promenade zum Inn of the Shore. Der Wind blies Amy das Haar aus dem Gesicht. Während sie an den bunt angestrichenen Strandhütten vorbeigingen, die in der Dunkelheit kaum voneinander zu unterscheiden waren, lauschte sie der Strömung der Gezeiten und dem Plätschern, mit dem die Wellen auf die Kieselsteine schlugen.

»Würden Sie je aus Lyme Regis wegziehen?«, fragte Jake.

Amy dachte darüber nach. Sie liebte diese Stadt. Über ihnen lagen jetzt die in Terrassen angelegten Jubilee Gardens, in denen man über die Wege schlendern oder Minigolf spielen konnte und eine der besten Aussichten der Welt hatte – Amys Meinung nach jedenfalls. Auf Lyme Regis' Uferpromenade, auf den Hafen und die berühmte Hafenmauer. »Es würde mir schwerfallen«, gestand sie. »Vielleicht würde ich weggehen, wenn ich einen ausreichend guten Grund hätte. Aber ich bin mir ziemlich sicher, dass ich eines Tages zurückkommen würde.«

Sie hatten das Lokal erreicht. »Auf geht's.« Jake öffnete die Tür.

Amy war froh, aus dem Wind herauszukommen. Im Pub war es heute Abend ruhig. Aber sie hatte dieses Lokal mit seinem Blick auf den Hafen und den kleinen Sandstrand immer gern gemocht. Im Sommer war es großartig, draußen zu sitzen und die Boote zu beobachten; im Winter machte es Spaß, den Wellen zuzusehen. Und heute Abend waren die Bedingungen dramatisch; es herrschte hoher Seegang, und die Wogen krachten gegen die Hafenmauer. Es war wolkig, sodass man im Mondschein nicht viel erkennen konnte. Aber man hörte es.

Jake ging an die Bar, und sie suchte sich einen kleinen Ecktisch in der Nähe des Kamins, zog Schal und Mantel aus, setzte sich und entspannte sich.

»Was glauben Sie, wie viel noch zu tun ist, bevor Sie zurück nach Bristol fahren?«, fragte sie Jake, der mit zwei Gläsern Rotwein zurückkam.

Er setzte sich und streckte seine langen Beine aus. »Ich bin fast fertig«, erklärte er.

Obwohl das hieß, dass sie ihr Büro zurückbekommen würde, freute sie sich nicht so, wie es eigentlich angebracht gewesen wäre. Sie nahm ihr Weinglas. »Cheers«, sagte sie.

»Cheers.« Er ließ sein Glas an ihres klingen und nahm einen Schluck. »Aber ich komme bei Bedarf wieder.«

»Bei Bedarf?«

»Falls ich gebraucht werde.« Er sah sie über den Rand des Glases hinweg an.

»Verstehe.«

»Und Sie?«, fragte er sie.

»Ich?« Keine peinlichen Fragen, hoffte sie. Auch sie nahm einen Schluck von ihrem Wein. Er war kräftig und leicht fruchtig, aber er hatte Biss.

»Werden Sie in der Galerie bleiben?« Er schob sein Glas an den Rand des Tisches.

Hatte er gespürt, woran sie vorhin gedacht hatte? Amy drehte den Stiel ihres Glases. Der Wein kreiste im Glas. Er bildete sogar Weintränen, was für das billige Zeug, das in Pubs meist ausgeschenkt wurde, ungewöhnlich war. »Ich habe überlegt, dass es vielleicht Zeit ist, etwas anderes zu machen.«

»Hören Sie, Amy ...«

Bei seinem Ton blickte sie auf.

»Es hat natürlich nichts mit mir zu tun. Aber Sie sind eine begabte Fotografin.«

Sie zog eine Augenbraue hoch. Es war nett, ein Kompliment zu bekommen. Aber was meinte er damit?

»Ich bin mir sicher, dass Sie jede Menge anderer Arbeit bekommen. Freiberufliche Arbeit. Und es könnte sehr gut sein, dass dieser Event Ihren Bekanntheitsgrad um einiges steigert.«

»Das wäre schön.« Sie nickte. »Danke.«

»Ich habe da so einige Kontakte ...« Er beendete den Satz nicht. »Ich könnte mich umhören.«

Das war mehr, als sie verdient hatte. Seit er hergekommen war und ihr ernsthaft auf die Füße getreten war, war sie nicht besonders nett zu ihm gewesen. Und jetzt saß er hier und war so nett zu ihr. Sie war sich nicht sicher, ob sie das wollte. Es war viel einfacher, wenn sie sich zankten. »Ich komme schon klar«, sagte sie mürrisch. Jetzt tat sie es schon wieder: Sie ging in Abwehrstellung. Sie nahm ihr Glas und trank einen Schluck. Er hatte recht.

Er zuckte mit den Schultern. »Es macht keine Mühe, Amy. Ich weiß, dass Sie unabhängig sind, und ich respektiere das. Aber jeder braucht ab und zu eine helfende Hand, besonders in diesem Geschäft.«

»Na gut«, räumte sie ein. »Danke.« Wenn sie versuchen wollte, freiberuflich zu arbeiten, würde sie jede Hilfe annehmen müssen, die ihr angeboten wurde, und am besten jede Gelegenheit zum Netzwerken nutzen; sie konnte es sich nicht leisten, stolz oder kratzbürstig zu sein. Er hatte recht – schon wieder. Wie ärgerlich! Amy seufzte.

»Und Duncan …« Er klang ein wenig neugierig.

»Sie fragen sich, warum ich mich überhaupt mit ihm eingelassen habe.« Sie trank noch einen Schluck. Warum sollte sie es ihm nicht erzählen? Sie hatte nichts zu verbergen. »Der klassische Fehler. Die Affäre mit dem Chef. Er war freundlich, hat mich unterstützt und sich für meine Arbeit interessiert.« Und nicht nur für ihre Arbeit, wie sich herausgestellt hatte. Sie holte tief Luft, sah Jake an und wandte den Blick dann rasch ab. »Es war sicher.«

Er nickte. »Wir machen alle Fehler.«

Plötzlich war da wieder diese Traurigkeit an ihm, diese Verletzlichkeit. »Sogar Sie, Jake?« Vielleicht war es Zeit, dass sie ein wenig mehr über ihn herausfand. Er stellte neugierige Fragen, aber über sich selbst gab er nicht viel preis.

»Selbstverständlich.« Er lächelte. »Ich bin nicht immun dagegen.«

»Was ist Ihnen passiert? Was war Ihr Fehler?«

»Ah.« Mit einer schnellen, entschlossenen Bewegung leerte er das Glas. »Mein Fehler war, mich in eine Frau zu verlieben und sie zu heiraten, die eine Schwäche für meinen besten Freund hatte.«

»Oh.« Sie sah ihn an und bemerkte einen verbitterten Zug um seinen Mund. Offensichtlich war er noch nicht darüber hinweg. »Was ist passiert?«

»Wie Sie vorhin sagten, der Klassiker. Sie hatten eine Affäre, und alles endete mit Tränen.« Er presste die Lippen zusammen. »Mit meinen Tränen. Den beiden ging es gut, und sie sind zusammen in den Sonnenuntergang davongeritten. Ende der Geschichte.« Er sah zu ihr herüber. »Ich bin nur erleichtert, dass wir keine Kinder hatten. Obwohl ich welche wollte. Sie hat auch behauptet, sie wolle Kinder. Herrgott …«

»Das tut mir leid«, murmelte sie. Es musste ein ziemlicher

Schlag gewesen sein, seine Frau und seinen besten Freund zu verlieren. Diese Treulosigkeit … Im Vergleich dazu erschienen ihr ihre eigenen Enttäuschungen auf dem Gebiet der Liebe unbedeutend. Sie war nie ernsthaft verletzt worden, nicht so. Ihre Ängste hatten ihren Ursprung vermutlich alle in einer einsamen Kindheit. Sie trank aus. Der Wein hatte sie mit einem warmen Glühen erfüllt. Er tat ihr leid; und es rührte sie, dass er sich ihr anvertraut hatte.

»Aber das sind alte Geschichten. Inzwischen sollte ich eigentlich darüber hinweg sein.« Er stand auf. Jetzt strahlten sein Mund und sein Kinn etwas Härteres aus. Fast war es, als wäre Amy gar nicht da. Er wirkte müde und zerzaust, nicht lässig und beherrscht wie sonst immer. »Noch einen?«

Sie schüttelte den Kopf. Sie hätte gern noch mehr über ihn erfahren, aber ihr war klar, dass das Gespräch einstweilen vorbei war. Er hatte ihr seine verletzlichere Seite gezeigt, und wahrscheinlich bedauerte er das. Am besten ließ sie ihn jetzt allein. Außerdem würde ihre Tante auf sie warten. »Ich muss gehen.« Das war ein wenig schroff, aber … »Danke für den Drink, Jake.« Sie stand auf und streckte die Hand aus.

Er ignorierte sie. Stattdessen trat er auf sie zu und küsste sie fest auf beide Wangen. Sie spürte seine Bartstoppeln auf ihrer Haut, roch wieder diesen Duft nach Leder und Grapefruit und fühlte, wie nahe seine Lippen den ihren waren.

»War mir ein Vergnügen«, sagte er.

»Werden Sie …?« Sie wies auf die Bar. »Bleiben Sie noch ein wenig?«

Er nickte. »Ich trinke noch einen für den Weg.« Er berührte ihren Arm. »Außer, ich kann Sie irgendwohin begleiten?« In seiner Stimme lag ein zärtlicher Unterton, der sie erröten ließ.

»Nein, ich komme klar.« Sie schnappte sich Mantel und Schal.

Sie hatte eigentlich keine Lust, ihn zu verlassen. Das passierte, wenn Leute sich einem anvertrauten – man begann, sie zu mögen. Aber er war ein erwachsener Mann. Er würde zurechtkommen.

Er nickte. »Bis morgen dann.«

»Ja.« Sie sah ihn an und wandte den Blick dann rasch wieder ab. *Um Gottes willen, Amy …*

Sie verließ den Pub und trat in die abendliche Dunkelheit hinaus.

Weniger als zehn Minuten später klopfte Amy an die Tür des georgianischen Cottages ihrer Großtante. Es dauerte eine Weile, bis Lillian öffnete. Vor ihrem inneren Auge sah Amy den Weg, den ihre Tante zurücklegte: Sie stand aus ihrem gemütlichen, rot gepolsterten Sessel auf, warf einen Blick durch die Gardinen, um festzustellen, wer es sein könnte, ging in die Diele und …

»Hallo Amy, mein Liebes. Wie schön, dich wiederzusehen.« Tante Lillian umarmte sie, und ihr Duft aus Lavendel, Seife und Gesichtspuder hüllte Amy ein. Das war etwas anderes als Leder und Grapefruit, dachte sie.

»Wie ist es dir ergangen?«, fragte Amy in ihr weiches weißes Haar hinein.

»Sehr gut, meine Liebe.« Ihre Tante zog sich zurück. Einen Moment sah Amy einen anderen Ausdruck in diesen verblassten blauen Augen. Eine Frage, eine Neugier. Amy schüttelte den Kopf. Sie wusste, das würde sie verstehen. Manchmal brauchte man kein Wort zu sagen.

Im Wohnzimmer, wo das Gasfeuer orangefarben leuchtete und wohlige Wärme ausstrahlte, zog Amy die Postkarte aus ihrer Tasche. Sie hatte eine weitere lange Reise gemacht, die mehr oder weniger die Umkehrung der ersten gewesen war. Sie stellte sie zu den Fotos auf dem Sekretär, hinter die Obstschale. »Das ist

Essaouira«, erklärte sie. »Eine Stadt an der Westküste von Marokko.«

Ihre Tante nickte. »Er hat das Meer schon immer geliebt«, sagte sie wehmütig.

»Das Blumenemblem stellt die Rose von Mogador dar.« Amy wünschte, sie könnte ihr mehr erzählen. Aber leider konnte sie das nicht.

»Die Rose von Mogador.« Ihre Tante schien dem Klang der Worte nachzulauschen.

»Damals haben sehr viele Europäer dort gelebt«, erklärte Amy. »Es war so etwas wie ein Hippie-Treffpunkt. Er ist dort bestimmt glücklich gewesen.«

»Das hoffe ich.« Sie seufzte leise. »Ist das alles, meine Liebe?«

»Ich fürchte, das ist alles.«

»Ich mache uns eine heiße Schokolade.«

Als sie das Zimmer verlassen hatte, nahm Amy den Silberrahmen mit dem Foto von Glenn in die Hand. Er wirkte so unschuldig, aber er hatte schon diese aufgewühlte Miene, die einem verriet, wie er war, was für tiefe Gedanken ihn bewegten. Sie runzelte die Stirn. Dann stellte sie es zurück und warf einen Blick auf das Foto, das ihre Tante und ihre Schwester zusammen mit ihrer Mutter, Amys Urgroßmutter, in Uniform zeigte.

»Tante Lil …« Amy folgte ihr in die Küche. Da war noch etwas, was sie weiter beschäftigt hatte, und dieser Abend erschien genau richtig, um einfach damit herauszurücken. »Magst du mir erzählen, was du getan hast?«, fragte sie. »Als du unfreundlich zu meiner Großmutter warst? Zu deiner Schwester Mary? Du hast gesagt, du wärest unfair zu ihr gewesen und wolltest Wiedergutmachung leisten.« Sie sah ihre Tante an, die neben dem Herd stand, wo sie einen Topf Milch aufgesetzt hatte. Von einer Mikrowelle wollte sie nichts wissen.

Amy ging zu ihr und nahm ihre Hände. Aber sie würde sie nicht davonkommen lassen. Wie ihre Mutter immer sagte: Sie konnte einfach nichts auf sich beruhen lassen. »Was ist zwischen euch vorgefallen?«, fragte sie. »Wirst du es mir erzählen?«

42. Kapitel

Was hatte sie Mary angetan? Das war eine Frage, die sie immer verfolgt hatte.

Lillian sah Amy an, dieses Mädchen – eigentlich eine Frau –, die für sie ein so besonderer Mensch geworden war. Und ihr wurde klar, dass sie die Wahrheit verdiente. Lillian hatte geglaubt, frei zu sein, aber man war niemals frei, solange man nicht die ganze Wahrheit gesagt hatte; ein Lügengewirr konnte einen in der Gewalt haben wie ein Schlangennest.

»Ted hat sich in Mary verliebt, nicht in mich«, sagte sie traurig. »Das ging allen so.«

In der Zeit, als Ted noch als GI in Bridport einquartiert war, kam er eines Tages unerwartet zu ihnen nach Hause. Es war ein paar Wochen nach ihrem Gespräch über Nylonstrümpfe und Pralinen in Marys Zimmer. Lillians Vater und Mary waren beide ausgegangen; ihre Mutter war in der Küche und kochte das Abendessen. Lillian öffnete die Haustür und starrte ihn an. Er sah sogar noch besser aus als in ihrer Erinnerung.

»Hi, Herzogin.« Er grinste. »Hat es dir die Sprache verschlagen?«

Lillian erwiderte sein Lächeln. Er wirkte äußerst selbstzufrieden, aber sie fragte sich, ob er sich überhaupt an ihren Namen erinnerte. »Hallo, Ted.«

An ihr vorbei blickte er in die schmale Diele mit der schwarzen, mit Wirbelmustern geschmückten Tapete. »Ist deine schöne Schwester da?« Er klang eifrig, unruhig.

»Tut mir leid, nein.« Lillian hielt sich am Türpfosten fest. Sie wusste ganz genau, dass Mary sich mit Johnnie Coombes traf.

Bis Ted und die GIs gekommen waren, war er einer ihrer treuesten Verehrer gewesen, aber kürzlich hatte sie ihm eine Abfuhr erteilt. »Er hat keine Ahnung, wie man ein Mädchen behandelt«, hatte Mary gesagt. »Er ist bloß ein langweiliger Bauernjunge.« Trotzdem war er ein Bauernjunge, den sie schon ihr ganzes Leben lang kannte, und Lillian wusste, dass er ein anständiger Mann war. Er war zuverlässig, er war freundlich, er betete Mary an, und eines Tages würde er den Hof seines Vaters erben und einer Frau – wenn auch wahrscheinlich nicht Mary – ein schönes Leben bieten können.

»Weißt du, ob sie bald zurückkommt?« Er klang enttäuscht. Seine Hand tastete nach seiner Jackentasche, um festzustellen, ob etwas – seine Brieftasche vielleicht? – noch darin steckte.

Lillian schüttelte den Kopf. »Ich glaube nicht.« Wenn sie zur Coombes-Farm ging, blieb sie meist stundenlang fort.

Ted wandte sich zum Gehen und drehte sich dann wieder um. »Wo ist sie?«

Lillians Augen weiteten sich. Sie zuckte mit den Schultern. Aber sie hasste es, ihn anlügen zu müssen. Und sie spürte einen überwältigenden Drang, ihm die Wahrheit über Mary zu sagen.

»Lillian?«

Also hatte er ihren Namen doch behalten. Lillian stockte der Atem. Da stand er vor ihr in seiner schicken khakifarbenen Uniform, die Mütze in der Hand, und sah mit seinem zurückgekämmten dunkelbraunen Haar, dem gebügelten Hemd, dem ordentlichen Schlips und seinen besorgten braunen Augen wie ein Filmstar aus. Und da war Mary ... Lillian holte tief Luft. »Sie ist mit jemandem zusammen«, erklärte sie.

»Mit jemandem?«

»Mit einem Jungen. Mit einem Jungen aus der Gegend.« Sie konnte ihm nicht in die Augen sehen. »Sie gehen miteinander.«

»Gehen?«

»Vielleicht bedeutet es ja nichts. Normalerweise tut es das nicht. Nicht bei Mary.« Die Worte sprudelten nur so heraus. Lillian wusste gar nicht, was sie da redete oder warum. »Er ist nicht der Einzige. Da sind noch andere. Jeder, der da ist, eigentlich. So ist sie.« Sie unterbrach sich; was sie gesagt hatte, entsetzte sie. Es war die Wahrheit, aber trotzdem …

»Jeder, der da ist?« Sie konnte nicht erkennen, ob er wütend oder bestürzt oder beides war.

»Es ist Krieg.« Lillian breitete die Hände aus. »Uns fehlt die Stabilität.« Erst gestern hatte sie ihre Mutter das sagen hören, obwohl sie sich nicht ganz sicher war, was sie gemeint hatte. »Manche Menschen haben ihr Gefühl für Richtig und Falsch verloren.« Auch das hatte ihre Mutter gesagt. Lillian wusste nicht, wovon sie gesprochen hatte, aber vielleicht trug es dazu bei, Marys Benehmen zu erklären. Mary war nicht schlecht. Es war nur …

»Ja, Krieg haben wir allerdings, da hast du recht.« Teds schönes Gesicht hatte einen finsteren Ausdruck angenommen. Wieder tastete seine Hand nach seiner Jackentasche, dann ließ er den Arm sinken. »Aber zum Teufel, was ist mit Gefühlen, Lillian? Was ist mit Liebe?«

Lillian sah ihn hilflos an. Sie war erst vierzehn und wusste noch so wenig. Aber wenn er sie nur so sehen könnte, wie sie wirklich war oder zumindest sein wollte. Wenn er nur in ihrem Herzen lesen könnte. Dann würde sie ihm zeigen, was Gefühle und Liebe bedeuteten.

»Sag mir die Wahrheit, Lillian.« Zu ihrer Verblüffung kam er ganz nah an sie heran und legte ihr die Hände auf die Schultern. Sie war wie hypnotisiert. Sie sah in seine braunen Augen, die sie zu durchbohren schienen. Er atmete flach. »Mädchen wie Mary scheren sich einen Teufel um Liebe, oder?«

Mädchen wie Mary … Lillian dachte über ihre Schwester nach und darüber, wie sie immer um Aufmerksamkeit buhlte. Sie dachte an Johnnie, Michael, Tristan und alle anderen. Und sie dachte an Ted. Sie dachte vor allem an Ted. »Ich glaube nicht«, flüsterte sie.

Er fluchte leise. Und dann ließ er ihre Schultern los, drehte sich auf dem Absatz um, verließ das Haus, lief die Straße hinunter und war fort.

»Wer ist da, Liebes?«, rief Lillians Mutter.

Lillian stellte fest, dass sie zitterte. Ihre Schultern fühlten sich an, als wären sie durch seine Berührung versengt worden. »Ein Freund von Mary.«

In der Küche wischte ihre Mutter das hölzerne Abtropfbrett ab und scheuerte das weiße Spülbecken mit Vim. Das erschien Lillian in diesem Moment alles so schrecklich alltäglich. Sie fühlte sich schwach. Ihre Mutter trug immer noch ihre grüne Uniform, über die sie sich ihre geblümte Schürze gebunden hatte. Auf dem kleinen Gasherd standen der Dampfgarer und ein Topf mit Gemüse. Ihre Mutter schob den karierten Vorhang beiseite und nahm die Auflaufform aus dem Schrank. »Hol bitte das Fleisch aus der Speisekammer«, sagte sie zu Lillian.

Jeder wusste, dass die amerikanischen Soldaten Techtelmechtel mit englischen Mädchen hatten; manche heirateten sie sogar. Wie ernst war die Sache zwischen Ted und Mary gewesen? Das hatte sie nicht gewusst, nicht damals. Sie wusste nur, dass Ted wegen Mary recht hatte. Sie war bei Johnnie Coombes. Sie scherte sich einen Teufel um Liebe.

Lillian machte eine Pause und sah Amy an. Wie würde sie reagieren? Mary war ihre Großmutter gewesen. Würde Amy Lillian verzeihen, was sie vor all den Jahren getan hatte? Besonders, wenn sie den Rest erst gehört hatte …?

»Was ist als Nächstes passiert?«, fragte Amy. Sie wirkte interessiert, aber sie machte nicht den Eindruck, als sei sie der Meinung, dass Lillian etwas richtig Schlimmes getan hatte. Noch nicht.

»Mary kam viel früher als sonst von der Coombes-Farm zurück.« Am nächsten und übernächsten Tag wirkte sie bedrückt. Lillian versuchte, mit ihr zu reden, aber Mary sagte ihr nur, sie solle den Mund halten und weggehen. »Was weißt du schon?«, schrie sie. »Du hast doch überhaupt keine Ahnung!«

Und sie hatte recht, Lillian hatte keine Ahnung. Was war los? Hatte Mary sich mit Ted treffen wollen? Hatte er sie damit konfrontiert, was Lillian ihm erzählt hatte? Sie musste es wissen, und so fragte sie Mary eines Abends kurz vor dem Zubettgehen.

»Wenn du schon fragst, ich habe ihn eine Ewigkeit nicht mehr gesehen.« Mary hatte sich die Schminke vom Gesicht gewaschen und sah jung und verletzlich aus. In einer seltenen schwesterlichen Anwandlung drehte sie sich zu Lillian um. »Du weißt doch, wie diese Yanks sind«, sagte sie.

»Nein.« Lillian schüttelte den Kopf. »Wie sind sie denn?«

»Sie nützen ein Mädchen aus. Wenn man sie lässt.« Marys Miene verhärtete sich. Sie schob Lillian weg. »Husch, husch, ins Bett.«

Lillian dachte darüber nach. Sie kam zu dem Schluss, dass Ted ihre Schwester nach dem, was Lillian ihm erzählt hatte, einfach fallen gelassen hatte. Das hätte sie eigentlich freuen müssen. Aber das tat es nicht.

»Die beiden haben sich also getrennt, und du hast angefangen, ihm zu schreiben?« Amy setzte sich auf den Boden, zu Füßen ihrer Tante, nahm ihre Hand und drückte sie.

Lillian fühlte sich ein wenig beruhigt. »Ja. Er hat mir natürlich nicht geantwortet, damals nicht …« Er war noch im Krieg. Er war bei der Landung in der Normandie dabei. Omaha Beach war weniger ein Strand gewesen als ein blutiges Schlachtfeld. Und sie wusste noch nicht, was das aus ihm gemacht hatte. Er war Zeuge dieses Massakers gewesen, hatte gesehen, wie seine Freunde und Landsleute um ihn herum niedergemäht wurden, hatte über die Verwundeten und Toten kriechen müssen, während er verzweifelt versuchte, den Strand zu verlassen, bevor er selbst umgebracht wurde.

»Und dann ist er aus dem Krieg zurückgekehrt und hat dir einen Heiratsantrag gemacht?«

Amy sah aus, als falle es ihr schwer, das zu verstehen. Und ein bisschen war es auch so. Ted hatte Lillian kaum gekannt. Warum hatte er sich dem jungen englischen Mädchen zugewandt, das ihm in Briefen sein Herz ausschüttete, statt einer Frau aus seiner Heimatstadt, die er im wirklichen Leben kannte? Hatte er sie in seinem aufgewühlten Zustand irgendwie mit Mary verwechselt? Hatte er geglaubt, Marys Schwester könne ihm etwas geben, das er brauchte und sich wünschte? Und warum hatte Lillian Ja gesagt?

»Im Krieg ist alles anders, Liebes.« Lillian tätschelte Amys Hand. Seit sie vierzehn war, hatte sie sich eingebildet, sich in Ted verliebt zu haben. Sie sehnte sich verzweifelt danach, Dorset zu verlassen. Alle Zweifel und die Angst, die sie davor gehabt hatte, in ein so viele Meilen entferntes fremdes Land zu ziehen, um jemanden zu heiraten, den sie kaum kannte, waren von der puren Romantik des Ganzen beiseitegewischt worden. »Es war solch ein Abenteuer.«

»Was haben deine Eltern gesagt?« Amy veränderte ihre Haltung und streckte die Beine aus. »Waren sie schockiert?« Sie grinste.

»Oh, sie haben natürlich versucht, mich davon abzubringen.« Ihre Mutter war ganz aufgelöst gewesen, und ihr Vater hatte sie für verrückt gehalten. »Aber Mary war ihr Lieblingskind.«

»Und was hat Mary gesagt?«

Ah. Lillian holte tief Luft. »Ich hatte immer gedacht, sie hätte

Ted schon lange abgehakt«, sagte sie. »Ich dachte, dass kein Schaden entstanden sei, dass ich ihn vielleicht davor gerettet hätte, nur eins der gebrochenen Herzen zu sein, die Mary zurückließ.« Sie strich ihren Rock glatt. Jetzt musste sie ehrlich zu Amy sein. Sie musste ihr alles erzählen. »Aber sie hatte es nicht abgehakt, Liebes. Sie hatte ihn ganz und gar nicht vergessen. Als ich England verließ, küsste sie mich auf die Wange. ›Tja, kleine Schwester‹, sagte sie, ›sieht aus, als hättest du ihn am Ende doch bekommen. Gut gemacht.‹«

»Wie meinst du das?« Lillian hatte sie angestarrt. Sie wusste es, und sie wusste es auch wieder nicht.

»Er hat mich sitzen gelassen, als ich schwanger von ihm war.« Der Blick aus Marys dunkelblauen Augen war hart und gefühllos. »Ich hatte Glück, dass Johnny da war, um die Trümmer aufzulesen.«

»Aber du hast nie …« Lillian runzelte die Stirn und dachte an die Zeit vor Marys Hochzeit zurück, an das Geflüster zwischen Mary und ihrer Mutter, die überstürzten Hochzeitsvorbereitungen ein paar Monate, nachdem Ted Bridport verlassen hatte.

»Ich hab's verloren. Er hat nie etwas davon erfahren.« Mary sah ihr lange in die Augen. Dann wandte sie sich ab und ging davon.

Lillian blickte in die Ferne und sah noch immer vor sich, wie sie davongegangen war.

»Oh, Tante Lil …« Amy hielt ihre Hand und sah aus, als würde sie sie verstehen. »Dann hat sie ihn immer geliebt?«, flüsterte sie.

»Ja.« Staunend schüttelte Lillian den Kopf. »Sie hat ihn immer geliebt. Anscheinend …« Sie zögerte. » … hatte sie damals seinetwegen mit allen anderen gebrochen. Er war wohl der Eine für sie.« Lillian hatte das instinktive Gefühl, dass Ted an dem Tag, an dem er zu ihnen nach Hause gekommen war und sie ihm das über Mary erzählt hatte, einen Ring in der Tasche gehabt hatte.

»Aber das konntest du doch nicht wissen.«

»Nein.« Aber ihrer Mutter war einmal herausgerutscht, dass Mary und Johnnie sich einmal getrennt hatten, als die GIs in der Stadt gewesen waren. Deswegen war Mary an diesem Tag zur Coombes-Farm gegangen – um sich von ihm zu trennen. Mary hatte sich auf eine Art in Ted verliebt wie nie zuvor in einen ihrer anderen Verehrer. Er war anders gewesen.

»Aber am Ende ist alles gut geworden«, sagte Amy. »Meine Großmutter war mit meinem Großvater glücklich. Und du warst …« Sie verstummte.

War ihr aufgefallen, dass es in diesem Zimmer keine Fotos von Ted gab? »Wenn man älter wird, meine Liebe, erkennt man die Ironien des Lebens deutlicher«, sagte Lillian. »Ich weiß nicht, ob Mary ihn glücklicher gemacht hätte oder ob er Mary glücklicher gemacht hätte.« Sie schob sich eine verirrte Haarsträhne aus der Stirn. »Doch egal, ob es so gekommen wäre oder nicht, ich habe meiner Schwester einen schlechten Dienst erwiesen. Es stand mir nicht zu, so etwas zu sagen. Ich habe ihre Beziehung zu dem Mann, den sie liebte, zerstört.«

»Aber du bist zurückgekommen, um dich um sie zu kümmern, als sie dich brauchte«, sagte Amy.

»Es schien mir das Mindeste zu sein, was ich tun konnte.«

Amy nickte. »Ich verstehe, was da passiert ist«, sagte sie. »Aber Mary hätte auch nicht so ein Biest sein sollen.«

»Amy!« Lillian war schockiert. »Sie war deine Großmutter!«

Amy zuckte mit den Schultern. »Ich sage ja nicht, dass ich sie nicht mochte. Aber ich verstehe, warum du das getan hast. Und du hast dabei den Kürzeren gezogen, oder? Mit Ted?«

Also hatte sie es bemerkt. »Er hat nie vom Krieg erzählt«, sagte Lillian, als beantworte das Amys Frage. »Ich bin mir sicher, er war ein Held. Jemand hat einmal gesagt, alle Männer, die bei der Landung in der Normandie dabei waren, seien Helden gewesen. Aber …«

»Es hat ihn den Rest seines Lebens belastet«, beendete Amy den Satz. In ihren Augen stand Mitgefühl – und Liebe. Gott sei Dank, Liebe.

»Vielleicht hast du recht.« Lillian hatte oft darüber nachgedacht. »Ich will nicht schlecht über einen Toten reden«, sagte sie. »Aber sehr wahrscheinlich, meine Liebe, hat er mir nie verziehen, dass ich nicht Mary war.«

43. Kapitel

Eine Woche vor Weihnachten brachte Callum das Paket vorbei. Nell hatte nicht mit ihm gerechnet; sie war oben gewesen, im Zimmer, das nach vorne hinausging, hatte es für neue Vorhänge ausgemessen und über alles nachgedacht. Auch über Weihnachten. Die Aussicht darauf hatte ihr Angst gemacht.

Amy hatte sie für die Feiertage nach Lyme Regis eingeladen, aber nach allem, was passiert war, wollte Nell zu Hause bleiben. Sie versuchte sich zu sagen, dass es in Ordnung war, Weihnachten hier zu verbringen, dass sie es überstehen würde, dass es eine Herausforderung war, die sie annehmen und meistern musste. Aber es würde schwer werden. Überall sah sie ihre Mutter vor sich: wie sie lachte und Geschenke einpackte, wie sie Karten über dem alten Kamin aufhängte, während sie leise »*The First Noel*« sang. Wie sie den Teig für einen Weihnachtskuchen mit Trockenfrüchten und Mandeln rührte und wie sie beide den Baum mit Lametta, goldenen Schokoladenmünzen und dem empfindlichen alten Porzellanengel schmückten.

Aber Nell musste es tun. Also ging sie los und kaufte einen Baum, der Tannenduft ins Farmhaus bringen würde. Sie holte die Schachteln vom Kleiderschrank im Schlafzimmer ihrer Mutter, das sie in Zukunft zu ihrem machen wollte, und hängte den Weihnachtsschmuck wieder auf. Sie durchkämmte Hecken in der Nähe nach Stechpalme und Efeu, verschickte Karten und backte einen Kuchen. Wenn sie hier leben und sich eine Existenz aufbauen wollte, musste sie in der Lage sein, diese Erinnerungen jedes Jahr willkommen zu heißen und sich nicht von ihnen niederschmettern zu lassen.

Nell sah den roten Truck – unverkennbar Callums Wagen – die Straße entlangkommen, und als er näher kam, sah sie auch Callum am Steuer. Nell spürte, wie ihr Herz hüpfte, und hielt sich an der Fensterbank fest. Trotz allem, was geschehen war, hatte er immer noch diese Wirkung auf sie. Er ließ ihre Sinne vibrieren und erfüllte ihren Kopf und ihr Herz mit Bedauern. *Sie hatten so ein Glück gehabt* … Sie dachte an den Tag, an dem sie sich in dem Café kennengelernt hatten, an ihr erstes Gespräch, an das erste Mal, als sie sich in seiner kleinen Wohnung am Fluss in Truro geliebt hatten. Und sie hatten alles weggeworfen.

Er hatte es weggeworfen, rief sie sich ins Gedächtnis.

Nachdem sie vor sechs Wochen das Haus, das sie gemeinsam gekauft hatten, verlassen hatte, war sie zur Arbeit gegangen und hatte den Tag irgendwie hinter sich gebracht. Als sie abends dann am Farmhaus angekommen war, hatte er auf sie gewartet. Sie hatte halb damit gerechnet und sich den ganzen Nachmittag über für die Konfrontation gewappnet.

»Nell!« Er war aus dem Truck gesprungen, zu ihr gelaufen und hatte versucht, sie in die Arme zu ziehen.

Aber sie hatte ihn fast unter Tränen abgewehrt. »Fass mich nicht an …«

»Aber ich muss mit dir reden. Es ist nicht so, wie du denkst.« Er hatte gezögert, und sein Blick hatte sie angefleht, ihn wenigstens anzuhören.

»Ich bin nicht interessiert.« Wie konnte es nicht so sein, wie sie dachte?

»Aber wenigstens …«

»Hast du ein Angebot für das Farmhaus bekommen, bevor ich nach Marokko gefahren bin?«, fauchte sie. »Und bitte lüg nicht schon wieder.« Sie wühlte in ihrer Handtasche nach dem Haustürschlüssel, und er folgte ihr den Weg entlang.

»Ja. Und ich wollte dir davon erzählen. Aber …«

»Aber du hast beschlossen, dass es zu gefährlich wäre.« Sie fand den Schlüssel und steckte ihn ins Schloss. Ihre Hände zitterten. Verdammt. »Du hast gedacht, ich sage vielleicht Nein.«

»Ja. Nein. So war das nicht.«

Sie hörte die Frustration in seiner Stimme. Sie öffnete die Tür. Im Inneren des Hauses war es warm, das Haus wartete auf sie. Sie hatte das Gefühl, nie fortgewesen zu sein. Sie holte tief Luft.

»Du bist nicht über den Tod deiner Mutter hinweggekommen. Ich habe getan, was ich damals für richtig hielt. Ich dachte, wenn ich die ganze Sache so einfädle, würdest du dich nicht allzu sehr aufregen, es würde dir helfen, darüber hinwegzukommen und endlich weiterzumachen.«

Nell hielt sich an der Tür fest. »Geh weg, Callum«, sagte sie. »Ich will es nicht hören, und ich will dich nicht sehen. Jetzt nicht mehr.«

»Aber …«

»Nein, Callum.« Sie konnte nicht glauben, dass er überhaupt versuchte, es ihr zu erklären. Wie ließen sich Lügen, Verrat und noch mehr Lügen wegerklären? Das war doch keine Basis für eine Ehe.

»Bitte, Nell …«

»Nein. Es tut mir leid, aber es gibt kein Zurück. Nicht für mich. Nicht für uns. Es ist vorbei.«

Sie sah, wie sich ein geschlagener Ausdruck auf seinem Gesicht ausbreitete. »Es tut mir leid, Nell.« Er ließ die Schultern sinken und ging über den Weg davon. Kletterte in den Truck und fuhr weg.

Callum … Sie hatte sich wirklich Hoffnungen gemacht. Und nach dieser Nacht in dem Hotelzimmer hatte sie sogar geglaubt, dass alles wieder gut werden würde. Da war dieser Abend mit Rafi in Marrakesch gewesen, aber der hatte nichts bedeutet; er hatte ihr nichts bedeutet. Daraus wäre nie etwas geworden. Es war mehr ein Erwachen gewesen, die Erkenntnis, dass sie noch Gefühle hatte, dass sie nicht emotional abgestorben war. Aber Callum …

Nell hatte die Haustür geschlossen, sich von innen dagegengelehnt und der Wahrheit ins Auge gesehen. Sie war jetzt auf sich allein gestellt.

Das war vor über sechs Wochen gewesen, und seitdem hatte sie ihn nicht gesehen. Zweimal hatten sie ein höfliches Telefongespräch geführt. Beim ersten Mal hatte Nell ihm eine Zeit genannt, zu der sie kommen und ihre Sachen aus dem Haus holen wollte, und ihn gebeten, dann bitte nicht da zu sein. Und beim zweiten Mal hatte er ihr mitgeteilt, dass er das Haus verkaufen und ihr ihren Anteil auszahlen würde. Sie hatte keine Ahnung, ob er sich mit jemandem traf. Noch hatte sie die Scheidung nicht eingereicht, weil sie die Vorstellung nicht ertragen konnte.

Und jetzt kam er den Weg herunter und trug ein Paket auf dem Arm, das in braunes Papier eingeschlagen war. Ein Weihnachtsgeschenk? Bestimmt nicht. Er stand vor ihrer Tür. Ihr wurde klar, dass sie mit angehaltenem Atem darauf wartete, dass er klopfte.

Aber das Klopfen blieb aus, und er ging über den Weg wieder davon. Er sah aus wie immer; vielleicht war sein dunkles Haar ein wenig länger und sein Gang etwas unsicherer. Das Paket hatte er nicht mehr bei sich.

Nell musste sich beherrschen, um nicht die Treppe hinunterzurennen und die Tür aufzureißen. Sie sah zu, wie er in den Truck stieg und zum Farmhaus zurückblickte. Hatte er sie gesehen? Er winkte nicht, und sie beobachtete, wie er langsam davonfuhr.

Es war schwer, in so kurzer Zeit sowohl seine Mutter als auch seinen Mann zu verlieren, und in den letzten Wochen war Amy ihr Rettungsanker gewesen. An dem Abend, als sie wieder ins

Farmhaus gezogen war, hatte Nell sie gleich angerufen, und es war eine Erleichterung gewesen, mit Amy über alles zu reden.

»Er hat *was* getan?« Sie hörte Amy an, dass sie schockiert war.

»Ich musste ausziehen.«

»Natürlich musstest du das.«

»Und jetzt muss ich mit dem Rest meines Lebens weitermachen.« Nell hatte sich betrübt umgesehen.

»Lass uns gleich eine Liste aufstellen, da wir sowieso telefonieren«, sagte Amy. »Wir notieren alles, was du vorbereiten musst, damit dein Projekt Wirklichkeit wird. Du hättest es doch ohnehin allein gemacht. Jetzt bist du auch allein – aber ohne potenzielle Opposition.«

Das war ein Argument, und Nell lächelte.

Anschließend hatte sie genau das getan. Sie hatte weitere Recherchen über Pop-up-Restaurants durchgeführt und geplant, wie sie ihres aufziehen wollte, wo es sein sollte und wann sie ihren ersten Abend veranstalten würde. Sie hatte eine Liste von Rezepten aufgestellt und sie gekocht – immer zwei Portionen. Die zweite Portion hatte sie für eine andere Gelegenheit eingefroren. Sie hatte Amy in Dorset besucht, und die beiden hatten über Farbkarten, Stoffen und Möbelkatalogen gebrütet, bis sie kaum mehr aus den Augen schauen konnten. Sie hatten über Marketing, Preise und Menüs diskutiert. Sie hatte Lieferanten kontaktiert und die notwendigen Arbeiten in der Küche veranlasst. Sie würde den Herd behalten, aber einen professionelleren Backofen hinzunehmen, um einfacher für viele Gäste kochen zu können. Sie hatte sich sogar um eine Baugenehmigung bemüht, um aus dem Farmhaus ein richtiges, dauerhaft geöffnetes Restaurant zu machen. Sie hatte mit einem Angestellten des Planungsamtes gesprochen, und er hatte gesagt, er sehe keinen Grund, warum sie die Genehmigung nicht erhalten sollte. Es war kein Wohngebiet, und für den Anfang brauchte sie nicht einmal eine Schanklizenz. Restaurants verdienten einen großen Teil ihres Geldes durch den Verkauf von Alkohol. Aber viele Menschen fanden auch Lokale attraktiv, wo sie ihren Wein selbst mitbringen konnten und zudem ausreichend Parkplätze fanden.

Und nach und nach begann die Idee des Saffron House, ihres eigenen marokkanischen Restaurants, Gestalt anzunehmen. Doch das war noch nicht alles. Zum Haus gehörte viel Land, mehr als genug für Nell. Im Frühling würde sie den Safran wieder auspflanzen.

»Und was willst du wegen Callum unternehmen?«, hatte Amy gestern Abend am Telefon gefragt.

»Darüber habe ich noch nicht entschieden.«

»Warte aber nicht zu lange.«

Nell wusste, warum Amy fragte, und ihr war klar, was sie damit sagen wollte. *Wenn du ihn noch zurückholen willst …*

Und jetzt war er hier. Oder er war hier gewesen. Inzwischen war er fort.

Nell ging die Treppe hinunter und öffnete die Haustür. Das Paket lag auf der Schwelle. Sie bückte sich, um es aufzuheben. Es war dick und schwer. Was konnte das nur sein? Und dann sah sie die Beschriftung, und ihr wurde klar, dass es gar nicht von Callum stammte. Es musste an ihr Haus geschickt worden sein, und er hatte es vorbeigebracht. Aufgegeben worden war es in Marokko.

Als sie es öffnete, fand sie ein dickes, ledergebundenes Tagebuch vor. Die Seiten waren in einer schwer leserlichen Schrift vollgekritzelt, die ihr vage vertraut vorkam. Sie runzelte die Stirn.

Nell öffnete den Brief, der dabeilag. Er war in einer anderen, kindlichen Handschrift verfasst.

»Liebe Madam«, las sie. »Ich schicke Ihnen das, weil mein lieber Freund von uns gegangen ist. Er hatte noch Ihre Adresse, die

Sie ihm gegeben hatten. Es gibt niemand anderen. Hoffe, Ihnen geht es gut. Malik.«

Malik … Abends nahm Nell das Tagebuch zur Hand. Zuerst war ihr Interesse nur schwach, doch dann wuchs es. Bei jeder Gelegenheit nahm sie es und las weiter. Drei Tage später war sie fertig. Einmal hätte sie fast Amy angerufen, aber dann überlegte sie es sich anders. Das musste sie ihr persönlich sagen.

Als sie fertig war, fühlte sie sich wie betäubt und war zutiefst erschüttert. Denn da war noch etwas anders. Etwas, das mit ihr zu tun hatte.

44. Kapitel

Was Lillian Amy erzählt hatte, war die Wahrheit. Lillian dachte darüber nach, während sie ihren Kleiderschrank durchstöberte. Es stimmte, war aber trotzdem nicht die ganze Wahrheit. Manchmal konnte die ganze Wahrheit ein wenig zu viel sein.

Mit zunehmendem Unmut schob sie Jacken und Röcke beiseite. Was sollte sie bloß zur Vernissage von Amys Fotoausstellung anziehen? Für den Empfang, mit dem der Marokko-Event eröffnet wurde, war ihr dunkelblaues Kostüm vollkommen unpassend. Außerdem war es zu altmodisch für die Großtante einer talentierten und vielleicht bald berühmten Fotografin. Sie ging die Sachen durch. Das lila Kleid kam auch nicht infrage; es war viel zu sommerlich. Etwas Langes, Fließendes, dachte sie. Dezent, aber elegant. Sie wollte sich nicht vorwerfen lassen, dass sie versuchen würde, jünger auszusehen, als sie war. Aber natürlich wollte sie auch nicht schlampig daherkommen. Sie besaß wirklich nichts Passendes. Sie runzelte die Stirn. Daran hätte sie früher denken sollen. War es zu spät, um sich noch etwas Neues zu kaufen?

Das energische Klopfen an ihrer Tür überraschte sie. Amy war es vermutlich nicht; sie war momentan viel zu beschäftigt mit ihrer Ausstellung, um ihre Großtante zu besuchen. Für den Postboten war es die falsche Zeit. Wer konnte es sonst sein?

Langsam ging sie die Treppe hinunter und öffnete die Haustür. »Celia.«

»Hallo, Tante Lillian.« Celia lächelte. Sie wirkte auch viel entspannter als beim letzten Mal, als sie sich gesehen hatten.

Lillian erwiderte ihr Lächeln. »Hallo, meine Liebe«, sagte sie. »Wie geht's dir?«

Celia legte den Kopf schief. »Ich hoffe, es macht dir nichts aus, dass ich so hereinschneie ...«

»Natürlich nicht.« Allerdings tat sie das normalerweise nicht.

»Aber ich weiß, dass Amy momentan zu beschäftigt ist, um dich zu besuchen, und ich wollte mit dir ohnehin noch über den Empfang sprechen.«

»Ach? Komm herein, meine Liebe. Komm herein.« Lillian nahm Celia den Mantel ab. »Möchtest du vielleicht eine Tasse Tee?« Celia würde vermutlich nicht lange bleiben, sie hatte zu viel zu tun und würde zurückmüssen.

Doch Celia lächelte wieder. »Warum nicht?«, sagte sie und folgte Lillian in die Küche. »Ich habe mir den Tag freigenommen«, gestand sie. Sie klang wie ein kleines Mädchen, das die Schule schwänzt.

Lillian schmunzelte. »Wie schön.«

»Allerdings.« Sie wechselten einen fast verschwörerischen Blick.

Lillian füllte den Kessel. »Wem hast du die Verantwortung übertragen? Ralph?«

»Keine Angst.« Sie lachten beide. »Ich habe tatsächlich eine Geschäftsführerin eingestellt. In den letzten Tagen habe ich ihr alles gezeigt, und heute ist sie nun zum ersten Mal auf sich gestellt. Es ist ruhig. Ich bin mir sicher, dass sie ausgezeichnet zurechtkommt.«

»Eine Geschäftsführerin?« Lillian stellte den Kessel auf den Herd. »Was für eine wunderbare Idee!«

»Na, das hast du doch schließlich vorgeschlagen«, gab Celia zurück.

»Habe ich das?« Wenn du mehr Zeit haben willst, musst du delegieren, das hatte sie gesagt. Und es sah aus, als hätte Celia genau das getan. Gut für sie. Und auch gut für Amy, dachte Lillian.

»Ich habe mich gefragt«, fuhr Celia fort, »ob wir dich auf dem Weg zum Empfang abholen sollen. Wir haben beschlossen, ein Taxi zu bestellen und stilvoll vorzufahren.«

Lillian hatte sich darüber auch schon Gedanken gemacht und ebenfalls überlegt, ein Taxi zu nehmen. »Oh, das würdet ihr tun? Das wäre sehr freundlich.« Sie hatte Amy nicht behelligen wollen.

»Was ziehst du an? Hast du dich schon entschieden?« Celia holte Henkelbecher aus dem Küchenschrank und warf in jeden einen Teebeutel. Normalerweise hätte Lillian Teetassen benutzt und den Tee in einer Kanne aufgegossen, aber sie war so verblüfft darüber, dass Celia überhaupt hier war – ganz zu schweigen davon, dass sie ihr beim Teekochen half –, dass sie sich auf die Zunge biss. Dann tranken sie eben aus Bechern. Davon würde die Welt nicht untergehen.

»Ich habe keine Ahnung«, gab sie zu. »Als du gekommen bist, war ich gerade dabei, meinen Kleiderschrank durchzusehen. Ich habe nichts, was auch nur annähernd geeignet wäre. Ich hatte mich sogar gefragt …«

»Ich könnte mit dir einkaufen gehen, wenn du magst«, sagte Celia. »Ich suche selbst noch etwas zum Anziehen. Wir könnten nach Exeter fahren und dort zu Mittag essen.«

Lillian starrte sie an.

»Ich habe dir nie dafür gedankt, dass du uns so viel geholfen hast, als du nach Dorset zurückgekehrt bist.« Celia nahm Lillians Hände.

Lillian wusste nicht, wie ihr geschah. Das war doch schon so lange her. »Aber das ist doch gar nicht nötig, meine Liebe«, sagte sie und fragte sich, ob sie richtig gehört hatte. »Deine Mutter und ich haben uns nicht immer gut verstanden, weißt du, und dann war da noch die Tatsache, dass ich Ted geheiratet hatte und …«

»Das weiß ich alles.« Das Wasser kochte. Celia ließ Lillians Hände los und goss geschäftig Wasser auf die Becher. Sie rührte schnell um, gab Milch direkt aus dem Kühlschrank hinzu – kein Kännchen – und riss die Teebeutel heraus, sodass sie auf die Arbeitsfläche tropften. Lillian versuchte, nicht zusammenzuzucken.

»Ich wusste, dass Mum dir etwas nachtrug, und ich dachte, ich kenne den Grund.« Celia warf Lillian einen Blick zu. »Aber da habe ich mich offensichtlich geirrt.«

»Ach.« Lillian wusste nicht, was sie sagen sollte.

»Bis Amy mir erzählt hat, was wirklich passiert ist«, fügte Celia hinzu.

Kurz ärgerte sich Lillian über Amy. Sie hatte ihr die Geschichte im Vertrauen erzählt. Aber wahrscheinlich war es genauso Marys Geschichte wie Lillians, und Celia hatte ein Recht, es zu erfahren. Vielleicht hätte sie es ihr sogar selbst erzählen sollen. »Ich verstehe.«

Celia nahm das Tablett und trug es ins Wohnzimmer. »Mum überrascht mich immer wieder.«

Ach, tatsächlich? Lillian folgte ihr. »Ich habe ihr wehgetan, Celia«, sagte sie. »So richtig.«

»Vielleicht hast du ihren Stolz verletzt«, gab Celia zurück.

Und ziemlich stark, dachte Lillian. »Kann schon sein«, murmelte sie.

»Ich habe meinen Vater sehr geliebt.« Celia drehte sich zu ihr um. »Das mit den beiden war eine Sandkastenliebe, hat er mir erzählt. Er hat sie sehr geliebt, weißt du?«

»Ja, ich weiß.« Johnnie Coombes hatte Mary immer angebetet, das stimmte.

»So wie Amy mir erzählt hat, hat dein Mann sie fast auseinandergebracht, als sie schon ein Paar waren.«

Lillian runzelte die Stirn. Sie versuchte, mit diesem neuen, ganz unerwarteten Blick auf die Situation zurechtzukommen.

»Ich wusste, dass da etwas war – jemand …« Sie warf Lillian einen Blick zu, und plötzlich verstand Lillian, was sie meinte. Celia hatte geglaubt, Lillian sei diejenige gewesen, die Johnnie und Mary fast auseinandergebracht hatte. Und dabei hatte sie auf eigenartige Weise genau das Gegenteil getan. Durch das, was sie Ted erzählt hatte, hatte sie dafür gesorgt, dass Johnnie und Mary zusammengeblieben waren. Das Baby hätte vielleicht etwas geändert. Aber Mary hatte Teds Kind verloren. Wenn es überhaupt von ihm gewesen war.

»Oh«, sagte sie noch einmal.

Celia lächelte. »Aber sie haben es überstanden. Und sie haben mich bekommen.«

Blinzelnd sah Lillian sie an. Aus diesem Blickwinkel hatte sie es noch nie betrachtet.

»Ich bin dir etwas schuldig, Tante Lillian«, erklärte Celia. »Also fahren wir nach Exeter. Ich lade dich zum Mittagessen ein und helfe dir, ein hinreißendes Kleid für Freitagabend zu finden.«

Das Kleid, das die beiden aussuchten, war aus zarter, hellbrauner Seide und sah sehr elegant aus. »Es passt zu deinem Haar«, meinte Celia.

»Es ist perfekt«, sagte Lillian. Sie konnte dazu ihre cremefarbenen Pumps tragen; sie hatten einen kleinen Absatz, waren aber bequem.

»Du wirst die Ballkönigin sein.« Celia lachte.

»Ach, hör doch auf. Als würde irgendjemand ein altes Weib wie mich überhaupt bemerken.« Lillian kichert; sie hatte zum Mittagessen zwei Gläser Prosecco getrunken.

»Trotzdem wirst du dich darin großartig fühlen«, sagte Celia.

Wie die ganze Wahrheit aussah, war manchmal tatsächlich eine Frage des Blickwinkels, dachte Lillian, während sie das Seidenkleid in ihren Schrank hängte.

Als sie nach Dorset zurückgekehrt war, um ihre Schwester zu pflegen, hatte sie nicht gewusst, was Mary ihrer Tochter erzählt hatte und was sie vorfinden würde. Aber schließlich war es gar keine so große Sache gewesen. Lillian hatte es gutgetan, ihnen zu helfen. Es hatte ihr wieder ein Ziel gegeben, das in ihrem Leben gefehlt hatte, seit Glenn daraus verschwunden war. Und jetzt hatte sie Amy und auf eine merkwürdige Art auch Celia. Eigentlich, dachte sie, als sie die Tür des Kleiderschranks schloss, sollte ich mich bei ihnen bedanken.

43. Kapitel

An Heiligabend stand Nell in der Küche des Farmhauses und trennte Fenchelstiele von den Knollen ab, ein Teil der Vorbereitung für ihre Meeresfrüchte in Safransud. Dass sie Weihnachten allein verbrachte, hatte sie sich streng ermahnt, war noch kein Grund, sich gehen zu lassen. Und irgendwie hatte sie auch gar nicht das Gefühl, allein zu sein. Die Stimme ihrer Mutter war noch hier, in dieser Küche, in diesem Haus, und Nell konnte sie hören, wann immer sie wollte.

Sie begann, den Fenchel und die Zwiebeln fein zu hacken. Komisch, dachte sie, aber ich werde es niemals überdrüssig, Zwiebeln zu hacken. Sie ließen ihre Augen brennen und tränen, aber es war so befriedigend, wie das Messer glatt durch die säuberlichen Lagen der Segmente glitt und sie zu Fall brachte. Manchmal war das bei einem Streit auch so, überlegte sie. Und dann, nachher, hatte man Zeit, sich zu besinnen und darüber nachzudenken, was eigentlich gesagt worden war. *Ich habe versucht, dir dabei zu helfen, dein Leben weiterzuleben*, hatte Callum gesagt. Und dadurch hatte Nell erkannt, dass sie sich in ihrem Kummer gesuhlt hatte. Es stimmte. Sie hatte zugelassen, dass sie Callums und ihr gemeinsames Leben aus den Augen verlor, und da hatte er zu verzweifelten Maßnahmen gegriffen.

Durch das Küchenfenster sah sie hinaus auf den Küchengarten und das Safranfeld, die im Dunkeln lagen. Im Frühjahr würde sie sich ganz schön sputen müssen, wenn sie all ihre Kräuter rechtzeitig in die Erde bringen wollte. Und dann war da noch der Safran; dafür würde sie wahrscheinlich Helfer einstellen müssen. Sie lächelte. Genau wie ihre Mutter.

Sie hatte Johnson frühzeitig mitgeteilt, dass sie im Frühjahr kündigen würde. Sharon würde ihr natürlich fehlen. Nell würde sich nicht leisten können, jemanden in Vollzeit einzustellen, jedenfalls nicht gleich zu Anfang. Aber wenn es sich gut anließ, konnte Sharon später vielleicht als Kellnerin bei ihr arbeiten. Und für den Sommer hoffte sie, Lucy für ein paar Monate hierherlocken zu können. Sie brauchte alle Hilfe, die sie bekommen konnte.

Sie begann die Tomate zu entkernen und zu hacken. Dann zerkleinerte sie den Knoblauch. Wenigstens waren guter Fisch und Meeresfrüchte hier in Cornwall leicht zu bekommen; sie hatte schon einen Lieferanten gefunden. Sie bürstete die Muscheln ab und entfernte die Bärte. Fisch und Meeresfrüchte kamen einem nicht als Erstes in den Sinn, wenn man an marokkanische Küche dachte, aber in Essaouira hatte Nell gelernt, dass Safran und andere Gewürze und das langsame, behutsame Garen, das typisch für marokkanische Gerichte war, Fisch und Meeresfrüchten genauso gut bekam wie Fleisch. Viele Menschen hatten Angst davor, Meeresfrüchte zuzubereiten; sie hatten keinen besonders guten Ruf. Daher waren sie etwas, was Leute gern in Restaurants aßen. Das hoffte Nell jedenfalls.

Sie putzte die Krabben und schnitt den Fisch. Sie benutzte ein schönes frisches Stück Heilbutt, aber im Grunde wäre jeder feste weiße Fisch ebenfalls geeignet gewesen.

Als es an der Tür klopfte, sah sie von ihren Vorbereitungen auf und blinzelte. *Wer in aller Welt …?*

Sie wischte sich die Hände an ihrer weißen Kochschürze ab und ging zur Tür.

Callum stand auf der Schwelle. Er lächelte, aber es war dieses Lächeln, das Menschen aufsetzen, wenn sie sich nicht ganz sicher sind, ob sie willkommen sind. »Hallo, Nell«, sagte er.

»Hallo.« Nell stellte fest, dass sie wünschte, sie hätte nach ihrem Bad etwas Make-up aufgelegt. Sie wollte nicht matt, blass und gequält aussehen, sondern so wirken, als genieße sie das Leben ohne ihn. *Klar, indem du an Heiligabend allein zu Hause bleibst und Meeresfrüchte in Safransud für eine Person kochst.*

»Wie geht's dir?« Er trat von einem Fuß auf den anderen. So wie er herumzappelte, war er sehr nervös, dachte sie.

»Gut.« Sie zögerte. »Möchtest du kurz hereinkommen?« Es war schließlich Heiligabend.

»Wirklich?« Seine Miene hellte sich auf. »Also, wenn du nicht zu beschäftigt bist.«

»Es ist kalt da draußen.« Sie öffnete die Tür weiter und schenkte ihm ihr fröhlichstes Lächeln. »Ich bin nur am Kochen.«

»Natürlich.« Sie lachten beide.

Sie ging vor in die Küche, wobei sie sich seiner Nähe bewusst war und sich um ein paar Schritte Abstand bemühte. Es war doch merkwürdig. Er war immer noch ihr Mann, und sie waren so lange zusammen gewesen, und doch kam er ihr schon wie ein Fremder vor. Sie fühlte sich unsicher und fragte sich, wie es ihm ging.

»Ich habe dir etwas mitgebracht.«

»Möchtest du etwas zu trinken?«

Sie hatten gleichzeitig gesprochen. Jetzt lachten sie.

»Ja bitte«, sagte er. »Ein kleines Glas Wein, falls du eine Flasche offen hast.«

Sie nickte. Im Kühlschrank stand eine Flasche französischer Viognier; sie hatte ihn bereits gekostet und ein kleines Glas zum Essen trinken wollen. Auch in ihr Gericht würde sie etwas davon tun. Sie schenkte ihm ein halbes Glas ein. Er musste noch fahren, also sollten sie sich beide besser ein wenig zurückhalten. Der Alkohol im Essen würde ja zumindest verdunsten.

Er reichte ihr ein kleines Päckchen, das in buntes Weihnachtspapier gewickelt war.

»Was ist das?« Er sollte ihr nichts schenken. Vielleicht hätte sie ihn doch besser nicht hereinlassen sollen. Was immer seine Beweggründe waren, Callum hatte sie trotzdem getäuscht. Er hatte versucht, sie zu kontrollieren, und sein Verhalten dann mit der Behauptung entschuldigt, dass er sie nur hätte beschützen wollen. Was war nur mit all den Menschen los, denen sie nahestand? Zuerst ihre Mutter und dann Callum – beide waren entschlossen gewesen, sie vor allem zu beschützen, dem man sich stellen musste. Strahlte Nell etwas aus, was das provozierte? Lag es daran, dass sie erwachsen werden musste?

Nell riss das Papier auf, und ein kleines weißes Kästchen kam zum Vorschein. »*Wishing on the Wind*« stand in silbernen Lettern darauf. Sei vorsichtig bei dem, was du dir wünschst, dachte sie. Sie öffnete das Kästchen.

Darin lag auf cremeweißem Stoff eine zarte Silberhalskette. Es war eine filigran gestaltete Kette mit einem tropfenförmigen Anhänger aus hohl gegossenem Glas mit einem silbernen Abschluss. Und in dem kleinen Glastropfen befand sich ein winziges Bündel Safran, echter Safran, rotgolden schimmernde Fäden. Nell sah Callum an.

Er trank einen Schluck von seinem Wein und zuckte mit den Schultern. »Damit du ihn immer bei dir tragen kannst«, erklärte er. »Den Safran.«

»Aber wo in aller Welt hast du das gefunden?« Nell nahm die Kette aus dem Kästchen. Durfte man Geschenke von seinem Exmann annehmen?

Callum setzte eine angemessen bescheidene Miene auf. »Ich habe es machen lassen«, sagte er. »Bei diesem Silberschmied, auf den wir letzten Mai bei den offenen Werkstätten gestoßen sind.«

Nell erinnerte sich. Das waren glückliche Zeiten gewesen, dachte sie. Kurz nach ihrer Hochzeit. Vor dem Tod ihrer Mutter. Und lange vor Marokko … Er hatte die Kette extra anfertigen lassen. Sie war beeindruckt. Der Schmuck aus mundgeblasenem Glas und Silber hatte ihnen beiden gefallen. Aber so ein Stück in Auftrag zu geben, mit Safran im Herzen …

»Gefällt es dir?«

»Ich liebe es«, sagte sie.

»Darf ich?« Und bevor sie ihm Einhalt gebieten konnte, war er von seinem Stuhl aufgesprungen und legte ihr die Kette um. Seine Hände berührten ganz kurz ihre Schultern. Sie spürte seinen Atem und nahm seinen leicht erdigen Geruch wahr, zusammen mit Duschgel mit Apfelduft und dem feuchten Dezemberabend draußen.

»Danke.« Irgendwie fand sie ihre Stimme wieder. »Das hättest du nicht tun sollen. Aber danke, Callum.«

Schnell drehte sie sich um, um die Tränen wegzublinzeln, die ihr in die Augen getreten waren. Sie hielt den Safrananhänger einen Moment zwischen den Fingern und lächelte. »Ich muss weitermachen. Sonst verkocht das Essen.«

»Soll ich gehen?« Er durchquerte die Küche und blieb so verlegen wie eben an der Tür stehen.

Sie schüttelte den Kopf. »Bleib zum Essen, wenn du magst.« Sie wollte nicht, dass er ging, noch nicht. Sie hatte ihm etwas zu sagen. Und sie wollte nicht allein sein.

»Wirklich?« Seine Augen leuchteten auf.

»Ja«, sagte sie. »Wir müssen reden.«

Sie nahm einen Viertel Teelöffel zerriebene Safranfäden und rührte sie behutsam in Weißwein ein. Dieses Geschenk, das Callum ihr gemacht hatte … Es war, als erkenne er endlich an, wie viel der Safran, dieses Erbe der Vergangenheit, ihr bedeutete. Jedes Mal begeisterte es sie, Safran einzusetzen. Es lag an seinem betörenden scharfen Geruch und der intensiven Farbe. Er verband sich sofort mit dem Wein und verlieh ihm ein herrliches Orange. Wie Sonnenschein.

»Du kannst das Versuchskaninchen spielen«, sagte Nell. Sie gab einen großzügigen Schuss Olivenöl in den Topf und ließ ihn heiß werden.

»Klingt gut.«

»Danke, dass du letzte Woche das Paket vorbeigebracht hast.« Sie schwitzte Fenchel und Zwiebeln in heißem Öl an und rührte das Gemüse mit einem Holzlöffel um. Es würde ungefähr fünf Minuten dauern, bis es weich wurde. »Das Paket war eine ziemliche Offenbarung.« Sie würde mit Amy darüber reden, wenn sie sie in ein paar Tagen traf. Der Marokko-Event in Lyme begann am zweiten Weihnachtstag. Sie wusste, dass die Veranstalter die ganze Reihe noch ins Jahr 2013 hatten quetschen wollen, da sich in diesem Jahr die Entsendung des ersten marokkanischen Botschafters nach Großbritannien unter König John zum achthundertsten Mal jährte. Aber Weihnachten hatte so eine Art, einem immer in die Quere zu kommen, wie Amy gesagt hatte.

»Wolltest du darüber mit mir reden?«

Nell sah ihn an und bemerkte den Ausdruck in seinen haselnussbraunen Augen. »Es gehört dazu.«

Sie gab den Knoblauch hinzu. Sie liebte den kräftigen Geruch, mit dem der Knoblauch auf das heiße Öl und die Zwiebeln traf. Der Anis verlieh ihm eine zusätzliche Dimension. Nach einer oder zwei Minuten gab sie den in Wein gelösten Safran dazu und ließ alles köcheln. Zu dem Sud und den Meeresfrüchten würden sie knuspriges Brot und einen frischen grünen Salat essen.

Sie setzte sich ihm gegenüber an den alten Bauerntisch aus ihrer Kindheit. »Es war ein Tagebuch«, erklärte sie. »Geschrieben von einem alten Mann, dem wir in Marokko begegnet sind.«

Und während der Safransud im Topf köchelte und sich der bittere Duft des Gewürzes mit dem süßlichen Aroma von Fisch und Meeresfrüchten mischte und die Küche erfüllte, erzählte sie ihm, was sie gelesen hatte.

»Das ist ja unglaublich, Nell«, sagte er, als sie geendet hatte.

»Ich weiß.« Sie stand auf. Die Flüssigkeit hatte sich sehr schön reduziert, und sie gab die Muscheln dazu sowie eine halbe Tasse ihres speziellen Fischfonds. Sie deckte den Topf zu und ließ alles simmern. Jetzt musste sie nur ab und zu umrühren und darauf warten, dass sich die Muscheln öffneten.

Callum sah zur gegenüberliegenden Wand, wo Nell das Pergament mit der Zeichnung aufgehängt hatte. Es würde ins Wohnzimmer wandern, sobald es zum Speiseraum des Restaurants geworden war. Aber bis dahin … *Von wegen Göttin.* Das war die Nymphe Smilax mit einem koketten Lächeln und dunklem, zurückgeworfenem Haar, oder Nell war der Kaiser von China. Sie lächelte.

»Sie sieht ein bisschen aus wie deine Mutter«, meinte Callum.

Nell lachte. Sie warf ein paar Muscheln weg, die nicht aufgegangen waren, gab die Krabben, den Fisch, die Tomate und den Rest des Fonds hinzu und ließ das Ganze bei niedriger Temperatur weitersimmern.

»Safran ist deine Vergangenheit«, sagte Callum. »Ich wollte immer deine Zukunft sein.«

Nell drehte sich um. »Aber Callum«, sagte sie, »ich bestehe aus meiner Vergangenheit, meiner Gegenwart und meiner Zukunft. Wie wir alle.« Sie dachte an die Tarotkarten, die sie an den endlosen Abenden nach dem Tod ihrer Mutter immer wieder gelegt hatte. Vergangenheit, Gegenwart, Zukunft … Inzwischen nahm sie sie kaum noch zur Hand. Erstens hatte sie keine Zeit dazu. Und zweitens hatte sie gelernt, Entscheidungen ohne sie zu treffen. »Das eine existiert nicht ohne das andere«, sagte sie.

»Aber was ist, wenn die Vergangenheit die Zukunft bedroht? Hat die Vergangenheit uns denn nicht zerstört?« Er hatte die Fäuste geballt.

»Nein.« Sie ging zu ihm, nahm seine Hände und öffnete sie

behutsam. »Das war nicht die Vergangenheit, das waren wir beide.«

»Ich, meinst du wohl.«

Sie schüttelte den Kopf. »Wir.« Sie hatte viel nachgedacht, und ihr war klar geworden, dass sie beide Schuld hatten.

»Die Vergangenheit ist nicht nur eine Person, Callum. Sie ist nicht meine Mutter.« Denn darauf lief alles hinaus: Sie oder das, was von ihr noch übrig war, die Erinnerung an sie, war die Bedrohung, die er empfand. Und Nell musste akzeptieren, dass sie für Callum eine reale Bedrohung war. Sogar jetzt noch, wo sie nicht mehr lebte.

»Ich weiß«, flüsterte er. »Es tut mir leid.«

»Und jetzt«, sagte sie.

»Ich weiß es nicht.«

»Ich bin schwanger, Callum.«

Er starrte sie an.

Nell wusste, dass es schwer zu begreifen war. Sie konnte es ja selbst kaum glauben. Aber sie hatte den Test gemacht, und es stimmte; es war das Ergebnis ihres verzweifelten, leidenschaftlichen Sex' in der Nacht, in der sie aus Marokko zurückgekehrt war.

Callum streckte die Arme aus. Vorsichtig legte er seine großen Hände auf ihren Bauch. »Oh, Nell«, sagte er, und seine Miene veränderte sich. »Und deswegen möchtest du, dass wir es noch einmal versuchen? Ist es das? Wegen des Babys?«

Forschend sah sie ihm ins Gesicht. »Ja, ich möchte, dass wir es noch einmal probieren.« Sie wusste besser als jeder andere, wie schwierig es sein konnte, ohne Vater aufzuwachsen. Ihre Mutter war der liebevollste, stärkste Mensch gewesen, den sie je gekannt hatte, aber selbst sie hatte nicht zwei Personen auf einmal sein können. Sogar sie konnte den Verlust nicht wettmachen, ja, sie hatte ihn nicht einmal erklären können. Und das wünschte sich

Nell nicht für ihr Kind. »Aber nicht nur wegen des Babys«, flüsterte sie.

Mehr brauchte sie nicht zu sagen, denn er schien sie verstanden zu haben. Er zog sie in seine Arme und küsste sie ganz sanft.

Ich bin nicht meine Mutter, sagte sie sich entschlossen. *Und ich lasse mich nicht in die Falle locken – weder von der Vergangenheit noch von der Gegenwart.*

Erst ein paar Minuten später konnte Nell sich wieder dem Essen zuwenden, das auf dem Herd köchelte. Sie kostete es und würzte nach. »Riech mal daran.« Sie hielt ihm einen Löffel hin. Er schnüffelte. »Koste.« Sie wartete. »Was meinst du?«

Er runzelte die Stirn. »Ein bisschen salzig, ein bisschen süß. Es ist wirklich gut, Nell.«

Sie lächelte. Er würde es schon schaffen. Eines Tages würde er die Magie schmecken.

46. Kapitel

Marokko 1979

Glenn blieb weiter auf der Farm und arbeitete schwer, auf die stetige, ruhige Art wie auch die anderen Männer. Auf diese Art vergingen Stunden sehr schnell, Tage ebenfalls. Glenn war schockiert, als ihm klar wurde, dass er nun schon ein Jahr hier lebte.

»Ich kann mir nicht vorstellen, von hier fortzugehen«, sagte er zu Mustafa, »aber ich muss.«

»Obwohl du den Ort gefunden hast, der dir bestimmt ist?«

Glenn dachte an Bethany. Konnte es so einfach sein? War es zu spät, um nach England zu gehen und sie zu suchen? »Ich habe keine andere Wahl«, sagte er. Wie sollte er damit leben, niemals zu erfahren, warum sie gegangen war?

Mustafa warf ihm einen abgeklärten Blick zu, der besagte, dass jeder Mensch eine Wahl hatte. »Wenn du unruhig bist«, sagte er, »warum begleitest du mich dann nicht morgen nach Essaouira? Ich habe etwas zu erledigen. Auf dem Platz wird Gnawa-Musik gespielt. Wir kommen gegen Mittag an und fahren um Mitternacht wieder.«

Glenn zögerte. Er hätte nie gedacht, dass er noch einmal dorthin zurückkehren würde. Aber jetzt fühlte er sich wieder völlig gesund, und er war sich sicher, dass der Virus – falls es einer gewesen war – nicht mehr in seinem Körper war. Er hatte schwer für Mustafa und seine Familie gearbeitet, aber jetzt musste er daran denken, weiterzuziehen. »Okay«, sagte er. »Warum nicht?«

Es war merkwürdig, wieder in Essaouira zu sein. Die Stadt war ihm vertraut und kam ihm doch fremd vor; Glenn konnte kaum glauben, dass er so lange hier gelebt hatte. Auf dem Platz sah er den Musikern in ihren weißen Gewändern zu. Die Musik begann mit einem langsamen Rhythmus und nahm dann Tempo auf. Und genau wie immer kroch sie ihm in den Kopf und bahnte sich summend einen Weg in seine Seele.

»Hey, Mann.« Eine vertraute Stimme. »Ich dachte, du hättest die Stadt verlassen.«

Glenn drehte sich um und stand Howard gegenüber. Er hatte sich kaum verändert und trug noch dasselbe zerknitterte Käppchen wie immer. Wenn überhaupt, dann sah sein Gesicht noch brauner und wettergegerbter aus. Eigenartig, nur ein Jahr war vergangen, aber es fühlte sich viel länger an. Glenn fragte sich, ob die Reise, die er zurückgelegt hatte, tatsächlich länger gewesen war. Ihm kam es vor wie ein ganzes Leben. »Hatte ich auch.«

»Wo warst du überall? Fez? Casablanca? Marrakesch?« Howard bot ihm eine Zigarette an.

Rollentausch, dachte Glenn und erinnerte sich an den Tag, an dem sie einander begegnet waren. Er nahm sie trotzdem, aus Höflichkeit, denn inzwischen rauchte er nicht mehr viel. »Ich war nur in den Bergen.« Er wedelte mit der Hand. Howard würde es komisch finden, aber seit seiner Krankheit ging Glenn nicht mehr gern unter Menschen. Es fiel ihm nicht leicht, auf so engem Raum mit Leuten zusammen zu sein wie hier auf diesem dicht bevölkerten Platz. Er kriegte jetzt schon Zustände und fragte sich, ob er besser nicht mitgekommen wäre. Nur … Die Musik hatte ihn in Versuchung geführt. Er hatte sie noch einmal hören wollen. Und er wollte sich beweisen, dass er woanders hingehen konnte, dass er immer noch fortgehen, nach England fahren und Bethany suchen konnte.

»Die Berge? Verdammich …« Howard schüttelte den Kopf.

»Du bist damals echt ausgeflippt, was, Kumpel?« Er beugte sich auf ihn zu, und seine Stimme klang leise und merkwürdig verschwörerisch.

Howard hatte sich verändert, wurde Glenn klar. Er wirkte nicht mehr so selbstsicher. Seine Augen waren glasig. Er war nicht mehr der Howard, den Glenn gekannt hatte. »Was meinst du?« Er steckte die Hände in die Taschen seiner Jeans und versuchte, sich wieder auf die Musik zu konzentrieren. Obwohl er wusste, was Howard meinte.

»Weil sie dich verlassen hat. Dieses Mädchen, Bethany. Weil sie an diesem Tag einfach heimlich abgehauen ist.«

»Kann schon sein.« Glenn war sich nicht sicher, ob er dieses Gespräch führen wollte, auf keinen Fall aber wollte er es mit Howard führen. Er hatte oft darüber nachgedacht, warum sie gegangen war, und hatte immer noch keine Ahnung. Sicher, Beziehungen zerbrachen, Menschen gingen getrennte Wege. Aber warum war sie nicht einfach zu ihm gekommen und hatte etwas gesagt? So ein heimlicher Aufbruch sah Bethany überhaupt nicht ähnlich. Sie war immer wie ein offenes Buch gewesen. Wahrscheinlich war es seine eigene Schuld gewesen. Anders konnte es gar nicht sein. Ja, sie hatte sich eigenartig verhalten. Aber vielleicht hatte sie das Gleiche über ihn gedacht. Zum Teufel, man brauchte ihn ja nur anzusehen. Erst diese komische Krankheit, und jetzt lebte er in den Bergen, arbeitete auf der Farm und schrieb stundenlang Gedichte oder sah einfach nur über die Ebene hinaus. Glenn blickte sich um, aber Mustafa saß irgendwo in einem Café, und er traf ihn erst um Mitternacht am Hafen wieder.

»Ich hatte immer gedacht, du wärst ihr nach England nachgefahren.« Howard kniff die Augen zusammen. »Dass du rauskriegen würdest, warum sie abgehauen ist.«

Blinzelnd sah Glenn ihn an. Howards Worte ließen die Musik

für ihn auf einen Schlag verstummen, und auch die Menschen um sie herum nahm er überhaupt nicht mehr wahr. »Warum sie abgehauen ist?«, wiederholte er. Aber vielleicht meinte Howard es auch gar nicht so, wie Glenn dachte. Vielleicht wusste Howard auch nichts. Er schüttelte den Kopf. »Nööö.« Jedenfalls hatte er es bis jetzt noch nicht getan.

Das Lied ging zu Ende, die Musiker verbeugten sich grinsend und erklärten, sie würden eine kurze Pause machen.

»Was ist mit Giz?«, fragte Glenn. »Ist er noch in der Gegend?« Er hätte ihn gern wiedergesehen, nur noch einmal. Sie hatten damals im Riad eine gute Zeit gehabt, zuerst zu dritt und dann zu viert, als Bethany eingezogen war. Eine Weile war es … nicht perfekt gewesen, denn nichts war vollkommen. Aber es war in Ordnung gewesen. Sie hatten gut zusammengearbeitet, sie hatten mehr oder weniger die gleichen Werte und sie hatten aufeinander aufgepasst und das, was sie hatten, zusammengelegt. Aber nichts währte ewig. Selbst die besten Kommunen bestanden schließlich aus Menschen.

Howard zuckte mit den Schultern. »Er ist vor ungefähr einem Monat weg, Mann.«

»Wohin?«

»Durchsuch mich.« Er sah aus, als fühle er sich unwohl. »Willste ein Bier?«

Auf der Farm hatte Glenn nicht getrunken. Niemand trank dort Alkohol. Er hatte es sich ganz abgewöhnt. Aber Howard suchte Gesellschaft, und das, was er über Bethany gesagt hatte, gab schließlich den Ausschlag. »Klar.«

Glenn wurde bald klar, dass Howard schon halb hinüber gewesen war, als sie sich auf dem Platz begegnet waren. Als er nach seinem zweiten Bier pinkeln ging, schien er kaum mehr in der Lage zu sein, sich aufrecht zu halten. Vielleicht war er auch auf etwas anderem als auf seinem üblichen Hasch. Seine Pupillen waren dazu erweitert genug, und er benahm sich auf jeden Fall komisch. Merkwürdig war es aber doch. In der ganzen Zeit, in der sie im Riad zusammengelebt hatten, hatte er Howard noch nie so gesehen. Gizmo schon. Glenn hatte oft eine Decke aus seinem Zimmer geholt und Gizmo dort, wo er gerade umgefallen war, damit zugedeckt. Aber Howard … Howard hatte immer gewirkt, als hätte er sich unter Kontrolle.

»Ich könnte es dir ja sagen, Mann …« Er beugte sich über den Tisch und sah Glenn an.

»Was?« Glenn fühlte sich unbehaglich. Am liebsten wäre er gegangen. Er wollte zurück zu dem, was für ihn jetzt sein Leben war. Aber es war noch nicht Mitternacht, und etwas Stärkeres bewog ihn zum Bleiben. Er betrachtete die anderen Typen in der Bar, von denen die Hälfte ziemlich mitgenommen aussah, und schien sie mit anderen Augen zu sehen – mit seinen neuen Augen, dachte er. Die Augen von jemandem, der ein anderes Leben führte.

»Warum sie abgehauen ist.«

Glenn richtete sich auf. Dann hatte er also doch recht gehabt. Was für ein Bastard. Was wusste er? »Und warum ist sie abgehauen?« Er ließ seine Stimme gleichmütig klingen.

Howard versuchte, seine Nase mit dem Zeigefinger zu berühren, verfehlte sie und stach sich stattdessen in die Wange. »Sie war schwanger«, erklärte er.

In Glenns Kopf drehte sich alles. Er starrte Howard an. »Was?«

»Sie war schwanger.«

Schwanger? »Aber …« Glenn versuchte die Information zu verarbeiten. Konnte das wahr sein? Das war vor einem Jahr gewesen. Und was bedeutete das nun? Dass sie jetzt ein Kind hatte? Ihr gemeinsames Kind? Plötzlich sah er Bethany vor seinem inneren Auge, wie sie traurig, verletzlich und schwanger heim nach England fuhr, um dort allein ihr Kind zu bekommen. Sein Baby … Warum hätte sie das tun sollen? Warum hatte sie ihm nichts davon erzählt? Gottverdammt. Warum hatte sie ihm nichts gesagt?

»Sie wollte es wegmachen lassen«, sagte Howard.

»Du verdammter Lügner!« Warum sollte sie das Howard erzählt haben und nicht ihm? Das konnte nicht sein. Sie würde einfach nie …

»Hat sie mir gesagt. Sie wollte es nicht, Mann. Auf keinen Fall, hat sie gesagt. Sie hatte Angst, es dir zu sagen. Dachte, du würdest durchdrehen.« Er sah Glenn abschätzig an.

Glenn bemerkte, dass er zitterte. »Wann? Wann hat sie dir das erzählt?« Aus irgendeinem Grund kam ihm das wichtig vor. War es auf dieser Drogenfahrt gewesen? Hatte sie deswegen plötzlich ihre Meinung geändert und hatte nicht fahren wollen? Um Himmels willen! Er stützte den Kopf in die Hände. Warum hatte sie ihm das nicht gesagt?

Howard trank einen Schluck von seinem Bier. »An dem Morgen.«

Glenn blickte auf. »An welchem Morgen?«

»Verdammich, Mann, an dem Morgen, als sie abgehauen ist. Als ich sie gefragt habe, warum sie wegwill.«

An diesem Morgen. Glenn sah über den Platz hinaus. Wann hatte Bethany herausgefunden, dass sie schwanger war? Er runzelte die Stirn und versuchte, sich an irgendeine Einzelheit zu erinnern, die ihm einen Hinweis geben könnte. Die Musiker spielten noch, aber der Platz hatte sich geleert. Die, die noch da waren, wiegten sich im Takt oder tanzten und summten oder sangen leise mit. Von der Bühne aus erhellte grelles Scheinwerferlicht den ganzen Platz. Dahinter lag die tiefe Dunkelheit des Meeres. Die Musik dröhnte weiter.

Glenn konnte kaum glauben, dass er so zornig war. So viel zu stiller Kontemplation und einem achtsamen Leben. Es war ein Jahr her. Aber er war außer sich vor Wut. Bethany war fortgegangen, weil sie schwanger war. Bethany hatte sein Kind nicht gewollt. Schlimmer noch, sie hatte nicht einmal gewollt, dass er von seinem Kind erfuhr. »Warum hast du mir das nicht gesagt?«, fragte er schließlich.

»Weil ich's ihr versprechen musste, Mann.«

Treuloser Bastard. »Du hättest es trotzdem tun können«, murmelte er. »Verdammt, du hättest es tun müssen. Wir waren doch Freunde.« Nein, eigentlich waren sie das nicht gewesen. Glenn erinnerte sich an die Sticheleien, die Bemerkungen, die Anspielungen.

Howard lachte. »Hast du die ganze Zeit unter 'nem Stein gelebt?«, höhnte er. »Wir beide waren niemals Freunde. Wir haben bloß zusammengewohnt, nichts weiter.«

Das stimmte. »Du hattest es immer auf mich abgesehen«, sagte Glenn. Das war eine Tatsache, auch wenn er keine Ahnung hatte, warum.

»Na ja.« Howard zog die Augen zusammen. »Du bist ja aus der Sache rausgekommen. Aber mein Bruder hat in Vietnam gekämpft.«

»Was?« Howard war Australier. Aber natürlich hatten sie da unten 1966 auch eine Wehrpflicht gehabt.

»Genau wie all die anderen armen Irren.« Howard lehnte sich auf seinem Stuhl zurück und zog eine zerdrückte Zigarettenpackung und ein paar Streichhölzer aus der Tasche seiner Jeans. »Er dachte, er würde ein Held.« Er zündete eine an, wobei er das Streichholz in der hohlen Hand hielt, um die Flamme vor dem Wind zu schützen. »Er ist da hingeschickt worden, um euch Bastarden zu helfen, das Land von jemand anderem zu verheeren.«

Glenn sah zu, wie er einen tiefen Lungenzug machte. Also

darum ging es. Kein Wunder, dass er Glenn so zugesetzt hatte. Plötzlich ergab alles einen Sinn. »Was ist aus ihm geworden?« Ob er gefallen war? Kein Wunder, dass der Typ so verbittert war.

Howard schüttelte den Kopf. Er trank einen Schluck Bier. Es lief ihm übers Kinn, und er wischte es sich mit dem Handrücken ab. »Er ist wieder nach Hause gekommen. Aber er war vollkommen durch den Wind. Er wusste schon vor dem Krieg nicht, was er mit seinem Leben anfangen sollte, und nachher wusste er es schon gar nicht mehr. Was er alles gesehen hat … Mann.« Er warf Glenn einen Blick zu. »Na, davon hast du ja keine Ahnung, was? Verdammter Drückeberger.«

Glenn schwieg. Was sollte er sagen? Ein schlechtes Gewissen war ein nutzloses Gefühl. Es half niemandem.

»Er hat gelitten, Mann. Beklemmungen, Stress, Trauma, alles, was du willst. Als ich weggegangen bin, hatte er Platzangst und war Alkoholiker. Er war zwanghaft. Yeah, nach Vietnam war er zu nichts mehr richtig zu gebrauchen.«

Glenn stand auf. Es hatte keinen Sinn, etwas zu sagen. Es war passiert, es war vorbei. Deswegen hatten sie alle protestiert. Aber er würde bestimmt nicht anfangen, mit Howard über den Vietnamkrieg zu diskutieren. Trotzdem … »Das ist hart, Mann. Niemand sollte so etwas …«

»Yeah, hast recht. Niemand sollte so etwas.« Auch Howard stand auf. »Sie musste es loswerden, Mann«, sagte er. Er grinste, und eine Sekunde lang sah er aus wie der alte Howard. »Schließlich hatte sie keine Ahnung, wer von uns beiden der Vater war.«

Glenn hatte schon ausgeholt und zugeschlagen, bevor ihm klar war, was er tun würde. Howard starrte ihn verblüfft an, dann sackte er zu Boden. Blut quoll aus seinem Mund. Glenn war Pazifist, und doch hätte er ihn am liebsten noch einmal geschlagen. Er wollte auf ihm herumtrampeln und sein Gesicht in den Boden stampfen, damit er zu reden aufhörte. So ein Pazifist war er. Der Zorn verbrannte ihm die Eingeweide und den Hals; er erfüllte seinen Kopf mit Feuer.

Er holte tief Luft, schloss kurz die Augen und schlug sie wieder auf. Jemand half Howard beim Aufstehen. Seine Lippen waren blutig und er taumelte, aber immer noch lag dieses Grinsen auf seinem Gesicht. Bestimmt war schon Mitternacht.

Glenn ging davon.

47. Kapitel

Amy sah sich ein letztes Mal in der Ausstellung um. Alles war bereit für die Eröffnung. Sie konnte nichts mehr tun. Sie hatte versucht, alles so zu arrangieren, dass man den Eindruck hatte, durch eine Tür nach Marokko zu gelangen, wenn man die Galerie betrat. Es begann mit den Blau- und Gelbtönen des Majorelle-Gartens, ging weiter über die weiten, wüstenhaften Ebenen und Dünen bis zum hohen, von rosigem Nebel umflossenen Atlas. Und im Zentrum vereinte die breite Schneise eines violetten Safranfelds in voller Blüte die verschiedenen Landschaften.

Die Innenaufnahmen hatte sie anders arrangiert, sodass sie wie einzelne Räume wirkten: das Innere einer alten Berberhütte, die verfallene Pracht des alten Riads in Essaouira, die Souks mit ihren Teppichen und ordentlichen Reihen paillettenbesetzter *babouches*. Und dann waren da noch Amys Fotos von den Menschen: die Mädchen mit rotgoldenen Hennaornamenten auf den Händen, die grauhaarigen alten Fischer mit ihren Netzen und den Eimern voll zappelnden Fischen, die in der Sonne glitzerten, die braunhäutigen Kinder, die in den rosafarbenen Gassen der Medina Fußball spielten, der Schlangenbeschwörer mit dem langen weißen Bart, dessen Haar in seinen Turban eingeflochten war … Es war alles da. Jedenfalls der größte Teil. Amy hatte ihre Lieblingsaufnahmen ausgewählt, aber sie hatte auch eine Geschichte erschaffen, eine Bildererzählung über das Marokko von heute. So hatte sie auch die Ausstellung genannt. *Marokko heute*.

Jake hatte vorhin noch vorbeigeschaut. In letzter Zeit hatte sie ihn nicht oft gesehen, obwohl er den Kontakt über Telefon und E-Mail gehalten hatte. Er hatte ihre Unterlagen an verschiedene

Leute weitergegeben, die sich für ihre Arbeit interessierten. Ein paar davon würden die Ausstellung besuchen. *Also seien Sie vorbereitet* … Sie wusste, was das hieß, und hatte ihren Lebenslauf und ihre Mappe griffbereit. Außerdem steckte in ihrer Handtasche noch ein Umschlag.

Er war allerdings ein- oder zweimal vorbeigekommen. Um festzustellen, wie es voranging, hatte er behauptet. Um sie zu sehen? Sie hatte keine Ahnung. Bis jetzt hatte sie immer gewusst, wenn ein Mann sich für sie interessierte; sie taten das meist ziemlich offensichtlich. Aber Jake Tarrant … Sie wusste einiges über seine Vergangenheit, aber sie hatte nicht einmal eine Ahnung, ob er momentan Single war. Das hielt sie für ziemlich unwahrscheinlich. Er war attraktiv, umgänglich, intelligent … Warum sollte er allein sein? In Marokko hatte sie sich das schon gefragt. Dort hatte sie allerdings das Gefühl gehabt, er wünsche sich, dass aus ihnen etwas werden würde. Aber jetzt? Alle Anzeichen sprachen dafür, dass er Amy nur als Freundin betrachtete. Eines Abends waren sie zusammen etwas trinken gegangen und hatten lange über den Event und wenig anderes diskutiert. Als er sie nach Hause gebracht und gute Nacht gesagt hatte, da hatte er sie wie vorher auf beide Wangen geküsst und war dann einfach in die Dunkelheit davongegangen. Er hatte sich nicht aufgehalten. Nicht, dass sie das gewollt hätte. Nur … Dieser Duft nach Leder und Grapefruit, seine Art, ihr ein wenig zu nahe zu kommen … Sie war sich immer noch ziemlich sicher, dass sie keinen Mann in ihrem Leben wollte, ziemlich sicher, dass sie so am besten dran war. Aber es beschäftigte sie. Sie wusste, dass es ihr etwas ausmachte. *Umso dümmer von dir, Amy*, schalt sie sich.

»Sie haben gute Arbeit geleistet«, hatte er heute Nachmittag anerkennend gemeint, als er sich in der Galerie umsah. »Ich bin stolz auf Sie.«

Sie hatte gelächelt. So etwas würde eher ihre Mutter sagen

oder Tante Lil. Es implizierte, dass er an ihrer Leistung beteiligt war. Wahrscheinlich sollte sie das stören, aber sie machte sich nichts mehr daraus; nicht mehr. Ihr war klar geworden, dass sie bei diesem Projekt Jakes Hilfe gebraucht hatte. Allein hätte sie das nie geschafft. Er war ein Experte auf seinem Gebiet, wenn er sein Umfeld auch manchmal ein wenig reizte. Aber sie respektierte ihn. Ihr wurde klar, dass sie *wollte*, dass er stolz auf sie war. *Ach, herrje*.

Im Kurkuma-Raum – Jake hatte vorgeschlagen, die Räume der Galerie nach Gewürzen zu benennen, die in der marokkanischen Küche verwendet wurden – fand der Web-Workshop statt. Keine alte Frau leitete ihn, für die das Weben eine lebenslange Tradition darstellte, sondern ein junges Mädchen um die zwanzig namens Jo. Jo, die leuchtend blauen Lidschatten und knallpinkes Rouge trug, wusste, wie man mit einem Webstuhl umging, und zwar nach marokkanischer Art. Natürlich war ihr Workshop ausgebucht.

Im Paprika-Raum hatte Jake eine weitere Ausstellung mit Arbeiten marokkanischer Künstler organisiert, Leihgaben verschiedener Kunstzentren und Galerien in ganz Großbritannien. Abends wurden im Ingwer-Raum jeweils drei Filme gezeigt, und im Foyer der Galerie – der Zimt-Lobby – befand sich ein Informationsstand über Reisen nach Marokko, der von einem Reisebüro aus Lyme besetzt wurde.

Im Safranraum – normalerweise die Küche der Galerie – fand der Koch-Workshop statt, der von Jenny geleitet wurde. Jenny hatte das Buch über marokkanische Küche geschrieben, das mit Amys Fotos illustriert werden sollte. Es sollte in sechs Monaten herauskommen. Sie hatten mehr als doppelt so viele Anmeldungen, als Jenny allein bewältigen konnte, und Amy hatte vorgeschlagen, dass Nell einen weiteren Workshop übernehmen sollte, falls sie dafür in der Stadt einen Veranstaltungsort fanden. Aber

Nell hatte abgelehnt und darauf beharrt, selbst nur Anfängerin zu sein. Außerdem hatte sie, wie sie sagte, zu viel zu tun. Sie war dabei, umzuziehen und ihr neues Restaurant einzurichten. Aber heute Abend würde sie dabei sein, und Amy konnte es kaum abwarten, sie wiederzusehen. Sie hatte einige Flyer, die für Nells neues Projekt warben, an der Information ausgelegt, im Koch-Workshop und hier auf dem Glastisch, an den sich die Besucher eine Weile setzen konnten und einen guten Blick auf einige der Fotos hatten. Sie war sich sicher, dass Nells Restaurant erfolgreich sein würde.

Jake kam herein und schwenkte eine Flasche Sekt und zwei Gläser. Sein Stachelhaar stand fast senkrecht in die Höhe, und auf seinem Kiefer lagen Bartschatten. Ihr wurde klar, dass er müde war. Dies hier war auch ihm wichtig, und er hatte wirklich hart gearbeitet, um den Event zu dem zu machen, was er war.

»Wir sollten auf unseren Erfolg anstoßen«, erklärte er als Antwort auf ihren fragenden Blick.

»Was ist mit den anderen?« Später würde Amy Duncan den Umschlag geben müssen, den sie in der Tasche trug. Aber sie glaubte nicht, dass es ihm etwas ausmachen würde. Tatsache war, dass es in manchen Dingen einfach keinen Weg zurück mehr gab, dachte sie. In diesem Fall war sie sich allerdings auch nicht sicher, ob es noch einen Weg nach vorn gab. Jedenfalls nicht für Duncan und sie.

Jake zuckte mit den Schultern. »Das ist unser Moment, Amy.«

Unser Moment …

Er reichte ihr die Gläser und zog dann behutsam den Champagnerkorken, bis es knallte und sprudelte.

Lachend hielt Amy ihm die Gläser entgegen. Was machte Champagner nur so unwiderstehlich? Er brachte einen schon zum Lachen, bevor man überhaupt einen Schluck getrunken hatte.

Er nahm ein Glas. »Auf uns«, sagte er und legte seinen Arm um ihre Schultern. Unter der hellbraunen Lederjacke sah sie die Manschetten seines hellrosa Leinenhemds. Wer in aller Welt hatte entschieden, dass Rosa keine männliche Farbe war?

»Auf uns«, murmelte sie. *Auf uns?* Was sagte sie denn da? Was erzählte er? Sie konnte sich nicht überwinden, ihn anzusehen. Bestimmt meinte er nur die Arbeit. »Und natürlich auf den Marokko-Event«, sagte sie strahlend.

Fragend zog er eine Augenbraue hoch. »Natürlich.« Er nippte an seinem Champagner und sah sie aus seinen teefarbenen Augen an. Lange Wimpern, dachte sie.

Wieder einmal war er ihr zu nahe gekommen. Amy wusste nicht, was sie sagen sollte. Sie machte sich los. Sie setzten sich an den Glastisch, und zumindest Amy war froh über die Distanz, die er zwischen ihnen schuf. Zu viel Nähe konnte verwirrend wirken. »Dann ist alles bereit für morgen?«

»Wir brauchen nur noch Besucher.« Er lächelte sie mit solcher Wärme an, dass Amy das Gefühl hatte, im Sonnenschein zu stehen.

»Die werden schon kommen.« Die Lokalzeitungen hatten Artikel und Fotos gebracht, und im Lokalradio waren ein paar Interviews gesendet worden – eines hatte sie selbst gegeben. Die Galerie war sogar in der überregionalen Presse erwähnt worden. Duncan hatte ihr den Artikel kürzlich gezeigt; natürlich war er außerordentlich zufrieden mit sich selbst gewesen. Jake hatte genau zur rechten Zeit das Interesse geweckt. Er hatte den Jahrestag der Reise des ersten Gesandten, der 1213 aus Marokko nach England gekommen war, als Aufhänger genutzt und damit offensichtlich beim Publikum genau den richtigen Nerv getroffen. Timing war alles. Das Interesse an Marokko wuchs.

Jake warf einen Blick auf seine Uhr. »In einer Stunde ist die Vernissage«, erinnerte er sie.

»Eine Stunde? Ich sollte nach Hause gehen und mich umziehen.« Amy stellte ihr Glas ab. Sie hatten eine kleine Gästeliste für einen Umtrunk und die Vernissage aufgestellt; darauf standen ein paar besondere Freunde, darunter ihre Eltern, ihre Großtante Lil, Nell und Callum, Francine und Mike sowie die Presse. Nell hatte sie gestern, am ersten Weihnachtstag, angerufen und ihr im Flüsterton mitgeteilt, dass sie und Callum wieder zusammen waren, und Amy hatte sich natürlich für sie gefreut. Auch Jake hatte ein paar Leute eingeladen, Duncan ebenfalls, und die Leiter der Workshops und die Künstler würden auch kommen. Insgesamt würden sie ungefähr dreißig Personen sein.

Jake legte seine Hand auf ihre. »Sie sehen wunderschön aus, so wie Sie sind.«

Amy blickte auf ihre Hand hinunter, die in der Wärme seiner Hand gefangen war, und betrachtete dann ihre übliche Galerieuniform aus langem schwarzen Rock, weißer Baumwollbluse und auf Figur geschnittenem Blazer. »Danke, aber …« Sie wollte ein wenig glanzvoller aussehen.

»Amy …«

»Ja?« Er nahm seine Hand nicht weg. Wenn sie den Arm über den Tisch ausstreckte, könnte sie ihm das winzige Stäubchen von der Schulter seiner Lederjacke wischen. Aber das würde sie nicht tun, natürlich nicht.

»Vielleicht habe ich später keine Gelegenheit mehr, mit Ihnen zu sprechen.«

Er wirkte sehr ernst. Warum nicht?, fragte sie sich. Würden sie beide so belagert werden? Sie spürte einen leisen Anflug von Enttäuschung. Innerlich war sie halb darauf eingestellt gewesen, nachher mit ihm auszugehen. Zum Essen vielleicht. Vielleicht würde er sich über den Tisch beugen und ihre Hand nehmen und sie anschließend zum Tanz auffordern – also musste es irgendwo sein, wo man ein langes Abendkleid tragen, essen und danach zu den Klängen einer Bigband die ganze Nacht tanzen konnte. Sie würde über die Tanzfläche gleiten, er würde sie in seine Arme ziehen, und sie würde seinen Duft – *diesen* Duft – nach Leder und Grapefruit einatmen – nur ohne Leder, weil er seine Lederjacke nicht tragen würde. Sie würde sich entspannt in seine Arme schmiegen, und die beiden würden sich mühelos zur Musik bewegen. Am Ende des Abends würde er versuchen, sie zu küssen, aber sie würde ihm einen Klaps mit ihrem Fächer versetzen – sie musste daran denken, einen Fächer mitzunehmen – und ihm sagen … Sie würde ihm sagen … Halt, nein, du bist nur eine Fantasievorstellung.

»Amy?« Er runzelte die Stirn.

»Ja?« Sie stellte fest, dass er seine Hand weggenommen hatte.

»In letzter Zeit hat sich vieles in meinem Leben wieder zum Besseren gewendet«, erklärte er.

»Zum Besseren?«

»Alles läuft so gut.« Er seufzte. »Wegen dem, was ich Ihnen an diesem Abend im Pub erzählt habe … Ich wollte Ihnen nur sagen, dass es nicht mehr von Bedeutung ist.«

Sie wusste natürlich, was er meinte. Dass seine Frau mit seinem besten Freund durchgebrannt war. Aber warum war das nicht mehr wichtig? Was konnte passiert sein? Und was versuchte er ihr mitzuteilen?

»Die Sache ist die, ich möchte, dass wir in Verbindung bleiben, wenn das alles hier vorbei ist«, sagte er.

Blinzelnd sah sie ihn an. Er sandte einfach keine Signale aus. Kein Versuch, sie an sich zu ziehen. Kein Lächeln. Nichts. Er hatte sogar seine Hand wieder weggenommen. Und was war das mit seiner Exfrau? Was für eine Wende? Weshalb lief es jetzt besser für ihn? Hatte er jemanden kennengelernt? »Ich melde mich auf jeden Fall«, sagte sie. »Falls Sie jemals eine Fotografin brauchen …«

Es sollte ein Scherz sein, doch er lachte nicht. Stattdessen stand er auf. Sie tat es ihm nach.

»Bis später dann.« Er warf ihr einen letzten langen Blick zu, nickte und verließ den Raum.

Kurz fühlte Amy sich seltsam beraubt. Sie nahm die halb leere Champagnerflasche und trug sie in Duncans Büro. Er war nicht da, daher stellte sie sie auf seinen Schreibtisch, zog den Umschlag aus der Tasche und lehnte ihn dagegen.

Sie wollte schon gehen, als ihr ein Blatt Papier ins Auge fiel. Es war die Gästeliste für den Empfang. Automatisch überflog sie sie. Die meisten Leute kannte sie, oder sie hatte von ihnen gehört; da standen die Namen ihrer persönlichen Gäste und von Duncans Freunden. Jake Tarrant, Melanie Tarrant. *Melanie Tarrant …?* Sie erstarrte. Wer war Melanie Tarrant? Eine Verwandte? Seine Mutter war sie sicher nicht, nicht mit einem Namen wie Melanie. Es war doch sicher nicht seine Ex? Und doch erinnerte sie sich an seine Miene, als er in dem Pub von ihr gesprochen hatte. Er war nicht über sie hinweg, das hätte sogar ein Blinder sehen können. Was hatte er gerade gesagt? *In letzter Zeit hat sich vieles in meinem Leben wieder zum Besseren gewendet …* Was war das für eine Wende? War es möglich, dass sie wieder Teil seines Lebens war? War es das? Er hatte Amy gesagt, er könne heute Abend nicht mit ihr reden. Also warum dann der Champagner? Was führte er im Schilde? Würde alles wieder wie bei Duncan werden? War es das, was er wollte? Oder hatten sie doch eine reine Arbeitsbeziehung?

Sie musste gehen. Sie musste nach Hause, sich umziehen und wieder hier sein, bevor die ersten Gäste eintrafen. Aber sie hatte es nicht eilig. Mit einem Mal freute Amy sich nicht mehr so sehr auf den Abend, wie sie es vorher getan hatte.

Bei dem Empfang entdeckte Amy Melanie Tarrant sofort. Zum einen war sie atemberaubend schön, mit blondem, kunstvoll aufgestecktem Haar, von dem ein paar zarte Strähnchen ihren schön geformten Hals umspielten, einfachem und dezentem Goldschmuck, einem eleganten schwarzen Maxikleid und einer perfekten Figur. Außerdem stand Jake dicht neben ihr und hatte ihr die Hand auf den Rücken gelegt, während er sie Duncan vorstellte. Eine Verwandte konnte sie nicht sein; sie konnte keine Familienähnlichkeit feststellen. Außerdem strahlte Jake in seinem gut geschnittenen dunklen Anzug, dem cremeweißen Hemd und der weinroten Krawatte einen gewissen Besitzerstolz aus. Sie war seine Frau, ganz sicher. Amy kam sich in ihrem rotseidenen Vintage-Kleid, das sie beim Anprobieren im Laden vor einer Woche so überwältigend gefunden hatte, furchtbar bieder vor. Sie wünschte, der Boden würde sich auftun und sie verschlucken. Aber stattdessen musste sie lächeln, plaudern, Champagner trinken und so tun, als hätte sie die andere Flasche Champagner vergessen, die vor nur eineinhalb Stunden geöffnet worden war.

Und dann traf Nell ein. Sie sah so glücklich aus. Amy fand, dass ihr die Schwangerschaft stand. Als Nell sich ihr kurz vor Weihnachten anvertraut hatte, war sie besorgt gewesen. Kurz nachdem man sich zur Trennung von seinem Mann entschieden hatte, war nicht gerade die beste Zeit, um plötzlich schwanger zu sein. Aber schon damals hatte Amy ein starkes Gefühl gehabt, dass es zwischen den beiden nicht vorbei war. Nell trug ein blaues Spitzenkleid, hochhackige Schuhe, silberne Ohrringe und eine zarte Silberkette mit einem tränenförmigen Anhänger. Neben ihr stand in Beschützerhaltung ein großer, attraktiver Mann, der aussah, als halte er sich viel im Freien auf. Callum.

»Amy!« Sie umarmten sich, und Nell stellte die beiden einander vor.

»Schön, Sie kennenzulernen«, sagte Callum. Er hatte warme, haselnussbraune Augen, in seiner Stimme lag eine Aufrichtigkeit, die Amy gleich gefiel. Er wirkte ruhiger und entspannter, als sie ihn sich vorgestellt hatte.

»Das finde ich auch«, sagte sie. »Willkommen bei unserem Marokko-Event. Darf ich Ihnen etwas zu trinken anbieten?« Sie winkte die Kellnerin heran, die heute Abend für sie arbeitete.

»Danke«, sagte er. »Es ist erstaunlich, was Sie hier erschaffen haben.«

Nell nickte begeistert. Dann fasste sie Amys Arm. »Amy«, sagte sie. »Wir müssen reden.«

»Ja, natürlich. Im Moment ist es aber ein bisschen schwierig. Komm, du musst meine Familie kennenlernen.«

Amy stellte Nell und Callum ihren Eltern und ihrer Großtante vor.

»Sind Sie eine Verwandte, meine Liebe?«, fragte Tante Lil und musterte Nell genau.

Die liebe Tante. Amy war es schwergefallen, die Mary aus der Geschichte ihrer Tante mit der Großmutter, die sie gekannt hatte, in Übereinstimmung zu bringen. Sie wusste, dass Tante Lil befürchtet hatte, dass Amy sie nicht verstehen würde und ihr die Schuld geben würde. Aber Amy hatte sofort Mitgefühl mit der jungen Lillian empfunden, die immer im Schatten ihrer glamourösen Schwester, des Lieblingskinds ihrer Eltern, gestanden hatte. Sie hatte ihrer Großmutter nie nahegestanden, nicht so wie Tante Lil. Ihre Großmutter war, solange Amy denken konnte, nicht gesund gewesen, und sie war gestorben, als Amy noch ziemlich klein war. Es war unfair, denn Amy hatte ihre Großmutter gar nicht richtig gekannt. Ihr Großvater war noch vor Amys Geburt bei einem Unfall auf seiner Farm gestorben, und sie wusste, dass das ihre Mutter schwer getroffen hatte. Die beiden hatten eine sehr enge Beziehung gehabt. Kein Wunder, dass ihre Mutter sich so in die Arbeit gestürzt hatte. Sie war geflüchtet, genau wie Amy.

»Nur eine besondere Freundin«, erklärte Amy ihrer Tante und drückte Nells Arm. »Das ist Francine. Und Mike.« Sie beugte sich zu Nell hinüber. »Komm, ich zeige dir den Safranraum.«

Sie sah, wie Callum Nells Finger berührte. »Ich bleibe noch ein bisschen hier«, erklärte er und wandte sich Mike und Francine zu. Amy war froh, dass die beiden es geschafft hatten; sie wusste, dass es mit kleinen Kindern nicht leicht war und man praktisch für jede gesellige Gelegenheit einen Babysitter brauchte. Aber Francine war auch eine gute Freundin.

»Geht es dir auch gut?«, fragte Amy Nell, während sie sich durchdrängelten. »Callum …«

»Oh, es ist nicht wegen Callum …«

»Ich freue mich für dich.« Amy umarmte sie kurz.

»Danke«, flüsterte Nell.

Aber auch der Safranraum war voller Menschen. Die Journalisten machten Fotos und setzten Amy zu, zusammen mit Duncan zu posieren. Als sie herausfanden, dass sie die Fotografin war, die im Hauptraum ausstellte, zogen sie sie hinüber, damit sie sich vor das Bild des Safranfelds stellte. Francine, die in einem eng anliegenden schwarzen Cocktailkleid strahlend und elegant wirkte, beobachtete alles. Sie zwinkerte Amy zu.

»Ein bisschen näher zusammen, bitte«, bat der Journalist. »So ist es besser.«

Duncan grinste wie die sprichwörtliche Katze, die den Sahnetopf gefunden hat. Er legte den Arm um ihre Taille, und als Amy quer durch den Saal sah, stellte sie fest, dass Jake in ihre Richtung blickte. Er runzelte die Stirn. Ja, was sollte sie denn machen? Sollte sie sagen, es tut mir leid, ich möchte mich nicht mit meinem Chef fotografieren lassen, weil er auch mein Exliebhaber ist? Es war wohl kaum ihre Schuld, dass sich die Presse nur für

Duncan und sie interessierten und nicht für den Eventmanager, der die ganze Sache praktisch organisiert hatte.

»Was ist denn mit Jake los?«, flüsterte Nell ihr zu, als der Fotograf die beiden endlich in Ruhe ließ. Sie sah zu ihm hinüber. »Und wer ist das da bei ihm?« Sie schien drauf und dran zu sein, zu ihnen zu gehen.

»Nicht.« Amy legte ihr eine Hand auf den Arm. »Das ist seine Frau.«

»Seine Frau?«

»Nicht hinsehen.«

Nell riss die Augen auf. »Ich wusste gar nicht, dass er verheiratet ist.«

»Sie war seine Exfrau«, erklärte Amy. »Jedenfalls bis vor Kurzem.«

»Ach, Amy.«

»Ist schon in Ordnung, Nell.« Das Letzte, was sie wollte, war Mitgefühl. Aber sie war überrascht darüber, dass es für sie nicht in Ordnung war, ganz und gar nicht.

»Bist du dir sicher, dass du die Situation nicht falsch interpretierst?«, fragte Nell. Sie sah noch einmal hinüber und winkte, blieb aber glücklicherweise bei Amy stehen. Amy glaubte nicht, dass sie es ertragen würde, dabei zuzusehen, wie Nell mit Mrs. Melanie Tarrant plauderte, nicht heute Abend.

»Wie sollte ich? Wie kann man eine Ehefrau falsch interpretieren?« Entweder gab es eine, oder es gab keine.

Duncan sagte ein paar Worte darüber, dass sich dieses Jahr die Aufnahme der diplomatischen Beziehungen zwischen England und Marokko zum achthundertsten Mal jähre, und machte einen Scherz darüber, dass König John versprochen habe, zum Islam überzutreten, und Marokko teilweise für die Magna Carta verantwortlich sei. Unter den Zuhörern wurde höflich gelacht. Er sprach darüber, dass Großbritannien vielleicht nicht die ganzen siebenhundert Jahre bis zum Ersten Weltkrieg, aber doch immerhin vierhundert Jahre lang enge Beziehungen zu Marokko gepflegt hatte und diese Freundschaft nun auf eine neue und äußerst angemessene Weise wieder aufleben lasse. Und er dankte Amy und Jake und allen anderen, die dazu beigetragen hatten, den Event in der Galerie zu verwirklichen.

Irgendwie überstand Amy den Abend. Sie pendelte zwischen ihren Gästen und Menschen, die sich für die Fotos interessierten, und brachte es dabei die ganze Zeit über fertig, Jake Tarrant und seiner glamourösen Frau aus dem Weg zu gehen. Er hatte es selbst gesagt: *Vielleicht habe ich später keine Gelegenheit mehr, mit Ihnen zu sprechen*. Verdammt wahr.

Um halb zehn waren die meisten Gäste gegangen. Amys Familie war nach Hause gefahren, aber Jake und Melanie waren noch da. Die treue Nell war Amy nicht von der Seite gewichen, aber jetzt hielt Amy es nicht mehr aus. »Lass uns eine Pizza essen gehen oder so etwas«, sagte sie zu Nell. »Ich bin am Verhungern.«

»In diesem Kleid?« Nell starrte sie an.

Amy zuckte mit den Schultern. Sie hatte sich das Ende des Abends ganz anders vorgestellt, aber das war nun einmal der Fluch einer lebhaften Fantasie. Wahrscheinlich war es besser, jede Menge Bücher zu lesen und in seinen Träumen zu leben.

Callum musste noch etwas aus dem Wagen holen, und dann gingen sie zu einem kleinen Italiener, der um die Ecke an der Hauptstraße lag.

»Und? Was meint ihr?«, fragte Amy, als die drei an einem Tisch am Fenster saßen.

»Es war wundervoll«, sagte Nell. »Das Ganze hat uns wirklich beeindruckt. Besonders deine Fotos.« Sie sah Callum an, der lächelnd nickte. »Und vielen Dank dafür, dass du meine Flyer ausgelegt hast.«

Amy drückte ihre Hand. »Ich möchte, dass das Saffron House Erfolg hat«, sagte sie.

Nell warf Callum einen Blick zu. »Danke«, sagte sie. »Aber …«

»Aber?«

»Amy, ich muss dir etwas sagen«, erklärte sie. »Und ich muss dir etwas zeigen.« Aus der Stofftasche, die Callum aus dem Auto geholt hatte, zog sie ein altes, abgegriffenes Buch hervor, eine Art in Leder gebundenes Notizbuch.

»Was ist das?«

»Ein Tagebuch«, sagte sie. »Eine wahre Geschichte.«

»Wer hat es geschrieben?« Amy war verwirrt.

»Ach, Amy.« Auf Nells Gesicht spiegelten sich widerstreitende Gefühle. Sie wirkte aufgeregt, verwirrt, traurig und glücklich, alles zugleich. »Es gibt so viel zu erzählen. Ich weiß überhaupt nicht, wo ich anfangen soll.«

48. Kapitel

Marokko 2013

Glenn hatte keine Ahnung, wo die Jahre geblieben waren. Aber er wusste, dass er sterben würde. Schon seit längerer Zeit spürte er, wie etwas Aggressives ihn von innen heraus zerfraß, ein Krebsgeschwür. Eines Tages konnte er morgens nicht mehr aufstehen. Eine Frau aus dem Dorf kam, um ihn zu pflegen, mehr wollte er nicht. Keinen Arzt und kein Krankenhaus. Die Krankheit würde ihn ohnehin bald umbringen. Die Frau kochte ihm beruhigende Tees nach ihren eigenen Rezepten und Brühe, die sie ihm in den Mund löffelte, obwohl er das Gefühl hatte, nichts zu sich nehmen zu können.

Malik kam ihn jeden Tag besuchen. Er war ein guter Junge und würde es weit bringen. Da er keinen Vater hatte, hatte Glenn versucht, einen Teil des Wissens, das Mustafa ihm beigebracht hatte, an ihn weiterzugeben. Er hatte ihn auch Englisch gelehrt, das würde ihm nützen. Malik war intelligent; auch er würde seinen eigenen Weg finden.

Bald würde Glenn in Frieden aus dieser Welt scheiden können. »Gott sei deiner Seele gnädig«, flüsterte er Bethany zu. Er hoffte, dass sie ihn wenigstens jetzt hören konnte, wo immer sie auch sein mochte.

Er war nicht nach England gefahren, um sie zu suchen – wie hätte er das nach Howards Enthüllungen an jenem Abend tun können? Der Gedanke, dass sie auch Howard begehrt hatte, der Schmerz über ihren Betrug, lag ihm schwer auf dem Herzen. Stattdessen war er mit Mustafa zur Safranfarm zurückgekehrt und hatte sich hier ein Leben aufgebaut. Mustafa hatte ihm eine Hütte überlassen, in der er wohnen konnte. Es war nicht viel, aber es war eine Unterkunft, und Glenn hatte seine praktischen Fähigkeiten entdeckt. Er hatte das Dach repariert und die Wände ausgebessert. Fadma hatte ihm ein paar einfache Kochgerätschaften und ein Stück verblichenen, ausgefransten Teppich geschenkt. Irgendwann wurde ihm bewusst, dass er sich völlig aus der materialistischen Welt zurückgezogen hatte. Wie konnte er nun noch nach Amerika zurückgehen? Und was hätte er dort vorgefunden? Er hatte sich immer insgeheim für seine Feigheit geschämt, aber hier war es ihm gelungen, das alles hinter sich zu lassen. Außerdem war es so lange her, dass er mit seiner Familie gebrochen hatte, und er fragte sich, ob dieser Riss jemals gekittet werden konnte. Konnte er überhaupt nach Amerika zurückkehren, solange er nicht wusste, ob er seine Mutter in Gefahr brachte, indem er den Alten an seine Existenz erinnerte?

Darüber hatte Glenn in den ersten Monaten viel nachgedacht. Er hatte an seinen Vater gedacht und daran, was er in dem Krieg, über den er zu reden pflegte, bei der Landung in der Normandie und anderswo durchgemacht haben musste, was das vielleicht aus ihm gemacht hatte. Sein Verhalten war unentschuldbar; aber Glenn arbeitete hart an sich, dachte nach und konnte seinem Vater schließlich zumindest teilweise vergeben.

Zu diesem Zeitpunkt schrieb er an seine Eltern – getrennte Briefe. In dem Brief an seine Mutter brachte er seine Liebe und sein Bedauern zum Ausdruck. In dem an seinen Vater versuchte er, sich mit ihm auszusöhnen. Er appellierte an das Gute in seinem Vater; er war schließlich ein Kriegsheld, er musste doch eine gute Seite haben, oder? Sein Vater war sein Feind gewesen, und der Zusammenstoß zwischen ihnen hatte die Familie gespalten. Aber vielleicht war er ja mit dem Alter milder geworden.

Glenn wartete und wartete, aber er erhielt keine Antwort.

Dann war das eben seine Antwort. Vielleicht war es so auch das Beste. Er war davongelaufen, und nun war es besser, auch wegzubleiben und einen klaren Schlussstrich zu ziehen. Wenn er zurückkehrte, würde er nur allen Schmerz zufügen. Abgesehen davon, dass er seine Mutter gern wiedergesehen hätte, hatte er nicht den Wunsch zurückzukehren, nicht einmal zu einem Besuch. Inzwischen kam ihm die ganze Welt da draußen fremd vor. Die Wahrheit war, er war nicht mehr Glenn. Er hatte vor vielen Jahren aufgehört, Glenn zu sein, und er war auch kein Amerikaner mehr. Die Entscheidung war ihm nicht leichtgefallen. Aber er hatte dem Land seiner Geburt entsagt wegen dem, was es ihm angetan hatte, den zahllosen Männern, die nach Vietnam geschickt worden waren, aber auch denen, die nicht gegangen waren.

Glenn lebte schon zwanzig Jahre auf der Farm, da wurde Mustafas Frau, Fadma, krank. Glenn tat, was er konnte, um zu helfen, und war sich bewusst, dass Mustafa sich inzwischen auf ihn verließ und ihn noch stärker wie den Sohn behandelte, den er verloren hatte. Eines Tages war er noch einmal nach Essaouira gefahren, um eine Besorgung für den alten Mann zu erledigen, und war auf dem Platz Gizmo begegnet. Merkwürdigerweise hatte sich Gizmo kaum verändert. Aber Glenns alter Freund hatte ihn zuerst gar nicht wiedererkannt.

»Verrückt«, sagte er immer wieder und riss freudig die braunen Augen auf. »Verrückt. Hab ich nicht immer gesagt, wir würden uns irgendwo unterwegs wiedertreffen, oder? Hab ich's nicht gesagt?« Er klopfte Glenn auf den Rücken.

»Ja, hast du.« Das hier war zwar nicht »unterwegs«, aber Glenn sagte nichts. »Dann hast du also Marokko nie verlassen, Giz?«

Er breitete die Hände aus. »Warum sollte ich, Mann? Bin doch hier zu Hause, oder?«

Glenn musste lachen. »So ist es wohl.« Es war ihr Zuhause geworden.

»Aber ich dachte, du wolltest nach England«, fuhr Gizmo fort. »Du und Bethany, das war ein ganz großes Ding, weißt du? Was zur Hölle war eigentlich los mit euch beiden?«

Glenn war sich nicht sicher, ob er über Bethany reden wollte. Es hatte ihn verletzt; sie hatte ihm wehgetan. Inzwischen war er darüber hinweg, aber warum sollte er alte Wunden aufreißen? »Ach, weißt du …«

Aber Giz wartete.

»Es hat sich herausgestellt, dass sie auch etwas mit Howard laufen hatte. Also hatte es keinen Sinn, ihr zu folgen und mich zum Idioten zu machen.«

Gizmo starrte ihn an, als sei er irre geworden.

Glenn hielt inne. »Was?«

»Unmöglich«, meinte Gizmo. »Sie war nicht an Howard interessiert. Er stand auf sie, yeah. Aber er war bloß eifersüchtig auf euch beide. Er kam so cool rüber, aber der Typ war verbittert, weißt du?«

»Ja.« Glenn wusste es. »Warum bist du aus dem Riad weg, Giz?«

Gizmo sah aufs Meer hinaus. »Ich habe Howard immer gern gemocht«, erklärte er. »Aber nachdem du weggegangen warst, war es nicht mehr dasselbe. Ständig ist er ausgetickt, Mann.« Er schüttelte den Kopf. »Er war in Australien mal verheiratet, weißt du?«

»Ach ja?« Das war Glenn neu.

»Er hat nicht viel drüber geredet. Sie ist mit den Kindern und dem größten Teil seiner Knete abgehauen. Er war so sauer auf sie, er hat sich sogar sterilisieren lassen …«

»Was hast du gerade gesagt, Giz?« Glenns Kopf dröhnte.

»Er hat sich sogar sterilisieren lassen, Mann. Sagte, er wäre nicht an diesem ganzen Zeug mit festen Beziehungen interessiert. Schätze, er hat seine Meinung geändert, als er gesehen hat, wie glücklich ihr wart, Bethany und du.«

Wie glücklich sie waren … In diesem Moment wurde Glenn alles klar. Jetzt ergab alles einen Sinn.

Es war gut gewesen, Gizmo zu treffen. *Bethany* … Hatte Gizmo recht? War sie nie an Howard interessiert gewesen? Aber Glenn war nun ein anderer Mensch und hatte nicht vor, sich nach all den Jahren auf die Suche nach ihr zu machen. Er konnte Mustafa und Fadma nicht alleinlassen. Sie waren auf ihn angewiesen und hatten sonst niemanden, und seit Fadma krank geworden war, sorgte sich Glenn nicht nur um sie, sondern auch um Mustafas geistige Gesundheit. Außerdem war es zu lange her. Es war vorbei. Bethany hatte ihn verlassen, warum auch immer. Er hatte viel aufgegeben. Aber wenigstens hatte er hier auf der Farm diesen besonderen Ort gefunden, von dem Mustafa gesprochen hatte. Gegen jede Wahrscheinlichkeit hatte diese Landschaft in den Ausläufern des Atlas-Gebirges Glenn den Frieden geschenkt, nach dem er sich immer gesehnt hatte. Und natürlich hatte er, wie so viele vor ihm, gelernt, dass wahrer Friede von innen kommt. *Einen anderen Weg gibt es nicht* …

Er sah hinüber zu dem provisorischen Tisch, auf dem all seine Papiere lagen. Früher hatte er Gedichte geschrieben. Was für ein Romantiker er gewesen war. Er lächelte. Aber jetzt hatte er seine eigene Geschichte niedergeschrieben, genau so, wie sie passiert war, zumindest so, wie er sich daran erinnerte. Denn er hatte festgestellt, dass Erinnerungen wandelbar und unzuverlässig waren. Im Lauf der Zeit verschwammen sie und veränderten sich. Man konnte sich nicht auf sie verlassen. Aber sie besaßen einen realen Kern, auf den man vertrauen konnte. Jedenfalls hatte er dieses Tagebuch geschrieben, weil er eine Geschichte zu erzählen hatte.

Als Fadma starb, blieb Mustafa allein zurück, und als Mustafa starb, hinterließ er Glenn das Wenige, das er besaß: das Pergament und ein paar Möbelstücke aus dem Haus, denn er hatte die meisten seiner Besitztümer verkauft, um die Schulden zu tilgen, die er während Fadmas Krankheit gemacht hatte. Aber er hatte Glenn viel mehr geschenkt. Er hatte ihm die Kunst der Kontemplation und den Weg zum Frieden gelehrt. Und er hatte ihm alles über den Safran beigebracht.

Bethany. Es war einmal eine junge Frau, die liebte Safran. Sie liebte seine Geheimnisse, das Mysterium, das ihn umgab. Sie liebte es, dass er im November blühte, wenn die meisten Pflanzen welkten. Sie liebte das Auf- und Abwogen von weichem Violett und Grün auf dem Feld, und sie liebte die Blütenblätter, die so zart wie Schmetterlingsflügel waren. Sie liebte die Eile, mit der sie geerntet wurden, das Ziehen der dunkelroten Fäden, die kostbar wie Gold waren, in halbdunklen Räumen, wo unter dem Gemurmel und dem leisem Gesang der Frauen der Berg von Fäden immer höher wurde. Sie liebte den Duft des trocknenden Safrans, seinen bitteren, verblüffenden Geruch. Sie liebte die Art, wie er einem Teller Nahrung etwas Besonderes verlieh und das Herz mit Sonnenschein füllte. Am allermeisten aber liebte sie seinen Hauch von Magie.

In Essaouira hatte Bethany oft von den Phöniziern und ihrer Verbindung zum Safran erzählt. Deswegen war sie ganz aufgeregt gewesen, als sie entdeckt hatte, dass Essaouira einmal eine alte phönizische Stadt namens Mogador gewesen war. Ihre Lage sei ideal für die Phönizier gewesen, erklärte sie, denn sie liege an der Mündung eines Meeresarmes mit einem guten natürlichen Hafen. Ihre felsige Landspitze sei ideal zum Festungsbau, und man habe Zugang zu Stein als Baumaterial. Die Phönizier waren Seefahrer und Entdecker gewesen, begierig darauf, das Unbekannte zu erkunden und geboren, um die Welt zu durchstreifen.

»Wie wir beide«, meinte Glenn.

Ihre dunklen Augen leuchteten. »Bevor die Phönizier in diese Küstenregion Marokkos kamen«, erklärte sie ihm, »lebten hier nur Berberstämme.«

Das hatte Glenn schon gewusst. Die Berber bevorzugten das Landesinnere, wie die Menschen, die hier in den Ausläufern des Gebirges rund um die Safranfarm lebten.

Die Phönizier dagegen waren nicht nur Entdecker, sondern auch Kaufleute, erzählte ihm Bethany. Sie eröffneten neue Handelsrouten und ließen sich sogar für kurze Zeit unter der einheimischen Bevölkerung anderer Länder nieder. Sie zog eine Augenbraue hoch. »Manchmal mussten sie überwintern«, sagte sie. »Dann legten sie mit ihren Schiffen an und erledigten notwendige Reparaturen an den Segeln oder dem Holz. Manchmal warteten sie aber auch nur darauf, dass der Wind sich drehte.«

»Wie haben die Einheimischen sie denn aufgenommen?«, fragte er sie. Er hatte keine Ahnung, woher sie das alles wusste, hatte aber den Eindruck, das sei eine Geschichte, die in ihrer Familie von Generation zu Generation weitergegeben worden war.

»Vielleicht haben sie ihnen misstraut«, meinte sie. »Oder sie waren neidisch, weil sie anscheinend so einfach alles hinter sich lassen konnten.«

»Hmmm.«

»Oder vielleicht«, sagte sie, »haben sie die Götterbilder geliebt, die sie von ihren Reisen an exotische Orte mitgebracht haben, Orte, von denen andere nur träumen konnten. Möglich, dass sie begeistert von ihnen waren. Bestimmt haben sie sich gern ihre Geschichten angehört.«

Glenn jedenfalls hörte Bethanys Geschichten gern. »Vielleicht hast du ja phönizisches Blut«, neckte er sie.

»Kann schon sein.« Bethany sah ihn ein wenig von oben herab an, als sei sie insgeheim davon überzeugt.

»Sie sind also bis nach Cornwall gekommen?«, vermutete er.

»Ja.«

»Und was glaubst du, welche Waren sie dorthin gebracht haben?«, fragte er sie, obwohl er wusste, wie ihre Antwort lauten würde.

»Natürlich hatten sie Safran dabei«, sagte sie. Sie haben ihn überall mit hingenommen; er gehörte zu ihren kostbarsten Handelswaren. Er war nicht schwer, er wurde hochgeschätzt und war so vielfach verwendbar. Es gab niemanden, der ihn nicht kaufen oder eintauschen wollte.«

»Dann haben die Einwohner von Cornwall den Phöniziern den Safran abgekauft?«

»Oder ihn gegen Zinn eingetauscht. Vielleicht schon um 400 vor Christus.«

Glenn stieß einen Pfiff aus. »Nicht möglich.«

Bethany nickte. »Ich bin mir sicher, dass es stimmt.« Sie zwinkerte ihm zu. »Wie hätte der Safran sonst dort hinkommen sollen?«

Allerdings, wie sonst …?

Bethany hatte sich der marokkanischen Lebensweise ganz hingegeben; sie hatte sie sich zu eigen gemacht. Eines Tages hatte sie eine *shiwofa* aufgesucht, eine Frau, die Magie ausübte. »Nur gute Magie«, hatte sie ihm nachher erklärt. »*Khait zinadi*. Sie hat Karten benutzt – wie einen uralten Tarot. Einen Kristall. Und den Koran.«

»Den Koran?«, wiederholte er.

Danach war sie nicht mehr zu halten gewesen. Sie besorgte sich ein Set Tarotkarten, und manchmal verbrannte sie Weihrauch, las die Karten und ließ sich in eine andere Welt treiben – ihre ganz eigene Welt, dachte er jetzt. Im Herbst war sie immer grüblerisch und beobachtete das Wetter und die Temperatur. Dann ging sie für ein paar Wochen auf eine Safranfarm in der

Nähe von Essaouira, um bei der Ernte zu helfen. Von dieser gemeinschaftlichen Ernte kehrte sie immer auf eine subtile Art voll neuer Energie zurück, was er damals nicht verstand. Heute konnte er es nachvollziehen. Der Safrananbau war ihr Familienerbe, er lag ihr im Blut – sie mochte weit weg von zu Hause sein, aber sie war trotzdem mit dem Weg des Safrans verbunden.

Als er dieses Mädchen gesehen hatte, hatte etwas an ihrem Gang ihn stark an Bethany erinnert. Er spürte die Erinnerung wie einen scharfen Schmerz in der Brust. Und als sie lächelte … War es Bethanys Lächeln. Als sie erzählte, als sie sagte, ihre Familie stamme aus Cornwall und baue den Safrankrokus an, war ihm ganz schwindlig geworden. Wie war das möglich? Und doch, wie hätte es anders sein sollen?

Natürlich hatte er sie nach ihrer Mutter gefragt, und er hatte kaum glauben können, dass ein so vitaler Mensch wie Bethany gestorben war. Seine Bethany war nicht mehr … Wahrscheinlich war das der letzte Schlag gewesen. *Gott sei ihrer Seele gnädig.*

Er hatte sie genau angesehen. Sie hatte wirklich Ähnlichkeit mit Bethany. Etwas, das mehr als der Gang und das Lächeln war – denn Bethany war groß und dunkel gewesen, und dieses Mädchen war blond und blauäugig. Wie Glenn. Auch wie Howard, aber Howard spielte keine Rolle, wie er sich ins Gedächtnis rief. *War es möglich?* Howard hatte gesagt, Bethany sei schwanger gewesen und hätte das Baby loswerden wollen. Aber Howard hatte auch in anderen Punkten gelogen. Howard war ein verbitterter und unglücklicher Mann. Am liebsten hätte er die junge Frau gefragt, wie alt sie sei. Aber man fragte junge Mädchen nicht nach ihrem Alter; so viel wusste er noch über die Gepflogenheiten der Welt da draußen. Also schwieg er. Vielleicht gab es ja noch andere Familien, die in Cornwall Safran anbauten. Möglich, dass er nach Ähnlichkeiten suchte, wo es keine gab. Und wenn sie doch Bethanys Tochter war, die ihre Liebe zum

Safran – die Liebe ihrer Mutter zum Safran – hergeführt hatte, dann war das schlussendlich genug.

Trotzdem … »War ihre Mutter je hier in Marokko?«, hatte er sie gefragt, weil er nicht widerstehen konnte.

»Sie hat nie davon gesprochen.«

Sie hatte nie davon gesprochen. Aber Glenn wusste, was er mit eigenen Augen sah. Er bildete sich nichts ein. Er wusste es so gut, wie er je etwas gewusst hatte, und spürte die Gewissheit tief in seiner Seele. Aber warum hatte Bethany nie von Marokko erzählt? Oder von ihm? Hatte er ihr so wehgetan? Er seufzte und spürte den stechenden Schmerz, den er heutzutage mit jedem Atemzug zu fühlen schien. Er musste diesen Gedanken loslassen, wie er so vieles andere losgelassen hatte. Trotzdem, als er die Leidenschaft der jungen Frau für den Safran erkannte, als er sich sicher war, dass sie Bethanys Kind war, wenn nicht sogar auch seines, beschloss er, ihr das Pergament zu schenken. Sie würde es verstehen. Malik hatte ihm gesagt, er interessiere sich nicht für ein altes Bild. Und wen hatte er sonst noch?

Er sah ihr an, dass sie das Geschenk zu schätzen wusste. Das war sein Lohn. Sie fragte nach seiner Adresse, und auch das gefiel ihm; die Aussicht, dass sie vielleicht in Zukunft Kontakt zu ihm aufnehmen würde. Nicht, dass er noch viel Zukunft gehabt hätte, aber das wollte er ihr nicht sagen. Er wusste auch nicht, warum er ihr seinen richtigen Namen nicht verriet. Zwar hatte er keine Ahnung, was ihre Mutter ihr vielleicht über ihn erzählt hatte, aber das war nicht der Grund. Es war sein Bedürfnis, sich weiter versteckt zu halten, seine Furcht davor, was die Welt für ihn noch bereithalten könnte, sein Verzicht auf alles, was er einst gewesen war. Vielleicht lag es auch an der Tatsache, dass sein Leben fast vorüber war. Außerdem dachte er von sich selbst kaum noch als Glenn. Diese Zeiten hatte er abgestreift wie Spinnwebfäden. Und er war froh, sie hinter sich zu lassen.

Manchmal fragte er sich, was ihn hierher auf die Safranfarm geführt hatte. Vielleicht war es Zufall oder Laune des Schicksals gewesen, dass Mustafa, der Mann, der ihn in Essaouira mitgenommen hatte, in einer Siedlung lebte, die zu einer Safranfarm gehörte. Safranfarmen waren in dieser Gegend allerdings keine Seltenheit. Es gab viele davon. Aber er war geblieben. Und es war Glenn immer ein tröstlicher Gedanke gewesen, dass er durch seine Nähe zum Safran auch Bethany nahe war.

Das Mädchen – Nell – erzählte ihm, sie sei hergekommen, um mehr über ihre Mutter herauszufinden. Er hoffte, ihr ein wenig dabei geholfen zu haben. Jeder hatte die Wahrheit verdient. Das Mädchen hatte gesagt, im Leben ihrer Mutter habe es viel Dunkelheit gegeben, eine schlimme Erinnerung, über die sie niemals sprach. Das machte ihn traurig.

Und dann ergab plötzlich alles einen Sinn, so wie das manchmal geschieht. Es war, als sei plötzlich ein Lichtschalter umgelegt worden, durch den die Wahrheit erhellt wird. Howards großspurige Art. Seine Eifersucht. Seine Entschlossenheit, Glenn etwas heimzuzahlen – aber was? Dass er nicht in Vietnam gekämpft hatte? Dass Howards Bruder dort gekämpft und seine geistige Gesundheit eingebüßt hatte? Dass Glenn eine Frau gefunden hatte, die ihn liebte?

Auch anderes fügte sich jetzt ins Bild. Bethanys Verhalten, als sie von dieser Drogenfahrt zurückkam; kühl, verletzt, wehrlos. Die Distanz, die sie zwischen ihnen schuf, und dass sie keine Intimität zwischen ihnen mehr zugelassen hatte. Was war passiert? Hatte Howard sie gezwungen? Hatte er sie hereingelegt? Sie verführt, als sie zu viel getrunken oder geraucht hatte? Was? Als sie dann herausgefunden hatte, dass sie schwanger war … Glenn schloss die Augen und suchte nach Ruhe, nach dem Ort in seinem Inneren, der ihm half, sie zu finden … Auch wie sie sich damals gefühlt hatte, konnte er sich nun vorstellen. Und Glenn wusste, dass das die Wahrheit war. Es erstaunte ihn nur, dass er so lange gebraucht hatte, um sie zu erkennen.

Hätte er etwas anders machen können? Dieser Gedanke hatte ihn schon lange nicht mehr gequält. Vielleicht hätte er es tun sollen. Und doch war es so, wie Mustafa es ihn gelehrt hatte. Man wandert, man kommt an einen Kreuzweg und entscheidet sich für einen Pfad. Nicht für Richtig oder Falsch, sondern für seinen eigenen Weg.

Die Art der jungen Frau, die Hände vor dem Körper ineinanderzuschlingen, weckte eine andere Erinnerung in ihm. Das war alles so lange her. Und dann hatte sie gelacht. So viele Jahre hatte er es nicht gehört. Aber es war ein unverwechselbares, übersprudelndes Lachen – er wusste, es war das Lachen seiner Mutter. Er betrachtete ihren Körperbau, maß ihre Größe. Und er erstarrte.

Auch das hatte er niedergeschrieben. Der Satz bildete das Ende seiner Geschichte. *Ich glaube, diese junge Frau ist meine Tochter.*

49. Kapitel

»Willst du mir ernsthaft erzählen, der alte Mann in den Bergen sei dein Vater gewesen?« Amy starrte sie an. Ihre Pizza lag halb aufgegessen auf ihrem Teller.

»Ja.« Auch für Nell war es ein Schock gewesen. Und den Rest hatte sie Amy noch gar nicht erzählt.

»Ich kann es nicht glauben«, sagte sie. »Was für ein unfassbarer Zufall, Nell.«

»Es ist gar nicht so ein Zufall, wie du vielleicht denkst.« Nell hatte viel darüber nachgedacht. »Er hat meine Mutter geliebt. Er hat sie in Paris kennengelernt und in Marokko mehrere Jahre mit ihr zusammengelebt. Sie hat den Safran immer geliebt – bestimmt hat sie ihm von dem Safran unserer Familie in Cornwall erzählt –, und in seinem Tagebuch heißt es, sie habe, während sie in Marokko lebte, jedes Jahr im Oktober und November ein paar Wochen auf einer Safranfarm in der Nähe gearbeitet.«

»Und als er auf eine Safranfarm kam, hat er beschlossen zu bleiben?« Amy runzelte die Stirn. »Einfach so?«

»Ursprünglich hatte er bei der Ernte helfen wollen, so wie sie jedes Jahr«, erklärte Nell ihr. »Es war Anfang November; um diese Zeit ist immer viel zu tun, und wahrscheinlich versucht man dann, so viele Helfer anzuwerben wie möglich. Und dann wurde er krank.« Nachdem sie seine Erzählung gelesen hatte, vermutete sie, dass es sich um eine Art chronisches Erschöpfungssyndrom gehandelt hatte, myalgische Enzephalomyelitis vielleicht, möglicherweise sogar eine Stressreaktion, nachdem ihre Mutter ihn verlassen hatte.

»Aber wenn er sie so geliebt hat, warum ist er dann nicht nach

England gegangen, um sie zu suchen?«, fragte Amy. Zerstreut knabberte sie am Rand ihrer Pizza.

Nell dachte daran, wie traurig Amy heute Abend gewirkt hatte, weil es mit ihr und Jake nicht geklappt hatte. Das machte Nell ebenfalls traurig. Sie würde herausfinden, was passiert war – später.

»Warum hat er sich dann auf einer Safranfarm in Marokko vergraben?«

Eine gute Frage. Nell fragte sich, wie anders ihr Leben verlaufen wäre, wenn er nach Cornwall gekommen wäre, um ihre Mutter zu suchen. Nell hatte das starke Gefühl, dass er die Liebe ihres Lebens gewesen war und dass es für ihn ebenso gewesen war. Nell war sich sicher, dass sie sich gefreut hätte. Sie hätte sich ihm anvertraut, irgendwann. Sie hätten ihre Beziehung in Ordnung gebracht, und dann wären sie vielleicht glücklich geworden. Was für eine tragische Unterlassung … Und doch konnte sie Glenn nicht verübeln, dass er nicht gefahren war. »Als es ihm besser ging, fand er heraus, dass sein Mitbewohner aus der Kommune – dieser Howard – auch etwas mit ihr gehabt hatte. Und er erfuhr auch, dass sie schwanger gewesen war.«

»Mit dir.«

»Mit mir.« Irgendwie überraschte es Nell nicht, dass sie in Marokko gezeugt worden war. Das Land hatte sie auf so vielen verschiedenen Ebenen – nicht zuletzt mit seiner *Küche* – tief berührt. Nachdem sie diese Geschichte – die Lebensgeschichte ihres Vaters – gelesen hatte, begriff sie, warum das so war. Es war auch ihren Eltern passiert, beiden.

»Meine Mutter war eine sehr starke Frau«, erklärte sie Amy. Sie warf Callum, der lächelnd eine Augenbraue hochzog, einen Blick zu. »Als sie ihm schrieb, er solle ihr nicht folgen, muss er geglaubt haben, dass sie es ernst meinte.« Sie dachte an Amy. Das war der Fehler, den man manchmal bei starken Persönlichkeiten beging. Man sah ihre verwundbare Seite nicht. Man verstand nicht, dass sie das Bedürfnis hatten, sich vor Verletzungen zu schützen. »Und dann war da noch Howard.« Es musste Nells Vater zutiefst verletzt haben, dass die Frau, die er liebte, etwas mit einem anderen Mann gehabt hatte, umso mehr als dieser Mann Howard war. »Als er herausfand, dass sie schwanger gewesen war und nicht wusste, wer der Vater war, war er am Boden zerstört.«

»Und deswegen blieb er auf der Safranfarm«, sagte Amy.

»Er hat dort Frieden gefunden. Dort fühlte er sich meiner Mutter nahe.« Sie dachte zurück an seine weisen Worte an jenem Tag und daran, dass er gesagt hatte, dass man den Ort finden *müsse, wo man in Frieden leben kann*. Sie war ihm nur einmal begegnet, aber trotzdem hatte er einen tiefen Eindruck auf Nell gemacht, und nachdem sie nun sein Tagebuch gelesen hatte, hatte sie das Gefühl, ihn zu verstehen. Auf seine Art hatte er ihr geholfen, dachte sie. Er hatte ihr das alte Pergament mit der Zeichnung von Smilax mit ihrem Safran gegeben, und er hatte ihr auch seine Weisheit geschenkt. Vor allem aber hatte sie nun einen Vater. Unwillkürlich fragte sie sich, wie viel Malik gewusst hatte. Wie viel hatte Hadi dem Jungen erzählt? Hatte er erraten, dass Nell von Bedeutung für seinen alten Freund war – daran, dass er mit ihr gesprochen und ihr das Pergament geschenkt hatte? Oder wegen der Verbindung zwischen ihnen, die in England und in dem Safran bestand? Hatte Malik ihr das Tagebuch nach Hadis Tod wirklich geschickt, weil es »niemand anderen gab«?

»Und deine Mutter konnte sich nie dazu überwinden, ihm zu erzählen, was mit Howard vorgefallen war?«, fragte Amy. »Was er ihr angetan hatte? Als sie zurück in Essaouira war, meine ich.«

Das war für Nell der herzzerreißendste Teil der Geschichte. Sie hatte die Wahrheit über das Leben ihrer Mutter erfahren wollen, und doch war es hart für sie gewesen, dieses Tagebuch zu lesen und – wie ihr Vater – zu schließen, dass ihre Mutter von Howard vergewaltigt worden war. Doch es bestätigte alles, was Nell tief im Herzen vermutet hatte. Es erklärte, warum ihre Mutter nie über ihren Vater hatte sprechen wollen. Dafür gab es mehrere Gründe. Sie war sich nicht sicher, wer Nells Vater war; und es wäre zu schmerzlich gewesen, das traumatische Erlebnis noch einmal durchzumachen. Vielleicht schützte sie so ihre Tochter aber auch vor der Erkenntnis, dass ihr Vater möglicherweise ein Vergewaltiger gewesen war. Vielleicht spielte auch alles drei eine Rolle. Es erklärte, warum sie nie über Marokko und ihre Zeit dort gesprochen hatte. Es füllte alle Lücken in ihrem Fotoalbum, die Lücken im Leben ihrer Mutter. Nell hatte immer gespürt, dass dazu eine dunkle, schlimme Zeit gehört hatte.

Wie mochte sie sich gefühlt haben, als sie allein, schwanger und vergewaltigt nach Cornwall zurückgekehrt war? Daran mochte Nell eigentlich nicht denken. Aber sie musste, denn das erklärte einen weiteren Teil des Lebens und des Verhaltens ihrer Mutter. Es erklärte, warum sie sich an Nell geklammert und beinahe Angst gehabt hatte, sie in die Welt hinausziehen zu lassen; warum sie sie so behütet hatte. Und es erklärte, warum sie so gelebt hatte, warum sie die Männer hatte kommen und gehen lassen und ihnen nie erlaubt hatte, ihr näherzukommen. Sie hatte das Vertrauen verloren. Sie hatte viel mehr verloren, als es Nells Vater in Marokko je klar gewesen war. Und obwohl Nell oft wütend auf ihre Mutter gewesen war, weil sie ihr nicht erzählte, was sie wissen wollte, konnte sie ihre Beweggründe auf jeden Fall verstehen.

»Wir alle wissen, warum ich so unbedingt eine Safranfarm besuchen wollte«, sagte Nell zu den beiden. Callum beobachtete sie genau. Die letzten zwei Tage mit ihm waren etwas Besonderes gewesen. Es war ein Weihnachtsfest gewesen, das sie nie vergessen würde, und eines, das sich in ihren Erinnerungen nahtlos in all die Weihnachten ihrer Kindheit einfügen würde. Sie hatte ihm die Aufzeichnungen ihres Vaters gezeigt, und sie hatte das Gefühl – jedenfalls hoffte sie das –, dass er endlich begann, Nells Drang zu verstehen, zu tun, was sie zu tun hatte, und das Vermächtnis ihrer Mutter fortzuführen. Aber eines hatte sie ihm nicht erzählt.

»Wie erstaunlich, dass es gerade diese Safranfarm war«, meinte Amy.

»Sie liegt in der Nähe von Essaouira«, sagte Nell, die allerdings ihre eigene, weniger logische Theorie hatte. Nicht umsonst war sie die Tochter ihrer Mutter. In letzter Zeit legte sie die Tarotkarten nicht besonders oft, aber sie glaubte trotzdem noch an ihre Macht. An das Schicksal. Daran, dass Ereignisse jenseits aller Kausalität miteinander verbunden waren.

»Essaouira …« Amys Miene veränderte sich. Nell wusste, woran sie dachte. Oder an wen.

»Amy, mach dich auf einen Schock gefasst«, sagte Nell.

»Noch einen?«

»In Essaouira hat Hadi mit meiner Mutter zusammengelebt«, erklärte sie. »In einer kleinen Kommune in einem Riad. Und er war nur zur Hälfte ein Brite.«

Amy sah sie blinzelnd an.

»Eigentlich war er Amerikaner. Doch er hat sich wegen des Vietnamkriegs von seinem Land losgesagt. Er war Pazifist und hat sich geweigert, in den Krieg zu ziehen.« Auch in diesem Punkt war er in seinen Memoiren ehrlich gewesen. Nachdem Nell so lange nicht die leiseste Ahnung gehabt hatte, wer ihr Vater war, lagen nun sein ganzes Leben, seine Gedanken und Gefühle offen vor ihr. Sie verstand, warum er so gehandelt hatte; sie konnte sich in seine Werte, seine Ängste und das, was er bereute, hineinversetzen. In mancherlei Hinsicht hatte sie inzwischen einen besseren Einblick in das Leben ihres Vaters, als sie ihn je in das ihrer Mutter gehabt hatte, obwohl sie über zwanzig Jahre mit ihr zusammengelebt hatte. Sie war sehr traurig, dass sie ihn nie richtig kennengelernt hatte. Dass ihr Vater – genau wie ihre Mutter – jetzt tot und für sie verloren war.

»Hadis Vater war Amerikaner, und seine Mutter war Engländerin. Er hat in den USA gelebt, bis er einundzwanzig war. 1969 ist er fortgegangen.«

Amy starrte sie an.

Nell nahm ihre Hände. Ihre Stimme sank zu einem Flüstern herab. »Bevor er den Namen Hadi annahm«, erklärte sie, »hieß mein Vater Glenn.«

50. Kapitel

Amy stand vor der Tür. Bei ihr war die junge Frau, die sie ihr gestern Abend bei dem Empfang vorgestellt hatte. Einen Moment lang hatte Lillian gedacht, sie … »Immer herein, herein«, sagte sie zu den beiden. Stimmte etwas nicht? Amy hatte so einen seltsamen Gesichtsausdruck, etwas zwischen einem Lächeln und Tränen. Und ihre Freundin sah auch aus, als sei sie emotional ziemlich aufgewühlt. Blinzelnd sah Lillian die beiden an. »Bitte«, hörte sie sich selbst sagen.

»Komm, setz dich, Tante Lil.« Amy nahm ihren Arm, und tatsächlich war Lillian gerade ganz schummerig. Sie wusste gar nicht warum. Die beiden hatten nichts gesagt. Aber vielleicht war es genau das – sie hatten nichts gesagt.

Sie ließ sich zurück ins Wohnzimmer helfen und setzte sich vorsichtig in ihren Sessel. Amy machte viel Aufhebens um sie, und ihre Freundin – Nell war ihr Name, nicht wahr? – drückte sich in der Tür herum und sah besorgt aus. Lillian lächelte ihr aufmunternd zu. Ihr ging es gut. Aber sie wollte wissen, was hier los war.

»Tante Lil.« Amy kniete neben ihrem Sessel nieder. »Als ich dir erzählt habe, ich hätte in Marokko nichts über Glenn herausgefunden …«

»Ja?« Lillian war ganz Ohr.

»Das stimmte. Zumindest habe ich das geglaubt.« Sie blickte zu der jungen Frau in der Tür, zu Nell.

Lillian folgte ihrem Blick. Jetzt sah sie, dass Nell ein in Leder gebundenes Buch an die Brust drückte. Sie erwiderte Amys Blick und wartete darauf, dass sie weitersprach.

»Aber wir haben doch etwas herausgefunden.« Sie zögerte, nahm Lillians Hand. »Wir sind ihm begegnet«, flüsterte sie.

»Ihm begegnet?« Lillian starrte sie an. »Aber …«

»Er lebte unter einem anderen Namen dort«, versetzte Amy rasch. »Er war praktisch ein Einsiedler und lebte in einer Hütte auf einer Safranfarm.«

»Einer Safranfarm?« Lillian konnte das Gehörte nur mühsam verarbeiten. Amy war ihm begegnet? Aber sie hatte die Vergangenheitsform benutzt. »*Er lebte.* Heißt das …?«

»Ja.« Amy drückte ihre Hand. »Es tut mir so leid, Tante Lil, aber er lebt nicht mehr.«

Lillian ließ zu, dass sich der Schmerz, den die Worte auslösten, langsam in ihrem Bewusstsein ausbreitete. Aber natürlich hatte sie ihn schon vor vielen Jahren verloren. »Warum?«, fragte sie. »Warum lebte er auf einer Safranfarm?«, fragte sie, doch das, was sie eigentlich wissen wollte, war: *Warum ist er nie nach Hause gekommen?*

»Das ist eine lange Geschichte«, sagte Amy. Sie ging in die Hocke. »Ich kann es selbst kaum glauben. Aber Nell sagt, es steht alles in seinem Tagebuch.«

Daraufhin kam Amys Freundin Nell näher und hielt ihr das Buch hin, das sie so fest an sich gedrückt hatte. »Ich habe es gelesen«, erklärte sie. »Und vielleicht möchten Sie es auch lesen.«

Lillian nickte. Sie brachte kein Wort heraus. Sein Tagebuch. Sie starrte auf das Buch, das Nell ihr in den Schoß gelegt hatte. Das war sein Tagebuch. Staunend nahm sie es hoch. Sie drückte es an die Lippen, an ihr Herz, schloss die Augen und flüsterte seinen Namen. »Glenn.«

Als sie die Augen wieder aufschlug, beobachteten Amy und Nell sie besorgt. Machten sie sich Gedanken darüber, wie sie den Schock verkraftete? »Warum haben Sie es gelesen?«, fragte sie

Nell. Warum war es ihr so wichtig? Warum hatte sie es so an sich gedrückt?

Der jungen Frau traten die Tränen in die Augen. »Wie sich herausgestellt hat, war Glenn ... war Glenn ...«

»Ich koche uns Tee«, sagte Amy. »Ich glaube, wir können ihn gebrauchen.«

Lillian brauchte mehrere Tage, um Glenns Aufzeichnungen zu lesen. Früher einmal hatte sie seine große, ungleichmäßige Handschrift leicht entziffern können. Schließlich hatte sie ihren Wandel von einzelnen Buchstaben zu zusammenhängenden Wörtern und dann zur Erwachsenenschrift miterlebt. Aber heute waren ihre Augen nicht mehr so gut, und manchmal brauchte sie ein Vergrößerungsglas. Aber sie wollte nichts überspringen. Sie wollte jedes einzelne Wort lesen und begreifen.

Die ersten Seiten waren am besten zu verstehen. Sie konnte erkennen – vielleicht mit dem Instinkt einer Mutter –, wann seine Gesundheit sich zu verschlechtern begann, wann ihm das Schreiben schwerfiel, und wann er nur ein paar Sätze schreiben konnte, bevor er wieder ruhen musste. Als sie schließlich das Ende seiner Aufzeichnungen erreichte, hatte sie viele Tränen vergossen, Tränen, von denen sie nie geglaubt hatte, dass sie sie um ihn weinen würde. Die Geschichte ihres Sohnes hatte sie an den Anfang ihres Lebens in Amerika zurückversetzt.

Mühsam stand sie aus dem Sessel auf. Ihre Gelenke waren steif; sie hatte zu lange dort gesessen. Sie beschloss, sich heiße Schokolade zu machen. Und dann würde sie ruhig dasitzen und nachdenken. Heutzutage, wo die Leute so viel Zeit damit zubrachten, Bildschirme anzusehen und am Telefon zu reden, wurde Zeit zum Nachdenken unterbewertet. Glenn allerdings hatte seine Zeit zum Nachdenken gefunden, das zeigte seine Geschichte. Und darüber war sie froh.

Lillian griff nach ihrem Stock. Die Wahrheit war, dass Lillian gespürt hatte, dass sie ihn nie wiedersehen würde, als Glenn das Haus verlassen hatte. Sie hatte ihm nachgesehen, als er sich mit großen Schritten in die Dunkelheit entfernte, ihr großer, schlacksiger Sohn mit dem Rucksack auf dem Rücken. Er hatte sich noch einmal umgedreht und ihr zugewinkt. Sie war damals fast daran zerbrochen.

Doch sie weinte nicht. Sie ging ins Haus zurück, tat, als sei nichts Ungewöhnliches passiert, verschloss ihren Kopf und ihr Herz und tat alles, was sie für gewöhnlich tat. Sie kochte das Abendessen, wusch ab und sah mit ihrem Mann zusammen fern. Sie ging zu Bett und lag da, während er sich und seine Frustration an ihr abreagierte. Das war keine Liebe. Nicht einmal am Anfang hatte er sie geliebt. Sie hatte nicht gelogen, als sie Amy erzählt hatte, er habe ihr nie verziehen, dass sie nicht Mary war, denn so hatte es sich immer angefühlt. Von dem Moment an, in dem sie in Amerika angekommen war und sein Gesicht gesehen hatte – verändert und von etwas berührt, das er noch nicht erlebt hatte, als er in England war –, hatte sie gewusst, dass sie ihn enttäuschen würde.

Auf dem Weg in die Küche stellte Lillian ihren Stock wieder in den Schirmständer. Als er zum ersten Mal die Beherrschung verlor, hatte sie sich gesagt, dass er einfach müde sei. Vielleicht hatte er Probleme auf der Arbeit gehabt. Sie hatte nicht genug Salz an die Kartoffeln getan, die Koteletts waren zäh, und das war für einen Mann, der nach seinem Arbeitstag einfach ein gutes Abendessen wollte, der Tropfen gewesen, der das Fass zum Überlaufen gebracht hatte.

»Herrgott«, hatte er gesagt. »Ist das denn zu viel verlangt?« Sein Blick war merkwürdig ausdruckslos geworden.

Lillian versuchte ihm zu sagen, dass es ihr leidtue, aber bevor sie eine Chance dazu hatte, stieß er sie grob vom Tisch weg.

Sie geriet leicht ins Taumeln, fand dann aber das Gleichgewicht wieder. Sie war geschockt. Ihr Vater war ihrer Mutter immer mit Respekt begegnet; niemals hätte er sie so behandelt. Ted ging in den Garten hinaus. Dort blieb er eine halbe Stunde, und als er zurückkam, hatte Lillian sich beruhigt. Es hatte nichts zu bedeuten. Natürlich hatte es nichts zu bedeuten.

Auch er war wieder ruhiger. Er nahm die Zeitung und ging ins andere Zimmer, um zu lesen. Später machte er eine Bemerkung über ein Thema aus den Nachrichten und sprach mit ihr, als wäre nichts passiert. Und was ihn anging, war es das auch nicht, so wurde ihr klar.

Beim zweiten Mal hatte sie ihm im Beisein seiner Mutter widersprochen. Sie hatte ihn nicht vorführen wollen; sie hatte nur etwas aufgeklärt. Er hatte sich bei einer Sache im Datum geirrt, und sie hatte ihn darauf hingewiesen. Aber sie sah, wie sein Zorn aufflammte. Mehr als alles andere hasste er es, das Gesicht zu verlieren, und als sie nach Hause kamen, packte er ihr Handgelenk und drehte es fest um. Er war ein großer, starker Mann. Er sorgte dafür, dass sie begriff. Sie sah ihm fest in die Augen. Wieder hatte er diesen Blick, wieder sah sie diesen blinden Zorn. So war das also. Und ob sie das verstand.

Sie lernte, mit ihm umzugehen, lernte, was ihn wütend machte, und ging diesen Situationen aus dem Weg, wenn sie konnte. Was hatte es für einen Sinn, einen Mann wie ihn gegen sich aufzubringen, einen Mann, der von etwas getrieben wurde, das ihr völlig fremd war? Sie kochte, was er gern aß, und sie machte aus seinem Haus ein Heim. Sie erledigte alle häuslichen Pflichten und sorgte dafür, dass er immer saubere, gebügelte Hemden hatte. Wenn sie ausgingen, ließ sie ihn aussuchen, wohin. Sie stritt nicht mit ihm, sie weinte selten und lernte nicht nur, ihre Gefühle zu beherrschen, sondern sie überhaupt nicht zu zeigen. Und innerlich wandte sie sich von ihm ab, vollständig und restlos.

Sie hatte einen schweren Fehler begangen, und das war ihre Strafe. Damit musste sie leben. Sie konnte nicht zurück nach England, jetzt nicht mehr. Lillian war nicht Mary. Sie hatte Mary damals nicht wehtun wollen. Das hier war nicht das, was sie gewollt, und nicht das, was sie erwartet hatte. Aber es war alles, was sie hatte. Also würde sie ihr Leben weiterleben. Eine andere Wahl hatte sie nicht.

Lillian nahm die Milch aus dem Kühlschrank und schüttete sie vorsichtig in einen Topf. Sie stellte die Plastikflasche wieder in die Kühlschranktür und versuchte, ihre Sehnsucht nach den alten Glasflaschen zu unterdrücken. Milch hatte aus einer Glasflasche immer besser geschmeckt; sie erinnerte sich, wie sie als kleines Mädchen immer die oberste, dicke Schicht aus der Flasche über ihre Frühstücksflocken gegossen hatte – allerdings nur, wenn Mary ihr nicht zuvorkam.

Während ihrer Ehe begann Lillian langsam, Zeit abzuzwacken, in der sie sie selbst sein konnte. Zeit, in der sie spazieren gehen und an zu Hause denken und vielleicht sogar ein wenig weinen konnte. Zeit, in der sie lange Briefe an ihre Mutter und selbst an Mary schreiben konnte, in der sie ein Buch las und sich in eine andere Welt versetzt fühlte, die sie nicht durch ihre eigene Torheit erschaffen hatte. Das war beinahe genug. Im Bett schloss sie die Augen, ließ sich von ihrer Fantasie an einen anderen Ort davontragen, erfüllte ihre ehelichen Pflichten und beklagte sich nie. Sie musste die langweiligste Ehefrau auf der ganzen Welt gewesen sein, dachte sie.

Lillian setzte den Milchtopf zum Kochen auf und nahm das Schokoladenpulver aus dem Küchenschrank. Sie hatte noch nie etwas von Mikrowellengeräten gehalten. Sie löffelte etwas von dem Pulver in ihren Becher und gab ein wenig von der Milch hinzu, damit es sich besser auflöste. Sie stand am Herd und sah wie hypnotisiert zu, wie der Dampf aufstieg.

Und dann kam das Geschenk, das ihr Leben verändert hatte: Glenn. Damals hatte sie gedacht, dass das Leben vielleicht doch erträglich, ja sogar gut sein könnte, dass es schlussendlich vielleicht sogar mehr als gut sein könnte. Die Milch kochte im Topf hoch, und Lillian nahm sie gerade noch rechtzeitig herunter. Unter Rühren goss sie sie in den Becher, stellte den Topf zum Abkühlen in die Spüle und drehte kurz den Wasserhahn auf, damit die Milchreste nicht darin festbrannten. Dann stellte sie den Becher mit der heißen Schokolade auf ihr kleines Tablett und trug es vorsichtig ins Wohnzimmer.

Aber je älter sein Sohn wurde, umso strenger und sturer wurde Ted. Und als Ted und Glenn zu streiten begannen, bekam Lillian es mit einem neuen Krieg zu tun. Dabei ging es darum, den Familienfrieden zu wahren. Es war ein Kampf, den sie nie gewinnen würde. Lillian stellte das Tablett auf ihr Tischchen und ließ sich langsam wieder in den Sessel sinken. Sie hatte für den Weggang ihres Sohns bezahlt. Nachdem Glenn ein paar Tage nicht nach Hause gekommen war, hatte Ted verlangt, dass sie ihm die Wahrheit sagte.

»Sag es mir, Weib«, knurrte er. »Sag mir, was du getan hast.« Er hielt sie am Handgelenk fest und schlug mit dem Rücken seiner freien Hand brutal zu.

Die Zähne schienen in ihrem Mund zu klappern. Sie meinte Blut zu schmecken. Sie wusste, dass er nicht aufhören würde, sie zu schlagen, bis sie es ihm sagte. Vielleicht würde er sowieso nie aufhören, sie zu verprügeln. Also sagte sie es ihm. Sie sah in seine ausdruckslosen Augen und sagte es ihm. Inzwischen würde Glenn frei sein.

Er zitterte vor Wut. »Warum zum Teufel soll er nicht kämpfen?«, brüllte er sie an. »Du dummes Weibsstück mischst dich in Dinge ein, die dich nichts angehen. Willst du, dass man unseren Sohn einen Feigling nennt?«

War das alles, worauf es ihm ankam? »Ich will nicht, dass er stirbt«, schrie sie. »Und ich will auch nicht, dass der Krieg ihn auf andere Art zerstört. So wie …«

»Wie mich?« Er packte ihr Handgelenk fester, sodass es brannte.

In diesem Moment wusste sie, dass er sie hasste. Vielleicht hatte er sie von dem Moment an, als sie den Fuß auf amerikanischen Boden gesetzt hatte, gehasst.

Er legte die Hände um ihren Hals. »Wie mich?«

Sie sah in seine ausdruckslosen Augen. Sie hatte so oft gesehen, wie er einfach dasaß und ins Leere, in die Ferne starrte. Vielleicht dachte er zurück. Vielleicht erinnerte er sich an die Landung in der Normandie und seine Kriegserlebnisse. Oder an Bridport und Mary. Hatte er Flashbacks, in denen blitzartig Erinnerungen zurückkehrten? Sie wusste, dass er manchmal Albträume hatte, und versuchte dann, ihn zu umarmen und zu trösten. Aber er hatte sich immer gewehrt, immer getan, als sei nichts, und immer nur Geschichten erzählt, in denen er der Held war und Gewalt alle Probleme löste.

»Wie du. Ja. Wie du.« Weiter war sie nie gegangen. Einen Moment lang sah sie es in seinen Augen aufblitzen: die Wahrheit über den Krieg, das Töten und seine wahren Gefühle, doch dann blinzelte er es fort, und es war verschwunden. Sie hatte immer gedacht, wenn sie nur zu ihm durchdringen könnte, wenn sie ihm nur helfen könnte, loszulassen … Aber …

»Dich werd' ich lehren.«

Dies war die einzige Gelegenheit gewesen, bei der Ted vollkommen die Beherrschung verloren und sie grün und blau geschlagen hatte. Bis zu einem gewissen Punkt hatte sie sich gewehrt. Sie hatte gezappelt und nach ihm getreten, aber das schien ihn nur noch mehr in Rage zu versetzen. Er hielt ihr die Arme hinter dem Rücken fest und schlug sie ins Gesicht. Ihre Wange brannte. Ihre Haut stand in Flammen. Er boxte sie in den Magen, und sie krümmte sich vor Schmerz zusammen und meinte fast, nie wieder Luft zu bekommen. Und er würgte sie halb tot. Lillian hatte noch wochenlang Würgemale am Hals. Schließlich ließ er sie als zusammengesacktes Häufchen Elend in der Küche liegen und ging aus dem Haus, um den Rest seiner Wut im Alkohol zu ertränken.

Bei dem Gedanken daran fasste Lillian sich an den Hals. Sie konnte den Schmerz immer noch spüren. Aber sie bereute nicht, was sie getan hatte, keine Sekunde lang.

Weil Glenn nicht in den Krieg gezogen war. Und Lillian war dankbar dafür, dass sie ihn davor hatte bewahren können. Vielleicht war es sogar gut, dass Glenn nicht nach Hause gekommen war, solange sein Vater noch lebte. Wie lange hätte es gedauert, bis ihr Sohn versucht hätte, sie zu beschützen? Wie lange, bis Ted sich gegen ihn gewandt hätte? Sie erschauerte. Wenigstens davor hatte sie die beiden bewahrt.

Lillian nippte an ihrer heißen Schokolade. Jahrelang hatte sie nicht an diese Zeit denken wollen. Aber jetzt war sie in Sicherheit, und die Lektüre von Glenns Geschichte hatte ihr geholfen, sich noch einmal mit ihrer eigenen zu beschäftigen. Die meisten Leute hätten sich vermutlich gefragt, warum sie Ted nicht verlassen hatte, besonders nachdem Glenn fortgegangen war. Lillian war sich nicht sicher, ob es darauf eine einfache Antwort gab. Heutzutage waren Beziehungen anders. Damals hieß es: Wie man sich bettet, so liegt man …

Für das, was passiert war, was er durchgemacht und was ihn verändert hatte, konnte Ted nichts. Davor hatte Lillians Opfer Glenn bewahrt. Aber was für ein Leben hatte ihr Sohn stattdessen geführt? Sie hatte geglaubt, sie würde es nie erfahren. Sie hatte ihm eingeschärft, nur im absoluten Notfall Kontakt zu ihr aufzunehmen. Sie wollte nicht riskieren, dass Ted etwas mitbekam, dass er herausfand, wo sich ihr Sohn aufhielt, und sogar die Behörden informierte, denn sie bezweifelte nicht, dass er das und noch mehr getan hätte.

Aber eines Tages war die Postkarte gekommen. Sie sah zu ihrem Sekretär, wo sie sie gut sichtbar aufgestellt hatte. Von hier aus konnte sie sie nicht deutlich erkennen, aber sie kannte das Bild so gut: die blaue Tür, die einen Spaltbreit offen war, der bogenförmige Eingang, die Blume, von der Amy ihr erzählt hatte, sie heiße die Rose von Mogador. Die marokkanische Briefmarke. Sie stammte aus Essaouira, hatte Amy gesagt. Und auf der Rückseite der Karte ein paar wenige, kostbare Worte von ihrem Sohn.

Sie hatte diese Postkarte wie einen Schatz gehütet, sie in einer Schublade versteckt, sie wieder und wieder gelesen, wenn sie einen Moment für sich hatte, und Gott dafür gedankt, dass ihr Mann sie nie gesehen hatte und sie an dem Morgen, an dem sie gekommen war, die Post geholt hatte. Die Postkarte sagte ihr, dass ihr Sohn in Sicherheit war. Mehr brauchte sie nicht. Nach der Amnestie hatte sie gehofft … Natürlich hatte sie gehofft. Aber sie hatte den Brief, den Glenn später geschrieben hatte, nie erhalten und wusste auch nichts von einem Brief, den er seinen Aufzeichnungen zufolge an Ted geschickt hatte. Hatte Ted seinen Brief vernichtet – und ihren ebenso? Möglich war das. Es war sogar wahrscheinlich. Er war kein Mann gewesen, der vergab.

Lillian hielt inne, als sie sich an den Nachmittag erinnerte, an dem sie ihn gefunden hatte; den Nachmittag, an dem er gestorben war. Sie war einkaufen gegangen, und er hatte den Rasen gemäht. Er war besessen von diesem Rasen; er musste so kurz geschoren und ordentlich sein wie sein Haar; er musste in geraden Linien gemäht und die Ränder mit der Schere nachgeschnitten werden. Ganz egal, wie müde er war, wenn der Rasen nicht perfekt war, musste Ted sich sofort darum kümmern. Auch an diesem Nachmittag war es nicht anders. »Du musst dich ausruhen«, hatte sie zu ihm gesagt.

»Ich weiß, was ich zu tun habe«, hatte er zurückgeknurrt.

Lillian hatte ihn gelassen.

Wahrscheinlich hatte es einen Moment gegeben, in dem er erkannt hatte, dass er aufhören sollte, als er merkte, dass er sich zu sehr verausgabte. Aber er hätte niemals aufgehört – und so stoppte ihn stattdessen der Herzanfall.

Lillian trank aus und stellte den Becher auf das Tablett zurück. Durch den Spalt zwischen den Vorhängen drang das weiche, orangefarbene Licht der Straßenlaterne herein, aber auch die Dunkelheit der Nacht. Es war spät. Sie fragte sich, was Amy gerade tat. Sie war ein gutes Mädchen, und Lillian hoffte, dass ihre Großnichte finden würde, wonach sie suchte. Amy kannte jetzt Lillians Geheimnis, und sie liebte sie trotz allem immer noch.

Lillian stand auf, um das Tablett wieder in die Küche zu bringen. Sie beschloss, zu Bett zu gehen. Es war ein langer Tag gewesen – und ein sehr emotionaler. Vielleicht hatte sie Ted nach seinem Tod mehr geliebt als im Leben. Als er tot war, war sie frei gewesen, sich an die frühen Zeiten zu erinnern, an den Krieg, als sie den gut aussehenden GI in seiner schicken khakifarbenen Uniform zum ersten Mal gesehen hatte, daran, wie er ihr seine Adresse in ein Kaugummipäckchen gewickelt zugeworfen hatte; daran, wie er sie »Herzogin« genannt, ihr geschrieben und ihr von all seinen Hoffnungen, seinen traurigen Momenten und seinen Träumen erzählt hatte.

Lillian ließ das Tablett in der Küche stehen, vergewisserte sich, dass alles ausgeschaltet war, und ging nach oben. Amy hatte von einem Treppenlift gesprochen, aber sie hoffte, dass es nicht so weit kommen würde. Und sie wollte auch nicht noch einmal umziehen, obwohl sie es tun würde, wenn es notwendig sein würde.

Ein Leben in einem schönen Bungalow konnte sie sich durchaus vorstellen, falls es dafür nicht schon zu spät war.

Sie war erstaunt darüber gewesen, dass Ted sie gut versorgt zurückgelassen hatte. Lillian hatte nie viel mit den familiären Finanzen zu tun gehabt. Nach seinem Tod fand sie heraus, dass seine Eltern ihm eine respektable Summe hinterlassen hatten und er außerdem klug investiert hatte. Lillian lächelte in sich hinein. Sechs Monate nach seinem Tod hatte sie einen Privatdetektiv engagiert, der versuchen sollte, ihren Sohn aufzuspüren.

Er hatte nichts gefunden. Lillian erreichte den Treppenabsatz, atmete durch und ging ins Bad. Dort sah sie in den Spiegel. War es möglich, dass die Frau im Spiegel wirklich sie war – diese weißhaarige alte Frau, die sie aus verblassten blauen Augen ansah? Damals schien es, als wäre Glenn spurlos verschwunden, als sei er entschlossen, sich nicht finden zu lassen. Aber jetzt … In diesem Moment hatte sie das Gefühl, er sei bei ihr. Sie stützte sich auf das Waschbecken, um Halt zu finden. Dank dieser jungen Frau, dank Nell – die ihre Enkelin war. Das hatte sie Lillian mit fast versagender Stimme erklärt, wobei Tränen in ihren blauen Augen gestanden hatten. Dank Nell wusste sie nun, was aus ihm geworden war.

Sogar Mary hatte ihr verziehen. Lillian war sich sicher, obwohl sie nie darüber gesprochen hatten. Mary hatte mit niemandem viel geredet. Sie war stark gealtert, und es brach Lillian das Herz, sie so zu sehen. Manchmal jedoch beobachtete sie Lillian aus ihren dunklen Augen, und einmal hatte sie ihr die Hand gedrückt. Lillian fragte sich, ob sie etwas dachte, ob sie sich erinnerte. Ihre Schwester hatte so ein aufregendes Leben geführt. War sie mit Johnnie Coombes glücklich geworden? Lillian dachte daran, was ihr Celia erzählt hatte. Sie hoffte es.

Lillian war im Bad fertig und ging zu Bett. Heute Abend würde sie glücklich unter die Decke schlüpfen. Sie war froh, dass

Glenn Frieden und einen Ort gefunden hatte, wo er er selbst sein konnte. Und sie freute sich auch darüber, dass er ihr eine Enkelin geschenkt hatte – mehr, als er es je hätte ahnen können. Denn für sie war Nell auch ein Teil von ihm, den sie lieben und hegen konnte. Einen Teil von ihm, der weiterlebte.

Sie schien so ein liebevolles, fürsorgliches Mädchen zu sein. Und sie erwartete selbst ein Kind. Lillian würde Urgroßmutter werden. Sie konnte es selbst kaum glauben. An dem Morgen, als die beiden ihr das Tagebuch gebracht hatten, als sie ihr das von Glenn erzählten, hatten Nell, Amy und Lillian zusammengesessen und Tee getrunken. Doch dann waren die beiden bald gegangen, als wüssten sie, dass Lillian mit ihrem Sohn allein sein musste. Und Lillian hatte tief Luft geholt, sein Tagebuch aufgeschlagen und begonnen, seine Geschichte zu lesen.

51. Kapitel

In den ersten Frühlingstagen fuhr Nell ins Dorf, um Hyazinthen zu kaufen, und als sie aus dem Blumenladen kam, stieß sie mit Tania zusammen, einer der ältesten Freundinnen ihrer Mutter. Zu Anfang war sie Menschen wie Tania aus dem Weg gegangen. Viele waren es nicht; ihre Mutter war eine einsame Seele gewesen. Aber ein paar Frauen hatte sie gemocht, und Tania gehörte dazu. Sie war Künstlerin und malte Aquarelle, die in der kleinen Galerie in St. Mawes und in einem Laden in Falmouth verkauft wurden. Die Bilder waren skizzenhaft und verschwommen – ein wenig wie Tania selbst, die mit einem Töpfer verheiratet gewesen war, sich hatte scheiden lassen und jetzt dazu neigte, wie eine verlorene Seele durch das Dorf zu streifen und dabei selbst im Gehen zu malen. Aber sie hatte immer bei der Safranernte geholfen. Sie gehörte zu dem kleinen Kreis von Frauen, die Nells Mutter gekannt hatten und die sie trotz ihres Safranfeldes und ihres ziemlich exzentrischen Benehmens nicht für seltsam gehalten hatten.

Tania blieb stehen, als hätte sie einen Geist gesehen. Zum ersten Mal kam Nell auf die Idee, dass ihre Mutter vielleicht auch anderen Menschen fehlte.

»Wie geht's dir, Nell?« Tania hatte langes, helles Haar und fast unsichtbare Wimpern. Sie legte ihre Hände auf Nells Schultern, als wolle sie sie festhalten und am Weglaufen hindern. »Ich wollte noch bei dir vorbeikommen.« Ihre Lider zuckten, und Nell wusste, dass das nicht so ganz stimmte.

»Das ist schön«, sagte Nell, obwohl sie froh war, dass sie nicht gekommen war. »Mir geht es eigentlich gut.«

Tania trat ein Stück zurück, um sie zu mustern. Ihre hellen Augen zogen sich zusammen. »Bist du …?«

»Ja.« Sie spürte, wie sie errötete. Es verblüffte sie immer, dass andere das so früh erkennen konnten.

»Wann kommt es?«

»Ende August. Es ist noch ziemlich früh.«

Tania zog sie zu Tränen gerührt in die Arme.

»Ach. Deine Mutter wäre so glücklich.«

»Ja.« Nell konnte sie sich gut als Großmutter vorstellen. Sie würde auf allen vieren herumkriechen, mit dem Baby spielen und Grimassen ziehen, bis es lachte und gluckste. Sie würde ein Kuscheltier stricken und aus irgendetwas, das sie in der Küche fand, eine Rassel basteln. Sie würde das Baby stundenlang mit ihren Liedern, Geschichten und Spielen unterhalten. Sie würde Schlaflieder singen, und wenn das Baby in der Nacht aufwachte, würde sie es im Mondschein wieder in den Schlaf wiegen. Sie würde lachen, und zwar laut, und wenn das Kind älter wäre, würde sie ihm vom Tarot und vom Safran erzählen. Sie würde gegen jede Konvention unter der Sonne verstoßen und vollkommen anders sein als die Großmutter, die Nell nun bekommen hatte – die winzige Lillian, die Mutter ihres Vaters, die vor so vielen Jahren ihren Sohn verloren hatte.

Nell hatte Amys Großtante auf den ersten Blick gemocht. Nicht zuletzt, weil sie wusste, wie sehr Amy sie liebte. »Sind Sie eine Verwandte, meine Liebe?«, hatte sie bei dem Marokko-Event in Lyme mit ihrer freundlichen, ein wenig zittrigen Stimme gefragt. Jetzt musste Nell darüber lächeln. Hatte Lillian sie irgendwie erkannt? Oder war sie einfach nur verwirrt gewesen?

»Wie bist du darauf gekommen, dass ich eine Verwandte wäre?«, hatte Nell sie gefragt, als sie an dem Tag, nachdem sie ihr Glenns Tagebuch gebracht hatte, zusammen mit Amy ihre

Großmutter besucht hatte und sie im Cottage beim Tee zusammensaßen.

»Du hast den Blick deines Vater, meine Liebe«, antwortete sie. Sie mochte alt sein, aber verwirrt war sie ganz bestimmt nicht.

Den Blick deines Vaters ... Nell wurde klar, dass das in Familien so war. Man erbte ein wenig hiervon und ein wenig davon. Man konnte einen Teil von jemandes Stammbaum in der Linie eines Wangenknochens erkennen, einem Blinzeln oder der Form eines Lächelns. Sie hatte eine Großmutter! Nell konnte es kaum glauben. Und sie hatte noch mehr Verwandte, Amy eingeschlossen, die ihre Großcousine war. Denn wenn zwei Personen Cousin oder Cousine waren – in diesem Fall Amys Mutter und Nells Vater –, dann waren ihre Kinder Großcousins oder -cousinen, wie Amy ihr fröhlich erklärt hatte. Kein Wunder, dass sie sich in Marokko zueinander hingezogen gefühlt hatten, kein Wunder, dass sie so gute Freundinnen geworden waren. Nell wurde nachdenklich. Sie hatte ihre Eltern verloren, und niemand konnte sie ihr je ersetzen. Aber es war wundervoll, diese neue Familie zu haben.

»Und was wird aus dem Farmhaus?« Tanias Blick umwölkte sich. »Letzten Herbst habe ich gesehen, dass es zum Verkauf steht. Ich kann mir nicht vorstellen ...«

»Wir sind wieder eingezogen«, erklärte Nell ihr.

»Gott sei Dank.« Tania schüttelte den Kopf. »Das sind fantastische Neuigkeiten. Ich wollte sagen, dass ich mir nicht vorstellen könnte, dass dort jemand anderes wohnt. Sie würde sich so freuen.«

»Ja, ich glaube, das würde sie«, pflichtete Nell ihr bei. »Aber ich tue es für uns, für Callum und mich. Wir werden natürlich einiges verändern.« Sie dachte an die Tarotkarten ihrer Mutter, die immer noch in den violetten Seidenschal eingeschlagen in dem Regal über ihrer Kommode lagen. Aber manches werden wir nicht ändern, dachte sie. Die Karten hatten ihr geholfen, die Stimme ihrer Mutter zu hören; sie hatten ihr geholfen, Entscheidungen zu treffen, als sie von Trauer überwältigt gewesen war und nicht logisch hatte denken können. Sie waren eine Krücke. Vielleicht brauchte sie sie nun nicht mehr, aber sie würde sie immer behalten. »Wir müssen in die Zukunft sehen. Wir sind jetzt eine Familie.«

Tania nickte, als würde sie das verstehen.

»Und was ist mit dem Safran? Werdet ihr ihn weiter anbauen?«

Nell vermutete, dass ihr Safran eine Art lokaler Berühmtheit war. »Oh ja«, sagte sie. Auch daran würde sich nichts ändern. Nur, dass dieses Jahr Callum die Aussaat und den Anbau übernehmen würde. Er hatte sogar gesagt, dass er sich darauf freue. »Ich hoffe, dass du auch in Zukunft kommst und uns bei der Ernte hilfst?«

»Wie in alten Zeiten«, meinte Tania wehmütig.

»Wir werden ein Pop-up-Restaurant eröffnen«, erklärte Nell. Was nicht annähernd etwas mit den alten Zeiten zu tun hatte.

»Im Farmhaus?«

»Ja.« Nell kramte in ihrer Tasche nach einem Flyer und gab ihn Tania. »Wir nennen es The Saffron House. Unsere Spezialität wird marokkanische Küche sein.«

»Oh.«

»Ich hoffe, du kommst einmal vorbei?«

»Oh, ganz bestimmt.« Tania wirkte nachdenklich. »Weißt du, deine Mutter war bei mir an dem Abend, an dem sie gestorben ist«, sagte sie.

»Ach ja?« Eine Vorahnung überlief Nell wie ein Schauer. Wollte sie das wirklich hören? Sie hatte inzwischen ihren Frieden mit ihrer Mutter gemacht. Sie wollte keine alten Wunden aufreißen, nicht jetzt. »Wie ging es ihr?« Was genau war ihre Frage? *Machte sie den Eindruck, als stünde sie kurz davor, von einer*

Klippe zu springen? Inzwischen hatte sie so vieles akzeptiert. Aber das konnte sie immer noch nicht akzeptieren; es war eine so egoistische Tat.

Tania blickte in die Ferne, hinaus aufs Meer, als könne sie dort die Antwort finden. Der Bäcker, der Safranteilchen verkaufte, trat aus seinem Laden und winkte ihnen zu. Sie winkten beide zurück, als sei alles in Ordnung und sie würden dieses Gespräch nicht führen. »Sie hatte eine schwache Minute.«

»Ja.« Nells Stimme klang in ihren eigenen Ohren schroff. Aber gleichzeitig überlegte sie, ob Tania etwas wusste. Zumindest musste sie gespürt haben, in welcher Stimmung sie war. Sie war mit ihr zusammen gewesen.

»Wir haben ein oder zwei Gläser Wein getrunken. Sie wollte reden. Das sah Bethany gar nicht ähnlich.« Sie sah Nell an. »Na, du weißt ja, wie sie war.«

»Worüber habt ihr geredet?«

»Ich musste versprechen, niemandem etwas zu sagen.«

»Oh.«

»Und damals dachte ich …«

Nell wartete.

»Dass es nicht fair ist. Dass du nicht Bescheid weißt. Dass sie nichts unternehmen wollte.«

»Nichts?« Nell fror und steckte ihre freie Hand in die Manteltasche. Sogar die blauen Hyazinthen, die in braunes Papier gewickelt waren, schienen zu zittern. Nell hatte ein wenig Angst davor, wohin dieses Gespräch vielleicht führen würde.

»Sie war krank.« Tania legte ihr eine Hand auf den Arm. »Ich erzähle es dir jetzt, weil es dir vielleicht hilft, es zu wissen, Nell. Sie war krank.«

»Was hatte sie?«, flüsterte Nell. Damit hatte sie nicht gerechnet.

»Ich habe keine Ahnung.« Tania breitete die Hände aus. »Sie

hat es nicht gesagt. Aber sie wollte sich nicht operieren lassen, sagte sie. Keine Ärzte, die an ihr herumschnippeln würden.«

»Nein, so etwas hätte sie nicht gewollt.« Ihre Mutter hatte Ärzten bestenfalls misstraut. Nell dachte daran, dass sie sich geweigert hatte, letztes Jahr den Safran neu auszupflanzen, dass sie einen Teil des Landes verkaufen wollte. Callum und sie hatten sich sogar gefragt, ob sie die beiden dafür bestrafen wollte, dass Nell ausgezogen war. Aber wenn sie wirklich allein nicht mehr damit fertiggeworden war? Wenn sie gewusst hatte, dass ihre Zeit abgelaufen war, genau wie Nells Vater es gewusst hatte? Bei dem Gedanken überlief es sie kalt. Das würde eine Menge erklären.

»Ist alles in Ordnung, Nell?« Tania wirkte besorgt. »Verstehst du, warum …?«

»Ja, es war richtig von dir, mir davon zu erzählen. Danke.« Nell wandte sich zum Gehen. Wer könnte wissen, was sie gehabt hatte? Keine andere ihrer Freundinnen; ihre Mutter war so stolz gewesen. Wie Tania gesagt hatte, hatte sie ihr nur in einem schwachen Moment davon erzählt. Ihr Hausarzt? Noch unwahrscheinlicher. Konnte ihre Mutter sich auf ihren Reisen in jüngeren Jahren etwas zugezogen haben? War es etwas gewesen, das hätte geheilt werden können, wenn sie sich Hilfe gesucht hätte? Aber schlussendlich … Nell seufzte. Was machte das jetzt noch? Sie konnte sich damit quälen, sie konnte sich schelten, weil sie nichts bemerkt hatte, weil sie nicht für sie da gewesen war. Aber letztlich war es die Entscheidung ihrer Mutter gewesen, und sie allein trug die Verantwortung dafür. Falls es überhaupt eine Entscheidung gewesen war und kein Unfall, rief sich Nell ins Gedächtnis.

Sie stieg ins Auto und fuhr zu der Stelle, wo ihre Mutter gestorben war. Die Straße endete kurz vorher. Sie stieg aus dem Wagen und ging mit den blauen Hyazinthen in der Hand zu der

Stelle. Wann immer sie konnte, brachte sie ihr Blumen. Knollenpflanzen waren die besten; sie hielten sich länger, und diese hier waren in einen flachen braunen Topf gepflanzt. Sie sah zu Boden. Die letzten Blumen, die sie hergebracht hatte, waren bereits verwelkt. Sie ersetzte sie durch die Hyazinthen, nahm das braune Papier und knüllte es in ihrer Manteltasche zusammen. Ihre Mutter hatte den Duft von Hyazinthen geliebt. Nell hoffte, dass der Duft vom Wind davongetragen und sie irgendwie erreichen würde. *Wishing on the wind.* Sie berührte die Silberkette mit dem Safrananhänger, die unter ihrem Mantel verborgen war.

Safran war der Sonnenschein ihrer Mutter gewesen, genau wie Nell. Ihre Mutter hatte Fehler begangen. Sie hatte Nell zu sehr behütet. Aber wie konnte sie ihr das verübeln? Sie hatte es doch aus lauter richtigen Gründen getan, aus Liebe. Und die Seiten ihrer Mutter, die wichtig waren, die hatte Nell doch die ganze Zeit gekannt. Sie hatten jeden Tag ihrer Kindheit erfüllt. Sie hatten mit Liebe, Sonnenlicht und heilenden Kräften zu tun, und das konnte ihr niemand nehmen.

Nell stand auf der Klippe, fast so nahe am Rand wie ihre Mutter damals. Unter ihr krachten die Wogen auf die Felsen. Wer hier hinunterfiel – oder sprang –, überlebte auf keinen Fall. Es war unmöglich. Im Winter war das Meer olivgrün. Es verschmolz fast mit dem feucht umnebelten Horizont und dem Bleigrau des Himmels. Aber in jener Nacht hatte ihre Mutter das Meer nicht sehen können, außer der Vollmond hätte an einem wolkenlosen Himmel gestanden. Aber gehört haben musste sie es; das Donnern und Rauschen der Flut und die Brandung, die sich auf dem Fels brach. Sie konnte nur Dunkelheit und das ölige, feuchte Schimmern des Meeres unter sich gesehen haben und wäre in ein tintenschwarzes Nichts, in eine tiefe Leere gesprungen – oder gestürzt. Kalte Luft und Wind strömten an ihr vorbei, bis sie auf dem Fels auftraf.

Warum? Nell spürte heiße Tränen auf ihren Wangen, als sie ihr Gesicht in den Wind wandte. Sie hatte begriffen, dass ihre Mutter verletzlicher gewesen war, als ihr je klar gewesen war. Sie war krank gewesen. Sie hatte Schmerzen gehabt. Vielleicht war sie ja todkrank gewesen? Hatte sie es deswegen getan?

»Nell!«

Erschrocken fuhr sie herum. Callums Laster parkte neben ihrem Auto, und er kam eilig auf sie zu. »Nell! Was zum Teufel machst du da?«

»Nichts!«, schrie sie zurück. Nun ja, nicht nichts. Sie brachte ihrer Mutter Blumen. Sie wollte wissen, wie es sich anfühlte, am Rand des Abgrunds zu stehen. Hatte es sich für ihre Mutter so angefühlt? War sie mit Absicht gesprungen? Oder war sie einfach vom Weg abgekommen?

»Sei vorsichtig.« Callum war atemlos. »Komm vom Rand weg.«

»Ich wollte spüren, wie es für sie war.« Der Wind verwehte ihre Worte.

»Aber es ist nicht so für dich, oder?« Jetzt war er an ihrer Seite. »Es ist nicht so für uns?«

»Natürlich nicht.« Sie lächelte und streckte die Hand aus.

»Du bist nicht unglücklich?« Behutsam nahm er ihre Hand und zog sie zurück.

»Ich meine, unseretwegen? Wegen des Babys?« Er legte eine Hand auf ihren Bauch.

»Oh, Callum. Natürlich nicht.« Zwischen ihnen hatte sich alles verändert. Und das Baby war ein Geschenk. Es war erstaunlich: Mit dem Tod kam neues Leben. So ging es in der Welt nun einmal zu.

»Aber wir hatten es nicht geplant.« Er runzelte die Stirn. »Und …«

Nell lachte. »Das Leben kümmert sich nicht um Pläne.« Das

Gleiche galt für Absprachen. Das Leben traf seine eigenen Entscheidungen.

»Und das Restaurant. Du hattest so viele Ideen …«

»Ich *habe* so viele Ideen«, verbesserte sie ihn. »Das Baby ändert daran gar nichts.« *Das Baby.* Ein lebendiges Wesen, ein Er oder eine Sie, wuchs in ihrem Bauch heran. Erst ein Todesfall, besser gesagt zwei, und jetzt dieses Leben. Es war ein guter Gedanke; daran konnte sie sich festhalten.

»Nicht?« Blinzelnd sah er sie an.

»Natürlich nicht.« Für Callum in seiner wohlgeordneten Welt war das schwer zu verstehen. Sie wusste das und nahm seine andere Hand. »Ich kann delegieren. Du hast doch schon von Hausmännern gehört, oder?«

»Nell …«

Sie stellte sich auf die Zehenspitzen, um ihn zu küssen. »Das war nur ein Scherz.« Hinter dem Rücken kreuzte sie die Finger. »Aber wann hat es eine Frau schon einmal vom Arbeiten abgehalten, ein Baby zu bekommen? Vielleicht muss ich mir ein paar Monate freinehmen, das ist alles.«

»Das ist gut«, sagte er.

»Es ist sehr gut.«

Nell ließ ihn los und ging wieder zum Rand der Klippe. Sie bückte sich, um die Hyazinthen auf dem imaginären Grab zu berühren. »Mach's gut, Mum«, sagte sie. »Schöne Träume.«

Callum und sie hakten einander unter und liefen an der Klippe entlang. Der Wind zerrte an Nells Haar und brannte auf ihren kalten Lippen. »Das ist ein Neuanfang für uns, Callum«, sagte Nell. Wie lernte man denn jemanden kennen? Man verliebte sich in ihn, und dann redete man. Über alles. Callum hatte sie nicht gekannt, weil sie ihm keine Chance dazu gegeben hatte; sie hatte zu vieles in sich verschlossen und ihn ausgeschlossen. Es gab auch noch andere Dinge, die sie ändern musste. Man räumte ihm die oberste Priorität in seinem Leben ein. Das hatte sie bisher nie wirklich getan. Man verbrachte Zeit mit ihm. Man teilte alles. Man wurde erwachsen. Man verliebte sich noch einmal neu in ihn.

»Ich weiß.« Er klang sehr überzeugt.

»Für uns und für das Baby«, flüsterte sie.

War sie absichtlich von der Klippe gesprungen, oder war sie vom Weg abgekommen? Nell glaubte die Antwort zu kennen. Vielleicht, weil sie die Stimme ihrer Mutter immer hören würde, sie kam aus ihrem eigenen Inneren, aus diesem Teil von ihr, den sie von ihr geerbt hatte. Denn wie hatte ihr Vater in seinen Erinnerungen geschrieben? Ihre Mutter hatte immer gewusst, wann es Zeit war, weiterzuziehen.

52. Kapitel

Amy fuhr in ihrem Renault Clio nach Cornwall, um Fotos von Nells erstem Abend als Chefin des Saffron House zu machen. Schon wieder eine Eröffnung, dachte sie und erinnerte sich an die Vernissage des Marokko-Events. Dann schob sie den Gedanken beiseite und konzentrierte sich stattdessen auf die Straße, während sie hinter Exeter von der Autobahn abfuhr und auf der A30 den vertrauten Weg nach Cornwall einschlug. Grübeln war sinnlos, sagte sie sich.

Es war Anfang März, und auf den Wiesen tauchten die ersten Frühlingsblumen auf; Wiesenkerbel und Schöllkraut und sogar ab und zu ein Büschel blühender Primeln. Obwohl die Luft noch deutlich kühl war, lag auch ein Gefühl von Frühling und Verheißung in der Luft. Anfänge, dachte sie. Für Nells Restaurant-Projekt, für ihr ungeborenes Kind. Und für Amys freiberufliche fotografische Arbeit. Duncan hatte Verständnis dafür gehabt, dass sie die Galerie verlassen wollte; er sah ein, dass er eine Vollzeitsekretärin brauchte und sie sich auf ihre Karriere konzentrieren musste. Er hatte gesagt, er habe nicht vor, ihr Steine in den Weg zu legen, aber in seinem Blick hatte ein gewisses Widerstreben gelegen.

Sie fuhr durch Launceston und sah auf ihre Uhr. Sie hatte reichlich Zeit. Von Lyme Regis nach Roseland fuhr man ungefähr zweieinhalb Stunden. Es war noch hell, obwohl die Sonne am Himmel schon tiefer sank. Wenn Nells Restaurant erst einmal lief, würde der Großteil ihrer Gäste vermutlich aus Urlaubern bestehen. Daher war es wichtig für sie, dass ihre Flyer in allen Touristeninformationszentren, auf Campingplätzen und in

Hotels auslagen. Den heutigen Abend hätte Amy sich um nichts auf der Welt entgehen lassen. Nell gehörte jetzt zur Familie. Sie und Callum hatten ihr angeboten, bei ihnen zu übernachten. Nachdem sie die nötigen Werbeaufnahmen gemacht hatte, konnte sie daher in Ruhe essen, etwas trinken, entspannen und den Abend genießen.

Es begann zu nieseln, und Amy schaltete ihre Scheibenwischer ein. Typisch Cornwall. Hoffentlich würde das Wetter morgen besser. Es war schön, etwas Zeit mit Nell zu verbringen – ihrer Großcousine. Bei dem Gedanken grinste sie. Sie hatte in letzter Zeit hart gearbeitet und konnte ein paar freie Tage gut gebrauchen. Der Marokko-Event war so erfolgreich gewesen, wie Jake vorhergesagt hatte, und hatte ihr einiges an Aufträgen eingebracht.

Jake … Amy stellte fest, dass sie das Steuer ein wenig fester umfasst hielt. Er meldete sich immer noch ab und zu bei ihr. Meistens schickte er E-Mails, in denen er ihr Namen und Adressen von Kontaktpersonen weitergab, und manchmal hatte er sogar selbst Arbeit für sie. Und sie war ihm dankbar dafür. Er hatte ihr wirklich geholfen. Aber sie bekam ihn nie zu Gesicht. Einmal war sie sogar nach Bristol gefahren, um ihm Material zu bringen. Sie hatte tief Luft geholt, darauf gewartet, dass ihr Herz zu hämmern aufhörte … und an die Tür seines Büros geklopft. Aber er war nicht da gewesen. Schön, sie war über eine Stunde später dran, als sie gesagt hatte, weil sie im Stau gestanden hatte. Trotzdem … Sie wurde das Gefühl nicht los, dass er sie im Stich gelassen hatte.

Aber es war das Beste so. Der Regen ließ nach, und Amy trat aufs Gaspedal. Es war Samstagnachmittag, daher herrschte nicht viel Verkehr. Es war das Beste so, denn sie war schockiert darüber, was sie empfunden hatte, als sie ihn mit Melanie Tarrant gesehen hatte. Bestürzung, Eifersucht, Wut. Sosehr sie es auch versuchte, Amy konnte die Erinnerung nicht ausblenden. Vor allem war sie zutiefst verletzt gewesen. Weil ein kleiner Teil von ihr törichterweise gehofft hatte …

Sie fuhr jetzt durch das Bodmin-Moor, eine Landschaft, die sie liebte: kahl, einsam, windgepeitscht – auch heute. Was sie empfunden hatte, hätte die Verhaltensmuster, die sie im Laufe ihres Lebens entwickelt hatte, eigentlich verstärken sollen: immer auf der Hut zu sein, sich gegen Verletzungen und Verluste zu wappnen und sich nur auf einen Menschen zu verlassen, auf sich selbst. Gefühle konnten sich unbemerkt anschleichen und einen innerhalb von Augenblicken in Fesseln legen. Sobald man begann, jemanden gernzuhaben, konnte man zurückgewiesen werden. Und das tat weh. Wie sie Nell damals in dem Hamam in Marrakesch gesagt hatte, erschien es ihr fast unmöglich, mit einem Mann zusammenzuleben und doch die eigene Identität, die eigenen Träume zu bewahren. Sie wollte sich selbst nicht verlieren, für niemanden. Also hatte sie das Richtige getan. Aber wenn es so war, warum hatte sie dann das Gefühl, dass sie etwas verpasst hatte?

Abgesehen von Jakes Kontakten hatten auch die Ausstellung *Marokko heute* und die Buchillustrationen für Jenny, die Kochbuchautorin, ihr Aufträge gebracht. Der Verlag hatte ihr sogar noch einen weiteren Auftrag erteilt. Amy bog in Richtung Truro ab. Sie war also auf dem besten Weg, von ihren Einkünften als freie Fotografin leben zu können. Das hatte sie sich immer gewünscht.

Um kurz nach sechs kam sie beim Saffron House an. Die Sonne ging unter, und es war kühl geworden. Auf dem Hof standen bereits einige Autos. Sie war schon vor ein paar Wochen einmal hier gewesen, und sie stellte fest, dass Callum mit der Gestaltung des Vorgartens und der Terrasse in der Zwischenzeit gut vorangekommen war. Nell hatte ihr erklärt, sie wollten einen

Bereich schaffen, wo die Gäste im Sommer draußen essen könnten – falls das Wetter in Cornwall das erlaubte. Aber im Moment galt es, einen Schritt nach dem anderen zu tun, besonders angesichts des Babys, das unterwegs war.

Amy stieg aus dem Auto, holte ihre Fotoausrüstung aus dem Kofferraum und ging zur Haustür. Sie trug ein cremeweißes Maxikleid mit lila Punkten, Amethyst-Ohrhänger und einen Schal aus cremeweißer Seide, den sie sich von Tante Lil geliehen hatte. Amys Tante wäre gern selbst dabei gewesen, aber sie hatte sich diese Woche etwas schwach gefühlt, daher hatte Nell ihre Großmutter zu einer ruhigeren Familienfeier, die in einem Monat stattfand, eingeladen.

Amy hängte sich die Kamera über die Schulter und beschloss, ein paar Außenaufnahmen zu machen. Das Farmhaus selbst war alt und rustikal. Es war aus grauem Stein erbaut, der vermutlich aus der Gegend stammte, und besaß ein schwarzes Schieferdach. Die Türen und Fenster waren in rotem Backstein eingefasst. Das Haus war mit Lichterketten geschmückt, und vor dem Eingang standen Kübel mit Frühlingsblumen – Narzissen und weiße und lila Krokusse. Die Kübel waren gelb und blau und erinnerten mit ihren Farben an den Majorelle-Garten in Marrakesch. Draußen hing ein Schild. Es trug die Aufschrift »The Saffron House«, und den Hintergrund bildete Amys Foto des Safranfeldes in den Ausläufern des Atlas.

Sie klingelte, und eine leicht gehetzt wirkende Nell öffnete. »Amy!« Sie ließ sie herein, und die beiden umarmten sich. »Ich freue mich so, dass du da bist. Kannst du ein paar Fotos machen, bevor sich alle zum Essen setzen? Ich habe ewig für die Tischdekoration gebraucht.«

»Natürlich kann ich das. Du siehst übrigens großartig aus.« Die Schwangerschaft stand Nell gut. Ihre Augen und ihre Haut strahlten förmlich. Sie trug ein blaues Kleid, über das sie eine weiße Schürze gebunden hatte, und eine weiße Kochmütze, die ihre blonden Locken im Zaum hielt. »Wie fühlst du dich?«

»Erschöpft, aber glücklich.« Nell strich sich eine verirrte Haarsträhne unter die Mütze zurück. »Komm mit.«

Nell erklärte ihr, dass sie und ihre Mitstreiter gerade dabei seien in der Küche letzte Hand an das Essen zu legen. Es duftete jedenfalls gut.

»Macht ihr nur weiter, ich komme schon klar«, sagte sie zu dem Beikoch, den sie engagiert hatte, zu Callum und Sharon, ihrer ehemaligen Kollegin und Freundin, die heute Abend kellnern sollte. Dann schob sie Amy behutsam aus der Küche und ging mit ihr in den Gastraum, der vorher Nells und Callums Wohnzimmer gewesen war.

»Wow.« Amy sah sich um. In den Farben der Wände hatten Nell und Callum Sonnenschein und Sonnenuntergang zugleich eingefangen. Mit seinen Nischen, in denen Tajines aus Terrakotta und Weinflaschen standen, den bemalten Holzpaneelen und den Möbeln brachte der Raum in Amys Augen geradezu das ganze Wesen Marokkos zum Ausdruck. Er war recht groß, und sie hatten geschickt sechs Tische für je vier Personen aufgestellt und in der Ecke noch eine zusätzliche Sitzmöglichkeit geschaffen. Dort hatten sie in die Nische neben dem Kamin eine Doppelbank eingebaut, auf der dicke goldene, rote und senfgelbe Kissen lagen. Amy machte ein paar Fotos. Der Boden war aus massiver Eiche, ebenso wie die Esstische und Stühle, und in der Mitte des Raums lag ein Teppich mit Berbermuster. Zwei Wände waren in einem tiefen Sienabraun gestrichen, zwei in Ocker, und die Nischen zu beiden Seiten des Kamins waren in einem warmen, dunklen Terrakottaton gehalten. Statt Platzdeckchen hatte Nell eine bunte Mischung marokkanischer Kacheln in leuchtenden Farben und schönen Mustern verwendet, und über die Tische waren Rosenblütenblätter gestreut.

Amy sah sich um. Es war vollkommen. Die Beleuchtung schaffte genau die richtige Atmosphäre von Opulenz und Ruhe. Das Zentrum des Raumes wurde von einer filigranen marokkanischen Silberlaterne erhellt, in deren Metall komplizierte, geometrische Muster geschnitten waren. Sie warf lange Schatten über die Tische und den Boden. Außerdem gab es noch viele kleine maurische Lampen und Laternen aus Metall und buntem Glas, die die Wände in ihren sanften Schein tauchten. An der Wand über dem Kamin hing das gerahmte Pergament, das Hadi Nell geschenkt hatte; die Zeichnung der Frau mit dem weißen Gewand und dem gelben Schleier, die Safranblüten pflückte.

Amy schüttelte den Kopf. Sie konnte es immer noch kaum glauben, dass Hadi Nells Vater Glenn gewesen war. Die Geschichte erinnerte sie an das Gassenlabyrinth der Medina. Es war ein Irrgarten, aber wenn man immer weiter ging, konnte man den Weg zum inneren Kern, zur Wahrheit, zum Herzen der Dinge finden.

Weitere Gäste trafen ein, darunter Nells Freundin Lucy, von der sie ihr in Marokko erzählt hatte, und Amy fotografierte alle, während sie plaudernd herumstanden und den strohgelben marokkanischen Sauvignon Blanc tranken, den Sharon serviert hatte. »Ich hoffe, er schmeckt Ihnen«, flüsterte Sharon Amy zu. »Er stammt aus dem Atlasgebirge. Nell hatte nach einem marokkanischen Sekt gesucht, aber so etwas war nur schwer aufzutreiben.«

Amy trank einen Schluck. »Er ist köstlich.« Er schmeckte nach Anis, nach Apfel – und nach Marokko.

»Bitte nehmen Sie Platz.« Callum war aus der Küche gekommen und nahm das Zepter in die Hand. »Es gibt eine Sitzordnung.«

Es freute Amy zu sehen, dass er so gute Laune hatte. Schön für Nell. Wie diese ihr am Telefon erzählt hatte, hatte er sich endlich vollständig von der Idee des Saffron House überzeugen lassen und sich mit seiner typischen Energie in das Projekt gestürzt. Nell war sicher froh, ihn auf ihrer Seite zu haben. Sie hatte Glück, dachte Amy.

»Hier ist Ihr Platz, Amy.« Callum war neben ihr aufgetaucht und steuerte sie zu der Ecknische mit den Holzbänken und den roten und goldenen Kissen, die von einer bunten maurischen Wandlampe erhellt wurde. »Hier haben Sie einen besseren Überblick.«

»Großartig.« Sie setzte sich, und er schenkte ihr Wein nach. Auf dem Tisch standen ein Körbchen mit marokkanischem Fladenbrot und Arganöl zum Eintunken.

Callum warf einen Blick auf seine Uhr. »Es sind noch nicht alle Gäste da«, murmelte er. »Aber Nell sagt, wir sollen ruhig anfangen.«

Amy zuckte mit den Schultern. »Dann los.«

Gerade, als er etwas darauf antworten wollte, klingelte es, und Callum eilte zur Tür, um sie zu öffnen.

Amy nahm ihre Kamera, ließ durch den Sucher den Blick durch den Raum schweifen und richtete ihn dann auf die Tür. Dort tauchte die hochgewachsene, gelassene Gestalt von Jake Tarrant auf.

Ach, du meine Güte … Amy bemerkte, dass ihre Hände zitterten. *So ein Mist!* Sie war froh, dass die Kamera wenigstens ihr Gesicht verbarg. Was in Gottes Namen hatte er hier zu suchen?

Und natürlich saß er an ihrem Tisch. Das war ja klar. Danke, Nell! Sie nahm die Kamera herunter.

»Amy. Hallo.« Er beugte sich vor, um sie auf die Wange zu küssen. Der vertraute Duft nach Leder und Grapefruit stieg ihr in die Nase. »Tut mir leid, dass ich zu spät komme.«

»Ich wusste gar nicht, dass Sie kommen«, zischte Amy leise,

weil Callum gerade Nell aus der Küche gerufen und um Aufmerksamkeit gebeten hatte.

»Ach nein?«

»Meine Frau möchte gern ein paar Worte sagen«, erklärte Callum. Alle klatschten.

»Nein. Was haben Sie hier überhaupt zu suchen?« Amy musterte Jake argwöhnisch.

Nell kam heraus und zog ihre weiße Kochmütze ab, sodass ihre blonden Locken zum Vorschein kamen.

Jake zog eine Augenbraue hoch. »So freundlich und höflich wie immer, sehe ich.«

»Hallo und willkommen«, sagte Nell und schenkte ihrer bunt gemischten Gästeschar ein Lächeln. »Danke, dass Sie zu unserem ersten marokkanischen Abend im Saffron House gekommen sind. Zum ersten von vielen, hoffe ich.«

Jemand ließ einen lauten Beifallsruf hören, und alle lachten.

»Bevor wir beginnen, möchte ich einige Worte über die marokkanische Küche sagen«, erklärte Nell. »Marokko ist nicht zuletzt wegen seiner Lage am nordwestlichen Rand Afrikas seit Jahrhunderten ein Ort, an dem sich Kulturen begegnen. Daher ist seine Küche eine der vielfältigsten und wohlschmeckendsten der Welt. In ihr sind historische Einflüsse der Römer, der Araber, der spanischen Mauren und der sephardischen Juden zu finden – und natürlich der Berber, der alteingesessenen Bevölkerung.« Sie lächelte. »Das Land ist fruchtbar und das Klima günstig für die Landwirtschaft.«

Nell machte eine kurze Pause. »Wie einige von Ihnen bereits wissen, bauen wir hier im Saffron House unseren eigenen Safran an, und ich habe mir die Freiheit genommen, zu Ihrem ersten Gang einige vergoldete Plätzchen zu servieren. Das soll uns daran erinnern, dass Safran einst in ganz England angebaut wurde und viele Menschen ein kleines Feld für ihren eigenen

Gebrauch besaßen, so wie wir heute. Das Vergolden ist eine mittelalterliche Technik. Dabei werden die Plätzchen mit Safran und Eigelb glasiert, was ihnen eine goldene Farbe verleiht. Es ist nicht marokkanisch, aber …« Achselzuckend nahm sie von einem Tisch in ihrer Nähe eine Fliese. »Die marokkanische Küche ist so kraftvoll und farbig wie diese Fliese«, erklärte sie und lachte leise. »Sie verwendet Dutzende von Gewürzen und Kräutern. Was ich heute für Sie zubereitet habe, ist nur eine kleine Kostprobe davon. Ich hoffe, Sie kommen wieder, um noch mehr zu probieren.«

Alle klatschten. Im Vergleich mit der Frau, die sie letztes Jahr im Riad Lazuli kennengelernt hatte, hat Nell enorm an Selbstbewusstsein gewonnen, dachte Amy. Nell setzte ihre Kochmütze wieder auf und ging zurück in die Küche, während Sharon den ersten Gang auftrug. Der Karte zufolge, die vor Amy lag, handelte es sich um marinierte Auberginen mit einem Tahini-Dressing. Die Auberginen sahen köstlich aus und dufteten auch so, genau wie die vergoldeten Plätzchen, die auf einem kleinen Teller mitten auf dem Tisch standen.

»Tut mir leid«, sagte Amy an Jake gerichtet und bedankte sich bei Sharon, die ihr den Teller hingestellt hatte, mit einem Lächeln. »Aber ich wusste nicht, dass Nell Sie eingeladen hatte.« Sie nahm die Gabel. Woher hatte Nell überhaupt seine Kontaktdaten? Amy hatte sie ihr bestimmt nicht gegeben.

»Sie hat über Duncan Kontakt zu mir aufgenommen.«

Amy runzelte die Stirn. Warum hätte sie das tun sollen?

»Ich hatte Callum bei dem Event kennengelernt.« Er warf ihr einen Blick zu, der sagte: *Erinnerst du dich nicht daran?*

»Ach ja?« Das war Amy gar nicht aufgefallen. Woran sie sich aber erinnerte, war, dass Jake gesagt hatte, er werde keine Zeit haben, mit ihr zu reden, und dass er sich mit vollendeter Aufmerksamkeit um seinen Gast gekümmert hatte: Melanie Tarrant. Amy probierte die Aubergine. Üppig und seidig lag sie auf ihrer Zunge. Sie schmeckte nach Knoblauch, Chili und Koriander. Das Tahini-Dressing war zitronig und frisch, und beides zusammen ergab eine perfekte Kombination. Ein wenig wie Jake und Melanie, dachte sie finster.

»Wie geht's Melanie?«, fragte sie.

»Gut, danke.« Er legte seine Gabel weg. »Sie arbeitet jetzt mit mir zusammen.«

Als sie fertig waren, räumte die tüchtige Sharon ihre Teller ab.

»Wie schön«, sagte Amy. Sie nahm ihre Kamera und machte eine Aufnahme von den Gästen. Nach ihren Mienen zu urteilen, schien der erste Gang sie ziemlich beeindruckt zu haben.

»Wir haben uns immer schon sehr gut verstanden«, setzte Jake hinzu.

»Das ist sicher nützlich.« *Vor allem, wenn man mit jemandem verheiratet ist,* ergänzte sie in Gedanken. Also, warum war er gekommen? Um sie zu verspotten?

Der Hauptgang war eine Tajine mit Hähnchen und Mandeln in einer Honig-Safran-Sauce. Dazu gab es Couscous. Amy atmete den Duft ein. Es roch wunderbar. Sie hatte nicht vor, sich von Jake Tarrant den Appetit verderben zu lassen, und langte kräftig zu. Es schmeckte köstlich. Das Hähnchen war offenbar langsam in Tomaten und Gewürzen gegart worden, und die Honig-Safran-Sauce hatte Nell karamellisiert und mit gerösteten Mandeln überstreut. In diesem Gericht hatte sie die süßsaure Komponente der marokkanischen Küche eingefangen, ihre Art, Fleisch, Obst und Nüsse zu kombinieren, die sie einzigartig machte.

Callum hatte zum Hauptgang einen Rotwein gebracht. Ein Tandem Syrah, erklärte er ihnen. Der Wein war körperreich und fruchtig, um das würzige Huhn zu ergänzen. »Einige etablierte französische Weingüter haben sich mit marokkanischen Produzenten zusammengetan«, erklärte er Amy und Jake, während er ihnen einschenkte. »Momentan haben wir noch keine Schankgenehmigung, aber wenn es so weit ist, werde ich eine Weinkarte ausarbeiten.«

Amy lächelte über seine Begeisterung. Zusammen würden die beiden das Restaurant zum Erfolg führen, da war sie sicher. Denn jetzt waren sie ein Team.

Im Laufe des Hauptgangs spürte Amy, wie sie sich zu entspannen begann. Sie genoss das Essen, den Wein und die Atmosphäre, und sie und Jake begannen so wie früher ungezwungener zu plaudern: über einen Event, den Jake in einem Hotel am Meer in Sidmouth organisierte, über Amys Arbeit und Glenns Aufzeichnungen.

»Ich habe Ihnen nie richtig gedankt«, sagte Amy.

»Wofür?«

»Für die Kontakte, mit denen Sie mich versorgt haben. Dafür, dass Sie meine Arbeit unterstützen. Für all Ihre Hilfe bei dem Event.« Da, sie hatte es gesagt, endlich.

Er wirkte überrascht. »Es war mir ein Vergnügen, Amy«, sagte er. »Ich …« Sein Handy piepte. »Bedaure«, murmelte er zerstreut, sah auf die Nachricht und drückte sie weg.

»Macht nichts«, sagte sie. Trotzdem konnte sie sich der Frage nicht erwehren, was er wohl hatte sagen wollen.

Sharon kam, um ihre Teller abzuräumen. Amy fühlte sich angenehm gesättigt. Sie rief sich ins Gedächtnis, wie schwierig es gewesen war und dass sie ständig aneinandergeraten waren. Jede romantische Beziehung zwischen ihnen wäre in einer Katastrophe geendet. So gesehen war sie noch einmal heil davongekommen.

Das Dessert wurde serviert. Es war ein Feigen- und Sesamtörtchen mit einer Kardamom-Orangencreme. Amy starrte es an. Es war wunderschön und sah köstlich aus. Sie aß einen kleinen Löffelvoll, dann noch einen. Der Geschmack nach abgeriebener Orangenschale, Feigen, Kardamom und Sesam war so umwerfend, dass sie nicht wollte, dass dieses Erlebnis zu Ende ging.

Jake beobachtete sie. »Ich möchte Sie etwas fragen«, sagte er. »Nell meinte, eine solche Frage sollte ich Ihnen von Angesicht zu Angesicht stellen.«

»Ach, meinte sie das?« Nell und Callum hatten seit Marokko in ihrer Beziehung viel erreicht. Sie hatten sich zusammengerauft. Auch Amy wusste jetzt, was sie wollte. Sie wollte keine bedeutungslose Beziehung oder eine Affäre, aus der nie etwas werden würde. Sie wünschte sich einen Partner. Jemanden, der ihr ebenbürtig war. Einen Freund. Jemanden, der sie verstand und sie die Frau sein ließ, die sie war. War das denn zu viel verlangt?

Sie beendeten das Dessert, und Sharon servierte frischen *thé à la menthe*. Jetzt fühlte sich Amy wirklich nach Marokko zurückversetzt: frischer Pfefferminztee nach einem Tag, den sie damit verbracht hatte, die Souks und Gärten zu erkunden, frischer Pfefferminztee zum Frühstück und frischer Pfefferminztee am Nachmittag.

Jake nahm ihre Hand und hielt sie fest, als sei das das Normalste auf der Welt.

»Und was?« Sie starrte ihn an. Sie wusste, dass sie die Hand wegziehen sollte. Nur, dass …

»Hmm?«

»Was wollten Sie mich fragen?«

»Ach.« Er sah ihr in die Augen. Rooibos-Tee, dachte sie. »Amy, gibt es in Ihrem Leben einen Mann? Treffen Sie sich mit jemandem?«

»Einen Mann?« Warum interessierte ihn das? Er hatte doch seine Frau, die schöne Melanie, die Frau seiner Träume. Sie schüttelte den Kopf.

»Wenn das so ist, würden Sie es vielleicht in Betracht ziehen …«

Sharon unterbrach sie und räumte die Dessertteller ab.

Mit einem Mal wurde Amy argwöhnisch. Sie entriss ihm ihre Hand. »Warum hat Nell Sie hierher eingeladen?«

»Ich glaube, Sie hatte das Gefühl, dass wir beide eine Chance verpassen.«

»Eine Chance?« Amy runzelte die Stirn. Er machte sich definitiv an sie heran. Dabei war er verheiratet! Sie rettete sich, indem sie erst einmal einen großen Schluck von ihrem *thé à la menthe* nahm. Er wirkte beruhigend. »Was wollen Sie von mir, Jake?«

»Ist das nicht offensichtlich?«

Darüber dachte Amy nach. »Versuchen Sie, sich an ihr zu rächen? Ist das der Grund? Und Sie glauben, ich wäre dazu die Richtige …?« Wie sollte sie das sagen? Sie spürte, wie ihr Tränen in die Augen stiegen. Natürlich würde sie nicht weinen. Sie weinte nie. Das war das eine, was sie niemals tat. Aber sie hasste es, dass er so über sie dachte. Duncan war ein Fehler gewesen. Sie war damals niedergeschlagen gewesen, und Duncan war zur richtigen Zeit da gewesen, hatte sie angespornt, sie in ihrer Arbeit unterstützt, ihr gesagt, sie solle an sich selbst glauben. Auf gewisse Weise war dadurch ihr Leben einfacher geworden. Sie konnte das Thema Männer vergessen und sich auf ihre Fotografie konzentrieren. So war es jedenfalls gewesen, bis Jake Tarrant gekommen war. Aufgebracht starrte sie ihn an. Einerseits hatte sie nicht vor, Erklärungen abzugeben, und andererseits fiel es ihr so leichter, nicht zu weinen.

»Mich an wem rächen? Amy, wovon reden Sie?«

Durch ihre Tränen konnte sie sein Gesicht nur verschwommen erkennen. Sie trank von ihrem Pfefferminztee, schluckte feste und schob so die Tränen dorthin zurück, wo sie hergekommen waren. Jedenfalls versuchte sie es.

»Melanie.« Sie schluckte. »Ihre Frau.«

»Melanie?« Er runzelte die Stirn, als versuche er sich einen Reim auf das zu machen, was sie gesagt hatte. Einen Moment lang beobachtete er sie, und dann grinste er, verdammt sollte er sein. Und verdammt seien auch diese Grübchen. Und der schiefe Zahn. Das war wirklich nicht fair. »Oh, jetzt verstehe ich.«

»Bitte nicht.«

»Tut mir leid. Es ist nur …«

»Das ist nicht komisch.« Sie stand auf.

»Amy.« Er zog sie zurück, auf seine Seite der Bank, und dieses Mal ließ er ihre Hand nicht los. »Melanie ist nicht meine Frau.«

Melanie war nicht seine Frau. Das ergab überhaupt keinen Sinn. »Was dann …?«

»Sie ist meine Schwester.«

Blinzelnd sah sie ihn an. »Aber …?«

»Ich habe dir doch erzählt, dass Emma mich wegen meines besten Freundes verlassen hat.«

»Ja, aber …« Er hatte ihr nicht gesagt, dass seine Frau Emma hieß.

»Und dass ich darüber hinweg bin. Über sie, meine ich.«

»Das hast du nicht gesagt. Du hast gesagt, was sie getan habe, sei nicht mehr wichtig. Du hast gesagt, dass sich dein Leben zum Besseren gewendet hätte.« Sie dachte an dieses Gespräch an diesem Nachmittag in der Galerie, als er Champagner mitgebracht hatte und sie angestoßen hatten. *Auf uns.* »Ich dachte, der Grund wäre, dass sie zurückgekommen ist.«

Er rückte auf der Bank näher an sie heran. Ihr wurde klar, dass dies ein weiterer Vorteil dieser Sitzordnung war. Auf einer Bank konnte man jemandem sehr nahe kommen. »Es war nicht mehr wichtig …«, flüsterte er ihr drängend ins Ohr. »Deinetwegen.«

»Meinetwegen?«

»Für mich ist alles anders geworden, als ich dir begegnet war.

Weil du verrückt und verblendet und stur und kratzbürstig bist und mich in den Wahnsinn treibst.«

Amy wagte es, ihn anzusehen. Sie atmete den Duft nach Leder und Grapefruit ein. »Und ist das gut?«

»Ja, das ist gut.«

Was hatte Nell noch an diesem Tag im Hamam gesagt, als Amy sie gefragt hatte, wie sie ihre Unabhängigkeit behalten und ihre Karriere verfolgen konnte, obwohl sie verheiratet war? Etwas darüber, dass es verschiedene Teile von ihr gebe und jeder davon etwas anderes brauche. Amy vermutete, dass ein ziemlich großer Teil von ihr darauf gewartet hatte, dass Jake Tarrant auftauchte. Vermutete? Sie konnte es ebenso gut zugeben.

»Weiß Nell das?«, fragte sie ihn. »Hat sie deswegen …?«

Er zuckte mit den Schultern. »Ich habe Callum an dem Abend bei dem Event Melanie vorgestellt. Er wusste es auf jeden Fall.«

Aber er musste es nicht unbedingt auch Nell erzählt haben. Außer, Nell hätte eines Tages etwas gesagt. »Arme Amy«, vielleicht, »schade, dass Jake Tarrant wieder mit seiner Frau zusammengekommen ist.« Und dann …

»Nell hat gesagt, dass heute Vollmond ist«, sagte er. »Falls du Lust auf einen kleinen Spaziergang draußen hast?«

Nell schien ihm eine Menge erzählt zu haben, dachte Amy. »Warum nicht?«, sagte sie trotzdem.

Die Tischgesellschaft löste sich auf, und wieder standen die Gäste plaudernd herum. Amy und Jake schlüpften aus der Haustür und gingen hinter das Haus, wo Nell im Küchengarten all ihre eigenen Kräuter zog. Dort lag auch das ummauerte Feld, auf dem sie dieses Jahr den Safran anbauen würde. Der Boden war kahl und bereit. Er wartete. Amy sah zum Farmhaus zurück und meinte einen Moment lang, Nells Gesicht am Fenster zu sehen, bevor sie sich lächelnd abwandte.

»Ich habe immer gefunden, dass wir ein gutes Team wären«,

murmelte Jake in ihr Haar hinein. »Ich würde es wirklich gern versuchen.«

Amy dachte daran, was ihre Großtante Lil ihr erklärt hatte. »Es macht nichts, wenn man unterschiedliche Herangehensweisen hat«, hatte sie gesagt, »solange man schlussendlich das Gleiche will, solange man denselben Traum hat.«

Jakes Hände lagen auf ihren Schultern. Er sah ihr in die Augen. »Wir haben den Marokko-Event zu einem großen Erfolg gemacht, Amy«, sagte er.

»Hmm.«

»Also …« Er beugte sich zu ihr herunter.

Amy legte die Arme um ihn. Er fühlte sich ziemlich so an, wie sie erwartet hatte: vertraut und doch fremd. Und dann nahm Amy nur noch das Rascheln der ersten Blätter in den Bäumen wahr, den Vollmond, der auf sie beide herabschien, und Jakes Lippen auf ihren.

»Warum riechst du eigentlich immer nach Grapefruit?«, murmelte sie.

Aber er küsste sie schon wieder und schien sie nicht einmal gehört zu haben.